문학 상상력의 연구

김 화 영 문 학 선 2

문학 상상력의 연구

알베르 카뮈의 문학세계

문학동네

책 머리에

이 책은 필자가 1974년 봄 프랑스의 프로방스 대학교 엑스 문과대학에서 취득한 학위논문 「향일성(向日性) 상상력의 숙명 ―알베르 카뮈의 작품에 나타난 물과 빛의 이미지 시론 Un Destin Héliotrope-Essai sur l'image de l'eau et de la lumire」을 우리말로 옮겨 월간 『문학사상』에 연재하였던 것을 묶은 것이다. 같은 필자가 쓴 글이라 해도 사용하는 언어가 달라짐에 따라 여러 곳의 수정이 불가피했고, 또 전체적인 짜임새를 고려할 때 뒤늦게나마 상당한 부분(특히 소설 『전락』의 담화 분석, 카뮈와 니체와의 관계를 따져본 대목)을 삭제할 수밖에 없었다. 그러나 여전히 책은 거추장스러운 무게를 덜지 못했고 글은 서투르고 어색한 채 남게 된 것이 안타깝기만 하다.

내가 알베르 카뮈라는 작가의 작품을 처음 접한 것은 우리나라가 전쟁의 소용돌이에서 벗어난 지 얼마 안 되던 무렵, 그러니까 폐허 속에서 보낸 소년 시절이었다. 그러나 그 첫 대면이 내게 어떤 충격적인 변혁을 가져온 것은 아니었다. 뭉크의 그림이 복사되어 있는 『시지프 신화』 번역본의 표지 정도가 기억될 뿐 내용은 그냥 스쳐 지나갔다. 그 후 대학에 들어가서 이 작가의 작품들을 프랑스 말로 읽었다. 서투른 프랑스 말 실력이라 번역본을 곁눈질해가며 읽었고, 읽고 나서는 시험지 속에서 다시 읽고 답안을 쓰고 학점을 받았다. 그러니까 내가 한 카뮈의 독서는 의식과 의식의 황홀한 조우나 섬광과도 같은 계시라기보다는 단어장, 문법, 학점 같은 것과 관련이 더 많은 지극히 산문적(散文的)인 면이 있었다. 아니 그것말고도 또 다른 면도 있었다. 1960년대 초반의 문과대학 분위기는 전후에 계속된 가난과 절망감, 그리고 지적 굶주림이 기묘하게 배합된 가운데 가히 낭만적 실존주의 시대라고 이름 붙일 만한 것이었다. 상황, 자유, 조약돌처럼 던져진 존재, 그리고 마침내 부조리…… 등이 카뮈, 사르트르의 이름과 함께 삶의 의미에 대한 저 어둠침침한 탐색과 청년 시절 특유의 형이상학을 채색하고 있었던 것이다. 따라서 카뮈는 나 자신의 직접적인 감동이라기보다는 오히려 빌려 입은 양복 같은 것이었다.

내가 카뮈를 다시 '만난' 것은 프랑스에서였다. 모든 일은 급진전되었다. 나는 처음으로 가스통 바슐라르를 접했던 것이다. 그 상상력의 철학자는 내게 독서의 방법과 태도를 가르쳐주었으며, 무엇보다도 책을 읽고 싶은 굶주림을 충동시켰다. 그 굶주림의 동력(動力)에 실려 나는 카뮈를 처음부터 다시 읽게 되었다.

이것은 곧 내 청소년기를 자욱하게 감싸고 있던 저 암울한 형이상학의 빌려 입은 양복을 벗어버리고 그 속에서 단명하나 행복한 삶을, 그리고 지중해의 찬란한 빛과 참으로 맑은 물을 되찾은 작업이었다. 그런 모습의 카뮈는 사실 '이방인'이었던 내가 처음으로 접한 그 지중해 연안의 거의 폭력적인 '행복의 충격'을 흡수하고 소화하는 데 있어서 귀중한 도움이 되었다.

이렇게 하여 어설픈 철학을 통하여 카뮈를 만나는 듯 마는 듯하였던 나는 이번에는 역으로 살과 뼈와 햇빛과 물과 대지의 희열을 통하여 저 금욕적이면서도 정열적인 감정, 아니 파스칼이 '불타는 기하학'이라고 명명했던 예술을 향하여 나아가고 있는 듯한 느낌을 받았다. 내가 카뮈와 더불어 살았던 그 오 년은 현실 속에서도, 생각 속에서도, 근심 걱정이나 꿈속에서도 물과 빛이 가득한 세계였다. 카뮈는 실로 내 청춘의 일부가 되고 말았다.

그러나 수년을 두고두고 자나깨나 한 작가의 작품, 한 인간의 풍토만을 몽상하고 천착하다 보면 항상 기쁨과 공감만 느끼는 것은 아니다. 그것은 때때로 같은 밧줄에 묶인 두 사람의 원수와 같은 관계를 맺을 경우도 있다. 여름방학 동안에 쓴 수백 페이지의 원고를 찢으면서, 내가 만나 본 적도 없는 이 작가에 대하여 느꼈던 어처구니없는 원망 또한 내 체험 의 일부이다.

그러나 나의 그 같은 고통을 다스려준 것 역시 카뮈 자신의 목소리였 다. '그러나 정의가 딱딱하게 굳어져서 쓰디쓰고 메마른 껍질뿐인 아름 다운 오렌지가 되지 않게 하기 위하여 나는 마음속에 저 신선함을, 기쁨 의 샘을 고이 간직해야 하며, 불의(不義)를 모면할 줄 아는 햇빛을 사랑 해야 하며 그리고 그 전취한 빛을 가슴에 담고 싸움의 자리로 되돌아가 야 함을 나는 티파사에서 깨달았다.'

나는 이 책이 한 권의 '연구서'로서 뿐만 아니라 독서를 통하여 체험 한 기쁨과 더러는 괴롭기도 했던 사랑의 기록으로서 읽히기를 바란다. 그러므로 연구를 목적으로 하지 않는 경우에는 비교적 '지식'에 속하는 서론의 제1장과 제2장을 건너뛰어서 읽기 시작해도 무방할 것이다.

이 책의 한국어판 초판은 1982년 12월 문학사상사에서 처음 간행되었 었다. 그 후 1994년에 그 내용 가운데 바로잡은 곳을 손질하기 위하여 여러 해 동안 절판시켜놓았었다. 이제야 전체적으로 교정, 수정하여 새로 운 판을 내놓게 되었다. 그러나 하나의 유기체적인 구조를 이루고 있는 이 책의 전체적인 골격은 고치는 것이 불가능했다. 따라서 이 논문이 씌 어진 1974년 이후에 출판된 카뮈의 유고들, 특히 1994년에 사후 출판된 미완의 소설 『최초의 인간』은 이 책의 본격적인 분석대상에서 제외될 수밖에 없었다. 다만 '참고문헌'에 그 후의 중요하고 새로운 연구성과들 을 추가하였다. 방대한 분량의 책을 꼼꼼하게 교정하여 새로운 모습으로 탄생시켜주신 문학동네 남진우 실장과 편집실 여러분들께 진심으로 감사 한다.

1998년 봄
김화영

차 례

일러두기

1. 부록에 참고문헌이 첨부되어 있음으로 각주의 서지사항은 소제목, 단행본(책명)만을 표기하기로 한다.
2. 본문에 사용된 부호와 기호는 다음과 같다.
   국내 문헌 부호
   　　　─책 이름, 장편소설, 잡지 :『 』
   　　　─단편소설, 평론, 논문, 시 :「 」
   외국 문헌 부호
   　　　─ 잡지, 책명(단행본) : 이탤릭체
   　　　─ 논문, 단편 작품 : ' '
   기타 부호 및 기호
   　　　─대화 : 큰따옴표(" ")
   　　　─인용 : 작은따옴표(' ')
   　　　─강조 : 윗점

서론

사람들은 꽃항아리를 만들기 위하여 진흙을 빚는다. 그러나 실제로 쓰이는 부분은 꽃항아리 속의 비어 있는 공간이다.

― 노자, 『도덕경』 IV

제1장
물·돌·빛의 이미지와 상상력의 질서

어떤 작가들의 경우 그가 창조한 여러 작품들은 단 하나의, 그리고 동일한 '사상'을 향하여 점차로 접근해가는 일련의 과정으로 보일 수도 있을 것이다. 그러나 카뮈는 이와는 판이한 예술가군에 속한다. 『시지프 신화』는 그가 바로 어떤 태도를 가진 작가인가를 시사해주고 있다.

그러나 우리는 다른 종류의 예술가들을 상상해볼 수 있다. 그들은 병치(倂置)의 방법을 사용한다. 그들의 작품들은 그 서로간에 아무런 관계도 없이 보일 수도 있으며 어느 정도까지는 그들이 상호 모순되기도 한다. 그러나 그 모든 작품들이 전체 속에 자리를 잡고 보면 그들의 질서 바른 판도(ordonnance)가 이루어진다. 그 작품들이 그것의 결정적인 의미를 얻게 되는 것은 따라서 죽음에 의해서이다. 작품들은 작가의 삶 그 자체로부터 가장 밝은 조명을 받는다. 그 순간에 있어서 그의 일련의 작품들은 숱한 실패들의 수집에 지나지 않는다. 그러나 그 실패들이 모두

다 한결같은 울림(résonnance)을 간직한다면 창조자는 자기 자신에 고유한 조건의 이미지를 반복할 줄 안 결과가 되고, 그가 품고 있었던 저 조건의 비밀을 반향(retentir)하게 할 줄 안 결과가 된다.[1]

삶은 그것이 삶인 한 숙명이 아니다. 즉 어떤 필연적 질서와 의미를 가질 수 없다. 삶은 어딘지 알 수 없는 하구(河口)를 향하여 흘러가는 강물에 지나지 않는다. 죽음에 의하여 '실패'로 끝나게 마련인 그 삶에 의미를 주려는 것이 사실 모든 예술작품의 목적인 것이다.

시간의 흐름에 따라, 선적(線的)으로, 일회적(一回的)으로 지나가는 삶의 한걸음 한걸음에 의미를 부여하려는 사상의 추구는 사실상 어떤 발전단계들을 전제로 한다. 작품의 변화 과정을 생의 진전 방향과 맞추어 가령 '부조리의 시기' '반항의 시기' '모순과 절도(節度)의 시기' 등으로 구분하는 것은 바로 이 같은 시간적 변화 속에서 의미와 질서를 찾아보려는 노력이다.

많은 해석과 비평작업이 실제로 이 같은 단계적 전개에 유의해왔고, 또 그 작업이 반드시 무의미한 것도 아닐 것이다.

그러나 카뮈의 경우 이런 발전적 해석만으로는 그 작품세계의 참모습을 밝히는 데 만족할 만한 성과를 거두기 어려울 것 같다.

그의 작품세계는 작가의 죽음에 의하여 닫혀져버린 하나의 통일된 가치공간(價値空間)을 형성한다. '멈추어버린 저마다의 삶은――그토록 젊은 나이에 숨진 사람의 삶이라 하더라도――깨어져버린 음반(音盤)이며 동시에 완전한 삶이다'라고 카뮈의 죽음 앞에서 사르트르가 지적한 것은 이 작가의 작품에도 해당된다. 하나의 출발점에서 다른 하나의 우연적인 끝에 이른 선적이며 일회적인 삶의 실패를 작품에 의하여 공간적 총체로 탈바꿈시키려는 작가의 지향이 바로 '병치'의 의미이다. 이 전체는 그것이 미적인 긴장관계들에 의하여 살아 있는 의미공간(意味空間)이 되기

---

1) 『시지프 신화』, p. 190. 이 책에 인용된 페이지는 해당 작품이 실린 플레이아드 『전집』 I·II에 따른다. 『전집』에 포함되지 않은 『작가수첩』 『행복한 죽음』 등의 경우 갈리마르(Gallimard)사에서 간행한 초판본에 의한 것이다.

위하여 그 구성요소간의 '모순'을 필요로 하며 그것이 어떤 양식의 통일을 얻기 위하여 '반복'되는 '울림'을 나타낸다.

이 논문은 따라서 알베르 카뮈가 쓴 모든 글들[소설, 희곡, 철학적 에세이, 시적(詩的) 산문, 평론, 서한]을 하나의 닫힌 전체로 간주하여 그 서로 다른 글들이 상호 빛을 던져줌으로써 '질서 바른 판도' 속에 동시적으로 놓이고, 어떤 총체적 의미가 태어나도록 하자는 것이 그 목적이다.

그러나 일견 서로 무관해 보이고 때로는 모순된 것같이 보이는 각개의 구성요소들 사이에 통일된 질서를 발견한다는 것은 단순히 표면적 논리의 차원에서는 가능한 일이 아니다. 따라서 여기에서 찾고자 하는 상상력의 질서는 총체를 꿰뚫고 지나가는 원초적 상상력의 '울림'이며 그 울림이 형상화하고 생성 변화시키는 '이미지'의 질서이다.

카뮈는 또 이렇게 말했다. '창조한다는 것은 텅 비어 있는 것에 색채를 부여하는 일이다.'(『시지프 신화』, p. 190)

울림·색채·이미지…… 이런 것들은 창조적 상상력이 세계와 접촉하면서 작품을 생산할 때 드러내 보이는 특유한 양식을 의미한다. 이것이 얼른 보기에 산만한 것 같고 때로는 모순된 것 같은 개개의 작품, 혹은 그 구성요소들 사이에 보다 심층적이며 필연적인 관계의 망(網)을 짜가며 전체에 통일성을 부여한다.

우리가 집중적으로 다루게 될 물·돌·빛의 이미지는 바로 그 '울림'과 '색채'들이 서로 운동중에 교차하는 전략적 핵들이다.

작품이 생산하고 전달하게 되는 잠재적 의미들은 지극히 다양하고 변화무쌍하다. 카뮈의 경우 물·돌·빛의 이미지로 대표되는 전략적 극(極)은 그 의미의 잠재력을 어떤 내적 질서에 따라 집합결정(集合結晶)시키고 다시 재구성하여 외부로 방사하는 운동을 되풀이한다.

이 세 가지 전략적 극점(極點)들이 서로 동적 관계를 맺으면서 형성하는 의미와 동력의 공간(vide)은 이리하여 하나의 감동적인 공명(共鳴)상자와도 같은 것이 된다. 이것이 작품을 통하여 우리가 만나게 되는 작가의 '상상력의 세계'요 '질서'다.

그렇다면 이 동적 공간이 삶의 시간을 초월하여 재구성되는 유기체적 공간일진대, 그것이 어떤 통일성을 획득하기 위해서는 어떤 내면적 질서에 의하여 지배되고 있음이 틀림없다.

통일된 동적 공간을 만들어가는 그 질서와 필연성이 바로 카뮈가 말하는 '숙명의 얼굴'이요 한 상상력의 숙명이 아닐까?

카뮈의 예술적 감수성을 극화(極化)하는 물·돌·빛의 이미지 속으로 모이고 흩어지는 상상의 동력들은 어떤 거역할 길 없는 질서의 힘에 복종하고 있는 것일까? 우리는 그것을 다음과 같은 이원적 질서로 설명해보려고 한다.

그 하나는 '향일성(向日性)'이다. 태양을 향하여 위로 상승하려는 억누를 길 없는 힘이 그의 모든 작품들을 꿰뚫고 지나간다. 그의 표면적 사상이 그렇고 주인공의 성격이 그렇고 작품의 구조가 그렇고 문체가 그렇다. 이 수직상승적 생명력의 본질은 물론 수평적인 정체성과의 관련 혹은 대립하에서 이해되어야 할 특질이다. 우리가 차례로 다루어가는 카뮈 세계의 핵인 물·돌·빛의 이미지 혹은 상상력의 질료들은 바로 이 수직상승의 축 위에 놓인다. 밑으로 밑으로 낙하하려는 힘 자체인 물의 이미지와 위로 상승하려는 빛의 이미지가 서로 화해하거나 갈등하는 가운데 돌의 이미지는 생성된다.

카뮈의 상상력이 드러내 보이는 또 하나의 커다란 질서는 '환상(環狀)의 여행'이라 부를 수 있는 특이한 성질이다. 둥근 원(圓)의 선상에서는 앞으로 전진하면 할수록 그 길은 출발점을 향하여 되돌아가는 길이 된다. 시작과 끝은 이렇게 하여 서로 만난다. 전진하면서 뒤로 물러나는 이 운동의 궤적들이 수없이 많이 중복되면서 형성하는 생명의 구(球), 혹은 권(圈)을 우리는 차근차근 묘사해나가지 않으면 안 된다. 이리하여 앞으로 나아가는 길은 곧 위로 올라가는 길이며 끝없이 위로 올라가면 가장 높은 하나의 절대에 이르는 것이 아니라 출발점으로 회귀하는 하향의 도정(道程)이 된다. 이렇게 하여 물이 위로 올라가고 빛이 밑으로 떨어지기도 한다. 이 신비스러운 되풀이가 하나의 전체로 무르익으면 문득 세계 전체가 성숙한 과일처럼 팽창한다. 이론적 모순이 미적 통일로 수용되는 세계는 이러한 공간이다. 그러나 이미지도, 색채도, 울림도 여기에서 말하는 과일도 '물건'이 아니라 '동력(動力)', 그것도 물리적 동력 만이 아니라 '상상력의 동력'임을 잊어서는 안 된다. 우리가 묘사하려는 것은 그러므로 형태나 도식(圖式)이 아니라 움직이는 힘 그 자체와 그 힘의 운동 방향과 형식이다.

그러면 이제 독자가 접하게 될 이 책의 구성에 관해서 안내하겠다. 이 책은 서론, 전체 6부로 나누어진 본론, 그리고 결론으로 이루어져 있다.

서론은 다시 두 개의 장으로 나누어져서 그 제1장은 지금까지 이루어져 온 카뮈 연구의 역사와 방향을 간략하게 평가 검토해보고 그 연구의 전체적 맥락 속에서 우리의 연구가 어떤 위치를 차지하게 되는가를 설명한다. 제2장 「독서공간과 이미지」에서는 상상력이 구체적으로 표현하는 이미지란 무엇이며 실제로 작품 속에 나타난 이미지를 분석하는 데 있어서 우리가 적용한 방법은 어떤 것인가를 밝힌다.

본론의 **제1부** 「분석의 모형」은 본론 내부의 서론이라고 할 수 있다. 이것은 앞에서 설명한 '향일성'과 '환상의 운동'이라는 두 가지의 역동적 특성을 카뮈의 작품 속에서 실증해보는 시도(試圖)이다. 이것은 장차 제2부에서 결론에 이르는 동안 각 단계를 거쳐가면서 분석해가게 될 제 이미지의 방대한 구조를 전형적이며 간략한 모델로 축조 요약함으로써 독자로 하여금 전체를 굽어볼 수 있도록 하는 예비적 역할을 담당한다.

제2부에서 결론 사이에 이 논문의 실질적인 분석 과정이 배열되어 있다. 이 다섯 가지 부로 나누어진 본론은 향일성의 동력에 의하여 수직적인 축을 따라 카뮈의 상상력이 상승해가는 도정의 제 단계를 차례로 설명하고 있다.

제2부 「추락의 수력학 : 언어」에서는 수직적인 축의 가장 하부에 위치하며 동시에 밑으로 낙하하려는 힘을 가진 '물'의 이미지가 분석된다. 여기에서는 물의 이미지가 가장 지배적인 작품 『전락 *La Chute*』의 구조분석이 주축을 이룬다. 이때 사용된 분석방법은 다소 정적인 성격을 띤 것이므로 이해하기가 쉽고 분명하지만 다른 한편 다소 도식적이라는 약점이 있다. 그러나 이미 분석의 대상이 되어 있는 '물'의 이미지 자체가 곧 역동적인 성격을 드러내게 됨에 따라 우리의 분석 방법도 점차로

동적인 것으로 변해간다.

제4장 「익사와 수영」에 오면 물이라는 이미지가 '돌'의 이미지로 탈바꿈하려는 경향을 드러내 보이고 우리의 분석방법에도 질료분석과 동력분석이 병행된다. 분석의 대상이 변해감에 따라 분석방법도 변한다. 물에서 돌로, 돌에서 빛으로 이행해가는 과정은 안정되고 정체된 공간 내부에서의 기계론적인 이동(혹은 상승)이 아니라 태어나고 변화 생성하고 마침내 결정(結晶)되어 죽음에 의한 완성에까지 생명이 탈바꿈하는 과정이라고 할 수 있다. 이미지의 생성 과정은 생명의 생성 변화 과정을 표현하고 있기 때문이다. 따라서 그 현상의 분석은 두 가지 방향으로 나누어져서 「익사와 수영」의 장에서는 익사, 즉 물의 하향적 동력에 몸을 맡기는 행위에서부터 그것에 대한 상향적 반항인 수영으로 옮아가는 과정을 분석한다. 물의 추락하는 힘에 반항한다는 것은 '돌'의 이미지를 향하여 위로 솟구치는 운동을 의미한다.

한편 같은 현상을 다른 방향으로 분석하는 제3부 「상상공간의 기하학」에서는 형태가 없이 확산되려는 물의 힘에 반항하고, 무형의 삶에 형태를 부여하여 그 형태를 하나의 압축 응고된 생명적 덩어리로 조직하려는 힘으로서의 '돌' 이미지를 추적한다. 따라서 제3부는 '돌'의 이미지 그 자체의 분석이라기보다는 '물'에서 '돌'로 탈바꿈하려는 힘과 그 향성 표현을 묘사해 보인다고 할 수 있다. '연극적'이라는 특성을 지닌 카뮈 상상력의 유형 또한 이 같은 범주 속에서 설명될 수 있다.

제4부 「광물성 숙명」은 광물 이미지 그 자체의 분석이다. 향일성이라는 수직축 위에 놓고 볼 때 돌은 물보다 위, 빛보다 아래에, 즉 카뮈의 상상공간의 중심에 위치한다. 다시 말해서 돌(광물, 대지)이야말로 카뮈의 세계의 중추적인 무대이다. 이곳은 동시에 왕국이며 동시에 적지인 '인간적' 공간이다. 물의 꿈과 공기의 꿈이 서로 포용할 때는 왕국이고 그것이 서로 충돌하여 갈등을 일으킬 때는 적지다. 돌의 세계를 참답게 해명하지 못한다면 우리는 밑으로 추락하려는 물과 이상의 무중력 상태로 증발하고자 하는 빛이라는 두 가지의 심각한 유혹에 사로잡힐 위험이 있다. 분명한 한계를 망각한 물의 비관론은 카뮈의 세계가 아니다. 반면

강력하지만 균형과 절도를 주축으로 하는 카뮈의 상상력은 빛의 이상주의나 초월적 절대성 또한 거부한다. 돌은 끝없이 심연의 어둠 속으로 추락하는 것(물의 이미지)을 막아주지만 또한 투명한 비물질의 세계 속으로 산화하는 것(빛의 이미지)도 방지한다. 요컨대 돌의 세계는 물질의 세계요 살과 육체의 세계다.

제5부「눈과 소금의 시학」에서는 광물적 이미지의 극단적인 예인 눈과 소금을 분석한다. 눈에는 아직 물기의 추억이, 혹은 물기의 가능성이 잠재해 있다. 그러나 이미 고화(固化)된 물인 돌이 '빛'을 향한 강력한 의지를 드러낸다. 눈은 다시 더욱 강력한 소금의 결정을 향하여 전진한다. 단순한 의미에서 본다면 허물어지기 쉬운 육체를 지닌 인간이 가장 목마르게 갈구하는 소금에의 결정은 영원과 절대에 대한 향수의 표현이다. 소금의 결정은 다시 저 투명한 빛으로 탈바꿈하고자 한다. 그러나 이 소금의 세계는 물이 없는 사막의 세계이기도 하다. 절대를 향하여 나아가는 길은 사막을 통과하는 길이기도 하다. 카뮈가 쓴 작품 중에서도 가장 뜻밖이고 가장 환상적이며 가장 난해한 단편「배교자(背敎者), 혹은 혼미한 정신」을 심층 분석하는 이 '소금'의 도정은 이 글을 읽는 독자들에게도 분명히 가장 목마르고 고달픈 사막의 통과가 되리라는 것을 예고해 두지 않을 수 없다. 세상의 '소금'이 '빛'으로 탈바꿈하려는 욕구는 과연 엄청난 유혹이듯이 카뮈에게 있어 영원·신·절대에의 향수는 엄청난 유혹이다. 그의 상상력은 이 유혹과의 끊임없는 접촉에 의하여 활성화된다. 그러나 카뮈의 도정은 소금이 빛으로 탈바꿈하면서 영원·영생의 세계로 날아올라가지 않는다. 소금, 아니 나아가서 그리스적 다이아몬드를 통하여 빛으로 탈바꿈하는 카뮈의 길은 다시 원점을 향하여 회귀하여 인간적 운명으로 되돌아온다. 최후에 얻은 빛은 대낮 태양의 빛이 아니라 초록빛 하늘에 자욱한 별빛이다. 이리하여 향일성의 하루는 저문다. 최후에 만나는 빛은 최초의 물과 화해한다. 이리하여 향일성 상상력의 숙명은 원초적 비극의 숙명이다. 카뮈의 작품은 잠재적인 내부구조를 지닌 기호들과 이미지들이 하늘에 총총한 별들처럼 수놓아진 하나의 우주다. 그 우주를 어떤 결정적이고 티없는 골격 속에 가두어둘 권리를 가진 사람은 아무도 없

다. 그러나 그 우주 자체가 이미 하나의 커다란 빛의 공간인지도 모른다. 우리들이 기나긴 여행의 끝에 가서 만나는 '별'의 이미지, 그 결정의 단단함, 그 덧없고 황홀한 단단함——이것은 오랜 노력의 보상인 동시에 '완벽한 사라짐'이라는 필연적 귀결의 상징이기도 하다.

그 끝이 시작으로 회귀한다는 말은 이미 앞에서 했다. 잠깐의 완벽한 별빛이 돌연 초록빛 저녁 물 속에 잠길 때 우리는 최초의 질료로 되돌아온 것이다. 그러나 빛을 통해서 다시 찾은 물은 최초의 물과 같은 것일까, 다른 것일까? 우리의 결론은 최초의 물과 최후의 물의 이야기이다. 그것은 '예술이라는 우회를 통하여 최초에 가슴이 문을 열어 보였던 한두 개의 단순하고 위대한 이미지를 되찾아가는 기나긴 도정'의 이야기이다. 그 원점회귀의 도정이 어떻게 하여 한 개의 탐스러운 열매로 변신하는가를, 이제 곧 떨어지고 말 아름답고 비극적인 열매는 어떻게 결실하는가를 말해보는 것으로 우리는 긴 여행을 마칠 것이다. 따라서 우리의 **결론**은 아름답고 비극적인 텍스트 『결혼』의 마지막 재독(再讀)으로 대신된다.

그러나 이것을 독자들에게 어떻게 설득시킬 것인가? 그렇게 하기 위해서 우리는 매우 천천히 앞으로 나아갈 것이며, 주저할 것이다. 한참씩이나 제자리걸음을 할 것이며, 때로는 이미 지나온 길로 되돌아가기도 할 것이며 강력한 확신과 함께 해명했던 사실들을 또다시 부정할 것이다. 작가가 저만큼 달려가고 있을 때 우리는 그가 뿌린 씨앗에서 싹이 트는 것을 구경하기 위하여 지체할 것이다. 어눌하고 무겁고 끝이 없을 듯한 우리들 언어의 손목을 잡고 이 긴 여행을 동반하는 독자들에게 미리부터 양해를 구해야 할 것은 이 글이 매우 길어질 것이라는 사실이다. '결국 우리가 사랑하는 것에 대하여 말할 때 가장 좋은 방법은 가볍게 말하는 것이다'라고 카뮈는 말했다. 우리가 카뮈의 '가벼움'에 대하여 '무겁게' 말할 수밖에 없었던 사정을 어떻게 변명해야 마땅할까? 파스칼처럼 '짧게 쓸 시간이 없었다'고 말할 수도 있을 것이다. 그러나 작품이 '동시'에 노래한 것을 '차례로' 설명해야 하는 비평은 본래부터 길고 무겁고 지루한 것인지도 모른다.

제2장
카뮈 연구의 역사와 방향 – '철학자'와 '예술가'

　지금부터 육십여 년 전 지중해를 건너 프랑스 본토에 도착한 어느 무명의 30세 작가가 『이방인』이라는 매우 짧고 고전적인 소설 한 권을 발표하면서 단숨에 깜짝 놀랄 만한 영광의 자리로 부상하여 세인의 주목을 받았다. 이제는 그 소설이 당시 작가의 나이를 이십여 년이나 더 초과했다. 그 이후 작가는 소설, 연극, 사상, 서정적 산문, 비평 등 다양한 장르의 작품들을 잇달아 발표했고 1957년에는 44세라는 젊은 나이로 노벨문학상을 받았다.

　그러나 1960년, 길 위에서 돌연히 찾아온 죽음은 그 작품을 미완으로 남겨놓고 말았다. '나는 이십 년간 노력과 제작을 하고 나서도, 나의 작품은 아직 시작조차 되지 않았다는 생각을 여태껏 가지고 살아가는 것이다'(『안과 겉』서문, p. 13)라고 말함으로써 진정한 작품은 아직 미래의 공간 속에 열려 있다고 여기던 무렵이었다. 그러나 미래의 문을 '꽝, 닫아버린' 그 죽음은 동시에 그의 작품들을 있는 그대로 하나의 '닫혀진'

공간으로 만들어놓았다. 우리가 연구의 대상으로 삼은 것은 바로 그 하나의 '닫혀진' 전체, 즉 카뮈의 총체적 '세계'다.

『이방인』의 발표 이후 오늘에 이르기까지 알베르 카뮈의 작품은 독자들과 비평가들에게 점증하는 관심의 대상이 되어왔다. 그 작품의 수많은 판들 가운데서도 특히 로제 키이요는 플레이야드판으로 귀중한 『전집』 I, II권을 내놓았다(1962, 1965). 뒤이어 『작가수첩』 1권 및 2권이 나왔고 작가의 사후에 그의 최초의 소설이었던 『행복한 죽음』의 유고가 출판되었다. 1973년에는 『젊은 시절의 글』이 추가되었고 최근인 1978년에는 『여행일기』가 나왔다.

한편 비평 쪽을 살펴보면 1969년에 나온 『알베르 카뮈 참고문헌록』[1] 이 기록하고 있는 논문 및 연구서는 그 제목의 수가 무려 1천3백여 종에 달한다. 이것은 1967년까지 알베르 카뮈에 관하여 불어로 씌어진 비평만을 조사한 것으로 카뮈 연구에 있어서는 그 질과 양에 있어서 너무나도 중요한 영어 논문들을 제외한 것이다.

이같이 엄청난 연구열과 연구실적은 카뮈의 작품에 접근하고자 하는 모든 사람들에게 실로 고무적이라 할 수 있다. 그러나 동시에 이것은 그 작품의 이해에 새로운 빛을 제공하고자 하는 작업을 다시 시작하기 어렵게 만드는 것이기도 하다. 이처럼 수많은 연구가 이루어진 뒤에 아직도 더 밝힐 것이 있고 더 연구할 것이 있을까? 연구의 초입에서 부딪치게 된 '행복한' 위험에도 불구하고 우리가 이 방대한 작업을 감히 손대게 된 데는 적어도 두 가지 이유가 있었다.

우리는 그 첫째 이유를 이렇게 표현해보겠다. 즉 작품은 동시에 닫혀진 세계이며 열려진 세계다라는 관점이 그것이다. 이렇게 설정해본 이중의 관점은 카뮈의 작품을 넘어서서 보다 보편적인 지평에까지 관련되는 것이다. 물적인 차원에서 본다면 한 작가의 작품이란 닫혀진 여러 권의 책들의 총화로서 우리의 할 일은 그 책들을 열고 읽는 일이다. 가장 초보

---

1) B. T. Fitch와 P. C. Hoy, 『알베르 카뮈 참고문헌록 *Calepin de Bibliographie Albert Camus*』 1(2)(Paris : Minard, 1969)

적인 면에서 제시해본 책들의 이 같은 '닫혀진' 성격은 독서라는 문제로 우리를 인도하게 되는데 독서의 문제는 물론 초보적인 측면을 훨씬 벗어나는 일이다. 독서란 무엇일까? 그것은 우선 텍스트를 해석하는 일, 다시 말해서 씌어진 말의 뜻을 판독하고 닫혀진 말을 열어서 텍스트 속에 배열된 다른 말들의 의미와 연관지우는 행위를 뜻한다. 겉보기에는 이처럼 아주 분명하고 간단해 보이는 독서의 절차는 사실상 그보다 훨씬 복잡하다. 왜냐하면 말의 일차적인 의미는 그것이 주위에 있는 다른 말과 다른 상황들과 서로 짜여 있는 관계들의 총체, 소위 문맥이라는 것 속에서만 파악될 수 있는 것이기 때문이다. 더군다나 그 관계의 총체라는 것은 단번에 확정되는 것이 아니라 유동적이다. 그 유동성이 바로 우리의 독서 행위를 어렵게 하고 텍스트를 반투명한 의미의 체계로 만들고 있는 것이다. 특히 문학 텍스트, 시적(詩的) 텍스트는 바로 그 유동성이 생명이다. 그 유동성이 없다면 그것 역시 다른 모든 소모품이나 마찬가지일 것이다. 독서의 난점으로서 문학 텍스트의 불투명, 작품의 생명으로서의 유동성, 이것이 바로 우리가 작품의 '닫혀짐'과 '열려짐'이라고 부른 것이다. 이 양자는 상관관계를 가지고 있다. 불투명함은 우리들에게 읽고 또 다시 읽고 싶은 욕구를 불러일으킨다. 또 한편 작품에 대한 결정적이고 즉각적인 판단을 내리는 일을 삼가도록 만드는 것도 다름아닌 유동성이다. 이것이 텍스트와 독자 사이의 이중적인 관계다.

이 점은 창조적 작품이 반영하게 마련인 생존의 양상, 삶의 움직임과 상응한다. 삶은 움직이고 미완성이고 열려져 있는 하나의 현실이다. 그것은 다양한 생성 변화를 바탕으로 한다. 작품은 그 열려진 삶에서 태어난다. 작품은 정형(定形)이 없는 그 현실에서 자양분을 얻는다. 그러나 작품은 삶이라는 현실의 수정이므로 하나의 닫혀진 세계다. '행동이 그 형태를 발견하고 마지막 말이 발음되고 존재들이 다른 존재들에 뒤얽히고 삶이 송두리째 운명의 얼굴을 갖게 되는 그 세계가 바로 소설이 아니고 무엇인가?'(『반항적 인간』, p. 666) 창조의 운동은 그러므로 현실의 유동성을 작품 속에 가두어놓음으로써 그 의미를 드러내는 데 있는 것이다. 독서행위는 그 닫혀진 세계를 열고서 그것을 다양한 삶의 현장감 속에 활성화시키는 행위다. 그러므로 다양한 독서, 매번 다른 독서를 정당화시키는 것은 바로 현장적인 삶의 복합성이다. 텍스트의 반투명성, 해석을 위하여 열려져 있다는 작품의 특성, 그리고 삶의 유동성, 바로 이러한 기본적인 조건이 우리들로 하여금 위험을 각오할 수 있게 하는 것이다. 작품에 대한 이해는 순수한 삶의 축적에서 생기는 것이 아니라 현재의 삶과 관련된 해석에 의해서 가능해진다. 얻어진 앎을 사용하여 텍스트를 독서의 현재 속에서 현동화(現動化)하는 행위 —이것이 우리가 선택한 독서 방법이다. 여기서 우리는 주관성(主觀性)과 독서의 기쁨 쪽으로 기울고 있다는 것을 알 수 있다. 그러나 그 주관성은 나중에 더 구체적으로 규명하기로 한다.

　매우 보편적인 범주에 속하는 이 첫번째 이유에 추가하여 카뮈의 작품과 비평에 보다 직접적으로 관련된 두번째 이유가 있다. 카뮈에 관한 비평의 수가 매우 많고 훌륭한 것이기는 했지만 빠진 부분이 전혀 없는 것은 아니다. 작가가 등단해서부터 사망할 때까지 작품은 비평의 어떤 편견에 의하여 시달려온 것이 사실이었다. 그 편견은 작품 그 자체보다는 작품 외적인 이유에 기인한 것이었다. 이는 그야말로 특정된 한 시기의 사회학적·이념적 현상을 반영했다. 사정이 이러함에 따라 작품의 순수한 문학적 가치는 부차적인 것으로 전락하거나 아니면 어떤 '철학'의 시녀가 되고 말았다. 이리하여 어떤 하나의 비평적 전통을 결정한 것은 바로 저 유명한 한 쌍의 신화적 인물들인 뫼르소−시지프가 선택한 한 시대요 풍토였다.

　이 장면을 목격한 사람들의 몇 가지 증언을 들어보자. '『이방인』의 발표는 하나의 사회적 사건이었고 그 성공은 건전지나 감루신문(感淚新聞)의 발명 못지않은 사회학적 밀도를 지닌 것이었다. 그 책은 아마 지금보다도 더 그 당시 어떤 새로운 철학, 즉 '부조리'의 철학을 지지하고 있는 듯했다'라고 1954년에 롤랑 바르트는 썼다.[2] 그보다 몇 해 앞서 나탈리 사로트는 그 소설과 당시 풍토 사이의 관계를 이렇게 설명했다. '사람들

　2) R. Barthes, 「『이방인』, 태양의 소설」, 『우리 시대의 비평과 카뮈』(Paris : Garnier, 1970), p. 61에 재수록, 최초에는 Club, Bulletin du Meilleur Livre No. 12(1954. 4)에 발표.

은 당연히 그 소설이 모든 희망을 충족시켜줄 것이라고 믿을 수 있었다. 실질적인 가치를 지닌 모든 작품이 그러하듯 그 작품은 꼭 알맞은 시기에 나왔다. 그것은 우리의 기대에 부응했다. 그것은 공중에 떠 있는 막연한 심정과 욕구들을 결정(結晶)시켰다.'[3]

이러하여 『이방인』의 주인공, 아니 반주인공(反主人公)은 곧 전쟁으로 공허해지고 폐허가 된 정신의 열망에 응답하는 어떤 새로운 철학자의 역할을 하게 되었다. 바로 그때 카뮈의 첫번째 비평가(시간적으로 질적으로 첫째) 장 폴 사르트르가 결정적인 역할을 담당하며 등장했다. 알제의 이름없는 한 선박회사 사원이 결정적으로 역사 속에 등장하여 '실존주의 사상가'들 및 볼테르적 전통과 나란히 열(列)하게 된 것은 바로 그 실존주의 철학자 겸 비평가 덕분이었고 동시에 그 '때문'이었다. 다음의 인용문은 그 비평가의 관점 및 그 비평을 출발로 하여 수립된 한 비평노선(批評路線)을 분명하게 지적해줄 한 대목이다. '얼마 지나서 나온 『시지프 신화』에서 카뮈는 자기 작품의 분명한 주석을 우리들에게 제공했다. 즉 그의 주인공은 착하지도 악하지도 않고 도덕적이지도 반도덕적이지도 않다는 것이다. 그런 범주들은 적합하지 못하다. 그는 어떤 매우 특수한 유(類)에 속하는데 저자는 그것을 부ㆍ초ㆍ리라는 이름으로 명명한다.'[4] 그러니까 문학작품을 수용하는 방법은 바로 '부조리의 철학'에서 찾아야 마땅하다는 것이었다. 그리하여 그 이후 대부분의 비평가들은 그들 서로간에 디테일에 있어서의 차이는 있지만, 끊임없이 작품 속에서 '카뮈의 사상'의 어떤 체계와 발전을 탐구했다.[5] 이렇게 함으로써 그들은 이 작가에게서 '사상적인 스승'을 갈구해 마지않던 대중의 욕구에 응했다. 문학사가들은 '부조리의 철학'을 부르짖는 이 '의식의 지도자'를 그 당시 실존주의 사상가들 가운데에 위치시키기를 주저하지 않았다.[6]

3) N. Sarraute, 「『이방인』의 심리학」(앞의 책에 재수록, p. 56), 최초에는 Les Temps Modernes(1947)에 발표.

4) J. P. Sartre, 「『이방인』해설」, 『상황』 I(Paris : Gallimard, 1947), p. 93, Les Cahiers du Sud(1943. 2), 즉 『시지프 신화』가 발표되던 해에 발표. 방점은 사르트르의 것.

5) B. T. Fitch, 「사르트르와 이방인」, 『알베르 카뮈의 『이방인』의 서술자와 서술』(Paris : Minard, 1968), pp. 8~12에 수록.

이 같은 사회학적 신화가 탄생하는 데 있어서는 작가 자신도 전혀 무관하거나 순결한 태도를 취한 것은 아닌 듯하다. 그가 원했든 그렇지 않았든 간에 소설이 발표된 직후에 이론적 반성이 뒤따라 출간되었고 이렇게 쌍을 지은 작품의 발표는 그때부터 이 작가의 창작 패턴이 된 것이 사실이다. 비평가들이 카뮈의 사상이 발전해온 과정을 첫째 부조리, 혹은 태양의 사상, 그 다음으로 반항 혹은 연대의식, 세번째로 절도 혹은 죄의식 등 세 가지 단계로 구분하였을 때 역시 작가 자신의 동의를 얻을 수 있었다.[7] 여기에 덧붙여 이와 같은 카뮈의 이미지가 만들어지는 데는 '한 인물과 행동과 작품의 저 기막힌 결합'(사르트르의 말) 또한 중요한 몫을 했다. '때는 1945년이었습니다. 사람들은 전에 『이방인』의 저자 카뮈를 발견했었듯이 레지스탕스 운동가 카뮈를 발견하게 된 것입니다. 그리하여 사람들이 『콩바』지의 편집인을 그 뫼르소와 동일화했을 때 (……) 당신이야말로 모범적인 인물이 될 날이 머지않았던 것입니다.'[8] 이처럼 '영웅적'인 카뮈의 이미지는 저 유명한 논쟁으로 인하여 프랑스의 지성인들이 두 패로 갈라지던 1952년까지 계속되었다. 철학자 혹은 이념가로서 작가는 끊임없이 그 시대의 대논쟁들에 개입했다. 문자 그대로 창조적이라 할 수 있는 문학작품들 사이에 발표한 이론적·이념적인 글들의 수만 살펴보더라도 그것을 알 수 있으며 우리는 그 두 가지 범주의 글들이 서로 균형을 이루고 있는 것을 보고 놀라지 않을 수 없다. 하여간 이 모든 겉모습의 밑바닥에는 그가 '존재론적인 취향'(『전집』 II, p. 1666)이라고 부른 바 있는 특성과, 또 자기 시대와 함께 살려고 한 그의 정열이 깔려 있다. 이상이 카뮈의 비평가들이 갖게 된 어떤 편견의 출발점에

---

6) G. Picon, 「알베르 카뮈」, 『프랑스의 새로운 문학의 파노라마』(Paris : Gallimard, 1960), pp. 115~121와 M. Nadeau, 「소설가 알베르 카뮈」, 『전후 프랑스 소설』(Paris : Gallimard, 1970), p. 108 참조.

7) 『전집』 II, p. 1413 ; 『작가수첩』 I, p. 224 ; 『전집』 II, p. 1610. '그렇다, 내가 작품을 쓰기 시작했을 때는 정확한 계획이 있었다. 나는 우선 부정(否定)을 표현하고자 했다. 소설, 극, 이데올로기, 세 가지 형식으로' '나는 다시 세 가지 형식으로 긍정적인 것을 예정했다' '나는 벌써 세번째 덩어리를 예견했다', 『작가수첩』 II, p. 328 참조.

8) J. P. Sartre, 「알베르 카뮈에 답함」, 『상황』 IV(Paris : Gallimard, 1964), p. 111.

가로놓여 있었던 역사적 여건들이다.

그러므로 오해가 있어서는 안 된다. 즉 우리는 카뮈의 작품 근저에 어떤 철학 혹은 어떤 이념이 잠재해 있다는 사실을 부정하지도 않으며 그 철학이나 이념과 상상력에서 우러난 작품 사이의 긴밀한 관계 또한 부정하지 않는다. 우리는 다만 그 관계의 성격을 비판할 따름이다. 즉 상상력의 산물을 지나치게 합리적인 개념으로 설명함으로써 문학은 해를 입었다는 사실은 좀더 폭 넓게 증명되어야 마땅하다. 상상력이 철학의 시녀가 되고 미리 만들어진 어떤 사상을 위한 일종의 '범례'로 추락함으로써 그 독립적인 생명을 잃게 된다는 점에서 그러한 것이다. 여기서 우리의 전망이 보다 분명해진다. 다시 말해서 동일한 삶의 운동에서 발생하는 사상과 상상력을 자의적으로 분리시켜 생각하는 것은 그 어느 쪽을 위해서도 바람직하지 못하다는 것이 우리의 생각이다. 한걸음 더 나아가본다면 심지어, 사상 이전에, 사상의 체계와 그 발전 이전에, 무엇보다 먼저 한 상상력의 생성 변화와 수미일관한 질서를 추적하는 것이 한 작가의 본질을 규명하는 데 효과적이라고 말할 수도 있다. 그렇게 하는 것은 하나의 편견을 다른 또 하나의 편견으로 치유하는 일이라고 반박하는 이도 있을지 모른다. 이 점에 대해서는 나중에 따져보기로 하겠다. 그러나 당장은 이러한 우리들 나름의 주장은 작가 자신의 욕구, 전통비평과는 달라지고자 하는 새로운 비평조류, 그리고 장차 설명하게 될 주관성 등 세 가지 요소가 서로 만나는 교차점을 우리의 출발점으로 삼을 수 있게 해준다.

우선 작가 자신은 무엇을 원했던가? 스스로에게 책임이 있건 없건 작가는 특히 만년에 있어서 자기 자신의 신화적 이미지에 문자 그대로 짓눌려 있었고 거기서 헤어나기 위하여 몸부림쳤다. 때로 그는 보들레르의 말을 인용하면서 내심으로 그 신화로부터 자신을 지키려고 했다. '자신과 반대되는 말을 할 권리, 그리고 가버릴 권리'[9]가 그에게는 그리웠던 것이다. 또 때로는 사르트르와의 논쟁 때처럼 격렬한 반응을 보이기도

---

9) 『작가수첩』 II, p. 58 참조.

했고 『전락』이나 「요나」 같은 작품을 통해서 보다 간접적인, 그러나 더 효과 있는 방법으로 대항하기도 했다. 그러나 여전히 인간 카뮈는 흔히 부당하게 씌어진 자신의 마스크로 인하여 고통을 겪었다. 1954년에 가졌던 어떤 인터뷰에서 그는 그냥 일상 생활 속에서 'c'est absurd(터무니없어)'라는 말조차 할 수 없게 되었다고 실토한 일이 있다(『전집』 III, p. 1836) 거기서 그는 자기에게 부당하게 얹힌 '근엄함과 덕성(德性)'의 명성을, 그 가면을, 벗어던지고 싶어했다. 그래서 산문 『여름』은 그 같은 신화에 맞서서 자신의 본질을 정당화하는 동시에 고도로 시적인 그의 감수성을 노출시킴으로써 문학 그 자체를 위한 작가의 정당한 요구를 대변하게 되었다. 특히 그 중에서도 산문 「수수께끼」는 너무나 일찍 형성된 자신의 전설과 맞서서 자기를 지키려는 작가의 직접적인 항의의 목소리를 담고 있다. '나는 내가 무엇을 찾고 있는지를 알지 못한다. 나는 그것에 조심스럽게 이름을 붙인다. 나는 했던 말을 부정하고 했던 말을 반복한다. 나는 앞으로 나아가고 뒤로 물러난다. 그런데도 사람들은 이름들을, 아니 이름을 결정적으로 대라고 명령한다. 그러면 나는 반발한다. 이미 이름 붙여진 것은 벌써 잃어버려진 것이 아니겠는가?'(『여름』, p. 861) '그러나 뉘앙스보다는 공식을 써먹는 쪽이 편한 것이다. 사람들은 공식 쪽을 택했다. 그래서 나는 마땅히 그래야 하듯이 부조리해져버렸다.'(『여름』, p. 864)

그러나 『여름』도, 작가의 죽음도, 심지어 시간적인 거리도 이 거추장스러운 이미지를, 신화를 지워놓지는 못했다. 반대로 지적 풍토가 변함에 따라 그 신화의 무게는 더해가는 느낌도 없지 않다. 1969년에 발표된 어떤 글은 '고등학교 졸업반을 위한 철학자 알베르 카뮈'라는 풍자적인 제목을 달고 있었다.[10] '교과서용'으로 변함으로써 작가는 살아 있을 때보다 죽어서 더 큰 시련을 겪게 되었다. 이는 『이방인』의 비평가이며 카뮈의 친구였던 사르트르, 그리고 카뮈의 적수들에 의하여 시작된 어떤 이

---

10) J. J. Brochier, 『고등학교 졸업반을 위한 철학자 알베르 카뮈 *Albert Camus, philosophe pour classes terminales*』(Paris : Balland, 1969). 그가 발행하는 *Magazine Litteraire*의 1972년 9월 카뮈 특집호에 실린 「카뮈, 신화와 현실」 참조.

념적인 노선의 맥락이 더욱 과장된 형태로 계속되고 있는 것이라고도 볼 수 있다.

또다른 한편에서는 이 두 사람의 '철학자들'이 같은 공모 관계(『부조리』와 『구토』) 속에 싸잡혀서 새로운 문학 세대가 밟고 뛰어 일어날 수 있는 도약대 구실을 하기도 한다. 알랭 로브그리예가 '누보 로망을 위한' 이론을 정립하기 위하여 공격의 대상으로 삼은 것 역시 『이방인』이었고 그 작품의 '비극적 휴머니즘'이었고 '부조리'였다.[11] 그러나 로브그리예는 그의 비판의 첫번째 과녁으로 『이방인』을 택함으로써 사실은 그 작품의 가치를 확인시키는 데 기여한 셈이라는 사실은 유의해둘 만하다. 높이 뛰기 위하여 발판을 택할 때는 가장 훌륭한 발판을 고르는 법이니까 말이다. 로브그리예는 이 모럴리스트의 소설 속에서 '깨끗이 닦인 언어'나 '중립화된 사물들'을 주목하게 되었는데 이는 물론 고의적으로 '비인간적'이 되고자 하는 누보 로망의 언어를 보다 덜 '새로운' 것으로 만들 가능성이 있다.[12] 다른 한편, 그는 이 소설 속에서 '비극적'인 이미지들이 가장 중요한 요소들임을 지적하면서, 바로 인간에게서 이러한 '인간적'인 요소를 '치유'하려는 '온당한 내기'를 앞세움으로써 우리의 관점에 본의 아닌 증거를 하나 더 보태준 셈이다. 우리가 볼 때 카뮈의 가장 가혹한 적수는 실상 가장 훌륭한 비평적 안목을 보여준 것으로 여겨진다.[13] 부정(否定)을 위한 독서가 가장 세밀하고 착실한 독서를 전제로 하는 경우이다.

로브그리예의 예가 우리에게 보여주는 바에 의하건대 한 작품이 직면하게 되는 위험은 그 작품이 합당한 위치에서 비판받는 데 있지는 않다는 것을 알 수 있다. 작품이 겪게 되는 어려운 상황은 오히려 오늘날 비평의 주된 경향이 수년 전부터 카뮈의 작품에 대하여 고수해온 깊은 침묵이라고 할 수 있다. 이 분야의 '전문가들', 혹은 여전히 이 작품에서

---

11) A. Robbe-Grillet, 「자연, 휴머니즘, 비극 Nature, humanisme, tragédie」, 『누보 로망을 위하여』(Paris : Minuit, 1963), pp. 70~71 : 김치수 역(이대 출판부, 1982)

12) 앞의 책, pp. 70~71.

13) 위의 책, pp. 71, 83~84.

깊은 감동을 ——그러나 침묵 속에서 ——맛보는 대중[14]을 제외하고는 이제 아무도 카뮈에 대하여 관심을 나타내지 않는다. 적어도 우리가 받는 전체적 인상은 그렇다. 카뮈는 과연 망각되고 초월되고 문학사의 박물관 속에 '분류'되어버리고 만 것일까? 이 무관심은 결정적인 것일까? 이에 대한 대답은 후일의 사가(史家)들에게 맡겨두기로 하자. 그러나 여기서도 다시 한번 현금의 비평가들로 하여금 카뮈의 모든 작품을 이미 낡은 것이 되어버린 '사상'의 항목 속에 결정적으로 분류, 정리해버리게 만든 것은 바로 그 '신화'의 손쉬운 성격 때문이 아닐까 하는 의혹을 갖게 되지 않을 수 없다.

바로 이 같은 의혹에서 출발하여, 우리는 카뮈에게서 모럴리스트나 철학자의 저 두꺼운 신화적 가면을 벗겨내고 소설가로서, 예술가로서 카뮈의 참다운 모습을 다시 한번, 보다 심층적으로 살펴보고자 한다. 이는 현대 비평이 보여주는 새로운 관점들과도 어울리는 일이다. 과연 1960년경부터, 그러니까 작가가 사망하던 무렵부터, 보다 깊이 있는 독서를 해온 비평가들은 지금까지 해명되지 않았던 부분들에 조명을 가하면서 차츰 피상적인 신화들을 걷어내기 시작했다. 이런 공통적인 경향은 각기 서로 다른 세 가지의 요인들이 한데 합쳐진 것으로 여겨진다. 첫째 작가의 죽음으로 인하여 비평가는 비교적 닫혀지고 안정된 연구 대상을 하나의 총체로 뭉뚱그려서 다룰 수 있게 되었다. 그 구체적인 현상으로, 1962년에 '극(劇), 이야기 단편'이란 제목의 『전집』I권이, 1965년에 '에세이'라는 제목의 『전집』II권이 플레이야드판으로 나왔고 또 1962년과 1964년에 『작가수첩』두 권, 나중에 1971년과 1973년에 『알베르 카뮈 노트』라는 총서의 형식으로 미발표의 작품이 나왔다. 특히 로제 키이요가 플레이야드판 속에 제공한 카뮈의 숱한 텍스트들과 주석 및 노트, 그리고 여러 원고들의 서로 다른 내용들은 비평적 견해들을 조정하고 수정하는

---

14) *Magazine Litteraire* 1972년 9월호에 의하면 '『이방인』은 일 년 전부터 『페스트』, 생텍쥐페리의 『야간비행』을 추월하여 갈리마르사 판매고 수위를 차지하여 2백70만 부가 팔렸는데 그 중 2백30만 부가 포켓판이다.' 저자의 다른 저서들도 막대한 판매 부수를 기록한다.

데 불가결한 역할을 했다.

두번째 요인은 좀더 모호한 것이긴 하지만 어느 정도까지는 구체적으로 눈여겨볼 수 있는 내용을 가지고 있다. 그것은 불어권 밖에서 이루어진 비평들의 공헌이다. 사르트르 이래 프랑스 비평이 특히 카뮈의 작품을 그의 사상 혹은 철학에 의하여 조명하려 한 것인 데 비하여 외국의 비평, 특히 영미권(英美圈)의 비평은 좀더 다른 방향으로 진행된 것이었다. 영미의 비평이 1960년대 이전에는 프랑스에 전혀 알려지지 않았다는 말이 아니라 다만 작가의 사후 그쪽 비평이 보다 조직적으로 소개되어 관심을 끌 수 있게 되었다는 뜻이다. 그 예로 몇 가지 단행본만을 꼽아보기로 하자. 『이방인의 눈에 비친 『이방인』, 앵글로색슨 비평 앞에서 카뮈 L'Etranger á l'étranger, Camus devant la critique anglo-saxonne』 (Paris : Minard, 1961),[15] B. T. 피치의 『알베르 카뮈의 『이방인』 속에 나타난 서술자와 서술 Narrateur et narration dans l'Etranger d'Albert Camus』(Paris : Minard, 1960), S. 울만의 『프랑스 현대소설 속의 이미지 The Image in the modern French Novel』(Cambridge University Press, 1960), C. 가두렉의 『죄 없는 사람들과 죄 있는 사람들 : 알베르 카뮈의 작품 해석 연구 Les Innocents et Les coupables : Essai d'exégè se de l'oeuvre d'Albert Camus』(La Haye : Mounton, 1963) 등 몇 가지 제목들에서 볼 수 있는 바와 같이 외국의 비평은 프랑스의 전통비평에 비교적 새로운 요소들을 도입했고 동시에 프랑스 비평 중에서도 철학적 비평과는 다소 각도를 달리하지만 아직 목소리가 나지막했던 특수한 연구들 쪽으로 이목을 돌리게 만들었다. 이는 이 노대륙에 '뉴크리티시즘'이나 '프랙티컬 크리티시즘'이 우회하여 도입됨을 뜻하는 것일까? 하여간 이러한 비평들 중에서 우리가 유의할 수 있는 공통점은 예술가로서의 작가, 문학적 기법, 문체론적인 특성, 미학적 가치, 이야기의 구조, 이

---

15) 같은 출판사에서 이 년 뒤에는 『독일 비평가들 앞에서의 알베르 카뮈』가 출판되었다. 그 역시 외국비평이지만 새로운 성과는 별로 눈에 띄지 않는다. '니힐리즘' '부조리의 세계' '무신론' '정치' 따위가 그 속에 모인 논문 제목들 중에 눈에 띈다. 여기서도 여전히 '철학자'가 문제되고 있는 셈이다.

미지의 힘 등을 돋보이도록 하는 데 관심이 쏠려 있다는 사실이다.

그러나 아직은 이런 비평이 가장 훌륭한 비평이라거나 유일한 비평이라고 말하기는 어렵다. 영미비평을 한 곳에 모은 어느 책 서문에서 인용한 다음과 같은 말은 의미가 있다. '그러나 프랑스의 비평은 카뮈를 비판하기에는 너무 그와 가까이 있다고 볼 수도 있다. 여기에 모인 논문들은 그러므로 한 가지의 장점은 가지고 있는 셈이니 그것은 분명 어떤 거리를 증거하는 조망을 제공할 수 있다는 장점이리라.'[16]

우리의 비평은 여기서 '어떤 거리'를 유지할 수 있다는 점에서 외국비평과 일치할 뿐만 아니라 이 시대의 특수한 이념들에 의하여 조건지어진 비평, 즉 '신비평(la nouvelle critique)' 혹은 '해석비평(la critique d'interprétation)'이라는 차원 속에 위치한다. 그러나 이것은 아주 광범위한 의미에서 이해되어야 한다. 오늘날에 목격되는 '신비평'은 단 한 가지의 비평이 아니라 여러 가지 비평들의 공존일 뿐이다. 또다른 한편 이러한 현대비평은 실존주의의 이념이나 철학을 배제하는 대립적인 것이라기보다는 그것을 포괄하고자 한다. 그러나 약간 다른 각도에서 본다면 이 새로운 차원은 비교적 특징적인 한 가지 국면을 내포하고 있다. 20세기의 과학적 이념, 혹은 적어도 과학적 야심의 증대, 엄격한 기술이 참여할 수 있는 분야의 확대 등은 '문학비평과 제반 인간과학, 즉 언어학·문헌학·사회학·심리학 사이의 참답고 긴밀한 협조'를 요구한다.[17] 이러한 차원 속에서 새롭고 다양한 비평, 즉 문학사회학, 심리분석, 형식연구 등이 출현한다. 비평가가 원용하는 인간과학의 분야가 다양한 것 이외에도, 과학과 예술 사이의 연결을 어떤 방식으로든 설명하는 데 반드시 개입되는 이데올로기적 조망 역시 서로 다르고 다양하다.

그러나 우리가 여기서 관심을 두고자 하는 것은 여러 가지 '신비평'들의 '객관적'—이 객관성이라는 것도 아주 상대적이지만—국면이 우리

---

16) J. H. Matthews, 「앵글로색슨 비평 앞에서 카뮈 Camus Devant la Critique anglo-saxonne」, 『알베르 카뮈 비평의 윤곽 Configuration de la critique d'Albert Camus』(Paris : Minard, 1961), p. 9 수록.
17) 위의 책.

가 앞에서 지적한 바와 같이 카뮈 연구의 제한된 분야에서 눈여겨볼 수 있는 변화와 관련이 있는 것 같다는 점이다. 이 객관성과 객관성의 '상대적' 성격은 카뮈 연구라는 범위 속에서 '철학자로서의 카뮈'와 '예술가로서의 카뮈'(이 역시 좀 무리한 구분이지만)라는 도식에 따라 설명될 필요가 있다. 우리가 여기서 신비평의 '객관적' 성격, 그리고 카뮈 연구의 새로운 경향이라고 부르고 있는 것은 바로 작품을 해석하는 데 있어서 해석의 대상이 된 작품과 그 작품이 몸담고 있는 이데올로기 사이에 어느 정도 거리를 떼놓으려는 비평가의 태도를 뜻하는 것이다. 전통적 비평에도 그 나름의 객관성이 없지 않다. 그러나 그 비평은 작품을 너무나 간편하게 정의된 이데올로기나 철학의 직접적인 조명하에 읽으려 하다가 결국은 작품 그 자체 및 작품의 존재 이유를 잊어버리는 경향을 보이게 된 것이다.

작품이라는 연구대상의 장(場)을 한정시킬 때만 비평과 이데올로기 사이의 적당한 거리가 유지될 수 있다.

여러 가지 신비평에도 위험은 없지 않다. 비평이 '객관적' 방법론을 다듬기 위하여 참조하는 인간과학은 분명히 유용한 데가 있지만 그것을 어떻게 적용하느냐에 따라 난점도 제기된다. 장 스타로뱅스키는 그 점을 분명히 지적한 바 있다. '방법론이 변화되면, 그리고 그 변화가 어떤 중요성을 가지는 것이라면, 그것은 반드시 대상을 파악하는 새로운 방식만이 아니라 대상 자체의 변화를 전제로 하게 마련이다. 만약 이러한 방법론들이 작품을 이해하는 데 도움이 된다면, 그것은 작품들이 필연적으로 작품 아닌 다른 그 무엇 —즉 작품은 때로 그것의 본의 아닌 지표일 뿐인 문학 외적 현실 —을 손가락질하고 있다는 사실을 동시에 보여준다. 이와 같은 관심의 이동이 일단 완료되고 난 후에 비평가는 작품 자체로 되돌아와서 작품이 그렇게 넘치도록 많은 의미를 갖게 만드는 요소가 무엇인지를 판독할 수도 있을 것이다. 그러나 이런 분석을 극단적으로 밀고 나갈 경우 비평가는 작품 자체를 완전히 망각해버릴 수도 있다. 이렇게 되면 문학은 제도나 기능의 이름으로, 개인들과 사회들을 지탱시켜주는 의사 전달, 기호의 교환이라는 보다 더 방대한 망 속으로 빨려들어가버리고 만다.'[18] 그렇다면 우리는 문학작품을 어떤 '지표'로 간주하여 예속적으로 이용하는 과학과 어떤 '마술적인 독립성'이나 절대적 마력을 지닌 것으로 간주되는 예술작품, 그 양자 중에서 하나만을 선택하는 것이 옳을까?

여기에 대한 해답은 일반적인 이론의 측면에서가 아니라 카뮈 연구라는 제한된 분야에서 얻어질 필요가 있다. 우리는 '예술가'로서의 카뮈 쪽에 중점을 둔 비평의 내용들을 간단히 살펴보면서, 우리가 좀 지나칠 만큼 단순화시켜 규정했던 '예술가' 대 '철학자'라는 도식에 뉘앙스를 부여하고 또 한편으로는 우리가 앞서의 비평에 힘입은 바를 밝혀두고자 한다.

그런데 우리는 똑같은 경향의 비평 속에서도 비평가가 독서를 위하여 선택한 목표에 따라 적어도 서로 다른 두 가지의 방향을 구별해볼 수 있다. 한편으로는 소위 '문체' '구조' 쪽을 다루는 방향이 있고 다른 한편으로는 작품 속에서 '이미지'를 연구하는 방향이 있다. 이러한 구분은 결코 절대적인 것이 아니라 편의상 세워본 잠정적 구분임은 말할 나위도 없다.

B. T. 피치는 가장 먼저 사르트르 비평의 부정적이며 동시에 긍정적인 중요성을 이렇게 지적했다. '사르트르의 이 같은 해석은 『이방인』에 대한 그의 문체 분석이 확실하고 정확하기 때문에 그만큼 더 카뮈의 그 최초의 소설을 올바르게 평가하는 데는 해가 되었다.'[19] 실제로 사르트르의 『『이방인』해설』은 카뮈의 작품을 '철학적으로 해석'하는 쪽뿐만 아니라 '문체를 분석'하는 쪽에서도 가장 중요한 출발점이 되었다.

카뮈의 언어가 가진 특징 ─ 짧고 그 자체 속에 폐쇄되고 하나의 '섬'처럼 굳어지고 서로서로 병치된 문장, '시간의 원자처럼' 고립되고 단절된 문장, 그리고 복합과거 및 인과율의 거부에 바탕을 둔 시간성, 오직 현재의 연속만을 인정하는 '분석적' 서술방식, 깊이가 없는 '사물'들의 병치, 간접화법의 사용 등 ─ 을 가장 먼저 지적한 사람은 바로 사르트르

---

18) J. Starobinski, 「문학비평의 현 상태에 대한 고찰」, *Diogène* No. 74, 4~6월호(Gallimard, 1971), pp. 70~71.

19) B. T. Fitch, 「사르트르와 『이방인』」, 『알베르 카뮈의 『이방인』 속에 나타난 서술자와 서술』, pp. 8~12.

였다.[20]

이런 비평을 처음으로 연장시킨 비평가는 아마도 롤랑 바르트일 것이다. 1953년에 그가 『기술체(記述體)의 역사라고 할 수 있는 것을 위한 어떤 서문』을 쓰고자 했을 때, 그리하여 그 글 속에다가 '백색의 기술체'를 보여주는 작가군 가운데 『이방인』의 저자를 포함시켰을 때, 그는 역시 사르트르의 분석을 다시 원용했다.

'카뮈의 『이방인』에 의하여 처음 정착된 이 투명한 언어는 거의 문체의 이상적 부재이기도 한 부재의 문체를 만들어낸다'고 그는 말했다.[21]

그가 역사적인 윤곽을 그려 보이고자 한 '중립의 기술체', 그 '도구성' '어떤 침묵의 존재 방식' 등은 사르트르가 이미 그 역사적인 계보를 그려 보인 바 있는 '침묵의 고정관념' 바로 그것과 관련 있는 것이 아니겠는가?[22]

지금까지 불과 2백 페이지도 채 되지 않는 그 짧막한 소설에 대하여 씌어진 비평 중 단행본으로 된 것만도 십여 종을 헤아리게 된 것은 우연이 아니다. 수많은 비평가들이 자기 나름으로 그 소설의 '스타일'(언어, 서술, 소설기법 등) 쪽의 연구를 심화시키고자 노력했다. 그 중 가장 중요한 것만 열거해보더라도[23] B. T. 피치의 『『이방인』 속에 나타난 서술자와 서술』에서부터 수많은 그의 소논문 및 최근에 보다 더 종합적으로 다룬 『카뮈의 이방인, 텍스트, 독자, 독서 L'Etranger d'Albert Camus, un texte, ses lecteurs, leurs lectures』(Larousse, 1972)에 이르는 비평, 소설에 동원된 언어를 거의 빠짐없이 분석한 바리에(M. G. Barrier)의 『『이방인』의 이야기 기술 L'Art du écrit dans L'Etranger』, 크룩생크

---

20) J. P. Sartre, 『『이방인』 해설』, pp. 103~112.
21) R. Barthes, 『기술체의 영도(零度)』(Paris : Gontheier, 1953), p. 67.
22) 위의 책, p. 68과 사르트르의 『『이방인』 해설』, pp. 103~104 ; 바르트는 형태적 도구가 '침묵의 존재방식'이라고 말하는 데 비하여 사르트르는 '그러나 말로 어떻게 침묵할 것인가?'라고 질문한다. 전자는 '기술체'를 사회 및 사회의 이데올로기와 관련짓고 후자는 침묵의 '새로운 기법'을 어떤 형이상학과 결부시켜 생각한다.
23) 자세한 참고문헌의 소개는 생략하기로 한다. 우리의 (불문논문) 「향일성 숙명 Un destin héliotrope」(Aix-en-Provence, 1974)의 끝부분에 붙은 서지 참고.

(J. Cruckshank)와 가두렉(C. Gadourek)의 중요한 몇 장(章), 그리고 그 밖에 『『이방인』의 문체에 관한 몇 가지 지적』(A. A. Renand)과 「카뮈의 『이방인』」(C. A. Viggiani, 『'이방인'의 눈에 비친 『이방인』』에 수록) 등은 귀중한 연구들이다.

특히 1968년 이후 B. T. 피치가 미나르사에서 간행되는 카뮈 연구 논문집에 모아 소개하는 논문들, 무엇보다도 그 제2집(*Langue et Langage*)은 카뮈의 작품에 대한 문체론적 · 언어학적 연구들 중에서 가장 중요한 논문들을 수록하고 있다.

이 연구들은 『이방인』에 특별히 관심을 보이고 있는 것이면서도 다른 작품들에까지 넓게 확대되어가는 경향을 보인다.

'스타일'과 '기법'에 대한 이러한 관심의 다른 한편에는 지금까지 비교적 게을리해온 연구분야 한 가지가 송두리째 남아 있었다고 할 수 있다. 그것은 바로 '이미지'에 관한 연구다. 아마도 이미지의 연구는 원칙적으로 스타일의 연구와는 대립적인 것이 아니라 동일한 연구의 상호 보완적인 양면이라고 볼 수도 있을 것이다. 그러나 잠정적으로 이러한 구분의 기원 역시 사르트르에까지 거슬러올라간다. 카뮈 작품의 이 첫 비평가에 따르건대 이 작품 속에는 두 가지의 스타일이 있다는 것이었다. 그 하나는 우리가 앞에서 그 특징을 충분히 지적한 바 있는 '새로운 기법'을 뒷받침하는 스타일이고 다른 하나는 '양식적 스타일'이다. 카뮈의 '이미지'는 그러므로 후자의 스타일 속에 위치한다. '뫼르소의 숨찬 이야기를 통해서 나는 그 이야기를 떠받들고 있으며 카뮈의 개인적 표현양식임이 분명한 시적 산문을 투명하게 들여다볼 수가 있다.'[24] 이 비평가는 '작가가 자기의 원칙에서 이탈하여 시적이 되어버리고 마는 흔하지 않은 몇 순간들'이 있다고 말함으로써 이러한 스타일을 비판적으로 보았다.[25] 이리하여 사르트르는 카뮈의 스타일 연구에 있어서 서로 다른 두 가지의 방향을 열어놓았지만 자신은 오직 그 '철학적 콩트'의 '얼어붙은' 스타

---

24) J. P. Sartre, 『『이방인』 해설』, pp. 105~106.
25) 위의 책, p. 111.

일 쪽에만 관심을 기울였다.

기이하게도 1954년에 이 소설의 '시'적 방향을 선택하여 처음으로 분석을 가한 비평가는 또다시 롤랑 바르트였다. 『『이방인』, 태양의 소설』이라는 제목이 붙은 짧고 밀도 있는 그의 논문은 카뮈의 작품 속에서 이미지들의 해석을 시도한 최초의 비평이었다. 이 논문을 통해서 바르트는 이 소설을 성숙하게 만든 십 년이라는 시간적 거리를 마크한 셈이었다.

십 년 전에는 '다른 많은 사람들이나 마찬가지로 그 당시의 이론적 경향에 열중한 나머지' 그 소설 속에서 오직 '그 경탄할 만한 침묵'만을 읽었던 그 비평가도 시간의 거리와 더불어 '카뮈의 첫 소설에서 눈여겨볼 줄만 알았었던들 그의 후기 작품들에 대하여 그렇게 비난만은 하지 않았을 서정성'을 주목하게 된다.[26]

「태양의 불」을 섬세하게 분석한 이 비평가는 '기술체'의 사가일 뿐만 아니라 『미슐레론 *Michelet par lui-même*』[27]의 저자이기도 하다는 사실을 여기서 우리는 상기하지 않을 수 없다.

이리하여 롤랑 바르트는 카뮈 연구에 있어서 새로운 하나의 지평을 열어놓게 되었고 그에 뒤이어 카뮈의 '이미지들'에 대한 다른 연구들이 그 지평 속에 자리잡게 되었다. 그러나 여기서 지적해두어야 할 점은 바르트 이전에 프로혹(W. M. Frohock)이 이미 카뮈의 작품 속에 나타난 이미지들의 가치가 얼마나 중요한가를 말했었다는 사실이다. 한편으로는 장 지오노와 카뮈, 다른 한편으로는 『이방인』 『결혼』 그리고 『페스트』 사이의 비교연구를 통해서 그는 카뮈의 상상력 속에 내재하는 어떤 시학을 주목하게 되었다. 특히 『이방인』에 나타나는 메타포를 총망라한 그의 분석은 이미지 비평에 단단한 바탕을 제공했다.[28]

그 다음에 나온 것이 존(S. John)의 『알베르 카뮈의 작품에 나타난

---

26) R. Barthes, 『『이방인』, 태양의 소설』.
27) R. Barthes, 『미슐레론 *Michlet par lui-même*』(Paris : Seuil, 1954). 이 책은 바르트의 저서 중에서 바슐라르의 영향이 가장 많이 눈에 띄는 책이다.
28) W. M. Frohock, 「카뮈, 이미지, 영향, 그리고 감수성」, *Yale French Studies*, Vol. 2, No. 2(1949. 가을), pp. 91~99.

이미지와 상징 *Image and symbol in the work of Albert Camus*』 (1955)이다. '특수하고 불가피하게 한정된 범위 안에서 카뮈의 문학적 재능의 한 국면, 즉 상징의 창조'를 연구할 목적으로 그는 작가의 여러 작품 속에서 태양과 바다라는 두 가지 이미지를 분석한다.[29] 메타포에 대한 부분적이며 다소 도식적인 그 연구와 비슷한 시기에 비지아니(C. A. Viggiani)는 「카뮈의 『이방인』」이라는 논문에서 저자의 다른 작품들을 통하여 『이방인』의 상징적 가치를 조명하려고 한다. 즉 이 소설의 지금 까지 간과되었던 몇몇 국면들, 특히 '테마적 측면에서 시간적・서술적 구조들의 사용방법, 신화와 고유명사의 사용, 인물과 상황을 배치하는 도식'을 주목하고 또 한편으로는 '이러한 새로운 이해에 힘입어 소설 전체의 의미를 알아내자'는 것이 그의 목표다.[30]

카뮈의 작품 전체에 걸친 비유적 표현을 연구한 사람은 영국의 언어학자 울만(S. Ullmann, 1960)이었다. 그의 저서 속에 포함된 「카뮈의 두 가지 스타일」이라는 장을 통해서 카뮈의 메타포 분석은 프랑스 현대문학에 나타난 이미지 분석 및 언어일반 연구의 틀 속에 편입된다. 울만은 사르트르가 말한 카뮈의 두 가지 스타일(울만 자신은 '지나치게 단순화된' 관점이라고 여기는)에서 출발하여 작가의 언어를 개개의 작품이 지닌 전체적 구조 속에 위치시킴으로써 그 언어의 값을 헤아리고자 한다.

울만의 연구가 나온 지 이 년 후인 1962년 탄스(J. A. G. Tans)는 「알베르 카뮈의 작품에 의거한 물과 빛의 이미지」라는 짤막한 논문에서 바슐라르식 비평방향을 카뮈의 작품에 적용해보고자 한다.

그보다 앞서 나온 연구들에 종합과 뉘앙스를 추가하고자 하는 그의 욕심에도 불구하고, 그리고 바슐라르의 '질료 상상력' 이론을 원용하고자한 야심에도 불구하고 20페이지 남짓한 이 비평은 이미지 분석에 그다지 주목할 만한 변화를 가져오지 못했다.

---

29) S. John, '알베르 카뮈의 작품에 나타난 이미지와 상징', *French Studies*, Vol. 4, No. 1(1955. 1), pp. 42~53.
30) C. A. Viggiani, '카뮈의 『이방인』', 『앵글로색슨 비평 앞에서 카뮈 *Camus devant la critique anglo-saxonne*』, pp. 103~104.

이 연구에서 살 만한 것이 있다면 그것은 그 실질적인 성과라기보다는 이미지를 판독하려는 그의 새로운 태도라 하겠다. 이런 점에서 이 비평은 우리의 연구에 서론적인 안내 내지는 출발점의 역할을 했다고 할 수 있다.[31]

그보다 더 포괄적이고 수미일관한 연구는 바로 카리나 가두렉의 『죄 없는 사람들과 죄 있는 사람들』로서 이는 그야말로 카뮈의 전 작품에 걸친 매우 세심하고 독창적인 비평이다.

여기서는 카뮈의 이미지, 상징, 신화들이 개개 작품의 형식구조 속에 제자리를 찾고, 특히 이미지들의 가치가 카뮈의 상상력의 질서 속에서 해명되고 있다.

여러 가지 상징들을 다루기는 하되 단 하나의 테마, 즉 '행복'의 테마가 카뮈의 작품 속에서 여하히 조직되어 있는가를 연구한 구엔 반 휘이의 『알베르 카뮈에 있어서의 행복의 형이상학』을 제외한다면 가두렉의 연구는 카뮈의 작품 전체를 대상으로 한 '테마비평' 중 최초의 단행본이라고 할 수 있다.

그 후 1967년에 나온 안느 마리 아미오(Amiot)의 논문 「『전락』, 혹은 감옥에서 미로에 이르기까지」와 피치의 「『전락』에 나타난 이미지의 통일성」(1970)은 이미지 연구에 있어서 귀중한 성과였다.

이미지를 통해서 '작품의 내면적인 통일성'을 찾고, 그 대상을 『전락』으로(그 난해성 때문에 비교적 연구가 덜 되어 있었던) 택한다는 점에 있어서 그 두 논문은 공통성을 지니고 있다. 전자는 카뮈의 작품 전체에 의하여 『전락』을 단 몇 페이지의 논문 속에서 조명해보려는 지나친 욕심 때문에 다소 불분명한 상태로 그쳐버렸다면 후자는 텍스트를 하나의 총체로 간주함으로써 매우 예리한 분석의 성과를 거두고 있다.

---

31) 탄스의 연구는 카뮈 연구의 전문가 피치(Fitch)로부터 '지나치게 단순화한 바슐라르 방법론'을 사용했다는 비난을 받는(『알베르 카뮈』 3, Paris : Minard, p. 178) 반면 바슐라르 전문가인 테리엥(V. Therrien)으로부터는 '바슐라르 방법론을 원용하고자 하는 사람들에게는 특별히 권하고 싶은 통찰력 있는 연구'라는 평가를 받았다.(『문학비평에 있어서 바슐라르의 혁명』, Paris : Klincksieck, 1970, p. 27) 그러나 이 경우 역시 우리는 방법론보다는 실질적인 성과가 중요하다는 면에서 피치의 의견 쪽을 찬성하고 싶다.

여기에는 물론 1974년을 전후하여 나온 중요한 단행본 두 권을 근래 최대의 성과로 꼽아야 마땅하다.

그 하나는 롤랑 마이요의 『사막의 상상력』(캐나다 : 라발 대학 출판부) 알렝 코스트의 『알베르 카뮈, 혹은 결여된 말』(파이요)이 그것으로 전자는 그르노블 대학에서 발표된 박사학위 논문으로 바슐라르식 비평인데 우리의 연구와 가장 가까운 방향이고 후자는 알베르 카뮈의 정신분석이다. 그러나 이 두 연구는 우리의 연구가 거의 완료된 단계에 나온 것이므로 참고하기에는 시기적으로 너무 늦은 것이었다.

이상으로 우리는 카뮈 연구의 역사를 지극히 단순하게 일별해보았다.

특히 우리는 카뮈의 이미지·신화·상징 등에 깊은 관심을 가진 연구들을 주목했다. 이것은 우리들의 연구가 카뮈 연구사 전체 속에서 어느 부분에 위치하는가를 밝혀보려는 데 그 목적이 있었다. 우리에 앞서 그모든 연구의 성과가 없었다면 우리의 작업은 불가능했을 것이다. 특히 역사적인 비평 쪽에서 키이요, 사로치, 비알라네, 피치 등은 카뮈의 올바른 텍스트들을 정리·주석함으로써 모든 연구의 기초를 마련했다. 바르트, 탄스, 아미오는 연구 방향을 암시했고 울만, 피치, 가두렉, 그리고 그밖의 여러 비평가들은 보다 구체적인 분석을 제공함으로써 우리에게 필요불가결한 빛을 던져주었다.

따라서 이 연구의 출발점에서 반드시 지적해두고자 하는 점은 다음과 같은 사실이다. 우리의 연구성과가 비록 방대한 분량이 된다 하더라도 이것은 '상상력의 질서'라는 특수한 국면에 시각을 맞춘 것임을 간과해서는 안 된다. 우리는 이 연구가 카뮈의 작품을 이해하는 데 도움이 되기를 간절히 바라는 바이지만, 카뮈의 작품세계의 총체적 이해를 위해서 이 연구는 특히 다른 많은 연구성과들과 합쳐서 상호 보완적인 관계를 이루지 않으면 안 된다는 사실 또한 강조하고자 한다. 카뮈의 작품은 이미지 이외에도 작가의 의식적인 주관, 철학, 시대적 상황, 언어관습, 그리고 그 밖의 많은 요소들이 한데 어우러져 하나의 총체를 이룬 것이기 때문이다.

제3장
독서공간과 이미지

새로운 책들은 우리들에게 얼마나 가득한 덕을 베풀어주는가! 젊은 이미지들을 말하는 책들이 하늘에서부터 내 바구니에 매일같이 가득히 쏟아져내렸으면 싶다. 이 기원은 자연스러운 것. 이 기적은 손쉬운 것. 저 위의 하늘나라에서 낙원이란 다만 거대한 도서관이 아니겠는가?

그러나 받아들이는 것으로 족한 것이 아니라 속으로 풀어야 할 일이다. '동화(同化)'는 교육학자도 식품학자도 다 같은 목소리로 권하는 충고이다. 그러기 위해서는 너무 빨리 읽거나 너무 큰 덩어리를 삼키는 일을 삼가야 한다고 그들은 말한다. 쉽게 해결할 수 있을 만큼의 수없이 많은 조각으로 어려운 대상을 쪼개야 한다. 그렇다. 잘 씹고, 한 모금 한 모금 음미하며 마시고, 시의 한 줄 한 줄을 맛보아야 한다. 이 모든 계율은 아름답고 유익하다. 그러나 단 하나의 원칙이 이 계율들을 지배한다. 즉 무엇보다 먹고 마시고, 읽고 싶은 좋은 욕망이 있어야 한다. 많이 읽고 또 읽고 항상 읽고 싶은 욕망을 가져야 한다.

이리하여 나는 아침이면 내 책상 위에 쌓인 책들 앞에서 독서의 신에게 굶주린 독자의 기도를 드린다. '우리들에게 오늘 일용할 굶주림을 주시옵고…….'

—가스통 바슐라르, 『몽상의 시학』, p. 23

삼십 년에 걸친 비평사 속에 우리들이 발딛고 선 위치를 지적하고 난 지금, 남은 것은 아래의 연구에 있어서 우리가 실제로 적용하게 될 독서의 가설과 방법, 태도 등을 설명하는 일이다. 그것은 동시에, 우리가 앞서 제시한 논리에서 야기될 수도 있는 어떤 모순을 해소하지는 못한다 하더라도 적어도 그를 설명하는 방법은 될 것이다. 그 모순이란 다름아니라 '열려진 독서'라는 표현을 씀으로써 지적한 바 있는 주관성과 '신비평'의 차원에 스스로를 위치시킴으로써 우리가 주장한 '상대적 객관성' 사이의 모순이다.

이 문제에 접근하기 위하여 우리는 아래의 두 가지 질문을 제기하겠다.

① 독서란 무엇인가?

② 이미지란 무엇인가?

그러나 미리 예고해두거니와 우리는 여기서 이 복합적인 현상들에 대하여 결정적인 정의를 내린다거나 그 당위성을 역설할 의도는 없으며 다만 작업상의 편의를 위하여 우리가 뜻하는 실천적 의미를 사전에 명시하겠다는 것뿐이다.

1. 독서란 무엇인가?

우리가 만약 독서를 그것의 단순한 외면적 현상의 측면에서 혹은 타행위와 분리된 상태 속에서 관찰해본다면, 우선 그것은 '텍스트'와 '독자'라는 양자 사이의 관계라는 뜻임을 쉽게 알 수 있다. 그런데 어떤 관계든 어떤 행위든 다 그러하듯이 독서행위, 독서가 유발하는 관계 역시 '공간' 속에서 진행된다. 우선 지극히 경험적이며 물적인 공간으로 독서가 관찰될 수 있다. 그러나 그 최초의 공간은 독서행위가 발전함에 따라 동적이며 정신적인 무형의 공간으로 변모하게 된다. 그러나 이 무형의 공간 속에도 최초의 물적·경험적 공간의 초점이 완전히 사라지지 않은 채 남아 있다. 이와 같은 설명을 통하여 우리는 독서를 구성하고 있는 두 개의 기본적인 축을 지적하게 되었다. 즉 그것은 다름아닌 공간과 시간의 축이다. 그러나 이 평범한 지적으로부터 대상의 폭을 좁혀 보다 더 미시적인 관찰을 하기 위하여 우리는 시간축을 공간축으로 이동하여 통일된 대상으로 고려해볼 수 있을 것 같다. 이와 같은 축소에 대해서는 그 이유를 차차 밝힐 수 있으리라 믿는다. 이와 같은 축의 축소와 함께 우리의 관심사인 독서 현상을 '문학적' 텍스트의 독서라는 영역에 제한하고 다른 한편 독서의 주체를 일반적인 광의의 독서로부터 비평적 독서를 하는 사람들에게로 좁히고자 한다. 우리는 바로 '공간'이라는 차원에서 문학 텍스트와 다른 텍스트, 비평가와 일반독자 사이의 구별을 지어보려고 한다.

하나의 텍스트는, 그것이 독자와의 관계 속에 개입되기 이전에, 이미 그 자체가 하나의 공간이거나 혹은 '공간성'을 표현하고 있다. 텍스트의 이와 같은 공간적 성격은 단순한 외형이라기보다는 언어의 원초적 성격과 근원적인 관련을 맺고 있는 듯하다. 제라르 주네트는 '말의 구조(Le jeu du langage)'를 다음과 같이 정의한다. '말은 단순히 변별적(辨別的)일 뿐인 관계들의 체계로서, 그 체계 속에서, 각 구성요소들은 한편 전체 판도 속에서 그것이 차지하는 위치와, 다른 한편 그와 계통적으로 또 공간적으로 가까운 다른 요소들과 유지하는 수직적·수평적인 관계들에 의하여 그 값이 규정된다.'[1]

그렇다면 공간성은 언어의 기본적인 존재양식의 차원에서 이미 나타나고 있다는 것을 알 수 있다. 씌어진 글자, 즉 '문학' 텍스트의 공간성은 다만 이와 같은 언어 본래의 공간성에 대응하여 물적으로 표현된 것에 불과하다. 그리하여 주네트는 같은 글 속에서, '종이 위에 기호·어휘·문절·논술 따위를 비시간적이고 상호 치환 가능하게 하나의 동시성 속에 배열한 것'이라고 (문학) 텍스트를 정의하고 있다.[2] 이처럼 문학 작품은 독자에게 있어서 일반적으로 '책'이라 불리는, 무엇보다 먼저 물적이며 양적인 공간성과 뗄 수 없는 연관을 가지고 있다. 더욱이나 현대의 독자들은 텍스트의 공간을 상상하지 않고는 독서의 경험을 이해하기 어렵게 되었으며, 심지어는 청각만을 통한 독서에 있어서까지도 언어 본래의 눈에 보이지 않는 공간성이 책과는 다르나 여전히 그와 유사한 공

---

1) 제라르 주네트, 「문학과 공간」, *Figure* II(Paris : Seuil, 1969), pp. 43~48, 방점은 공간성과 결부된 어휘에 필자가 임의로 붙인 것. 우리는 이 독서공간론을 쓰는 데 있어서 적어도 그 출발점에 있어서는 제라르 주네트에게 힘입은 바 크다. 같은 저자의 「공간과 언어」, *Figure*(Paris : Seuil, 1966), pp. 101~108과 조르주 마토레의 『인간의 공간』(Paris : La Colombe, 1962) 참조, 언어 구조의 공간성에 관한 보다 더 본격적인 혁명을 위해서는 페르디낭 소쉬르의 『일반어학강좌』(Paris : Payot, 1971)의 제2부 제5장, 제6장(pp. 170~180) 참조.

2) 위의 책(주네트), p. 45.

간을 지시하고 있음에 틀림없다. 이 공간성을 가장 과장된 상태로 이해할 수 있는 것은 아마도 손으로 만져 읽을 수 있는 맹인의 촉각적 공간일 것이다.

이처럼 물적 공간으로 간주된 텍스트는 사실상 그것이 독자와의 살아 있는 관계 속에 개입되기 전에는 단지 잠재적이고 활력이 없는 공간, 어느 의미에 있어서는 '비어 있는' 공간에 지나지 않는다. 이런 각도에서 볼 때 독서란, 객체적이며 잠재적인 텍스트의 현동화(Actualisation)를 의미한다. 살아 있는 주체인 독자와 만남으로써 텍스트의 공간은 동시에 질적이며 양적인 변화를 겪게 된다. 씌어진 기호가 독서에 의하여 진정하게 '인간적 가치'를 총체적이며 동적으로 의미하기 시작한다. 움직이지 않는 빈 공간으로서의 텍스트 속에 어떤 생명이 거주하기 시작한다. 이것이 공간의 질적인 변화이다. 물론, 언어학적인 의미에서 텍스트는 독자의 눈과 마주치기 전에 이미 의미를 가지고 있다. 왜냐하면 텍스트를 구성하고 있는 기호들은 이미 앞서 말한 언어공간적 질서에 의하여 배열되어 있기 때문이다. 과연 언어학자들은 언어가 텍스트로 표현되는 과정 속에는 이미 현동화의 작업이 이루어져 있음을 지적했다. 그러므로 여기서 필자가 말하는 현동화란 1차적인 언어 구성의 현동화에 비하여 보다 더 복잡한 2차적 현동화임을 지적할 필요가 있다. 의사소통의 안정성을 유지시켜주는 텍스트의 내적 의미(1차적 의미)가 독서 실천에 와서는 그리 투명하지 않고 훨씬 다의화한다는 데 2차적 현동화의 문제가 생기는 것이다. 특히 문학작품의 독서에 관한 한, 눈에 보이는 능기(能記) 연속체(La chaine de signifiants)와 부재하는 소기(所記) 연속체(La chaine de signifié) 사이에 그 깊이와 넓이를 객관적으로 측정하기가 지극히 어려운 난해하고 동적인 공간이 생겨난다. 이는 일반적으로 텍스트의 난해함, 혹은 다양한 해석의 가능성 등으로 생각되고 있는 터이지만, 여기서 확실한 것은 이와 같은 의미의 불투명성과 변이가 바로 독서에 의하여 야기되는 공간의 양적 변화라는 사실이다.

이상의 설명에서 우리는 다음과 같은 사실을 알 수 있다. 기호들이 선적으로 배열되어 책의 볼륨을 이룸으로써 제공된 텍스트 최초의 공간이

의미의 장이라는 내적 공간으로 깊이를 가짐과 동시에 그것은 독자 쪽으로 이동된다. 다시 말하여, 그 자체가 독립적인 하나의 공간이었던 텍스트는, 독서가 시작되면서부터 어떤 제2의 공간을 창조하는 하나의 항에 불과해진다. (다른 하나의 항이 독자의 눈이라면) 이처럼 최초에 텍스트에 의하여 제공되고 독서에 의하여 이동되고, 드디어는 텍스트와 독사의 눈 사이에 창조되는 공간, 다른 한편 '의미의 깊이'라고 말하는 공간, 즉 텍스트와 독자 사이에 맺어지는 복합적이고 유동하는 의미 관계의 총체 등 복잡한 변주를 보이는 공간을 나는 '독서공간'이라고 명명하겠다. 바로 이 '독서공간' 속에서 주관성과 객관성의 문제가 야기된다. 왜냐하면 독서공간은 양면성을 가지고 있기 때문이다. 한편 이 공간은 불변의 공간이며 물적인 측면에서 측정이 가능하다. 그것은 다름이 아니라 안과의 사들이 약 30센티미터 정도로 권하는 책과 독자의 눈 사이의 시계(視界)를 말한다. 이 공간이야말로 독서의 객관성과 현실성을 우리에게 보장해 주는 유일하고 고정된 독서 에너지의 중심이다. (물론 장님이나 문맹에게 있어서는 그 물적 형태는 판이하겠지만 그가 경험한 공간 어느 곳엔가 이와 대응되는 문화적 공간을 상정할 수도 있지 않을까?) 그러므로 이 시계를 일단 벗어나버리면 객관성이란 관리하기 어려워진다. 우리가 앞에서 비평과 이데올로기 사이에 유지하여야 한다고 주장한 '거리', 즉 '상대적인 객관성'도 오직 이 물적인 독서공간의 현동성에 의하여 유지될 수 있다. 그러나 이와 같이 외면에 치중한 독서공간에 대한 고찰은 과연 너무나 순진하고 단순한 것에 그친다. 그래서 다른 한편 우리는 독서공간의 보다 더 실질적인 면모에도 주목하지 않으면 안 된다. 즉 시계(視界)라고 물리적인 측정을 했을 뿐인 독서공간은 사실상 이 기하학적인 공간 개념만으로는 그 독특한 성격을 파악할 수 없는 또다른 하나의 공간을 지시하고 있기 때문이다. 체험된 공간, 열려 있는 공간, 질적인 문화공간, 즉 의미의 공간이 책과 눈 사이의 한정된 공간을 뒷받침하고 있다. 이런 의미에서 본다면 사실 여기서 '공간'이란 말을 쓰는 것조차 큰 도움이 되지 않을지도 모른다. 그보다는 오히려 어떤 문화의 공간적인 성격, 혹은 독서가 지향하는 '공간화'의 문제를 얘기하는 데서부터 출발하는 것이 더 유익할지도 모르겠다. 이리하여 우리는 최초의 물적 공간을 염두에 둔 채, 주관적인 독서공간의 형성을 관찰하기로 하겠다.

나는 앞서 독서란 살아 있는 주체, 즉 독자가 텍스트의 물적이고 비어 있는 잠재적 공간을 살아 있는 공간으로 현동화하는 행위라고 말한 바 있다. 이를 바꾸어, 그 사이에 이동된 이론에 따라 말한다면, 근본적으로 시간적인 존재양식인 언어로 구성된 텍스트를 공간적인 존재양식으로 바꾸어놓는 행위가 독서다라고 할 수 있다. 전자의 현동화는 제한된 물적 공간을 주관적·물적 공간으로 개방하는 경향이며 후자의 공간화는 끝 없는 시간성 위에 설정된 텍스트의 계속성을 하나의 입체적 독서공간 속 에 객관적으로 가두고 제한하는 경향을 강조한다. 독서(텍스트의 해석) 의 주관적 성격은 단순히 불가피한 것이라고 말할 것이 아니라, 텍스트 의 1차적 의미가 가지는 명료성 저 너머 의미의 '깊이' 혹은 '심오함' 등 에 의하여 그 값이 측정되기도 하는, 문학작품의 경우에 있어서는 오히 려 필요한 것이라고 말해야 옳을 것이다. '비유적인 의미' '비유' '상징' '내포' '함축' '이미지' '스타일' '형식' '의미장' '메타포' 등등의 수많 은 용어들이 서로 다른 방식으로 문학적 공간의 깊이를 말해주고 있다. 이 깊이는 단순히 텍스트 속에 '그렇게 있는' 것이 아니라 독자의 문화 적 주관이 어떤 이유로든 부여하게 되는 경우도 없지 않다. 이렇게 볼 때 문학 텍스트와 다른 텍스트 사이의 구별을 짓는 것은 한편 텍스트 자체 가 가진 깊이의 정도이며, 다른 한편 독자가 텍스트의 내재 의미만을 추 출하려는가, 아니면 그에 추가하여 그 의미 공간을 의도적으로 심화하려 고도 하는가의 태도와 관련이 있다.

문학작품의 여하한 독자도 단 한 가지의 독서방법, 즉 자기의 독서방 법이 유일하게 옳거나 유일하게 정당화할 수 있는 것이라고 주장할 수 없고 보면, 문학비평가(주석가) 역시 이와 같은 주관적 한계를 완전히 벗어나지 않는 독자 중의 한 사람임에 틀림없다. 그러나 그는 일반독자 와 아래의 사실에 있어서 구별될 수 있을 듯싶다. 즉 평범한 독자는 옳든 그르든 간에 문학적 의미공간에 고유한 깊이와 변주를 전제로 한 비교적 자유스러운 주관성을 행사하며, 따라서 적어도 의식적으로는 그 의미공간의 한계를 어떤 원칙에 따라 제한하려는 데 신경을 쓰지 않는다. 작품의 각 요소, 혹은 그 전체에 해석·평가를 내리지만 그 행위가 전제로 하는 자기자신의 사회적·문화적·심리적 요소의 유입을 어떤 원칙에 따라 관리하지 않으므로 독서공간의 넓이는 일반독자의 경우 어느 부분에서는 무제한으로 넓어지고 어느 부분에서는 거의 무시되기도 한다. 그에 반하여 비평적 독서는 애초에 '비평적'이라는 특수성이 전제로 하는 제약 및 구속을 가지며 또한 가져야 한다. 비평가는 남과 마찬가지의 독서를 하는 듯하면서도 자기 스스로의 독서행위에 대한 반성과 질문을 함으로써 자기가 제한하고 그 제한을 정당화하는 독서공간의 한계에 준하여 자기의 독서를 통제하여야 한다. 비평적 독서가 가지는 장점 혹은 특수성의 하나로 지적되는 논리성, 수미일관(cohérence)은 제한된 어느 독서공간을 전제로 하지 않고는 불가능하다. 비평가가 그에게 독특한 권리 및 가치를 정당화하는 이면에는 그의 검증되어야 할 객관성이 있으며, 단순한 양적 지식의 표현이 아니라 관계의 체계를 규명하는 진리의 이름으로 활동하고자 한다면 그의 유일한 영역인 독서공간의 '제한된' 범위 속에서 수미일관한 논리를 전개할 수 있는 기능이 다름아닌 그의 객관성임을 우리는 이해할 수 있으리라.

그렇다면 어떤 방법으로 독서공간을 제한할 수 있을까? 텍스트 속에 배열된 한 요소, 혹은 하나의 단위는 그것이 전체 판도 속에서 차지하는 위치에 의하여 의미를 가진다. 이것은 텍스트의 언어학적 측면에서만 확인 사항이 아니다. 같은 원칙이 독서, 특히 문학작품 일반의 '해석'에 적용될 수 있다. 각 구성요소와 전체의 의미 혹은 값을 결정하는 것은 따라서 개개의 구성요소와 전체 판도 사이의 복합적이고 동적인 '관계'를 살핌으로써만 가능하다. 독서의 실천에 있어서 비평가(해석가)는 시간적·선적(線的)으로 연속된 말을 체계화하며 '공간화'하는 한편, 공간으로 간주된 총체 속에 각 구성요소들을 위치시킨다. 여기서 우리는 자연히 독서의 실제적 방법에 관한 하나의 질문을 제기하지 않을 수 없다. 즉 전체의 의미와 개개 구성요소의 의미 중 어느 것을 먼저 결정할 것인가? 전체가 부분을 결정하고 부분이 전체를 결정한다면 이 순환적인 논리 속에서 어떻게 독서는 가능한가? 어쨌든 우리는 시작으로부터 시작하여야 하지 않겠는가?

시간적(순차적) 측면에서 본다면, 독서란 선(線), 즉 능기(能記)의 연속체가 지시하는 방향으로 순차적인 진행을 한다는 것을 우리는 단순한 경험들을 통해서 알고 있다. 이것은 사실상 독자는 전체 판도를 아직 알지 못한 채, 전체 공간을 한정하기 이전에 이미 개개의 구성요소들부터 차례로 읽고 평가하고 해석한다는 것을 의미한다. 그렇다면 전체를 모른 채 부분을 읽을 수 있다는 것이 아니겠는가? 그것은 어떻게 가능한가? 우리들은 되풀이된 독서습관(이것도 문화적인 소양의 일부이겠지만) 덕분에 우리의 눈을 거쳐간 최소한의 요소들만으로 구성된 중간단위 (sous-ensemble) 혹은 잠정적 단위(ensemble provisoire)의 도식을 쉽게든, 어렵게든 식별해낼 수 있게 된다. 개개의 구성요소들의 의미를 풀이할 수 있게 만들어주는(하나하나의 요소들이 놓이는 위치를 결정해줄 수 있는 '잠정적 전체'의 역할을 하는) 잠정적 단위들은 그 크기, 보는 각도, 역할 등에 따라 '문' '시구' '장면' '패턴' '장' '절' '이미지' 등등으로 불린다. 보편적으로 쓰이는 '문맥(contexte)'이란 말은 이들 각 중간 단위들을 그 크기, 역할, 차원 등을 고려하지 않고 총체적으로 뜻할 때 쓰는 말이다. 이와 같은 시간적인 독서양식의 기본적인 성격은 물론 언어의 선조적 성격(linéarité du langage)에서 기인하는 것이겠지만, 이 성격은 독자들이 흔히 가지는 어떤 즐거움의 조건이 되기도 한다. 그 즐거움은 다름아닌 '놀라움', 뜻하지 않는 것의 즐거움으로서 어떤 문체론 전문가들은 '놀라움'에서 문체의 한 특징을 발견하기도 한다.[3]

소설의 독자, 특히 탐정소설의 독자는 잘 알고 있는 이 '놀라움'의 즐거움은 독서가 위에 말한 잠정적 단위인 문맥 혹은 패턴에 의하여 지금 읽고 있는 요소만을 해석하는 것이 아니라 아직 읽지 않은 부분까지 어떤 일정한 방식으로 예견하고 있다가 그 예측이 빗나가는 순간에 느끼게

---

3) M. Riffaterre, 『구조 문체론 Essais de Stylistique Structurale』(Paris : Flammarion, 1971), p. 58.

되는 중간단위의 전환 감각을 말하는 것이다. 이처럼 시간적 선후에 따를 수밖에 없는 것이 독서의 일차적인 성격임에는 틀림없겠지만, 좀더 면밀히 관찰해보면 이 선적 독서조건을 수정하는 어떤 다른 요소가 또한 독서에 개입된다는 것을 알 수 있으리라. 그것은 다름이 아니라 독자의 '소급행위(rétroaction)'이다. 소급행위는 양이 많은 텍스트의 경우 자주 일어나며 또 텍스트의 이해와 해석의 여러 차원에서 요구된다. 가령 소설 독자의 경우, 스토리의 진전을 확실히 이해하기 위하여 이미 읽은 부분으로 되돌아가서 재확인을 하고 앞뒤 관계를 재조정할 때, 두번째 이상에서만 확인될 수 있는 '반복' 요소를 지각할 경우 현재 만나고 있는 반복된 요소가 앞서 나온 같은 요소를 상기시키는 때, 텍스트의 상징적 해석의 경우 의미장을 확대하는 때 등등 소급행위는 시간축 위에서 진행되는 독서순서를 중지시키거나 나아가서는 순서를 뒤바꾸어놓는다.

문체론이라는 제한된 영역에 국한시킨 것이기는 하지만 '소급행위'를 극명하게 드러내주는 리파테르의 일절을 인용해보자. '문맥(contexte)이란 문(文)과 같은 방향으로 선후에 따라 진행되면서 의미의 풀이 절차를 따르게 마련인 선적인 단위로 생각할 수 있다. 이와 같은 방향은 독서의 절차, 어순에 따른 효과, 리듬 등에 의하여 생겨난 것이다. (……) 그러나 짧은 텍스트의 경우, 문체론적인 여러 가지 특징들을 한눈에 다 머릿속에 담을 수 있다. 같은 방법으로, 우리는 한 구절의 끝 부분을 시계의 외곽을 통해서 미리 지각함으로써 실제의 독서를 앞지를 수도 있다. 나아가서, 보편적인 길이의 텍스트에 있어서도, 독자는 그가 처음에 빨리 읽는 동안 특별히 그의 주의를 끌었던 부분을 항상 다시 읽을 수 있다. 그 어느 경우에 있어서도, 우리는 놀라움이라는 효과는 그 정도가 약해질 우려가 있지 않을까, 또 독서의 방향과 순서는 항상 일정하지는 않은 것이 아닐까라고 자문해볼 수 있다.'[4]

여기서 '다시 읽는다'라는 말은 독서의 소급적인 현상을 부각시킨다는 점에서 특히 주목할 만하다. 적어도 직관적인 차원에서만 보더라도 재독

---

4) 위의 책, pp. 66~67.

이라는 것은 문학적 텍스트의 질은 아니라 하더라도 그 복잡성과 깊은 관련이 있다. 어떤 텍스트가 독자에게 재독의 욕망과 필요성을 불러일으킨다는 사실은 의미공간의 깊이와 난해성을 나타내주는 것으로 해석될 수도 있다.[5] 그러나 우리가 여기서 뜻하고자 하는 것을 잘 이해할 필요가 있다. 이것은 문학 텍스트의 난해성을 당위의 것으로 옹호하려는 무슨 특수한 취미를 의미하는 것은 아니다. 여기서 문제시되는 것은 비평가라는 특수한 독자의 의식적인 태도이다. 일반적인 독자의 하나였던 비평가는 의식적인 재독을 통해서 그의 질적인 태도를 바꾸는 것이 된다. 그 순간부터 그는 텍스트의 선적인 인력(引力)이나 이야기의 시간적인 추진력에 수동적으로 이끌려가는 것이 아니라 그가 이미 어휘·문(文) 등의 연속을 통하여 거쳐온 시간을 기억과 감수성의 공간으로 치환 저장하며, 그 공간을 능동적으로 재구성하게 된다. 그는 그의 첫번째 독서에 의하여 이미 획득된 일련의 요소들을, 새로운 공간 속에, 새로운 경험적 질서에 따라 재정리함으로써 의미를 드러나게 한다.

각기 서로 다른 독자(그것이 비평가라는 제한된 대상이라 하더라도)들에게 공통된 독서양식을 명확하게 규정한다는 것은 물론 지극히 어려운 일이다. 그러나 우리는 이상의 설명을 통하여 아래의 사실을 확인할 수 있다. 주의 깊은 비평가, 특히 자기가 읽는 텍스트에 대하여 자기자신의 2차 언어(métalangage) ─ 더 쉽게 말해서 평문(評文) ─ 를 발설하고자 하는 비평가(해석자)는 결코 그 텍스트를 '단 한 번만' 읽는 것이 아니다. 이 말은 반드시 비평가가 어떤 텍스트의 처음부터 끝까지의 일독을 마친 후 문자 그대로 두번째로 같은 행위를 반복하는 것을 의미하지는 않는다. 그가 일독을 하는 동안에도 이미 많은 새로운 요소, '의미심장한' 요소들을 만나게 되어 그것들이 끊임없이 그를 이미 통과한 다른 요소들에게로 되돌려보낸다. 평문 속에서 우리가 발견하는 구체적 텍스트

---

5) G. Bachelard, 『공기와 꿈 L'Air et Les Songes』(Paris : José Corti), p. 286 : '시인의 내부에서 시간은 기다리기 시작한다. 진정한 시는 재독되고 싶은 억누를 수 없는 욕망을 불러일으킨다. 이내 우리는 두번째의 독서가 첫번 독서보다 훨씬 더 많은 것을 말할 것 같은 인상을 받게 된다.'

요소들에 관한 언급·인용·요약 등——'종횡무진'의 인용, 심지어는 스토리의 요약까지도 텍스트 본래의 시간적 순서에 따라 기술되지 않는 경우는 허다하며 또 자연스럽게 느껴진다——수많은 2차 언어적 요소가 소급행위를 동반한 독서를 부분적으로나마 증거한다. 말을 바꾸어, 비평문 속에서 인용·언급된 텍스트의 요소들이 반드시 원 텍스트의 시간적 순서를 존중하여 배열되지만은 않는다는 사실은, 비평가가 텍스트의 어떠 어떠한 요소들만을 특별히 분리시켜 자기의 평문에 편입시킴으로써 이를 강조하며, 그 요소들을 자기의 새로운 독서공간 속에 재구성한다는 뜻이 된다. 내가 여기서 말하는 재독은 이와 같은 독서공간적 재구성을 의미한다.

문학 텍스트를 읽는다는 행위는 공간화의 행위(spatialisation)다라고 위에 언급한 말은 다음과 같은 두 가지 의미에서 이해되어야 한다. 그 하나는 시간적이며 선적인 축 위에서 독서의 중간 단위(혹은 잠정적 단위)를 끊어내는 것이 이미 일종의 공간화이며, 다른 하나는 비시간적 혹은 수직적인 축을 따라 심오하고 복합적인 의미공간(독서공간) 속에 텍스트의 각 요소들을 '소급행위'를 통하여 재구성하는 것을 의미한다. 장 피에르 리샤르는 비평의 이 같은 이중적 성격을 다음과 같이 표현하였다. '비평이란 하나의 해석학(Herméneutique)이며 동시에 하나의 조합술(組合術, art combinatoire)이다. 비평은 집합시킴으로써 뜻을 풀이하는 행위이다.'[6] 이와 같이 우리가 비평행위란 텍스트의 '재독'에서부터 비로소 진정하게 시작될 수 있다는 사실을 인정한다면 각 요소, 각 단위들을 끊어내는 행위(해석)와 그것들을 재구성하는 행위는 규칙적이고 객관적인 방법으로 어느 것을 먼저, 어느 것을 나중에 이해할 수 있는 것은 아니라는 것을 알 수 있다. '재구성한다' '재집합시킨다' 등의 표현은 마치 우리가 먼저 각 요소들을 분리 해석하고 그 다음에 그들을 질서 있는 하나의 전체 속에 배열할 수 있다는 것을 의미할 것처럼 보이리라. 그러

---

6) J. P. Richard, 『말라르메의 상상세계 L'Univers imaginaire de Mallarmé』(Paris : Seuil, 1961), p. 15.

나 각 요소의 분리, 각 단위의 한정이 '잠정적'이라는 것은 단위의 분리가 전체에 달려 있고 전체는 분리된 요소들의 질적 총체라는 점에는 변함이 없게 한다. '전면적 이해(connaissance totale)'라는 비평 본래의 요구는 이리하여 선적인 독서를 입체공간적 독서로, 순서적 독서를 동시적 관계하의 독서로 변모시킬 것을 요구한다.

일견, 악순환 논리 형식 속에 폐쇄된 듯한 이 부분과 전체의 문제는 실상 우리가 살펴보고자 한 독서 현상의 규명에 커다란 장애로 남아 있는 것이 사실이다. 그러나 이와 같은 장애와 어려움을 인정한다는 것은 적어도 비평적 독서의 출발점에 있어서는 예술작품으로서의 문학 텍스트의 위치를 인정하는 것이 된다는 사실은 강조해둘 필요가 있다. 왜냐하면 이 어려움이란 '미학적' 의미의 깊이와 결부되어 있고 미적 의미란 '총괄적이고 다의적인 각도에서 거대한 성좌들의 총체처럼 존재하는 것이어서 너무나 편협하고 일률적인 목록의 작성으로 간주되기를 금지하는 것'이기 때문이다.[7] 과연 비평작업이란 한 페이지에서 다른 한 페이지로, 하나의 문(文)에서 다른 문(文)으로, 하나의 어휘에서 다른 어휘로 연결되는 거미줄을 짓고, 잘 울리는 공명상자를 만들고, 혹은 속이 텅 비어 있으나 빛나는 중심을 가진 아름다움의 궁륭을 짓는 행위임에 틀림없다. 그래서 그것은 통일적인 독서, 한 요소의 해석과 다른 요소의 해석이 서로서로 빛을 던져주도록 하는 포괄적 조망을 요구한다. 그러나 우리는 과연 장 피에르 리샤르와 함께 '오직 독서의 정당함과 인내력 있는 천착만이 종국에 가서는 비전과 상상력의 심오한 법칙으로 인도해줄 것이다'[8]라고 손쉽게 결론을 내려야 할 것인가?

물론, 텍스트를 완만하고 참을성 있게 되풀이하여 읽는다는 것은 모든 방법론적 모색에 앞서 행하여야 할 작업임에 틀림없다. 문학작품의 해석과 평가에 관한 한 여하한 비평적 방법론이나 도구들도 먼저 부분부분에 대한 분석을 수차에 걸쳐 심화·확대·수정하는 작업, 즉 자유 독서에

---

7) 위의 책, p. 25.
8) 앞의 책, p. 25.

선행할 수는 없기 때문이다. 이 같은 원칙을 충분히 확인한 연후에도 여전히 실천적인 문제 하나가 남는다. 즉 어쨌건 시작으로부터 시작하여야 하지 않으면 안 될 일이고 그것도 효율적으로 시작하여야 한다는 문제가 그것이다. 시론(試論)을 필요 이상으로 확대하는 것을 피하기 위하여 나는 이 연구에서 내가 부딪친 구체적인 경우를 통해서 이 문제를 접근해 보는 것으로 그치려 한다.

독서공간 자체를 엄밀하게 제한한다는 것은 사실상 불가능하다. 이는 바로 다양한 출처에서 이끌어온 문화, 교양, 심리적 동기 등으로 구성된 나의 독서 에너지의 양적 관리가 불가능한 데 그 원인의 하나가 있다. 그 반면, 비평의 대상인 텍스트 공간을 한정함으로써 독서공간에 구심점을 주는 것은 가능하다. 가령 내가 한 작가, 즉 알베르 카뮈가 쓴 모든 작품을 독서의 대상으로 제한하는 것은 텍스트 공간을 무조건으로 제한하는 다른 많은 방법들 중의 하나일 것이다. 마찬가지 방법으로 나는 같은 작가의 작품 중에서 소설만을, 희곡만을 선택할 수도 있을 것이고, 아니면 그 작가와 같은 역사적 문맥 속에 놓이는 일군의 작가들 작품을, 혹은 물과 빛의 테마를 위주로 몇몇 개의 서로 다른 저자들의 작품을 선택할 수도 있을 것이다. 문학사가들이 흔히 하는 방법으로 가령 실존주의라는 사조로 묶을 수 있는 작품들을 다룰 수도 있고 혹은 문체론에 주목하는 사람들처럼 자유간접화법의 용도를 중심으로 혹은 일인칭 작중 설자(說者)를 중심으로 묶은 작품만을 대상으로 삼을 수도 있을 것이다. 이런 평범한 설명은 적어도 독서공간을 제한할 수 있는 하나의 '객관적' 기준이 따로 있을 수는 없다는 것을 확인하는 데는 유용하다. 독서의 대상 자체가 제공하는 어떤 객관적인 기준이 따로 있으려면, 텍스트의 내재 의미, 나아가서는 그 의미의 내재 구조가 '거기 그렇게 있음'을 인정해야 하고 우리는 다만 거기 있는 의미를 '발견'하는 것일 뿐이라고 믿을 수 있어야 한다. 그럴 경우 독서는 살아 있는 주체의 2차적 창조 경험, 자유의 경험, 아름다움의 동적 경험, 즉 독자의 공간화 경험을 부정해야 하는 결과가 되리라. 다시 되풀이하거니와 독서공간은 텍스트의 공간만은 아니다. 그것은 실존적인 주체가 질적으로 창조하는 경험적 공간이다. 텍스트와 독자 사이에는 독서에 의하여 일련의 복합적인 관계가 맺어지는데 이 관계의 총화를 새로운 질서 속에 구조화한 것이 독서공간이며 그를 표현한 것이 비평이다.

우리가 예컨대 '책'이나 '소설'처럼 형태상으로(상품의 형태) 분리된 텍스트만을 고려한다면, 그 자체를 하나의 독립된 전체로 간주한 '책' 속에서만 하나 혹은 여러 가지의 의미를 추출해낼 수가 있다. 이렇게 하여 우리는 그 텍스트에 '담겨 있는' 의미가 있음을 인정할 수 있을 것이다. 그러나 바로 그 '담겨 있는' 의미를 가려낼 수 있기 위하여 전제가 된 독서행위를 조금만 더 자세히 관찰해본다면, 우리는 단 한 권의 책을 해석하는 데 있어서도 이미 거기에 담겨 있지 않은 다른 문화적 제 요소들이 불가피하게 개입되며, 그 개입 요소들의 출처를 하나하나 명백하게 밝히는 일은 결코 용이하지 않으나 어쨌든 그 요소들이 지금 대상으로 삼은 제한된 텍스트 밖에서 온 것임에 틀림없다는 사실을 발견하게 될 것이다. 예컨대 독립되고 분리된 텍스트인 한 권의 소설은 해석되기 위해서는 같은 저자가 쓴 모든 작품 속에, 혹은 같은 소설 장르에 속하는 일련의 작품들 속에……등등의 상위공간 속에 자리를 잡게 된다. 이처럼 단 하나의 확연히 분리된 듯한 텍스트의 경우에라도 그것이 의미를 받을 수 있는 상위공간을 차례로 확대해나간다면 결국은 '시간을 초월한 무명의 거대한 산물'로 간주된 총체적인 문학 일반이라는 공간에 도달하게 될 것이다.[9] 그러고 보면 사실상 우리는 단 한번도 독립된 하나만의 텍스트를 읽는 것이 아니라, 그 읽고 있

---

9) 제라르 주네트, *Figure* II, p. 47 ; 가스통 바슐라르, 『몽상의 시학』(Paris ; P. U. F., 1960), p. 23 : '시의 여러 다른 시대들이 살아 있는 기억 속에 합쳐진다. 새로운 시대가 옛 시대를 잠깨운다. 옛 시대가 새로운 시대 속에 와서 살기 시작한다…… 천국이란 하나의 거대한 도서관이 아니고 무엇이겠는가?' ; 조르주 풀레도 『프루스트의 공간』(Paris : Gallimard, 1963), pp. 129~130에서 같은 의미로 프루스트의 도서관 이미지를 해석하고 있다. '여기서 프루스트의 상상력은 드디어 완벽한 하나의 메타포를 찾아내었으니 그것은 바로 작품이 가장 적절한 상징적 형태로 표현된 이미지이다…… 그렇다, 프루스트 자신의 작품 역시 분리된 일련의 장면, 현실의 씨줄과 날줄 속에서 절단되어서 계속성이라는 물결의 연속으로부터 버티어 남은 것이라고는 하나도 없는 단편적인 장면들로 구성되어 있다. 그 반면, 그 장면들은 '서로서로 나란히 배치되어', 시간 속에 놓여 있던 모든 것들이 이제는 공간적인 표면 위에 한데 놓이게 되었다. 이렇게 하여 시간은 공간에게 자리를 양보하게 되었다.'

는 하나의 텍스트를 통하여 문학, 나아가서는 문화 일반의 불확정적인 어떤 장(場)을 읽고 있는 셈이다. 프랑스의 평단에서 최근 자주 만나게 되는 용어인 '텍스트의 상관성(l'intertextualité)'이라든가 혹은 보다 상징적인 의미로 쓰이는 '도서관'이란 말은 바로 이 독서공간의 불가피한 확대와 심화를 증거해주고 있다. 이런 의미에서 주네트는 말한다. '도서관, 바로 이것이 문학의 공간성을 말하는 가장 분명하고 가장 진실한 상징이다. 문학 전부가 소개된 곳, 다시 말하여 문학 전부가 현재 속에 합석하여 동일한 시간의 것이 되고 우리가 그 속을 답사할 수 있고 상호 치환할 수 있으며 어지러울 만큼 광대하고 부피가 크며 은밀하게 무한한 것처럼 느껴지는 공간이 바로 도서관이 아닌가.'[10]

이처럼 불가피하게 확대 심화되는 동적인 독서공간을 제한한다는 것은 참으로 용이하지 않으며, 어떤 경우에는 거의 불가피하게 보인다. 그러므로 우리가 이 연구에 있어서 독서공간을 카뮈의 전 작품에만 한정시키고 그것을 독립되고 충분한 전체로 간주하는 것은 우선 자의적이며 다른 한편 독서 및 해석의 수미일관을 유지하려는 방법론적인 주의에 의한 것이다. 그러나 비록 우리의 독서 대상 한정이 사실 수없이 많은 한정과 선택 가능성 중의 하나에 불과하다고는 하나, 그 선택이 완전히 무동기한 것은 아니다. 이 선택은 당연히 우리가 지금까지 독서공간의 문제에서 일단 관심 밖에 두고 있었던 새로운 하나의 주체가 개입한다는 사실을 인정하는 일이다. 다시 말하여 카뮈라는 한 작가를 중심으로 한 것이 우리의 선택이고 보면, 여러 가지 서로 다른 장르로 이루어진 이 작가의 작품의 총체, 문학이라는 거대한 도서관으로부터 분리해낸 일종의 이 소형 도서관 속에 문득 독자 못지않게 생생한 생명을 지닌 또 하나의 주체, 그의 영혼이 거주하고 있다는 것을 우리는 확인하지 않을 수 없다. 이 주체는 독자보다도 역사적으로 선행하는 주체이지만 독서공간 속에 개입됨으로써 독자와 동시간성 속에 놓이게 된다. 텍스트 속에서 이렇게 하여 한 인간이 타자에게, 혹은 자기 스스로에게 말하고 있다. 아니 텍스트가

---

10) 위의 책, p. 48.

인간을 말한다. (한국어를, 프랑스어를 '말하듯이') 텍스트는 하나의 존재를 말하고 하나의 의식을 말하고 있다. 바로 이 순간부터 대화가, 존재의 긴장된 합류가, 심지어는 어떤 행복한 동일화가 두 주체, 즉 창조자와 독자 사이에 이루어지기 시작한다. '다양성 속에서의 유사성, 그리고 연속된 것 속에서의 영원불변한 것이 어떤 깊은 개성의 징후가 되는 것'[11]은 바로 가지가지 형태와 장르로 이루어진 텍스트 전체를 하나의 극으로 집합시키는 단 하나의 의식의 존재 덕분이다. 이 하나의 의식을 우리는 편의상 '카뮈'라는 이름으로 부른다.[12]

텍스트의 중심에 창조자의 의식이 관류하고 있다는 사실에 의하여 비평가는 그를 위협하고 있는 이중적인 위험으로부터 스스로를 어느 정도 보호할 수 있다. 즉 하나의 위험이란 절대 독립적으로 존재하는 것으로 간주된 형태상의 텍스트만을 고려에 넣음으로써 작품의 존재론적 위치를 무시하기 쉬운 지나친 객관주의이며[13] 다른 하나의 위험은 오로지 독자

---

11) 장 루세(Jean Rousset), 『형태와 의미』(Paris : José Corti, 1962), p. XX.
12) 장 피에르 리샤르의 『낭만주의 연구』(Paris : Seuil, 1970), p. 167, 「알프레드 드 비니」 참조 : '내가 '비니'라고 부를 때는 우리들 내부에 또한 독서공간 속에 비니의 전 작품을 관류하고 있는 여러 가지 무늬들의 체계가 만들어내는 전체적인 전망에 대한 개인적 칭호를 의미한다.'

이 경우 연구의 대상을 '카뮈'의 작품 전체로 제한한다는 것은 물론 양적인 제한을 넘어서서, 그 대상을 '하나의 통일된 작품'으로 보려는 것이며 그것의 지하를 꿰뚫고 통과하는 한 상상력의 무늬·생성·변모를 '하나의 통일된 비평적 묘사' 속에 담으려는 것을 의미하며, 나아가서는 그 '통일된 작품'을 구성하는 각 요소의 의미를 그 '작품' 내의 다른 요소들만이 던져주는 빛에 의하여 밝히겠다는 의도를 뜻하는 것이다. 가령 '태양'의 이미지는 독자의 선험적인 경험에 의하여 '생명'이라는 보편적 의미를 밖으로부터 받는 것이 아니라 '작품'의 내부에서 때로는 생명에의 의지를 때로는 무서운 아버지의 눈을 멀게 하는 파괴력으로 변모될 수도 있으며 이 서로 다른 의미들의 관계에서 생기는 제3의 의미도 작품 내의 구성요소만이 결정할 수 있도록 한다. 이 카뮈 자체의 이미지의 특성을 이미지의 인류학이라는 문맥 속에 위치시키는 것은 하나의 독서공간이 규정된 후의 문제일 것이며 나는 이 연구에서 그것을 다루지는 않았다.

13) 조르주 풀레, 『비평적 의식』(Paris : José Corti, 1971), pp. 267~272 : '문학을 객관화하려는 모든 시도들은 결국 주체를 문학 속에 다시 끌어들이는 결과에 이르고 말았다. 당신이 만약 문학을 완전히 객관적인 것으로 만들고자 한다 하더라도, 끝에 가서는 결국 개가를 올리는 객관성의 바로 그 한가운데 그토록 거부하고 추방하였던 주관성이 다시 고개를 드는 것을 발견할 것이다.' 로만 야콥슨과 클로드 레비스트로스의 「보들레르의 시 '고양이들'」

의 역할에만 의미를 부여하는 주관적 심리주의이다.[14]

이 두 가지의 극단 사이에서 비평가는 무엇보다도 독자와 창조자 사이의 '상관 주관성(inter-subjectivité)'에 의거한 진정한 관계공간을 찾으려고 혹은 구성하려고 노력하지 않으면 안 된다.[15] 조르주 풀레는 비평의 이와 같은 면모를 단 하나의 문장 속에 적절하게 요약하였다. '두 의식의 행복한 일치 없이는 결코 진정한 비평이란 있을 수 없다.'[16] 이렇게 하여 독서공간은 두 개의 의식이 독서라는 현재 속에서 하나의 통일된 존재로 만나 동일화 · 동시화 · 동일공간화되는 살아 있는 공간의 중심으로부터 그 구성이 시작될 수 있을 것이다. 이렇게 볼 때 독서공간이란 다름이 아니라 저의 우주를 변혁시키는 작가의 창조적 동력의 표출을 텍스트를 통하여 독자의 의식이 만나 그와 일치하게 되는 유기적 만남의 세계라고 할 수 있으리라. 그러나 이 행복한 결혼의 순간들 속에 들어가기 위해서 우리는 얼마나 많은 도로를 감수해야 하는가!

(피에르 기로 · 쿠엔츠 편, 『문체론』, Paris : Klincksiek, pp. 284~301). 이 글에서 두 공저자는 그 시에 대한 명석한 '텍스트 분석'을 객관적 방법으로 행하였으나 그 분석에 의미론적인 값을 부여하기 위해서는 결국 마지막에 '마지막 두 가지 언급'을 덧붙임으로써 텍스트를 텍스트 외적 요소로 개방하지 않을 수 없었다. 고로 '닫힌 텍스트'로 제한하는 작업은 한정된 연구의 한 단계로서 매우 필요하나 그 자체가 가진 한계는 불가피하다.

14) I. A. 리처즈의 『실천비평』(London : Routedge & Kegan Paul, 1970), pp. 347~349 : "'좋은 시'를 좋아하고 '나쁜' 시를 싫어하는 것보다는 이 두 가지 다름을 우리 마음에 질서를 주는 데 필요한 방편으로 사용할 수 있다는 것이 더 중요하다. 중요한 것은 우리들이 시들에게 주는 독서의 가치이지 우리가 그 시들을 분간하는 데 있어서의 정확성이 아니다.'

15) 르네 웰렉 · 오스틴 워렌, 『문학의 이론』(London : Penguin, 1970), pp. 142~156 : '그러므로 예술작품은 특수한 존재론적 규정을 가진 고유한 지(知)의 대상인 것 같다. 그것은 현실적(동상처럼 물적인 것)인 것도 아니고, 정신적인 것(빛이나 고통의 경험처럼 심리적인 것)도 아니고 가상의 것(삼각형과 같이)도 아니다. 그것은 가상적인 생각들의 규범으로 이루어진 하나의 체계로써 이 규범들은 상호 주관적(intersubjective)인 것이다.'

16) 조르주 풀레의 「동화 비평」, 『비평의 제 방향』(Paris : 10/18, 1968), p. 7. 이 비평에 관한 보다 자세한 전개를 위해서는 같은 저자의 『비평적 의식』을 참조할 것.

2. 이미지란 무엇인가?

　우리는 이상에서 특수한 독자로서의 비평가, 즉 한 번의 독서가 아니라 늘 재독에 의해서만 그 기능을 행사할 수 있는 비평가에게 있어서의 문학 텍스트 독서 현상을 분석해보았고 그에 대한 가설들을 세워보았다. 그리고 한 작가가 쓴 작품, 즉 '알베르 카뮈의 작품'에 텍스트를 한정시키는 우리의 선택을 제시하였고 그에 대한 가능한 한의 정당화를 시도했다. 이제 남은 것은 우리가 어떠한 관점에서 '독서공간'을 조직하게 되었는가를 명시하는 일이다. 우리의 관점은 말할 것도 없이, 카뮈의 작품 속에서 읽을 수 있는 이미지의 발생·생성·조직 및 그 전이(轉移) 과정에 국한된다. 이 작가의 작품 연구사 속에서 그 같은 '이미지'의 문제가 점하는 위치는 위에서 이미 밝힌 바 있다. 우리의 관점을 설명한다는 것은 따라서 다음의 문제에 대답하는 일이 된다 : '이미지'란 무엇인가? 보다 더 정확하게 말하여 '문학적 이미지'란 무엇인가?

　그러나 여기서 미리 말해둘 것이 있다. 우리는 여기서 언어학적 혹은 수사학적 의미, 즉 형태적 의미에서 이미지의 정의를 내리려는 것은 아니다. 물론 여기서 논의하자는 '문학적 이미지'란 '글로 씌어진 이미지', 다시 말하여 '문학 텍스트를 통해서만 전달될 수 있는 이미지'임에 틀림없고 보면 언어학이나 수사학의 범주에서, 형태론의 입장에서 이를 다루어야 할 것으로 생각할 수 있다. 그러나 오늘날 언어학의 한 분야로 개발된 의미론(意味論, sémantique)이 거둔 미흡한 성과를 고려할 때, 또 다른 한편 글로 씌어진 작품이라는 형태적 실체를 통해서 전달·창조되는 '이미지'가 단순히 '어휘' '기호' 등의 정적 현실과 혼동될 수는 없다는 사실을 고려할 때, '이미지'를 형태론의 범주 속에서 다룬다는 것이 얼마나 비효과적인 것인가를 이해할 수 있으리라. 바꾸어 말하면, '이미지'를 텍스트라는 양적 공간 속에 위치시킬 수도 없고 그렇다고 평범한 의미공간 속에서 고려할 수도 없으므로, 우리가 앞에서 정의한 바 있는 상호 주관적이고 질적인 독서공간(L'espace qualitatif et intersubjectif de la lecture) 속에서 생각해보는 것이 타당할 줄로 여겨진다.

언어기호는 이미지의 발생과는 무관하였던 독자의 의식을 위하여(같은 의미에서 작가의 의식을 위하여) 이미지를 '고착'시키는 데 기여한다. 물론 우리가 앞서 지적한 바와 같이, 창조자의 의식과 독자의 의식 사이의 의사소통이 첫째 목적이다. 그러나 일률적이며 안정감 있는 의미를 선명하게 규정한다는 바탕 위에서 이룩되는 의사소통을 넘어서서 문학 텍스트는 또다른 차원의 거래를 요구한다. 그 중 하나가 이미지의 차원이며 이를 통한 문학 텍스트의 요구는 특수한 거래, 특수한 의사소통, 즉 '상상동력'의 만남이다. 그러므로 여기서 문제되는 것은, 독자가 텍스트의 주의 깊은 독서를 통하여 이미지, 그것의 창조적 힘, 그 자리, 그 변모를 발굴·수용·묘사하고 이 모두를 자기의 '독서공간' 속에 재구성하는 일이다. 언어기호는 그 자체로서는 기껏해야 이미지에 동력원, 즉 '상상하는 의식'이 어디에 어느 쪽에 있는가를 지시하고 유도하는 데 그칠 뿐 이미지 자체를 '재현(représenter)'하는 것은 아니다. 이런 생각은 다음과 같은 결론을 이끌어낸다 : 여기서 내가 문제삼는 이미지는 소쉬르가 말하는 '기호의 자의성(L'arbitraire du signe)'을 넘어서는 차원, 즉 질베르 뒤랑의 '상징의 차원(Dimension symbolique)'에 위치하는 것이다. '언어체계에 있어서는 비록 기호의 선택에 필연성이 없는 것이지만 —왜냐하면 기호는 그것이 지시하는 레알리테와 관습적 관련밖에 없기 때문에 —상상력이나 이미지의 경우는 결코 그와 같지 않다. 상상력의 세계에 있어서 이미지는 그것이 아무리 대단치 않은 상태로 전락하였다 하더라도 그 자체가 의미를 담고 있다. 그런데 이미지에 내재하는 의미는 상상적 세계의 의미 체계 밖에서 구할 수는 없는 성질의 것이다…… 이미지가 구성하는 유추핵(analogon)은 절대로 필연성도 없이 선택된 기호가 아니라 항상 내적으로 필연적인 관련하에서 선택된 것이다. 다시 말해서 그것은 항상 하나의 상징이다.'[17]

---

17) 질베르 뒤랑, 『상상력의 인류학적 구조 Les structures anthropologiques de l'imaginaire』(Paris : Bordas, 1969), pp. 24~25. 한 페이지 뒤에 저자는 이렇게 결론을 맺는다 : '상징은 기호학의 범주가 아니라 특수 어의학에서 파생하는 것이며 인공적으로 주어진 의미 이외에 상징은 근원적이고 자연 발생적인 울림의 힘을 가지고 있다고 말할 수 있다.'

이처럼 자의적 기호의 차원을 초월하여 '상징의 차원'에 일치를 정립할 경우 우리는 가령 리카르두와 같은 비평가의 비난을 받을 수가 있다. 리카르두는 바슐라르가 '텍스트 속에서 항상 텍스트 이전의 몽상, 혹은 텍스트의 글자 밖에 있는 꿈을 찾으려 한다'고 비난한다.[18] 우리는 '상호 주관적 공간화 행위(spatialisation intersubejective)'로서 비평적 독서를 규정함으로써 이 같은 견해 차이에 대한 입장을 밝힌 바 있다. 여기에서 그 '텍스트 밖의 텍스트'란 다름아닌 상상력, 혹은 상상하는 의식이라는 점, 또 그것이 텍스트 자체와 무관하게 존재하지 않는다는 점을 첨가하여 지적하는 것은 새삼스러울 것 같다. '독서 공간화'는 텍스트를 소외시키는 행위가 아니라 반대로 텍스트의 내적 공간을 심화하는 행위이다. 텍스트만이 '상호적 주관성'의 균형을 보장한다. 이미지를 포착하기 위하여 우리는 텍스트에서 출발하고 이미지의 변이 과정과 생성을 추적하기 위하여 텍스트로 돌아온다.

'텍스트 밖의 텍스트'가 텍스트의 글보다 시간적으로 선행하느냐 않느냐 하는 문제에 관해서는 해명하기 지극히 어려운 애매성이 개재된다. 무엇보다 먼저, 실제로 경험한 사실들이 글 자체에 선행하는 것인가 아닌가를 밝히기 위해서 필요불가결한 심리학적인 탁월한 능력이나 대창조자의 경험적 능력이 우리에게는 결여되어 있음을 시인해야 한다. 그러나 일반적으로 생각할 때, 어느 것이 시간적으로 선행하느냐 하는 문제는 그 실천에 있어서 무의미한 논의일 것 같다. 왜냐하면 작가에 따라, 때에 따라 그 어느 것이 선행하는 것 같기 때문이다. 다음으로 리카르두가 비난하는 바대로 '선행체(L'antécédent)'가 '작품 창조 이전의 꿈'을 의미하는 것이라면 바슐라르에게나 우리에게나 문제는 간단해진다. 리카르두가 인용하여 공격하는 바슐라르의 한 항목에 국한할 경우 리카르두는 매

---

18) 레이몽 장, 「바슐라르 몽상의 장소 Lieu de la Rêverie Bachelardienne」, 계간 *Arc* (Aix-en-provence, 1970), No. 42, p. 76 : 장 리카르두, 「어느 기이한 독자 Un étrange lecteur」, 『현대 비평의 길 *Les Chemins actuels de la Critique*』, p. 220 : '마리 보나파르트와 가스통 바슐라르의 일치는 다 같은 관점 선택, 즉 문학은 그 임무가 어떤 제3의 선행체를 '표현'(이미 있는 것을 전달)하는 데 있다는 관점 선택에 그 기초를 둔다.'

우 정확하게 비평을 하고 있는 듯싶지만 그의 비평은 지극히 근시안적이라는 흠을 면할 수 없다. 이 비평가가 '바슐라르의 가장 치졸한 몇 행의 예를 기초로 하여'[19] 그의 이론 일반을 손쉽게 평가절하한다는 상식적 반론은 차치하고라도, 리카르두의 비평은 '바슐라르의 상상력 이론과 프로이트의 정신분석학과의 관계를 잘 파악하지 못한 데 그 결점이 있다.'[20]

바슐라르의 이론 체계 내에서 정신분석학이 차지하는 중요성은 올바르게 이해되어야 한다. 작품에 대한 지나치게 '현실주의적'인 해석을 반대하기 위하여 바슐라르는, 적어도 그 초기에 있어서는, 정신분석학에서 그의 용어와 방법론을 차용해왔었다. 이렇게 함으로써 그는 현실로서 메타포를 해명하는 것이 아니라 메타포로서 현실을 설명하는 방법을 제안하게 되었다. 그러나『물과 꿈』, 그리고 특히『공기와 꿈』에서부터 그는 자기의 '질료 상상력'을 '동력 상상력'에 의하여 보완하기 시작하였고 그 두 가지 상관적 이론을 후일 상상력의 현상에까지 이끌어올렸다. 이리하여 그가 억압(refoulement)으로부터 '상징(symbolisme)'의 독립을 부르짖게 되고, 따라서 억압되지 않은 무의식, '행복한 무의식'의 존재를 인정하게 될 때 그는 프로이트의 정신분석학적 이론과 정확하게 상극적인 입장을 취했다. 이미지의 현상학적 해석에 이를 무렵의 바슐라르는 사실 리카르두 자신과 그리 멀지 않은 입장에서 정신분석학적 의미의 '꿈'과 '선행체'를 부인하고 있다. '이미지를 지적 분석의 대상으로 삼는 점'[21] '비료를 통해서 꽃을 설명하려 한다는 점'[22] 등을 들어 정신분석학을 공격함으로써 바슐라르는 이미지의 '울림(retentissement)'[23] '순수승화(sublimation pure)'[24] 혹은 상

---

19) 일반적으로 바슐라르가 시도한 부분적 이론인 4원소 질료론을 바슐라르의 이론의 전부라고 생각하는 것은 단지 이 철학자의 업적에 대한 성급한 독서의 결과일 뿐이다.
20) 뱅상 테리엥,『문학 비평에 있어서 가스통 바슐라르의 혁명』(Paris : Klincksiek, 1970), p. 38, 노트 62.
21) 가스통 바슐라르,『공간의 시학』(Paris : P. U. F., 1957), p. 7.
22) 위의 책, p. 12.
23) 앞의 책, p. 2, 6, 7.
24) 앞의 책, p. 12. 여기서 '승화'란 용어는 프로이트의 정신분석학에서 차용했으나 그것이 전제로 하는 동기설(motivation)이나 결정설(déterminisme)을 부인하고 상상력의 현상학적 독자성을 대응시키기 위하여 '순수' '절대'의 형용사를 붙였다.

상닉의 '절대승화(sublimation absolue)'[25] 등이 가지는 기본적 중요성을 강조한다. 이런 점에 관심을 돌려 볼 때 문학작품 앞에서 바슐라르와 리카르두가 취하는 태도를 서로 비교해보는 것은 흥미 있는 일이다.

그렇게 함으로써 이 두 이론가가 실상 얼마나 서로 유사한 입장을 취하고 있는지를 알 수 있을 터이다(물론 '합리적인 것을 상상하고 상상적인 것을 합리적으로 분석하는 철학자의 이중적 사고'[26], 주의 깊게 또한 경탄을 금치 못하며 이미지에 경도하는 바슐라르와, 묘사비평에 역점을 두고 작품의 유일한 현실로서의 언어기호 체계와 그 구조에 보다 많은 관심을 돌리는 리카르두, 이 두 비평가 사이에는 축소시킬 수 없는 차이가 있다는 것이 분명하지만).

그러면 먼저 리카르두의 의견을 들어보자. '현실의 기능'[27]을 공격한 바슐라르와 마찬가지로, '어느 경우에 있어서나 작품은 그에 선행하는 주어진 것들을 번역해내는 데 그 존재 이유가 있다라고 하는 대전제에 기초를 둔 모든 현실주의'[28] 원칙을 비판하고 난 다음 리카르두는 '글(écriture)'의 독자성을 확인한다. 그에게 있어서 글이란 '언어기호를 불러일으키고 유도하여 발생시키는 운동, 창조의 원동력, 혹은 기호체계를 고안·발생시킴으로써 의미 자체를 제도화하는 운동'[29]으로 정의된다. 이와 같은 '글'에 대한 의미의 체계화를 부정할 이가 누가 있겠는가?

바슐라르도 우리 자신도 이를 부인하지는 않는다. 그 증거로 바슐라르가 '문학적 이미지'에 대하여 쓴 일절을 인용해보자. '과연, 시적 이미지가 행사하는 의미 작용을 어떻게 간과할 수가 있겠는가? 기호는 여기서 어떤 환기, 추억, 머나먼 과거의 지울 수 없는 표시로서 존재하는 것이 아니

---

25) 앞의 책, p. 157. 정신분석학의 '승화(sublimation)'가 가진 '억압에 대한 부정적 성격'에 반하여 상상력은 억압에 '대한' 승화가 아니므로 절대승화이다.

26) 레이몽 장, 위의 책, p. 77.

27) '현실의 기능'은 La Fonction du réel의 번역으로 La Fonction de l'irréel(비현실의 기능, 상상력의 가장 중요한 기능 중의 하나)에 반하는 말. 가스통 바슐라르, 『대지와 의지의 몽상』, p. 3 참조.

28) 장 리카르두, 『누보 로망의 제 문제』(Paris : Seuil, 1967), pp. 24~25.

29) 위의 책.

다. 문학적 이미지라는 이름에 값하는 것이 되자면 독창성이란 가치를 지녀야 한다. 문학적 이미지는 지금 태어나고 있는 도중의 '의미'이다. 말—그 낡고 오래된 말—이 여기 와서 새로운 뜻을 부여받는다'라고 지적한 후 바슐라르는 다음과 같이 결론을 맺는다. '시적 언어행위에 선행하는 시란 것은 없다.'[30] 이상에서 볼 때 이 두 비평가는 똑같은(혹은 거의 같은) 어휘로 각자의 의견을 수립하지 않았는가? 이 두 사람의 이론을 분리시키는 지점은 '글(écriture)'과 '문학적 이미지(l'image littéraire)'라는 두 용어 사이의 거리에 있다.[31]

그런데 아닌게 아니라, 바슐라르의 몇 가지 용어 속에는 애매성이 없지않다. 즉 여기서 '문학적 이미지'와 '시적 언어(le verbe poétique)'는 동의어처럼 사용되어 이를 연장하면 '문학적 이미지'와 '글'은 바슐라르에게 있어서 같은 것을 지시한다고 생각할 여지를 남기고 있다. 사실은 바슐라르 자신이 분명히 밝혀 말하기를, 그는 그가 '작문구성(composition)'이라고 부르는 글의 형태론적 문제, 즉 시의 전체를 대상으로 삼는 창조력의 문제는 일단 자기의 관심 밖으로 밀어두겠다고 했다. 그가 그쪽의 이론을 일단 방치해둔 것은 그가 가진 겸손 때문이기도 하겠지만 무엇보다 '분리된 이미지' 혹은 작품의 부분을 이루나 전체를 꿰뚫고 가는 힘을 환기하는 작은 이미지들에 대한 현상학적 관심에 더욱 중점을 두고 있었기 때문이다. '그러므로 우리가 현상학적 울림을 파악하고 그 진동을 받을 수 있는 것은 분리된 이미지들의 차원에서이다'[32]라고 그는

---

30) 가스통 바슐라르,『공기와 꿈』, p. 283.
31) 여기서 '글'이라고 번역한 'écriture'는 특수한 이념적 바탕 위에 설립한 롤랑 바르트의 제안을 리카르두가 연장하고 실험한 것이다. 롤랑 바르트의 저서『기술체(글)의 영도 Le Degré Zéro de l'Ecriture』중 제1부 제1장 'Qu'est-ce que l'écriture?' : '그런데 모든 형태는 가치이다. 그러므로 언어(Langue)와 문체(Style) 사이에 자리를 차지하여야 할 것은 글(écriture)이다. 어떤 형태의 문학에서도, 어조 일반에 대한 선택, 에컨대 일종의 풍속원(風俗原, éthos)이 있게 마련인데 바로 여기에서는 분명하게 개성화하는 것이다. 바로 여기에 작가가 참여하기 때문이다. 언어와 문체는 활용언어 문제성에 주어진 선험적 배경이다. 언어와 문체는 시대와 생물학적 개인의 자연적 산물이다. 작가의 형태적 개성은 문법규범이 정착되고 문체가 정규화한 자리 밖에서 진정하게 창조된다.'(pp. 16~17)
32) 가스통 바슐라르,『몽상의 시학』, pp. 8~9. 바슐라르도 사실은 글의 외적 구조 문제

말했다.

독서공간을 상정하고 그 속에 질적·동적·동시적 장으로서의 '문학 이미지'를 위치시킨 바 있는 우리는 이제 '이미지'란 '글'에 선행하는 것도 후행하는 것도 아니라는 결론을 내릴 수 있을 것 같다. 이미지는 '글'을 에워싸면서 그에 활력을 주는 상호 주관적 의식공간이다. 일반적으로, '글'과 '상상력'은 다행한 창조의 순간에 동시적으로 만난다는 가정은 이렇게 성립한다. 단지 '상상력'은 이 '만남'이 보여주는 눈에 보이지 않으나 깊이 울리는 힘의 모습이며 '글'은 읽을 수 있고 형태적인 다른 하나의 얼굴이다. 이 다행한 창조의 순간이란 바로 카뮈가 묘사한 순간일 것 같다. '주제가 번뜩 얼굴을 드러내고, 갑자기 맑아지는 나의 감수성 앞에 작품의 윤곽이 그려지고, 상상력이 지성과 완전히 일치하는 그 달콤한 순간들' (『안과 겉』, p. 9)…… 은 이상적인 순간들일지 모른다.

바슐라르의 상상력 이론을 추적하는 한편 이미지가 그의 선행체를 필요로 하지 않는 상대적 독서공간 속에 위치를 정함으로써 우리는 '이미지'를 그 자체로서 하나의 절대적 '출발점'으로 간주하게 되었다. '현재 속에서 살아야 한다. 이미지의 순간 속에 있는 이미지의 현재에 참가해야 한다'[33]고 바슐라르는 말한다. 정신분석학에서와 같은 '과거' 혹은 깊은 '동기'를 갖지 않은 이미지의 절대적 현재성(actualité), 또 이에 따른 이미지 해석이 지녀야 할 현재성을 이 말은 강조하고 있다. 독자와 창조자라는 두 의식이 서로 만나는 감동의 자리는 바로 이미지의 살아 있는 현재란 말이다. 한편 여기서 이미지의 현재성은 미래와 과거를 향해 가지를 뻗어나가는 '울림'의 동적인 힘을 지적하는 것이기도 하다. 이미지가 분석을 위한 정적 대상이 아니라 하나의 실체이며 '사건' 자체라고 말할 수 있는 것은 무엇보다도 그것의 현재성, 우리들의 의식의 현재성

에 완전히 무관심하지는 않았다. 특히 『물과 꿈』의 「말과 물」의 장, 로트레아몽 등은 그 좋은 예 ; 뱅상 테리엥의 위의 책 중 「리듬 분석 방법」의 장 참조. 나는 이 논문에서 '글' 의 문제를 이미지와 격리된 문제가 아니라 이미지 못지않게 작품의 유기적인 실체로 간주하여 이미지와 직결된 종합적 상태에서 논의하고자 했다 : 논문의 제2부 「추락의 수력학 (水力學) : 언어」와 『배교자』와 『오해』의 해석을 참조할 것.
33) 가스통 바슐라르, 『몽상의 시학』, p. 1.

속에서 항상 새로운 동력으로 표출될 수 있는 힘, 새로운 출발점으로서 제시될 수 있는 능력, 그리고 인간 심리 속에 파문을 던질 수 있는 울림 등의 기능에 기인한다. 그러므로 우리의 관심을 끄는 것은 이미지의 과거라기보다는 그의 현재와 미래, 즉 이미지가 각종 의미를 강력하게 번식시키는 힘이다. 이미지란 하나의 상태도 아니요, 하나의 사물(objet)도 아니요, 그렇다고 어떤 사물의 치환물도 아니다. 이미지란 그와 반대로 '언어가 존재의 일상적 궤도를 벗어나서 종래에는 체험할 수 없었던 것을 발언하고 우리들에게 그것을 현재 속에서 살[生] 수 있도록 하는' 그 시간, 그 동적인 순간을 의미한다.[34] 이미지는 도식적인 언어로 정의되지 않으며 정의되어서도 안 된다. 이미지는 여하한 개념(concept)으로도, 여하한 생각(pensée)으로도 축소·요약될 수 없다. 아무리 단순한 이미지라 하더라도 그것이 진정한 이미지라면 곧 이중적인 것이 되며, 이미지는 동시에 이미지 그 자체이면서 또한 그 자체와 다른 것이다. 이것이 바로 이미지 특유의 동력학(動力學)이다. 이 같은 몇 가지 단편적인 묘사에서 우리가 가장 소리 높여 강조하려는 이미지의 본질은 바로 예술의 근원인 '자유'라는 것을 알 수 있을 것이다. 그러므로 우리는 어떠한 경우에도 이미지를 감각세계의 '재현(représentation)'이라거나 혹은 선행하는 개념적 사고를 알기 쉽게 풀이하여 보여주는 데 사용될 수단(illustration)이라고 간주하지 않는다. 결국 이미지란 무엇인가?라는 질문에 가장 정확하게 대답하는 방법은 그의 개념적 정의를 내리는 일이 아니라 그와는 반대로 이미지가 아닌 것들을 열거하는 일일지도 모른다.

문학적 이미지에 관한 연구는 일반적으로 이른바 '주제비평(critique thématique)'의 한 항목 정도로 정리되어온 것 같다. 그런데 사실 주제비평, 테마비평은 그리 새로운 비평양식은 아니다.

주제비평이란 말에 광의적 해석을 허용한다면, 문학의 역사적 변천을 연구하는 사람들은 이미 오래 전부터 이 비평양식을 실천해왔다고 볼 수 있다. 예컨대 사조·테마·상징체계 등의 통시적 역사를 문학작품을 통

---

34) 장 클로드 파리앙트, 「이미지의 현존」, 월간 *Critique*, No. 200(1964. 1), p. 16.

하여 규명하려 했던 비평들은 모두 주제비평들이었다. 오늘날의 문학비평에 있어서 사람들이 뜻하는 의미에서 본다면, '주제중심비평'이란 '장기간에 걸친 테마의 역사에 적용하던 방법을 한 작품의 내부에 국한시켜 적용함으로써 일변 미분화하고 일변 적분화한 것'에 불과하다.[35] 그러나 '테마'를 정의해보려 한다면 문제는 훨씬 복잡해진다. 이른바 테마비평의 분야에서 가장 확고한 업적을 남긴 장 피에르 리샤르의 '테마'에 대한 정의를 분석해보자. '테마란 그러므로 작품의 조직구성의 구체적인 원칙이나 하나의 눈에 보이지 않는 도식 혹은 하나의 고정된 사물이며 이를 중심으로 그 주변으로 하나의 세계가 이루어지고 변모 생성하는 경향을 보이게 된다.'[36] 이 말라르메 전문의 비평가는 이상과 같이 정의를 내린 후에, 한 주어진 작품의 내부에서 중심적인 테마를 찾아내는 방법으로서는 '경험의 여러 가지 층을 포개어보고, 거기서 비교에서 얻은 지리적 판도를 그려내고 그리하여 종국에는 이 경험의 여러 층들이 서로서로 엇갈려 여하한 방식으로 하나의 통일된 경험을 창조하는가를 밝혀내면 된다. 그렇게 함으로써 테마란 우리에게 있어서, 비평가로 하여금 작품 전체의 내적 공간을 여러 가지 방향으로 골고루 밟아가게 하도록 허용해주는 동적 요소, 아니 더 정확하게 말해서 작품이 하나의 통일된 의미의 볼륨으로 부각되도록 해주는 돌쩌귀 같은 중심 요소임을 알게 된다. 이리하여 모든 테마 연구 방법론은 동시에 정보이론(cybernétique)의 형태와 계통론(systématique)의 형태를 종합한 것이 된다'[37]라고 설명한다. 무엇보다 이 설명에서 '독서공간'과 관련이 있는 용어들을 주목할 필요가 있다. 즉 '세계' '내적 공간' '의미의 볼륨' 등은 공간 자체를 의미하고 있으며 그 공간들은 '구성한다' '변모 생성한다' '포개어놓는다' '비교에 의한 지리적 판도를 그려낸다' '동적 요소' '밟아간다' 등 의식(작품의 내재의식 및 비평가의 의식)의 운동을 지시하는 동사들에 의하여 생명

35) 장 스타로뱅스키, 「현대비평의 새로운 제 방향」, 『국제불문학연구회지』(Paris : 1964), p. 137.
36) 장 피에르 리샤르, 『말라르메의 상상세계』(Paris : Seuil, 1961), p. 24.
37) 위의 책, p. 26.

있는 공간, 양적 공간으로 나타난다.

이 거의 감각적일 만큼 구체적이고 동적인 정의는 '테마'에 관한 한 가장 정확한 묘사일 것으로 수긍이 가지만, 그럼에도 불구하고 하나의 의문은 남는다. 즉 어떤 방법을 통해서 구체적으로 '경험의 서로 다른 층들을' 포개어볼 수 있을까? '포갠다(superposer)' '중첩(superposition)' 등의 술어는 과연 테마비평의 매우 구체적인 하나의 방법 및 기술로 제안되어 있다. 특히 프로이트의 과학적 정신분석학 방법론을 도입하여 현대 비평의 가장 효력 있는 비평 방법 중의 하나인 '심리비평(psycho-critique)'을 창시하고 호소력 있는 업적을 남긴 샤를르 모롱이 그의 방법론 정립을 위하여 매우 정밀한 양식으로 사용한 용어도 이 중첩(superposition)이다.[38] '포개어본다'라는 하나의 기술도 중요하지만, 무엇과 무엇을 포개느냐 하는 중첩의 대상에 모든 문제가 있는 것 같다. 리샤르에게 있어서 그 대상은 '경험의 서로 다른 여러 개의 층'이요 모롱에게 있어서는 '서로 다른 텍스트'이다. 그러나 양자에게 있어서 다 같이 이 대상들은 문자 그대로 이해할 성질의 것은 아니다. 왜냐하면 이 비평가들은 둘 다 '텍스트'에서 출발하여 그 텍스트가 지시하고 있는 값, 가치(의미)로 옮아가기 때문이다. 즉 리샤르의 경우 텍스트에서 '경험'이나 '지리'(정신적·상상적·상징적)로 이동하고 모롱의 경우 텍스트에서 '연상망(réseau associatif)', 즉 정서적 뉘앙스에 따라 한데 묶은 어휘의 단위(고로 '문장 내의 형태적 관련을 일단 무시하면서')[39]로 옮아간 연후에 중첩작업을 하게 된다. 그러므로 테마비평의 대표적인 이 두 비평을 분리시키는 것은 '상상력의 가치(valeur de l'imaginaire)'와 '정서적 가치(valeur affective)'——여기서 정서는 우선 미적 가치라기보다는 심리학적 가치를 의미한다——사이에 놓인 거리에 있는 것 같다. 리샤르는 텍스

---

38) 샤를르 모롱, 『고정관념적 메타포에서 개인적 신화로』(Paris : José Corti, 1962), p. 32. 심리비평 이외의 분야에서도 가령 장 루세는 한 작가의 여러 가지 텍스트를 '유토피아적 작품' 혹은 '잠재적 작품'을 추출해낸다는 뜻으로 'superposition'이라는 말을 쓰고 있다. 그의 『형태와 의미』(Paris : José Corti, 1962), pp. XXI~XXII 참조.
39) 위의 책, p. 38 이하.

트의 합리적이고 물적인 객관성과 작가의 개인적 심층심리(무의식)의 중간에 위치될 수 있을 상상력의 차원에 기초를 둔 미학의 존재를 인정하는 것 같고 다른 한편 모롱은 프로이트의 정신분석학을 예술에 연결시키고자 함으로써, 과학이라는 대계획에 가담하는 정밀한 방법론을 수립하고자 하고, 따라서 그의 주된 관심은 작가의 언어를 통하여 '무의식적인 개성과'그의 내적 동력체계'[40]를 포착하는 데 쏠려 있는 듯싶다.

그런데, 독서의 원칙으로서 상관적 주관성을 제시한 이상, 우리가 이하의 카뮈론에서 이 둘 중 어느 편에 가까운가는 명백할 것이다. 우리는 결코 예술에 대한 '과학'을 수립하겠다고 생각한 일도 없고 그것이 가능하다고 생각하지 않으며, 따라서 엄밀한 의미의 포괄적인 '비평이론'이 필요하거나 가능하다고 믿지 않는다. 그러므로 우리가 필요로 하는 것은 논쟁이 아니라, 자유스럽게, 또 몇 번이고 거듭하여 좋아하는 작품에 대하여 행한 독서행위를 반성적인 방법으로 재고하고, 실제로 행한 산발적이고 부분적인 독서양식을 논리적으로 하나의 작업분야 속에 위치시켜보려는 노력일 뿐이다. 도대체 비평 속에 특히 살아 있는 이미지의 경험을 위주로 하는 비평 속에 나의 부분, 나의 주관이(비록 그것이 텍스트에 의하여 간단없이 관리되는 것이기는 하지만) 투입되지 않고, 나의 존재가 투자되지 않는다면 나의 비평적 독서가 무슨 의미를 가질 수 있겠는가?

그러나 여전히 해결되지 않고 남는 문제는 '무엇을 포개어볼 것인가?' 라는 질문이다. 우리들이 금방 위에서 살펴본 바와 같이, 만약 중첩의 대상이 하나의 값가치(의미의 가치)라면 그 값가치는, 그것이 무의식의 가치든, 상상력의 가치든, 그것이 정서적 가치든 혹은 시적 가치든, 종국적으로 우리가 찾고자 하는 것과의 관계 속에서만 그 가치가 추출될 수 있는 것이다. 그렇다면, 지금까지 우리는 무의식(그것이 실제로 존재화하는

---

40) 앞의 책, p. 25. '심지어 그 완전한 개화에 이른 때라 할지라도 심리비평은 역사비평의 대칭적인 다른 한쪽 날개의 몫을 점유할 뿐이고 그 중심에는 역시 창조적 언어에 대한 비평이 위치할 것'이므로 모롱은 심리비평이 축소적(réductrice) 비평이 아니라 부분적 비평이라고 반박한다(앞의 책, p. 343). 그러나 이 모든 비평의 총화 속에서 작가의 무의식을 탐구하지 않고도 가능한 상상력 비평은 독자적인 위치를 차지할 수 있지 않을까?

것이든 아니면 그럴 수 있다고 추측할 수 있는 것일 뿐이든)의 문제를 독서범주에서 일단 제외하였으므로, 바꾸어 말해서, 이미지를 그 선행체(무의식은 선행체의 가장 좋은 예이다)와 무관한 독립적인 '출발점'으로 간주해왔으므로 이제 우리가 이미지를 포착할 수 있는 유일한 방법은 적어도 실제의 구체적인 작업에 있어서는, '말(mot)'을 통해서만 가능할 듯싶다.[41] 이것은 인식론적인 가능 여부와 일단 무관하게 단순히 실천적 방법일 뿐이며 알베르 카뮈의 작품 내부에서 포착할 수 있는 테마에 국한시킨 작업의 선택된 한계를 전제로 한다. 애초에 우리가 연구하고자 시도했던 '물'과 '빛'이라는 이미지 자체가 '말'의 형태로서 제출된 것이다.

그러나 이미지를 말에 의하여 결정하려는 우리의 가설을 설명하기에 앞서 연구하고자 한 이미지의 선택에 대하여 설명할 필요가 있다. 테마 연구 비평에 있어서, 전체 작품과 유기적인 관계를 가진 하나 혹은 몇 개의 테마를 선택하는 것은 비평가가 해야 할 최초의 일이다. 그러나 훌륭한 작품일 경우 그것을 구성하는 모든 요소가 다 전체와 유기적인 관계를 맺고 있는 것이기 때문에 그 선택에 있어서 위험은 별로 없을지도 모른다. 그 반면, 장 피에르 리샤르의 말을 빌리건대 '전략적' 혹은 '지형학적' 가치면에서 볼 때[42] 그 선택에는 높고 낮은 가치 척도가 있을 수 있다.

우리가 창조적 의식의 중심에 도달하기 위해서는 작품을 구성하는 자체 의도를 충분히 대표할 수 있는 전략적 위상 속에 있는 테마를 선택하는 것이 무엇보다 중요하다. 그런데 그 선택을 행하는 시점, 즉 비평적 독서를 시작하는 출발점에 있어서 우리가 가진 것이라고는 어떤 테마의

---

41) 이 말은 결코 이미지는 '말'이다라는 의미가 아니다. 다만 어떤 경우에 있어서 이미지의 단위가 어휘의 형태적 단위와 혹은 문장이나 이야기의 단위와 일치하는 것같이 보이는 측면이 있을 수 있다. 가령 바슐라르가 『촛불의 불꽃』(Paris : P. U. F., 1961)에서 '이미지-생각-문장'(p. 23) 혹은 '시적 센텐스'(p. 72), '이미지-씨앗'(p. 74), 그리고 『공간의 시학』에서 '이미지-콩트'(p. 99)라고 부르는 경우가 그러하다. 그러나 언어의 형태적 질서와 이미지의 무형적 질서는 같은 차원의 것이 아니다.

42) 장 피에르 리샤르, 『말라르메의 상상세계』(Paris : Seuil, 1961), p. 26.

전략적 가치에 대한 가설적인 직관뿐이며, 이 가설적 직관은 그 이전의 편견 없고 자유스러우나 여러 차례에 걸친 독서에 의하여 얻어진 것이다. 어느 의미에서 비평이란 최초의 직관을 텍스트의 현실에 대조해보고 그 대조의 과정을 비평언어라는 체계 속에 외화(外化)하고 정돈함으로써 그 직관을 검증·수정하여 물적 독서공간을 제작하는 행위에 지나지 않는다.

이러한 이유로 하여 직관을 통해서 내가 결정한 최초의 테마는 '태양'과 '바다'였다. 비록 부분적으로나마 카뮈의 작품을 접해본 사람이면, 적어도 직관적인 수준에서는 이 테마들의 중요성을 충분히 이해할 수 있으리라(카뮈에 관해 씌어진 약 1천3백여 종의 저서와 논문 중에서 단 한 번이라도, 비록 형식적으로나마, 이 테마에 대하여 언급하지 않은 글은 드물다). 그러나 나는 곧 이 제한된 선택이 문제를 야기한다는 것을 알아차렸다.

우선 '태양' '바다' 따위의 테마는 적어도 간접적으로는 '이미지'를 '상징'과 혼동하게 하는 연구방향으로 인도할 가능성이 있었기 때문이다. 우리는 위에서 질베르 뒤랑을 인용하면서 이미지는 '상징적 차원'에 속한다는 사실을 확인했고 따라서 '이미지'와 '상징(symbole)'이 다 같이 우리들의 상상 생활의 동일한 양식에 따른다는 것을 인정한 셈이다. 그러나 의미를 조금만 좁혀서 생각해보면, 문학적 상상력의 차원에 있어서 이미지라는 술어와 '상징'이라는 술어는 구별하여 사용하지 않으면 안 된다는 것을 알 수 있으리라. 이 두 가지 용어 사이의 차이를 밝히기 위하여 '문화 콤플렉스(complexe de culture)'라는 바슐라르의 용어를 차용해보자. 바슐라르가 '반성적 사상 자체를 유도하는 잠재의식적(무반성적)인 태도'[43]라고 정의하는 '문화 콤플렉스'는 이미지를 창조하는 행위에 두 가지 상반된 방향의 영향을 끼친다. '시인은 그가 경험으로부터 받은 인상들을 전통과 결부시킴으로써 그 인상들에게 질서를 부여한다. 좋은 형태로서의 문화 콤플렉스는 전통에 새로운 생명을 주고 젊음을 불어넣는다. 나쁜 형태의 문화 콤플렉스는 상상력이 결핍된 작가의 학교

---

43) 가스통 바슐라르, 『물과 꿈』, p. 25.

모범생 같은 습관을 낳는다.'[44]고 이 상상력의 철학자는 말한다. 그런데 우리는 문화 콤플렉스의 이와 같은 두 가지 경향을 이미지의 기능에 적용할 수 있을 것 같다. 만약 '이미지'의 동적 기능과 '울림'의 성격이 새로움과 회춘적인 경향에 비교된다면 '상징'의 계속성과 안정성은 문화적 습관을 야기시키는 정체적 경향 속에 위치될 수 있으리라. 이 같은 '상징'의 안정성과 규칙성이 바로 너무나 빨리 도식적인 것으로 판명되는 이미지 해석이나 나아가서는 이미지의 정신분석학적 결정론을 허용하게 되는 듯싶다.

  이와 같은 관점에서 볼 때 '태양' '바다' 등의 물적 이미지를 선택하여 그를 중심으로 하여 작품 전체의 구성요소들을 자장화(磁場化)할 경우 우리는 이미지에게 값을 부여하는 것이 아니라 반대로 그것을 요약하고 간단히 정리함으로써 그 본래의 생명력을 약화시키는 해석방법에 도달할 우려가 있다. 왜냐하면 '태양'이나 '바다' 등의 말은 현실 속에서 우리가 실제로 인지할 수 있는 형태적 사물과 너무나 가깝고 직접적인 관련을 맺고 있고, 따라서 어떤 창조자의 '상상하는 의식'이 배어 있는 저 광대하고 동적인 공간을 탐색할 수 있기에는 지나치게 타성에 젖고 손쉬운 형태의 의미만을 내포할 가능성이 있기 때문이다. 바로 이러한 이유에서 우리는 최초의 물적 형태를 포함한 말 '태양'과 '바다'를 '물'과 '빛'의 이미지로 치환시킴으로써 연구하고자 하는 이미지의 장을 확대했을 뿐만 아니라 이미지를 바라보는 전망 양식을 수정하였다. 이것은 단순히 말(제목)만을 바꾸는 일이 아니라 이미지에 대한 분석방법을 수정하는 일이다. 질베르 뒤랑이 말한 바와 같이 '상징'(여기서는 '태양'이나 '바다')이 '그가 가진 다의성, 다가치성을 상실하고 매끈하게 다듬어짐으로써 결국에 가서는 단순한 기호가 되어버리고 의미론(혹은 어의학)의 범주(sémantisme)로부터 기호학(sémiologisme)의 범주로 이주해버리는 경향'을 가진다면[45] '물과 빛의 이미지'는 이미지가 가진 동력적 특성과

---

44) 위의 책, p. 26.
45) 질베르 뒤랑, 『상상력의 인류학적 구조』, p. 64 : '상징은 단지 물질명사, 명사, 심지어는 때로는 고유명사화하는 과정 속에 있다.' 프랑수아 피르, 『가스통 바슐라르의 작품에

질료적 특성에 의하여 이와같은 '상징'의 기호화에 균형을 부여하게 되고 상징차원 속에 내포된 형태적이고 가시적인 '재현(représentation)' 작용의 범위를 벗어날 수가 있다.

다른 한편 연구의 대상을 작가의 '창조적' 작품에 국한시키는 것은 일견 우리가 앞서 말한 바 있는 '철학자 카뮈'보다 '예술가 카뮈' 혹은 '상상력의 카뮈'에게 우위를 부여하는 데 매우 편리한 것같이 생각될 수도 있으나 이와 같은 구별(창조적 작품과 비창조적 작품)은 지극히 형식적이거나 독단적일 우려가 있을 뿐만 아니라 우리의 작업에 실제로 구체적인 어려움을 제공하는 것으로 판명되었다. 첫째로 작품들을 형식적 장르 개념에 따라 구분하는 것은 무엇보다 이미지의 분석의 경우 그리 만족할 만한 것이 못 된다. 장 피에르 리샤르가 말한 바와 같이 전체 작품에서 분리시킨 요소나 형태는 무엇보다 먼저 테마와 이미지가 구성하는 일종의 의미의 계속성 속에 잠겨 있다는 사실 때문에 그렇다. 창조적 작품이든 아니든 간에 이미지들은 한 작가가 쓴 모든 글 속에서 계속된 의미의 다양한 관계체계를 이루며 관통하고 있다는 말이다. 둘째로 카뮈 스스로가 작품을 바라보는 관점이 우리가 따라야 할 방향을 지시해주고 있기 때문이다. 피에르 베르제와의 인터뷰에서 『반항적 인간』의 저자는 자기가 철학자가 아니며 그렇다고 자처한 일도 없음을 밝혔을 뿐만 아니라 한걸음 더 나아가서 그가 쓴 모든 작품은 분리할 수 없는 하나의 단위로 간주해야 할 필연성을 역설했다. '이 책은 하나의 고백, 적어도 내가 할 수 있는 유일한 종류의 고백입니다. (······) 나 자신에 관한 한 나는 전체 작품에서 분리될 수 있는 책이란 믿지 않습니다. 어떤 작가들에게 있어서, 그들의 작품들이란 그 속에서 하나하나의 구성요소들, 한 권 한 권의 책들이 서로에게 조명을 던지고 서로 바라보며 관계를 짓고 있는 하

<hr />

있어서의 시적 상상력』(Paris : José Corti, 1967), p. 173 : '이미지는 항상 새로이 상상되어야 한다. 왜냐하면 우리들 정신으로 하여금 새로이 상상하게 하지 못하고 새로운 가치를 부여하도록 충동하지 않는 이미지는 정신기호학에 속할 것이며 그 경우 무변화된 '상징'의 동의어가 되고 말 것이다.' 가스통 바슐라르, 『공기와 꿈』 p. 297 ; 르네 웰렉과 오스틴 워렌, 『문학이론』, pp. 188~189 ; 카뮈의 『안과 겉』, p. 43 참조.

나의 총체를 이루는 것으로 생각됩니다.'(『전집』II, p. 473)

이 점에 있어서 가장 웅변적인 예는 그의 시적 산문집『안과 겉』『결혼』『여름』 등인데 이 산문집들은 그의 소설과 희곡작품들에게 발견되는 이미지들에 필요불가결하고도 새로운 조명을 가해주고 있다. 이상의 두 가지 이유도 그것들이 실제적으로 사전에 내가 행한 비체계적인 분석경험에 의하여 증명되지 않았다면 충분한 이유가 되지 못했을 것이다. 이 점이 바로 그 세번째의 중요한 이유이다. 비록 '창조적' 작품들 속에 많은 물과 빛의 이미지가 담겨 있는 것은 분명할지 모르나, 그들 하나하나의 이미지를, '창조적' 작품들 내부에 국한하여 해석하는 일은 실제로 몹시 어렵다. 그것은 여러 가지 이유에 기인한다. 한편 소설과 희곡의 경우, 이야기 줄거리가 그 외적인 선적 성격(여기서 줄거리의 어원적 의미가 내포하는 선조성線條性 linéarité을 주목할 필요가 있다)으로 인하여 우리의 독서를 하나의 선을 따라 줄기차게 이끌어가기 때문에, 개개의 보이지 않는 이미지 속에 머물면서 그를 음미하고 그 이미지들이 횡적으로 서로 맺고 있는 매듭을 찾고 작품 속에 이 이미지들이 어떻게 결합·생성·변모하는가를 추적해야 할 우리의 노력을 끊임없이 방해한다.

다른 한편, 이른바 '백색의 문체' '고전적 문체' '깎아낸 문체'라고 불리는 카뮈 특유의 문체가 그의 소설 산문 속에 하나의 장애를 더한다. 카뮈 자신이 말한 바와 같이 '구체적인 것은 그 자체 이외의 여하한 다른 것도 의미하지 않는다'(『시지프 신화』, p. 176)라는 그의 미학이 하나하나의 이미지를 단순히 명명된 사물에 지나지 않는 것으로 보이게 한다. 그러할진대, 전라의 언어 ─ 형용사조차 동반하지 않는 명사일 뿐일 경우가 많다 ─ 이 점에서 카뮈의 문체와 미학은 누보 로망을 의식적으로든 무의식적으로든 예고하고 있는 것 같다 ─ 가 가진 구체성 속에 끌로 새겨놓은 듯한 그 단단한 이미지들 속에서 그 이미지들을 서로 잇고 있는 보이지 않는 '교차점'들을 이야기 줄거리의 종속적 추진력에 항거하면서 어떻게 찾아낼 수 있겠는가? 그것은 오직 '경험의 서로 다른 충돌' 사이에서 이 이미지들이 반향하게 하는 방법으로만 가능할 것이다. 이 작가의 작품 총체 속에서 그것을 고려하지 않고서 어떻게 '상상하는 의식'의 운명을 이미지로써 다시 벌떡 튀어 일어나게 할 수 있겠는가? 바로 이와 같은 이유에서 우리는 특히『시지프 신화』『반항적 인간』그리고 두 권의『작가수첩 Carnets』과 여러 가지 비평문들과 물론 위에서 언급한 세 권의 시적 산문을 연구의 대상에 첨가하게 되었다. 작업의 양 때문에 불행히도 나는 순전히 정치적이거나 언론 활동에 국한된 카뮈의 글들을 다소 소홀히 하는 수밖에 없었다.

그러면 이제 앞서 제시한 가설, 즉 중첩(superposition)의 대상을 어휘(mot)로 삼을 경우 여하한 방법으로 이를 적용하는가를 설명하기로 하자. 여기서 문제삼는 것은 작업의 제1차적 단계에서 행하게 되는 어휘학적인 일이다. 그 목적은 가능한 한도 내에서 우리들 독서에서 얻은 최초의 인상과 직관을 양적으로 검증하고 다른 한편 이 직관적 인상을 텍스트에 대조함으로써 양적 검증으로부터 질적 확인으로 이행하는 데 있다. 요컨대 이 작업은 비평행위를 단순히 비평가의 독자적·창의적 재능을 행사하는 데 제동을 가할 수 있는 외적 척도를 도입하는 수단으로 사용된다.

그러면 지금부터 그 실제적인 작업 과정을 간단히 설명하겠다.

① '태양' '바다' '빛' '물' 등 네 개의 명사를 출발점의 어휘로 정하고 대상작품(corpus) 속에서 그들이 출현하는 장소를 노트하고 그 전체 속에서의 빈도수를 계산한다.

② 이 어휘들을 그것이 놓여 있던 텍스트의 제 위치에 그대로 둔 채 이 어휘의 문맥을 이루는 범위(contexte)들을 서로서로 중첩시켜봄으로써 이상 네 개 어휘 이외에 서로 겹치는 어휘들이 나타나게 한다. 이렇게 하여 새로이 얻은 어휘들을 이상의 네 개 어휘 목록에 첨가한 다음 ①에서와 마찬가지 방식으로 전 작품 대상 속에서 그 위치와 빈도수를 노트한다. 그러나 중첩 작업이 이미 여기서와 같이 '어휘' 단계에서 '문맥' 단계로 범위가 넓어지고 보면 사실 산술적으로 정확하게 하는 것은 거의 불가능하다. 왜냐하면 우선 애초의 네 개 어휘가 들어 있는 문맥의 단위를 어디서부터 시작하여 끊어낼 수 있느냐 하는 문제가 생긴다. 다른 한편 상기의 모든 문맥을 중첩시키는 것이 순열·조합상 지극히 많은 작업

을 요구하므로 자연히 어떤 텍스트 외적인 기준에 의하여 전략적 중첩만을 실제로 행할 수밖에 없다. 우리의 경우, 이 중점적 중첩의 기준으로 위의 네 개 어휘가 포괄할 수 있는 유추의 장(champ analogique)에 관련된 어휘들만을 선택하였다. 그 결과 텍스트 속에서 얻은 어휘들은 다음의 세 가지 유형에 속한다. (a) 명사 : 달·별·강·안개·불·열 등등. (b) 형용사와 동사 : 흐르다, 유동적인, 눈멀게 하다, 바라보다, 솟아나다, 반짝이다, 끈적거리다 등등. (c) 정서적·감각적 혹은 형이상학적 값을 지닌 명사와 형용사 : 무심·침묵·부조리·육체·세계·돌(바위)·땅 등등.

③ 이상에서 얻어진 전체 어휘들의 목록에 따라 대상 작품 전체에서 그들의 빈도수·문맥을 노트한다.

④ 이상의 자료에 기초하여 애초의 두 테마(물과 빛)의 전반적인 의미의 장은 동적인 상태와 변모 과정 속에서 규명한다.[46]

그러나 이상의 아마도 지나치게 간략한 설명 내용에 대하여 주의할 점은 비록 이것이 피상적으로 '객관성'을 지닌 것같이 보일지 모르나 완전한 것이 되기에는 요원한 거리에 있다는 점이다. 물론 각 단계의 작업 속에 끊임없이 주관성이 개입되지 않을 수 없는 점은 말할 것도 없다. 특히 빈도수의 측정에 있어서 양적인 값을 측정하는 데 전제가 되어야 할 질적 가치의 부분적 측정은 그때그때의 주관적(즉 일률적인 원칙을 세울 수 없는) '해석'을 통과해야만 한다. 더욱이나 어휘학적인 복잡하고 미묘한 여러 가지 난점을 여기서 일일이 언급한다는 것은 아마도 너무나 장황할 것이다.[47] 그런데, 일단 대상으로 삼은 작품의 양은 미분화된 이런 작업으로 감당하기에는 엄청난 것이고 보면 한 사람의 작업 능력을 넘어서서 기계의 속도와 정확성을 요구할 정도에 이른다. 이 일을 수행하기 위하여 우리는 이미 이루어져 있는(그러나 항상 부분적 자료이게 마련인) 업적들을 이용할 수 있었는데 그 내용은 아래와 같다.

---

46) 이 경우 물론 모든 노트는 카드로 분류·정돈한다.

47) 어휘학적 통계의 문제를 위해서는 샤를르 뮬레의 『언어 통계학』(Larousse, 1967) 「서론」과 조르주 마토레의 『인간의 공간』 『어휘학의 방법』 등 참조.

① 불어보물(佛語寶物)을 위한 연구회(T. L. F)의 실험실이 '감마 60' 전자계산기를 사용하여 뽑은 자료(어휘목록 대장: concordance와 카드).[48]

② 불어어휘연구센터가 작성한 카뮈의 『유적과 왕국』의 어휘목록집.[49]

③ 장 드 바쟁의 석사논문 「『이방인』의 어휘 목록」.[50]

이상의 자료들이 취급하지 않은 『행복한 죽음』과 『결혼』『여름』『안과 겉』『작가수첩』 I·II권은 나 자신이 자료를 작성했다.

위에서 우리는 사용한 방법과 자료가 내포할 수 있는 제 문제, 위험, 오류의 가능성을 지적했으므로 이제는 이의 유별난 효용을 말할 수 있으리라. 이 목록과 재료를 작성하는 작업이 제한된 대상작품과 제한된 주안점의 한계 내에서 우리에게 요구하는 조직적이고 빈틈없는 텍스트의 판독 문제를 굳이 강조하지 않는다 하더라도 각 어휘와 그들 문맥의 예외 없는 목록은 이미지 분석과 예증에 있어서 다시 없는 '기억력' 역할을 하고, 비평가의 주관성이 개입하여 독서의 안정성을 간단없이 방해하게 마련인 이미지 해석에 반드시 필요한 조절 작용을 해줄 수 있다. 그리고 특히 바로 이 '예외 없이' 작성한 문맥의 목록 덕분에, 우리는 최초에 직관에 의하여 결정한 '물'과 '빛'의 두 가지 테마 이외의 제3의 테마를 하나 더 발견하게 되었다. 그것이 바로 '돌'의 테마인데, '돌'은 일견 우리의 상식적 해석 범주 속에서는 실로 '물'이나 '빛'과 무관하게 보일지 모르나, 카뮈 작품을 면밀히 관찰해보면 이 두 테마의 문맥 속에 간단없

---

48) T. L. F. 편, 『19세기와 20세기 불어화전(佛語話典)』(Paris : C. N. R. S., 1971) 제1권 「서문」 참조. 카뮈의 작품으로는 플레이아드판 『전집』 1권과 단행본 『시지프 신화』『반항적 인간』만이 감마 60 전자계산기에 의하여 어휘별 'Concordances'가 작성되어 있고 매 어휘의 출현 문맥, 즉 앞 8행 후 8행의 카드가 그와 연관되어 정리되어 있다. 그러나 불행히도 현재 단계로는 어휘별 분류가 되어 있을 뿐 작가별 분류는 되어 있지 않아 이용에 불편이 많다.

49) B. 케마다 교수 지휘로 브장송 대학의 '불어어휘연구소'가 발행한 일련의 간행물 중 하나.

50) 장 드 바쟁, 「알베르 카뮈의 『이방인』에 나타난 어휘목록」(Paris : Nizet, 1969), p. 28, 타자본. 불행히도 원본을 édition, 'Poche'를 사용한 관계로 이용상 불편이 많으나 알파벳 순 분류뿐만 아니라 빈도수별 분류 및 고유명사 분류는 매우 유용하다.

이 개입되어 있고 카뮈의 전체 상상력 속에서는 물과 빛과 때로는 치환될 수도 있을 만큼 내적으로 결합되어 있는 것을 발견하게 된다. 그래서 우리는 이 논문의 중요한 일부를 '돌'의 이미지에 할애하게 되었으며, 독자들은 이 이미지가 나의 전체적 구상 속에서, 나아가서는 카뮈 상상력의 도정 속에서 얼마나 중요한 값을 가지는가를 곧 이해하게 되리라.

그런데 독자들은 이하에 계속되는 논문 속에서는 예외 없이 모아진 각 어휘의 문맥 목록을 기초로 하여 그 중 전략적 기술을 위하여 대표적인 예들의 해석, 또 한 가지 해석을 끊임없이 방해하는 또다른 예들의 저항, 그 양자의 긴장 속을 통과하여 지나가는 묘사와 분석을 읽을 수 있을 것이다.

이상에서 우리가 제공하고자 한 비평방법에 대한 묘사는 아마도 영원히 우리가 도달하지 못한 채 그렇게 되기를 끊임없이 꿈꾸는 '완전한 독자'가 가진 하나의 겉모습에 지나지 않는 것인지도 모른다. 장 루세는 이렇게 말했다. '내가 상상하는 그 완전한 독자는, 온몸이 전체로 안테나이며 시선으로 화해서 작품을 모든 방향으로 읽을 것이며, 항상 변동될 수 있는, 그러나 서로서로 연관을 맺고 있는 전망계들을 선택할 줄 알 것이며, 형태적으로 밟아갈 수 있는 도정, 정신적으로 더듬어갈 수 있는 도정, 특유한 흔적, 올실과 날실, 또 여러 가지 테마들의 짜임새를 정확하게 알아차리고 그들이 여하하게 반복하고 변용하는가를 추적할 줄 알 것이며, 작중의 중심, 아니 모든 요소들이 한데 모여드는 중심점들, 클로델이 말한 바 '동적인 영도체', 즉 모든 구조와 모든 의미들이 빛을 발하는 불덩어리의 심장이 나타날 때까지 표면을 답사하고 속을 파낼 줄 알 것이다. 그러나 그는, 형태적인 제반 구조와 그들의 의미 사이에서 어떤 다행한 일치점이 모여 있는 지방이나 이질적인 것들이 은밀히 접합된 자리를 발견하면 유난히 온 의식과 감각을 곤두세우게 될 것이다.'[51]

끝으로 '이미지'란 무엇인가라는 질문에 대한 미흡한 대답을 보완하기 위하여, 위에서 우리가 구별 없이 사용한 '이미지'와 '테마'에 대하여 언

---

51) 장 루세, 『형태와 의미』(Paris : José Corti, 1963), p. XV.

급해둘 필요가 있을 것 같다. 사실 테마 연구의 범위 내에서 이 두 가지 어휘는 같은 의미장 속에 들어 있다. 이 둘이 다 작품의 내적·동적 공간을 가리키고 있는 것이어서 그의 확연한 구별은 매우 어렵다. 그러나 우리는 '이미지'라는 말을 쓸 때는 테마가 가지고 있는 질료적이고 감각적 (육체의 오관을 통하여 전달되는 심리적이고 미적인 느낌)인 방향을 강조하는 반면, '테마'라는 용어를 독립적으로 사용하는 경우에는 보다 일반적인 따라서 다소 모호한 의미가 되며, 앞으로 전개하게 될 '주제' '생각' '사상' 등과 혼동될 가능성이 있고 이리하여 종국에는 기존하는 이론적 사고나 주제를 알기 쉽게 설명하는 한 '수단'으로서 '이미지'를 '사용'한다는 전통적 예술관에 도달할 위험이 없지 않다. '테마'라는 술어는 쓰기에 따라서는, 작품의 창조적 자유의식을 추상적 개념으로 환원함으로써 작품의 존재론적 이유를 간과하게 될 위험이 있고, 특히 창조행위가, 그 행위에 선행하는 어떤 의식적 주제(메시지)를 반드시 전제로 해야 한다는 생각을 비판 없이 받아들이는 결과가 될 수 있다. 그러나 작품의 내적 공간을 '이미지'를 축으로 하여 자장화하는 행위는 작가의 독창적이고 무형인 상상력과 그의 의식적 사고가 조직되어야 할 공간 속에 질료적이고 감각적인 중심점들을 제공하는 일이다. 이렇게 볼 때, 이미지는 하나의 정적이고 획일적인 의미, 혹은 상자 속에 가두어진 주어진 양의 의미를 가질 수는 결코 없으며 다만 여러 개의 의미를 향하여 나아가는 '울림'의 출발점이며 동시에 작가 특유의 경험의 여러 층들이 서로 만나는 교차점일 뿐이다. 이미지는 형태나 의미의 실체가 아니라 의미가 담고 있는 동력의 실체이다. 이미지의 참다운 추구가 우리 존재의 가장 깊숙한 곳에서 환기하는 것은 형태적 아름다움이거나 이념적 진실이 아니라 예술의 근원적 의지인 차유의 가동적 힘이다. 이미지는 과거에 의하여 결정된 아름다움이 아니라 과거와 미래를 향하여 투사되는 현재적 힘의 아름다움이다. '이미지는 어떤 추진력에 순응하지 않는다. 이미지는 과거의 메아리가 아니다. 오히려 그 반대이다. 한 이미지의 섬광에 의하여 과거가 울림을 받는다. 그리고 그 울림이 얼마나 멀리, 얼마나 깊이 파급되고 확대되는지 우리는 알지 못한다. 그의 새로움, 그의 활력에 있어서 시적 이미지는 특유한 하나의 존재이며 특유한 하나의 동력이다. 이미지는 '직접적 존재론'의 분야이다'라고 한 바슐라르의 말은 이런 뜻이다.[52] '만약 자유에 대한 사랑이 미에 대한 사랑을 인간의 가슴속에서 지워버리지 않는다면, 미를 간직한 나라는 가장 보호하기 어려운 나라이다 ─ 그토록 우리는 그 나라를 보호하고 싶어하기 때문이다. 자유는 미의 원천이고 보면 이것은 우리가 가진 본능적인 지혜인 것 같다.'[53]

52) 바슐라르, 『공간의 시학』, pp. 1~2.
53) 알베르 카뮈, 『작가수첩』 II, p. 22.

제 1 부

분석의 모형

그렇다, 적어도 나는 그것을 확실히 알고 있다. 바로 이 유적(流謫)의 시간에 일지라도 인간에 의하여 이룩되는 작품이란 예술이라는 우회를 통하여, 처음으로 마음을 열어준 두세 개의 이미지들을 다시 찾기 위한 긴 도정 이외에 아무것도 아니라고 꿈꾸는 일을 막을 것은 아무것도 없다.

―카뮈, 『안과 겉』

제1장
향일성(向日性)

"식물의 줄기가 햇볕이 강한 쪽으로 자라는 성질"

   티파사의 폐허 속, 동쪽 언덕 대성당의 유적 주위에는 '땅속에서 파내놓은 석관들'이 가지런히 놓여 있다. 가운데가 오목하게 파인 이 돌 속에는 옛날에 시신(屍身)들이 담겨 있었다. 그러나 오늘날에는 샐비어, 향꽃무나 잡초가 자라고 있다. 『결혼』(『전집』 II, pp. 56~57)의 나레이터는 이렇게 전한다. 이 이미지는 그것이 카뮈 상상력 속에 잠재하는 한결같은 향일성을 구체적으로 보여준다는 점에서 각별한 의미가 있다. 분명 식물들은 그들이 지닌 상징적 가치 때문에 선택된 것 같다. 그 속에는 시적 몽상이 깃들여 있다.

   이 식물들은 그들이 자라는 장소의 선택을 통해서 그 특성을 드러낸다. 이 특성은 물론 단순한 외계의 묘사로서가 아니라 상상력의 공간 속에서 이해되어야 마땅하다. 우선 이것은 죽음의 집 속에서 솟아나는 생명의 신호로 온다. 그것도 다름아닌 식물적 생명이다. '뚫고 올라온다' '표면으로 솟는다'라는 동사는 식물이 그 존재양식에 의하여 즉각적으로 환기하는 수직상승 운동의 표시다. 생명이 전진하는 축과 방향은 그 생명이 출현하는 환경에 의하여 규정되고 추진된다. 그 환경이 바로 '땅속에서 파낸' 석관이다. 지하의 어둠 속에서 나와 대낮의 햇빛 속에 진열된 죽음은 이미 죽음이 아니다. 그것은 야생의 잡초와 꽃들의 원초적 의지에 자리를 되돌려준다.

그러나 우리는 동시에 이 이미지 속에서 이제 막 태어나는 식물에게 그 '돌'이 강요하는 장애물, 혹은 저항력으로서의 값을 간과할 수 없다. 아래로, 죽음의 공간으로 이끌어당기는 '무거움', 생명의 솟아 일어나려는 의지를 방해하는 '단단함', 이것이 바로 돌로 대표되는 환경적 방해물로서의 부정적 값이다. 땅속으로 묻히는 죽음과 위로 솟으려는 생명이 서로 갈등하는 수직선상에서 돌은 경계지점을 이룬다. 죽음으로부터 빠져나와서 생명의 세계로 발돋움하려면 돌의 시련을 거쳐야 한다.

그런데 이 연약한 식물들이 생명을 향한 의지의 실현에 필요한 힘과 저항력을 길러낸 곳이란 바로 태양의 물리칠 길 없는 인력이 아니고 무엇이겠는가? 수직으로 뻗은 빛살은 시적으로 강하고 단단한 밧줄이다. 이 식물들의 '둥근' 머리는 아마도 어두운 돌에서 솟아나는 태양의 씨앗인지도 모른다. 생명의 '하얀' 싹이 단단한 돌에서 솟아나온 것은 저 우주적인 힘의 원천에서 부르는 소리에 응답하기 위해서였을 것이다. 꽃들이 '붉은' 것은 생명의 우주적 중심에서 불의 피를 얻었기 때문이며 이 고체화된 환경을 퍼덕거리는 생명의 공간으로 탈바꿈하기 위한 것이다. 이것이 바로 향일성 생명이다.

　　이 방탕한 딸들이 집으로 돌아오는 것을 위하여 대자연은 꽃들을 흐드러지게 피워놓았다. 고대 공회당의 포석들 사이에는 향일성 식물이 그의 둥글고 하얀 머리를 밀고 솟아오르며 옛날에 가옥과 광장들이 있었던 자리에는 붉은 제라늄이 피를 뿜고 있다.

　　　　　　　　　　　　　　　　　　　　　　　－『결혼』, 『전집』 II, p. 56

그러나 하필이면 석관의 돌과 포석 사이를 생명의 환경으로 선택한 것은 기이하지 않은가? 바슐라르가 '식물적 아틀라스!'라고 말한 것은 바로 이들이다.[1] 이 식물들이 축축하고 어두운 풍토가 아니라 단단하고 건조한 돌을 택한 것은 아마도 태양을 향한 억누를 길 없는 충동 때문이었을 것이다. 티파사는 태양과 대지가 '결혼'하는 곳이다. 돌은 그 결혼의 결실이다. 메마른 돌이 있는 곳에는 태양이 대지를 만나러 내려온다는 것을 향일성 식물들은 알고 있다. 그의 생명은 광물적 공간과 뗄 수 없는 관계를 맺고 있다. 돌은 식물적 아틀라스에게도 조건이며 숙명이다. 이 환경을 통하여 체험된 단단함과 메마름은 거부되어야 할 것이 아니라 오히려 필수적인 것임을 알 수 있다. 이리하여 돌은 문득 긍정적인 가치를 획득한다. 돌은 수직적 생명이 딛고 일어설 수 있는 단단한 기초를 제공한다. 이것이 바로 삶과 죽음의 수직축 위에서 돌이 내포하는 근원적인 양가적(ambivalent) 특성이다. 죽음의 어두운 깊이를 향하고 있는 돌의 한 얼굴은 '무거움'이다. 요지부동의 반석으로서 향일성 생명을 떠받쳐주며 하늘을 향하고 있는 돌의 또다른 얼굴은 '견고함'이다. 향일성 상상력이 선택한 것은 이 서로 반대되는 양면적 가치를 지닌 돌의 공간이다. 그러나 지금은 태양이 돌을 뜨겁게 덥혀주고 밝게 비추어준다. 우리에게 보이는 것은 다만 긍정적 측면이다.

「미노토르」의 나레이터는 그 이상한 식물들의 생명에 더 강력한 시적 힘을 제공하는 또 하나의 예를 보여준다. 여기서 우리는 카뮈 상상력의 특성을 결정해주는 상상의 풍토를 만난다.

우리가 앞에서 본 이미지가 구현하는 식물적 생명은 사실상 나레이터가 단순히 관찰하는 것보다도 더 깊은 곳에 뿌리박고 있음을 우리는 알 수 있게 된다. 이번에는 식물의 뿌리에 그 이미지의 운명이 잠재해 있음을 확인할 수 있을 것이다.

　사막의 석가모니를 생각해보자. 그는 거기에서 부동자세로 두 눈을 하늘로 향한 채 앉아 있었다. 신들도 그의 이 같은 예지와 그 돌의 숙명

---

1) G. 바슐라르, 『공간의 시학』, p. 152.

을 부러워했다. 뻣뻣하게 쳐들어 내밀고 있는 그의 손바닥에 제비들이 찾아와 둥지를 쳤다. 그러나 어느 날 제비들도 머나먼 고장의 부름 소리를 듣고 날아가버렸다. 그러자 자신의 마음속에서 욕망도 의지도 영예도 고뇌도 물리쳤던 그 사람은 눈물을 흘리기 시작했다. 꽃들이 바위에서 자라게 된 것은 이렇게 해서다.

─『여름』, p. 830[2]

바윗돌로 굳어진 석가모니의 이미지는 '이미지=콩트', 즉 이야기를 암시하는 이미지의 좋은 본보기이다.[3] 그러나 이것은 '이미지=콩트' 이상이다. 이것은 '이미지=숙명'이라 할 만하다. 눈물이 돌 위에 떨어져 꽃으로 변신하는 이 순간 속에서 향일성의 필연적 의지는 실체를 얻는다. 인간은 사막의 빛을 향하여 요지부동으로 뻣뻣하게 굳어진 돌이 되고자 하는가 하면 때로는 눈물의 원천이다. 이 양자 속에서 솟아나는 힘의 화살표가 꽃이다. 향일성 숙명이 동일한 정신적 운동축에 놓이고 동일한 생명의 방향 위에 놓이는 것은 바로 이 시적인 꽃의 탄생을 통해서이다. 한갓 이름 없는 풀꽃의 삶이 이제부터 우주적 차원으로 승격하면서 인간적 가치를 지니게 된다. 이것이 카뮈의 인간적 숙명이다.

겉보기에는 잡다할 뿐인 몸짓들, 복잡한 여러 감정들, 그리고 저마다 서로 다른 질서에 복종하는 듯한 작품 속의 표현들 가운데서 인물이나 나레이터들은 그들을 한결같이 '카뮈적 인간'이 되게 하는 공통된 뿌리를 쉽사리 드러내 보이지 않는다. 그러나 우리가 좀더 자세히 읽어본다면 그들이 한결같이 똑같은 어떤 힘과 거역할 길 없는 충동에 순응하면서 동일한 경향을 지니고 있다는 것을 알 수 있을 것이다. 그들은 모두가 향일성에 순응한다. 내적으로 생명적 가치와 의식의 빛을 찾고 있으며 외적으로는 거의 본능적이며 육체적인 충동에 따라 빛과 태양을 따라간다. 그와 동시에 그들은 깊고 어두운 물에 대한 거부반응을 보인다. 카뮈

2) 『작가수첩』 I, p. 228 참조.
3) G. 바슐라르, 『공간의 시학』, p. 99.

자신이나 그의 인물들이 나타내는 일종의 밀실공포증(claustrophobie)을 여기서 새삼스럽게 강조할 필요도 없을 정도이다.

우리는 이 도입부에서 카뮈적 인간을 특징짓는 그 같은 경향이 쉽사리 지적될 수 있는 몇 가지 뚜렷한 예를 들어보는 것에 그치겠다. '태양의 소설', 빛이 가득한 이야기인 『이방인』은 카뮈의 모든 작품 중에서도 이런 관점에서 볼 때 대표적인 소설이다. 그 드라마의 중심에는 태양이 강력한 위력을 발하고 있다. 상상의 것이든 실제의 것이든, 해로운 것이든 이로운 것이든 이 소설 속에 등장하는 모든 종류의 빛들은 이 태양을 에워싸고 어떤 운명적 힘으로 결정(結晶)된다. 이미 그리 흔하지 않은 주인공의 이름 '뫼르소(Meursault)'에서 비평가들은 주인공을 죽음(Meur)으로 인도하는 태양(sault)의 암시를 지적한 바 있다.

소설의 세 가지 전략적 지점, 즉 서두와 중심과 끝에는 각각 한 가지씩의 죽음이 위치한다. 처음 어머니의 자연사와 마지막 페이지의 뫼르소 자신의 사형, 이 두 가지 죽음의 대칭 중심인 소설의 심장부에 오면 태양의 신화적 무대에서 살인사건이 일어난다. 살인행위의 동기를 묻는 재판장 앞에서 뫼르소는 이렇게 대답한다. '나는 빠르게, 그러나 약간 뒤죽박죽이 된 말로, 내 말이 우스꽝스럽다는 것을 의식하면서 그건 태양 때문이었다고 대답했다.'(『이방인』, p. 1196) 이 소설에 대한 모든 상징적·신화적 해석들은 바로 여기에 근거하고 있다는 것을 우리는 잘 알고 있다.

그러나 이 문제는 후에 더 자세하게 다룰 기회가 있을 것이다. 지금은 다만 인물의 향일성을 더 정확하게 드러내줄 수 있는 분리된 이미지들만을 읽어보기로 하자. 카뮈 연구가들은 장례식날의 짓누르는 듯한 태양의 상징적 역할에 관해서 누차 강조한 바 있다. 어머니의 시체 옆에서 밤을 새울 때 '눈을 멀게 할 듯' '상처를 입힐 듯 밝게' 비추던 전등불빛에 이어 유리창 위로 햇빛은 순식간에 스며들었고 해는 빠른 속도로 하늘에 치솟았다. '하늘에는 벌써 해가 가득했고' 뫼르소는 마침내 '해가 하늘로 솟아오르는 그 빠른 속도'에 놀랐고 또 그 해는 똑같이 빠른 속도로 '아름다운 대낮'을 '풀이 죽은' 풍경으로 변화시킨다. 태양은 폭발하고 짓누르는가 하면 사물을 액화하기도 한다. 땀, '갈라진 아스팔트의 끈적거리는 검은 빛' '신경의 긴장과 고통으로 인한 굵은 눈̇물̇'(『이방인』, pp. 1134~1135)은 바로 용해되고 액화된 사물들의 정경이다. 그러나 여기서 특히 우리의 주목을 필요로 하는 것은 장례식 이야기의 끝에 나타나는 또 하나의 빛이다. 뫼르소는 소설의 제1장을 이렇게 끝맺고 있다.

> 버스가 알제의 빛의 둥지 속으로 들어왔을 때 느낀 나의 기쁨.
> —『이방인』, p. 1135

빛의 둥지 ——소설의 이 대목에, 감정적 비유가 거의 없는 가운데 등장한 이 표현은 유난스럽게 눈에 띄게 마련이다. 이 조그마한 이미지 속에서 인물의 운명을 결정짓는 데 무시 못할 역할을 하는 중요한 요소를 찾아내려면 우리는 그 이미지 속에서 오랫동안 지체하지 않으면 안 된다.[4] 이 둥지 속에는 하루 종일 마랑고에서 죽음의 태양이 그에게 강요한 상처와 혼란과 어리둥절함으로부터 보호해주는 피난처로서의 모든 값이 깃들여 있다. 이 인물이 둥지 속에서 '열두 시간쯤 자리에 들어 잠을 자고' 싶어하는 것은 너무도 당연하다.(『이방인』, p. 1135)

둥지 속의 잠과 휴식을 마치고 그가 가장 먼저 하기로 결정한 것은 헤엄치러 가는 일이었다. 바다에서 부표를 탄 채 그는 '햇빛이 기분 좋아서' 마리의 배 위에 머리를 얹고 모든 휴식의 빛을 받는다. '눈에 온통 하늘이 가득 들어왔고 하늘은 푸르고 금빛이었다'라고 뫼르소는 술회한다. 육체는 다시 한번 또 하나의 빛의 둥지 속에서 반쯤 잠이 든다. 마리의 가슴이 부드럽게 고동치는 것과 함께 그들의 몸 아래 바닷물은 그 빛의 둥지를 부드럽게 흔들어준다.(『이방인』, p. 1137) 어머니(mère)를 잃고 바다(mer)를 찾아가 마리(Marie, 성모와 같은 이름인)의 품에 안겨 햇빛을 듬뿍 받으며 잠이 드는 뫼르소는 잠정적이나마 완벽한 상징적 보상을 받고 있는 셈이다. 물→부표, 인간의 육체→햇빛의 순서로 이어지는 우주적 수직축에 유

---

4) 『행복한 죽음』, p. 114 : '갑자기 차가 멈추었고, 커다란 역들마다 빛의 둥지가 보이는 듯하더니 벌써 기차를 뱃속으로 삼키고 열찻간 안으로 황금의 불빛과 따뜻한 공기를 쏟아붓는 것이었다.'

의한다면 물과 빛의 행복한 균형이 탄생시키는 이 '빛의 둥지'가 얼마나 카뮈 특유의 이미지인가를 이해할 수 있을 것이다.

다음날 우리의 향일성 인물은 '발코니'에 나와 앉는다. '오후에는 날씨가 좋았기' 때문이다. 여기서 그는 변화하는 모든 빛의 감도를 소상하게 전한다. '맑지만 광채가 없는' 하늘, '어두워진' 빛, 다시 구름이 덮인 하늘, 지나가는 구름, '발그레한' 하늘, '돌연 거리에 켜지는 가등', 그리고 첫째번 '별'들…… 그 어느 것 하나 놓치지 않는다. 결국 이 하루는 '사람들이 빛이 가득한 포도를 바라보느라고' 눈이 아팠던 일요일이었다.[5]

햇빛이 있는 곳이면 본능적으로 몸이 끌리는 듯한 이 인물은 다시 한 번 전형적 태양공간인 바닷가로 되돌아간다. 햇빛 무늬처럼 '붉은 줄이 죽죽 그어진 아름다운 옷을 입은' 마리, '햇빛에 타서 갈색 꽃 같은 얼굴을 한' 마리와 함께. 그것은 두번째 토요일이었다. 모래밭에는 '오후 네 시의 태양이 너무나 뜨거웠다'고 그는 말한다.

그러나 태양공간을 향한 세번째 접근은 뜨거움과 살인으로 끝나고 만다. 그것은 그 다음 주일의 일요일에 일어난 일이다. 벌써 아침에 집을 나서는 순간부터 태양은 무엇인가 폭력적인 하루를 예고한다. '이미 햇빛이 가득한 대낮은 따귀를 때리듯 나를 후려쳤다'고 그는 말한다.(『이방인』, p. 1159)[6] 이것은 장례식날의 태양을 상기시켜 마땅하다. 그러나 뫼르소는 그것을 늦게야, 너무 늦게야 의식하게 될 것이다. '그것은 내가 엄마를 매장했던 날과 똑같은 태양이었다. 그때처럼 머리가 아팠고 살 속의 모든 핏줄이 퍼덕거렸다.' 그러나 아침나절에는 햇빛을 즐기지 않

---

5) 카뮈 작품의 도처에서 만나게 되는 빛과 기상변화에 대한 예민한 감수성을 그의 옛 직업과 관련짓는 주석가도 없지 않다. 과연 카뮈는 1937년 알제에서 관상대에 취직했던 적이 있었다.(『전집』 II, p. 1319) 그 직업이 어떤 현상의 묘사에 도움을 주었을지는 모르나 창조의 본질에 있어서는 알제 대학 축구팀의 골키퍼 경력이나 마찬가지로 중요한 역할을 한 것으로는 생각될 수 없다.

6) 카뮈의 다른 작품 속에도 빛이 '따귀를 때리는 듯한' 공격성을 띠고 다시 한번 나타난다. 자닌느가 호텔방으로 돌아왔을 때 남편 마르셸이 깨어 일어나 '불을 켰고 불빛은 그의 얼굴에 따귀를 때리듯 정면으로 후려쳤다.'(『적지와 왕국』, p. 1573) 빛은 이처럼 이야기의 단순한 배경이나 소도구로서가 아니라 인물 자신도 모르는 사이에 인간적 드라마에 개입한다.

은 것도 아니다. '햇빛이 너무나 기분 좋아서 나는 다른 데 정신을 팔 겨를이 없었다'고 그는 말한다. 오후가 되어감에 따라 태양은 질적으로 변하여 세계를 태양 비극의 신화적 무대 장치로 탈바꿈시킨다. 뫼르소는 해안선을 따라 세 번 산보를 나간다. 처음에는 레이몽, 마송과 함께, 두 번째는 레이몽과 함께, 마지막으로는 혼자, 인원수의 도식적 감소에는 신화적 산술이 지닌 필연성의 냄새가 풍긴다. 세 사람의 죽음, 세 번의 해수욕, 세 번의 산보, 세 사람의 남자도 그렇다. 여자들이 훌쩍거리며 기다리는 오두막집과 오후 두시의 태양이 작열하는 해변 사이에서 그는 '여기 남아 있으나 저쪽으로 가나 결국은 마찬가지다'라고 생각하면서도 마치 향일성 본능에 이끌린 듯 후자들을 택한다. 그리하여 그는 마침내 금지된 '단 한 발짝을 앞으로 내딛음'으로써 '태양을 뒤흔들어놓고' 만다.(『이방인』, p. 1166) 불꽃 속으로 뛰어드는 부나비처럼…… 굴광성(phototropisme), 혹은 엠페도클레스 콤플렉스는 향일성의 비극적 변주에 지나지 않는다.

이 살인자는 심문을 받는 동안에도 빛 속에 놓여진다. '검사는 사무실에 한 개의 전등을 켜놓고 자신은 어둠 속에 앉은 채 나를 빛이 잘 비치는 곳에 앉혔다.'(p. 1169) '오후 두시였는데 이번에는 그의 사무실에 햇빛이 거의 직사광선으로 비쳐들었고…… 그는 나를 거기에 앉혔다.'(p. 1171) 이것은 장례 때 밤새움하던 곳의 고문하는 듯한 전등빛이나 장례식날의 짓누르던 햇빛과 다를 바 없다. 이 부정적인 빛 다음에야 비로소 자유, 열려진 공간의 값을 지닌 그의 참다운 운명의 빛이 나타난다.

감옥은 도시의 맨 꼭대기에 있었고, 조그만 창문을 통해서 나는 바다를 볼 수 있었다. 어느 날 내가 빛을 향하여 얼굴을 내밀고 창살에 매달려 있으려니까 간수가 들어와서 면회가 있다고 말했다. 그 여자였다.

— 『이방인』, p. 1174

티파사의 석관 속에서 빛을 향하여 뻗어오르고 있던 향일성 식물과 감옥의 창살에 매달려 빛을 향하여 얼굴을 뻗고 있는 뫼르소 사이의 친화력 속에서 우리가 읽어야 할 것은 단순한 공통성이라기보다는 바로 카뮈적 상상력의 거부할 길 없는 필연성이다.

이 욕구의 끝에 찾아오는 마리는 그 필연성에게 주어지는 잠시 동안의 보상이다. 마리의 면회 덕분에 우리의 주인공은 잠정적으로 '넓은 채광창로 환해진 큰 홀'로 들어오게 되는데 거기에서는 '하늘에서부터 날것인 채로의 빛이 유리를 통하여 분출하듯이 흘러들고 있었다.' 이 빛은 양면적 가치를 지니고 있다. 그것은 '빛의 둥지'를 연상시키는 휴식이기도 하지만 동시에 '일종의 어리둥절함'이라는 공격성을 내포한다. 이 효과는 오랫동안, 그리고 더욱 가중된 힘으로 재판 과정 동안에 확대된다. '토론이 진행되는 동안 밖에는 햇빛이 가득했다.' 그러나 롤랑 바르트가 지적한 것과는 반대로 그 태양은 '메마른' 것이기보다는[7] 전반적인 액화 현상을 보여준다는 점에서 장례식날의 햇빛과 대응한다. 사실 그것은 빛이라기보다는 태양의 교활하고 끈적거리는 열로 나타난다. '공기는 숨막히고' '열기는 점점 더해가고' 방청객들은 신문으로 부채질을 한다. '땀'이 뫼르소의 얼굴을 뒤덮고 그는 장소와 자신에 대한 의식을 상실해간다. 땀은 변호사의 이마를 뒤덮고 검사의 얼굴에 번들거린다. 마침내 이 밀폐된 공간 속의 열기는 시간과 언어의 짜임새 속에 스며들어('기다란' 말, '끝도 없는' 시간) 드디어는 전반적인 액화 현상을 초래한다. '모든 것이 색채 없는 물로 변하고 거기서 현기증이 느껴지는 듯했다'라고 뫼르소는 말한다. (『이방인』, p. 1197)

이 기나긴 시련을 거쳐 사형선고를 받은 뫼르소는 문자 그대로 향일성 숙명과 대면한다.

감방이 바뀌었다. 이 방에서는 내가 자리에 반듯이 누우면 하늘이 보인다. 오직 하늘만이 보인다. 모든 나의 날들은 하늘의 얼굴 위에서 대낮을 밤으로 인도하는 색채들이 스러지는 것을 읽다보면 다 지나가버린다.
ㅡ『이방인』, p. 1200

---

7) R. 바르트, 「『이방인』, 태양의 소설」, 『우리 시대의 비평과 카뮈』, p. 64.

태양을 쳐다보면서 도는 해바라기의 생명을 이보다 더 단순하고 적절하게 묘사하는 방법은 없다. 이 사람이 다가오는 죽음에 끊임없이 마음을 뺏기고 있는 것은 사실이다. 그러나 죽음이 고정관념이 되는 것은 그 죽음이 다른 무엇으로도 바꿀 수 없는 자신의 생명에 살의 밧줄로 묶여 있는 것이기 때문이다. 그러므로 그는 죽음의 생각을 뿌리치려고 할 때

　　나는 반듯이 누워서 하늘을 쳐다보며 거기에 마음을 쏟으려고 애를 쓴다. 하늘은 초록빛으로 변하는 것이었다. 저녁이 되었다.
　　　　　　　　　　　　　　　　　　　　　　　　　－『이방인』, p. 1203

죽음의 고정관념이 피할 수 없는 것일 때조차도 그는 차라리 빛의 생명이 어둠 속으로 꺼져가는 순간을 가만히 지켜보고자 한다.

　　내게 무슨 일이 일어날 때는 나는 그래도 거기 있고 싶다. 그렇기 때문에 나는 낮에만 잠시 잠을 자기로 정하게 된 것이다. 밤새도록 나는 빛이 하늘로부터 유리창에 태어나기를 묵묵히 기다렸다.
　　　　　　　　　　　　　　　　　　　　　　　　　－『이방인』 p. 1203

우리는 뫼르소가 처음 감옥에 갇혔던 시기를 기억한다. 그의 말대로 '자유로운 사람의 생각'——바닷가에 있는 것, 몸이 물 속에 들어가는 것, 첫번 물결 소리, 해방감——이 가장 견디기 어렵다는 그가 마침내 '감옥에 갇힌 사람의 생각'에 습관이 든다. 그러기 위해서 그에게 충분한 빛만 있으면 부족할 바가 없다.

　　그때 나는 만약 할일이라고는 머리 위에 떠 있는 꽃 같은 하늘을 바라보는 것뿐인 채로 메마른 나무등걸 속에 살도록 강요당했다 해도 나는 차츰 거기에 습관이 되었을 것이라는 생각을 자주 했다. 그러면 나는 그리로 새가 지나가는 것이나 구름을 만나게 되기를 기다리고 있었을

것이다.

―『이방인』, p. 1178

뫼르소처럼 '상상력이 없는'(p. 1203) 인간이 감옥 속에서 '나무등걸'
이나 '꽃 같은 하늘'을 몽상하자면 그 자신의 어떤 운명의 깊은 뿌리와
연결되어 있지 않을 수 없다. 여기서 최초의 인간은 현실의 그림자만을
바라보고 사는 어두운 동굴 속의 인간이 아니라 삶의 순간순간이 즉각적
시선의 충일감인 빛 가득한 나무등걸 속의 인간이다. '자기가 본 것을 미
리 꿈꾼 적이 없다면 이 세계를 제대로 보지 못한 것이다'라고 바슐라르
는 말한다.[8] 그러나 참으로 꿈꾼다는 것은 딴 데 정신이 팔린 상태가 아
니라 거기에 충만하게 현존하는 것이며 빛 가득한 하늘의 거대한 꽃을
바라보는 것이며 세계의 광대한 육체를 시선의 살로 껴안는 것이다. 그
러할 때 고해 신부가 '돌의 땀'으로부터 하느님의 얼굴이 떠오르는 것을
보는 곳에서 뫼르소가 '태양의 빛깔과 욕망의 불꽃'을 지닌 마리의 얼굴
을 찾는 것은 너무나도 당연한 일이다.(『이방인』, p. 1207)

그의 생명이 뻗어가고자 욕구하는 방향은 그 태양이요 그 불꽃이다.
꽃, 여자의 육체, 불꽃, 그리고 빛, 이런 것이 향일성 생명의 지향점이다.
그러나 그것은 그의 영광인 동시에 비극이기도 하다. 향일성은 태양의
운동을 동반하게 마련이기 때문이다. 향일성 생명은 하루 낮의 생명이다.
대낮의 태양과 그의 찬란한 신들이 '그의 매일매일의 죽음'(『결혼』, p.
60)으로 되돌아갈 때, 밤이 '세계의 무대 위로' 내릴 때 향일성 숙명도
종말을 고한다. 이리하여 뫼르소는 '얼굴에 별들을 가득 싣고' '악으로부
터 순화되고 희망을 다 쏟아버린 채' 확실하고 환멸 없는 죽음을 기다리
게 된다. 삶과 죽음 사이에서 저녁은 '우수에 찬 휴전'일 뿐이다. 그래서
향일성 생명 속에 있어서 모든 것은 '소진(consommé)'된 것이다.
　사실 이 소설은 커다란 어느 하루 동안에 일어난 일이라고도 할 수 있

---

8) G. 바슐라르, 『몽상의 시학』, p. 148.

다. 죽음을 악화시키고자 하는 아침과[9] 도취할 듯한 생명력이 비극성의 극치에 도달하는 정점의 정오와 세 가지의 죽음이 이제는 문을 닫아버린 삶, 향일성의 삶, '행복한'(p. 1209) 삶 속으로 거두어지는 저녁이 있는 단 하나의 통일되고 빛 밝은 하루 ——이것이 참다운 '이방인'의 시간이다.

『페스트』의 오랑 시민들도 빛과의 관계에 있어서는 알제의 사형수와 다를 바 없다. '완벽한 윤곽의 해안선을 앞에 두고 빛 밝은 언덕들로 둘러싸인' 이 도시의 주민들은 삶의 세 가지 즐거움으로 여자와 영화구경과 '해수욕'을 꼽는다. 해수욕과 태양에 대한 취향은 '미사 참례와 심각한 경쟁을 할 만큼' 중요한 것이다(카뮈에게 있어서 영혼의 구원과 육체적 기쁨 중 어느 것이 우선하는가에 대해서는 새삼 강조할 필요가 없을 것이다). 이것은 이를테면 이 이교도 종족의 태양신앙적 가치를 지닌다. 이같은 편향은 전염병으로 인하여 도시의 문이 닫혀버렸을 때, 바다, 즉 태양공간에로의 접근이 금지되었을 때 한층 더 확실해진다. 자신의 집 속에 갇힌 채 잃어버린 공간을 그리워하고 무엇으로도 바꿀 수 없는 빛의 풍토를 열망해 마지않는 그들이기 때문에 그 세계를 휩쓰는 악은 그만큼 더 견딜 수 없는 것이 된다.

> 예를 들어 우리들 시민 중 어떤 이들은 이리하여 해가 나고 비가 오는 데 따라 좌우되는 또 하나의 노예 상태에 빠지고 말았다. 그들을 보고 있자면 마치 처음으로, 그리고 직접적으로 그때그때의 날씨를 의식하게 된 것 같았다. 그들은 금빛 태양이 잠시 비추기만 해도 즐거운 얼굴이 되고 비가 조금 내리기만 하면 얼굴과 생각 속에 두꺼운 베일이 드리워져버리는 것이었다.
>
> ――『페스트』, pp. 1277~1278

---

9) 소설 속에서는 첫머리의 전보가 어느 때쯤 도착했는지 명시되어 있지 않다. 그러나 그가 오후 두시에야 버스를 탔고, 그가 사무실에 나가 있었던 시각이었던 것으로 보아 아침이라고 추정할 만하다. 그런데 사실 중요한 것은 서술적 시간이 문제가 아니라 '아침'이라는 이미지이다. '마랑고와 바다를 가로막는 언덕들 위로 하늘은 발그레했다. 그리고 그 위로 지나는 바람은 그곳으로 소금 냄새를 실어왔다. 아름다운 하루가 준비되고 있었다.'

날씨는 단순한 기상학적 사실이 아니라 작품 속에서는 어떤 내면적 풍토와 조응하게 마련이다. 인간이 세계 속에서 생각하고 느끼는 것이기도 하지만 세계가 인간 속에서 생각하고 느끼기도 하는 법이다. 오랑 시민들의 감수성 자체가 세계 위에 '두꺼운 베일'을 드리우는 것은 아닐까? 빛의 직접적인 영향이 나타나는 것은 사실 불행 속에 갇힌 오랑 사람들만의 특수한 현상은 아니다. 1939년 3월 카뮈가 처음 오랑을 방문했을 때—그는 아직 『이방인』도 쓰지 않았다—그는 빛과 마음의 직접적인 관계를 이렇게 『작가수첩』속에 적었다.

오랑. 붉은 제라늄과 프리지아가 핀 작은 공원 위 메르 엘케비르 해안. 반쯤밖에 아름답지 않다. 구름과 태양, 조화 있는 고장, 커다란 한 조각의 하늘만 보아도 너무나 긴장했던 가슴들 속에 고요가 되찾아온다.
　　　　　　　　　　　　　　　　　　　　　　　　—『작가수첩』 I, p. 148

『안과 겉』의 나레이터 역시 빛과 어둠의 강한 영향을 입고 있다.

구름이 해를 가렸다가 다시 열리면 그 미모사 화분의 터질 듯한 노란 빛이 그늘 속에서 떠올라온다. 그것만으로 충분하다. 빛이 조금만 나타나도 나는 그만 혼란스럽고 어리둥절한 지경의 기쁨에 가득 찬다.
　　　　　　　　　　　　　　　　　　　　　　　　—『안과 겉』, p. 48[10]

페스트에 걸린 오랑 시로 되돌아와보자. 시경국장이 절전에 관한 규칙을 공표하자마자 도시 전체는 어둠의 사막 속에 빠져버린다. 가등은 점점 더 늦은 시각에야 켜지기 시작한다. 이 암흑의 세계 속에서 극장과 카

---

10) 『작가수첩』 I, p. 21 : '가득 찬다(rempli)'는 원래 '흥건히 젖는다(inondé)'로 되어 있었다.

페는 사람들의 공포와 어둠과 죽음으로부터 피신하기 위하여 본능적으로 찾아드는 빛의 중심이 된다. 빛은 여기서는 암흑과 죽음으로 포위된 섬의 이미지로 나타난다. 그것은 생명의 마지막 보루와도 같다.

　　어두운 도시에서 밤의 백성들이 마치 향일성 질병에 걸린 짚신벌레들처럼 몰려드는 빛의 작은 섬.

―『작가수첩』 II, p. 71[11)]

『행복한 죽음』 속에서 만날 수 있는 부차적인 인물 카르도나 역시 이 '어둠의 백성들' 중 하나다. 뫼르소의 이웃방 친구인 카르도나는 어머니가 죽고, 지칠 대로 지쳐 누이마저 그를 버리고 가버린 뒤 더러움이 그의 고독을 포위해와서 그의 침대를 파도처럼 후려치고 마침내는 그 자신을 '익사시킬 듯'한 방 안에서 외롭게 산다.

　　집은 너무나도 더러웠다. 제 집이 마음에 들지 않는 가난한 사내에게는 보다 더 쉽고 부유하고 빛이 환하며 항상 즐겨 맞아주는 집이 하나 있다. 그게 바로 카페다. 그 동네 사람들은 유난히 활기에 차 있다. 거기에는 고독의 공포와 그의 어렴풋한 동경으로부터 보호해주는 마지막 피난처와도 같은 무리의 열기가 가득하다. 말없는 그 사내는 거기에 제 집처럼 와서 지낸다.

―『행복한 죽음』, p. 86

　　뫼르소나 『페스트』의 오랑 시민들처럼 카뮈 자신도 빛에 대한 편향과 '어둠 속에 익사할 것 같은' 공포를 너무나 잘 알고 있다. 빛 밝고 높은 곳에 대한 향일성 충동, 다른 한편 물로 가득 차고 끈적거리고 어두운 심연에 대한 뿌리깊은 거부반응 ――이것이 바로 카뮈 상상력의 축이며 그의

---

11) 『전집』 I, p. 1950 참조. 여기 인용한 부분은 원래 『페스트』의 제2 개작 원고에서 뽑은 것이다. 마지막 『페스트』 결정본 원고 속에서는 이 이미지가 보다 간접적으로 암시되어 있다.(『페스트』, p. 1282와 pp. 1306~1307 참조)

감수성이 지닌 마니케이즘(manichéisme)이다. 1950년 3월, 재발한 지병으로부터 간신히 헤어나던 무렵[12] 그는『작가수첩』속에 이 회복기 환자의 감정을 빛과 암흑의 상관관계로 기술해놓았다.

   활짝 열리는 빛. 십 년 간의 잠에서 수면 위로 머리를 내놓는 것 같은 기분이다―여전히 불행의 사슬과 그릇된 모럴 속에 옭아매여 있지만 ―그러나 벌거벗은 채로 태양을 향하여 몸을 내뻗고 있다. 광채로 빛나고 절제된 힘―검소하고 예리한 지성, 육체처럼 나도 태어난다.
                                              ―『작가수첩』II, p. 315

   회복되어가는 육체가 지금까지 빠져 녹아 있던 액체공간의 표면으로 솟아오르는 것같이 느껴지는 것은 새로운 것이 아닐지 모른다. 인간의 육체 속에는 상주하는 두 가지의 우주적 질료, 즉 무겁고 끈적거리고 어두운 물과 가볍고 단단하고 상승하는 빛이 함께 들어와서 몽상한다. 이것은 바로 '영혼 속의 죽음'의 프라하 여행자가 보여주는 경우다. '구멍이 잔뜩 난 듯하고' '별로 단단하지 못한' 가슴으로 영혼 속에 죽음을 담은 채 여행자는 '발이 밑으로 빠지는 듯한' 도시에서 여러 날을 보낸다. (『안과 겉』, pp. 30~34) '매달릴 만한' 친근한 것 하나 없다.(p. 33) 그의 내부에서 무엇인가 깊숙이 패어나간다.(p. 34) '거점을 여기저기에 박아두고자 하는' 안간힘에도 불구하고 항상 당혹이 그를 다시 사로잡는다. 모든 것이 그를 가두고 그를 표적도 없이 깊은 공간으로 빠뜨린다. '상당히 어두운 유골 안치소 같은' 식당에서 그가 만난 보이는 '기름기가 번질거리는' 연미복 차림이고, 여자는 '살찐' 입에 '젊은' 미소를 띤 '달라붙는 듯'한 인상인데 그는 거기서 '구역질나는' 음식을 먹는다.[13] 그를 가두어놓는 듯한 호텔의 텅 빈 듯 울리고 잠겨진 옆방 안에는 오래 전부터 한 남자가

_____

12)『작가수첩』II, p. 282 : '1949년 11월 말. 병의 재발', p. 294 참조.
13)『행복한 죽음』, pp. 95~109에도 '끈적거린다' '기름기' '침' '젖은 땅' '진흙' '검은 물웅덩이' '가는 비' '축축하고 끈끈한 포도' '용해된 시간' 등 동일한 성격의 이미지들이 반복된다.

죽어 있다. 낯설고 미로와 같은 거리에서 그는 '식초에 절인 오이 냄새' 속에 익사할 듯하고 아코디언의 유체질 음악과 '무거운' 낮공기, 구름 덮인 하늘이 짓누른다. 친구들 덕분에 이 네거티브한 공간에서 벗어난 그는 실레지아의 긴 벌판을 지나가야 한다. 거기에서는 '끈적거리는 대지 위로 안개 끼고 기름 같은 아침 속에' 새들이 지나간다.

그러나 어떤 국경선을 넘자 마침내 그는 빛에 의하여 구원된다. '빛이 밝아오고 있었다. 이제 나는 알고 있다. 그때 나는 행복의 준비가 되어 있었음을. 나는 다만 비쌍스 근처의 언덕 위에서 살았던 옛새에 대해서만 말하리라.'(p. 37) 그는 마침내 '끈적거리는' 심연으로부터 빛 밝은 '언덕'으로 솟아오른 것이다. 그러나 언덕과 빛에 대해서는 다시 이야기할 기회가 있을 것이다. 지금은 다만 우리가 위에 인용했던 회복기 환자의 이미지를 상기하면서 어둠과 물의 공간으로부터 빛의 공간으로의 이동을 좀더 천천히 읽어보기로 하자. 진정한 이미지의 역동적 값은 상반된 두 가지 공간이 서로 접하고 충돌하는 지점에서 더 극명하게 보인다. 물과 빛, 질병과 건강, 깊이와 광대함은 서로 만나며 이미지를 만든다.

> 그러나 비엔느에서 베니스로 나를 싣고 가는 기차 속에서 나는 무엇인가를 기다리고 있었다. 나는 마치 미음을 먹는 회복기 환자, 자기가 처음 먹게 될 빵껍질의 맛이 어떨까를 상상하는 환자와도 같았다.
>
> —『안과 겉』, p. 36

여기서 '미음'은 그가 잠겨 있던 공간이 내화(內化)된 질료로서 여기에 삽입되어 있다. 이 말은 앞의 페이지들 속에서 암시되어 있던 모든 값, 허약한 육체와 정신, 그를 잡아당기던 끈적거리는 수분의 무거움, 흐물흐물한 감각, 반유체질(半流體質)을 반향한다. '미음'이라는 질료의 깊숙한 곳에서 육체가 꿈꾸고 있다. 그런데 일단 어둡고 축축한 '미음'의 고장에서 경계를 넘으면 빛이 태어난다. 여기서의 빛은 눈으로 인지한 그 무엇 이상이다. 육체가 '첫번 빵껍질'처럼 접촉하고 깨물 수 있는 질료가 빛이다. 빛은 몸을 두드리는 단단하고 반짝이는 질료다. 이상의 서로 대립되는 두 가지 세계를 요약해보자.

① 물(암흑) − 끈적거림 − 옭아매다 − 떨어지다 − 물렁물렁하다 − 깊다 − 잠기다 − 심연 − 닫히다

② 빛 − 메마르다 − 떠받치다 − 상승하다 − 단단하다 − 표면 − 넓이 − 위로 뚫고 나오다 − 꼭대기 − 열리다

1937년에 국경을 넘던 회복기 환자나 이『작가수첩』을 기록한 카뮈나 다 같은 동사 '상상하다'의 주어다.

이제 곧『전락』을 면밀하게 분석할 기회가 오겠지만 잠시 저 시니컬한 클라망스가 기다리고 있는 유명한 바 '멕시코 시티'를 언급하기로 하자. 여기서도 역시 우리는 페스트에 걸린 오랑 시민들처럼 '항일성 질병에 걸린' 어둠의 백성들을 만나게 된다. 그들은 바로 '모든 종류의 국적을 가진' 물의 사람들, 즉 '선부(船夫)들'이다. '신문의 독자요 교미하는 자들' '낙오하여 추락한' 부르주아들이 여기에 즈니에브르 술을 얻어마시러 온다. '어둠 속의 유일한 빛'인 불타는 액체 즈니에브르를.(『전락』, p. 1479) 액체의 빛이요 불인 이 술을 둘러싸고 그들은 '여러 날 동안 그친 일이 없는 비'와 걷힐 줄 모르는 안개와 몸이 푹푹 빠질 듯한 각종의 물을 피하여 피난처럼 모여든다.

그러나 비는 암스테르담에서만 볼 수 있는 기상 현상은 아니다. 이것은 오히려 상상력의 한 현상이라 해야 마땅할 것이다. 이것을 증명하기 위해서 우리는 이 장 서두의 출발점인 티파사로 되돌아가볼 필요가 있다. 태양의 세계요 항일성 식물의 서식지대인 티파사에도 비는 온다. 이 건조한 지대에 기이하게도 '닷새 전부터 비가 그치지 않고 내려서 마침내는 바다도 비에 축축이 젖어버렸다.'(『여름』, p. 869) '티파사의 결혼' 이후 나레이터는 전쟁중에 이곳으로 다시 돌아와보았다. 티파사는 '진흙투성이'로 변하고 나레이터의 기억은 '몽롱해진다.' 그날 석관 속에는 '시커먼 물이 가득'하고, 타마리나무는 '젖어 있다.' 그는 이제 항일성 식물에 대해서도, 그것의 붉은 피와 하얗고 둥근 머리에 대해서도 말하지 않는다. 그는 다만 어두운 목소리로 '밤과 한바탕 끝장을 내지 않으면

안 된다'고 말할 뿐이다. '대낮의 아름다움'은 젖어버린 추억일 뿐이다. (p. 870) 마침내 돌—석관—은 젖은 채 어두운 죽음의 얼굴로 다시 돌아갔다. 전쟁은 '여름의 도시'의 빛 밝은 충일감을 더럽혀놓았다. '우리들의 입은 더럽혀졌다'고 나레이터는 말한다.

향일성 식물은 어디 있는가? 생명의 수직성은 어디로 갔는가? 태양의 정점을 향한 저 억누를 길 없는 힘과 충동은 어디로 갔는가?

나레이터는 전쟁이 지난 지 수년이 지나 그곳으로 또다시 돌아가본다. 그러나 빛과 더불어 상승하던 그 생명 대신에 비는 또다시 내리고 적신다. 티파사로 가기 전 알제에서 그는 텅 비고 늙은 도시로 흘러내리는 비를 피하여 '거세게 불빛이 비치는 카페'에서 잠시 기다린다. 그러나 이번에는 마침내 '신선한 하늘'이 곧 나타나더니 결혼의 세계가 다시 열린다. 정오—태양의 시각, 모래들이 잔뜩 흩어진 '비탈길'에서 그는 '향일성 식물'들을 다시 만난다.(『여름』, p. 873)

참으로 상상력에 깊이 뿌리내린 모든 생명이 다 그러하듯 향일성 생명은 동일한 운동의 긍정적 · 부정적 양면을 가지고 있다. '올라가고 내려가는 것은 항상 생명의 가치와 삶의 표현, 아니 생명 그 자체와 결부되어 있다'고 바슐라르는 지적했다.[14] 어디서나 단 하나의 행위 속에서 무엇인가 상승하고자 할 때 다른 하나가 추락하고자 한다. 두 가지의 움직임은 수직 상상력의 같은 축 위에서 동시에 이루어진다. 향일성 상상력이 진정한 인간의 내면적 값을 지니는 것은 이 같은 역동적 이원론 속에서이다. 하나의 질료는 밑으로 이끈다. 물은 항상 밑으로 밑으로 떨어지고 흐른다. 그의 작업은 동시에 완만하며 치열하다. 그것은 모든 것을 뒤덮고, 끈적거리면서 옭아매고 은밀하게 침투하고 와해한다. 이렇게 모든 것은 무너지고 가라앉는다. 반면 빛은 항상 상승하는 방향을 손가락질한다. 그것은 물과 긴밀하게 결부되어 있으면서도 물과 반대방향으로 작용한다. 이리하여 위를 향한 운동, 태양을 향한 힘은 동시에 비의 떨어지려는 힘과 물의 깊이와 지하의 암흑에 대한 투쟁을 전제로 한다. 그렇기 때문에

---

14) G. 바슐라르, 『공기와 꿈』, p. 297.

티파사에서 향일성 식물들은 마치 '지난 여러 날 동안의 광란하던 물결이 물러가면서 남겼을 거품'(『여름』, p. 873)처럼 비탈길에 핀 것이다. 이것은 단순한 메타포가 아니다. 쉽사리 지나치기 쉬운 이런 '거품' 속에 어떤 우주가 들어앉아 몽상하고 있음을 발견하는 것은 흔하지 않은 기쁨이다. 이 속에 하나의 질료와 하나의 충동이 와서 그의 모든 우주적 힘을 다하여 싸우고 있다. 생명을 향하여 솟아오르고자 하는 노력은 깊은 곳으로 가라앉으려는 힘을 불러들이게 마련이다. '단 한 가지의 행위 속에서 무엇인가가 내려가고 있기 때문에 무엇인가가 올라가고 있다'는 이미지의 패러독스는 바로 여기에서 확인된다.[15] 사자(死者)들의 석관에 피는 꽃이나 미친 듯 휩쓸던 물결의 자리에 거품처럼 피는 꽃 속에는 코스믹한 싸움이 만든 이미지의 생명이 말하고 있다. 이제 태양은 다시 '젖어버렸던 바다'에 고통스럽게 태어난 이미지의 개선을 알린다. 티파사로 돌아온 나레이터를 위하여, 전에 '방탕한 딸들의 귀환을 위하여' 그랬듯이, 향일성 식물들이 모래 덮인 비탈에 피어오른다. 태양과 바다, 빛과 물, 상승하려는 힘과 심연 속으로 떨어지려는 힘, 이 양극 사이의 균형이 이루어지는 상상력의 지렛대가 바로 '비탈'이다. 향일성 숙명은 서로를 부르는 이 두 가지 모순된 힘의 공간, 갈등의 자장 속에 자리잡는 상승의 생명이다. 그러나 정오, 카뮈 특유의 시간이 오면 이 식물들과 나레이터는 그 비탈길 위에 서서 '기진한 듯 간신히 부풀어오를까 말까 한 바다를' 굽어보고 있다.(『여름』, p. 873) 이 잠정적 보상의 시간을 우리는 앞으로도 자주 만나게 될 것이다.

이와 같이 수많은 카뮈의 이미지 속을 뚫고 지나가는 힘의 변주들은 항상 그 불모의 비밀이 지닌 '똑같은 울림'을 나타낸다. 이것이 바로 한 삶이 지닌 숙명의 얼굴이다. 그러나 이 향일성 숙명의 중심을 이루는 것은 인간의 삶 그 자체가 아니라 하나의 예술, 하나의 미학임을 잊어서는 안 된다. 여기서 문제되는 것은 창조적 상상력이기 때문이다.

카뮈가 1952년 그의 예술적 스승이라고 늘 강조했던 허먼 멜빌에 관

---

15) G. 바슐라르, 『공기와 꿈』, p. 298. 방점은 바슐라르.

하여 쓴 한 비평의 일부를 인용해보자. 우리는 거기서 멜빌의 예술 역시 물과 빛의 우주적 투쟁을 통하여 태어난 향일성 상상력의 소산임을 발견할 수 있을 것이다. 멜빌의 작품에 대한 카뮈의 동화비평(同化批評) 저 배후에서 비쳐 보이는 것은 사실상 카뮈 자신이 겪은 상상력의 숙명인지도 모른다. 문제의 글을 가장 중요한 결론으로 끝맺는 부분은 이렇다.

사실 심연은 그것 나름의 고통스러운 덕목을 지니고 있다. 멜빌이 묻혀 살다가 죽었던 침묵과 그가 간단없이 갈고 다녔던 저 늙은 대양이 그러했듯이 끝없는 암흑으로부터 그는 작품들을 빛 속으로 끌어냈다. 물속에 새겨진 거품과 밤의 얼굴인 그 작품들의 신비스럽고 당당한 모습이 나타나기가 무섭게 그것은 벌써 우리들로 하여금 어둠의 대륙으로부터 빠져나와 마침내 바다와 빛과 그 비밀을 향하여 나아가도록 도와준다.
— 『전집』 I, pp. 1902~1903

여기서 작품이란 심연의 물과 하늘의 빛 사이의 우주적 긴장이 지상의 삶으로부터 조각처럼 깎아낸 하나의 '거품'—물이 공기로 탈바꿈하는 순간—에 지나지 않는다. 세 가지의 질료, 세 가지의 테마—물과 빛, 그 사이의 돌 혹은 대지, 혹은 생명의 수직선을 따라가는 상상의 여행, 하강과 상승—그것으로부터 변화무쌍한 색채들이 뚫고 지나가는 공허, 즉 작품이 태어난다.

제2장
작품세계와 환상(環狀)의 여행

브라만의 말씀 : 중요한 것은 세계를 한바퀴
도는 것이 아니라 세계의 중심을 한바퀴 도는 것이다.
—무케르지, 「브라만과 파리아」
(장 그르니에, 『섬』, p. 132에서 재인용)

1. 여로와 내적 공간

어떤 작품 속으로 들어간다는 것은 공간을 바꾸는 일이요, 다른 세계
로 들어가는 일이다. 그러나 이것은 기존하는 공간, 다시 말해서 정적이
고 질서가 확정된 큰 공간 내부에서의 단순한 이동을 의미하는 것은 아
니다. 여기에서는 바로 '여행'이라는 경험을 통한 공간개념 자체의 질적
변신이 문제가 된다. 작품 자체가 바로 그 '여행'에 의하여 창조된 것이
기 때문이다. 흔히들 한 작가의 '세계'라고 하는 것은 정신적이고 상상
적인 여행에 의하여 언어로 구현된 공간과 풍경을 의미한다. 하나의 비
평이 의미 있는 것이 되자면 독서의 공간과 작가의 그 상상적 언어공간
이 일치되어야 한다. 따라서 우리는 작품을 참다운 상상적 체험공간으로
파악하고 그 풍경 속에 들어가 살기 위하여 창조자의 상상력이 뚫고 지
나간 여로를 더듬어가면서 여행이 만든 총체적 공간의 양태와 질을 규명

하지 않으면 안 된다. '작품은 그 전체가 밀폐된 공간이며 동시에 접근통로다. 그것은 비밀이며 동시에 그 비밀을 열고 들어가게 하는 열쇠다.'[1]

그러므로 작가의 세계로 들어가는 통로로 우리를 인도해주는 최선의 열쇠는 바로 작품 그 자체다. 카뮈의 세계 한복판에서 우리는 항상 여로에 서 있는 한 존재를 만나게 된다. 그의 작품은 탄생에서 죽음까지 삶의 행로를 따라가는 어떤 사상의 진화만을 보여주는 것은 아니다. 시간선상의 시작과 끝은 그 여행의 피상적인 국면에 지나지 않는다. 그 내면에는 갈래갈래로 뻗어간 동시적 도정들이 하나의 새로운 공간, 새로운 세계를 짜놓고 있다. 카뮈의 세계에 대하여 생각한다는 것은 그 시간적 여정을 작품이라는 총체적 공간에 예속시키는 것을 의미한다. 여기에서 우리는 삶의 선조적(線條的) 질서가 창조의 질서와는 다른 것임을 깨닫는다. 작품은 그 같은 삶의 시간성을 정복하기 위한 노력을 증언한다. 모든 참다운 작품은 종국적으로 시간의 강물을 거슬러올라가는 공간적 의지를 내포하고 있다.

그렇다. 적어도 나는 그것을 확실히 알고 있다. 바로 이 유적(流謫)의 시간에일지라도 인간에 의하여 이룩되는 작품이란 예술이라는 우회를 통하여 처음으로 마음을 열어준 두세 개의 이미지들을 다시 찾기 위한 긴 도정일 뿐이라고 상상해보는 것을 막을 것은 아무것도 없다.
—『안과 겉』, p. 13

보편적인 의미에서 작품이라는 것의 특징은 아니라 하더라도 적어도 카뮈 작품의 특징을 이처럼 극명하게 지적한 예는 보기 드물다. 이 유명한 구절은 우리가 '여행'이라고 칭하는 정신적 탐구 과정과 작품세계의 공간적 성격, 그리고 그 체험적 공간의 극점으로 제시된 핵들을 동시에 밝혀준다. 첫째 작품과 그 '긴 행로'의 등식화는 잡다한 글들의 정적인 한 묶음일 뿐인 것처럼 보이는 그 작품공간에 동적인 삶의 힘을 투사한다. 그 결과 작품공간을 떠받치고 있는 생명 운동이 분명하게 느껴진다.

---

1) 장 루세, 『형태와 의미』, p. 11.

다른 한편 바로 이 동적인 성격은 여로가 출발점에서 종점까지라는 단일한 방향만을 따라가는 것이 아님을 일깨워준다. 여기에서의 '도정'은 하나가 아니라 두 개의 방향을 향해가고 있다. 작가가 추구하는 목표는 그의 '앞'에 있으며 동시에 그의 '뒤'에 있다. 그가 밟는 도정의 목적지는 '처음으로' 가슴이 문을 열던 출발의 지점이요 그의 근본이다. 근원적인 출발점에 잠겨 있는 이미지를 '다시' 찾기 위한 '우회'의 도정이 바로 그의 여행이다. 오직 정신세계만이 허락하는 운동의 모순 ──출발점과 목적지의 등식관계 ──은 작품공간을 형성하는 기본이다. 미래를 향하여 나아가는 것이 곧 과거로 돌아가는 것이 된다.

이 논리적 모순, 동시에 미적 총체성, 이것이 바로 카뮈 상상력이 움직여가며 보여주는 특징인 양가성(ambivalence)이다.

그러면, 그 출발점에는 무엇이 잠겨 있는 것일까?

> 예술가는 그처럼 제각기 마음속 깊이 일생 동안 그의 바탕과 그가 말하는 것에 자양을 공급하는 유일한 원천을 갖고 있는 것이다. (……) 나로서는 나의 원천이 '안과 겉' 속에, 내가 오랫동안 생활한 그 가난과 빛의 속에 있다는 것을 알고 있다.
>
> ─『안과 겉』, pp. 5~6

> 사실 그것은 덕성 때문도 아니고 희귀하고 드높은 영혼 때문도 아니고 다만 하나의 빛에 대한 본능적이고 변함없는 애착 때문이다. 나는 그 빛 속에서 태어났고 그 빛 속에서 수천 년 동안 사람들은 고통 속에서까지 삶을 환호하는 것을 배웠던 것이다.
>
> ─『여름』, p. 85[2]

---

2) 『전집』 II, p. 1074, 「스웨덴 연설」 참조 : '나는 결코 빛과 존재의 행복과 내가 생각했던 자유로운 삶의 세계를 포기할 수가 없다. 그러나 그 같은 향수가 나의 오류와 결점들을 더 잘 설명해주는 것이기는 하겠지만, 내 직업을 보다 더 잘 이해하는 데 도움을 준 것도 그 향수였고, 지금도 오직 그 짧고 자유로웠던 행복의 추억이나 소생에 의지함으로써 이 세상 속에서 얻은 삶을 견디고 있는 저 말없는 모든 사람들 곁에서, 내가 맹목적으로 버틸 수 있게 해주는 것 역시 그 향수인 것이다.'

수없이 많은 예들 중에서 뽑아 인용한 이 두 가지 예문만 보아도 우리는 예술가가 되찾아가는 원천이 어디인가를, 움직임이 어디에서 출발했는가를, 여행이 어디에서부터 시작되었는가를 잘 알 수 있다.

2. '향수'와 회귀

카뮈의 작품을 지배하고 있는 밀도 짙은 '향수'는 바로 여기에서 기인한다. 향일성 숙명은 어느 의미에서 한결같은 '향수'의 표현이기도 하다. 그것은 다름이 아니라 빛에 대한 '본능적이고 변함없는 애착'이다. 우리는 작품 속 도처에서 이 향수의 물리칠 길 없는 동력과 만나게 된다.

한 인간의 작품들은 흔히 그의 향수와 유혹의 역사이기 쉽지만 결코 인간 자신의 역사는 아니다.

— 『여름』, p. 864

도시를 굽어보는 언덕 위에는 유향나무와 올리브나무들 사이로 길들이 나 있다. 우리가 되돌아가야 할 곳은 바로 그곳이다.

— 『결혼』, p. 70

그러나 어느 순간 모든 것이 그 영혼의 고향을 동경한다. '그러나, 우리가 되돌아가야 할 곳은 거기다.'

— 『결혼』, p. 70

내가 인색한 시대, 헐벗은 나무, 세계의 겨울에 져버리는 것일까? 그러나 빛에 대한 그 향수 자체가 나의 편이다. 향수는 나에게 다른 세계를, 진정한 고향을 이야기한다.

　그렇지만 역시 『시지프 신화』 속에서 잃어버린 낙원에 대한 취향을 발견한다면 그 역시 옳은 생각입니다. 그러나 하여간 자기 나름의 길을 따라가는 것은 당연한 일이 아닙니까. 다만 내가 볼 때 그것이 명철한 사고와 모순되는 것은 아닌 것 같아 보인다는 점을 말하고 싶습니다. 나의 견해로 볼 때 사실 부조리는 향수의 테두리 밖에서는 아무런 의미도 없을 것 같습니다.

　　　　　　　　　　　　　　　　　　―『전집』 II, pp. 1423~1424

　과거의 공간과 시간에로의 귀환, 잃어버린 낙원에 대한 향수――이것이 카뮈의 상상력을 추진시키는 근원적 동력인 것 같다. 아마도 카뮈의 작품을 작가의 개인적 전기와 암암리에 결부시켜 해석하는 비평들은 여기에 근거를 둔 것일 터이다. 과연 카뮈의 작품 한가운데에는 카뮈 자신이 체험한 하나의 지리공간, 즉 알제리가 자리잡고 있다는 사실과 그의 정서적 출발점에는 말없는 한 어머니와 부재하는 아버지의 결핍이 개입되어 있다는 사실은 복잡한 전기 연구를 거치지 않고 오로지 카뮈의 작품을 한번 읽기만 해도 곧 알 수 있다. 기이하게도, 심지어 내면일기 속에서조차, 자기의 사생활에 대해서는 거의 말하는 법이 없는 이 작가는 자기가 태어난 나라와 어머니의 이미지 및 아버지의 네거티브한 영상에 대해서는 수없이 언급했다.[3]

　그러나 잃어버린 낙원에 대한 이 같은 향수를 오로지 작가의 체험이라는 차원에서만 강조할 경우 작품을 그 일차적인 의미와 제한된 삶의 시공간 속에 가두는 결과가 될 것이다. '애쓰지 않고도 그냥 나에게 '주어

---

3) 카뮈 작품에 대한 전기적 해석들 중에서 근래에 출간된 알랭 코스트의 연구서는 가장 탁월한 것이다. 그의 정신분석학적 관점은 그의 해독범주를 제한하는 것이지만 동시에 분석의 엄격성을 얻는 장점이 있다 : 『알베르 카뮈, 혹은 누락된 언어』(파리 : 파이요, 1973). 한편 '아버지 이미지'에 관해서는 장 사로치의 학위논문 「최후의 카뮈, 혹은 최초의 인간 Le derrier Camus ou le premier homme」(Paris : Librairie, A. G. Nizet, 1995)이 압권이다.

진 것'이라고 여겨지는 요소는 가치나 존재가 아니라 세계와 틀과 무대 같은 것입니다'(『전집』 II, p. 1423)라고 카뮈는 썼다. 알제리나 어머니는 확실히 주어진 '틀'이다. 그러나 작품이란 단순히 그 주어진 틀 속에 채워넣은 내용물의 합이 아니다. 작품 속에서 핵심이 되는 요소는 하나의 '가치'와 '존재'를 창조하기 위하여 주어진 틀 자체에 질적인 변화를 가하는 운동이요 힘의 성질이다. 창조는 단순한 과거의 추억이 아니라 생성이요, 미래의 추억이다. 그렇기 때문에 향수는 잃어버린 과거를 향한 퇴행운동이 아니라 미래를 창조하기 위한 집념인 것이다. 그렇기 때문에 빛은 '우리들의 등뒤에'만 있는 것이 아니라(『여름』, p. 866) 행로의 목적지에도 있는 것이다. 카뮈적 인간은 빛을 찾아서, 존재를 정복하기 위하여 미래를 향하여 곧게 나아간다. 그때서야 비로소 '죽음조차도 하나의 행복한 침묵이 된다.'(『안과 겉』, p. 13)

> 그러나 아마도 어느 날, 우리들이 한없는 피로와 무지로 인하여 죽을 준비가 되는 날 나는 우리들의 저 요란한 무덤을 버리고 저 골짜기 속에 있는 똑같은 빛 아래 돌아가 누워 내가 이미 알고 있는 것을 다시 한번 배울 수 있게 되리라.
>
> —『여름』, p. 876

서로 반대되는 요소, 귀환과 전진, 과거를 향한 움직임과 미래를 향한 움직임이 하나가 되는 경지를 이보다 더 극명하게 표현할 수가 있을까? '내가 이미 알고 있는 것을 다시 한번 배운다'는 말을 이해하자면 아마도 시작이 곧 끝이요, 끝이 곧 시작이 되는 원형의 운동을 상상하지 않으면 안 된다. 이 운동에서 지나치게 정태적(靜態的)이며 기하학적인 성격을 제거하고 우리는 작품이란 존재와 현재 순간의 통일을 위하여 시간이 극복된 그 원형의 운동에 의하여 창조되는 것이라고 말할 수 있으리라. '예술이라는 우회(迂廻)'가 뜻하는 바는 바로 이것이 아니겠는가?

3. 앞·뒤·중심

예술의 우회를 통해서 그려지는 이 세계 속에서 궁극적으로 중요한 것
은 귀환이냐 전진이냐, 과거냐 미래냐 하는 양자택일의 문제가 아니라
운동의 중심인 창조의 '영원한 현재'일 터이다. 창조적인 태양과 빛은
현존이고 동시에 부재이며 거역할 길 없는 힘이고 동시에 찬란한 공(空)
으로서 출발점도 종점도 아니고 다만 '중심'일 뿐이다.

> 그러나 우리는 파리에서 먼 곳에서, 빛이 우리들의 등뒤에 있다는 것
> 을, 그 빛을 정면으로 바라보자면 우리들의 인연을 끊어버리고 되돌아가
> 야 한다는 것을, 그리고 죽기 전에 우리가 해야 할 일은 모든 말들을 통
> 해서 그 빛의 이름을 명명하는 일이라는 것을 깨달았다. 아마도 저마다
> 의 예술가는 자신의 진실을 찾아 헤매고 있을 것이다. 그가 위대하다면
> 그가 쓰는 하나하나의 작품은 그 진실과 가까워지거나 적어도 그 중심
> 으로부터 그 깊이 묻혀 있는 태양에서 더 가까운 곳에 맴돌게 된다. 그
> 가 보잘것없는 예술가라면 작품은 거기서 멀어지고 중심은 도처로 흩어
> 지고 빛은 산만해진다.
>
> ─『여름』, p. 866

따라서 카뮈를 연구하는 사람이 찾아야 할 것은 '등뒤에 있는' 빛이나
'정면에 있는' 빛이 아니다. 그는 무엇보다도 '중심의 빛' '깊이 파묻혀
있는 태양'의 진정한 가치를 해명해야 한다. 바로 그 찬란한 빛의 원천을
에워싸고 인물·사건·사물·언어·이미지 등의 구성요소들이 모여들
어 카뮈 상상세계라는 하나의 통일성을 이루고 있는 것이다.

다른 한편, 그 '중심'은 과거도 미래도 아닌 현재, 현동(現動)의 순간
임을 강조하지 않으면 안 된다. 상상적 실체인 이 빛의 중심은 영원한 새
로움의 본질 그 자체이기 때문이다. 낡은 빛이란 없다. 과거 속에 추억의
대상으로 잠겨 있는 중심이란 없다. 빛과 더불어 모든 것은 시작한다. 모
든 것은 다시 시작한다. 모든 것은 항상 시작한다. 이 존재의 중심에서는

늙음도 죽음도 없다. 이 빛 속에 죽음이 있다면 그것은 항상 현동하는 생명의 '완성=소진(consommation)'뿐이다.

그러나 한 개의 아름다운 오렌지 같은[4] 정의가 말라붙어서 오로지 쓰디쓰고 메마른 살밖에 남게 되지 않도록 하려면 자신의 내부에 신선함이라는 저 기쁨의 원천을 고이 간직해야 하고, 불의를 모면할 수 있는 대낮의 빛을 사랑해야 하며 그렇게 하여 전취한 빛을 지니고 싸움터로 돌아가야 한다는 것을 나는 티파사에서 다시 깨달았다. 나는 그곳에서 옛날의 아름다움과 젊은 하늘을 다시 만났다. 그리하여 나의 행운을 헤아려볼 수 있었다…… 나는 언제나 티파사의 폐허가 우리들의 작업장이나 파괴된 잿더미보다는 더 젊다는 것을 알고 있었다. 그곳에서는 세계가 언제나 새롭기만한 빛 속에서 매일같이 다시 시작하고 있었다. 오! 빛이여! 이것이야말로 고대극 속에서 모든 인물들이 운명과 대면할 때 발했던 외침이다. 그들의 이 마지막 외침은 곧 우리들의 외침이다. 나는 이제 그것을 알 수 있었다. 겨울의 한가운데서 나는 마침내 내 속에는 억누를 길 없는 하나의 여름이[5] 잠겨 있다는 것을 깨달았다.

—『여름』, p. 874

신선함, 아름다움, 새로움, 순순함, 영원한 시작…… 이것이 곧 빛의 속성이며 중심의 결이다. 사실 중심이란 현실의 잠재태, 즉 비어 있는 가능성에 지나지 않는 것인지도 모른다. 그러나 그 비어 있는 잠재력 속으로 의미들이 쩌르릉거리며 뚫고 지나간다. 그 속에는 모든 현실이 더 투사되어 일순간 총체적 공간을 만든다.

---

4) 이 책의 결론 제1장 「'결론' 혹은 '결혼'」에서 오렌지·감 등의 결실, 혹은 과일 이미지를 별도로 분석하겠다.
5) 『전집』 II, p. 1339 : '내 작품의 중심에는 억누를 길 없는 하나의 태양이 있다.' 『여름』, p. 865 : '비록 캄캄하기만 한 내 작품일지라도 그 한가운데는 다할 길 없는 태양이 빛나고 있다.' 참조.

4. 외적 풍경과 내적 풍경

비평가들은 지금까지 카뮈의 작품 속에서 '여행'이 지니는 중요성을 충분할 만큼 강조하지는 못했다. 그러나 그의 거의 모든 작품 속에서 주역을 담당하고 있는 인물들은 한결같이 여행자들이라는 사실은 쉽게 알 수 있다. 『안과 겉』에서 『여름』에 이르기까지, 『행복한 죽음』에서 『적지와 왕국』에 이르기까지(『오해』를 포함하여) 모두 떠나는 사람, 떠난 사람들의 이야기다. 이 세계 속에서 여행은 가장 현실적인 것에서부터 가장 상상적인 것에 이르기까지 각양각색이다. 상징적·형이상학적 여행도 있고 작은 여행, 큰 여행도 있으며 남으로, 북으로 가는 여행도 있고, 빛이나 어둠 속의 여행도 있고 자의·타의의 여행도 있고, 공포에 '쫓기는' 여행도 있고 한가한 여행도 있다.

우선 카뮈 자신이 한 실제의 여행을 보자. 우리는 카뮈가 한 모든 여행들의 이정을 그의 생애의 월력 속에, 그리고 세계지도 속에 자세히 그릴 수도 있다. 그것을 통해서 우리는 두 가지 사실을 확인할 수 있다. 첫째 그의 창작의 시기들은 정확하게 어떤 여행의 시기와 일치한다. 작가가 자동차를 타고 여행중 길 위에서 사고로 세상을 떠난 것은 불행한 우연에 지나지 않을 것이다. 그러나 다음과 같은 말을 쓴 것은 결코 우연은 아니다. '내가 즐겨 살고 일하는 장소는(비록 더 희귀한 일이긴 하지만 그곳에서 죽어도 상관없다고 생각되는 장소는) 호텔 방이다.'(『안과 겉』, p. 7) 이 글을 쓰면서 작가는 아마도 프라하의 호텔 옆방에 '혼자서 외롭게 죽어 있는' 여행자를 생각했을 것이다.(『안과 겉』, p. 63)[6] 둘째로 카

---

6) 장 사로치에 의하건대 호텔방 속에 죽어 있는 사내의 에피소드는 실제 경험이 작품 속에서 약간 의도적으로 '변경되어 쓰인' 것이라 한다. '카뮈는 이 사건을 프라하에서 겪은 것이 아니고 알제에서 겪은 것으로 보인다. 상상력의 논리적 필연성 때문에 그는 행복의 도시에 그늘을 지우는 죽음을 적지(謫地)인 프라하로 옮겨서 사용한 것이다.'(『행복한 죽음』 주석, p. 223) 사실일 수도 있고 상상된 것일 수도 있는 그 죽음의 변주는 여러 곳에서 발견된다. 『행복한 죽음』 p. 108 ; 『작가수첩』 I, p. 1920 ; 『페스트』, p. 1300 ; 『오해』 참조.

뮈는 단순한 여행자는 아니었으며 더군다나 관광객은 아니었다는 사실을 우리는 확인할 수 있다. 단순히 구경만 한 것이 아니라 밀도 짙게 체험한 하나하나의 풍경은 내면적인 풍경이 되어 작품 속에 도입된다. 그가 여행했거나 체류한 장소라면 어느 곳 하나 작품 속에 그 자취와 재료와 풍토와 무대로서 소화되지 않는 곳이 없었다.

'영혼의 상태를 표현하는 풍경이 있다면 그것은 가장 저속한 풍경일 것이다'(『결혼』, p. 63)라고 쓸 때 그가 무엇을 의미하고자 했는지 알기 어렵지 않다. 안이한 낭만주의에 대한 혐오감, 현재의 순간과 눈앞의 세계를 다른 곳, 피안, 도피, 감상적인 감정이완, 종교적 초월이나 희망으로부터 지키고자 하는 금욕적이고 고전적인 의도가 그 속에 깃들여 있다. 카뮈나 카뮈의 주인공들이 공유하는 '상상력의 결핍'[7]은 다름아닌 이 현재와 현세지향적 의지의 차원에서 이해되어야 마땅하다.

그러나 다른 한편 우리는 앞서 인용한 말과는 정반대되는 말을 한 카뮈 역시 간과해서는 안 된다[사실 위에 인용한 구절(『결혼』, p. 63)은 그 수필의 초고에는 없던 말이었다]. '음악에 관한 글'에서 인용한 다음 일절을 보자.

> 우리가 어떤 풍경 앞에서 느끼는 아름다움의 감정은 그 풍경의 미적 완벽함에서 유래하는 것이 아니다. 그 감정은 사물의 그 같은 국면이 우리들의 본능이나 경향, 우리의 무의식적 개성을 구성하는 모든 것과 일치하는 데서 생기는 것이다…… 미적 감동의 가장 큰 몫은 바로 우리들의 자아에 의하여 만들어지는 것이다. 그러므로 아미엘의 말은 항상 옳은 것이다. '하나의 풍경은 하나의 영혼의 상태다.'
>
> ─『전집』 II, p. 1200

보기 위해서는 보고 싶은 욕구가 있어야 한다. 바슐라르라면 무엇을 관조하자면 그 전에 이미 그것을 꿈꾸어본 적이 있어야 한다고 말할 것

───────────────

7) 이 책의 제4부 제3장 「조각으로서의 문학」 참조.

이다. 그러나 위의 두 인용 사이의 모순은 피상적인 모순에 지나지 않는다. 이 세계의 풍경에 진정한 상상력의 실체를 부여함으로써 그 풍경을 사랑하고자 하는 동일한 정신이 두 가지 글 속에 한결같이 깃들여 있다. 사실 젊은 시절의 카뮈가 쓴 글들 속에서 젊은이 특유의 낭만적 기분과 심리주의를 지적해내기란 어렵지 않다. 그러나 그런 요소들은 시간이 감에 따라 의지나 '존재론적' 취향으로 대치되면서 자취를 감춘다. 서로 상반된 두 풍경관 사이의 차이는 『행복한 죽음』과 『이방인』 사이의 차이와 비길 만한 것이다. 이 두 가지 관계들의 경우 다 같이 주안점이 심리적 국면에서 형이상학적 국면으로의 이동을 보여준다. 눈으로 바라본 풍경과 창조된 풍경 사이의 관계는 『반항적 인간』 속의 다음과 같은 말로 설명될 수 있을 것이다.

우리들을 기쁘게 해주지도 않는 대상과 닮았기 때문에 그림이 우리들을 기쁘게 하다니 이 얼마나 헛된 것인가. 파스칼의 이 유명한 말을 인용하면서 들라크루아는 의미심장하게도 '헛된 것'이라 하지 않고 '이상한 것'이라고 썼다.

—『반항적 인간』, pp. 660~661

이런 의미에서 볼 때 카뮈가 쓴 거의 대부분의 작품은 일종의 내면적 여행기라고 할 수도 있을 것이다. 그 여행이 비록 외면적으로는 실제로 작가가 한 여행과 일치하는 것이 사실이지만 근본적으로는 '상상의' 여행, 창조에 의하여 내화된 여행이라는 점을 물론 유의해야 한다. 따라서 『시지프 신화』나 『반항적 인간』은 카뮈가 들려줄 수 있는 유일한 '속내 이야기'가 된다. 우리는 도처에서 카뮈가 풍경을 관조하는 정도가 아니라 풍경을 꿈꾸고 풍경과 속내이야기를 주고받는 것을 목격한다. 때로는 인간보다 풍경이 더 친밀한 상대가 되기도 한다.

젊을 때는 성인이 되었을 때보다도 더 어떤 풍경과 한마음이 된다. 왜냐하면 그때 풍경은 더 쉽사리 해석될 수 있기 때문이다.

—『작가수첩』I, p. 48

프로방스 : 어깨에 기대어오는 여인 같다.
—『작가수첩』I, p. 67
질문 : 하나의 풍경을 한 여인처럼 사랑할 수 있는가?
—『작가수첩』II, p. 73

나는 사람들에게 그들의 몫을 주었다. 다시 말해서 나는 그들과 함께 거짓말을 했고 욕망했다. 나는 이 사람 저 사람에게로 달려갔었다. 나는 해야 할 일을 한 것이다. 이제는 이만하면 됐다. 남은 것은 저 풍경의 문제를 해결하는 일이다. 나는 풍경과 단둘이 있고 싶다.
—『작가수첩』II, p. 138

오로지 어떤 풍경을 오래도록 관조한 결과 자신의 갈등과 번민을 치유한 한 현대인의 이야기를 쓸 것.
—『작가수첩』II, p. 187

『작가수첩』에서 뽑아낸 이 모든 예를 읽으면서 유의해야 할 점은 여기서의 주체는 현실 속의 작가 개인이 아니라 '카뮈적 인간'의 총체적 성격이라는 사실이다. '카뮈적 인간'이란 작가의 전 작품이 활성화하는 한 운명의 심장부에 자리잡은 창조된 인간형을 뜻한다. 상상력이란 '심리적' 상태의 산물일 뿐만 아니라 '존재론적' 운동의 산물이기도 하다. 따라서 여기에서 문제삼는 풍경은 지각세계의 묘사도 아니고 '자아의 소용돌이치는 이미지'의 투사도 아니다. 대개의 경우 카뮈에게 있어서 하나의 풍경은 동시에 반갑게 맞아주는 여인인가 하면 인간을 부정하는 적수이기도 하다. 이것은 분명 인간과 세계 사이에서 발견되는 행복하면서도 비극적인 긴장의 한 현상이다. 우리는 다음 장에서 카뮈 풍경의 이런 국면을 자상하게 언급할 기회가 있을 것이다. 지금은 다만 그 누구보다도 카뮈의 풍경을 적절하게 정의한 장 사로치를 인용하면서 여행

및 풍경이 작품과 어떤 관계를 맺고 있는가라는 문제의 토론을 종결하고자 한다.

　왜냐하면 가령 앙드레 지드의 경우, 풍경이란 내면적 극장무대의 투영에 지나지 않는 것이고 인간은 그 속에서 자아의 소용돌이치는 이미지를 바라볼 수 있게 된다. 반면 카뮈에게 있어서는 세계의 단편 혹은 요약인 풍경은 인간에게 운명의 날카로운 모서리들을 계시하여줌으로써 인간 영혼으로부터 그의 고정관념들을 말끔히 씻어내준다. 풍경은 이때 나르시스적인 감정의 분출이 아니라 독창적인 텍스트이며 삶의 비극이 연출되는 무대다.[8]

그러면 우리가 지금까지 발전시켜온 카뮈적 운명의 특징들을 요약해 보자.

① 수직성, 혹은 향일성 운동

② 그 운동을 극화하는 세 가지 원소자료 —— 빛·물·돌(이것이 바로 처음으로 가슴을 열어 보였던 '단순하면서도 위대한 두셋의 이미지' 가 아닐까?)

③ 환상의 궤적을 그리는 여로(이것은 수직상승의 운동과 모순되지 않는다. 왜냐하면 이 두 가지 운동을 추진하는 원동력은 항상 '중심'의 태양에서 길어내는 향일성이기 때문이다.)

④ 카뮈적 풍경의 특수 성격

이상의 네 가지 성격을 염두에 두고 이제 우리는 작품의 중심부에서 카뮈적 인간이 뚫고 지나가는 여로의 궤적을 따라가보기로 하자. 그리하여 우리는 개개의 독립된 작품들 간의 형태적 차이에도 불구하고 그 하나 하나의 여행들을 한결같이 특징지우는 단일한 형상을 포착하여 그려

---

8) 장 사로치, 『카뮈』, *Sup* 총서(파리 : P. U. F., 1968), p. 59 ; 모르방 르베스크, 『카뮈』(파리 : 쇠이유, 1963), p. 64 : '사실 카뮈의 작품은 그 어떤 풍경도 무시하지 않지만 오로지 근본적인 고장들만을 자세히 다루고 다른 곳은 그냥 굽어보며 지나칠 뿐이다' 참조. 여기에서 근본적인 고장이라 함은 '정신적 풍경'(『시지프 신화』, p. 119)을 의미한다.

보일 수 있지 않을까 한다.

5. 메르소가 우회하는 궤적 : 『행복한 죽음』

우선 작가의 사후에 출판된 소설 『행복한 죽음』을 보자. 이 작품은 비록 미숙한 상태로나마(아니 그렇기 때문에 더욱) 젊은 카뮈가 쓴 최초의 소설작품이라는 점에서 그의 상상력이 태동하는 현장의 모습을 선명하게 드러낼 가능성이 있다.

사로치의 말처럼 이 '불가능한 소설'[9]을 자세히 읽어보면 우리는 행복의 추구와 상응하는 공간적 이동, 즉 어떤 모험·여행이 이야기의 주축을 이루고 있다는 것을 발견할 수 있다. 이것은 자신의 참모습을 찾기 위하여 모험의 길에 오르는 주인공의 정신적·지리적 여행이다. 특히 소설의 전반부보다 눈에 띌 만큼 분량이 많은 후반부는(전체 115페이지를 차지하는 후반부는 65페이지인 전반부보다 훨씬 더 길다) 기나긴 여행의 도정들을 밟아가면서 정신적·지리적 풍경을 그리고 있다.

''방 하나를 구하고 싶습니다' 하고 사내는 독일어로 말했다.' 제2부는 이렇게 시작된다. 외국어로 호텔방을 찾는 여행자라는 것이 분명하다. '숱한 돌들 중의 한 개의 돌이 되어 그는 마음속에 희열을 느끼면서 저 불가능한 세계들의 진실로 되돌아갔다'(p. 204)라는 서술로 소설은 끝난다. 여행의 풍경은 바로 거쳐 지나온 저 '불가능한 세계들'의 도정들로 구성되어 있으며 여행의 끝은 삶의 끝과 일치한다.

> 매우 힘들게 몸을 일으켜, 그는 안쪽에 있는 창가로 가서 꼼짝달싹하지 않고 가만히 서 있었다. 밤의 한가운데서 부르는 소리와 침묵이 그에게로 올라오고 있었다. 이 속에서 잠들어 있는 세계의 저 끝에서 어떤 배 한 척이 인간들에게 출발과 새로운 시작을 권유하듯 부르는 소리를

---

9) 장 사로치, 「『행복한 죽음』의 발생」, 『행복한 죽음』, p. 17.

내며 오랫동안 울었다. 그 이튿날 메르소는 자그뢰즈를 살해했다……

　　　　　　　　　　　　　　　　　　　　－『행복한 죽음』, p. 89

　이것은 소설의 제1부 「자연사」의 마지막 부분의 인용이다. 제2부의 여행을 가능하게 한 것은 이 살인이다. 여기서 '창가'로 가는 행위는 앞서 메르소가 자그뢰즈의 집 비단 '커튼' 저 뒤에서 감지했던 '어둠 속의 열려진 세계'(p. 75)를 향한 제일보라고 할 수 있다.[10] 자그뢰즈의 살해는 행복을 향한 '열림'의 구체적 실천이며 창문 밖에서 오는 부름에 대한 응답에 지나지 않는다. 이리하여 메르소는 마치 새로운 삶을 시작하듯이 '빛나는 어느 봄날 아침에' 그 의식적인 범행을 한다. 이 살인은 어느 면으로 피살자 자신의 암시에 의한 것이라고 할 수 있다. 자신이 충분히 실현하지 못한 행복관을 메르소에게 피력한 것은 바로 자그뢰즈였기 때문이다. 메르소는 범행을 하고 돌아오면서 비로소 그 행복의 의미를 깨닫는다. '활짝 열린 공기와 풍요한 하늘 속에서, 그는 인간이 해야 할 유일한 임무는 사는 일, 행복해지는 일이라는 것을 느꼈다.'(p. 29) 자그뢰즈의 죽음이 '자연사'라고 해석되는 까닭은 바로 여기에 있다. 신, 즉 제우스(자그뢰즈)의 살인을 통해서 이제야 비로소 인간(메르소)의 독립적인 모험이 시작된다는 것은 신화적 질서 속에서 볼 때 당연하고 자연스러운 것이기 때문이다.

　이제 '출발'과 '새로운 시작', 즉 여행(모험)의 시간이 왔다. 이 모험이 각성에서 죽음에 이르는 제2부의 '의식적 죽음'이다. 닫혀진 방 안에서 '잠들어 있는' 자그뢰즈와 카르도나의 세계를 등뒤에 두고 메르소는

---

10) 이때까지 메르소가 영위해온 삶이 '폐쇄적'이며 '유리된' 삶이었다는 사실은 그 삶이 진행되는 무대의 성격에 의하여 잘 드러난다. 그가 사는 아파트 풍경 ─'그는 자기가 세계에 제공하는 면적을 축소시키고 모든 것이 다 소진될 때까지 잠을 자고 싶었다. 그 방은 그 같은 의도에 이용되었다. 방은 한편으로는 길 쪽으로 나 있었지만 다른 한편으로는 항상 빨래로 가려진 테라스와 높은 벽들 사이에 꼭 끼인 오렌지나무의 정원 쪽으로 나 있었다.' (『행복한 죽음』, p. 42)이나 일하는 사무실 ─'그가 일하는 사무실의 네 벽들은 서류들이 가득 쌓인 벽창들로 뒤덮여 있었다. 더럽거나 불결하지도 않았는데도 그 방은 하루종일 언제나 죽은 시간들이 썩어가고 있는 유골안치소를 연상시켰다.'(『행복한 죽음』, p. 42)

'열려진' 세계를 향하여 '부름받은' 듯 '나간다.' 알제→마르세유→리용→중부 유럽(프라하, 드레스덴, 보첸, 괴를리츠, 브레슬로)→비엔나→북부 이탈리아→제노바→알제(「세계 앞의 집」)→슈누아, 이것이 행복을 찾아 떠난 메르소의 기나긴 여정이다. 이 여정이 그려 보이는 궤적은 매우 중요하다. 첫째 지리적인 측면에서 볼 때 이것은 시작과 끝이 서로 만나는 하나의 원을 형성한다. 다만 시작과 끝이 일치하지 않는 부분은 마지막에 메르소가 사망한 지점인 '슈누아'가 첨가되어 있다는 사실뿐이다(이 점은 뒤에 언급하겠다.) 둘째 환상여행은 다른 각도에서 보면 두 가지 서로 반대되는 방향으로 나누어진다. 갈 때의 코스는 알제에서 비엔나까지의 북행이요 돌아올 때는 비엔나에서 알제(「세계 앞의 집」)까지의 남행이다. 여행의 방향전환은 메르소가 출발점(알제)에 있는 사람들과 주고받은 편지에 의하여 마크된다. 메르소가 '가슴속에 터질 듯 가득차 있는 침묵을 종이 위에 쏟아' 알제의 친구들에게 편지를 쓴 것도, '알제의 소인이 찍힌' 답장을 받은 것도 비엔나에서였다. 그 편지를 받자 그는 '제노바를 거쳐 알제로' 돌아가기로 결심했다.(pp. 118~1200) 이상이 지리적 '우회'의 궤적이다.

그러나 지리적 궤적보다 더 중요한 것은 이 도정들을 특징짓는 장소들의 분위기, 그리고 외면적 풍경들을 통하여 환기되는 각 지점의 '내적 풍경'이다. 북행이 암흑의 풍경과 물의 심연으로 빠져들어가는 부정적 여행이라면 남행은 정상들과 언덕과 빛을 향하여 솟아오르는 긍정적 여행이다. 우리는 이미 『안과 겉』 속에 나타난 프라하의 풍경 이미지들을 분석한 바 있다. 사실 『안과 겉』과 『행복한 죽음』에 나오는 중부 유럽의 풍경은 카뮈 자신이 프라하로 여행했을 때의 그 참담한 인상과 당시 작가 자신의 심리 상태와 깊은 연관을 맺고 있다. 죽음의 냄새가 나는 프라하의 풍토는 한편 주인공의 향일성을 대조적으로 더욱 강조하는 효과를 낸다. '안개에 덮이고'(p. 105), '가랑비에 젖고'(p. 100), '물 냄새가 스며 있는'(p. 106) 프라하에서 메르소는 '빠져 있다.'(p. 106) 그의 앞에는 '죽음이 미적지근하게 강요하듯 나타난다. 그가 느낀 것은 죽음의 부름이며 죽음의 축축한 입김이다.'(p. 108)

어떤 불타는 듯하고 은밀한 열정이 눈물과 함께 그의 속에서 부풀어올랐다. 그것은 상처들을 아물게 해주는 초록빛 저녁들과 더불어 태양과 여인들이 가득한 도시들에 대한 향수였다. 맺혔던 눈물이 터져 흘렀다. 그의 속에서는 고독과 침묵의 커다란 호수가 넓어지면서 그 위로 해방감의 슬픈 노래가 쓸고 지나갔다.

—『행복한 죽음』, p. 109

물의 이미지는 여기에 와서 가장 크게 확대된다. 이제 여기서부터 비엔나까지는 물과 빛이라는 카뮈의 두 가지 중심적인 풍경 사이의 경계지역 같은 위치를 점한다. 그가 기차를 타고 통과하는 '보헤미아의 풍경' 속에는 아직도 일련의 물 이미지들이 잔존한다. '폭우를 머금은 하늘' '낮고 무거운 구름떼들' '비의 조짐' '눈물을 터뜨리고만 싶은 마음'(p. 113), '실레지아 평원의 질척거리는 진창, 비를 머금고 부푼 하늘' '끈적거리는 검은 새들의 비상' '차창에 낀 수증기' '진흙의 목욕' '해면과 그을음의 하늘' 그리고 브레슬로의 '시커먼 돌들'(pp. 116~117) 같은 것이 바로 부정적인 물의 풍경이다. 그러나 여기에서의 어둠과 물은 벌써 빛과 교차하기 시작한다.

다시금 찻간에는 빛과 그림자의 교차, 검은빛과 금빛이 서로 바뀌는
모습 —p. 115

번쩍이는 날개를 가진, 크고 검은 새들 —p. 116

생각과의 힘겨운 싸움도 비와 햇빛의 번쩍이는 실들의 춤 앞에서는 도망치듯 사라진다. —p. 115

삶의 절망적이면서도 찬란한 상징을 앞에 둔 듯 —p. 117

브레슬로는 북으로 가는 길의 끝이다. 거기서 '메르소는 남쪽으로 내려가기로 결심했다.'(p. 117) 마침내 비엔나의 햇빛! 메르소는 '햇빛과 비가 지나가는 아침 속으로' 나간다.(p. 117) 죽음과 물과 그늘의 고장을 여행하면서 찾아 헤매던 것을 마침내 찾았다는 듯이 그는 고향의 여자들에게 편지를 쓴다.

구경거리들과 아름다운 여자들이 이곳에는 많다. 부족한 것이 있다면 그것은 참다운 태양이다.
너희들은 무엇을 하고 지내는가? 어느 곳에 가도 마음 붙일 길 없고 오직 너희들에 대해서만은 변함없는 마음인 이 불행한 나에게 너희들[11]에 대하여 태양에 대하여 이야기해다오.　　　　　　　　　－p. 121

이 편지에 그 답장이 실질적으로 귀환의 전환점이다. 이 순간부터 모든 것은 태양과 빛을 향하여 줄달음친다. 운동은 수직상승 방향이다. 메르소는 이탈리아 풍경이 가까워오는 징조를 하나하나 알아보기 시작한다 ──'순수한 대지 위에 곧게 뻗은 첫번째 시프레나무에서부터'(p. 121)

6. 시프레나무의 상승

카뮈의 풍경 속에 그토록 자주 등장하는 낯익은 시프레나무의 이미지에 우리는 각별히 주목할 필요가 있다. 사실 이 나무는 지리적 현실 속에서나 카뮈의 상상력 속에서는 지중해적 풍경의 핵이다. 시프레만큼 카뮈의 본질과 직결된 이미지도 드물다. 이 나무는 고독한 풍경 속에, '순수한 대지 위에' 뻗으며 자란다. 그것의 본질적인 속성은 무엇보다도 저 불굴의 수직상승적 운동이다. 그 나무를 환기하기 위해서는 단 하나의 형

---

11) 여기에서 '너희들'은 젊은 여자들로 '태양의 색깔과 욕망의 불꽃을 가진' 마리(『이방인』, p. 1207)처럼 태양의 인물들이다. 『행복한 죽음』, p. 130 : '카트린느는 태양을 발효시키며 한숨을 내쉬고 신음 소리를 낸다' 참조.

용사, '꼿꼿한', 단 하나의 부사 '곧게'만으로 충분하다. 그의 외형과 운동의 곧은 속성 속에는 향일성 상상력이 깃들여 있다.

현실 속에서 곧은 나무는 물론 시프레만이 아니다. 전나무도 있고 포플러도 있다. 그러나 시프레와 다른 곧은 나무들 사이의 차이는 크다. 그것은 다름이 아니라 시프레가 환기하는 고독감과 앙상함이다. 「영혼 속의 죽음」 속에서 우리는 '그토록이나 앙상하고 그러면서도 그토록이나 곧은' 시프레를 만난다.(『안과 겉』, p. 37) 시프레나무가 곧고 강력한 이미지가 되는 것은 바로 그것이 지닌 앙상한 외관 때문이다. 이것이 이미지의 논리다.

'거짓이 아닌 단 하나의 사상은 바로 불모의 사상이다. 부조리의 세계 속에서 어떤 개념이나 삶의 가치는 그것이 지닌 비생산적 가치다'라고 『시지프 신화』는 말한다.(p. 151) 메마른 사상이나 앙상한 나무는 다 같이 불모하면서도 찬란한(이것이 바로 '순수'의 의미다) 대지에서 자란다. 왜냐하면 그 두 가지 다 한 인간의 가장 내밀한 상상력의 소산이기 때문이다. "창조 역시 인간의 단 한 가지 존엄성, 즉 자신의 운명에 항거하는 집요한 반항과 불모한 것으로 여겨지는 노력 속에서의 인내를 감동적으로 증언한다.'(『시지프 신화』, p. 191)

프로방스의 광대한 평원이나 이탈리아의 빛에 덮인 언덕 위에서 하늘로 향해 화살표처럼 솟고 있는 고독한 시프레나무를 모든 내적인 힘을 다하여 바라본 일이 있는가? 고독이라는 낱말은 너무나 닳고 닳아서 거의 추상적이 된 나머지 힘을 잃어간다. 그러나 외로운 시프레나무를 바라보면 원초적 고독감이 살에 닿는다. 그때 우리 육체의 넋은 시프레나무의 앙상하면서도 견고한 힘에 실려 높은 곳으로 올라간다. 이때 '올라간다'는 동사는 결코 완료형이 되는 법이 없다. 이것은 항상 현재진행형이다. 이리하여 시프레나무는 수평형의 대지와 공기의 높이 사이에 연결 동력이 된다. 피렌체 언덕의 시프레를 보라.

처음에는 언덕 꼭대기가 구름 속에 잠겨 있었다. 그러나 가는 바람이 일어 내 얼굴을 쓰다듬으며 지나갔다. 그와 함께 언덕들 뒤에서 구름들이 흩어지면서 커튼처럼 열렸다. 돌연 언덕 꼭대기의 시프레나무들이 갑작스럽게 푸른빛으로 변한 하늘로 물줄기가 뿜어나오듯 쑥 솟아오르는 듯했다. 나무들과 더불어 언덕과 올리브나무들과 돌의 풍경이 천천히 위로 떠올랐다.

-『결혼』, p. 86

그 어떤 신기한 힘에 의하여 그 시프레나무들은 푸른 대기 속으로 '물줄기가 뿜어나오듯 솟아오르는' 것일까? 그 어떤 힘에 의하여 나무들은 모든 풍경까지도 함께 위로 떠오르게 하는 것일까? 그것은 우주적 힘을 지닌 나무일까? 이 대답은 오로지 향일성 상상력이라는 단 한 가지뿐이다. 그 나무는 태양광선의 힘에 의하여 강력해지고 아름다워진다. 나무는 태양의 옷을 입고 번쩍거리기까지 한다.

해는 거의 하늘 꼭대기에까지 솟아올라 있었고 하늘은 짙푸르고 서늘했다. 거기에서 떨어지는 빛이 온통 언덕 비탈을 뒤덮으면서 시프레와 올리브나무와 집들과 붉은 지붕들에 가장 뜨거운 옷을 입혀주고는 햇빛에 김이 무럭무럭 나는 평원을 내려가 사라졌다.

-『안과 겉』, p. 38[12]

7. 귀로

이리하여 우리는 귀환의 도정을 극화하는 태양의 풍경과 시프레나무의 이미지를 분석해보았다. 빛 요소와 상승운동과 행복의 의지가 이 풍경을 지배하고 있다. 그렇다고 여기에 물이 전혀 없는 것은 아니다. 바다도 있고 메르소를 적셔주는 이탈리아 공기의 유체성 역시 물의 이미지의

---

12) 『작가수첩』 I, p. 155 참조 : '그 시프레나무에는 빛이 철철 흘러내리면서 태양의 황금이 뚝뚝 떨어지고 있었다.' 그러나 이 경우의 빛나는 시프레나무의 이미지는 곧 죽음과 연결되고 있다는 점이 다르다.

일종이다. 그러나 이때 물의 이미지는 투명하고 빛나는 공기의 요소에 의하여 질적 변화를 입은 질료다. 이 물은 프라하의 비처럼 밑으로 떨어지는 것이 아니라 위로 솟는다. 그것은 인간에게 긴장을 풀어주고 가벼움을 체험하게 한다. 쏟아지는 듯한 거대한 하늘에서 '흐르는' '공기와 빛의 강물들'은 메르소의 마음의 열광이며 환희와 일치한다. 이것이 바로 물이 지닌 분출의 힘이다. 남쪽바다의 물은 익사시키고 끈적거리며 달라붙는 깊이와 폐쇄의 물과는 반대되는 값을 지니고 있다. 여기에서는 '열려진' 바다, '끝도 없는' 바다에서 '수영을 한다.'(『행복한 죽음』, p. 121) 수영하는 바닷물은 ── 카뮈의 작품 속에는 얼마나 많은 인간들이 노련한 수영선수들인가! ──우리의 몸을 위로 '떠받들어 올린다' 그 물은 격렬하게 파도치는 것이 아니라 고요하게 천천히 우리의 상상력을 햇빛 쪽으로 들어올려준다.

> 그는 제노바를 굽어보는 길 위로 가서 향기와 빛을 가득 담고 오랫동안 부풀어오른 바다가 송두리째 자기에게로 솟아오르는 광경을 바라보고 있었다.
>
> ──『행복한 죽음』, p. 121

이리하여 메르소는 긴 여행으로부터 출발점인 알제로 돌아온다. 그는 빛 밝은 바다를 건넌다. 남쪽으로, 태양 쪽으로, 자아에로 돌아오는 길은 내려가는 길이 아니라 올라오는 길이다. 내려가는 길은 북쪽의 길이요 어두운 물 속의 길이다. 그렇기 때문에 프라하의 블타바 강에서는 '모든 물이 외침과 멜로디를 실은 채 밑으로, 밑으로' 내려가는(p. 106) 반면 이탈리아와 알제리에서는 천천히 위로 솟는 바다와 언덕들이 나타나는 것이다.

> 기나긴 여행 동안 줄곧, 물과 빛이 희롱하는 듯한 광경과 아침, 그리고 한낮과 저녁이 내리는 바다를 물끄러미 바라보며 그는 하늘의 느린 고동소리에 자신의 뛰는 맥박을 맞추었고 자기자신에게로 되돌아오고

있다.

—『행복한 죽음』, p. 122

이것은 메르소가 배를 타고 알제를 향하여 지중해를 건너는 장면의 일부이다.

여행과 출발의 목적은 자아의 발견이다. 이것이 바로 '이미 알고 있는 것을 다시 배우는' 일이다. 끝은 곧 시작이다. '순수한 정신으로, 기쁨으로 뒤흔들린 채 그는 마침내 자기가 행복을 위하여 태어났다는 사실을 깨달았다.'(『행복한 죽음』, p. 125) 순수함은 그냥 주어진 것이 아니라 획득하는 것이다. 『작가수첩』의 한 노트에서(아마도 이 처녀작 소설을 위한 것으로 짐작되는) 카뮈는 여행의 의미를 이렇게 요약한다.

그가 그토록 먼 곳으로 가서 찾아 헤맸던 교훈이 충분한 가치를 지니게 된 것은 오로지 그 빛의 고장으로 다시 돌아왔기 때문에 얻어진 가치이기 때문이다.

—『작가수첩』 I, p. 66

우리는 메르소의 환상(環狀)여행의 도정을 출발점으로 그가 되돌아온 지점에서 일단 종결지을 때가 되었다. 그러나 과연 그가 이른 최후의 지점은 정확하게 출발점과 일치하는가? 지리적인 면에서의 궤적은 그렇다. 그러나 이것은 다만 형식적인 관점일 뿐이다. 소설은 여기에서 끝나지 않고 아직도 제3장이 더 계속된다. 향일성 상상력에는 종결점이 없다. 그것은 항상 현재진행형이라는 상상력 특유의 운동을 보여주는 것이기 때문이다. 우회의 원을 마무리지으면서 우리는 거기에 그 기하학적인 도형을 가치의 차원으로 승격시키는 근본적인 힘, 즉 생명적 동력을 투입하여 생각하는 것이 마땅하다. 그러면 알제에 '돌아온' 메르소가 선택하는 거점, '세계 앞의 집'을 보자.

8. 앞으로 나아가는 것과 위로 올라가는 것

온통 풍경을 향하여 열려 있는 '세계 앞의 집'은 세계가 오색의 춤을 추고 있는 저 위의 빛나는 하늘 속에 떠 있는 기구와도 같았다. 완벽한 곡선을 그리는 저 아래의 해안에서부터 일종의 내닫는 힘이 풀과 햇빛을 소용돌이치는 듯 휩쓸면서 소나무들과 시프레나무들과 먼지 앉은 올리브나무들, 그리고 유칼리나무들을 집의 발 밑에까지 떠받들어 밀어올리고 있었다.

—『행복한 죽음』, pp. 130∼131

여기에서는 모든 것이(마치 우주 전체가) 수직상승의 '내닫는 힘'에 순응한다. 인간이 땅 위에 살아 있는 한 여행은 끝나지 않는다. 메르소의 지리적 여행이 끝나는 지점은 또 하나의 여행이 시작하는 지점이다. 이것은 동시에 바다의 항행(航行)이며 하늘을 향한 수직상승이다. 여기는 바다 위일까? 하늘 속일까? 공중에 떠 있는 기구의 집은 공중의 나룻배요, 상상의 집, 아니 무엇보다도 '빛의 집'이다. 이 빛의 집은 눈이나 손으로 느끼는 것보다는 상상의 눈으로 만져보아야 그 가벼움이 짐작된다.

보람 없는 땅과 어두운 하늘 사이에서 힘겹게 일하고 사는 사람은 하늘과 땅이 가볍기만 한 다른 고장을 꿈꿀 것이다. 그는 희망에 사로잡힌다. 그러나 하루 진종일 빛과 언덕들에 더없이 만족하는 사람들에게는 딴 곳의 희망 따위는 없다. 그는 다만 상상 속의 딴 곳을 꿈꿀 뿐이다. 이리하여 북부지방의 사람들은 지중해의 기슭으로, 혹은 빛의 사막 속으로 도망쳐 나온다. 그러나 빛 속의 사람들은 눈에 보이지 않는 것 속으로밖에 어디로 도망칠 수 있겠는가?

—『전집』 II, p. 1158

이제 우리는 그 기구의 집이 어찌하여 "하늘 속에 떠 있는"것인가를 이해할 수 있다. 상상의 기구는 하늘의 비행기보다 정지의 공간 속에서 더 빨리가고, 더 멀리 가는 힘을 지녔다. 우리가 후에 만나게 될 '움직이지 않는 여행(voyage immobile)'이나 '움직이지 않는 항해'란 이런 것이다.(『작가수첩』I, pp. 53~54 ; 『여름』, p. 886) 카뮈적 인간이 덧없는 한순간, 상상력의 실체가 고스란히 담겨 있는 한순간 속에서 도달할 수 있는 영원이란 바로 이런 것이 아닐까?『작가수첩』속에서 우리는 여행의 목적을 분명히 설명하는 다음과 같은 노트를 읽을 수 있다.

> 그렇기 때문에, 우리는 자신의 기쁨을 위해서 여행하는 것이라고 말할 수는 없는 것이다. 여행에 즐거움이란 없다. 나는 오히려 여행은 어떤 고행이라고 생각한다. 우리가 여행하는 것은 정신적 수련을 위해서이다. 이때 정신적 수련이라 함은 우리들의 가장 친밀한 감각, 즉 영원의 감각에 대한 경험인 것이다.
> 　　　　　　　　　　　　　　　　　　　　　　　　—『작가수첩』I, p. 26

상상의 여행 또한 하나의 영원에 대한 경험이라 한다면 그것은 동시에 생명의 수직성에 대한 경험이기도 하다. 그 경험 속에는 '눈에 보이지 않는 태양'이 그 내닫는 힘을 투사하고 있다. 하늘에 걸린 기구는 수평으로 항행하는 것이 아니라 수직으로 상승한다. 그와 더불어 시프레나무도 소나무도 올리브나무도, 그리고 세계도 모두 가볍게 가볍게 떠오른다. 우주 전체가 향일성의 운동으로 변하는 것이다.

9. 최초의 작품—상상력의 원천

비평가들은『행복한 죽음』에 대하여 '가장 위대한 소설은 비소설적이었다' 혹은 '꿰맨 자국이 겉으로 드러나 보이면서도 뛰어난 솜씨의 글이다'라고 말한 바 있다.[13] 이 소설 속에는 너무나 많은 생의 체험이 현실의

---

13)『행복한 죽음』, p. 17 ; 장 사로치의 「『행복한 죽음』의 발생」, p. 16 및 사로치가 인

열기와 개인적 체취를 여과시키지 못한 채 담겨 있다. 즉 작품에 반드시 필요한 '창조적 거리'를 유지하지 못하고 있다.(『작가수첩』 II, p. 20)

그러나 다른 각도에서 보면 이 소설은 바로 그 결점 자체를 통해서 한 상상력의 내밀한 지향 방향을 드러내 보여주고 있다. 카뮈가 드러낸 어떤 실패를 통해서 그 속에 잠겨 있는 '씌어지지 않는 작품'의 패턴을 추출해본 것이 바로 지금까지의 분석이라고 할 수 있지 않을까?

작가가 생전에 발표하기를 거절했던 이 최초의 소설은 『이방인』의 모체도 아니요 초고도 아니다(오직 철자 하나 차이밖에 없는 주인공의 이름 —Mersault와 Meursault—이라든가 부분적 공통점에도 불구하고). 그러나 우리는 이 최초의 소설은 오히려 카뮈가 쓴 모든 작품의 원천이라고 말할 수 있을지도 모른다(작가가 최초로 발표한 글인 『안과 겉』과 마찬가지 자격으로). 연대기적인 측면에서도 그렇고 상상력의 도식이라는 측면에서도 그렇다. 이 두 가지 원천적 작품의 한가운데는 자기를 찾아 환상의 여행을 떠나는 상상력이 관류하고 있다.

로제 키이요는 『이방인』『페스트』『전락』, 서정적 산문들 등이 유산된 최초의 소설과 얼마나 깊은 관계를 맺고 있는지를 설명하면서 『행복한 죽음』은 '파열되어서 장래의 여러 작품들로 재구성된다'고 지적한 바 있다.[14] 우리는 상상력의 여로라는 관점에서 후일의 많은 작품들이 개개의 독립된 작품의 외적 형식의 구속력을 초월하여 이 최초의 레이트 모티프를 반복·계속·발전시키게 된다고 말할 수 있다. 우리가 지금까지 분석한 이 최초의 자아 순례자들이 다시 등장하는 곳은 허다하다. 「티파사의 결혼」「사막」「제밀라의 바람」의 나레이터, 그리고 『여름』 속의 유형받은 여행자…… 모두가 원초적 장소에 대한 향수에 본능처럼 이끌린다. 『페스트』의 신문기자, 『전락』의 클라망스와 그의 눈에 보이지 않는 상대자, 『오해』 속의 장, 여인숙에서 살해되는 여행자, 자닌느와 그의

용한 로제 키이요의 견해.
14) 로제 키이요, 『전집』 I, pp. 1905~1906.

남편, 배교자, 브라질에 온 엔지니어 다라스트, 모두가 한결같은 순례자들이다. 이 모든 인물들에 대하여 우리는 나중에 더 자세히 이야기할 기회가 있을 것이다. 그러나 벌써 우리는 카뮈의 인물들이 한결같이 '땅 위의 길손'(『결혼』, p. 83)들임을 분명히 알 수 있다. 동시에 유형지이며 왕국인 이 땅 위의 길손들. 이들 모두가 향일성 숙명의 거역할 길 없는 인력에 의하여 앞으로 나아간다. 어떤 이들에게는 긍정적 향일성이요 어떤 이들에게는 부정적 향일성이지만 양쪽 다 같은 향수, 같은 비극적 충동, 같은 갈등에 의하여 지배받는다.

10. 긴장의 미학 — 비극적 균형

하여간 카뮈의 작품 속에는 두 개의 극을 중심으로 한 이원론이 변함 없는 갈등을 자아내고 있다는 점은 분명하다. 경험의 모든 차원에서 카뮈의 세계는 이중적이다. 그가 최초로 출판한 작품(이십 년이 지난 후에도 자신의 '원천'임을 확인하게 된 작품)[15]의 제목 자체가 『안과 겉』으로 정해진 것은 참으로 시사적이다. 그에 못지않게 그가 남긴 최후의 작품이 『적지와 왕국』이라는 표제를 달고 있는 것도 시사적이다. 그가 즐겨 쓰는 거의 모든 중요한 어휘와 표현과 작품들은 이중적이다. 모순·투쟁·갈등·상극의 의미를 띤 모든 어휘들의 총목록을 그의 작품 속에서 뽑아 정리해보는 것도 의미 있는 일일 것이다. 태양과 바다, 물과 빛, 긍정과 부정, 정오와 자정, 고통과 기쁨, 백과 흑, 삶과 죽음, 반항과 사랑, 광기와 이성……처럼 반대되는 두 개의 어휘가 병치되어 쌍을 이루는 경우가 있는가 하면 아이러니('나의 모든 작품은 아이러니다' : 『작가수첩』 II, p. 317)·모순·편차·패러독스·모호성·평행성·긴장·흔들림·균

---

15) 「서문」, 『안과 겉』, p. 13 : '아마도 바로 그 이유 때문에 이십 년간의 작업과 창작 생활을 하고 난 지금에도 나는 여전히 나의 작품은 아직 시작도 하지 못했다는 생각을 하며 지내고 있다.' 이 산문집은 1937년에 출판되었고 서문의 초고는 1950년경에 기초되어 1958년에 인쇄 발간되었다.

형…… 등과 같이 단 하나의 말이 두 개의 항을 전제로 하는 경우도 있다.[16] 이와 같이 적어도 어휘학적으로 근거 있는 자료를 얻게 될 경우 우리는 카뮈의 작품과 경험 전체를 지배하는 이원성의 값과 한결같은 관계의 원칙을 헤아릴 수 있게 될 것이다. 그러나 우리는 다만 상상력이라는 특수한 차원에만 관심을 국한시키고자 한다. 즉 카뮈의 지리적 두 지대와 두 가지의 자료, 나아가서 두 가지의 내밀한 동력의 상관관계를 규명하는 것이 우리의 목표인 것이다.

우리는 『행복한 죽음』을 통하여 그 두 지대와 두 풍토와 두 풍경을 분석해왔다. 그것이 바로 한편으로는 북방·암흑·물·하강·적지요, 다른 한편으로는 남방·태양·빛·왕국·상승이었다. 사실 너무나 도식적이라 할 만큼 지리적 외관을 가진 이 두 가지 지대들은 과연 소설의 한갓 '무대'에 지나지 않는 것일까? 그것은 소설의 무대이기도 하지만 이념적 무대요 분위기이기도 하다. 유명한 '정오의 사상'이라는 것도 이상의 두 가지 지대와 두 가지 풍토의 대비를 거치지 않고는 참으로 이해하기는 어려운 것이다.

그 평형무게, 삶에 절도를 부여하는 그 정신은 '태양의 사상'이라 불러도 좋을 바로 그러한 기나긴 전통을 추진시키는 정신이다. 태양의 사상 속에서는 고대 그리스 이래 자연이 항상 변화 생성(devenir)과 균형을 이루어왔다. 독일 사회주의가 프랑스, 이탈리아, 스페인의 자유사상과 맞서 싸운 온상인 제1차 인터내셔널의 역사는 독일적 이념과 지중해적 정신 사이의 투쟁의 역사다…… 그러나 역사적 절대주의는 그것이 거둔 승리에도 불구하고 끊임없이 인간본성의 억누를 길 없는 요구와 충돌해왔다. 지성이 견고한 빛과 오누이 같은 관계를 맺고 있는 지중해

---

16) 특히 「프란츠 카프카의 작품에 나타난 희망과 부조리」, 『시지프 신화』, pp. 199~211 : '부조리의 작품이라는 첫째번 신호는 이런 모순에서 알아차릴 수 있다. 정신은 구체적인 것 속에 그것의 내면적 비극을 투사한다. 그것은 오로지 항구적인 패러독스를 수단으로 하여 그렇게 할 수 있게 된다. 패러독스에 의하여 색채가 공허를 표현할 수 있게 되고 일상적인 삶이 영원한 야심을 번역할 수 있는 힘을 얻는다.' '부조리의 작가의 위대함은 이 두 가지 세계 사이에 도입하는 거리에 의하여 평가된다.'

는 그 요구의 비밀을 간직하고 있다…… 유럽은 오로지 정오와 심야의
투쟁 가운데서만 존재해왔다. 유럽이 타락한 때는 다만 그 투쟁을 기피
했을 때이며 대낮을 밤으로 지워버리고자 했을 때였다.

―『반항적 인간』, pp. 702~703

다시 한번 짚고 지나가자. 다소 지나치게 단순화한 구석이 없지 않은
일종의 지정학적 이념에 기초하여 '정오의 사상'을 정당화하려는 것이
우리의 관심사는 아니다. 우리는 다만 두 가지 군의 이미지들 ―풍경·
풍토·기질 등―이 두 가지의 사고형태나 상상력의 성격과 끊임없이
결부되는 현상을 분석하고자 할 따름이다. '사상' 이전에 '이미지'가 있
는 것이지 그 역은 아니다. 상상력의 차원에서는 소설적 풍토와 이념적
풍토와의 사이에 경계는 없다. '무대'는 단순한 장식이나 인위적으로 설
치한 외형적 틀, 혹은 그릇이 아니다. 하나의 질료와 상상력의 충동이 상
상의 공간을 결정시킬 때 '무대' 자체가 이미 '내용'의 중요한 일부를 이
룬다. 단순한 외면적 틀로서의 '무대'를 문제삼을 경우 공간이란 기껏해
야 지명과 그곳의 현실적인 풍토일 터이고 기껏해야 작가 개인 경험 속
에 제한되는 정도일 것이다. 알제, 티파사, 제밀라, 오랑, 팔마, 이비사,
피렌체, 피사, 제노바, 비상스, 그리스, 지중해 그리고 다른 한편 파리, 프
라하, 암스테르담, 뉴욕, 생테티엔느, 마시프상트랄, 실레지아, 모라비아,
독일, 브라질……이 허다한 지명과 지리공간을 우리는 세계지도가 아니
라 카뮈의 상상공간 속에 위치시키며 이해하지 않으면 안 된다. 초점은
상상의 지리학이며 상상의 지점들이다.
　　그러나 카뮈의 세계 속에 두 가지의 공간이 있다는 것을 확인하는 것
으로 그쳐서는 큰 의미가 없다. 한걸음 더 나아가서 그 두 개의 공간이
하나의 풍경, 하나의 세계를, 즉 통일성을 이루고 있는가 어떤가를 살펴
보아야 한다. 카뮈의 이미지가 생성·변모하는 과정을 추적하는 우리에
게 중요한 것은 바로 '이 두 가지 세계가 한데 합쳐지는 정확한 지점이
어딘가를 아는 일'이다.(『시지프 신화』, p. 211) 왜냐하면 그 두 개의 세
계는 분리할 수 없는 '존재'로서 비로소 의미를 갖는 것이기 때문이다.

유적은 왕국의 안에서 비로소 느껴지는 것이듯 이 겉[表]은 곧 안[裏]을 제시해준다. 빛의 참다운 값을 알기 위해서는 밑으로 밑으로 무겁게 잡아당기는 물의 어둠을 통과해가야 한다. 그렇기 때문에 빛은 주어지는 것이 아니라 획득되는 것이다. 마찬가지로 여행의 끝에 가서 마침내 도달하는 빛의 정상에는 기이하게도 세계를 가득 채우는 밤의 물이 나타나는 것이다.['우리가 이미 떠나고 있는 이 위대함 앞에서 가슴은 죄어든다. 제밀라는 우리들의 등뒤에 그의 하늘의 물과 더불어 남아 있다……' (『결혼』, p. 66)] 카뮈의 인물이 '우수에 찬 휴전'이라고 한 것은 바로 이런 것인지도 모른다.(『이방인』, p. 1209)

카뮈의 풍경은 따라서 물과 빛의 두 가지 이미지가 내밀한 방식으로 갈등하며 결정시키는 동적 공간, 혹은 하나의 자장(磁場)으로서 이해되는 것이 마땅하다. 한 작품이 생명을 가지고 탄생하자면, 그 작품이 우리들의 마음속 깊이 진동하려면, 이 상극적인 두 개의 힘이 최고의 밀도에까지 고조되어 충돌해야 한다. 이 극도에 달한 두 가지 힘의 충돌, 그 뜨거운 정점을 두고 우리는 비극적 아름다움이라 부르지 않는가? '세계의 이 안과 겉 양자 중에서 나는 택일하기를 원하지 않는다. 다른 사람이 택일하는 것도 나는 좋아하지 않는다. 사람들은 맑은 정신을 유지하고 아이러니컬한 상태로 남아 있는 것을 왜 바라지 않는 것일까?'(『안과 겉』, p. 49) 여행이란 따라서 이 양극 사이의 흔들림이다. 클로드 비제의 표현을 빌리자면 '적지와 왕국 사이의 헤매임'이다.[17] 우리가 다루는 상상력의 영토는 바로 이 헤매임의 넓이와 일치한다. 이 같은 정신적 여행을 어떤 변증법과 결부시키는 것이 과연 가능할까? 여기에는 사실 모호한 구석이 없지 않다. 작품 해석의 편의를 위하여 손쉽게 척결해버릴 수는 없는 의문점이 있다.

이것이 과연 변증법적 도정이라면 기껏해야 사로치의 말을 빌려 '지양되지 않는 양극의 변증법'이라고나 할 수 있을지도 모른다.[18] 실제로 카

---

17) 클로드 비제, 「알베르 카뮈 ─적지와 왕국 사이의 헤매임」, 『원탁』(1960. 2), No. 146.

18) 장 사로치, 『카뮈』(파리 : P. U. F., 1968), p. 56.

뒤의 인물이 느끼는 '비극적 행복'은 여기에 근거를 두고 있다.

> 행복을 오로지 비극적으로만 이해하시오.
>
> —『행복한 죽음』, p. 80

> 나는 오로지 그것이 그것의 반대극과 유지하는 집요하고 치열한 대립
> 속에서만 행복을 맛볼 수 있다.
>
> —『행복한 죽음』, p. 178

> 고통보다도 더 비극적인 것이 단 하나 있다면 그것은 오직 한 행복한
> 인간의 삶이다.
>
> —『결혼』, p. 75

카뮈적 상상력, 혹은 감수성은 순전히 서로 반대되는 두 가지의 대결
속에서만 그 깊은 통일성을 얻는다. '비극적 행복' '말없는 영광' '쓰디
쓴 고향' '끔찍한 순진함' '질서 있는 착란' '비논리적 논리' '검은 태양'
'부조리의 추론'…… 그리고 저 '움직이지 않는 여행'의 '이중적 기억'
등은 바로 그 전형적인 예이다. 두 가지의 이미지와 하나의 숙명 ——이것
이 카뮈의 근원적 양상이다.
이렇게밖에 다음과 같은 두 귀절을 어떻게 달리 설명할 수 있겠는가?

> 처음으로 가슴을 열어보였던 단순하면서도 위대한 두셋의 이미지들을
> ……되찾아가는 도정
>
> —『안과 겉』, p. 13

> 오직 단 하나의 이미지에 대한 기억밖에는 아무것도 가진 것이 없으
> 니 어찌할 것인가?
>
> —『여름』, p. 879

제 2 부

추락의 수력학 : 언어

나보다 아래, 항상 나보다 아래 물은 있다.
나는 언제나 눈길을 떨어뜨리며 내를 바라본다. 땅바닥처럼, 한 조각의 땅바닥처럼, 땅바닥의 한 변형처럼, 물은 하얗고 반짝거리며 형상이 없고 서늘하고, 수동적이지만 중력이라는 단 한 가지 그의 악습에 있어서는 무엇보다 고집스럽다.

　　　　　　　　　　　　　　　　—프랑시스 퐁주, 「물에 대하여」, 『사물의 고집』

제1장
항해와 글

나는 헤엄을 치지 않고는 견딜 수 없듯이
글을 쓰지 않고는 견딜 수가 없다.
왜냐하면 나의 육체가 그것을 요구하기 때문이다.
—카뮈, 『작가수첩』 I, p. 25

우리는 벌써 많은 시간 동안 함께 떠나고 있다. 독자들이여, 그러나 용서하라. 이미 예고했듯이 이제 우리는 겨우 서론에 해당하는 제1부를 끝냈을 뿐이다. 그것은 이제부터 떠나야 할 머나먼 여행의 연습이었다.

'여행하다'라는 우리의 동사는 거역할 길 없는 빛의 인력을 따라간다. 그러므로 이 여행의 주어는 향일성이다.

또 우리는 앞으로 나아가지만 그 길은 곧 출발점으로 되돌아가는 길이다. 그리하여 우리의 여로는 최초의 빛을 찾아 우회해가는 환상의 궤적을 그린다.

빛을 향하여 '위'로 올라가는 길과 미래를 찾아서 '앞'으로 나아가는 길과 처음 뜬 눈으로 발견하였던 원초적 세계를 되찾기 위하여 '뒤'로 돌아가는 길은 모두 같은 길이다. 이 세 갈래의 길은 모두 같은 '중심'을 향하여 가면서 오색의 음향과 빛의 풍경을 만든다. 우리는 그 풍경을 바라보는 방법을 잠시 연습해보았을 뿐이다. 그것은 웅장한 성채의 문을 열고 들어가기 전에, 길을 잃지 않도록 그려 보여준 약도나 사진과 같은 것이다. 그 속에는 몇 개의 표본과, 방향을 식별하기 위한 표지판과, 그림엽서 몇 장이 소개되어 있을 뿐이다.

그러나 상상력의 성채는 기하학이나 지도나 원색화보의 세계가 아니라 삶의 세계이다. 이제부터는 성안으로 들어간다. 눈과 머리만이 아니라 손과 발, 코와 귀, 그리고 무엇보다도 삶의 중심과 대면할 때면, 나의 진실을 몽상할 때면, 태양보다 먼저 잠자리에서 일어나는 꿈의 눈을 떠야 한다. 이제부터 우리는 전신으로 살기 시작해야 한다. 다시 말해서 우리는 상상력의 주어 그 자체가 되어야 한다.

처음으로 우리가 만나는 지대는 물의 풍경이다.

1. 헤엄치는 사람과 글쓰는 사람

카뮈가 태어난 고장이 빛의 왕국임을 우리는 이미 알고 있다. 그러나 그 고장은 또한 대양의 광대한 넓이가 시작하는 기슭이기도 하다. 그 대양의 깊이와 넓이는 무엇보다도 상상력의 세상이다. 카뮈에게 있어서 떠난다는 것은 따라서 그 넓이와 깊이를 향하여 헤엄친다는 뜻이며 항해한다는 뜻이다. 빛과 침묵으로 가득 찬 최초의 왕국에서 문득 잠을 깬 그의 눈에는 세계란 떠남을 통하여, 물의 여행을 통하여 획득해야 할 공간이다. 글을 쓰는 행위란 단순히 자기를 표현하는 수단만이 아니라 한걸음 더 나아가서 자기를 되찾고 자기를 창조하는 수단이라고 한다면, 카뮈에게 있어서 그것은 곧 헤엄치는 행위와 같은 것이다.

나는 헤엄을 치지 않고는 견딜 수 없듯이 글을 쓰지 않고는 견딜 수 없다. 왜냐하면 나의 육체가 그것을 요구하기 때문이다.
— 『작가수첩』 I, p. 25

이 무렵은 아직 예술, 즉 많은 훈련을 거쳐 습득한 기교의 시대가 아니라 육체적이며 생명적인 충동과 욕망의 시대다. 그러나 '정확한 말'[1]을 찾아 카뮈는 벌써 물위에, 물 속에 있다. 물이 언어를 찾고 있다. 언어가 물의 부름을 듣고 있다. 글쓰기에의 초대, 예술에의 초대는 가장 먼저 물의 부름으로 왔다. ''바다로! 바다로!' 내 어린 시절의 어느 책 속에 나오는 그 신기한 소년들은 이렇게 외치고 있었다. 나는 그 책의 내용을 다 잊어버렸지만 '바다로!' 하고 외치던 목소리는 남아 있다.'(『여름』, p. 885) 마치 그 옛날 어린 시절의 외침에 대답하는 듯이, 마치 또다른 어린 시절에게 그 외침을 전해주려는 듯이 『계엄령』의 합창대는 노래한다.[2]

아! 아직도 열려 있는 문들을 향하여 달려가세. 우리는 바다의 아들들. 우리가 이르러야 할 곳은 저곳이라네, 저곳이라네. 성벽도 없고 문도 없는 고장, 모래가 입술처럼 서늘하고 시선이 지치도록 멀리멀리 뻗어가는 인적미답의 해변이라네. 바람을 찾아 달려가세. 바다로! 마침내 바다를, 자유로운 바다를, 씻어주는 물을, 건너가는 바람을!

목소리들—바다로! 바다로!

−『계엄령』, p. 224

이 외침은 다른 곳에서도 메아리친다. 오랑의 시민들 가슴속에서도(『페스트』), 마르타의 다스릴 길 없는 동경 속에서도(『오해』), '바다로 고개를 돌리고 있는' 이바르의 향수 속에서도(『적지와 왕국』, p. 1606)…… 그러

---

1) 『페스트』 p. 1252와 『행복한 죽음』 p. 115 참조 : '자기 마음속의 희망을 간결하게 표현해주고 마침내 그의 불안을 완결지어줄 수 있는 말을, 문장을 메르소는 찾고 있었다.' 『오해』, p. 175 : '그가 그의 말을 찾고 있는 동안 사람들은 그를 죽인 거예요.'(마리아의 말) 『반항적 인간』, p. 175 : '분명한 언어, 단순한 말만이 그 죽음을 구원할 수 있다.' 『작가수첩』 II, p. 110 : '유리디체에 대하여—그를 구원해줄 수 있을 말을 표현해보지도 못한 채' 등 구원으로서의 언어는 카뮈의 사상과 예술의 고정관념적 뿌리를 이루고 있다.
2) '바다로! 인도양을 지나 홍해의 대로에까지 말없는 밤 속으로, 불타듯 뜨거웠다가 얼음처럼 차가워진 사막의 돌들이 하나씩 하나씩 깨어지는 소리가 들리는 곳까지, 우리는 저 외침들이 잠잠해지는 고대의 바다로 되돌아가고 있다.'(『여름』, p. 885) 참조.

나 그 외침은 어디서보다도 먼저 카뮈의 상상력 속에서 가장 집요하게 메아리친다.

카뮈는 어떻게 하여 문학을 하게 되었던가? 젊음의 말없는 쾌락에만 몰두해 있었던 그 알제의 야성적 청년은 어떻게 '말을 찾아' 떠나기 시작했던가? 그에게는 우선 보다 섬세한 스승이 필요했다. '다른 바다의 기슭에서 태어났지만 그 역시 빛과 육체의 찬란함을 사랑하는' 한 스승이 그에게로 다가와서 자기를 찾으려면 멀리 떠나야 한다는 것을 일러주지 않으면 안 되었다. 장 그르니에와 허먼 멜빌은 바로 그에게 여행의 참다운 방법을 계시해준 그런 스승들이었다.

> 그르니에가 그려 보이는 여행은 상상과 눈에 보이지 않는 세계로의 여행이었고 멜빌이 「화요일」 속에서 다른 수단을 통해서 형상화했던 탐구처럼 섬에서 섬으로 찾아다니는 자기탐구의 길이었다.
>
> ─『전집』II, p. 1158

자기를 찾아서, 섬과 항구를 찾아 떠나는 여행은 우선 항행이요, 세계의 순례는 우선 '율리시즈의 순항'이다.

> 전쟁이 일어나던 해 나는 율리시즈의 순항을 다시 해보기 위하여 배에 오르게 되어 있었다. 그 시절에는, 가난한 젊은이도 빛을 찾아서 바다를 건너기 위하여 화려한 계획을 세울 수가 있었던 것이다.
>
> ─『여름』, p. 842

여기에서 '율리시즈의 순항'이라는 비유에 우리는 특별히 주목할 필요가 있다. 이 신화적 비유 속에는 적어도 두 가지의 매우 중요한 의미가 담겨 있다. 그 하나는 여행공간의 성격을 결정짓는 '물'이요, 다른 하나는 여행자를 인도해주고 있는 '회귀'의 행로다. 율리시즈는 고향으로, 빛으로, 출발점으로 돌아가고자 하는 향수 그 자체의 힘에만 복종한다. 그의 기나긴 우로는 항상 귀향의 길이다. '빛을 찾아서 바다를 건너간다'

고 카뮈는 말했다.

떠난다는 것은 나와 목적지 사이의 공간과 거리를 정복하는 것이다. 그러나 오직 그 공간과 거리만이 자기를 찾고 자기를 창조하게 만들어줄 수 있다.

글을 쓴다는 것은 항상 '다른 곳'을 향하여 떠나는 것을 의미한다. 그 '다른 곳'을 통하여 나는 되찾아지고 창조된다. 미지의 나를 만날 수 있는 다른 곳이란 상상력의 세계가 아니고 무엇이겠는가? 우리는 상상력을 통해서 현실보다도 더 참다운 현실성을 되찾을 수 있는 것이다.[3]

물론 여기서 카뮈가 말하는 율리시즈의 순항이란 그의 전기적 사실에 속하는 그리스 여행계획을 의미하는 것임을 들어 우리의 해석을 반박할 수도 있을 것이다. 구태여 심리학적 지식을 동원하지 않고도 작가의 전기적 사건들이 그의 문학적 풍경에 어떤 영향을 끼쳤으리란 점은 충분히 짐작할 수 있다. 항상 어둠과 죽음의 풍경으로 묘사되는 프라하에서 카뮈는 그의 첫번째 부인과 헤어졌었다. 북구, 마시프상트랄 지방, 혹은 모라비아 지방은 그가 병과 함께 ─요양을 위하여─ 만난 곳이었거나 혹은 병과 전쟁이 함께 만드는 어둠 속에서 지낸 고장이었다.[4]

그러나, 예컨대 병조차도 어떤 종류의 여행이라고 할 수 있다. 실제로

---

3) '그러므로 우리는 자기로부터 도망치기 위해서가 아니라 자기를 되찾기 위하여 여행을 한다.'(장 그르니에, 『섬』, p. 80) 참조.

4) 카뮈가 한 여행과 그 여행이 작품 속에 형상화된 경우는 다음과 같다. 1935년 여름 : 발레아르 섬─팔마, 이비사(「삶에 대한 사랑」) ; 1936년 7월 : 중부 유럽─리용, 프라하, 이탈리아(「영혼 속의 죽음」『행복한 죽음』『작가수첩』 I, p. 55, 『오해』) ; 제밀라(「제밀라의 바람」) ; 1937년 여름 : 카빌리, 앙브렁, 파리(『작가수첩』 I, p. 60) : 마르세유, 제노바, 피사, 피렌체(「사막」) ; 1939년 7월 : 카빌리(「카빌리의 비참」「손님」) 7월 : 그리스 여행계획 포기(『작가수첩』 I, pp. 186~204) ; 1939~1940년 : 오랑(『작가수첩』 II, pp. 186~204) 1940년 봄 : 파리, 6월 : 클레르몽─페랑, 10월 : 리용 ; 1941년 1월~1942년 8월 : 오랑─프랑신 · 카뮈와 함께(「미노토르」『페스트』『배교자』「간부」) ; 1942년 8월~1943년 11월 : 샹봉-쉬르-리뇽, 르 파늘리에, 리용, 생테티엔느 ; 1943년 7월 : 파리 여행 ; 1943년~1946년 파리 ─앙드레 지드의 아파트 ; 1946년 초 : 미국(「더 가까이에서 바다를」) 가을 : 아비뇽, 루르마렝, 뤼베롱─앙리 보스코, 르네 샤르와 함께(「수수께끼」『작가수첩』 II, p. 177) ; 1947~1748년 : 루르마렝 근처, 1947년 1월 : 브리앙송(『작가수첩』 II, pp. 196~199), 6월 : 파늘리에, 일-쉬르-소르그(『작가수첩』 II, p. 216) ; 1948년 : 알제리(『작가수첩』 II, p. 232, 『여름』), 런던, 스코틀랜드, 코모, 프로방스(『작가수첩』 II, pp. 237, 245~246, 248~

길을 떠나지는 않지만, 현실의 풍경을 바라보지는 않지만 병은 어떤 기묘한 여행과 흡사하다. 이것은 카뮈에게 그토록 깊은 영향을 끼친 작품 『섬』 속에서 장 그르니에가 한 말이다. 카뮈는 바로 그 책을 읽고 난 후에 참으로 글을 쓰겠다고 결심했다.(『전집』 II, p. 1159)[5] '일상의 노동에 지쳐버린 사람이 얼마 되지 않는 자신의 영혼을 구원하기 위해서 얻을 수 있는 방도란 오직 질병이라는 저 비참한 피난처뿐이다. 가난한 사람에게 병이란 여행과도 같은 것이며 병원의 생활이란 성 속의 생활과도 같은 것이다. 만약 부자들이 그 사실을 알았더라면 가난한 사람들에게 병드는 것을 허락조차 하지 않았을지도 모른다.'[6] 병이 여행과도 같은 것은 그것이 흔히 인간으로 하여금 삶과 죽음이 대면하는 저 역동적이고 우주적인 차원에서 꿈꾸고 상상하게 하기 때문이다.[7]

우리는 그러므로 작가의 현실적인 경험과 창조 사이의 있을 법한 영향 관계를 부정하지는 않으면서도 그 '율리시즈의 순항'을 현실적 사건의 측면에 앞서서 상상력의 차원에 위치시켜볼 수가 있다고 생각한다. 우리의 관심사는 이미지의 과거가 아니라 이미지의 미래요 그것이 미래 속에 불러일으키는 메아리인 것이다. 현실적 시간과 공간 속에서보다도 상상 속에서 우리는 더 멀리 여행할 수 있다. 흔히 여행에서 돌아와 경험담을 이야기하는 사람에게서보다 아직 떠나지 않은 사람, 이제 막 떠나려고

---

249) ; 1949년 : 남아메리카(「남아메리카 기행」 「자라나는 돌」 「더 가까이에 바다를」) ; 1949~1950 : 카브리, 생테티엔느, 보주, 사브와(『작가수첩』, p. 305, 322, 326, 330) ; 1951년 1월 : 발랑스, 그라스(『작가수첩』 II, p. 341) ; 1952년 : 알제리(「티파사에 돌아옴」) ; 1953년 : 앙제 ; 1954년 : 이탈리아, 네덜란드(『전락』) ; 1955년 : 그리스(「비극의 미래에 대한 아테네 강연」) ; 1957년 : 스톡홀름(「스웨덴 연설」) ; 1958년 : 그리스, 루르마렝(집을 사다) ; 1959년 루르마렝(『최초의 인간』 집필 시작) ; 1961년 1월 4일 : 상스 근처의 노상에서 자동차 사고로 사망. '항상 카뮈에게 있어서 중부 유럽은 유형의 땅이요 반지중해다.'(로제 키이요, 『전집』 II, p. 1178)

5) 장 그르니에의 『섬』에 붙인 카뮈의 구문 : '지금도 『섬』이나 그의 다른 책들 속에 있는 구절들을 나는 마치 내가 쓴 글처럼 쓰거나 말하는 일이 있을 정도다' 참조.

6) 장 그르니에, 『섬』(파리 : 갈리마르, 1959), p. 78~79, 필자의 졸역(민음사)

7) 카뮈는 1930년 5월에 폐질환 발병으로 사경을 헤매게 되었다. 그 병의 회복기에 그는 삼촌인 아코의 집에 가서 거처했는데 거기에서 처음으로 앙드레 리쇼의 「고통」을 읽었고, 그 무렵에 비로소 글을 쓰고 싶다는 생각을 처음으로 했다.(『전집』 II, pp. 1117~1121, 1169)

하는 사람에게서 우리는 더 많은 여행을 배운다. 전자의 여행이 제한된 현실의 시공간 속에서 흡수되어버리는 반면 후자의 공간은 무한하기 때문이다. 카뮈는 그가 뱃사람이어서가 아니라(그는 처음으로 배를 타고 장거리 여행을 떠나기 위하여 남아메리카 여행을 1949년까지 기다리지 않으면 안 되었다) 율리시즈의 순항을 꿈꾸었기 때문에 바다의 여행자인 것이다.

얼마나 많은 카뮈의 인물들에게 있어서 물과 바다는 떠남의 부름이었던가? 얼마나 많은 인물들이 한밤중에 깨어나 멀리 떠나는 뱃고동 소리에 가슴 설레며 귀를 기울이는가?

『행복한 죽음』의 메르소가 '출발을 향하여 한참 동안이나 사람들을 부르는 뱃고동 소리'를 듣고서, 잠이 든 듯한 생활에서 문득 깨어나는 것을 우리는 이미 보았다.(p. 89) 『이방인』의 뫼르소 역시 다를 바 없다. '그때 밤의 끝에서 뱃고동 소리가 울부짖었다. 그것은 이제 나에게 영원히 관계 없는 세계로의 출발을 알리고 있는 것이었다.'(『이방인』, p. 1209) 바슐라르가 최초의 여행자라고 불렀던 '카롱의 배'처럼 그 뱃고동은 죽음으로 가는 가장 먼 여행을 위하여 부르고 있는 것이다. 『전락』의 네덜란드 사람들도 뱃고동 소리를 들으며 보이지 않는 바다를 찾아 안개 속을 헤맨다.

그러나 여기에서 가장 흥미로운 경우는 『페스트』의 오랑 사람들이다. 일월달에 접어들면서 페스트 환자의 통계숫자는 줄어들고 평상시처럼 전깃불도 다시 들어왔으며 벌써 '전반적인 희색'이 온 도시에 깃들이기 시작한다. 마침내 오랑은 출발 직전의 거대한 선박이 된다.

> 그러나 지금은 도시 전체가 흔들리면서 지금까지 돌 같은 그 뿌리를 잠그고 있던 어둡고 요동 없는 밀폐된 그 장소들을 떠나 살아남은 사람들을 가득 실은 채 움직이기 시작하는 것이었다.
> —『페스트』, p. 1441

이것은 단지 한 척의 선박이 현실적인 어떤 장소를 떠나기 위하여 움직이는 장면이 아니다. 거기에서 한걸음 나아가 까딱도 하지 않던 현실공간 그 자체가 이제 막 상상공간으로 탈바꿈하면서 하나의 동력이 되려는 순간이다. 움직이지 않으면서도 이미 떠나기 시작하는 이 기이한 배는 리유의 상상력이나 오랑 사람들의 열망 속으로밖에 어디를 향하여 항해할 수 있겠는가? 그의 '돌 같은 뿌리'는 바닷속의 닻보다도 더 현실감에 넘친다. 닻보다도 더 무겁게 잠긴 뿌리를 뽑아올리고 공간을 출발시키는 것은 바로 떠나고 싶은 상상력이다.

『페스트』의 이 배 이미지는 「오랑에서의 잠시」라는 시적 산문의 환희에 찬 떠남의 힘을 반향하는 것이다. 오랑은 『페스트』의 공간이기 이전에 이미 카뮈의 상상력 속에서의 하나의 '선단'이었다.

> 해안의 모든 곳들은 이제 막 떠나려는 선단 같다. 바위와 빛으로 지은 저 무거운 범선들은 마치 태양의 섬들을 향하여 항로를 잡고 떠날 준비를 하는 듯 용골 위가 떨리고 있다.
>
> —『여름』, p. 382

상상력의 장 속에서는 이미 움직이고 있는 배보다 이제 막 떠나려고 하는 배가 더 넓은 공간을 만든다. 부동과 운동 사이의 저 설레는 경계지점, 닻을 내린 배와 움직여가고 있는 배 사이에 잠시 요동하는 '부름'과 '초대'의 공간은 바로 개방이며 자유며 투명한 빛이다.

우리는 앞에서 향일성의 여로를 답사하면서 흔히 빛과 어둠의 세계, 위로 올라가는 힘과 밑으로 떨어지는 힘이 비교적 선명한 대립을 이루는 것을 목격한 바 있다. 북부와 프라하의 비와 진창과 눈물과 강이 항상 어둠과 합세하여 무겁고 폐쇄적인 공간을 형성하는 것을 보았다.

그러나 상상력을 구현하는 질료는 합리적 개념의 단일성과 일치하지는 않는다. 이미지는 사물이 아니다. 어둡고 무거운 물도 있지만 가볍고 빛나는 물도 있다. 이미지는 이 가변적이고 양가적인 질료의 특성을 발전시킨다.

우리가 이 장에서 지금까지 분석해온 모든 물은 가볍고 빛나는 물이다. '빛을 찾아서 바다를 건너는' 카뮈의 바닷물은 밑으로 가라앉는 무거움의 물도 아니요, 폐쇄된 공간의 질료도 아니요, 어둠은 더욱 아니다. '바다로!'라고 외치는 사람들의 물은 빛의 세계요, 열려진 공간이요, 위로 떠오르는 길이다. '태양의 섬들을 향하여 항로를 잡고 떠날 준비를 하는' 저 빛과 바위로 지은 선박은 물 속으로 내려가는 것이 아니라 열려진 빛의 공간을 향하여 위로 올라간다. 이때의 바다는 가벼움의 공간이다. 배는 앞으로 나아가면서 위로 떠오른다. 여기에서 물은 빛의 유체성과 가벼움에 호응한다. 열려진 바다공간은 빛과 물의 투명함에 의하여 정화하는 힘을 지닌다. 우리는 나중에 빛과 물의 속성이 결합하여 만들어내는 극단적인 이미지의 돌·눈[雪]·소금·다이아몬드(보석)의 이미지를 분석할 기회가 있을 것이다. 향일성이 극한의 상태에 이르면 마침내 단단한 물, 결정된 물과 메마른 빛이 태어날 수 있는 것이다. 이런 현상을 바슐라르는 이미지의 '유동성(mobilité)'과 '다산성(fécondité)'이라는 특징으로 설명한다. 우리가 이미지를 올바르게 분석하고자 할 때는 늘 이미지의 이 같은 역동(dynamisme)에 맞추어 나가지 않으면 안 된다. 논리적으로 단순하고 명확한 편의만을 위하여 이미지를 정체적으로 해석할 경우 얻는 결과란 이미지를 사물이나 개념과 일치시킴으로 인한 상상력의 죽음뿐이다.[8]

지금 우리가 분석하고 있는 물의 이미지에 새로운 값을 부여하는 '빛'이란 무엇일까? 공기인가? 불인가? 그것은 질베르 뒤랑이 눈[雪]의 이미지 분석에서 지적한 바와 같이[9] 소위 '사원소법칙'이라는 단순한 분류를 초월한다. 동시에 공기이며 불인 빛은 질료의 차원을 넘어서서 가치를 창조하는 에너지로 간주할 때 더 확실히 이해될 수 있다. 우리의 연구가 카뮈의 상상공간을 구성하는 이미지들의 '생성(devenir)' 과정을 밝히는

---

8) '미의 모든 접두어들을 떼어버리고, 겉으로 드러난 이미지들의 이면에서 몸을 숨기는 이미지들을 찾아내려고 애를 쓰고 상상의 힘이 뿌리내린 곳까지 찾아간다.'(가스통 바슐라르, 『물과 꿈』, 파리, José Corti, 1942, pp. 1~27) 프랑스와 피르, 『가스통 바슐라르에 있어서의 시적 상상력』(파리 : José Corti, 1967), p. 80 참조.
9) 질베르 뒤랑, 「눈의 정신분석」, 『메르퀴르 드 프랑스』(1953. 8, 1080), pp. 615~639 : '진정한 본체에 대한 사고는 숫자로 셀 줄 모른다. 셋, 넷까지도 셀 줄 모른다.'

것을 목적으로 하는 이상 그 연구 방법 역시 연구 대상의 본질에 따라 생성, 발전하지 않으면 안 된다.

한 요소(가령, 빛·물·돌…… 등)는 그것과 짝을 이루는 반대요소 혹은 대응요소와의 '관계'에 의해서 값을 가진다. 그러므로 그 값은 일단 결정되면 불변 상태로 고정되는 것이 아니라 역동적 변화를 일으킨다. 이상과 같은 이유로 우리는 카뮈의 '단순하면서도 위대한' 이미지인 물과 빛을 선험적으로 서로 상반된 값을 지닌 것으로 전제해서는 안 된다는 것을 분명히 밝혀두고자 한다.

2. 양서류(兩棲類)

이제 설명한 이미지의 역동성을 염두에 두고 다시 물과 항해의 풍경으로 돌아가보자. 우리는 이제까지 카뮈의 의식화 행위, 글쓰는 행위, 자기 탐구, 여행…… 등이 모두 항해와 관련되어 있다는 점을 지적했다. 그 모두는 우선 물을 통한 경험이었다. 그 경험의 출발점도 목표도 다 같이 빛이다. 그러나 출발과 회귀 사이에 가로놓인 이 광대한 공간에 깊이와 질료를 제공하는 물이 언제나 그처럼 긍정적이며 행복한 것은 아니다. 물은 또한 유적의 풍경을 만들기도 한다. 우리가 제2부에서 처음 다루기 시작하게 될 대상은 바로 어둡고 무겁고 깊은 물이다. 이같이 부정적인 물은 광명이라든가 가벼움·수직상승·정화작용 같은 값을 지닌 물과는 거리가 멀다.[10] 카뮈의 인물들은 그 물 속에 이미 잠겨 있거나 그 속에 빠져 익사한다. 아니 적어도 그 물에 익사할 위험에 처해 있다. 그 물은 때로는 낯설고 어둡고 적의에 찬 바다이며 때로는 죽음처럼 입을 벌리는 깊은 강이다. 그 물은 영혼과 육체를 씻어주기는커녕 더럽힌다. '더러움'

---

10) 샤를르 모롱은 상징적 수직축과 관련지어서 물의 두 가지 가치를 설명한다. '그러나 우연의 세계를 넘어서면 상위의 물이라는 미묘한 영토가 시작된다. 창세기에는 그 물이 창공에 의하여 하위의 물과 분간된다고 씌어 있다.'(『물의 지혜』, 마르세유 : 로베르 라퐁, 1945, p. 160)

이란 물 속에 순수하지 못한 다른 요소들이 섞여 있음을 뜻한다. 소금기와 열이 섞인 땀, 불이 섞인 술, 흙이 섞인 진창, 불행과 행동의 부자유를 의미하는 끈끈한 액체…… 물의 공격성은 거세기도 하지만 교활하기도 하다.

이러한 해로운 물에 대하여 카뮈의 인물들이 저 생래의 혐오감을 지니고 있다는 것은 충분히 상상할 수 있다. 밑으로 밑으로 잡아당기며 흐르고 내려가고 떨어지는 물에 이끌려 떠나는 저 물의 여로가 항상 기쁨만으로 가득 찬 것은 결코 아닌 것이다. 그러나 물은 빛 못지않게 카뮈의 숙명이다. 우리는 그것을 저 수많은 예, 고정관념 같은 예들을 통하여 증명하고자 한다.

카뮈는 로트레아몽에 대하여 기이한 매혹을 느끼면서도 반감을 숨기지 않는다. 시 「말도로르」에 대한 카뮈의 비평은 그 작품에 대한 분석 자체보다도 카뮈 자신의 내밀한 체질을 드러내 보인다는 점에서 우리에게는 각별한 흥미거리다.

카뮈의 말을 빌리건대 로트레아몽은 아직 물 속에 잠겨 있는 '유충기의 양서류'를 대표한다.[11] 이 양서류적 시를 향일성 비평가는 어떻게 해석하고 있는가?

(로트레아몽의) 『노래』 속에 나오는 모든 피조물들은 양서동물들이다. 왜냐하면 로트레아몽은 대지의 그 한계를 거부하기 때문이다. 식물상은 해초와 바닷말로 이루어져 있다. 말도로르의 성은 물위에 지은 성이다. 그의 고향은 해묵은 태양이다. 이중적 상징인 태양은 무화(無化)의 장소이며 동시에 화해의 장소다. (……) 그런데 그는 삶을 축소시키는 쪽을 택했고 그의 작품은 먹구름 속에서 오징어처럼 번들거리며 헤엄쳐다닌다. 말도로르가 난바다에서 상어 암컷과 '오랫동안의 순결하고 끔찍한 교미'를 하는 아름다운 대목, 그리고 특히 문어로 둔갑한 말도로

---

11) '로트레아몽과 더불어 그 반항은 유충기의 반항임을 알 수 있다. 이 폭탄과 시의 테러리스트들은 어린아이를 면하지 못한 상태인 것이다.'(『반항적 인간』, p. 491)

르가 창조자에게 덤벼드는 저 심상치 않은 이야기는 존재의 경계선 너머로 도피하고 대자연의 법칙을 발작적으로 침해하는 분명한 표현이다.

　　　　　　　　　　　　　　　　　　　　　　　　－『반항적 인간』, p. 494

　이 글에서 우리가 읽을 수 있는 것은 단순히 말도로르에 대한 비판만이 아니다. 한걸음 나아가 우리는 이 비평의 이면에서 그 세계를 소상히 알고 있는 사람만이 경험하는 기이한 '매혹'을 엿볼 수 있지 않을까? 말도로르 앞에서 카뮈가 드러내는 반응 자체는 대양의 성격 못지않게 '이중적'이다. 그는 거부하면서도 동시에 매혹을 숨기지 못한다. 「로트레아몽과 진부함」이라는 제목이 붙은 이 글은 '반항적' 시에 대한 분석만이 아니라 우리에게는 카뮈 자신의 '근원적 삶의 액체심연'(『반항적 인간』, p. 944)에 대한 고백이요 갈등으로 보이기도 한다. 하나의 '사상'이(사상보다도 이미지의 경우는 더욱 그렇지만) 참으로 생명 있는 것이 되려면 그 사상으로 인하여 고통을 받고 동시에 그 사상에 매혹을 느낀 경험을 함께 지니고 있어야 한다.(『전집』 II, p. 1665) 카뮈에게 있어서 물은 바로 이러한 경우라 하겠다. 물의 유체성이 가장 먼저 환기시키는 시간의 경험 역시 마찬가지다. '탕탈(Tantale)의 물'(『반항적 인간』, p. 694)처럼 손으로 잡을래야 잡히지 않는 시간, 스스로 흘러가며 우리를 싣고 가는 시간, 카뮈의 생이 역사의 장 속에서 더듬어가지 않을 수 없었던 필연의 시간을 그는 애증이 뒤얽힌 채 경험했다. 그 물과 그 시간은 '아직은 알 길 없는 하구'를 향하여, 깊이를 헤아릴 길 없는 심연으로 우리를 싣고 간다.

　이 물 앞에서, 이 물 속에서 어떻게 해야 하는 것일까? 우리는 그 물을 마음 편하게 받아들이지는 못하겠지만 그 물을 직접 살지 않으면 안 된다. 왜냐하면 물(시간)은 카뮈적 인간의 조건 그 자체이기 때문이다. 그는 역사의 시간 속에서 태어났다. 마찬가지로 그는 "물 속에서 태어났다." 물은 그의 왕국이며 동시에 그의 적지다. "나는 바다에서 성장했다"고 『여름』의 나레이터는 말한다.(『여름』, p. 879) 항해의 풍경, 율리시즈 순항의 길인 물의 공간은 그의 "물로 된 집"이다.(『여름』, p. 879)

이 조건 자체는 부정할 수 없다. 단 하나의 길이 있다면 그것은 이 '길 잃은' 바다를 '투명한 대낮' 속으로 다시 태어나게 하는 일일 것이다. 항해한다, 헤엄친다라는 행위는 바로 이 물의 심연을 헤쳐가며 전신과 전인격을 투입함으로써 부정적인 물을 빛의 물로 탈바꿈시키는 행위를 뜻한다.

나는 항상 난바다의 높은 물결 꼭대기에서 위협받으면서도 당당한 행복의 심장부에 살고 있다는 인상을 지울 수가 없다.

―『여름』, p. 886

이 위험하지만 당당하고 집요한 탐구 혹은 투쟁은 물론 단순한 '인상'으로 그치는 것은 아니다. 물 속의 여행은 "투명한 날 빛을 위하여 태어난" 사람에게는 운명의 창조를 위하여 절대적으로 필요한 일이다. 대양을 건너면서 드높은 파도 위에 사는 사람들을 보라. 「더욱 가까이에서 바다를」의 배는 "다 같이 외롭고, 대지로부터 멀리 떨어진 곳"에서 어떤 상선과 만났다가 마침내 "저 적의에 가득 찬 바다" 위에서 헤어진다.

그 모든 일을 생각하면 가슴이 메어지는 듯하다. 고목과 바다를 사랑하는 사람이라면 거대한 바다의 흩날리는 갈기 위에 몸을 던지고 뗏목에 매달린 채 표류하는 섬들을 찾아서 집요하게 발버둥치는 저 신들린 듯한 사람들을 어찌 사랑하지 않고 견딜 수 있으랴?

―『여름』, p. 883

이처럼 바다를 사랑하는 것은 행복일까? 불행일까? 난바다를 헤매는 주인공들은 이 질문에 대답하지 않는다. 그들은 단 하나 '삶에 대한 사랑' 때문에 이 광대무변한 바다를 힘껏 살고 있을 뿐이다. 그 여행의 끝에 가면 행복이 있다고 미리부터 약속해주는 것은 아무것도 없다. "우리가 항행하는 공간은 너무나 광대하여 과연 그 끝에 이를 수 있을지 어떨지는 알 수가 없다"고 그들은 말한다.(『여름』, p. 882)

그러나 대양만이 물의 '광대한 공간'은 아니다. 인간이 위험을 무릅쓰고 전진하는 모든 공간은 다 '광대하다.' 미리부터 '넓은' 공간이 존재하는 것이 아니라 질료 상상력이 질료의 깊이를 통하여 그 공간을 '넓게' 만들고 있을 뿐이다. 마치 미로가 따로 있는 것이 아니라 방향을 잃은 사람, 쫓기는 사람, 겁에 질린 사람이 공간을 미로로 만드는 것과 마찬가지다.

「자라는 돌」 속에서 뗏목을 타고 어둠 속에 잠긴 채 브라질의 대하를 건너가는 사람들을 보라.

> 반대편 기슭에서 체인 소리가 나고 다시 숨을 죽인 강물이 찰싹거리는 소리가 들려왔다. (……) 어렴풋이 삐걱거리는 소리가 물살을 타고 오는 것과 함께 강물에서 물을 헤치는 듯한 광대하면서도 약한 어떤 소리가 솟아올라오고 있었다. 삐걱거리는 소리가 고르게 들리면서 물소리가 더욱 넓어졌다.
> —『적지와 왕국』, p. 1656

> 뗏목이 새로 만든 선착장에 이르자, 그들은 마치 모든 밧줄은 다 끊어진 채 몇날 며칠 동안 공포에 질려서 항해하고 난 다음 어둠 속의 어떤 섬에 이른 것 같은 기분이었다.
> —『적지와 왕국』, p. 1658

물론 여기에서는 강이라는 물의 공간 속에서 일어나는 일의 경우지만, 물이라고는 한 방울도 없는 공간 속에서 항해의 이미지는 얼마든지 나타날 수 있다. 그때 우리는 이미지가 현실 속의 사물과는 얼마나 다른 성격의 것인가를 확인할 수 있다. 카뮈의 인물들은 흔히 '사막' 속에서 '항해'한다. 상상의 물은 현실 속의 물보다 더 강력한 힘을 가지고 있다.

사막은 광대한 대양이다. 그 속에서 인간은 길을 잃는다. 그곳에도 역시 방향을 지시하는 표적은 찾을 수가 없다. 이 등식의 역도 가능하다. 사막의 물은 '광물성의' 물이다. 사막의 물은 단단한 물이다. 그 물은 적

시지 않고 찌른다. 「간부姦婦」의 사막을 보자. 버스를 타고 가는 승객들은 사막의 '끝없는 넓은 공간'을 건너지른다. '광물질의 안개'가 그들을 에워싸고 있다.(『적지와 왕국』, p. 1557)

한 사람씩 한 사람씩 그들은 차례로 입을 다물었다. 그들은 일종의 백야 속을 말없이 항해하고 있었다.
　　　　　　　　　　　　　　　　　　　　—『적지와 왕국』, p. 1558

성벽의 정상에서 자닌느는 멀리 사막 위에 흩어진 유목민들을 바라본다.

일정한 집도 없이 세상과 관계를 끊은 채 그들은 저 광대한 영토 위로 떠돌아다니는 한줌의 무리였다. 그 여자는 그 드넓은 영토를 처음 보았다. 그러나 그것은 그보다 훨씬 더 큰 공간의 한 부분에 지나지 않았다. 그 공간은 현기증날 만큼 멀리멀리 뻗어가서 남쪽으로 수천 킬로미터, 첫번째 대하가 마침내 숲에 물을 대주는 곳에서야 멈추는 것이었다.
　　　　　　　　　　　　　　　　　　　　—『적지와 왕국』, p. 1568

끝을 알 수 없도록 광대하고 '현기증이 날 만큼' 뒤로 물러나는 공간은 모두 다 인간을 '뒤덮어 빠뜨리고' 그 거대한 입 속으로 존재를 삼켜버린다. 물은 사물의 세계 속에 있는 것이 아니라 길을 잃은 인간의 마음 속에 있다.

인간은 물 속에 빠지고 삼켜지고 물에 실려서 밑으로 밑으로 내려간다. '중력이라는 단 하나의 악습'에 고집스럽게 복종하는 물을 따라 우리가 이르는 곳은 영원한 심연, 영원한 밤이다. 아니 물은 어디에 '이른다'고 할 수 없다. 물은 항상 지나갈 뿐이다. 어디에도 정착하지 않는 것이 물이다. 물이 괴어 있는 곳은 항상 잠깐 동안의 경유지일 뿐이다. 물은 언제나 더 낮은 곳, 더 깊은 곳으로 내려갈 준비가 되어 있다. 그래서 물의 잠재적 힘을 표시하는 동사는 항상 현재진행형이지 완료형은 아니다. 그렇기 때문에 물은 바위보다 더 무겁다. 바위는 무거움의 완료형이요 명사다. 그러나 물은 무거움의 동사요 힘의 화살표다.

무거운 물, 바위보다 무거운 물에 실려서 물을 따라가야 하는 운명을 거역하고 물을 이끌고 가려는 계획은 물론 희망을 약속하는 계획은 아니다. 물을 거슬러올라가며 운명의 얼굴을 만들려는 인간, 시간의 물살을 거슬러올라가며 언어와 예술의 성을 지으려는 인간은 바로 엠마뉴엘 무니에가 말한 것처럼 '절망한 인간의 희망'을 표현한다.[12]

> (로트레아몽은) 정의의 건설을 통해서 불의를 고치지 못하게 되자 그 불의를 보다 더 전반적인 불의의 물 속에 빠뜨리는 쪽을 택한다. 더 전반적인 불의는 마침내 무(無)와도 같은 것이 되어버리는 것이다.
> —『반항적 인간』, p. 492

'정의'나 '불의'와 같은 엄청난 말들을 즐겨 쓰는 카뮈의 수사법 때문에 '반항'의 사상이 출발하는 이미지의 원점을 놓쳐서는 안 된다. 여기에서는 사상이나 정의, 불의와 같은 이념보다 숨어 있는 질료인 '물'에게 물어보아야 한다. 철학자·사상가 뒤에는 항상 길 위에 서 있는 시인이 숨어 있다. 그의 영혼은 사회적 혈통을 이어받았고 그의 자양은 이미지들의 꽃이다.

> 그대는 아버지의 집을 멀리 떠나 분노한 영혼으로 바다의 두겹 바위들을 건너며 항해하였구나. 그대는 낯선 땅에 살고 있구나——'메데'
> —『여름』, p. 867

이방인이란 바로 물의 여행자다. 햇빛 찬란하고 단단한 대지에서 멀리

---

12) 엠마뉴엘 무니에, 『절망한 사람들의 희망, 말로, 카뮈, 사르트르, 베르나노스』(파리 : 쇠이유, 1953), 프엥 총서, p. 70 : '그는 어둠 속으로 깊이 들어가기로 했다. 그러나 그 어둠은 그를 빠뜨리는 물이 아니라 그의 의지에 의하여 그가 딛고 걷는 공간이 된다.' 물 속에 빠지지 않고 전진한다는 것은 모든 항해자들 모든 헤엄치는 사람들의 한결같은 의지다.

떠나 물 속의 흔들림 속으로 유형받은 인간이다. 물을 거부하고 회피하는 것으로 모자란다. 무엇보다 그 물을 살아야 한다. 어쩌면 그 물 속에 빠져 익사할지도 모른다. 팔과 다리의 긴장을 풀어버리고 어느 순간 저 물의 무게를 허락해버릴지도 모른다. 그러나 어떤 이들은 끝까지 헤엄친다. 마침내 그 불안한 물을 거슬러 단단한 땅, 빛나는 땅으로 솟구칠지도 모른다. 그러나 중요한 것은 땅에 이르는 것보다도 최후까지 헤엄을 치는 일, 최후까지의 몸부림 그 자체일지도 모른다.

> 존재의 저 달콤한 고통이여. 이름을 알 수 없는 어느 위험과 이토록 가까이 있는 절묘한 느낌이여, 그렇다면 산다는 것은 자신의 파멸을 향하여 달리는 것일까? 다시 한번, 휴식 없이, 우리들의 파멸을 향하여 달려가보자.
>
> —『여름』, p. 886

드높은 파도의 칼날 위에서 뿜어나오는 이 외침 속에서 우리를 감동하게 하는 것은 파멸이라는 완료형이 아니라 '달려가는' 육체의 의지와 그 의지가 만드는 저 단단하고 뜨거운 근육이다.

우리는 이제 더이상 지체하지 않고 바로 그 '파멸'로 가는 물을 분석하려고 한다. '파멸'로 인도하는 '물'이 기이하게도 '언어의 견고한 암벽을 깎아 만든 듯' 창조해놓은 작품『전락』의 세계는 암울한 적지인 동시에 예술을 통한 반항의 증언이다.

제2장
언어와 물 —소설 『전락』의 구조 1

> 죽음 속에 담긴 모든 무거움과 완만함에는 카롱의
> 낙인이 찍혀 있다. 넋을 가득 실은 나룻배는 언제나
> 가라앉으려 하고 있는 법. 죽음이 죽기를 두려워하고
> 물에 빠진 자가 난파를 두려워하는 것을 느끼게 하는
> 이 놀라운 이미지! 죽음은 절대로 끝나지 않는 하나의
> 여행이다. 그것은 끝없는 위협의 조망이다.
> 카롱의 배는 언제나 지옥으로 가고 있다.
> —바슐라르, 『물과 꿈』, p. 108

1. 클라망스의 입

사후 다른 사람들에 의하여 출간된 『행복한 죽음』과 아직 출간되지
않은 미완의 소설 『최초의 인간』을 제외한다면 카뮈가 생전에 완성한
장편소설은 『이방인』 『페스트』 『전락』 세 작품이다. 이 세 작품은 상호
간 매우 선명한 대조를, 아니 나아가서는 대칭구조를 이루고 있다. 카뮈
는 이 작품들을 발표하면서 각각 '소설(roman)' '연대기(chronique)'
'이야기(récit)'로 그 장르를 구분하여 표시했다. 이 세 작품들이 한결같
이 알제 · 오랑 · 암스테르담이라는 '항구도시'를 배경, 혹은 무대로 삼고
있다는 사실은 특별히 유의할 만하다. 항구는 대지가 저 광대한 대양을
향하여 열려 있는 곳이지만 동시에 오랜 항해에 지친 물의 여행자들이
쉬기 위하여 돌아오는 곳이기도 하다.[1] 요컨대 항구는 광대한 물의 공간
과 광대한 땅의 공간이 서로 만나는 우주적 접점이다. 그러나 이 같은 공

통성을 갖고 있으면서도 세 작품이 상호 대칭적으로 상반된 풍경을 구성하고 있다는 사실에 주목할 필요가 있다. 밖의 바다를 향하여 활짝 열려 있으면서도 바다 쪽으로 '등을 돌리고 있는' 오랑, 그리고 페스트라는 재난에 의하여 폐쇄되었다가 마침내 투쟁에 의하여 다시 개방되는 '연대기'의 지리적 풍경은 다른 두 작품, 즉 '소설' 『이방인』과 '이야기' 『전락』의 중간에 위치하는 열림과 닫힘의 교차를 드러내는 장소다. 그 한쪽에는 '태양의 소설'이라 할 만한 『이방인』의 알제가 빛과 바다를 향하여 활짝 열려 있고(이곳에서는 죽음마저도 빛과 바다로 가득 차 있다) 한편 그 반대쪽에는 물의 드라마라고 불러 마땅한 『전락』의 암스테르담이 액체의 감옥과도 같이 폐쇄된 공간을 보여주고 있다.

『전락』은 애매한 작품이며 기이한 이야기요 시니컬한 독백이다. 그런데 그 애매성도, 기이함도, 시니시즘도 모두 물에 젖어 있다. 이 작품이 연대적으로 가장 나중에 발표된 것임에도 불구하고 우리가 긴 분석의 출발점에서 그것을 다루게 된 것은 바로 이 '이야기'가 수력학적 운명에 가장 충실하게 복종하고 있기 때문이다. 물의 이야기 『전락』은 태양의 이야기 『이방인』에 못지않게 질료적 · 역동적 단일성을 드러내 보여준다. 우리는 이 작품을 통하여 동시에 이중의 분석적 성과를 거둘 수 있을 것으로 기대한다. 한편으로 우리는 이 작품이 가지고 있는 형식적 독립성을 초월하는 질료, 즉 물의 이미지를 집중적으로 분석할 수 있는 기회를 얻을 수 있을 것이다. 그런가 하면 다른 한편으로 우리는 『전락』을 통하여 물의 이미지와 직접적으로 연관을 유지하면서도 이 작품만이 그 나름으로 지니고 있는 내적 형식의 구조를 분석해낼 수 있는 흔하지 않은 기회를 얻을 수 있을 것이다. 일석이조를 노리다가 모든 새를 다 놓치는 것은 아닐까? 이 질문에는 오직 클라망스만이 대답할 수 있을 것이다.

---

1) P. 구엔 반 휴이, 『행복의 형이상학』(뉴샤텔 : 라 바코니에르, 1968), p. 52 : 'P. H. 시몽은 『연극과 운명』속에서, 카뮈의 소설이나 연극에 있어서 도시들은, 오랑이나 카디스처럼 '페스트에 걸렸거나 혹은 포위된 도시'이기도 하지만 '바다와 바람의 대양, 즉 자연적이며 우주적인 행복의 상징들'을 향하여 열려진 항구들이기도 하다는 사실을 지적한 바 있다.'

'이야기'란 말이나 글로 된 진술이다. 『전락』처럼 이 같은 정의에 적절한 이야기도 드물 것이다. 글로 씌어진 책 속에서 누군가 이야기를 하고 있다. 아니 잠시도 쉬지 않고 이야기를 하고 있다. 아니 이야기만 하고 있다.

누가 누구에게 이야기를 하는 것일까? 무엇을 어디에서 이야기하는 것일까? 이 이야기의 배경은 적어도 두 가지 각도에서 고려해볼 수 있다. 하나는 가장 협의의 '배경(décor)', 즉 행동이 전개되는 장소의 구상적인 재현이 그것이다. (그러나 『전락』 속에 클라망스의 저 끝도 없는 이야기 그 자체말고 따로 무슨 행동이 있겠는가?) 또 한편으로 여기서는 이야기의 형식적 구조 자체, 저 지리멸렬해 보이는 독백에 일종의 질서를 부여하는 틀이 바로 배경이요 무대라 할 수 있다.

언어라는 매체를 통해서만 구현될 수 있는 것이 문학작품이긴 하지만 특히 이 이야기 속에서는 배경과 행동, 형식과 내용, 묘사와 이미지를 분명하게 구별하기가 매우 어렵다. 우리가 확실하게 상대하고 있는 인물은 오직 클라망스라는 존재 하나뿐이다. 그러나 그는 인격체라기보다는, 해학적이고 민첩하며 쾌활한 듯하면서도 비판적이며 분명한 듯하면서도 유동적인 말…… 요컨대 주체할 길 없는 말이 끝없는 물줄기처럼 흘러나오는 수다스러운 하나의 입일 뿐이다. 바로 그 끝없는 말이 여기서는 이야기의 배경, 무대 등으로 불리는 '껍질(décor)'일 뿐만 아니라 이야기의 '몸(corps)'이요 살이다.

우리가 목표로 하는 이중의 분석을(물의 이미지와 작품의 형식적 구조 —이 두 가지는 분리하기 어려울 만큼 서로 깊숙이 연관되어 있다) 실현하기 위하여 우선 이야기의 형식적 특성을 잠시 살펴보기로 하자. 이것은 우리가 잠정적으로 물의 이미지와는 멀어진다는 것을 뜻한다. 먼저 한 가지 질문 —클라망스는 누구에게 이야기하고 있는가? 그의 이야기 상대방은 분명한 듯하면서도 정체불명이다. 클라망스는 상대방을 '선생님(monsieur)' '당신' '친애하는 분' '친애하는 고향분'이라고 부른다. 독서가 진행되어감에 따라 우리는 그가 암스테르담으로 여행 온 파리의 어떤 변호사임을 알게 된다. 이 같은 표시는 클라망스의 이야기 상대방의 신분을 명백히 해주는 것이기도 하지만 한편 이야기와 독자 사이의 거리감을 유지시켜준다. 독자는 적어도 클라망스가 독자 자신에게 직접 이야기를 하고 있지는 않다는 것을 자각하게 된다. 독자와 클라망스 사이에는 매개인이 가로놓여 있기 때문이다. '코나티브'한 기능 ─ 호격과 명령형 ─ 및 '파티크(phatique)'한 기능 ─ 대화연결기능 ─ 을 가진 일련의 진술은[2] 그 대화 상대방이 시간과 공간 속에, 항상 클라망스의 면전에, 존재하고 있음을 분명히 시사해주고 있다. 가령, '저 사람들은 시간이야 충분히 있는 사람들입니다. 저들의 표정을 보세요.'(『전락』, p. 1477) '아름다운 도시지요, 안 그래요? 매혹적? 참 들어본 지 오래되는 형용사로군요.'(p. 1476) '뭐라구요? 어느 저녁 말입니까? 아, 나중에 이야기하게 될 겁니다. 나하구는 참을성이 있어야 해요.'(p. 1489) '친애하는 고향분, 밖으로 나가서 시내를 좀 걸어다니는 것이 어떨지요? 고맙습니다.'(p. 1595)…… 이런 단서들이야말로 독자로 하여금 자기는 이야기의 밖에 위치한 관찰자의 입장이라고 여기게 만드는 신호들이다. 그러나 클라망스의 수다스러운 말이 점점 더 집요하게 계속되어감에 따라 모든 것은 훨씬 더 복잡하고 애매해지고 독자 자신도 드라마의 '밖'에서 안전한 거리감을 유지하기가 어려워진다. 이야기와 독자 사이의 그 확실하던 경계선은 허물어져간다. 그 완충지대를 계속 지탱시켜줄 수 있는 단서들이 하나씩 제거된다.

질문은 이렇게 바뀐다. 클라망스의 진술은 독백인가 대화인가? 그것이 참다운 대화(클라망스와 그 상대방 사이의)가 되려면 그 상대방이 확실한 인격을 형성하면서 그 모습을 드러내야 마땅할 것이며 상대방 자신도 대화에 참가해야 할 것이다. 그 '친애하는 고향분'은 자신의 존재를 노출시키는 순간에 자신을 은폐한다. 클라망스가 '아름다운 도시지요, 안 그래요? 매혹적? 참 들어본 지 오래되는 형용사로군요'라고 했을 때, '매

---

2) 로만 야콥슨, 『일반언어학 연구』, 프엥 총서 No. 17(파리 : 미뉘, 1963), pp. 216~217 참조. 그가 분류한 기능들의 특수한 의미 때문에 그 용어를 우리말로 무리하게 번역하지 못했다.

혹적'이라는 말을 그가 '들은' 것이라면 그 말을 한 사람은 상대방일까 아니면 클라망스 자신일까? 보통의 문맥 속에서라면 당연히 클라망스가 그 말을 들었으므로 그 말을 한 사람은 상대방이어야 마땅할 것이다. 그러나 『전락』 속에서는 상대방의 존재를 시사하는 것 역시 클라망스의 말이다. 클라망스의 말은 독자와 그 '상대방' 사이에서 일방적인 필터, 혹은 베일의 역할을 담당한다. 말은 '당신'을 노출시키면서도 동시에 은폐한다. 클라망스의 말이 지닌 명암, 혹은 박명이 이 이야기 전체의 관건이다.

클라망스의 상대방은 클라망스의 면전에 귀와 눈으로 존재할 뿐 입으로 존재하는 않는다. 그러나 '클라망스의 면전'이라는 그의 위치는 비어 있는 공간이다. 왜냐하면 이름을 가진 개체, 혹은 인격체로서 주관을 가지기보다는 비어 있는 안개와 같은 '장소' 그 자체일 뿐이기 때문이다. '장소'를 클라망스의 면전으로 한정시키되 그 장소에 주체성을 가지고 현존하지 않는 대화의 상대방은 존재인 동시에 부재다. 이 교묘한 반투명성에 의하여 이야기와 독자 사이의 관계는 의도적으로 불안정한 상태로 남게 된다.

그칠 사이 없이 말을 하고 클라망스의 입 앞에서, 그 말이 기록된 책 앞에서, 즉 그의 면전에서, 귀를 기울이며 시선을 집중하고 있는 존재란 사실 그 불투명한 대화의 상대방('친애하는 고향분')이라기보다는 독자 자신이 아닐까? 자신의 면전에 비워놓은 장소 속으로 독자를 끌어들이는 클라망스의 조작은 교묘하면서도 점진적이다. 그 조작의 메커니즘은 너무나도 효과적인 것이어서 그 자리로 끌려든 독자가 마지막 순간 그 사실을 깨달았을 때는 이미 모든 것이 돌이킬 수 없을 만한 단계에 도달해 버린 뒤다. 최후의 순간, 클라망스는 그 효과적인 조작의 정체까지도 노출시키면서 그것을 '가면'과 '거울'의 메커니즘이라 명명한다.

그러나 주의하세요. 나는 주먹으로 가슴을 치면서 조잡한 방식으로 나를 고발하는 것은 아니랍니다. 아니지요. 나는 유연하게 항해합니다. 나는 수많은 뉘앙스를 곁들이고 이야기의 가지를 이리저리로 뻗어가면서, 요컨대 얘기를 ˙상대방에게 적절하도록 맞추어나가는 거지요. 그래서 상대방이 오히려 한술 더 뜨게 만드는 겁니다…… 그래가지고 나는 하나의 초상화를 만듭니다. 인간 모두의 초상화이면서도 특정된 누구의 초상화도 아닌 그런 것 말입니다. 요컨대 하나의 가˙면˙이랄까요. 실물과 상당히 닮았으면서 단순화된 저 카니발의 가˙면˙ 같은 것이지요…… 그렇지만 그와 동시에 내가 나의 동시대 사람들에게 내밀어 보이는 그 초상화는 하나의 거˙울˙이 되고 맙니다.

—『전락』, p. 1545

마침내 처음 보기에는 매우 평범하고 자연스러운 듯했던 클라망스의 말은 실제에 있어서는 지극히 치밀하게 '계산된' 의도를 숨기고 있었다는 사실이 드러난다. '초상화' '가면' '거울'은 모두 현실을 어떤 방법으로 재현하는 장치들이다. 무엇을 재현하느냐, 어떻게 재현하느냐에 따라서 결과는 전혀 예상하지 않았던 것으로 나타날 수 있다. 현실을 재현하는 교묘한 방법을 통해서 클라망스는 자신의 초상화를 상대방의, 아니 만인의 거울로 변조시킨다. 여기서 무심히 보아넘겼던 클라망스의 어법은 전혀 다른 각도에서 다시 검토되지 않으면 안 된다. 그의 말은 말이 아닌 다른 것을 의미하면서 말 자체의 거울이 된다. 클라망스는 자기의 상대방 ─파리 출신의 어떤 변호사, 혹은 독자─에게 말을 하면서 동시에 자기 자신에게 말을 하고 있다. 클라망스는 다른 사람에 대하여 말을 하고 있다. 모든 사람들에 대해서 말하면서 동시에 그 어떤 특정된 사람에 대하여서 말하고 있지는 않은 셈이다. 이 같은 동일화는 매우 '유연하게' 짜여진 혼동의 조작이다. 소설 속에서 이 같은 어법은 『전락』에서 처음 시도된 것은 아니다. 어쩌면 이것은 문화의 근본적인 한 양상이기도 하다. 장 리카르두가 말하는 '해석학적 반성'이란 바로 이런 양상을 가리키는 것이 아닐까?

허구를 통해서 문학이 현실세계로부터 재료를 빌려오는 목적은 오로지 문학 그 자체를 손가락질해 보이려는 데 있다. 바로 그 반성의 순환성(循環性, corcularité)과 그 기이하고 속이 텅 빈 핵과의 씨(l'étrange vide moyen) 주위에서 기호들이 태어나게 되는데 고차원적인 독자는 누구나 그 점을 망각해서는 안 된다. '저 스스로의 모습을 반영하는 언어'. (말라르메)[3]

인격체라기보다는 눈에 보이지 않는 말, 혹은 입에 불과한 클라망스, 그 독백=대화를 통해서 오로지 저 자신을 가리켜 보일 뿐인 클라망스는 과연 '그 기이하고 속이 텅 빈 핵과의 씨'가 아니고 무엇이겠는가? 마지막에 가서 클라망스 자신이 노출시키는 그 말의 메커니즘은 다음과 같다.

> 그때 나는 슬며시 내 말 속의 '나'에서부터 '우리'로 옮겨갑니다. 내가 마침내 '이것이 바로 우리들의 모습입니다'라고 말할 때쯤 되면 일은 다 끝난 것이지요. 나는 그네들의 진상을 말할 수 있게 된 겁니다. 나도 그들과 다름없는 똑같은 존재지요. 우리는 똑같은 죽그릇 속에 빠져 있는 거예요.
>
> ―『전락』, p. 1545

여기서 클라망스가 설명하는 말의 메커니즘 속에는 고의적으로 한 단계가 생략되어 있다. 즉 일인칭 단수 '나'에서 일인칭 복수 '우리'로 옮겨가자면 반드시 '당신'이라는 이인칭의 단계를 거쳐가지 않으면 안 된다.

$$\text{나} = \left[\begin{array}{c} \text{당신} \\ (\text{상대방}) \end{array}\right] = \begin{array}{c} \text{우리} \\ (\text{나, 당신, 독자=인간}) \end{array}$$

---

3) 장 리카르두,『누보 로망의 제 문제』(파리 : 쇠이유, 1967), p. 206. 여기서 '반성적 순환성'이라 함은 문학이 현실에 대하여 이야기하면서 동시에 문학 자체에 대하여 말하고 있는 글이므로 스스로를 비추는 거울이 되는 것이며 문학언어는 '밖'을 향하고 있는 듯하지만 문학 자체로 되돌아온다는 점에서 원의 궤적을 그린다는 의미이다. '텅 빈 핵과의 씨'란 문학의 기능이 과일의 씨앗처럼 완벽한 폐쇄의 구를 이룸으로써 그 형태가 곧 의미일 수 있도록 된다는 뜻이다. 말라르메의 인용이 시사하는 바와 같이 특히 시의 경우가 그러하다. 말라르메 시의 중요한 테마는 바로 시 자체인 경우가 많다.

그런데 사실은 이 중계적 단계, 즉 '당신'이야말로 이 조작의 관건이다. 클라망스(나)와 우리(독자, 인간 일반)의 동일화는 이 중간단계인 나와 '당신'과 동일화 과정을 거침으로써만 가능해진다. 이 전략적 동일화가 결정적으로 성취되는 대목이 바로 이 소설의 마지막 구절이다. 바로 여기서 '나'가 범세계적 보편화로 도약한다. 나는 당신이 됨으로써 우리, 즉 인간 모두와 동일한 것이 된다. 지금까지 나, 클라망스가 자신의 모습이라고 그려 보이는 저 수치스러운 초상화는 마침내 '당신'의 초상화로 변함으로써 '나'와 '당신' 모두인 '우리'의 초상화, 즉 인간 저마다의 거울로 둔갑한다.

　뭐라구요? 아! 그럴 줄 알았어요. 아시겠습니까. 내가 당신에 대하여 느끼곤 했던 저 이상한 애정은 역시 공연한 것은 아니었군요. 당신도 파리에서 그 멋있는 변호사 노릇을 하고 있는 사람이군요! 우리가 똑같은 족속인 줄은 알고 있었다니까요. 우리는 모두 똑같은 사람들이 아니겠어요. 끊임없이 누구에게인지도 모르면서 말을 하고 대답을 미리부터 알고 있으면서도 항상 똑같은 질문과 대면하고 있는…… 그렇다면 제발 내게 말해보시오. 어느 날 저녁 세느 강둑 위에서 당신에게 무슨 일이 일어났었는지를, 어떻게 하여 당신은 생명을 무릅쓸 뻔한 일을 모면하게 되었는지를. 여러 해 동안 끊임없이 나의 밤 속에서 메아리쳤던 그 말을 당신 자신이 발설해보시오. 마침내 내가 당신의 입을 통해서 말하고자 하는 그 말을. '오, 처녀여, 내가 우리 두 사람을 다 함께 구원할 수 있는 기회를 또 한번 얻을 수 있도록 다시 한번 물 속에 몸을 던져다오!'라고.
　　　　　　　　　　　　　　　　　　　　　　　－『전락』, p. 1549

Prononcez vous-même les mots qui, depuis des années, n'ont cessé de retentir dans mes nuits, et que *je dirais* enfin *par votre bouche* : 'O jeune fille, jette-toi encore dans *l'eau* pour que j'aie une seconde fois la chance de nous sauver tous les deux!'.

제2장 언어와 물

'애정'을 통한 친화력, '파리'라는 같은 고향, 같은 '족속', 같은 직업(변호사), 그리고 두 사람이 공유하는 듯한 '입'…… 이런 것을 통하여 나와 당신의 동일화는 완수된다. 그런데 우리는 이제 잠정적인 우회를 통하여 멀어졌던 물의 이미지로 돌아가기 위하여 지금 인용한 구절의 마지막 문장의 구문에 주목할 필요가 있다.

  마지막 문장(불문 참조) 속에서 두 인물, 즉 클라망스와 그의 대화의 상대방은 각기 '발설하다'와 '말하다'라는 동사의 주어 '나'와 '당신'이다. 그들은 '입'을 통해서 동일한 주어가 되면서 동시에 '말(les mots)'을 동일한 목적어로 갖는다. 다시 말해서 이 동일화 작용의 핵을 이루는 것은 다름아닌 '말'이다. 그런데 그 말('오, 처녀여…… 물 속에 몸을 던져다오')의 중심에 잠겨 있는 것은 다름아닌 '물'이다.

  그러므로 『전락』 속에서 물은 말의 몸이며 살이다. 물은 이야기 구조의 핵이며 이야기의 배경을 이루는 장소며 환경이다. 조금 비약한다면 『전락』 속에서 말은 곧 물이며 물은 곧 말이다. 물의 역할을 이해하지 못한다면 『전락』을 올바르게 이해할 수 없다.

  ## 2. 바다 · 운하 · 안개

  좁은 의미에서 이야기의 무대는 어디인가? 사건은 어디서 일어나는가? 여기서 '사건'이 이중의 구조를 가지고 있는 만큼 그것이 일어나는 장소도 이중이다. 클라망스는 암스테르담에서 이야기를 하지만 그 이야기 내용 속에는 암스테르담과 파리가 교차한다. 이 두 도시는 서로 다른 두 개의 층에 위치한다. 암스테르담은 클라망스가 현재 이야기를 하고 산책하고 살고 눈으로 보는 장소. 반면 파리는 현재 이야기가 부분적으로 문제삼는 과거의 장소다. 현재 지니고 있는 기억 속에 과거가 포함되듯이 파리는 암스테르담 속에 포함된다. 공간적인 측면에서 이 말을 바꾸어 표현하자면 파리는 암스테르담 속에 위치한다. 한 이야기 속에 다른 이야기가 들어 있고 한 무대 속에 다른 무대가 들어 있다.

또다른 공간의 측면, 즉 '높이'라는 관점에서 볼 때 파리는 위에, 암스테르담은 아래에 있다. 이것은 여러 가지 의미에서 그렇다. 시간이 과거에서 현재로 '흘러내려가고 있다'는 의미에서도 그렇고 이야기가 물을 따라서 높은 곳에서 낮은 곳으로 흘러내려간다는 의미에서도 그렇다. 요컨대 『전락』은 물의 '추락'의 드라마이다. 『전락』은 파리에서 암스테르담에로의 전락과 추락의 이야기이다.[4] 이 같은 상관관계를 염두에 두고 암스테르담이라는 무대를 자세히 분석하다 보면 우리는 자연히 파리라는 무대와 만나게 마련이다.

장	시간	장 소	페이지	암스테르담의 물	파리의 물	상징적 물
제 1 장	1 일	1. 멕시코 시티 2. 시내 : (멕시코 시티에서 다리까지)	1475 1479 ~ 1481	즈니에브르 비 안개 운하 바다		'물=말' 1480 항해―꿈 1481
제 2 장	2 일	1. 멕시코 시티	1482 ~ 1494	즈니에브르	세느 강	거울
제 3 장	3 일	1. 멕시코 시티 2. 시내 : (멕시코 시티에서 클라망스의 집까지)	1495 1495 ~ 1509	즈니에브르 운하 비 : (시작 1501 ~ 끝 1502)	비 세느 강	추락
제 4 장	4 일	1. 마르켄 섬 (둑 위에 앉아서)	1510 ~ 1522	바다 운하 구름―비둘기		'부정적 풍경'
제 5 장		1. 쥐데르제 바다 위 (배를 타고) 2. 시내 : (선착장에서 클라망스 집까지)	1523 1530 ~ 1534	바다 안개 습기 ('안개' '썩은 물' '알코올')		바다 (대서양) '세례의 물'
제 6 장	5 일	1. 클라망스의 방	1535 ~ 1549	'물의 수도' 눈―비둘기	강 '차가운 물'	물=말

분석을 용이하게 하기 위하여 이야기의 외면적 골격을 '물'과 관련지으면서 일목요연한 도식으로 옮겨보자. 이야기는 형식상 여섯 개의 장으로 구분되어 있다. 제4장과 제5장이 합하여 하루의 이야기에 해당한다는 점을 예외로 한다면 각 장은 모두 하루씩의 이야기들이다.

이야기 속에 나오는 '물'의 종류를 파리와 암스테르담에 따라 구분하고 그 두 장소의 물을 연결해주는 상징적 물은 따로 표시하면 우리는 위와 같은 도표를 만들 수 있다.

도표에서 확인할 수 있듯이 암스테르담이라는 도시는 '물'이라는 질료가 그 주축을 이루는 환경이다. 이야기의 마지막 장 속에서 클라망스 자신이 그 사실을 다음과 같이 확인시켜준다.

세상에는 그런 장소가 많습니다. 그러나 우연과 편리함과 운명의 장난과 또 일종의 금욕적 필요로 인하여 나는 운하들로 꽁꽁 묶인 듯한 도시, 전세계에서 찾아온 사람들로 유난히 복닥거리는 물과 안개의 수도를 선택하게 되었지요.

－『전락』, p. 1545

이 같은 예비 지식을 가지고 우리는 그 '물과 안개의 수도'를 보다 면밀히 답사해보기로 하자. 우선 질료적이고 지형적인 면에서 물은 이야기와 장소 묘사의 주된 요소로 제시되어 있다. 한편 무대를 구성하는 불변 요소로서의 바다, 운하가 그렇고 다른 한편 가변적 요소(기상적 요소)로서의 안개와 비가 그렇다. 비록 가변적인 요소라 하지만 안개와 비도 이야기 속에서는 암스테르담의 항구적인 풍경의 일부를 이루면서 사라지지를 않는다(그 밖에 눈[雪]이 있지만 단 한번밖에 나타나지 않으며 그것은 또 매우 애매한 상태로 등장한다. 이 문제는 후에 적당한 시기에 다루게 될 것이다).

---

4) 이 작품의 제목인 'La Chute'를 흔히 우리말로는 '전락'이라고 번역하지만 프랑스어의 일차적 의미는 단순히 '추락' '떨어짐'이다. 따라서 '전락'은 비유적인 의미만을 해석하여 번역한 결과가 된다.

(1) 바다

바다는 이곳에서 언제나 부정적인 성격을 띤다. 단 한 번의 예외가 있다면 클라망스가 '방심하는' 순간(이 '방심'도 사실은 계획적인 것일 테지만) 활짝 열려진 공간의 몽상으로서 환기되는 남쪽바다의 모습이 그것일 것이다. '네덜란드는 그냥 장사꾼의 유럽만이 아니라 바다이기도 하답니다. 치팡고로 인도하는 바다, 사람들이 미칠 듯이 행복해져서 죽는다는 저 섬들로 인도하는 바다 말입니다.'(『전락』, p. 1480) 잠깐 동안이나마 여기서는 카뮈적 인간이 본질적으로 지닌 '향수'가 스치고 지나간다. 사람들도, 클라망스도 그 깊은 본질에 있어서는 카뮈의 피조물에는 틀림이 없을 테니까.[5] 그러나 이 도시에서는 그 빛 밝은 바다에의 향수마저도 물에 젖어 있다. 클라망스가 예외적으로 그 같은 향수 어린 바다 이야기를 한다 해도 그것은 오로지 그 바다를 축축한 이곳의 물로 적시고 더욱 완벽하게 부정하기 위함이라고 볼 수 있다.

암스테르담에서 바다의 존재는 우선 청각적 신호로서 온다. 왜냐하면 바다는 눈에 보이지 않는 '저쪽' 어딘가에 있기 때문이다. 클라망스와 그의 상대방이 처음 대면하는 장소는 선술집 '멕시코 시티' 안이고 보면 바다는 기껏 소리를 통해서 짐작될 뿐인 공간이다.

오! 항구의 뱃고동 소리가 들립니까?

−『전락』, p. 1478

이렇게 하여 클라망스는 상대방에게 이곳이 바닷가라는 사실을 상기

---

5) 『전락』, p. 1481, '인도 여행' 및 p. 1488 : '나는 축제에서 축제로 돌아다녔지요', 그리고 p. 1487 : '그리고 또 에트나 화산 꼭대기에서 빛 속에 잠긴 채, 섬과 바다를 굽어보면서', p. 1522 : '그리스의 군도에 가기 전에 우리는 오랫동안 몸을 씻어야 할 겁니다. 거기에서는 공기가 순결하고 바다와 쾌락은 맑고도 맑은 것이니까요' 등을 참조할 것. 이 모든 예들은 클라망스의 속 깊은 기억 속에는 티파사에서나 목격할 수 있을 향일성 인간의 본질이 잠겨 있다는 것을 말해준다. 그러나 그는 『전락』이나 『이방인』에서 볼 수 있는 인간의 네거티브로서 카뮈적일 뿐이다.

시킨다. 그러나 곧 그는 그 뱃고동 소리가 무엇을 의미하는지를 덧붙여 설명한다. '오늘 저녁 쥐데르제 바다에는 안개가 끼겠는걸요.' 따라서 청각적 신호를 통하여 암시된 그 바다는 『이방인』이나 『행복한 죽음』속에서 볼 수 있는 빛 밝고 개방된 공간과 거리가 먼 것임을 알 수 있다. 오히려 무겁고 물기 있는 뱃고동 소리는 안개 낀 공간을 의미하면서 동시에 취소된 여행을 예고한다.

> 저들은 뱃고동 소리에 귀를 기울이면서 안개 속에는 배의 실루엣을 찾아 헤매지만 헛일이지요. 그러다가는 결국 운하를 다시 건너서 빗속으로 되돌아오고 맙니다.
>
> —『전락』, p. 1481

여행자들이 타고 떠날 배를 끝내 찾지 못한 채 영원히 기다리기만 하는 곳이 바로 암스테르담이요 멕시코 시티다. 암스테르담은 여행의 출발점이 아니라 끝내 여기서 떠나지 못한 여행자들이 '되돌아오는' 항구이며 그들의 발을 묶어놓는 감옥이다. '전세계에서 온' 뱃사람들(p. 1545) '신문의 독자요 교미하는 사람들', 즉 '유럽의 구석구석에서 찾아온' 현대인들(p. 1481) ——이 선술집의 고객은 바로 이들이다. 이곳의 바다는 '코르셋처럼 죄어들며' '사람들이 바글거리는' 닫혀진 바다, 즉 내해다. 이 바다의 이미지가 내포하는 값은 그 밖에 여러 가지가 있겠으나 우선 여기서는 단순히 지형적인 해석에 그치겠다.

(2) 운하

첫쨋날 선술집을 떠나면서 클라망스는 상대방에게 '길'을 가르쳐주기 위하여 '항구'까지 바래다주겠다고 자청한다. 이리하여 그 두 사람은 '운하를 따라' 걷게 된다.(p. 1480) 이 도시에서는 그 많은 운하들 때문에 사람의 통행은 일정한 길을 따라 가도록 강요되게 마련이다. 즉 길은 물에 의하여 제한된다. 결국 암스테르담에 사는 사람들의 생활공간은 우선 육지를 폐쇄하는 내해의 바닷물에 의하여, 다음에는 코르셋처럼 죄고 있는 운하에 의하여 이중으로 한정된다. 그렇기 때문에 '이 백성들은 집들과 물 사이의 조그마한 공간 사이에 꼭 끼인 채 길바닥에만' 우글거린다.(p. 1480)

무대 속에서 운하의 역할은 그러나 공간을 축소시키는 데 그치는 것이 아니다. 운하는 동시에 '동심원' 형상으로 길들의 '방향을 유도한다.' 클라망스는 이 사실에 대하여 상대방의 주의를 환기시킨다.

> 동심원을 그리고 있는 이 운하들이 지옥의 원형권들과도 흡사하다는 사실에 주목해보셨나요? 물론 악몽으로 가득 찬 부르주아의 지옥이지요. 밖에서부터 이 도시로 들어올 때 그 원형의 테두리들을 하나씩 하나씩 지나 속으로 들어갈수록 삶은, 따라서 범죄는 더욱 빽빽하고 어두워지지요. 우리는 지금 마지막 테두리 안에 와 있답니다. 이 테두리를 뭐라고 부르던가요…… 아! 당신도 그걸 알고 계시는군요? 젠장, 당신은 점점 더 분류하기 어려운 분이시군요.
>
> —『전락』, p. 1481

교양 있는 이 두 사람의 변호사들은 물론 단테의 지옥을 알고 있다. 동시에 상징적이면서 지리적인 그 '마지막 테두리'에 실제로 이르기도 전에 클라망스의 말 자체가 이미 단테의 비유를 통해서 상대방의 관심, '지옥'의 방향으로 인도한 것이다. '동심원'의 모양으로 유도되는 것은 운하와 길만이 아니다. 언어 자체가 이미 현실성의 테두리를 넘어 빙글빙글 돌아가고 있다.

즉 마지막 테두리 속으로 들어가기 한 페이지 전부터 클라망스는 걸어가면서 그의 '꿈' 같은 이야기의 분위기 속으로 상대방을 점차로 유도해가기 시작해왔다. 현실과 언어의 마력 사이에 떠도는 기이한 꿈의 분위기는 어떤 조작을 통하여 만들어진 것인가?

① '네덜란드는 한갓 꿈입니다, 선생…….'
'이 꿈속에는 저런 로엔그린이 가득하지요.'

② '핸들이 높은 까만 자전거 위에 올라앉아서 꿈꾸듯이 달리면서
…….'
'온 나라 안을, 바닷가로, 운하를 따라 끝없이 맴돌기만 하는 음산
한 백조들이지요.'
'저들은 제자리에서 뺑뺑 돌기만 해요.'
③ '그들은 이젠 저기 있는 것이 아녜요. 수천 킬로미터나 멀리 떠난
거지요. (……) 저들은 상을 찡그리고 있는 인도네시아의 신들에
게 빌고 있지요. (……) 그 신들은 지금 우리들 머리 위에 떠돌고
있어요. 그러다가 이제 곧 화려한 기호들처럼 간판이나 나선형 계
단이 달린 지붕들에 가서 매달리겠지요.'

— 『전락』, p. 1480

'자전거' '나선형 계단' '로엔그린'[6] '끝없이 맴돌다' '뺑뺑 돌다' '떠
돌다'…… 이와 같은 원형의 이미지들은 이미 다음 페이지에 결정적으로
발설될 '원형의 테두리'를 충분히 예비하고 있는 셈이다. 동심원 모양으
로 돌아가고 있는 운하 옆의 길을 따라 걸어가면서 빙빙 돌아가는 운동
과 형상을 이야기 속에 반복하여 삽입하는 클라망스의 수사법은 상대방
을 어지러움의 심리 상태로 인도하려는 데 그 목표가 있다. 점차로 암스
테르담은 지리적으로나 심리적인 분위기로나 음산한 '꿈'의 공간이 되려
고 한다.

그렇다면 이 상상의 지옥에서 벗어나는 탈출구는 없을까? 이 운하들의
동심원을 깨뜨리고 다른 곳으로 뻗는 길은 없을까? 클라망스에 따른다
면, 네덜란드 사람들은 오래 전부터 그 지옥에서 탈출하기를 포기해버린
듯하다. 그들은 운하를 건너고 또다시 건너보지만 결국은 제자리에서 맴

---

6) '로엔그린'을 언급함으로써 클라망스는 자신의 넓은 교양을 과시하기도 하지만 바그너
의 전설적 세계를 암시하기도 한다. 이 바그너적 암시는 나중에 '비둘기'의 이미지에 연
결된다. 그러나 이와 동시에 우리는 그 암시를 좀더 확대하여 바그너의 비극 「유령선」에
나오는 '방황하는 네덜란드인'과 처녀의 관계를 클라망스와 익사한 처녀와의 관계에 대입
시켜 해석해볼 수도 있다.

도는 결과에 이를 뿐이다. 그들은 '몽유병 환자들'처럼 꿈속을 걷고 있다.(p. 1480) 동심원 위의 운동이란 가도가도 결국은 출발점으로 되돌아오는 악순환의 운동이다.

그러나 운하를 건너갈 수 있도록 만들어진 '다리'가 있지 않은가? 동심원과 동심원을 횡적으로 연결하는 다리야말로 그 악순환의 고리를 깨뜨려줄 수 있는 출구가 아닌가? 그러나 여기에서도 클라망스는 물을 준비하는 것을 잊지 않았다. 여기서 언급되는 운하의 '물'이 나중에는 이 이야기 속에서 사건의 핵심을 이루게 될 것이다. 『전락』은 결국 그 악순환의 고리로부터 탈출하려는 기도가 최종적으로 실패하는 이야기이다.

악순환의 고리를 만드는 것도 물이요, 유일한 탈출구도 물이요, 그 실제의 원인도 물이다.

나는 이 다리 근처에서 당신과 헤어져야겠소이다. 나는 절대로 밤에 다리를 건너지 않습니다. 이건 어떤 맹서를 지키기 위해서입니다. 어쨌건 혹시 누가 물 속으로 투신하는 일이라도 생긴다면 어쩌겠어요.

—『전락』, p. 1481

이리하여 다리마저도 건널 수 없게 되어버린다. 길은 도처에 막혀 있다. 단 한 가지 가능한 것이 있다면 그것은 오직 영원히 악순환의 길을 맴도는 일뿐이다. 이 세계 속에 일단 발을 들여놓은 사람은 밖으로 탈출하려 할 때마다 물을 만나게 될 것이다. 도시의 끝에는 바다요, 길가에는 운하의 물이다. 그러나 사실 '물'이 바다나 운하처럼 한정된 공간 속에 지리적으로 확실한 위치를 정하고 있기만 한다면 그것은 결국 운명적 위협이 되지는 않을 것이다. 왜냐하면 이 물은 이를테면 일정한 공간을 차지할 뿐 움직이지 않는 수동적 물이기 때문이다.

그러나 바다와 운하 이외에 여기에는 보다 능동적으로 길을 막는 물이 나타난다.

그것이 바로 분위기를 형성하는 물, 공중의 물, 동적인 물, 즉 안개와 비다.

(3) 지옥과 안개

안개나 비의 이미지와 더불어 우리는 정태적인 위상분석에서 역동적 분석으로 옮겨가게 된다. '안개'라는 말을 발음해보라. 그러면 벌써 우리들의 상상력은 가벼우면서도 자욱한 물의 장막에 덮이고 눈에 보일 듯하면서도 보이지 않는 물의 입자들이 영혼 속으로 스며들기 시작할 것이다. 그것이 바로 안개의 동적이며 교활한 힘이다. 안개는 이미 사물이 아니라 그 자체가 이미지다. 공중의 물이요 반투명의 물인 안개는 외계나 인간의 내면 속에서가 아니라 그 양자 '사이'에서 참다운 힘을 행사한다. 우리가 이미 앞에서 보았듯이 안개는 뱃고동 소리와 인간의 청각 사이를 자욱이 가로막는다. 안개는 한편으로는 세계를, 다른 한편으로는 인간을 덮어싼다. 그것은 직접적인 접촉을 방해하고 즉각적인 교류에 혼선을 가져온다.

바다와 운하로 이미 폐쇄되어 있는 공간 속에서 안개는 길의 앞과 뒤를 가로막을 뿐만 아니라 단 한 군데 열려 있는 공중마저 차단한다. 몸의 이동이 불가능할 때도 가령 시각·청각·후각 등은 외계와 접촉을 가능하게 해준다. 그것은 거리를 유지하면서 외계와 접촉할 수 있는 수단들이다. 그런데 안개는 바로 그 원거리 접촉수단을 교란시킨다. 안개는 감각대상을 변형·변질시킨다. 시각적 대상 속에 침투하는 안개를 보라.

'네온의 안개'   —p. 1480
'배의 실루엣을 헛되이 찾으며'   —p. 1481
'편편한 가장자리가 안개 속에 묻혀 있는지라 바다가 어디에서 시작하고 어디에서 끝나는지를 알 수가 없다.'   —p. 1523

카뮈의 다른 텍스트 속에도 안개는 마찬가지의 역할을 한다.

헌 누더기를 입은 채 여전히 꼼짝달싹하지 않고 있는 양치기들의 무리 속에서 손 하나가 불쑥 솟아오르더니 그들 뒤의 안개 속으로 사라졌다.

—『적지와 왕국』, p. 1561

남극 하늘의 드문 별들이 눈에 보이지 않는 안개에 가리워진 채 희미하게 빛나고 있었다.

—『적지와 왕국』, p. 1676

안개는 청각적 대상도 변질시킨다.

나는 일종의 안개에 묻혀 지냈으므로 웃음소리가 둔탁하게만 들렸다.

—『전락』, p. 1528

후각과 촉각의 경우도 마찬가지다.

머리는 구릿빛 구름 속에…… 안개의 황금빛 향기 속에 잠긴 채 그들은 이미 거기에 있지 않다구요.

—『전락』, p. 1480

끔찍한 안개가 도시의 사방에 짙어지기 시작하면서 과일과 장미꽃 냄새를 조금씩 지워가고 있다.

—『계엄령』, p. 223

요컨대 안개는 우선 풍경의 구성요소들 속으로 '침투'하고 그것을 '흡수'한다. 그 다음에는 그것을 가장 작은 입자들로 와해시킴으로써 '용해'한 후 마침내 분산·소멸시킴으로써 대상을 비현실적인 이미지로 변형·변질시킨다. 물이라는 질료와 그 역동성은 이 같은 일종의 안개 물리학에 의하여 설명될 수 있다. 안개는 이리하여 침투하다, 흡수하다, 용해하다라는 동사의 가장 적절한 주어가 된다. 세계와 영혼에 작용하는 안개의 한가운데에는, 안개 낀 형태의 한가운데에는, 세계를 저 몽롱한 소멸과 깊이로 인도하는 질료인 물이 있다. 그 세계 속에서는 존재란 곧

용해다. '각 원소는 저마다 특수한 용해방법, 와해방법을 가지고 있다. 흙은 먼지가 되고 불은 연기가 된다. 물은 그보다도 더 완전하게 와해된다. 물은 우리들로 하여금 완전하게 죽을 수 있도록 해준다'라고 바슐라르는 말했다.[7] 가볍고 교활하고 효과적인 안개는 해체된 물이다.

그러나 물은 우리들로 하여금 완전하게 죽을 수 있도록 해주기 전에 먼저 죽음을 꿈꾸도록 도와준다. 『전락』속의 안개는 불길한 꿈의 원소다. 안개는 암스테르담을 '악몽'으로 가득 채워놓는다.(p. 1481) '네덜란드는 한갓 꿈이랍니다. 선생, 황금과 연기의 꿈, 낮에는 더욱 연기 같고 밤에는 더욱 황금 같은 꿈 말입니다. 밤이나 낮이나 그 꿈속에는 로엔그린이 가득하답니다.'(p. 1480) 사물은 윤곽이 흐릿해진다. 풍경은 현실성을 상실한다. 밤과 낮의 질서는 뒤집히고 서로 혼동된다. 사람들은 전설이나 신화 속의 인물로 변해버린다. 네덜란드 사람들은 여기 땅 위를 걸어다니면서도 이미 딴 곳에 가 있다. 인간은 현실 속에 살면서도 이미 이야기 속으로 들어가버린 것이다. 그 인간은 바로 「유령선」속의 '방황하는 네덜란드인'이나 「로엔그린」속의 '백조 기사'가 아닌가? 모든 것이 끝없이, 그러나 천천히, 알아차리기 어려울 만큼 슬며시 제자리에서 맴돌고 있다.

꿈의 분위기를 만드는 데 있어서 안개의 역할은 다양하다. 안개가 현실을 변형시키는 조작이 완료형인 법은 없다. 안개는 항상 지금 현실을 변형시키고 있는 중이다. 안개의 동사는 항상 현재진행형이다. 안개는 현실 속에 조금씩의 현실을 남겨둔다. 바슐라르적 의미에서 안개의 역동성은 바로 이 같은 양가성에 의하여 설명된다. 항상 두 가지 상반된 요소가 하나의 이미지 속에 동시적으로 공존한다. 즉 배와 그 실루엣, 배를 찾아 헤매임과 그 헤매임의 헛됨, 나타남과 사라짐, 존재와 부재, 현실과 비현실 —그 양자 사이에 떠도는 것이 안개다. 그것이 바로 어지러움을 유발하기 위하여 세계 속에 깊이를 만드는 안개의 간헐성이다. 안개는 보여주면서 동시에 가린다. 안개는 존재하게 하며 동시에 부재하게 한다. 안

<hr>

7) 가스통 바슐라르, 『물과 꿈』, p. 125.

개는 나타나는 듯하면서도 사라진다. 깨어 있는 상태와 잠들어 있는 상태 사이를 걷고 있는 몽유병 환자들은 바로 꿈과 안개의 주인공들이다.

'역동적 간헐성'과 직접 관계가 있는 성질이지만 물은 안개에 의하여 또다른 특징을 드러내 보인다. 역동적인 측면에서 볼 때 안개의 움직임은 '완만'하다. 질료적 측면에서 볼 때 안개는 '무겁다.' 움직임이 완만한 것은 모두다 무겁다. 무거운 것은 모두 다 완만하게 움직인다. 그러나 '가벼운 안개'도 있지 않은가 하고 반박할지도 모른다. 물론 안개가 상상력의 차원에서 강력한 힘을 갖는 것은 가장 작은 물의 입자로 해체되어 침투하기 때문이다. 이리하여 안개는 공중에 뜰 수 있다. 그러나 안개는 봄철의 투명한 시냇물처럼 흐르지 않는다. 아래위로 움직이든 옆으로 움직이든 안개의 움직임은 너무나도 완만하여 허공에 그냥 걸려 있는 듯하다. 안개는 공중에 가만히 떠 있는 물이다.『페스트』속에서 만날 약속이 수포로 돌아가자 초조해진 랑베르는 어두운 성당 안으로 들어간다. 은은한 풍금 소리가 들리고 그림자와 꺼먼 형상들이

　　무릎을 꿇고 있었다. 그들은 응고된 그늘들의 덩어리처럼 음침한 분위기에 묻힌 채 몸을 구부리고 있는 듯했다. 그 형상들은 그들을 에워싸고 떠 있는 안개보다 약간 더 짙어 보일까 말까 했다.

　　　　　　　　　　　　　　　　　　　　　　　　　－『페스트』, p. 1340

안개는 흐르지 않는다. 그러나 존재는 안개 속으로 무너져내린다. 인간이 소외감을 느끼거나 길을 잃을 듯 느끼는 곳에서는 세계 전체가 안개로 가득 찬다.「자라나는 돌」속에서 다라스트의 눈에 보이는 세계는 바로 그러한 것이다.

　　그는 이 고장 전체를, 이 거대한 공간의 슬픔을, 숲속의 푸르스름한 빛을 토해내고만 싶었다. 이 황량한 대하의 어두운 물결을. 이 땅은 너무나 거대하다. 피와 계절들이 서로 분간할 수 없게 되고 시간은 액화한다. 여기서의 생활은 땅바닥에 찰싹 붙어 지내는 생활이다. 이 생활에 끼어들

려면 여러 해 동안 이 진창의 땅바닥, 때로는 메마른 땅바닥에 그대로 누워 잠든 듯이 지내야만 했다.

—『적지와 왕국』, p. 1676

강과 '푸르스름한' 빛, 진창의 땅바닥, '액화된' 시간…… 이처럼 물은 이 고장 전체에 가득하다. 그리고 떠도는 안개, '멀리 강의 양쪽 기슭에는 나지막한 안개가 숲 위로 떠 있다.'(『적지와 왕국』, p. 1676) 아마도 모든 안개에 가장 적당한 형용사는 '나지막한'일 것이다. 그것은 단순히 안개가 떠 있는 공간적 높이만을 지시하지는 않을 것이다. 그것은 무엇보다 먼저 안개가 지닌 '무거움'을 의미한다. 이리하여 옅은 것이건 짙은 것이건 안개는 인간의 가슴과 영혼을 '짓누른다.' 그렇기 때문에 여기서의 생활은 '땅바닥에 찰싹 붙어 지내는' 생활이요 '땅바닥에 그대로 누워 잠든 듯이' 지내야 하는 생활이다. 구름이 당장이라도 빛 속으로 흡수될 수 있는 수직적인 물이라면 안개는 수평적으로 누워서 떠 있는 물이다. 높이 뜬 안개는 이미 안개가 아니다. 안개는 오로지 그 무거움의 역동성을 느끼게 해줄 만큼만 가볍다. 클라망스는 그 사실을 잘 알고 있다.

그러나 오늘 저녁 역시 나는 상쾌한 기분이 못 되는군요. 심지어 말머리를 돌리기초차 어려워요. 전처럼 말을 멋지게 할 수가 없는 것 같아요. 내 어조에는 전 같은 자신감이 없어요. 아마 날씨 때문이겠죠. 숨쉬기가 힘들군요. 공기가 어찌나 무거운지 가슴을 짓누르는군요.

—『전락』, p. 1495

클라망스는 아마도 이렇게 하여 공기가 가슴뿐만 아니라 그의 말을 짓누르고 있다는 점을 암시하는 것이리라. 습기 찬 공기, 즉 눈에 보이지 않는 안개는 언어 속에까지 배어든다. '말머리를 돌리기초차' 어렵다니 말이다. 클라망스에게 있어서 말(문장, phrases)이란

바로 넘칠 듯 가득 찬 물입니다. 입을 열자마자 말이 줄줄 흘러나옵니

다. 도대체 이 고장의 분위기에는 그렇게 하도록 만드는 데가 있어요.
　　　　　　　　　　　　　　　　　　　　　－『전락』, p. 1480

　우리는 이 걷어낼 길 없는 안개가 어디서 생겨나는 것인지 알고 있다. 여기서 안개는 때때로 나타났다가 사라지는 가변적 기상 현상이 아니라 항구적인 현상이다. 왜냐하면 안개는 '빨래처럼 김을 뿜어내는' 바다(p. 1480), '흐릿한 빨랫빛의' 내해(p. 1510), '죽은' 바다에서 피어오르는 것이기 때문이다. 이제 우리는 이 역동적인 안개 이미지와 관련된 바다를 다시 한번 새로이 답사해보지 않으면 안 된다.

　제3일에 클라망스는 마침내 파리에서의 익사 사건을 이야기하고 난 후 그 '친애하는 고향분'을 쥐데르제 바다 위의 마르켄 섬으로 데려가주마고 약속했고(p. 1509) 과연 그 이튿날 그곳으로 동행한다. 이리하여 항상 동일한 배경(암스테르담) 속에서 진행되는 이야기 속에 하나의 바다 '여행'이 삽입된다. 이미 본 바와 같이 그토록 이 공간을 가득 채우고 있는 물의 이미지에 너무나 익숙해진 나머지 우리는 이 '항해' 이야기에 유난스럽게 주목하지도 않은 채 읽어넘기기 쉽다. 그만큼 클라망스의 이야기 자체는 안개와도 같다.

　세계 전체가 물을 통하여 멸망으로 미끄러져 들어가고 있는 듯하다. 그렇지만 이 작품 전체 중에서 바다 위로 배를 타고 여행하는 제3일만이 유독 두 개의 장을 이루고 있다는 사실에 우리는 유의해야 한다.[8]

　이 물위에 실려 떠가는 세계의 이미지와 함께 우리는 앞에서 잠시 언급되었던 '로엔그린'을 상기하게 되고 한걸음 나아가서 바그너의 세계, 특히 「유령선」 속에 나오는 센타의 발라드를 상기하게 된다(바그너는 '대양에 몸을 맡긴 채 그가 겪은 모진 경험' 끝에 그 오페라를 지었다).

---

8) 로제 키이요에 따르면 '초고' 속에서 이미 '책의 구조가 분명하게 지적되어 있었다. 다만 제4장과 제5장이 원래는 한 개의 장으로 되어 있었다는 것만 다르다.'(『전집』 I, p. 2005) 이렇게 장의 구성이 변했다는 사실은, 비록 '원래 『적지와 왕국』 속에 삽입할 긴 단편소설을 쓰다가 그만 자기도 모르게 이야기를 길게 쓰게 되고 말았다'(『르몽드』, 1956. 8. 3)고는 하지만, 카뮈에게 있어서 이 항해의 이야기 부분이 얼마나 중요한 것인가를 말해주는 것이 아닐까?

검은 돛대에 붉은 돛을 달고 바다 위에 떠 있는 배를 보신 적이 있나요? 배 위의 상갑판에는 창백한 선장이 끊임없이 바다를 노려보고 있답니다…… 그러나 어느 날 그가 만일 죽을 때까지 마음 변치 않는 한 처녀를 만나게 된다면 구원될 것입니다. 아, 창백한 뱃사람이여, 그 처녀를 그대는 언제 만나게 되려나?

이 노래에 그 네덜란드인은 이렇게 화답한다.

내 가슴을 불태우는 이 어두운 불길을 사랑이라 부를 것인가? 아아, 아니로다. 그것은 구원을 위한 초조한 기다림일 뿐인 것을.

클라망스의 이야기는 이 '네덜란드'의 바다에 의하여 신화적인 차원으로 확대될 수 있다. 그러나 신화적인 분위기는 클라망스의 말이 지닌 시니컬한 성격으로 인하여 끊임없이 와해된다. 여기서는 바그너의 신화와는 반대로 영원한 항해를 통한 구원의 추구라는 신화가 뒤집힌 모습으로 나타난다. 즉 한 처녀가 나타나서 뱃사람을 구원해주는 것이 아니라 여기서는 거꾸로 클라망스가 한 처녀를 구원했어야 마땅한데 구원하지 못한 것이다. 그는 바로 그 제3일이 끝나갈 무렵에 그 사실을 털어놓게 된다. 이 작품의 마지막에 가서 구원의 포기에 대하여 클라망스는 이렇게 말한다. '그러나 안심합시다! 이젠 너무 늦었어요. 항상 너무 늦는 법이지요. 천만다행으로!'

클라망스의 이야기가 바그너의 비극과 대립적인 것은 ─즉 사진술에서 쓰는 의미에서 '네거티브'한 것은─ '네거티브한 풍경'인 바다의 경우도 마찬가지다. 여기서는 바람이 세차게 몰아치는 가운데 삐걱거리는 밧줄 같은 것도 찾아볼 길 없고 '방황하는 네덜란드인'을 위협하는 저 성난 바다도 없다. 오직 클라망스만이 보여줄 수 있다고 자처하는 '이곳에서 중요한 것'의 풍경은 어떤 모습인가?(p. 1511)

자, 이만하면 네거티브한 풍경들 중에서도 가장 아름다운 풍경이 아닙니까! 우리들 왼쪽에 있는, 소위 모래 언덕이라고들 하는 저 잿더미를 보시오. 우리들 오른쪽에는 회색빛 제방이요, 발 밑에는 납빛의 기슭입니다. 우리들 앞에는 흐릿한 빨랫빛의 바다, 흐릿한 바닷물이 비치는 광대한 하늘. 이거야 정말로 물렁물렁한 지옥이지요! 수평적으로 누워 있는 것뿐입니다. 광채라곤 전혀 없지요. 공간에 색깔이라곤 전혀 없으니 죽은 삶이지요. 이게 바로 우주적인 소멸이 아닙니까? 눈에 보이는 허무가 아닙니까?

— 『전락』, p. 1510

안개는 세계를 저 우주적인 허무로 탈바꿈시키는 요소이지만 동시에 그것은 그 허무를 '가시적'으로 만든다. 이것이 바로 '수평적'인 사막으로 구체화된 '가벼운' 물의 무거움이다. 위의 인용문 속의 네거티브한 풍경에는 또다른 하나의 전도 현상이 지적될 수 있다. 즉 바다와 하늘의 위치가 전도되어 있는 것이다. 맑은 바닷속에서는 하늘이 비쳐 보이는 것이 정상이다. 그런데 여기서는 거꾸로 '흐릿한 바닷물'이 하늘 속에 비쳐 보인다. 하늘이 저 공기의 가벼움을 상실하고 안개 때문에 젖고 무거워져서 수평적으로 떨어져 누워버렸다면 투명한 천상의 공간은 어디로 간 것일까?

하늘이 살아 있는 것 같다구요? 그렇긴 하지요. 하늘은 빽빽해졌다가 다시 속이 파이고 공기의 계단을 터놓지요. 그리고 구름의 문을 닫치요. 그건 비둘기떼랍니다. 네덜란드의 하늘에는 수천 마리의 비둘기들이 가득 차 있다는 것을 주목해보았나요? 눈에 보이지 않는 비둘기떼 말입니다. 너무나 높이 떠 있기 때문에 그런 거예요. 날개를 치면서 똑같은 동작으로 올라갔다 내려갔다 하고 천상의 공간을 회색 깃털의 물결로 빽빽하게 채우면서 말입니다. 바람이 그 깃털을 실어왔다 실어갔다 하지요. 비둘기들은 저 위에서 기다리고 있는 거지요. 일 년 내내 기다리는 거예요. 그들은 땅 위 높은 곳에서 맴돌며 내려다보면서 내려오고 싶어하지요. 그러나 보이는 것은 바다와 운하와 간판들로 뒤덮인 지붕들뿐이 니 내려앉을 머리 하나 없는 거지요.

　　　　　　　　　　　　　　　　　　　　－『전락』, pp. 1510~1511

이 대목에 와서 클라망스의 말은 묘사와 비유 사이를 재빨리 넘나들기 때문에 하늘을 가득 채우는 '눈에 보이지 않는' 비둘기가 무엇을 의미하 는지는 확실하지 않다. 그러나 우리가 방점으로 표시한 동사들의 주어를 '안개'로 대치시켜본다면 우리가 앞서 분석한 이미지들의 특징들이 잘 드러나는 것을 볼 수 있을 것이다. 동시에 빽빽하고 속이 패어 있으며 무 거우면서도 가볍고, 보이면서도 보이지 않고, 가만 있으면서도 움직이고, '똑같은 동작으로' 오르내리고, 바람에 실려오기도 하고 실려가기도 하는 이 비둘기들은 하여간 안개와 닮은 데가 많다. 그것은 하늘이며 구름이 며 안개며 비둘기다. 가볍고 완만하고 망설이고 기다리고 맴도는 그것은 오직 '무거움'만에 복종하듯이 '내려오고 싶어한다.' 그러나 지금은 허 공에 뜬 채 방황한다. 그것은 이 이야기의 끝에 가서야 비로소 '눈[雪]' 이 되어 내려올 것이다.(p. 1548) 제4장의 끝에 이르자 바닷물은 부풀어 오르고 배는 떠나려 한다. 날은 저물어가고 저 '음산한 시간'의 항해는 시작된다.

　　잘못 생각하신 겁니다. 배는 꽤 빨리 달리고 있어요. 그렇지만 쥐데르 제는 죽은 바다인걸요. 거의 죽은 바다지요. 편편한 가장자리는 안개에 묻혀 있으니 바다가 어디서 시작하고 어디서 끝나는지 알 수가 없답니 다. 그러나 우리는 아무런 표적도 없이 그냥 가기만 하는 거지요. 우리 가 가고 있는 속도가 어느 정도인지 측정할 수가 없는 거예요. 우리는 전진하지만 아무것도 변하는 게 없어요. 이건 항해가 아니라 꿈이에요.

　　　　　　　　　　　　　　　　　　　　－『전락』, p. 1523

이로써 탈출이 끝내 불가능하다는 것이 증명된 셈이다. 단 하나 자유 를 향하여 개방되어 있는 공간인 바다가 그 어느 곳으로도 인도해주지 못한다는 것이다. 그 바다를 통하여 이르는 곳이 있다면 그것은 기껏해야 방향감각의 상실이요 깨어서 꾸는 악몽일 뿐이다. 배는 『페스트』의 오랑이나 「미노토르」의 절벽에서처럼 '태양의 섬을 향하여 키를 돌리고' 있지도 않고(『여름』, p. 832) '그리스의 군도에서'처럼 빛을 찾아 떠나는 것도(『전락』, p. 1523) 아니다. 그것은 '죽은' 바다, 죽음의 바다로 가는 항해인 것 같다. 그 배는 아마도 최초로, 그리고 최후로 인간을 죽음의 여행길로 인도하는 물의 교통기관인 듯하다. 영원히 완료되지 않는 진행형의 죽음──여기가 바로 물렁물렁한 지옥이다. '유령선'도, 쥐데르제 바다 위에 떠 있는 배도 모두 눈에 보이는 죽음이요 영원한 '죽어감'이다. '죽음이야말로 최초의 항해사가 아니었던가?'라고 바슐라르는 말했다.[9] 그는 항해의 진정한 문제성을 이렇게 설명한다. '진정하고 힘찬 관심사는 악몽의 관심사다. 그것은 우화적인 관심사다.'[10] 클라망스는 그것을 잘 알고 있다. 양적으로 헤아릴 수 있는 관심사는──'꽤 빨리 달린다' '속도를 측정하다'······ '꿈꾸는' 관심사, 즉 악몽으로 바뀐다.

이것이 물 이미지의 참다운 값이다. 물은 악몽의 원소인 것이다. '물렁물렁한 지옥'은 이리하여 알제의 '높은 곳'에 위치한 뫼르소의 단단하고 분명한 감옥과 대칭을 이룬다. 암스테르담의 풍경을 구성하는 세 가지 요소, 즉 바다·운하·안개에 다 같이 공통된 값은 '감금'으로서의 기능이다. 그러나 이 공통된 값의 내부에서 각 구성요소들은 저마다 서로 다른 방법으로 '감금'의 기능을 다한다. 내해는 우선 육지의 공간을 크게 한정한다. 운하는 바다에 의하여 한정되고 폐쇄된 공간 내부에서 길의 방향을 동심원의 방향으로 유도한다. 마침내 안개는 암스테르담 내부의 길들의 방향 자체에 혼란을 가져온다. 이리하여 방향감각을 상실한 인간의 액체 감옥, 장님의 감옥이 만들어진다. 각 요소들에서 다음 요소로 옮아갈 때마다 물의 역할은 보다 더 포괄적이 된다. 바다는 오직 지형적·

---

9) 가스통 바슐라르, 『물과 꿈』, p. 100.

10) 위의 책, p. 104. 물과 죽음의 관계에 대해서는 이 책의 「카롱 콤플렉스」장 전체를 참조할 것, 그 밖에 질베르 뒤랑의 『상상력의 인류학적 구조』(파리 : 보르다스, 1969), p. 285, 286, 426 및 샤를르 모롱의 『물의 지혜』(마르세유 : 로베르 라퐁, 1945), p. 135 참조.

위상적 구속의 값을 지닌다. 운하는 그같이 정태적 값을 초월하면서도 지옥의 둥근 테두리라는 감금의 상태적 값을 어느 정도 갖고 있다. 안개는 앞의 두 요소가 지닌 정태적 감금의 값을 초월하여 능동적인 감금의 기능을 가진다. 안개로 인하여 암스테르담은 가장자리가 없는 감옥, '밖'을 전제로 하지 않는 보편적인 감옥이 된다. '물렁물렁한 지옥'은 보편화된 감금 상태를 초래한다. 안개는 단순히 탈출을 막는 벽이 아니다. 안개는 탈출, 혹은 출발이라는 의미 자체를 말소시킨다. 물의 감옥은 한계가 없는 감금의 공간이다. 안개의 지옥은 천국을 전제로 하지 않는다. 밖으로 나간다는 말은 무의미하다. '밖'이란 것을 무화시키는 것이 안개이기 때문이다.

제3장
현실에서 허구 속으로 내리는 비 –소설『전락』의 구조 (2)

1. 멸망으로 가고 있는 끝없는 항행

'감금'의 테마는 카뮈의 작품 전체에 걸쳐 집요하게 반복된다. 감옥은 『이방인』의 제2부 전체의 무대다. 『페스트』는 감금과 유폐의 드라마다. 『오해』와『계엄령』의 주제도 마찬가지다. 「배교자」도, 「손님」의 아랍인도,『정의의 사람들』의 칼리아예프도 수인(囚人)이지만 '수직적 수족관'(『적지와 왕국』, p. 1633)에 들어앉아 있는 예술가 요나 역시 일종의 갇혀진 인간이다. 로제 키이요는 그의 유명한 카뮈 연구서에『바다와 감옥』이라는 의미심장한 제목을 붙였다.[1] 이제 이 주제를 강조한다는 것은 새삼스러운 감이 없지 않다.

---

1) 로제 키이요,『바다와 감옥』(파리 : 갈리마르, 1970). 이 책은 카뮈가 아직 생존해 있던 1960년에 출판된 이후, 저자가 작가의 사후에 여러 군데를 수정하여 1970년에 재판을 냈지만『바다와 감옥』이라는 제목만은 그대로 사용했다.

그러나 '감금'이라는 동일한 테마 속에 두 종류의 감옥, 두 종류의 감금방식이 구별되어 내재한다는 사실을 지적하는 것은 의미 있는 일이다. 카뮈의 세계 속에는 물렁물렁한 지옥, 혹은 수렁 같은 감옥이 있는가 하면 건조하고 단단하고 빛 밝은 감옥이 있다. '도시의 꼭대기에 위치하고' 있으며, '작은 창문'이 나 있어서 그것을 통하여 '바다를 볼 수' 있는가 하면 '가만히 누워서 하늘을 바라볼 수 있는' 『이방인』의 감옥은 좀 과장되게 말한다면 오히려 관광호텔 같은 인상을 준다. 그러나 그 반대편에는 '사물의 중심'이요 깊은 물의 심연같이 경계도 바다도 없는 감옥, 즉 『전락』의 공간도 있다. 이리하여 『이방인』과 『전락』은 『페스트』를 사이에 두고 정면으로 대립관계를 보여주는 두 개의 감옥이다. 공중에 떠 있는 듯한 감옥에서 최후의 시간을 기다리는 뫼르소가 자기는 항상 '행복했었으며 지금도 행복하다'고 술회하는 것은 진심의 토로라고 볼 수 있다. 반면 물렁물렁한 물의 지옥 속에서 저 그칠 줄 모르는 이야기를 끝내면서 클라망스가 암시하는 행복은 냉소적인 것이다. '항상 너무 늦은 것이게 마련이죠, 천만다행으로(heureusement)!' (『전락』, p. 1449)

물에 의한 감금은 역동적 감금이요 뫼르소의 감금은 정태적 감금이다. 암스테르담은 눈에 보이지 않는 감옥이지만 알제의 감옥은 돌벽과 창문과 천장 등으로 분명하게 구획된 감옥이다.

클라망스의 감옥에는 벽이 보이지 않는다. 물의 감옥에는 정해진 테두리가 없지만 '감금 상태'는 어디 가나 어김없이 느껴진다. 여기서의 물은 방향감각 자체를 말소시키므로 모든 동작, 모든 탈출의 기도는 결국 저 완만하고 끝없는 '추락'으로 인도될 뿐이다. 물 속의 꿈, 물 속의 몽상은 오직 물의 영원한 동력을 따라 밑으로 밑으로 내려갈 뿐이다.

쥐데르제 바다 위로 항해하기 위하여 배에 오르기 전에 클라망스는 단테의 연옥에 대하여 이렇게 말한다.

저런! 그럼 당신도 단테가 신과 사탄의 싸움에 천사들이 끼어들게 만들었다는 것을 알고 있단 말이지요. 그런데 단테는 천사들을 연옥에 데려다놓지 않았어요? 연옥이란 지옥으로 가기 위한 일종의 대기실이지요.

지금 우리들은 바로 그 대기실에 와 있는 거랍니다. 아시겠어요!

—『전락』, p. 1516

이 '대기실'이야말로 물의 감옥이 지닌 추락의 역동성을 잘 설명해준다. 천국과 지옥 사이에 있되 아직 지옥에 이르지 않은, 그러나 끝없이 지옥에 가까워가고 있는 동적 지대가 바로 연옥이요 대기실이다. 죽음 그 자체는 아마 불행마저도 아닐지 모른다. 왜냐하면 그것은 단순히 모든 것의 끝이기 때문이다. 참으로 견딜 수 없는 불행은 '죽어가고 있는' 이 완만한 추락의 진행형이다. 메르소에게 있어서 죽음은 '행복의 뜻하지 않은 사고'에 지나지 않는다.(『행복한 죽음』, p. 180)「제밀라의 바람」속에서는 죽음이란 빠르고 돌연히 '멀어지는 해'요 '완전히 죽어 없어진다는 확신'이다.(『결혼』, p. 64) 카뮈 자신에게 있어서 죽음은 절대적 소멸이요 계속성 없는 끝이다.

번개처럼 빨리, 단 한 번, 무시무시하게 찌르는 단검, 투우의 돌격……이것이야말로 순결한 것이다. 그것은 신의 돌격이다. 쾌락이 아니라 열화, 신성한 소멸.

—『작가수첩』 II, p. 326[2]

반면 시니컬하고 교활한 물의 인물인 클라망스에게 있어서 죽음은 끝

---

2) 앓아누운 청년 카뮈에게 의사가 '당신은 강한 사람이니 솔직히 말하지요. 당신은 이제 죽게 됩니다'라고 말한 이후에 카뮈에게 있어서 죽음은 그를 영원히 떠나지 않는 이미지요 테마요 고정관념이요 '개인적 신화'였다. 그의 최초의 소설은 『행복한 죽음』이었다. 특히 세월이 지남에 따라 저「피 묻은 산술」(『시지프 신화』, p. 109)과 1949년 10월 말 병의 재발과 더불어 죽음은 『작가수첩』속에 지울 수 없는 자취들을 남기게 된다. '나는 때때로 격렬한 죽음을 바란다. 영혼을 빼앗기는 것에 항거히여 외치는 것이 용인되는 죽음 말이다. 또 어떤 때는 내가 자신도 모르는 사이에 말했다고 여겨지지 않도록, 알고 죽음을 맞기 위하여, 의식이 또록또록한 오랫동안의 최후를 맞고 싶어지기도 한다. 그러나 땅속에 묻히면 숨이 막힌다.'(『작가수첩』 II, p. 344) 격렬한 죽음이건 완만한 죽음이건 카뮈는 하여간 죽음의 운명을 거역하고자 했다. 그리하여 1960년 1월 4일 월요일 13시 55분 상스에서 파리로 가는 노상에서…… '어떤 끔찍한 소리'가…….

도 없이 계속되는 저 완만하기만 한 단말마의 고통이요 연옥의 끝없는 항해를 의미한다. 우리는 이 작품의 표지에 찍힌 제목『추락 *La Chute*』이라는 단어를 그 끝없는 바다여행의 장에서 처음으로 만나게 된다. (『전락』, p. 1529)

2. 비, 혹은 떨어지는 물

하늘에서 떨어지는 물인 비만큼 노골적으로 물의 운동을 느끼게 하는 요소는 없을 것이다. 카뮈의 세계 속에서 독자들은 죽음을 초래할 정도로 강렬하게 내리쬐는 햇빛에 너무나 깊은 인상을 받은 나머지 거기에서 비가 내리기도 한다는 사실을 간과하기 쉽다. 그러나 눈여겨보면 프라하, 모라비아, 브라질…… 등 많은 곳에서 '가느다란 이슬비'가 안개처럼 그칠 줄 모르고 내린다는 것을 알 수 있다.

아니 심지어 태양만이 지배하는 듯한『이방인』의 알제에서도 장례식 다음날 구름이 끼면서 '비가 올 것 같은 조짐'이 보인다. 「티파사에 돌아오다」를 세심하게 읽어본 독자는 알제에 닷새 동안이나 '쉬지 않고' 비가 내려 마침내는 '바다까지도 적셔놓는 것'을 기억할 것이다. 그리하여 '물을 숨쉬는 듯한 느낌이 되고 공기를 물처럼 마시는 기분'이라고 나레이터는 말한다.(『여름』, p. 869) 또 전쟁이 계속되는 동안 나레이터가 찾아간 티파사에는 '우연인지 모르겠으나 폐허 전체에 끝없이 비가 내리고 있었다.'(『여름』, p. 870)『페스트』의 도시 오랑에서도 비는 온다. 파늘루 신부의 첫번째 설교가 있던 여름철, '그 전날부터 하늘이 어두워지더니 비가 억수로 쏟아졌다' '설교가 절정에 이를 무렵 밖에서는 빗줄기가 더욱 거세어졌고 절대적인 정적 속에서 던져진 그 마지막 말은 창문에 와서 후려치는 소나기 소리에 한층 깊은 울림을 담은 채 무시무시하게 진동했다.'(『페스트』, p. 1294) 가을철이 되어 두번째 설교 때는 비 대신에 '거센 바람'이 불지만 그 바람 역시 '교회 안에 비의 냄새와 젖은 인도의 냄새를 실어오고 있었다.'(『페스트』, p. 1404) 십일월 하순의 '대홍수'가 지나자(p. 1416) 긴긴 겨울, 병든 타루 곁에서 뜬눈으로 지새는 고독의 밤이 온다. '밖에서는 멀리서 차츰차츰 가까워오는 천둥소리에 쫓겨 뛰어가는 사람들의 발자국 소리가 들렸다. 마침내 길바닥은 쏟아지는 빗소리로 가득 찼다. 다시 내리기 시작한 비가 곧 우박으로 변하여 포도 위에 타닥거리는 소리를 내며 쏟아졌다.'(『페스트』, p. 1452)[3]

『적지와 왕국』에서는 어떠한가? 비유적으로 나타나는 '모래비'는 그만두고라도 '소금의 도시'에서는 '심지어 태양과 모래도 적시는 저 순식간의 미친 듯한 비'를 만날 수 있다.(「배교자」, p. 1587)[4] 그런데 북부지방의 비와 남부지방의 비를 비교해본다면 이것 역시 흥미로운 대조를 이룬다는 것을 알 수 있다. 남쪽의 비는 항상 '순식간에' '예고 없이' '미친 듯이' '치열하게' 쏟아져 대홍수를 이루지만 또 순식간에 그친다. 반면 북쪽의 비는 암스테르담의 그것처럼 '천천히' '가늘게' '쉬지 않고' 내리는 안개비들이다. 기이하게도 전자의 비는 불꽃에 가깝다. 반면 후자의 비는 완만하게 영혼 속을 파고드는 교활한 물, 그러나 끝도 없고 바닥도 없는 물이다.

첫날부터 이미 클라망스는 암스테르담의 비를 주목하게 한다. '글쎄, 이 늦은 시간에, 그것도 여러 날 전부터 그칠 줄 모르고 내리는 비에도 불구하고 이 많은 사람들이!'(p. 1479) 그러나 이 암시 이후 오랫동안 그는 비에 대하여 언급하지 않는다. 바다와 운하와 안개가 비를 대신해주었던 것이다. 그러나 클라망스의 말 속에 비에 대한 암시가 이처럼 중단되어 있었던 것 역시 어떤 전략적 의도 때문인 듯하다.

제3일이 되어 '친애하는 고향분'을 멕시코 시티에서 다시 만나자 그는 곧 '공기가 무거워 가슴이 답답하다'는 구실로 밖으로 나가 '시내를 좀 걸어다니자'고 유인한다.(p. 1495) 이것은 이미 그의 긴긴 이야기의 전

---

3) '눈'과 '우박'의 이미지는 나중에 제5부 제2장 「눈에서 소금으로」에서 다루게 될 것이다.

4) 『여름』, pp. 871~872 : '알제에 오는 비는 끝내 그칠 것 같지 않아 보이지만 문득 단숨에 뚝 그쳐버릴 것임을 나는 잘 알고 있다. 마치 단 두 시간 동안에 물이 불어서 여러 헥타의 광대한 땅을 휩쓸어놓고는 순식간에 말라버리는 내 고향의 강처럼.'

략적 순간에 출현시킬 비를 사전에 예고하는 단서라고 볼 수 있다. 술집을 나서자마자 클라망스가 주목하는 것은 무엇인가? '오늘 저녁에는 운하가 몹시 아름답군요! 나는 썩은 물의 냄새나 운하 속에 떨어진 낙엽 냄새가 좋단 말이야……'(p. 1494) 잎은 떨어져 물에 잠기니 비가 곧 떨어질 듯도 하다. 모든 것이 추락의 방향을 가리킨다.

산보가 계속되는 동안 클라망스는 마음속의 깊은 공간, 즉 깊이 파묻힌 과거의 기억 속으로 화제를 유도한다. '차츰차츰 기억이 되살아나기 시작했어요. 아니 내가 기억 쪽으로 돌아갔다고 말하는 게 옳겠군요. 나는 거기서 나를 기다리고 있던 추억을 되찾게 되었으니까요.'(p. 1499) 이렇게 하여 이야기 속의 공간, 즉 기억의 깊은 공간이 떨어지는 비를 예비하듯 깊어진다. 클라망스가 탐색하던 추억의 에피소드를 막 끝내자마자 마치 우연이기나 한 듯 비가 오기 시작한다. '이런, 또 비가 내리는군. 잠시 저 집 처마 밑에 가서 피할까요. 좋아요. 어디까지 했었지요?'(p. 1501) 이리하여 산책은 비에 의하여 잠시 중단된다. 다시 말해서 두 사람의 수평적 이동은 비의 수직적 추락에 의해서 중지된 것이다. 그러나 클라망스는 비 오는 분위기에 힘입어 상대방을 몽롱한 꿈의 세계로 유인한다. '비'가 온다는 표현 다음에 바로 이어진 문단 속에 '꿈'의 의미를 띤 어휘들이 쏟아져 나오기 시작하는 것은 우연일까? '요컨대 내가 꾼 꿈은……' '내가 꿈을 꿨는데……' '요컨대 영리한 사람이면 누구나, 당신도 아시다시피, 강도가 되고자 꿈꾸지요' '내 마음속 깊은 곳에 두 가지의 억압된 꿈이 잠겨 있다는 것을 발견했어요.'(pp. 1501~1502) 등등…….

'두 배로 거세어진' 비는 마침내 기억의 심층 속에 잠긴 꿈의 깊이를 '두 배로 깊게 한다.'

> 비가 점점 더 거세어지고 시간도 있으니 그 직후에 내 기억 속에서 새로 발견한 사실들을 이야기해드려도 좋을 것 같은데 어떻습니까? 저기 대피소에 있는 벤치에 가 앉읍시다. 벌써 수세기 동안 파이프 담배를 즐기는 사람들은 이곳에 와 앉아서 바로 처 똑같은 운하 위에 내리는 똑같은 비를 물끄러미 바라보곤 해왔지요. 이제부터 말씀드리려고 하는 것

은 좀 힘든 이야기랍니다.

—『전락』, p. 1502

　나중에 클라망스 자신이 지적하겠지만 이쯤 되면 '속임수는 완벽하게 성공한' 것이다.(p. 1545) 과연 여기서 '비'의 기능은 이중적이다. 비는 이야기의 배경을 이루는 장식적 요소이면서 동시에 이야기의 메커니즘을 연결하고 차단하는 연동장치의 구실을 한다. 이야기의 짜임새를 해명하자면 특히 후자의 기능에 주목해야 한다. 비는 흔히 서로 분리되어 생각되게 마련인 두 개의 극, 즉 '위'에 있는 하늘과 '밑'에 있는 물(운하·바다·강)을 수직으로 이어준다. 또 시간적인 각도에서 볼 때 비는 현재와 과거를 이어준다. 즉 '똑같은 비'가 현재의 클라망스와 '수세기 전에 살았던' 파이프 담배 피우는 사람을 연결해주기 때문이다. 클라망스 자신의 과거와 현재가 기억에 의하여 연결될 때 비가 내리는 것은 우연이 아닐 것이다. 또 비는 공간적인 측면에서 볼 때 암스테르담과 파리를 연결지어준다. 이 점은 곧 좀더 구체적으로 설명할 기회가 있을 것이다.

　그러면 연동장치와도 같은 기능을 가진 비가 이야기의 내적 구조 전체의 어느 지점에 위치하는가를 좀더 구체적으로 점검해보자. 우선『전락』전체의 형식적 구조로 볼 때 비는 그 중심에 위치한다는 것을 지적할 수 있다. 다음의 표는 전체 작품 속의 다른 구성요소와 관련지어본 '비'의 위치를 나타낸다.

일(日)	제1일	제2일	제3일	제4일	제5일
장(章)	제1장	제2장	제3장	제4.5장	제6장
비			비		
암스테르담의 장소	멕시코 시티 거리	멕시코 시티	멕시코 시티 거리	마르켄 섬 쥐데르제 거리	클라망스의 집
파리의 에피소드		웃음소리	익사 사건		

즉 전체 제5일, 제6장으로 구성된 이야기 속에서 비는 제3일, 제3장에 나타나는 것이다. 그런데 그 제3일, 제3장 내부에서도 비가 나타나는 대목은 그 '중심' 지점이다.

장소	멕시코 시티					클라망스의 집
페이지	1495	1495	1501	1502	1509	1509
움직임	산책(수평적) →		정지 (수직적 추락) →		산책 (수평적) →	
비	(전)		떨어지다 거세어지다 멈추다		(후)	
서술된 이야기	'기억'		'꿈' '사랑' (여자들)		익사 사건 '어떤 젊은 여자'	

그러면 사람의 수평이동이 비의 수직추락에 의하여 정지되어 있는 동안 클라망스의 이야기는 무엇을 준비하는 것일까? 그 '좀 힘든 이야기'란 무엇일까? 여기에 대한 해답은 이야기의 배경(무대장치)과 이야기의 내용이 얼마나 교묘한 메커니즘에 의하여 서로 관련되어 있는지를 모범적으로 드러내 보여줄 것이다.

이번에는 어떤 한 여자에 관한 이야기입니다. 그러나 우선 내가 여자들과의 관계에 있어서는 항상 별로 힘들이지 않고 성공을 거두었다는 사실을 알아두셔야 합니다.

—『전락』, p. 1502

따라서 클라망스의 프로그램은 '우선' '여자들'에 관해서 이야기함으로써 그 결과 '어떤 한 여자'의 사건을 이해시키자는 것이다. 비가 점점 더 거세게 내리다가 마침내 그칠 때까지, 즉 대피소의 벤치(이것은 대피소라기보다는 물로 만든 소형의 잠정적 감옥이라 할 만하다—어차피 비가 그칠 때까지 그들은 그 속에 갇혀 있어야 하니까) 위에 앉아 있는 동안 이야기의 주제는 '여자들'이다. 장장 6페이지에 걸친 클라망스의 여자관계는 요컨대 관능과 유희(혹은 매춘), 그리고 한걸음 더 나아가면 궁극적으로 소유라는 의미로 요약될 수 있다('나는 오로지 쾌락과 정복만을 찾았지요', p. 1503 ; '언젠가는 나 좋은 대로 손아귀에 넣기 위해서', p. 1508……).

이 '여자들'의 이야기는 마침내 '어려운 이야기'인 '어떤 한 여자'의 사건을 발설하기 위한 전초작업이라 할 수 있다. 정복의 대상인 '여자들'의 추억을 걷어내면 기억의 심층에 묻힌 '한 여자'의 추억에 이르게 된다는 말이다. 기억의 구조 역시 수직으로 깊이깊이 하강하는 운동과 관련되어 있는 것이다.

> 하여간 그 (치욕스러운) 기분은 그 사건이 일어난 이후 한시도 내 머릿속을 떠나지 않는군요. 지금까지 갖은 여담과 노력을 ─하기야 그렇게 한 내 수고도 인정은 해주셔야겠습니다만─다해서 뒤로 미루고 또 미루어왔지만 이제는 이야기 않고는 배길 수 없는, 내 기억의 한가운데 도사리고 있는 그 사건 말입니다.
>
> ─『전락』, p. 1508

이리하여 암스테르담에 비가 오고 있는 동안 클라망스는 '여자들'의 이야기를 헤치고 마침내 기억의 심층에 잠겨 있는 '어떤 한 여자'의 사건에까지 깊이깊이 내려간다. 그 사건 이야기를 드디어 털어놓으려는 바로 그 순간에 비가 문득 그치는 것은 과연 우연한 일일까?

3. 익사의 시학

저런, 비가 그쳤는데요! 수고스럽지만 우리집에까지 좀 바래다주십시오. 이상하게도 피곤하군요. 지금까지 말을 많이 했기 때문이 아니라 아직도 또 이야기를 해야만 한다는 생각 때문이지요. 자! 내가 발견한 근본적인 문제는 그저 몇 마디만으로도 충분히 얘기할 수 있어요. 도대체 길게 얘기해서 뭣하겠어요? 발가벗은 조상(彫像)이 드러나게 하자면 미사여구의 연설은 집어치워야 하니까요. 애긴즉 이렇습니다. 그날 밤에……

─『전락』, p. 1509

비가 그쳤으니 이제 사람의 수평이동은 다시 시작된다. 그러나 이번에는 앞서에서처럼 한가한 산책이 아니라 클라망스의 집이라는 정해진 목적지를 향하여 '유도된' 운동이다. 그 구실은 '피곤'이지만 '이상한' 피곤이다. 육체적인 피곤이라기보다는 심리적, 혹은 책략적 피곤이기 때문에 이상한 것이 아닐까? '근본적인 발견' '발가벗은 조상', 즉 '그 여자'에 대한 궁금증은 클라망스에 의하여 그 이야기가 암시만 된 채 지연될 만큼 지연되어왔으므로 마침내 열렬한 관심의 초점에 올려놓인다. 그 이야기는 마침내 '그저 몇 마디' 속에 그리고 공간적으로 한정된 거리(대피소에서 클라망스의 집까지) ── 책 속에서는 불과 한 페이지 ── 속에 담겨질 것이다. 이야기는 마치 동화처럼 시작한다. '그날 밤, 십일월이었지요. 내 등뒤에서 웃음소리가 들린 것 같았던 저녁으로부터 이삼 년 전이었는데……' 이 같은 시간적 배경이 소개되고 나자 같은 문장 속에 공간적 배경이 이어진다.

나는 퐁 르와얄 다리를 건너 내 집이 있는 세느 강 좌안으로 돌아오고 있었어요. 밤 한시쯤 되었는데 가는 비가 내리더군요. 그 이슬비 때문에 인적이 드물었지요. 나는 그때 막 어떤 여자친구와 헤어지고 오는 참이었는데 그 여자도 그때쯤에는 틀림없이 잠이 들어 있었을 거예요. 그때 내리던 이슬비처럼 피가 유연하게 순환하면서 나른해진 몸으로 약간 무감각한 기분이 되어 그렇게 걷는 것이 기분 좋더군요.

─『전락』, p. 1509

마치 우연인 것처럼 현재의 암스테르담에서 그친 비가 이야기 속의 파리, 즉 '기억의 중심' 속으로 계속하여 떨어지고 있다는 점을 우리는 주목할 필요가 있다. 다시 계속된 수평운동은 이렇게 이야기 속의 비에 의하여 다시 한번 수직적 추락으로 연결 유도된다. 이리하여 모든 운동은 물의 숙명적 방향을 따라 밑으로 밑으로 떨어진다.

　이리하여 우리는 다시 한번 왜 '비'가 '그 여자'의 사건과 함께 제3일 제3장, 즉 이야기의 심장부에 할애되어 있는지 알게 되었다. 우리는 특히 어떻게 하여 '비'가 이야기의 메커니즘 속에서 연동장치의 기능을 가지는 것인가를 이해할 수 있게 되었다. 이처럼 클라망스의 언어조작은 여러 가지 차원에서 동시적으로 그 효과를 발휘한다. 여기서 그는 문자 그대로 실천을 통하여 '걸어가면서 걷는 방법을 증명하고 있다.' 이 이중적 의미의 '비' 속에서 우리는 여기가 암스테르담인지 파리인지, 현실의 시공간인지 언어의 현실인지, 생시인지 꿈인지……를 자문해보게 된다. 비는 바로 그 경계선을 허물어버리는 물의 연동장치다.

　암스테르담과 파리의 시간적·공간적 배경은 거의 동일하다. 이곳에는 운하요 이야기 속에는 퐁 르와얄(帝王橋) 아래로 흐르는 세느 강, 이곳에서 그친 비가 파리에서 이슬비로 내린다. 파리에서는 밤이요 암스테르담에서는 저녁이다. 조금 전에 비를 피하여 두 사람이 걸음을 멈추었던 암스테르담에서도 이슬비 때문에 인적이 드물다.

　그러나 클라망스 자신은 ─이야기 속에서─이슬비를 맞으면서 멈추지 않고 걷는다. 길과 강의 좌안과 다리의 수평적 공간은 '서서' 걷는 클라망스의 몸의 수직성과 대비된다. 그것은 끊임없이 위에 있고 늘 지배하고자 하는 그의 '정상 콤플렉스'(p. 1486)를 만족시키므로 '기분이 좋은' 일이다. 강물이 다리 '아래'로 흐르고 그의 여자친구가 필경 '누워서' 자고 있을 때 다리 '위로' '서서' 걷는 것이야말로 남의 '위에' 군림하는 일이 아니겠는가! '비가 내리는' 것에도 불구하고 서서 '걷는 것이 기분 좋다'는 것은 클라망스다운 발상이다.

　그러나 그의 만족감은 덧없는 것이다. 그는 물의 운명에 복종하게 마련인 인물인 것이다. 그는 이미 '다소 무감각해진 채' 걸음이 활발하지 못하다. 그의 몸 속을 순환하는 '피'는 이미 '내리는 비처럼' 천천히 추락하는 액체다.

　그때 결정적인 장애물이 나타난다 ─'몸이 호리호리한 어떤 젊은 여자'의 출현! 목덜미가 눈길을 끄는 것을 보건대 유혹적 대상이긴 하지만 꼼짝달싹하지 않고 '몸을 구부린 채' 그 여자의 시선은 저 '아래'에 있는 강물을 바라보고 있다. 요컨대 여자는 비가 '떨어지는' 방향을 가리키고 있다. 이 모든 요소들은 앞을 향하여, 정상을 향하여 ─ 여자를 이제 막 '정복'하고 돌아오는 길이니까 ─ 가고 있는 클라망스의 의젓한 운동을 감속시키면서 암암리에 '추락' 쪽으로 유도한다.

그러나 그는 '잠시 주저하다가' 걸음을 계속한다. 그가 약 50미터 가량 걸어갔을 때,

> 소리가 들렸어요. 사람의 몸이 물위에 떨어치며 풍덩하는 그 소리는 상당한 거리에도 불구하고 밤의 정적 속에는 대단하게 들렸어요. 나는 말을 딱 멈추었지만 뒤는 돌아보지 않았지요. 그와 동시에 외마디 비명이 여러 번 되풀이되면서 들렸고 그 소리 역시 강물을 따라 내려가다가 갑자기 뚝 그쳐버리더군요. 문득 얼어붙은 듯한 밤 속에서 그 뒤에 계속된 침묵은 끝이 없는 듯했어요. 뛰어가고 싶었지만 나는 꼼짝 않고 서 있었습니다. 그때 나는 추위와 섬뜩한 느낌 때문에 떨고 있었던 같아요. 빨리 손을 써야 한다고 속으로 되뇌면서도 참을 수 없이 전신에 기운이 빠지더군요. 그때 무슨 생각을 했는지는 기억나지 않아요. '너무 늦었어, 너무 멀어……'거나 하여간 그런 비슷한 생각이었지요. 나는 꼼짝 않고 서서 여전히 귀를 기울였어요. 그러고 나서 천천히 빗속을 걸어서 멀어져왔어요. 나는 아무에게도 기별하지 않았어요.
>
> ─『전락』, p. 1509

우리는 지금 『전락』이라는 이야기의 심장부에 와 있다. 다시 말해서 전체 76페이지로 된 소설의 제36페이지를 인용한 것이다. 여기가 '물'의 중심이요 드라마의 중심이다. 『전락』의 모든 구성요소들 ─ 그것이 상징적 요소이건 사건적 요소이건 ─ 은 바로 이 전략적인 중심에 와서 그 궁극적인 의미를 획득하게 된다. 이로 인하여 이 추락사건 ─ 물 속에 몸을 던지는 여자와 그것을 목격하고 방치한 클라망스 ─ 을 중심으로 클라망

스의 일생은 크게 두 갈래로 나누어진다. 이 전환점을 계기로 하여 지금까지 상승일로에 있던 클라망스의 삶은 하락의 방향으로 급선회한다. 이 추락은 완만하지만 거역할 수 없는 운명의 성격을 띠고 있다. 『전락』은 이리하여 문자 그대로 익사, 완만한 익사의 비극이 된다.

퐁 르와얄(제왕교)에서 일어난 사건을 진술한 이 짤막한 이야기 속에서, 그리고 밤늦은 거리를 빗속에 걷던 클라망스의 저 느긋한 산책 속에서, '딱 멈춘 발걸음'은 모든 운동을 결정적인 추락의 방향으로 전환시키는 신호의 역할을 한다(『전락』이라는 이야기 전체, 즉 클라망스의 진술 전체 속에서도 암스테르담에 내리는 비에 의하여 산책이 중지되었던 사실은 수평적 운동이 수직적 추락으로서의 방향전환을 의미했다는 점을 우리는 다시 한번 상기할 필요가 있다).

이렇게 발걸음을 딱 멈추고 밤의 어둠 속에서 얼어붙은 듯 서 있다가 '빗속을 천천히 걸어서' 멀어져간 그 사나이는 이미 흐뭇한 기분으로 다리를 건너가던 잠시 전의 클라망스가 아니다. 그는 이미 물위에 풍덩하는 소리를 내며 떨어진 몸, '강을 따라 내려가는' 저 비명과 운명을 같이 하지 않을 수 없게 된 것이다. 그의 몸 전체를 사로잡는 것은 다름아닌 '수력학적 추락'의 운명인 것이다. 그 결정적 순간 이후 클라망스는 밑으로 밑으로 떨어지는 '물'의 운명 속에 실려가게 되었다.

물을 대하는 방법은 두 가지다. 하나는 떨어지는 물의 힘을 거슬러 헤엄치는 반항의 방법이요, 다른 하나는 떨어지는 물을 따라 함께 추락하는 동의(同意, consentement)의 방법이다. 클라망스는 처음에는 용기의 결핍 때문에, 다음에는 기꺼이 동의하여, 후자를 택했다.

물에 떨어진 여자의 '비명'이란 무엇이었던가? 그것은 불꽃처럼 위로 치솟아오르는 생명의 마지막 표현이다. 물이 '밑으로 떨어지는' 힘이라면 비명이나 외침은 '위로 솟구치는' 불꽃이다. 카뮈는 스탕달에게서 그 불꽃의 참다운 가치를 배웠다. 진정한 언어는 불꽃이어야 한다.

예술에 있어서는 모든 것이 동시적으로 나타나야 하는 법이다. 그렇지 못하면 아무것도 나타나지 않는다. 어느 날 스탕달은 이렇게 말했다.

"나의 영혼은 불꽃처럼 타오르지 못하면 고통스러워하는 불이다." 이 점에 있어서 스탕달과 닮은 사람들은 오로지 저 불꽃 속에서만 창조해야 마땅하다. 불꽃의 꼭대기에서 외침이 곧게 솟아올라 그 나름의 언어를 창조하고 이번에는 그 언어가 그 외침을 메아리처럼 반향하는 것이다.

—『전락』, p. 12

카뮈에게 있어서 '외침'과 '언어'는 바로 수직상승의 곧은 생명력을 표현하는 불꽃이다. 그런데 클라망스는 물에 빠진 여자의 마지막 외침에 대답하는 대신에 그 외침이 '꺼져버리고' '강물을 따라 내려가는 것'을 들으면서 가만히 서 있었다. 십일월달의 얼어붙은 듯한 어둠 속에 깃들였던 그 '끝없는 침묵'은 클라망스의 운명을 불꽃이 아니라 물의 방향으로 인도하는 신호다. 이제부터 그의 입을 통하여 흘러나오는 말은 저 외침의 생명력과 불꽃의 수직상승력을 상실한 채 물처럼 밑으로 흐르면서 의미의 익사를 초래할 것이다. '배우'요 '재판관—속죄자'라고 자처하는 클라망스는 예술가와는 정면으로 반대되는 인물이다. 강물 속에서 마지막으로 꺼져버린 저 외침과 더불어 그의 언어와 그의 존재 속에서 불꽃은 영원히 꺼져버렸다. 물에 빠진 여자의 비명을 들으면서 그는 '너무 늦었어'라고 혼자 되뇌었다. 그러나 소설의 마지막에 가서는 '너무 늦었다. 천만다행으로!'라고 말한다. 클라망스가 물의 운명 속에 결정적으로 안주하기 시작했다는 표시가 아닌가!

이러고 보면 말의 홍수 속에 빠진 이 '애벌레 양서류'의 끝없고 완만한 모험이란 바로 물의 운명이라는 것을 알 수 있다. 클라망스는 자신의 유희 속에 감금된 희생자다.

'내가 내 멋에 취했군요……'(p. 1480), '이야기 줄거리를 잊었군요'(p. 1511), '그 이후 내 마음속 어디엔가 그리스가 표류해 다니고 있답니다. 내 기억의 변두리 어디엔가 끝없이…… 아이구! 나 역시 표류하기 시작하는군요, 갑자기 서정적이 되어버리는군요! 제발 내 말을 멈추어주세요'(p. 1522), '그래서 나는 흥분해가지고 그만 자제력을 잃는 거예요' '다시 자리에 눕겠어요. 미안합니다. 내가 또 흥분할까봐 겁이 나요.

눈물을 흘리는 건 아닙니다. 때때로 정신이 혼미해지는 것뿐입니다'(p. 1548), '좋아요, 좋아요. 가만히 있을 테니 걱정 마세요! 내가 마음 약해져서 하는 말을 믿어서는 안 돼요. 내가 발작을 일으킬 때도 마찬가지구요. 그런 것 모두가 고의적인 것이니까요.'(p. 1548), '어이쿠……! 물이 이렇게 차가운데……'(p. 1549) 등의 표현들은 단적으로 현기증나는 클라망스의 말이 얼마나 의미의 혼란과 깊이 관련되어 있는가를 보여준다. 이 같은 그의 말을 듣고 있는 상대방이나 독자는, 과연 클라망스가 실제로 자기의 과거를 이야기하고 있는 것인지 아니면 거꾸로 몽롱한 언어의 힘과 떨어지는 물의 힘이 클라망스라는 인물과 그의 이야기를 만들어내고 있는 것인지 확실히 알 수 없게 된다.

4. 자의식의 웃음소리

그러면 이 익사 사건이 발생한 이후 클라망스의 인생에는 어떤 변화가 일어났는가? 이 위선자에게 실제적인 변화가 생기자면 다시 이삼 년을 기다리지 않으면 안 되었다. 왜냐하면 그는 이 수치스러운 사건을 기억의 깊숙한 곳에 깊이깊이 은폐해두었기 때문이다.

그로부터 이삼 년 후, 다시 말해서 퐁 르와얄 사건이 언급된 바로 앞 장(제2장)에, 비슷한 무대장치 속에서 또다른 어떤 '소리'가 들렸다. (p. 1492) 이번에는 십일월달의 자정이 지난 밤이 아니라 '어떤 가을 저녁'의 해질녘이다. 또 장소는 퐁 르와얄이 아니라 퐁 데 자르(藝術橋)다. 그러나 밤의 이슬비는 내리지 않았지만 세느 강 위의 공기는 마찬가지로 '축축했다.' 클라망스는 퐁 르와얄을 건너고 있을 때 기분이 좋았던 것과 마찬가지로 '인적이 없는' 퐁 데 자르를 건널 때도 기분이 흐뭇했다.(p. 1493) 이때도 여자를 정복하고 돌아올 때와 마찬가지로 '정상 콤플렉스'에 취해 있었다.

베르갈랑을 마주 보며 나는 섬을 내려다보고 있었지요. 내 마음속에 어떤 거대한 권력감정이 솟아오르는 것을 느꼈어요…… 나는 가슴을 펴고 담뱃불을, 만족의 담뱃불을 붙이려고 했지요.

—『전락』, p. 1493

바로 그 순간 내 등뒤에서 웃음소리가 터졌어요. 깜짝 놀라 나는 몸을 휙 돌려보았어요. 그런데 아무도 없더군요. 나는 난간 있는 데까지 가 보았지요. 예인선 한 척, 나룻배 한 척 눈에 띄는 것이 없었어요. 섬 쪽으로 몸을 돌리차 또다시 등뒤에서 웃음소리가 들리는 거예요. 마치 웃음소리가 강을 따라 흘러내려가기나 하는 것처럼 이번에는 좀더 먼 곳에서 나는 웃음소리였어요. 나는 꼼짝도 못하고 서 있었지요. 웃음소리는 점점 작아지기는 했지만 여전히 내 등뒤에서 또록또록하게 들렸어요. 물에서 나는 소리가 아니라면 다른 데서는 그 웃음소리가 날 곳이 없었어요. 동시에 내 가슴이 마구 뛰기 시작하더군요. 하지만 오해는 마세요. 그것은 뭐 신비스러운 웃음소리가 아니라 그냥 자연스럽고 거의 우정에 찬 듯한, 이를테면 만사를 좋게 해결해주는 듯한 웃음소리였지요. 게다가 그 웃음소리도 곧 사라지고 아무 소리도 들리지 않게 되었어요. 나는 강둑에까지 건너와서 도펭 가로 접어들고 난 뒤에 아무 필요도 없는 담배 한 갑을 샀어요. 정신이 얼떨떨했고 호흡이 곤란했어요.

—『전락』, p. 1493

소설 『전락』 속에 삽입되어 있는 두 개의 에피소드, 즉 우리가 차례로 인용한 익사와 웃음소리의 서술을 구체적으로 비교해보면 흥미 있는 사실을 발견할 수 있다. 우선 두 가지 사건의 서술을 구성하는 형식적 요소는 거의 동일하다. 반면 그 구성요소의 내용과 의미는 매우 다르거나 정반대다.

익사도 웃음소리도 세느 강의 어느 다리 위에서, 즉 '물위에서' 생긴 사건이고 또 클라망스의 등뒤에서 일어난 일이다. 그리고 그 두 가지가 다(떨어지는 소리, 웃음소리) 청각적 방식으로만 전달되었다. 따라서 클라망스는 두 경우 다 직접적으로 목격한 것은 없다. 다만 익사 사건의 경우 다리 위에서 여자를 보았었으므로 그 여자가 물 속에 투신한 것을 짐작은 할 수 있지만 웃음소리는 끝내 출처가 묘연하다. 이런 차이 때문에 클라망스의 반응도 판이해진다. 두 경우 다, 소리가 나는 즉시 클라망스는 발걸음을 멈추지만, 익사 사건의 경우에는 뒤를 돌아보지 않았고 웃음소리의 경우에는 몸을 돌려 살펴보고 난간에까지 다가가서 그 출처를 확인하려 한다. 이 두 가지 반응이야말로 서로 뒤바꾸어진 반응이다. 익사자의 경우에는 뒤를 돌아보고 달려가야 마땅했고 웃음소리야 무시해도 좋았을 것이지만 클라망스는 그 반대로 행동한 것이다.

그 출처를 확인하기 위하여 다시 한번 듣고 싶었을 웃음소리는 점차적으로 약해지는가 하면 귀를 막고, 듣지 않았으면 싶었을 비명은 여러 번 반복된다. 클라망스의 '마음' 속에 불안한 메아리를 남길 가능성이 있는 웃음소리가 서서히 약해지는 것은 그의 '몸'을 사로잡는 듯한 비명이 돌연 뚝 그치고 망각 속으로 사라지는 것과 정반대된다.

익사 사건 이후 그는 빗속으로 천천히 멀어져간 후 아무에게도 기별하지 않았다. 반면 웃음소리를 듣고 난 뒤에는 담배를 사고 집에 있지 않은 친구에게 전화를 걸고 밖으로 다시 나갈 생각까지 한다.

두 가지 에피소드에 공통된 가장 중요한 요소는 웃음소리와 비명 소리를 다 같이 싣고 '밑으로 흘러가는 세느 강물'이다. 이 동일성은 텍스트 속에서 '그것 역시'라는 표현을 통해서 강조되어 있다. 다만 사건이 일어난 다리, 즉 퐁 르와얄(제왕교)과 퐁 데 자르(예술교)가 서로 다를 뿐이다.

특히 마음을 편안치 못하게 만드는 그 익사 사건이 이삼 년 뒤에야 의식 속에 떠오르게 만든 그 자의식의 웃음소리가 '예술교' 위에서 일어난 것은 그 에피소드에 결부된 '거울'의 이미지와 더불어 예술가적 의식분열의 알레고리를 담고 있을 가능성이 짙다. 삼 년 전 제왕교 밑에서 문득 꺼져버린 비명의 불꽃이 저 만족의 '담뱃불을 붙이려는 순간' 파열함으로써 나타난 것이 웃음소리일지도 모른다. 솟아오르던 '거대한 권력감정'이 웃음소리에 의하여 파열된 후 클라망스의 삶은 내리막길로 접어든다. 불꽃은 영원히 강물 속에 익사하여 끝없이 밑으로 밑으로 떠내려갈 것이다.

처음 물에 빠진 여자의 비명 소리가 체왕교 밑의 '강을 따라 밑으로 내려가다'가 마침내 예술교 밑의 강물에 이르러 난데없는 웃음소리로 변하기까지 삼 년이 걸린 셈이다. 현실 속의 강물보다는 의식 속의 강물은 이따금씩 너무나 천천히 흐르는 모양이다. 물의 운명은 시간이 운명처럼 눈에 보이지 않을 만큼 완만하게 추락하는, 그러나 틀림없이 추락하는 동력이다.

그러면 비명과 웃음소리를 싣고서 밑으로 밑으로 흐르는 강물은 어디로 가는 것일까? 강을 따라 흐르는 운명은 어디로 가는 것일까? 그 대답은 너무나 간단하고 너무나 분명한 나머지 비평가들은 한번도 이 문제에 유의해보지도 못한 듯하다. 그러나 클라망스 자신은 이 문제에 대한 분명하고 긴 대답을 마련해두고 있다. 그 대답은 사실 지나치게 분명해서 너무 인공적이라는 느낌까지도 든다.

제4일(제5장)에 와서 쥐데르제 바다 위를 항해하고 있을 때 클라망스는 다음과 같이 옛날에 자기가 해본 적이 있는 어떤 다른 항해의 경험을 이야기한다.

그렇지만 어느 날 어떤 여자친구와 함께 여행을 하는 동안 대서양을 횡단하는 배를 타게 되었어요. 물론 상갑판에 타고 있었지만요. 그런데 갑자기 쇠붙이 같은 색깔의 바다 위 저만큼에 어떤 까만 점 하나가 보이는 거예요. 나는 곧 그것에서 눈길을 돌려버렸지만 가슴이 두근거리기 시작했어요. 억지로 용기를 내어 그쪽을 바라보자 까만 점은 없어져버렸어요. 내 눈에 다시 그것이 보였을 때는 소리를 지르고 바보같이 사람 살리라고 고함을 칠 뻔했어요. 그건 다름이 아니라 배가 지나가면서 물길 위에 남겨놓은 쓰레기에 불과한 것이었지요. 그런데도 나는 그것을 가만 바라보고 있을 수가 없었어요. 곧 누군가 물에 빠진 사람의 몸 같다는 생각이 들었던 거예요. (……) 그때서야 나는 여러 해 전 내 등뒤에서 울리던 그 비명이 끊임없이 강물에 실린 채 영불해협의 물위로 흘러와서 끝없이 넓은 대양을 통하여 온 세상을 떠돌아다니다가 내가 그것을 다시 만나게 된 그날까지 나를 기다리고 있었다는 것을 깨달았지요. 나는 또한 그것이 수많은 바다와 강에서, 요컨대 나의 쓰디쓴 세례수가 있는 곳이면 어디서나, 계속하여 나를 기다릴 것임을 깨달았어요. 지금도 우리는 물위에 있지 않습니까? 편편하고 단조롭고 끝없는 물, 어디가 물의 끝인지 어디가 땅의 끝인지 알 길 없는 물위에 있지 않아요? 우리가 암스테르담에 도착하게 될지 어떨지 어떻게 믿을 수가 있겠어요? 우리는 이 엄청나게 큰 성수반에서 끝내 밖으로 나가지 못하고 말 거예요. 귀를 기울여 보세요. 눈에 보이지 않는 갈매기들의 비명이 들리지 않습니까? 저들은 도대체 우리들 보고 어쩌라고 저렇게 비명을 질러대는 거지요?

—『전락』, pp. 1528~1529

5. 추락의 지도

이제 우리는 퐁 르와얄에서 있었던 저 결정적인 추락(la chute)의 비명 소리가 어떤 물의 경로를 따라 밑으로 밑으로 흘러왔는지, 따라서 클라망스의 운명이 물의 추락하는 힘을 따라 어떤 경로를 거쳐 암스테르담에 이르게 되었는지 다음과 같이 지도상에서 자세히 추적해볼 수 있게 되었다.

① 퐁 르와얄 밑의 세느 강(여자의 비명)
② 퐁 데 자르 밑의 세느 강(웃음소리)
③ 영불해협 ─대서양(까만 점)
④ '지금 여기의' 쥐데르제 바다(내해)
⑤ 멕시코 시티(암스테르담 ─ '물의 수도')

이 경로는 클라망스의 말에 의거하여 알 수 있게 된 수력학적 추락의 도정을 표시한 것이지만 영불해협에서 네덜란드의 바다에 이르는 과정은 반드시 필연적인 것이라 할 수 없다. 영불해협에 이른 세느 강들의 지중해, 빛 밝은 지중해로 흘러가지 않고 하필이면 대서양으로부터 암스테르담 쪽으로 흘러가기 위해서는 적어도 어떤 지리적·상징적 필연성이 첨가되지 않으면 안 될 것이다.

바로 이 경로를 정당화하기 위하여 저 합리적이고 영리한 클라망스는 네거티브한 물의 값을 잊지 않고 암시해두었다. 즉 순화시켜주는 세례수가 '쓰디쓴' 이유는 바로 여기에 있는 것이다. 이 '거대한 성수반'의 물은 정신과 영혼을 정화시키는 것이 아니라 반대로 영혼을 더럽히고('까만' 점) 무겁게 하며 감금하는 물의 감옥을 이룬다. 영불해협과 암스테르담 사이에 가로놓여 있는 '끝없이 넓은 대양'은 바로 그 거대한 성수반과도 같다. 여기서 지리학과 상상력은 무겁고 더러운 물이라는 동일한 원칙 속에서 합류한다. 또 영불해협에서 암스테르담에 이르는 동안 비명이 '끝없이 넓은 대양을 통하여 온 세상을 떠돌아다녔다'는 것은 클라망스가 변호사 사무실의 문을 닫아버리고 파리를 떠난 후 암스테르담에 정착하기 전까지 세상을 두루 '여행한' 것(p. 1544)과 일치한다. 그는 어쩌면 지리적 차원과 상징적 차원 사이를 두루 여행한 것인지도 모른다.

물이 그 중력에 복종하면서 흘러가게 된 이 같은 경로에 주목한다면 클라망스가 그의 '재판관—속죄자'의 직업을 위하여 왜 하필이면 암스테르담을 선택하게 되었는지는 쉽사리 설명할 수 있게 된다. 암스테르담을 선택하게 된 데는 그 나름의 이유가 있다.(pp. 1544~1545)

우리가 위에서 확인했듯이 암스테르담은 '물과 안개의 수도'이기 때문이다. 다시 말해서 그곳은 이름 자체가 지적해주듯이(pays-bas) 땅의 높이가 바다보다 낮은 나라, 물 속에 잠긴 듯한 '네덜란드'의 수도인 것이다. 암스테르담은 물의 운명이 선택한 장소다. '우연과 편의와 아이러니와 어떤 금욕적 필요 때문에 물의 수도를 선택하게 된 거지요.'(p. 1545)라고 클라망스는 설명한다. 이것이 바로 우연과 필연에 의하여, 아이러닉하고 시니컬한 운명에 의하여 유도된 한 인생의 방향이다. 모든 물은 끝내 가장 낮은 곳 더 낮은 곳으로 흘러들게 마련이다. 이것이 물리적 추락이며 운명적 전락이다. 암스테르담은 '마침내 실패한 사람들이 흘러드는' 곳이다.(p. 1545) 세계의 구석구석에서 찾아드는 뱃사람들 자신이 암스테르담을 선택한 것이 아니라 그들은 필연적으로 이곳에 흘러들도록 운명지어진 것이다. 물이 그들을 물보다 낮은 이 나라의 가장 깊은 곳으로 인도한 것이다.

물의 흐름이라는 각도에서 본다면 암스테르담 중에서도 클라망스가 자기의 '사무실'을 차려놓은 '멕시코 시티'는 물'위'에 있다기보다는 물 '속'에 잠겨 있다고 해야 옳을 것이다. 수력학적 운명에 실려가는 클라망스의 '해저' 사무실과도 같은 곳이 이 선술집이 아닐까? 클라망스는 이곳에서 '끝없이' 말을 한다. 왜냐하면 말이 그의 입 속에 "너무나 넘칠 듯 가득 차서" 입을 벌리기만 하면 말이 '쏟아져나오기 때문이다.'(p. 1480) 그의 상대방은 바로 말의 홍수 속에 잠긴 이 장소에 등장한 것이다. 여기서 마침내 기나긴 말과 여행과 항해가 시작된다.

암스테르담 안에서 클라망스가 상대방을 만나고 그를 유인하여 마침내 도달하는 장소는 어디인가? 그 경로는 어떠한가? 그것을 순서대로 표시해보면 다음과 같다.

① 제1장 : 멕시코 시티에서 다리까지
② 제2장 : 멕시코 시티
③ 제3장 : 멕시코 시티에서 클라망스의 집까지
④ 제4장 : 멕시코 시티에서 마르켄 섬까지, 다시 그곳에서 배를 타고 바다를 지나 선착장을 거쳐 클라망스의 집까지
⑤ 제5장 : 클라망스의 집

이렇게 일목요연하게 장소를 표시해놓고 보면 상대방을 멕시코 시티로부터 결국은 자신의 집으로까지 알아차리지 못하는 사이에 유인해가려는 것이 클라망스의 본래 의도라는 사실은 분명해진다. 매번 그들은 멕시코 시티에서 만났고, 클라망스는 피곤하다는 이유로 상대방에게 자기를 집까지 데려다달라고 요청했으며(제3일) 제4일, 제5일에는 아득한 바다여행을 거쳐 두번째로 상대방을 자기집까지 유인해왔다가 드디어 제6일에는 아예 처음부터(예외적으로) 클라망스의 집에서 만난다. 결국 전락 속의 모든 길은 멕시코 시티에서 시작하여 클라망스의 집으로 향하고 있으며 그 집에서 끝난다.

그렇다면 세느 강 위의 퐁 르와얄에서 시작한 이 추락의 드라마가 마침내 도달하는 '클라망스의 집'은 도대체 어떤 곳이며 어떤 상징적 의미

를 지니는 것일까? 물의 추락이라는 측면에서 볼 때 이곳은 이 드라마 전체의 모든 장소들 중에서 가장 '낮은' 지점이라고 추측된다.

'헐벗은 곳이지만 깨끗한 방'인 클라망스의 거처는 다름이 아니라 물 속의 '관'이다. '우리는 여기서 벌써부터 수의에 감싸인 채 순수함의 향유를 바르고 죽어가고 있는 겁니다'(p. 1536)라고 클라망스는 말하지 않는가? 마침내 이 기나긴 여로를 지나 도달하는 최후의 대피소['자 다 왔습니다. 바로 여기가 내 집이요 나의 대피소지요.'(p. 150)]는 우리가 앞서 제3장에서 해석한 바 있는 빗속의 '대피소'와 마찬가지로 물 속에 잠긴 감옥, 물 속에 뜬 관이요 죽음의 항로를 떠가는 '카롱의 배'와 같은 것이다. 클라망스가 집 안에까지 상대방을 유인해 들였다는 것은 바야흐로 영원한 죽음의 항행이 시작한다는 것을 의미한다.[5]

이 죽음의 배, 죽음의 관 속에서 사람은 '제 방의 방바닥에 누워 있다.'(p. 1490) 과연 클라망스는 제5장의 처음부터 끝까지 '누워서' 이야기한다. '이토록 깨끗한 시트를 덮은 단단한 네덜란드 침대 위에서' 거의 시체와 같은 모습으로 누운 클라망스는 상대방에게 앉기를 권한 다음 이렇게 말한다.

아참! 문을 닫아 잠그었나요? 그래요? 그래도 제발 다시 한번 확인해 보세요. 미안해요. 내게는 자물쇠 콤플렉스가 있어요. 잠이 들기 직전에 나는 한번도 내가 제대로 문을 걸었는지 자신을 가질 수가 없답니다. 매일 밤마다 그래서 나는 그걸 확인하기 위하여 다시 자리에서 일어나지

---

5) 셍틴은 이렇게 전한다. '1560년경 쥐데르제의 퇴적토를 파내던 네덜란드의 노동자들은 매우 깊은 땅속에서 오랜 세월 동안 기적적으로 잘 보존된 여러 개의 나무토막을 발견했다. 이 나무토막 하나하나 속에는 아주 옛날에 사람의 시체가 담겨 있었다는 것을 그 속에 남은 부스러기들로 보아 짐작할 수 있었다. 이 사람의 죽음을 실은 통나무배(Todtenbaum)는 독일의 갠지스 강인 라인 강에 실려서 거기까지 흘러온 것이었다.'(가스통 바슐라르, 『물과 꿈』, p. 99, 108 재인용)

후일의 신화학자들은 프랑스의 갠지스인 세느 강에 실려온 또 하나의 '토텐바움'을 발견할지도 모른다. 그러나 그 속에는 시체의 부스러기가 아니라 화석된 『전락』의 언어가 담겨 있으리라.

않을 수 없답니다.

―『전락』, p. 1539

밀폐되고 정결하고 딱딱한 방 안에 갇혀 누운 채 이제 두 사람은 머나
먼 죽음의 물길을 떠나려 한다. 바로 이때서야 그 여행의 동반자에게 클
라망스는 마침내 상대방의 입을 통하여 그 '말'을 발설해보라고 요구한
다. '오 처녀여 (……), 다시 한번 물 속에 몸을 던져다오.' 항상 더 낮은
곳, 더 깊은 죽음을 향하여 같은 물, 같은 말, 같은 관에 몸을 싣고 떠나
는 사람들을 위하여 카뮈의 친구였던 시인 프랑시스 퐁주의 시「물에 대
하여」를 인용해보자.

　　나보다 아래, 항상 나보다 아래, 물은 있다. 나는 언제나 시선을 떨어
뜨리고서 물을 바라본다. 땅바닥처럼, 한 조각의 땅바닥처럼, 땅바닥의
한 변형처럼, 물은 하얗고 반짝거리며 형상이 없고 서늘하고 수동적이지
만 중력이라는 단 한 가지 그의 악습에 있어서는 무엇보다도 고집스럽
다. 그 악습을 만족시키려고 갖가지 유별난 방법들을 동원하여 싸고 돌
고 뚫고 들어가고, 침식하고 침투한다.

　　그 자체 속에서도 그 악습은 여전하다. 물은 끊임없이 허물어지면서
매순간 그 어떤 형태도 인정하지 않으며 오로지 비굴하게 대지의 배 위
에 거의 시체처럼 넙죽이 엎드릴 뿐. 어떤 교단의 수도승처럼.[6]

한계, 감금, 무화(無化), 완만한 진행형의 죽음, 그리고 추락…… 지금
까지 우리가『전락』을 통하여 분석해온 물의 질료적·역동적 가치는 이
와 같은 것이다. 결국 이 같은 해석을 통하여 우리는 물과 말이 허공 속
에서 혼동되는 언어의 심층에까지 이르게 되었다. 물의 운명에 실린 말
은 모든 의미를 상실한다. 물은 말의 의미를 해체한다. 프랑스 사람들이

---

6) 프랑시스 퐁주,『사물의 고집』, pp. 61~63.

의미 없어진 말을 '물 속에 떨어진 말(parole tombée à l'eau)'이라고 표현하는 까닭은 바로 여기에 있을 터이다. 다만 여기서 다시 한번 강조할 일은 상상의 물, 즉 물의 이미지를 지각세계 속의 물과 혼동해서는 안 된다는 사실이다. 이 물의 추락은 언어가 우리들 현실세계 속 깊은 곳에 파놓은 허무의 창조에 지나지 않는다. 클라망스가 끝없이 추락하는 것은 물이 세상에 존재하기 때문이 아니라 그 자신이 '말의 물'을, 끝없는 공허를, 만들어내기 때문인 것이다.

궁극적으로, 이처럼 낮은 곳에서 더 낮은 곳으로 흘러가는 물, 무의미에서 더욱 큰 무의미로 추락하는 말의 기본적인 속성은 무엇일까? 그것은 다름이 아니라 우리들의 삶에 대하여 그 교묘한 파괴력을 행사하는 '시간', 바로 그것이다. 『전락』은 헤라클레이토스의 저 해묵은 강에서 물을 마신 우리들 시대의 한 우화라고 볼 수 있다. '인간은 같은 강물 속에 두 번 먹감을 수 없으며 멸망하게 마련인 본체의 동일한 상태와 두 번 접촉해볼 수 없다.'[7] 흘러가는 물은, 더 깊은 곳으로 떨어져가는 물은, 흘러가는 시간을, 무너지는 세계를 우리들의 육체에게 말해준다. 우리가 먹감았던 강가에 다시 이를 때 이미 그 강물은 옛날의 강물이 아니다. 그러나 우리들 자신도 이미 처음 먹감았을 때의 우리가 아니다. 시간도 물도 영원히 흘러가버리는 일회적 운동의 주어다.

강물 속에 몸을 던진 처녀야말로 바로 클라망스가 저 시간과 언어의 강물 속에서 영원히 구해주지 못하고 만 '멸망하게 마련인 본체'가 아닌가? 두번 다시 구해낼 수 없는 생명은 시간과 물의 중력을 따라 필연적으로 추락한다. 우리는 모두 영원히 방향을 바꾸지 않을 시간과 물의 강속에 실려가고 있다. 물의 흐름은 인간의 조건이다. 물은 눈에 보이는 시간의 살이요 힘이다.

그러나 바로 중력의 원칙만에 복종하는 시간과 물의 강 속에서 우리는 저마다 자신의 운명을 선택하지 않으면 안 된다. 익사하는 사람과 헤엄

---

7) 헤라클레이토스, 「원전 단편」(『세 사람의 동시대인들』에 수록), 이브 바티스티니 불역 및 주(파리 : 갈리마르, 1955), p. 36.

치는 사람이 다른 운명을 찾아 서로 헤어지는 장소가 바로 여기다. 어느 쪽을 선택하느냐에 따라서 저마다 자신의 운명을 보여줄 것이다.

그러나 그것은 시간 문제다. 먼저 익사하건 나중에 익사하건 결국은 익사하게 마련이다. 따라서 차라리 밑으로 밑으로 흘러가는 물의 운명에 스스로를 맡겨두자. 이것이 클라망스의 관점이다.[8] 그의 마지막 말, '항상 너무 늦은 것이게 마련이죠. 천만다행으로!'는 이런 허무주의적 관점으로 해석될 수 있다.

그러나 다 같이 시간의 물 속에 몸담고 있으면서도 어떤 사람들은 다른 운명을 선택하고자 한다. 그들은 물의 흐름을 거슬러 헤엄치고자 한다. 먼저건 나중에건 결국은 시간의 물 속에 빠져 익사하게 마련이라는 논리는 여전히 그 시간의 관점에서 본 논리다. 헤엄치는 사람들의 '반항'은 바로 그 '시간적 관점' 자체에 대한 반항이다. 모든 예술가는, 모든 참다운 창조자는 시간의 흐름에 항거함으로써 언어의 성(城)을 짓는다. 물길을 거슬러, 가라앉지 않으려고 헤엄치는 모든 인간은 반항인이며 모든 반항인은 조금씩은 예술가이다. 카뮈의 예술은 물 속에 잠긴 인간의 아름답고 비극적인 몸부림의 기록이다.

물의 드라마, 물의 운명, 물에 젖은 언어의 홍수 속에 빠진 클라망스를 창조한 카뮈 자신은 기이하게도 물의 추락과 언어의 무의미를 거슬러 아름다운 언어의 성, 『전락』을 세웠다. 그는 '가장 훌륭한 영혼'인 메마른 가슴을 지닌 헤엄치는 사람들 중의 하나이다. '물기 없는 영혼이야말로 가장 훌륭한 영혼이다'라는 헤라클레이토스의 교훈을 그들은 굳게 믿는다. 이들의 운명만이 참으로 '비극적'이다.[9]

---

8) '아무것도 달라지는 것은 없다. 그건 결국 마찬가지다. 약간 먼저, 약간 나중…… 그 정도뿐이다.'(『칼리굴라』, p. 51)
9) 헤라클레이토스, 앞의 책, p. 34.

제4장
익사와 수영

세계는 나의 도전, 나의 의지
―바슐라르, 『물과 꿈』, p. 214

　이제 우리는 카뮈의 작품세계 속에서 서로 분기하는 두 가지의 길을 추적해보려고 한다. 그 두 가지 길은 두 가지의 인간형이요 서로 상반된 성격의 두 가지 운명이다. 하나의 방향은 밑으로 밑으로 떨어지는 물의 길, 추락의 길을 따라가는 익사자들의 운명으로 인도한다. 우리는 이미 『전락』을 통하여 물과 시간의 파괴력 속에 안주하는 비겁자 클라망스를 만난 적이 있다.

　다른 하나의 방향은 인간에게 주어진 저 멸망의 조건 ―모든 인간은 반드시 시간의 강물 속에 익사한다 ―을 거역하여 전력투구로 헤엄쳐서 위로 상승하려는 반항인의 운명으로 인도한다.

　그러나 논리적으로는 이처럼 확연한 듯하지만 이 두 개의 방향은 인간의 삶 속에서는 서로서로 교차한다. 인간은 익사자의 운명을 지니고 태어나는 것은 아니다. 중요한 것은 어떤 물살과 어떤 폭풍 앞에서 그가 보여주는 결단이다. 카뮈의 세계 속에서 만나게 되는 물의 인간들, 즉 '양

204　제2부 추락의 수력학 : 언어

서류들'(로트레아몽의 경우)은 필사적으로 삶의 파도를 넘어 헤엄치는 향일성 인물들보다 더 확연하게 알아볼 수 있도록 도와준다. 참다운 인식은 비교와 대조에서 얻어지기 때문이다.

익사하는 인물과 헤엄치는 인물을 구별지어주는 것은 그들이 거센 삶의 바다 속에서 결국 구원되느냐 않느냐, 살아남느냐 않느냐 하는 결과에 의하여 좌우되지는 않는다. 헤엄치는 사람의 용기와 위대함을 증언하는 것은 이루어진 결과가 아니라 추락하는 물을 거역하는 저 '비극적인 의지'다.

헤엄 잘 치는 사람의 행복한 바닷속에서도 때로는 난데없는 '싸늘한 물살'이 나타난다. 가장 용기 있는 반항인에게도 흔히 지칠 대로 지친 어느 순간 문득 모든 노력을 포기하고 싶어지는 유혹이 찾아온다. 향일성의 의지 속에도 항상 조금씩의 익사자가 숨어 있는 법이다. 반면 수영이 서투른 사람에게도 끝까지 허우적거리며 물살의 추락하는 힘을 거부하려는 의지가 깃들여 있기 쉽다.

카뮈의 작품 속에는 많은 인물들이 익사한다. 많은 운명들이 물 속에 빠져서 끝난다. 흐르는 물과 시간의 조건이 인간의 조건이라면 익사는 당연한 귀결인지도 모른다. 그러나 전신의 뜨거운 생명을 다하여, 모든 근육의 힘을 뭉쳐서 물을 치며, 흘러가는 물살을 거슬러 헤엄쳐 나아가는 인간의 의지는 때때로 '위대한 실패'를 통하여 인간의 승리를 외친다.

떨어지는 물에서 단단한 땅과 돌, 그리고 저 춤추는 듯 가벼운 빛의 상승에로 다가가는 길은 반드시 저 '위대한 실패'를 거쳐가게 마련인지도 모른다.

1. 보헤미아의 익사자들 : 『오해』

『전락』에 이어서 이제 우리가 읽어보게 될 또 하나의 익사의 드라마는 희곡『오해』다. 작품의 창작 시기로 따져본다면 『오해』는 『전락』보다 십여 년 전에 씌어진 초기 작품이다. 그만큼 이 작품 속에는 초년기 카뮈의 폭발하던 정열의 자취가 깃들여 있다. 특히 마르타에게는 칼리귤라와도 흡사한 절대에의 향수가 엿보인다. 그러나 『전락』과 『오해』는 다 같이 물의 드라마라는 점에서 유사한 상상력에 의하여 추진된다고 할 수 있다. 이 기이한 희곡을 통하여 우리는 또 하나의 추락의 운명을 만나게 될 것이다.

3막극 『오해』는 연대기적으로 볼 때 카뮈의 세계 속에서 처음으로 익사자들을 만나게 되는 작품이다. 『이방인』 바로 다음에 구상되고 집필된 이 희곡작품의 무대는 알제와는 거리가 먼 중부 유럽 보헤미아이다. 이미 최초의 산문집 『안과 겉』의 중심을 차지했던 체코의 프라하와 그리 멀지 않은 장소이며 『전락』의 암스테르담과는 일맥상통하는 분위기를 보여준다. '대륙의 심장부' 속에 격리된 이 여인숙은 암스테르담의 멕시코 시티 못지않게 빛 밝은 지중해 연안과는 상극을 이루는 지점이다.

이곳의 풍토와 정경은 어떠한가? '어둠의 고장'(『오해』, p. 117)이요 '빛이라곤 찾아볼 수 없는 답답한 땅'(p. 178)이다. 심지어 여인숙의 객실에서조차 '침대 머리맡에 전등을 달아놓겠다는 생각'만 오래 전에 했을 뿐 조명시설이 제대로 되어 있지 못하다.(p. 146)

어둠침침한 정도에 그치지 않고 이 고장에는 비가 잦고 제방 너머로 흐르는 강물 소리가 끊임없이 들리는 점 또한 특색이라고 하겠다.(p. 117, 119, 141, 154, 160, 173) 『전락』에서와 마찬가지로 빛이 결핍되고 해로운 물로 가득 찬 이 장소는 물론 '감금'의 느낌을 강요한다. '툭 터진 지평선이 없는'(p. 117) 이 고장은 '오직 추억들만이 가득 찬 보잘것없는 벽돌집 속에서 기껏 할 수 있는 일이라고는 잠자는 일 정도'인 한없이 고적한 곳이다.(p. 120) 이곳의 명물이 있다면 외부와 담을 쌓고 지내는 것이 특징인 '수도원'(p. 137, 149)뿐이며, 보이는 것은 '폐쇄되고 숨막히는' 풍경뿐이다. 오직 '외로운 여행자가 혼자서 도착'하거나(p. 152) '혼자서 죽기에' 알맞은 여인숙의 방은 감금 속의 감금이요 고독 속의 고독이다.

이 보헤미아 내륙에 외따로 떨어진 장소에서 두 여인, 즉 어머니와 그의 딸 마르타가 여인숙을 경영하면서 혼자서 찾아드는 여행자들을 받고 있다. 오랫동안 내륙지방에서만 살아왔으므로 이 여인들은 한번도 바다 구경을 한 적이 없다. 물론 바닷물에서 수영을 해본 일도 없다. 이것은 바로 이 여인들이 물을 거슬러 헤엄쳐갈 소질과 의지와 능력을 제대로 갖추지 못했음을 의미한다.

그러나 늙은 어머니와 딸 마르타는 서로 다른 성격의 인물이다. 자기가 살 곳은 여기가 아니라는 것을 확신하는 딸은 무슨 일이 있어도 많은 바닷물과 작열하는 태양이 있는 곳으로 떠나고자 한다. 이 점에 있어서 마르타는 클라망스와는 달리 강렬한 향일성의 의지를 표현하고 있다고 할 수 있다. 그는 익사를 다행으로 여기지는 않는다. 그는 수렁 같은 물을 거슬러 태양에 이르고자 한다. 다만 물을 거슬러 헤엄치는 방법을 올바르게 배우지 못했을 뿐이다. '저곳에 가면 도망칠 수도 있고 해방될 수도 있고 몸과 몸을 비비며 껴안을 수도 있어요. 파도 속에 뒹굴 수도 있어요. 바다가 굳게 막아주는 그 고장에서는 하나님 따위는 찾아오지도 않아요. 그러나 여기서는 어디로 눈을 들어도 벽에 부딪쳐요. 그저 얼굴을 쳐들고 하늘에 애원하는 도리밖에 없도록 생겨먹은 땅이라니까요. 오! 기껏 찾을 것이라곤 하느님밖에 없는 이 세계가 나는 지긋지긋해요!'(p. 171) 하고 마르타는 절규한다. 바로 이와 같은 억누를 수 없는 동경 때문에 마르타는 바다로 떠나기 위한 범죄의 준비에 앞장서게 되는 것이다.

반면 늙은 어머니에게는 그처럼 불타는 욕망은 없다. 능동적인 딸과는 반대로 매우 수동적이어서 같은 자리에 눌러 있기만을 바랄 뿐인 어머니는 때로는 피곤과 잊어버리고 싶은 욕망 때문에 주저앉기도 하고 때로는 딸의 충동에 못 이겨 시키는 대로 끌려간다. 그러나 어머니의 무기력과 노쇠보다 딸의 욕망과 꿈은 훨씬 강하게 사태를 유도하게 마련이다. 이리하여 마침내 어머니도 저 엄청난 기회, 즉 바다를 보지 못한 사람의 '수영강습'에 이끌려든다. 비록 늙었지만 어머니도 아직은 자신이 두 팔을 힘차게 휘두르며 밑으로 추락하는 물을 거부하고 운명을 개척해나갈 수 있음을 자각한다.

그만둬요, 아들이여, 난 아직 불구자는 아니랍니다. 내 손을 보세요.
아직 튼튼해요. 사내 두 다리라도 쳐들 수 있는 손이지요.

—『오해』, p. 140

그러면 이 끈적거리는 물의 세계로부터 탈출하여 저 빛나는 태양의 고
장으로 가는 길을 누가 가르쳐줄 것인가? 즉 누가 헤엄치는 방법을 가르
쳐줄 것인가? 그토록 서늘한 '바다 소리가 벌써부터 귓가에 들리는 듯'
(p. 163) 헤엄칠 줄 아는 사람을 기다리고 있는 이 여인들에게 바야흐로
한 젊은 사내가 찾아와 묵어갈 방을 찾는다. 그는 누구일까?

성명 : 칼 하세크
생년월일 : 38세, 보헤미아 출생
직업 : 없음. 그러나 가난하지 않음
국적 : 체코
본적 : 보헤미아
출발지 : 아프리카
목적지 : 미상
신분 : 기혼(처를 동반하지 않았음)

—『오해』, pp. 130~131

이 사내야말로 이 여인들로 하여금 숨막히는 이 내륙지방을 떠나 바닷
물 속에서 뒹굴며 헤엄치도록 해주기에 안성맞춤인 인물이 아니겠는가?
이리하여 이 암울하고 답답한 고독의 내륙에서 기이한 '수영강습'은
시작된다. 어머니와 딸 마르타는 이 사내의 실제 이름이 칼이 아니라 장
이라는 사실을 알지 못한다. 장은 이십 년 전에 집을 떠나 소식이 묘연했
던 그들의 아들이요 오빠였던 것이다. 한편 오랜 세월이 경과한 뒤 자신
의 신분을 감춘 채 돌아온 이 '탕아'는 그의 어머니와 누이동생이 자신
의 목숨을 노리고 있다는 사실을 알지 못한다. 단 한마디의 말, 하나의

고유명사(이름), 단 하나의 혈연관계만 은폐되지 않았던들 비극은 피할 수 있었다. 극은 이 믿기 어려운 '오해'에서 출발한다.

그러나 각도를 바꾸어 살펴본다면 오해는 보다 근원적인 이미지의 차원에 관련되어 있음을 알 수 있다. 운명의 강물을 거슬러 헤엄치는 프로그램에 있어서도 배우는 쪽과 가르치는 쪽은 동상이몽이다. 여자들은 사내를 물 속에 빠뜨려 익사시키고자 하는가 하면 사내는 그 여인들을 참다운 기쁨의 바다로 인도하여 '행복하게' 만들고자 한다.

> 그는 차를 마시고 잠이 들 거예요. 그의 목숨이 채 끊어지지 않았을 때 우리는 그를 강물로 들고 가는 거예요. 오랜 세월이 지나고 나서야, 잘못 걸려든 덕분에 두 눈을 뜬 채로 물 속에 던져진 다른 사람들의 시체와 더불어 댐의 방벽에 걸려 있는 그를 발견하게 되겠지요. 전에 우리가 저수지 청소하는 모습을 구경 갔을 때 어머니는 말씀하셨죠. 우리 손에 죽은 자들이 가장 고통이 적었다구요. 그들에게 삶이 가장 덜 잔혹했다구요. 용기를 내요…….
>
> ─『오해』, p. 119

범행의 제1단계는 수면제를 탄 음료수를 먹이는 일이다. 몸과 영혼을 마비시킴으로써 죽음의 고통을 속이는 일종의 '묘약'이다. 살인의 방법이 '물'임을 주목하자. 항상 물에 젖어 있는 이 고장은 기이하게도 자연적인 음료수가 필요할 때면 일종의 '사막' 같은 곳임을 알 수 있다.(p. 179) 마르타는 그의 '손님'에게 이렇게 말한다.

> 하여간 여러 손님들이 이곳에 수돗물이 없다고 불평을 해요. 그들의 생각이 잘못이라고 말할 수는 없어요.
>
> ─『오해』, p. 146

이 목마른 고장에서 장은 '맥주'를 청하게 되고 여인들은 돈을 받고 이 묘약과 같은 음료수를 판다.(p. 122) 결국 물의 결핍은 맥주라는 특수한 묘약의 출현을 예비한 것이 된다. 이 여행자의 목마름을 미리 짐작이나 한 듯 마르타는 다시 한번 더 맥주를 권하지만 장은 거절한다.(p. 133) 무슨 눈치를 챈 것일까? 하여간 그 음료수는 알코올이며 클라망스의 즈니에브르와 똑같은 마비 현상을 초래하는 기능을 가진 것임은 확실하다. 그러나 정작 장의 의식을 잠재우고 생명기능을 마비시키게 된 음료수는 맥주가 아니라 두번째의 차였다. 착오로 인하여 가져온 것이라지만 실제에 있어서는 마르타가 고의로 장에게 보낸 것이었다. 신분을 숨기고 집에 돌아온 '탕아'는 '탕아의 성찬'(p. 122) 대신에 독약이 든 차를 받아든다.

> 한 잔의 맥주, 그것도 돈을 치르고 얻은 한 잔. 한 잔의 차, 그것도 착오로 가져온 한 잔. (그는 찻잔을 들고 말없이 한동안 응시한다. 그리고 암담한 목소리로) 오, 하느님! 내가 할말을 찾도록 도와주십시오. 그렇지 않으면 이 헛된 짓을 포기하고 마리아의 사랑을 되찾게 해주십시오. 내가 참으로 원하는 것을 선택하고 그 속에 안주할 수 있는 힘을 주십시오!(웃으면서) 자, 탕아의 성찬을 들자!
>
> ─『오해』, p. 154

어머니의 집으로 돌아온 장에게 어머니와 누이동생이 주는 독이 든 차는 아버지의 집으로 돌아온 탕아에게 아버지와 형이 베푸는 참다운 성찬의 정확한 네거티브라 할 수 있다.[1]

그러나 독이 든 차를 마시기 전에 장은 이미 어머니에게 자기 나름의 복안을 암시한 바 있다. 이때 그가 생각한 것은 자기가 오랫동안 살아온 바닷가였을 것이다. 그는 그 바닷가로 어머니와 누이동생을 데려가고자 한다.

---

1) 카뮈는 성서에 나오는 이 에피소드에 상당한 관심을 보였다. 1937년 그가 알제에서 조직한 '조직극단(Théatre de l'Equipe)'은 앙드레 지드의 원작, 알베르 카뮈 각색의 「탕아 돌아오다」를 공연했다. 산문집 『결혼』 속에는 어머니의 집으로 돌아온 탕녀의 비유가 나타난다. (『결혼』, p. 56)

그렇지만 만약, 여자란 누구나 마땅히 그러해야 하겠지만 당신이 도움을 입을 수만 있다면, 남자의 팔에 의지할 수만 있다면, 아마도 모든 것이 달라질 테지요.

—『오해』, p. 138

'남자의 팔에 의지한다'라는 암시를 받자 어머니는 곧 죽은 자기의 남편을 생각한다. 여기에서 장은 자신의 암시내용을 좀더 자세히 언급한다.

그래요. 이해하겠습니다. 그렇지만……(잠시 망설이다가) 손을 빌려드릴 수 있는 아드님이 있다는 것을 잊지는 않았겠지요?

—『오해』, p. 138

그러나 이번에는 마르타가 강력하게 개입하여 이 순조로운 관계의 가능성을 방해한다. '어머니, 우린 할 일이 많아요.'(p. 138) 결국 수동적인 늙은 어머니는 포기해버리고 만다. '늙은 여자란 자기 아들을 사랑하는 일마저도 제대로 못하게 되고 만답니다. 마음이 닳아버리는 거지요. 선생님.'(p. 139) 마르타의 능동성이 장의 계획을 좌절시킨다. 범죄의 프로그램은 곧 제2단계로 넘어간다.

장은 여인들이 짜놓은 위험한 익사의 계획 속에 말려든다. 수영하는 법을 가르치려고 찾아온 바닷가의 남자 자신이 내륙의 해로운 물 속에 빠져 죽는 결과다. 독이 든 차를 마시고 그는 우선 '반쯤 몸을 뻗었다가' 마침내는 '완전히 누워버린다.' 수영을 하는 사람은 물위에 몸을 눕혀야 한다. 그러나 이 수평성은 자의적이 아니라 수동적이라는 데 문제가 있다.

(그는 거의 알아들을 수 없는 목소리로 말한다) 그런가 아닌가?
(그는 몸을 뒤척이다가 잠이 든다. 무대는 거의 어둠 속에 잠긴다. 오랜 침묵. 문이 열린다. 두 여자가 불을 들고 들어온다. 늙은 하인이 뒤따른다)
마르타 : (누워 있는 남자의 몸을 불빛으로 비춰본 뒤 낮은 목소리로 소

근거린다) 잠이 들었어요.

어머니 : (마찬가지로 낮은 목소리지만 좀 높여서) 아냐, 마르타! 이렇게 강제로 시키는 것은 싫다. 너는 나를 이런 짓에 억지로 끌어들이고 있어. 시작은 네가 해놓고 날 보고 끝장을 내게 만드는 기야. 망설이고 있는 나를 윽박질러 억지로 이렇게 시키는 건 싫다.

─『오해』, p. 159

'수영강습'은 잘못 짜여 있을 뿐만 아니라 잘못 전달된 셈이다(malentendu). 왜냐하면 '알아들을 수 없는 목소리로' 침묵을 통하여 어둠과 잠 속에서 전달되었기 때문이다. 수영을 배우는 방식에 있어서도 두 여자의 의견에는 오해가 있다. 수영강사는 물 속에 잠긴 채 잠들고 마르타가 어머니를 강요하여 헤엄치는 방식을 단순화한다.(p. 159) 실제에 있어서 어머니와 딸은 서로 다른 수영과 익사의 방식을 따르려 한다. 어머니는 수동적이어서 물의 흐름에 자신의 몸을 그냥 맡겨두려 한다. 장의 몸 '밑에' 짓눌린 채 그는 어서 빨리 깊은 물 속에 잠겨버리고 싶어한다. 능동적인 마르타는 어머니의 망설임을 물리치고 장의 몸을 밟고 일어서고자 한다. 남의 죽음과 남의 추락 위에 세우고자 하는 공격적 향일성의 전형적인 경우다. 이 방법 역시 모든 사람의 익사를 초래하겠지만 적어도 자신은 가장 나중에 가라앉을 것이다.

이 성격적 차이는 범죄의 계획이 제1단계에서 제2단계로 옮겨갈 때, 즉 '영상들이 가득 찬 잠에서 꿈도 없는 잠으로'(p. 160) 옮아갈 때, 그리고 각자의 익사가 실현되는 순간에 더욱 확실해질 것이다.

마르타 : 자, 이제 준비가 다 되었어요. 잠시 후면 강물이 가득 차게 돼요. 내려갑시다. 강물이 둑 위로 넘쳐나는 소리가 들리면 그를 데리러 다시 옵시다. 이리 오세요.

─『오해』, p. 160

이제 그들은 모두 강으로 내려간다. 장은 잠이 들어 있고 마르타의 가

숨에는 굽힐 길 없는 살인적인 욕망이 들끓고 있다. '내게 인간적인 것이 있다면 나의 욕망이에요. 내가 원하는 것을 얻기 위해서라면 나는 지나는 길에 발에 걸리는 무엇이나 다 짓밟아버리겠어요'라고 그 여자는 장에게 말한 바 있다.(p. 150) 어머니에게 남은 것은 공포와 피곤뿐이다. 강으로 내려가는 동안 마르타는 다른 사람들을 '짓밟고' 어머니는 '짓밟힌다.'

　　너무 늦었어! 이제 그의 두 발목을 손으로 움켜쥐고 강으로 가는 길을 따라 내려가는 동안 흔들리는 그의 몸뚱어리를 가누어 잡기에는 내가 너무 늦었어. 그를 물 속에 집어던지는 그런 마지막 노력을 다하고 나면 잠든 사람의 무게로 인하여 내 얼굴에 튀어오를 물을 닦아낼 힘도 없이 숨은 막히고 전신의 근육이 얼어붙은 채 나는 두 팔을 축 늘어뜨리고 말 거야. 나는 너무 늦었어. 자, 어서! 피해자는 완벽하구나. 내 자신의 밤을 위하여 간절히 원했던 잠을 이제 내가 그에게 주게 되다니, 그런데……
　　　　　　　　　　　　　　　　　　　　　　　　　—『오해』, p. 141

　　위의 인용은 사건적인 면에서 본다면, 약을 탄 차를 마시고 잠이 든 장을 강가에까지 들고 가서 강물 속에 던져넣는다는 어머니의 맡은 바 할 일을 묘사한 것에 지나지 않는다. 그러나 질료 상상력의 차원에서 생각해본다면 이때 이미 두 여자는 물의 세계 속에 몸담고 있는 것이나 마찬가지다. 그들의 귀에는 오로지 '물소리'밖에 들리는 것이 없다.(p. 160~161) 잠든 사람을 물 속에 빠뜨려 죽이는 일은 단순히 현실 속에서 겪을 수 있는 사건에 그치는 것이 아니다. 이런 범죄를 계획하고 그것을 실천하는 사람의 상상력이야말로 상상력의 이해관계 속에 깊이 관여되어 있는 것이다.

　　그렇다면 위에 인용한 대목은 자신의 아들과 더불어 익사하기 직전에 허우적거리는 그 늙은 여인의 절망적인 몸짓이라고 상상해보는 것 역시 가능해진다. 내륙 속에 갇혀 지낸 이 여인들이 수영에 서투르다는 이야기는 이미 앞에서 했다. 늙은 여인은 물의 공포 때문에 잠이 들어서 이미 무거워진 장의 몸에 바싹 매달린다. 그러나 그녀에게는 이미 남자의 '두 발목을 손으로 거머쥘' 힘도 용기도 없다. 숨은 막히고 근육은 얼어붙은 듯하고 얼굴에 물이 튀어오르나 닦을 기력도 없고 두 팔은 축 늘어진 채 이미 물 속으로 가라앉으려 한다.

이러한 상징적 익사의 예고를 증명해 보이기라도 하듯이, 물 속에 던진 몸이 바로 자신의 아들임을 안 어머니는 같은 강물 속에 투신하여 자살할 것을 결심한다.

> 어머니 : 그만둬, 마르타. 나는 이만하면 살 만큼 살았어. 내 아들보다도 훨씬 더 오래 살았어. 나는 아들의 얼굴을 알아보지 못하고서 그를 죽인 거야. 이제 나도 그 강물 깊은 곳으로 그를 만나러 갈 수 있어, 벌써 물풀이 그의 얼굴을 자욱이 뒤덮고 있을 강물 속으로.
>
> —『오해』, p. 165

하나의 익사는 또 하나의 익사를 몰고 온다. 물을 통한 존속 살해는 또 하나의 물을 통한 죽음으로 인도한다. 살인과 자살이 하나의 강물 깊은 곳에서 서로 만난다. 두 죽음은 아직 어린 '토텐바움'인 '물풀'에 실려 먼 죽음의 수로를 따라 내려갈 것이다.

한편 마르타는 이 두 죽음을 겪고도 더 오래 살아남는다. 모든 것이 그녀의 계획에 의한 것이며 그의 방법에 따른 것이다. 약을 탄 음료수도, 익사의 강도 그가 선택한 것이다. 그러므로 우연한 것이라곤 아무것도 없다. 장이 그의 어머니의 아들이건 상관없는 일이다.

> 이 집 아들이 이곳에 온다고 해도 다른 그 어떤 손님이라도 마땅히 받을 수 있는 대접을, 즉 친절한 무관심의 대접을 받게 될 것입니다.
>
> —『오해』, p. 139

'바다와 태양의 고장'에 대한 그의 치열한 욕구는 어떤 장애물 앞에서도 물러설 줄 모른다. 손님이 다름아닌 자신의 오빠라는 사실이 밝혀진

다 해도 그 욕망은 지울 수 없는 것이다. 장이 죽고 그의 신분이 밝혀진 뒤 그녀가 처음부터 그가 장인 줄 알았었느냐고 묻는 어머니에게 마르타는 이렇게 대답한다.

> 그런 질문을 하는 것도 완전히 잘못은 아닙니다. 왜냐하면 내가 그의 얼굴을 알아보았다 해도 아무것도 달라진 것은 없었을 거라고 장담할 수 있으니까요.
>
> ―『오해』, p. 168

이 과도한 욕망은 그러나 수력학적 상상력의 법칙에 따라 그 대가를 지불하게 만들 것이다. 다만 이미 물에 빠진 사람의 몸 '위에' 의지하고 버티는 여자의 저항은 좀더 오래 지속되는 것뿐이다. 마르타가 어머니의 자살을 막으려 하는 것은 이 위험한 물 속에서 의지할 바탕을 상실하는 것이 무섭기 때문이다. '그럼 어머니가 자기 딸을 사랑할 수 있다는 것을 믿을 수 없게 된 것인가요?'라고 그는 어머니에게 소리친다.(p. 166)

자신의 몸을 떠받쳐주던 두 사람의 몸이 강물 속으로 가라앉아버린 지금 마르타에게 남은 것이란 자신의 죽음을 선택하는 일뿐이다. 형제를 살해한 여인은 이제 자살하려고 한다. 어떤 자살을 택할 것인가? 물에 의한 죽음을 택한 오빠와 어머니에 대한 질투와 멸시가 ― '그래 그는 어머니의 사랑마저도 앗아가야 했단 말인가. 자기의 얼어붙은 듯한 강물 속으로 어머니를 영원히 데려가야만 했단 말인가?'(p. 168) ― 그 자신의 선택을 결정한다. 즉 '축축한' 죽음이 아니라 메마른 죽음이 그것이다. 여기에서 이미 그 여자가 상상하는 강물은 축축하고 깊은 강물이 아니라 '얼어붙은 듯' 싸늘하고 단단한 강물이다. 비록 같은 물의 죽음이라 할지라도 그는 강물의 축축함과 물렁물렁한 상태보다는 얼음의 단단함과 결정질 쪽을 원하는 것일까?

마지막 실패 속에서조차도 마르타는 그의 불타는 욕망의 성격을 통해서 뫼르소, 칼리귤라, 타루…… 특히 배교자 같은 치열한 향일성 인물들과의 혈연관계를 드러내 보인다. 클라망스나 그의 '여자들'이나 요나의 아내와 닮은 쪽은 물의 운명 속에 안주하는 어머니다.

이렇게 하여 마르타는 고독한 혼자만의 죽음을 선택한다. '다행히도 내 방이 있어요. 거기서 나는 혼자 죽는 편이 좋을 것이에요' 하고 그는 마리아에게 말한다. 그러나 결국, 방 안에서 죽든 강물에 빠져 죽든, 그 여자는 운명을 올바르게 헤엄쳐가는 인물은 못 된다. 그의 현재 상태로 보나 내륙에서 태어난 그의 출신으로 보나 그 여자는 물의 욕망으로 인하여 익사할 운명이다. 최후의 순간 그 여자는 마리아에게 소리친다.

당신은 저 바보 같은 조약돌의 행복과 우리들이 당신을 기다리고 있을 저 끈적거리는 강바닥(lit gluant) 중에서 선택하지 않으면 안 돼요.
—『오해』, p. 179

'돌'의 무덤과 '물'의 심연 사이에는 마르타의 저 '끈적거리는 강바닥'이 있다. 물 속에서 태어나 물 속을 허우적거리면서 저 찬란한 불의 고장, 태양의 나라를 꿈꾸었던 마르타의 삶은 결국 물과 땅의 중간지점에서 끝이 났다. 그러나 우리는 물의 운명에 실려서 끝없이 밑으로 추락하는 클라망스로부터, 비록 실패를 통해서나마 한걸음 나아간 셈이다. 마르타에게서 발견한 헤엄치려는 강렬한 의지는 보다 더 긍정적인 향일성 의지로 연결될 것이다.

2. 『페스트』의 익사자들

오랑은 거대한 상상의 선박이다. 오랑은 태양의 섬을 향하여 뱃머리를 돌리고 있는 '출발 직전의 선단'이다. '바다에 등을 돌리고 있는' 그 도시는 항해하는 바윗덩어리와 같은 통일성을 지니고 있다. 그러나 오랑은 동시에 탈출구가 없는 난파의 배와도 같다. 페스트로 인하여 폐쇄된 오랑은 난파선이다. 의료반은 난파의 구조대라고 할 수 있다. 페스트의 물결은 암스테르담이나 보헤미아에서 볼 수 있었던 완만하고 교활한 물과는 반대로 격렬하고 사나운 물이다. 바로 이 거센 파도 속에서 어린아이가 익사하고, 승리의 바로 전날 밤에 타루가 사망한다. 이제 우리가 분석하고자 하는 것은 바로 그 두 가지의 거센 물결과의 대결이며 그 사나운 물에 의한 두 가지의 죽음이다.

오통 판사의 어린 아들은 발병하는 즉시 부모와 격리되어 병원으로 옮겨진다. 의사는 '절망적인 경우'라고 진단한다. 연약한 이 어린아이의 고통과 투쟁은 순간순간 그 단말마의 몸부림을 지켜보는 어른들에게 있어서 유례없는 시련이다. 이 소설의 모든 중요인물들이 그 아이의 곁에 모여 밤을 새운다. 리유, 타루, 그랑, 파늘루, 랑베르, 카스텔 등 모든 인물을 한자리에 동원하는 것으로 보아 이 어린이의 투병이 작품 속에서 얼마나 중요한 값을 지니는가를 알 수 있다.

새벽 네시부터 고통 때문에 보지도 못하고 듣지도 못하게 된 이 아이는 경련하면서 몸을 뒤채는가 하면 사지를 마구 뻗대며 신음한다. 그와 같은 병실에는 다섯 사람의 환자들이 함께 앓고 있다.

바로 그때 어린아이는 위장을 누가 잡아 할퀴기라도 하는 듯, 가냘픈 신음 소리를 내면서 다시 몸을 꺾었다. 아이는 한참 동안 그처럼 몸을 구부리고 마치 그의 연약한 뼈대가 페스트의 성난 바람에 꺾이고 되풀이되는 열풍에 삐걱거리듯 오들오들 떨면서 경련적으로 발딱거리고 있었다. 그 돌풍이 지나가자 몸이 약간 풀리고, 열이 물러가면서 축축한 모래사장 위에 헐떡거리는 그를 내던져놓은 것 같았다. 세번째로 뜨겁게 끓어오르는 듯한 물결이 휩쓸어와서 그의 몸을 쳐들어올리자 어린아이는 바싹 오그라들면서 타오르는 불꽃의 도가니 속에 빠져들 듯 침대 밑바닥으로 파묻혔다가 이불을 걷어차면서 미친 듯이 고개를 휘저었다. 구슬 같은 눈물이 뜨거운 속눈썹 밑으로 분출하듯 솟아나와 납빛깔이 된 얼굴 위로 흘러내리기 시작했다. 그리고 발작이 지나가자 지칠 대로 지친 어린아이는 뼈가 드러나 보이는 두 다리와 사십팔 시간 만에 살이 완전히 녹아버린 두 팔을 오그라뜨리면서 흩어진 침대 속에서 십자가에 매어달린 끔찍한 자세가 되었다.

—『페스트』, p. 1392

이것은 우리가 카뮈의 세계 속에서 목격할 수 있는 가장 사나운 대양 속에서의 가장 격렬한 죽음 중 하나이다. 물론 난파의 죽음이다.

그러나 비록 연약하고 메마른 어린아이지만 클라망스나 보헤미아의 어머니처럼 쉽사리, 수동적으로 물에 실려가지는 않는다. '어린아이는 정상적인 시간보다 더 오랫동안 저항하고 있었다'고 리유는 기록하고 있다. 그 연약한 육체가 어디에서 그 같은 힘과 저항을 얻어낸 것일까? 그의 의지는 어디서 배운 것이 아니다. 그의 생명적 의지에 역동적인 통일성과 집중력을 부여하는 것은 그의 순진성이며, 존재의 긍지다. 상상력의 법칙에 따라 말하자면 그 어린아이의 본능적이며 치열한 의지는 그의 적수를 더욱 강하게 한다고 할 수 있다. 어린아이의 저항이 강해지면 죽음의 폭풍도 상대적으로 강해진다. '만약 세계가 나의 의지라면 세계는 또한 나의 적수다'라고 바슐라르는 적절하게 말한 바 있다. 이것이 바로 비극과 상상의 역동성 속에서 우리가 이해하게 되는 '적대성의 계수(le co-efficient d'adversité)'라는 것이다.[2]

나의 의지가 강해지면 나의 적수도 강해진다. 죽음과 대결하는 어린아이의 의지가 우리에게 보여주는 내용은 바로 이 같은 상상력의 진정함이다. 가장 먼저 닥쳐오는 것은 추위·강풍·폭풍·돌풍·불의 바람이다. 그 어린아이, 작은 나룻배와도 같고 '연약한 뼈대'에 지나지 않는 어린아이를 꺾는 것은 대양의 분노다. 이것이 투쟁과 난파의 시작이다. 그리고는 잠시간의 휴전, 물결과 바람이 한동안 상처받은 배를 '축축한 모래사장'에 밀어올린다. '이것은 뜨겁게 끓어오르는 듯한 물결'의 보강된 공격과 '밑바닥'에로의 침몰 직전에 찾아온 짧은 고요에 지나지 않는다. 세번째로 물과 불이 혼합된 가장 모진 공격이 닥쳐온다. 그러나 이 우주적인 적수 앞에서 쓰러지지 않고 어린아이는 '미친 듯 고개를 휘저으면

---

2) 가스통 바슐라르, 「거센 물」,『물과 꿈』, p. 213.

서' 끝까지 투쟁한다.

그러나 바람과 불과 물결은 이 작은 배보다, 그의 거부와 부정의 고갯
짓보다 더 강하다. 마침내 '살이 녹아버리고' 육체는 허물어진다. 그러나
패배가 아직은 결정적인 것이 아니다. 녹아버린 삶에서 가장 인간적인
물, 육체의 모든 혼을 짜낸 듯한 눈물이 '분출한다.' 어린아이의 눈물은
고통이나 슬픔의 눈물이 아니라 분노와 마지막 저항의 눈물이다. 그의
눈물은 밑으로 떨어지는 것이 아니라 세차게 수직으로 '뿜어오르는 것'
이다. '불타는 듯한' 속눈썹에서 눈물은 솟구쳐'오르는' 것이다. 어린아
이는 최후의 순간까지 우주의 물결과 불에 항거하여 제 몸의 솟구치는
물로 싸운 것이다. 몸과 영혼 속의 모든 물과 불덩어리를 비워버린 그의
몸은 이제 뼈요 납덩어리다. 마침내 그는 그 광물질의 '끔찍한 십자가'
가 되어 인간의 반항을 최후로 증언한다.

뫼르소에게처럼 죽음은 새벽에 온다. '빛은 장미색에서 노란색으로 변
했다'고(p. 1393) 나레이터는 전한다. 그러나 어린아이는 아직 죽지 않
았다. 질병에 일종의 '동의'를 나타내는 것 같은 다른 환자들 가운데서
도 오직 이 어린아이만이 '전력을 다하여 몸부림친다.' 십자가에 못박힌
신은 창조자에 대한 저항의 목소리 한번 드높여보지 못한 채 죽음에 동
의한다. 그러나 인간은, 그러나 무죄의 어린아이는 마지막 결정적인 침묵
으로 돌아가기 전에 반항하듯 절규한다. 몸을 꼼짝달싹도 하지 못하면서
어린아이는 처음으로 눈을 뜨고 리유를 바라본다. 그리고……

잿빛 진흙으로 굳어진 듯한 그의 얼굴의 움푹 패인 곳에서 입이 열리
는 듯하더니 그와 거의 동시에 외마디의 간단없는 비명이, 숨을 쉬느라
고 약간 여려지는 듯 마는 듯싶은 비명이 터져나오면서 방 안을 단조로
운 불협화음의 항의로 가득 채웠다. 그 비명은 인간의 것이라고는 너무
나도 믿기 어려운 것이어서 마치 모든 인간들의 목에서 동시에 터져나오
는 것만 같았다.

—『페스트』, p. 1393

생명이 무너지는 곳에서는 오직 저 '계속적인' 비명만이 솟아올라 공간과 인간의 가슴을 가득히 채운다. 그 비명이야말로 이제 움직임을 멈추어버린 육체의 침묵과 그 죽음을 바라보면서도 속수무책으로 남아 있을 뿐인 주위의 사람들 사이의 저 절망적인 거리에 다리를 놓아주고 절대적인 고독 속에 불꽃을 던져준다. 그 비명이 터져나오기 전에 리유는 눈을 감고 그 어린아이의 몸부림이 자기자신의 피의 고통과 한데 뒤섞이는 것을 '느끼고' 있었다. 그때 그는 '어린아이와 한몸이라고 여겨졌으며 아직 온전한 자신의 모든 힘을 다하여 아이를 떠받들어주려고 했다.' 그러나 '잠시 동안 한덩어리가 된 듯했던 그들 두 사람 심장의 맥박은 서로 헤어져버리고 어린아이는 그에게서 빠져나가버렸고 그의 노력은 허사가 되고 말았다.' 이것이 바로 타인의 고통 앞에서 의사와 목격자들이 경험하는 무력감이다. 그러나 그 최후의 비명은 그들 모두를 하나의 몸, 즉 '인간'으로 묶어준다. 리유는 이를 깨물고 타루는 고개를 돌리고 랑베르는 책을 덮는 카스텔에게로 한걸음 다가서고 파늘루 신부는 무릎을 꿇는다. '모든 세월을 거슬러' 꿰뚫으며 솟아오르는 비명은 계속되고 주위의 환자들은 몸부림치면서 점점 더 큰 소리로 신음한다. 나직하게 앓는 소리마저 뚝 그쳐버렸던 어떤 환자는 마치 어린아이의 비명에 용기를 얻은 듯 '신음 소리의 리듬을 빨리하더니 마침내는 그 역시 진짜 비명을 내지르는 것이었다.'(p. 1394)

그러나 '돌연' 다른 환자들이 입을 다물었다. 어린아이의 비명이 '이제 막 그쳐버린 것이다.' 갑작스럽게 '다시 조그마해진 어린아이는 얼굴 위에 눈물자국을 남긴 채' 죽었다. 위로 치솟아오르던 비명의 불꽃은 문득 꺼져버렸다. 투쟁은 끝났다. 그렇다. 패배의 순간이다. 그러나 그 비명이 인간의 가슴속에 메아리치는 한, 어린아이는 난파선이 아니다. 그는 패배 그 자체를 통해서 헤엄치는 사람의 '선험적 분노', 즉 존재의 의지를 증언해 보인 것이다.[3] 이것을 영웅주의라 하던가? 인간의 구원이라 하던가? 아니다. 이것은 다만 헤엄치는 인간의 건강이며 삶의 의지의 건강

---

3) 가스통 바슐라르, 『물과 꿈』, p. 214.

일 뿐이다. 카뮈의 세계 속에서는 영웅도 구원자도 없다. 다만 건강한 인간, 너무나 인간적인 건강——그것만이 행복의 얼굴, 끝내는 패배하게 마련인 인간적 행복의 모습이다.

타루의 죽음 역시 그에 못지않게 비극적이다. 어느 면으로 보나 타루는 헤엄치는 인간이다. 그는 익사자와는 정반대의 인물이다. '봄철이 시작되면서부터 그는 바닷가에 자주 나타났고 뚜렷이 보이는 쾌감을 느끼며 수영을 했다'고 나레이터는 소설의 서두에서 말했었다.(p. 1233) 나레이터는 또한 '그는 모든 정상적인 쾌락이라면 골고루 다 즐기지만 쾌락의 노예는 되지 않는 것 같다'고 덧붙였다.(p. 1235) 그는 또 한 사람의 헤엄 잘 치는 인물 뫼르소와 여러 면에서 유사하다. 그의 노트 속에 '일요일 오후를 발코니에 나앉아 지낸다는 것'이라고 기록하는 점이 그러하고 어머니에 대한 기이한 애정, 자신의 순진함에 대한 생각(다시 말해서 아무 생각도 갖지 않는 것), 재판정의 경험 등에 있어서도 그러하다.

페스트로 인하여 도시의 문이 폐쇄되자 그는 리유와 함께 해소병을 앓는 노인의 집을 찾아간다. 그 집의 테라스 위에서 타루는 리유에게 그 동안 지나온 자신의 반생을 이야기한다. 그는 마치 자신의 지나온 생애를 이야기하기 위하여 그에 알맞은 무대를 물색하다가 마침내 적당한 장소를 발견한 듯한 눈치다. 테라스로부터 '눈길은 수평선 위로 빠져들었다. 거기에서는 하늘과 바다가 분명하지 않은 맥박 속에서 한데 뒤섞이고 있었다.'(p. 1417) 마치 하늘과 바다의 이미지가 그의 마음속에서 지금은 죽고 없는 아버지와 어머니의 생각을 상기시킨 듯 그는 자신의 과거를 이야기하게 된다.

타루는 마치 어머니를 찾아 헤매듯 바다를 찾아가고 바다 위로 시선을 던진다. 그의 과거 이야기가 끝나갈 무렵 마침내 바다는 청각과 후각을 통하여 한걸음 다가선다. '미풍이 좀더 거세어졌고 그와 더불어 바닷바람이 소금 냄새를 실어왔다. 이제는 절벽 밑에 와서 부딪치는 파도 소리가 보다 분명하게 들렸다.'(p. 1425) 시선과 귀와 코와 상상으로만 접했던 바다로 직접 가서 그 속에 몸을 잠그고 밤 수영을 하자고 제안한 것은 바로 타루였다. 타루 덕분에 우리는 페스트의 종말을 상징적으로 예고하는 우정의 밤 수영 장면과 접하게 된다. 정화 기능을 다만 여기에서는 이 의식적인 수영의 이미지 속에 삽입된 수영 잘하는 사람으로서의 타루의 면모만을 강조해두고자 한다. '타루는 리유보다 더 힘차게 헤엄쳐 나아 갔다. 그래서 리유도 더 빨리 팔을 젓지 않으면 안 되었다'라고 나레이터 는 명시하고 있다.(p. 1427) 그러나 수영을 먼저 끝낸 쪽은 리유였다. 여 기에서도 한계와 절도를 지키는 인물로서의 리유가 강조된 셈이다.

반면 수영을 잘하고, 무엇보다 수영하기를 좋아하는 타루는 상징적인 의미에서 보면 물에 빠져 죽게 될 운명이라고 할 수 있다. 수영을 잘하는 사람 역시 익사하는 경우가 없지 않은 것이다. 그들이 헤엄치다가 뭍으로 돌아오는 길에 돌연히 만났던 '싸늘한 물살'(p. 1427)은 바로 이 같은 죽음을 예고하는 것이었는지도 모른다.

리유는 그의 어머니에게 타루가 예방주사를 맞았지만 '아마도 피로 때문에 마지막 세 륨 주사를 맞는 기회를 놓쳤고 몇 가지 주의사항을 잊은 것 같다'고 말했다.(p. 1450) 헤엄을 잘 치는 사람조차도 결코 잊어서는 안 될 것은 물에 대한 신중함이다.

타루가 발병한 것은 추위에 이어 '사나운 소나기'와 우박이 쏟아지던 어느 겨울날 오후였다.(p. 1451) 그날 저녁 '그의 목구멍 속에서 신열의 물살이 쏟아져 나오면서 타루가 내뱉고자 하는 몇 마디 말을 뒤덮어버리 고 말았다.'(p. 1451) 여기서도 분위기 전체를 지배하는 요소는 물의 이미지다. '메마른 가슴'으로 노트를 기록할 줄 알았던 타루의 말이 페스트의 물살에 휩쓸려버렸다. 이제 리유는 그의 친구의 병이 심각하다는 것을 알고 있다. '페스트와 천사와의 싸움은 새벽까지 계속될 참이었다.' 타루의 저항과 투쟁은 어린아이의 그것과는 다르다. 이번엔 저 질병의 파도에 대항해 한 사람의 성인이 침묵과 부동과 굳건한 육체의 무게로 싸우고 있다. 그 어느 한 순간에도 그는 입을 열지 않는다.(p. 1452)

우선 상징적인 난파의 밤을 예비하는 것은 외부의 분위기다. 멀리서 차츰차츰 가까워오는 천둥 소리에 쫓겨 뛰어가는 사람들의 발자국 소리 가 들렸다. 마침내 길바닥에는 '쏟아지는 빗소리'가 가득 찼다. 다시 내 리기 시작한 비는 곧 우박으로 변하여 포도 위에 타닥거리는 소리를 내며 쏟아졌다. '거대한 포장들이 창문 앞에 너울거렸다.'(p. 1452) 모든 것이 우주적인 폭풍을 예고한다. 외적인 무대가 않는 몸으로 대치되고 외적 분위기가 내적 분위기로 바뀌는 것은 비 온 뒤의 엄청난 '침묵'을 계기로 해서다. 극적 긴장은 이처럼 축소된 공간을 통해서 표현된다. 우선 페스트에 휘말린 '도시'로부터 공간이 병자의 방으로 축소 집중된다.

> 그것은 페스트에서 해방된 어느 날 밤이었다. 추위와 빛과 군중들에게 쫓겨난 질병이 도시의 저 어두운 깊이에서 도망쳐가지고 타루의 무기력한 몸에 최후의 공격을 가하기 위하여 이 따뜻한 방 안으로 피신하기라도 한 것만 같았다. 질병의 도리깨는 이제 도시의 하늘을 후려치지 않았다. 그러나 도리깨는 방 안의 무거운 공기를 부드러운 소리로 내려치고 있었다.
>
> —『페스트』, p. 1453

세계 전체가 빛과 해방의 기쁨을 누리고 있는 한가운데 마지막 남은 죽음과의 투쟁은 방이라는 밀폐된 공간 속에서 그 긴장감이 절정에 이른다. 세계 속에서 바다에 등을 돌리고 있는 오랑 시는 이미 지형적으로 하나의 고도였다. 그 도시가 다시 질병으로 인하여 폐쇄되고 나자 '감금'의 상태는 더욱 가중되었다. 그 오랑 시 한가운데 이제 마지막 남은 죽음의 방은 고독 중의 고독처럼 하나의 핵을 이룬다. 이처럼 점차로 더욱 강력하게 죄어드는 긴장의 원은 다시 한번 더 축소된다. 어둡고 깊은 방 한가운데 관심의 초점이 되는 가장 작은 투쟁과 긴장의 공간, 그것은 다름이 아니라 죽음과 대결하여 침묵 속에서 몸부림치는 타루의 육체다. 환자의 몸 위로는 연극의 스포트라이트처럼 불빛이 쏟아진다. 그 불빛이란 실제에 있어서는 물론 타루의 머리맡에 놓아둔 등불이지만 그보다도 더 강력한 조명 효과를 발휘하는 것은 리유의 긴장된 시선이기도 하다. 그러나 불빛과 시선으로 조명된 환자의 몸은 아직도 외면적인 껍질인지도 모른다. 그것은 아직 가시적이며 형식적인 투쟁의 공간에 지나지 않는다.

한걸음 더 나아가보면 페스트가 최후의 공격을 가하는 곳은 저 신음하는 육체의 내면이다. 참으로 극적인 투쟁이 절정에 달하는 지점이 되기에는 눈에 보이는 육체라는 것으로는 너무나도 산만하고 넓은 공간인지도 모른다. 질병은 육체 속에 깃들여 있는 생명 최후의 보루, 생명의 정수—그것이 바로 '피'다. 피의 세계는 이미 육체와 영혼의 구별을 넘어선 가장 근원적인 생명 그 자체이다. 그렇기 때문에 피는 육체를 다루는 의사 리유의 인식을 초월하는 본질적 세계이다.

> 타루의 단단한 어깨와 넓은 가슴은 그의 최상의 무기가 아니었다. 최상의 무기는 오히려 리유가 타루의 몸에서 분출하게 만든 그 피였다. 영혼보다도 더 내면적인 피, 그 어떤 과학으로도 해명할 수 없는 그 피였다. 리유는 다만 그의 친구가 싸우고 있는 모습을 물끄러미 바라보고 있는 도리밖에 없다.
>
> ―『페스트』, p. 451

육안으로 보이지 않는 저 집약된 공간, '영혼보다도 더 내면적인' 투쟁의 정점에 정신을 집중시키려면 마음의 눈, 상상력의 눈으로 보아야 한다. 다시 말해서 딴 곳으로 눈을 돌려야 한다. 리유와 함께 환자 곁을 지키고 있던 어머니는 자리를 떠나지 않는다. 잠자리에 들기를 거부하고 환자 곁에 앉아서 바늘 끝을 뚫어지라고 바라보며 잘 보이지 않는 바늘코를 찾느라고 여념이 없는 어머니야말로 저 눈에 보이지 않는 투쟁의 정점에 모든 혼을 '집중'하는 모습 자체라고 할 수 있다.(p. 1452)

하여간 그 지점이 바로 타루가 그의 최후의 투쟁을 준비하는 거점이다.

'그는 그의 내부 어디쯤에선가 이미 꿈틀거리고 있는 신열의 밀물을 기다리고 있었다.'(p. 1454) 이제 대양의 분노가 폭발한다. '돌연 열기가 마치 그의 내부에 있는 어떤 방파체를 무너뜨려버린 듯 이마에까지 역력하게 밀려왔다.'(p. 1454) 그리고 폭풍의 밤이 지나가고 커튼 뒤로 날이 밝아온다. 타루는 어린아이보다 더 오래 저항한다. 리유의 어머니가 이제 막 램프의 불을 껐다. 타루는 절규가 아니라 침묵의 힘으로 버틴다. 그러나 정오가 되자—카뮈의 인물들에 있어서는 가장 비극적인 시간이다—타루는 그의 최상의 무기인 피를 토해낸다. 헤엄치는 사람들 중에서도 최상의 선수인 타루를 앗아간 최후의 싸움은 이렇게 벌어진다.

그리고 그때 엉망이 된 그의 얼굴을 비추고 있던 광선이 그때마다 더 창백해졌다. 그의 몸뚱어리를 경련적으로 뒤흔들던 폭풍이 이제는 점점 더 드물어지는 섬광으로 그를 비추곤 했다. 타루는 폭풍 깊숙이에서 천천히 표류해가고 있었다. 리유의 눈앞에는 이미 웃음이 가셔버린 무기력한 마스크만이 남아 있었다. 그에게도 친근했던 그 인간의 모습, 이제는 창 끝에 찔리고 초인간적인 악에 불살라진 그 모습, 하늘의 증오에 찬 모든 바람에 뒤틀린 그 모습이 그의 눈앞에서 지금 페스트의 물결 속으로 빠져들어가고 있었지만 그로서는 그 난파를 보고만 있을 뿐 어찌할 도리가 없었다. 그는 다시 한번 빈손과 뒤틀리는 가슴으로 무기도 없이, 호소할 곳도 없이, 기슭에 우두커니 서서 그 재난을 어떻게 할 수도 없는 형편이었다. 그리고 마침내는 정말 무력함을 한탄하는 눈물이 앞을 가려, 타루가 갑자기 벽 쪽으로 몸을 돌리고, 마치 그의 내부에서 가장 중요한 어떤 밧줄이 툭 끊어지기나 한 것처럼 힘없는 비명을 내뱉으면서 숨을 거두는 것을 리유는 보지도 못했던 것이었다.

—『페스트』, p. 1455

폭풍, 번개의 섬광, 바람, 불…… 모두가 어린아이의 죽음에서 이미 목격한 똑같은 난파의 구성요소들이다. 이번에도 리유는 똑같은 무력감과 절망을 경험하고 같은 눈물을 흘린다. 그러나 어린아이가 죽어갈 때 리유는 '그의 두 눈에 벌써부터 흘러내리는 땀을 닦을' 수 있었지만 이번에는 눈물이 앞을 가려 친구의 최후를 볼 수도 없게 된다. 어린아이의 죽음은 페스트 초기의 경악이었고 타루의 죽음은 이 드라마를 끝맺음하는 대단원이다. 앞에서는 '그의 가슴을 휩쓰는 저 난폭한 매듭을 풀기 위하여 고함이라도 치고 싶었고'(p. 1395) 이번에는 선박의 '가장 중요한 밧줄이 문득 툭하고 끊어져버린다.' 이와 같이 하여 '영혼보다도 더 내면적인' 눈에 보이지 않는 죽음의 바다에서 가장 치열하게 벌어졌던 가장 거대한 우주적 투쟁이 끝난다. 미시공간과 거시공간이 상상력 속에서 하나가 되는 전형적인 경우다. 우리들의 가장 내면적인 공간은 곧 가장 광대한 우주공간과 일치한다. 이리하여 질병에 걸려 죽어가는 한 이름 없는 인간은 그의 위대한 반항의 의지에 힘입어 광대한 폭풍의 대양 속에 난파하는 선박이 된다. 인간의 드라마를 신화적인 비극의 차원으로 승격시키는 상상력의 동력 ──이것이 바로 우리가 물이라는 질료를 추적하며 체험하고자 한 내용이다.

타루는 다시 한번 그의 비극적인 실패 그 자체를 통하여 인간의 위대함을 증언했다. 그는 페스트의 물결과 증오에 찬 하늘의 바람에 항거하여 침묵으로 인간의 항의를 표현했다. 비록 그는 물살 속에 휩쓸려 갔지만 투쟁에의 의지를 통하여 인간에게 승리의 가능성을 제시했다. 클라망스에서 『오해』의 어머니를 거쳐 어린아이와 타루의 죽음으로 인도되는 길은 추락에서 찬란한 태양을 향하여 뻗어올라가는 상승과 향일성 의지의 길이다. 이 비극적인 실패에 힘입어 어떤 인물들은 바위를 굴려 올리고 교회를 세우고 둑을 막고 가장 굳건한 인간의 성을 짓게 될 것이다. 이 상승의 도정이 바로 카뮈 예술의 참다운 방향이다. 다시 한번 말하지만 우리는 밑으로 추락하는 물, 그리고 그 물을 따라 타락하는 인간 클라망스에서 출발하여, 차츰차츰 물을 향하여 헤엄쳐가는 반항인들의 의지에 힘입어 단단한 땅으로 나아가고 있다. 이것은 기계적인 이동이 아니라 상상력에 의한 변신의 과정이다. 위대한 상상력은 이 피나는 투쟁을 통해 '물'을 '돌'로 탈바꿈시키고 '돌'을 투명한 '빛'으로 변신시킨다.

3. 요나 (Jonas)

『페스트』를 통해서 두 사람의 익사를 분석하고 난 이제, 우리는 그들의 반항 ──외침과 침묵 ──이 실패 바로 그 자체를 통하여 손가락질해준 길을 따라갈 수 있게 되었다. 이리하여 우리는 그 길 위에서 매우 애매한 운명의 모습을 드러내는 '요나'라는 또 하나의 난파자를 만나게 된다. 그는 과연 익사했을까 아니면 땅 위로 헤엄쳐 나왔을까? 우리가 이제 찾아보려는 것은 그 질문에 대한 해답이다. 『적지와 왕국』속에 포함된 이 단편에 대하여 비평가들은 충분히 주목하지 않은 것 같다. 항상 그렇듯이 카뮈의 비평가들은 '상징적', 혹은 '형이상학적' 의미 ──이것은 기껏해야 작품의 요약된, 기계론적인 의미 혹은 알레고리 정도이기 쉽다── 를 찾아내는 데 바빴기 때문이다. 과연 이 단편의 유머러스한 국면 때문에 그 속을 뚫고 지나가는 이미지의 '울림(retentissement)'이 쉽사리 포착되지 않는 것은 사실이다. 그리고 요나의 겉에 드러난 직업이 '예술가'라는 사실은 작중인물과 카뮈 자신을, 또 요나의 주변 인물들과 작가가 몸담고 있는 파리 문단 분위기를 성급하게 동일시하는 경향을 유도했을 수도 있다.

그러나 우선 이 소설의 제목을 제공한 주인공의 이름 자체를 어떻게 눈여겨보지 않을 수 있단 말인가? '요나'라는 이름 속에서 어떻게 '물'이 보이지 않는단 말인가? '나를 바닷속에 던져다오…… 그대들에게 이 엄청난 폭풍을 불러들이는 것이 바로 나라는 것을 나는 잘 알고 있다.' (「요나」I, 12, 『적지와 왕국』, p. 1625)라고 카뮈는 이 작품의 서두에 인용해두는 것을 잊지 않았다. 물론 이 단편 속에서 즉각적으로 알아볼 수 있는 물의 요소는 별로 없다. 혹 이 작품 속에 물이 비유적으로 삽입되었을 때조차도 그 물은 ──이런 말이 가능하면── '젖은' 물이 아니다. 흥건히 적셔주는 것은 물이 아니라 '빛'이다. 아마 여기에서 우리는 위로 상승하는 물 이미지의 새로운 길을 만나고 있는 것으로 생각된다. 이 것은 요나가 난파로부터 구원당하는 최초의 인물이 되리라는 단서일지도 모른다.

요나는 최초로 '생명적 공간(espace vital)' 속에서 나타나는 물의 인물이다.(p. 1631) 상승일로에 있는 화가요 결혼하여 두 아이를 가진 아버지인 요나는 하나의 특수한 생활공간 속에 살고 있다. 즉 이야기의 유일한 무대인 그의 아파트는 그에게 '거대한 공기의 볼륨을 제공하지만 그는 매우 좁은 면적밖에 차지하지 못하고 있다.'(p. 1631) 물이라는 요소는 공간적인 측면에서나 비유적인 측면에서나 하나의 아이러니, 혹은 모순의 요소로 도입된다. 아파트는 그 면적이 매우 좁으면서 수직적으로는 매우 높은 천장을 가지고 있다. 이것이 공간적 아이러니다. 수직적으로 매우 높기 때문에 주체할 길 없을 만큼 넘쳐나는 빛과 공기는 이 공간을 요나의 깊은 대양으로 탈바꿈시킨다. 이것이 비유적 아이러니다. 이 예술가는 이를테면 '메마른' 물 속에 '빠져' 있는 것이다. 여기에서도 또 한번 질료적 질서와 언어적 질서가 상호간에 의미를 던지고 있는 것을 볼 수 있다.

방의 지나친 높이와 지나치게 축소된 면적 사이의 불균형은 또 하나의 특수성과 결부된다. 아파트의 수직적 공간을 온통 다 차지하고 있는 '거창한 창문들'로는 빛이 강렬하게 쏟아져들어와서 공간을 '문자 그대로 유린하고 있다'는 사실이 그것이다. 특히 '물결처럼 밀려드는' 방문객들을 위한 가장 큰방인 살롱이 그러하다.

요나는 무엇보다도 가장 큰방에 강한 매력을 느꼈다. 그 방의 천장은 어찌나 높은지 거기다가 조명시설을 한다는 것은 엄두도 못낼 일이었다.
―『적지와 왕국』, p. 1632

지나칠 정도로 사실적이며 기하학적으로 강조되어 있는 나머지 거의 비현실적으로 느껴지는 이 공간 속에서 요나의 난파는 시작된다. 다음의 인용 속에는 물과 빛과 거울의 이미지가 동시에 중복된다.

정말로 예외적인 천장의 높이, 그리고 방들의 지독히 협소한 면적 때문에 그 아파트는 거의 전부가 유리로 되어 있고 온통 문과 창문뿐인 평행육면체들을 이상하게 한데 모아놓은 듯한 모습이었다. 그 속에서 가구들은 의치할 곳이 없어지고 희고 격렬한 빛 속에서 사람들은 마치 수직형의 수족관 속의 실험용 잠수인형처럼 떠다니는 듯했다. 게다가 모든 창문들은 안뜰 쪽으로 향하고 있었다. 다시 말해서 불과 얼마 되지 않는 거리에 있는 똑같은 스타일의 다른 창문들을 내다보고 있었는데, 그 다른 창문들 뒤에는 곧 또다시 두번째의 뜰 쪽으로 난 또다른 창문들의 높디높은 형체들이 눈에 띄었다. '이건 유리로 된 상차랍니다'라고 요나는 말하곤 했다.

—『적지와 왕국』, p. 1633

　빛의 일차적인 속성은 우리들로 하여금 사물과 공간을 분명하게 보고 한정할 수 있게 하며 그렇게 함으로써 공간적 감정을 안정시켜주고 현실에 감각적·지적 질서를 부여하는 데 있다. 그런데 아이러니컬하게도 지나치게 많고 격렬한 빛은 그 고유한 특질을 지워버리는 결과를 초래한다. 너무 많은 빛은 빛의 고유한 속성을 제거한다는 것이 바로 앞서 인용에서 본 '유린한다(violer)'(p. 1632)의 의미이다. 여기에서 '이상함'의 물이 나타난다. '이상한' '예외적인' 등의 표현은 과도한 밝음에서 일종의 '객관적인' 비현실성에로의 이동을 가능하게 해주는 형용사들이다.[4) 이것은 『이방인』 속에서 볼 수 있는 비슷한 현상을 상기시킨다.(『이방인』, p. 1129) 양로원의 시체실에서 밤을 새우는 동안 바로 그 방의 번쩍거리는 흰색과 눈부신 빛 때문에 '나는 마치 한번도 사람을 본 일이 없었던 것처럼 그들을 보게 되었고 얼굴이나 입은 옷들의 디테일 하나하나가 빠짐없이 보였다. 그러나 그들이 말하는 소리는 들리지 않았다. 나는 그들의 현실성을 믿기가 어려웠다'고 뫼르소는 말한다.

　그러나 여기에서 요나는 뫼르소와는 반대로 어리둥절해지기는커녕 그런 상태에 신이 나 있다. 아파트 공간을 묘사하고 있는 대목 속에서 물——'수직형의 수족관'——은 비유적인 차원에 머물고 있는 반면 오직 빛의 요소만이——'유리의 상자'——요나에 의하여 유일한 가치로 받아들여지고 있다. 비유를 통해 나타난 물의 위험에 대하여 요나는 '유리'의 질료적 견고함으로 맞서는 셈이다. 더군다나 물의 가능성은 여기서 '수족

---

4) G. 주네트, 「고정된 현기증」, 『피규르 Figure』(파리 : 쇠이유, 1966), pp. 69~90 참조. 그는 이 글 속에서 알랭 로브그리예의 세계를 분석하면서 '고른 밝음'이나 '진실한 찬란'의 상태에 대하여 언급하고 있다. J. 리카르두 역시 『누보 로망의 제 문제』 속의 '창조적 묘사'에서 극단한 객관성이 만들어내는 초현실성을 지적한다.

관'의 내부에 갇혀 있는 상태다. 제한된 기하학적 공간 안에 가두어진 물은 우리들의 상상력 속에서 그 깊이의 위력을 드러내지 못한다. 이것은 아마도 요나의 낙관적 운명의 징조일지도 모른다. 신화 속의 요나는 스스로 바닷속에 던져달라고 요구했다. 요나의 물은 아직 무의식적 심층의 무게를 갖지 않고 있다. 왜냐하면 그는 자기가 어떤 공간 속으로 던져질 것인지를 알고 있기 때문이다.

그러나 신화는 요나의 운명이 폭풍을 불러들인다는 것 또한 보여준다. 요나의 명성은 이리하여 친구, 예술가, 비평가, 문하생, 남자, 여자 등 방문객들의 '물결'을 이끌어들인다. 그 물은 처음에는 노골적으로 물임을 드러내 보이지 않는다. 그것은 눈에 보이지 않게 스며든다. 맨 처음에는 그저 친구들 몇몇이 찾아왔을 뿐이다. 그러나 그 비유적 물의 양이 점차로 증가해감에 따라 마침내는 시간을 '침몰시켜'버리기에 이른다.

> 이리하여 요나의 시간은 흘러가버렸다. 요나는 이젤 주위에 원을 그리며 배열해놓은 의자에 둘러앉은 친구들과 제자들 한가운데서 애를 먹고 있었다. 또 이따금씩 이웃집 사람들도 맞은편 창문께로 나타나서 그 무리들에 숫자를 더했다.
>
> —『적지와 왕국』, p. 1637

우리는 『전락』의 분석을 통해서 이와 같은 요소들을 이미 만난 바 있다. 물의 동심원(방문객들)이 그러하고 단단한 구획선이 유리의 투명함에 의하여 소멸하는 것(창문께의 이웃 사람들)이 그러하다. 예술가는 '마치 섬광처럼 지나가는 빛을 받았고 그럴 때면 돌연 현실이 어떤 순결한 빛 속에서 그 자태를 드러내는 것이었다.'(p. 1636) 그러나 찾아오는 사람들, 흘러가는 시간, 유리 칸막이에도 불구하고 들여다보는 이웃 사람들 때문에 섬광과도 같고 순결한 빛은 차츰 꺼져간다. 왜냐하면 예술가는 그 빛을 차츰차츰 '더 드물게'밖에는 받지 못하기 때문이다. 유리는 물을 가두는 상자의 기능을 상실함에 따라 한편으로는 물의 깊이로 탈바꿈하고 다른 한편으로는 현기증나는 거울이 되어버린다. 예술가는 마침내 그의 '생존 공간'이 되어버린 그 거울 속으로 들어간다. 이것은 그의 영광의 절정인 동시에 내리막의 시작이다.

　　그는 아파트에 사람들이 가득 들어차 있는 것을 보았다. 조그만 방 안에서 지기들에 둘러싸인 채, 기부금을 낸 여인을 그리고 있는 요나는 동시에 정부 고용의 화가가 그리는 그림의 모델이 되고 있었다. 그 화가는 루이즈의 말에 의하면 국가에서 요청한 주문작품을 그리는 중이라는 것이었다. 그림 제목은 〈작업중의 예술가〉가 될 것이다.

―『적지와 왕국』, p. 1642

　　작품(카뮈의 단편소설) 속의 작품(〈작업중의 예술가〉라는 제목의 그림)이라는 구조는 장 리카르두가 지드의 말을 빌려 '심연체계(mise en abyme)'라고 부른 바 있는 전형적인 거울 모양으로 조립된 이야기다.[5]
　　그 심연, 또 심연이 충동하는 현기증은 다름이 아니라 이야기의 언어가 불러일으키는, 소멸하는 공간에 대한 감각 바로 그것이다. 그것은 예술가의 몰락과 일치한다. '솔직히 말해서 그 사람은 내리막길로 접어들었어요' 하고 요나의 친구가 말했다.(p. 1642) 그런데 이 같은 현기증은 질료인 동시에 얻어진 '물'에 의하여 유도된다는 점을 우리는 주목해야 한다. 다음의 인용은 아마도 카뮈가 쓴 글 중에서 가장 긴 문장 중의 하나이다. 우리는 거기에서 물과 말의 운동이 보여주는 현저한 하나의 본보기를 발견하게 된다. 요나의 아파트를 '물밀듯이 흘러드는(affluer)' 사교계 인사들 가운데는 특히 '사교계의 여자들'이 섞여 있다. 그 여자들은 무엇을 하는가?

　　반면 그 여자들은 특히 방문객들을 위한 차를 준비하는데 루이즈를 돕고 있었다. 찻잔들은 손에서 손을 거쳐 복도를 지나 부엌에서 큰방까지 갔다가 그 다음에는 작은 아틀리에에 돌아와서 내려놓였는데 그 아

---

5) 장 리카르두, 『누보 로망의 제 문제』, p. 173.

틀리에에서는 방을 가득 채우기에 충분할 만큼 많은 친구들과 방문객들 한가운데서 요나가 계속 그림을 그리고 있다가 마침내 화필을 내려놓고 고맙다는 인사를 하며 찻잔을 들어 보이면 매혹적인 한 여자가 그를 위하여 특별히 찻잔을 가득 채워놓은 것이었다.

—『적지와 왕국』, p. 1641

En revanche, elles aidaient *Louise*, particulièrement en préparant du *thé* pour les visiteurs. Les *tasses* passaient de main en main, parcouraient le couloir, de la cuisine à la grande pièce, revenaient ensuite pour atterrir dans le petit atelier où Jonas, au milieu d'une poignée d'amis et de visiteurs qui suffisaient à *remplir* la chambre, continuait de peindre jusqu'au moment où il devait déposer ses pinceaux pour prendre, avec reconnaissance, *la tasse* qu'une fascinante personne avait spécialement *remplie* pour lui.

물—다시 한번 여기에서도 음료수—의 여로는 이 기나긴 문장의 통사론적 순서와 일치한다. '차'는 요나의 아내 루이즈에서 시작하여 '매혹적인' 여자에게 가서 끝나고 공간적으로 표현해보면 부엌을 떠나 요나의 아틀리에에 가서 여행을 끝마친다. 이리하여 요나는 방문객들 특히 사교계 여자들 속에 '빠져'서 침몰하고 여자가 가득 채워주는 물, 즉 차를 '마신다.'

그 다음 문장은 이제 막 인용한 문장보다 더 길다. '그는 차를 마셨고'로 시작되는 이 문장에는 단 하나의 주어 '그(즉 요나)'에 무려 열한 개의 반과거 동사가 딸려 있다(종속문들 속에 포함된 동사들은 포함되지 않고도)—'마셨다' '바라보았다' '웃었다' '말을 멈추었다' '몸을 일으켜 세웠다' '놓았다' '펼쳤다' '가르고 나갔다' '돌아왔다' '그림을 그렸다' '멈추었다'. 정확한 단절도 없이(반과거) 이어지는 이 행위들은 위의 문장에 나타난 물의 흐름을 언어적 차원과 운동의 차원에서 연장시켜주고 있다. 마찬가지의 통사론적 구조를 지니고 있으며 마찬가지로 긴 세 개의 다른 문장들이 그 뒤에도 계속되다가 〈작업중의 예술가〉라는 그림이 등장하는 대목에 가서야 끝이 난다.

요나는 물밀듯 밀려드는 방문객들에 밀려 처음에는 큰 살롱에서 그림을 그리다가 다음에는 작은 방으로 옮겼고 문제의 차를 마시고 나서는 '부부용 방'으로 옮겨야겠다고 생각한다.(p. 1643) 신화 속의 요나가 마지막으로 몸을 맡긴 공간, 즉 고래의 뱃속에 해당하는 곳이 바로 이 '부부의 방'이 아닐까? 융(Jung)에 이어서 바슐라르는 요나의 이미지를 연금술적으로 해석하면서 배[胎]→젖→자궁→물이라는 도식을 사용한 바 있다.[6] 요나는 이같이 하여 그의 마지막 은신처를 '부부의 방', 즉 부부의 배(ventre) 속으로 정한 것이다. 그는 침대와 창문 사이의 좁은 공간 속에서 작업을 한다. 그리고 그 집안에서 유일하게 무엇을 담는 용기 — '집안의 단 한 개 있는 장롱' — 도 이곳에 있다는 것을 주목하자.

그러나 부부의 방도 만족스러운 피난처는 되지 못한다. 방문객들은 거기까지도 찾아오는 버릇이 생겼고 서슴지 않고 부부용의 침대에 드러누움으로써 그 장소를 유린한다. 요나는 점점 더 일하기 힘들어진다. 무슨 골똘한 생각에 빠진 듯하고 몽상에 잠긴다. 그의 명성도 줄어들고 월수입도 준다. 그는 하늘을, 다시 말해서 공(空, vide)을 그린다.(p. 1645) 요나는 헤맨다.

그 뒤에 여러 날 동안 그는 복도에서 작업을 해보려고 애를 썼고, 또 그 다음날에는 욕실에서 전깃불을 켜놓고, 그 다음날에는 부엌에서 일을 하려고 해보았다. 그러나 그는 처음으로 집안의 어디서나 마주치게 되는 사람들, 간신히 얼굴을 알아볼까 말까 한 사람들과 그가 사랑하는 가족들이 방해가 된다는 것을 느꼈다.

—『적지와 왕국』, p. 1646

마침내 요나는 그의 '생존 공간'에서, 그의 '유리상자'에서 밖으로 나

---

6) C. G. 융, 『무의식의 심리학』(파리 : Georg et Cie S. A., 제네바, 1963), p. 185 ; 가스통 바슐라르, 『대지와 의지의 몽상』(파리 : 조제 코르티, 1948), p. 146.

온다. 그림을 그리기 위하여 아침에 집을 나선 그는 그의 '별'을 뒤덮는 '저 어두운 안개'와 '연기 자욱하고 시끄러운 장소들'의 '알코올'과(p. 1647) '여자들'(p. 1648)에게 노출된다.

> 그는 하루종일 술을 마셨고 별로 욕정도 못 느끼면서 그의 여자친구 집에서 밤을 지냈다. 아침이 되자 살아 있는 고뇌의 표정을 한 저 무너진 얼굴로 루이즈가 그를 맞았다…… 그리하여 처음으로 그는 가슴이 찢어지는 듯한 심정으로 루이즈에게서 뜻하지 않은 놀라움과 지나친 고통으로 인하여 익사한 여자같이 된 얼굴을 발견했다…… 루이즈는 말도 하지 못한 채 눈물을 감추기 위하여 고개를 돌렸다.
>
> ─『적지와 왕국』

이것은 사실 우리가 앞에서 이미 주목한 바 있는 '차'의 여로 끝에 닿게 되는 필연적 귀결인지도 모른다. 하나의 물은 다른 물에 인도하고 한 여자는 다른 여자에게로 인도하니 이처럼 계속된 길이 마침내 최초의 '익사자'를 만나게 해주는 것은 필연적일 것이다. 루이즈의 눈물은 그 난파의 구체적인 첫번째 신호와도 같다.

바로 여기에서 헤엄치는 인물로서의 요나의 마지막 기도가 시작된다. '정신분석학은 흔히 신화의 한 가지 중요한 요소를 소홀히 다루고 넘어간다'고 바슐라르는 적절하게 지적했다. '실제로 사람들은 요나가 빛으로 되돌아갔다는 사실을 망각한다. 태양 신화들을 통한 설명과는 별도로 요나가 '밖으로 나갔다'는 사실은 각별히 주목해야 마땅할 이미지의 한 카테고리다. 고래의 뱃속으로부터 밖으로 나갔다는 것은 자동적으로 의식적인 삶 속으로의 복귀, 심지어는 하나의 새로운 의식을 욕구하는 생명 속으로의 복귀이다.'[7] 카뮈가 창조한 요나의 이야기도 여기에서부터 (즉 p. 1648 : '그 다음날 요나는 아침 일찍 외출했다. 비가 오고 있었다. 그가 마치 버섯처럼 젖은 몸으로 돌아올 때는 판자때기를 잔뜩 안고 왔다……'

---

7) G. 바슐라르, 『대지와 의지의 몽상』, p. 152. 방점은 바슐라르가 찍은 것.

에서부터) 이 단편소설의 끝까지 남은 부분은 바로 이와 같은 각도에서 해석되어야 한다.

이번의 아침 외출은 그 전의 외출과는 다르다. '나는 뭔가 새로운 것을 시작했어'라고 요나는 그의 친구들에게 말한다. 이것은 하나의 생명 의지를 표현한다. 이것은 난파에 대한 근본적인 대책이며 존재 방향의 선회를 뜻한다. 처음으로 그는 명철한 의식으로 깨달으면서 물(비)에 '젖었'지만 '버섯'처럼 ─비 온 후에 쑥쑥 자라는 저 향일성 식물 혹은 정신분석학자들 식으로 표현한다면 배(ventre)의 여성적 물에 대처하는 의지의 남근(男根, phallus) ─그 물위로 소생한다. 그 판자때기들을 가지고 요나는 '벽의 중간 높이쯤에'다가 일종의 '다락방'을 짓는다.(p. 1649) 이것은 물 속에 빠진 요나의 마지막 구명보트이며 노아의 방주다. '수족관'에 쏟아져드는 '날것 그대로의 빛'과 방문객들과 익사자들, 그리고 '다른 소란들'에 대항하여 요나는 '어둠과 침묵'으로 제방을 쌓는다. 그리고 점점 드물게나마 '석유 램프'를 켠다. 이리하여 그는 마침내 방문객들이 떠나가고 난 '황량해진' 집안에서 혼자서 살기 시작한다. 바로 그 '사막이나 무덤' 같은 어둠(p. 1649) 속에서 그는 그의 '별'의 참다운 빛을 기다린다. '빛나라, 빛나라, 내게서 너의 빛을 앗아가지 말아다오' 하고 요나는 빌고 있다.(p. 1650)

드디어, 어느 날 저녁, '램프불이 처음으로 켜졌고' 요나는 캔버스 하나를 달라고 한다. '가물거리던 램프가 다시금 세찬 빛을 발하면서 저녁때까지 밝게 켜 있었다.'(p. 1651) 둘쨋날 아침 루이즈가 자리에서 일어났을 때도 '램프불은 여전히 켜져 있었다.' 그러나 그는 '작품을 제작하느라고' 일을 한 것은 아니었다. '이제 다시는 절대로 일을 하지 않을 것이다'라고 그는 혼자 중얼거린다. 그가 그의 작업을 통해서 이룩한 것은 해로운 물을 빛으로, 혹은 즐거운 물로 탈바꿈시키는 보다 근원적인 변혁이었다. 아파트 안에서 들리는 소리 ─어린아이들의 떠드는 소리, 물 흐르는 소리, 웃음, 그릇들이 부딪는 소리, 창유리가 흔들리는 소리는 더욱 분명하고 청아해졌다. 질료는 견고해졌고 힘은 상승하고 문장은 간결해졌고 의사소통의 방법은 더욱 직접적이 되었다. 그리고 마침내 눈에는 보이지 않는 빛이 나타난다 ─이상과 같은 것이 그의 텅 빈 캔버스 위에 표현된 내용이다. 그렇기 때문에 그는 이제 저 인공적인 빛의 램프를 끄는 것이다. '다시 깃들인 어둠 속에서 이것이야말로 여전히 빛나고 있는 그의 별이 아닌가? 바로 그 별이었다. 그는 감사로 가득한 마음으로 그 별을 알아보았다. 그는 여전히 그 별을 바라다보면서 소리 없이 쓰러졌다.'(p. 1652) 그가 수동적으로만 믿어왔던 별이 이제야 비로소 그의 존재의 심장부에서 획득된 것이다.

헤엄을 잘 치는 요나는 결국 물의 홍수로부터 구원되었을까? 아마 너무 일찍부터 승리를 장담할 일은 아닐지도 모른다. 물은 쉽사리 소멸시킬 수 있는 질료가 아니다. 말은 쉽사리 투명한 의미의 통일성으로 결정되지 않는다. 익사하지 않으려면 간단없이 물과 말을 지켜보고 있지 않으면 안 된다. '쓰러진' 요나가 텅 빈 캔버스 위에 써놓은 말이 과연 'solitaire'인지 'solidaire'인지 확인하기 어려운 것은 그런 이유 때문이다. 난파를 당했을 때는 다 함께 '연대적(solidaire)' 감정을 가지고 싸워야 할 것인가 아니면 보다 더 자유롭게 헤엄치기 위하여 '혼자(solitaire)'가 되어야 할 것인가? 연대적인 행동을 하게 되면 『오해』의 경우나 타루의 경우처럼 다 같이 익사할지도 모른다. 다른 사람을 익사하게 버려둔 채 '혼자'가 되고자 한다 하더라도 결국은 익사하고 말 것이다. 그리고 혼자 익사할 것이다. 다른 사람을 구원하면서 동시에 자신을 구원하는 방법은 무엇일까? '연대적'이면서도 동시에 '혼자'가 되는 방법은 무엇일까? 또 하나의 단편 「자라나는 돌」은 이 어려운 질문에 대답하려는 것 같다. 의사의 말에 의하면 '일 주일 후면 자리에서 일어날 것'이라는 요나는 바로 그 다음에 이어지는 ─ 『적지와 왕국』의 마지막 작품 ─「자라나는 돌」의 토목기사 다라스트 속에서 그의 작업을 계속 할 것이다.

4. 다라스트의 모험 : 「자라나는 돌」─반항

기사(技士)님을 영접하는 것을 자랑스럽게 여기는 판사에게는 기사님이 그들의 가난한 시를 위하여 일해주시는 것은 영광이었다. 기사님께서 처치구역을 빈번히 휩쓰는 홍수를 피하게 해줄 그 자그마한 제방을 건설함으로써 이구아프 시에 베풀어주실 저 헤아릴 길 없는 봉사에 대하여 무한한 기쁨을 감추지 못하는 바였다. 물을 다스리고 강을 길들이는 것이야말로 아! 위대한 천직이었다. 분명코 이구아프의 가난한 사람들은 기사님의 이름을 길이 기억할 것이며 여러 해가 지난 뒤에도 기도를 할 때마다 그 이름을 되뇔 것이었다.

—『적지와 왕국』, p. 1661

카뮈의 세계 속에서 만날 수 있는 모든 관리가 다 그러하듯 단순한 웅변의 쾌감 때문에 이렇게 말하는 이구아프의 판사는 그 자신이 하고 있는 말 속에 얼마만한 진실이 담겨 있는지를 알지 못했을 것이다. 그는 다라스트를 단순한 외국의 엔지니어로만 생각할 뿐 그의 이름 속에 귀족 출신의 마크(d'Arrast)가 찍혀 있다는 것을 주목하지는 못했을 것이다. 과연 카뮈의 작중인물 중에서 그는 유일한 귀족이다. 더군다나 그 판사는 다라스트라는 이름 속에는 그 앞에서의 주인공 요나(Jonas)와 예술가(artiste)의 여운이 암암리에 종합되어 잠재한다는 사실은 천만 알지 못한다.

사실 브라질로 온 이 프랑스인 엔지니어의 사명은 '물을 다스리기 위하여' 돌로 된 제방, 즉 돌의 작품을 짓는 일이다. 이만하면 이 단편이 왜 『적지와 왕국』의 결미에 자리잡고 있는지 이해할 만할 것이다. 물과 물의 여로에 바쳐진 기나긴 분석의 끝에서 우리는 처음으로 하나의 독립된 작품의 내부에 물의 이미지와 돌의 이미지가 서로 만나는 것을 목격한다. 물의 이미지가 돌의 이미지로 변신하는 과정을 설명하는 이 장에서 우리는 다만 이 단편의 한 부분만을 분석하는 데 그치고 그 나머지의 분석은 돌의 이미지를 자세히 다루게 될 다음 장으로 미루도록 하겠다.

이 단편은 형식적 구조상으로 볼 때 거의 길이가 비슷한 다섯 개의 장으로 구분되어 있다.

① 강을 건너고 길을 따라가는 여행(다라스트, 소크라트, 운전사) —

제1일.

② 이구아프 주민들의 첫 접촉(시장, 판사, 항만청장——'이층'의 '유지들'; 흑인들, 노인, 흑인 처녀——저지의 오두막집에 사는 가난한 사람들)

③ 돌이 자라는 동굴 방문 및 코크와의 만남.

④ 오두막집 방문(다라스트, 코크, 코크의 동생, 노파, 처녀)——저녁 : 오두막집에서 성인 조르주를 위한 춤(모든 흑인들과 다라스트).

⑤ 성인 조르주 축제 행렬(이 단편에 등장하는 모든 인물들) : 돌을 메고 가는 코크와 시내에서 오두막집까지 돌을 받아 메고 가는 다라스트——제3일 : '불'의 자리에 놓이는 '돌'.

따라서 우리는 이 단편이 보여주는 여러 가지 움직임의 전체는 다라스트가 이구아프에 도착하는 최초의 삼일, 그리고 도시의 윗부분에 위치한 시내와 아랫부분의 저지구역 사이를 오르내리는 움직임의 교차로 구성되어 있다는 것을 알 수 있다. 전체의 이미지들은 두 개의 요소, 즉 '물'과 '불' 그리고 그 두 가지 요소 사이의 과도적 요소인 '돌'을 중심으로 '상부의 시내'와 아래쪽의 '저지'에 각각 관련되어 있다. 사실 카뮈가 소설로서는 마지막으로 쓴 유서와도 같은 이 작품 속에서처럼 '물'에서 '돌'을 거쳐 '빛으로' 이행해가는 카뮈 상상력의 도정을 극명하게 드러내 보여주는 경우란 없다. 전체 다섯 장으로 나누어진 이 단편의 처음 두 개의 장에는 물의 이미지가 지배적이고 마지막 두 개의 장은 '불'과 '빛'으로 옮겨가는 부분이라면 그 가운데를 차지하는 제3장은 상부의 도시와 저지 중간 지점에 위치한 동굴 방문에 할애되어 있다. 바로 그 동굴에서 돌은 향일성 식물처럼 '자라난다'.

여기에서 우리는 물의 이미지가 강력하게 나타나는 제1장을 자세히 분석하고 단편의 전체적인 구조를 살펴보는 데 그치기로 한다. 제1장을 구성하는 다섯 페이지는 일행이 이구아프에 도착하기까지의 여정을 열두 개의 토막으로 분명히 구분해주는 열두 개의 문단으로 나누어져 있다.

① 자동차가 도착하여 진흙탕의 홍토(紅土) 길 위에서 멈춘다. 가벼운 안개.

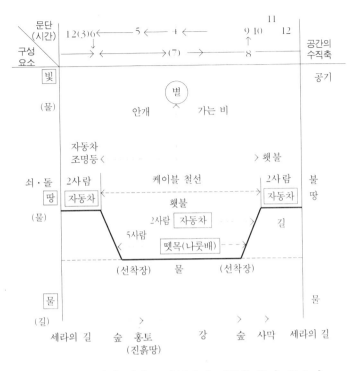

다라스트가 차에서 내리고 자동차의 시동을 끈다. 물소리.

② 다라스트가 차에서 내리고 자동차의 시동을 끈다. 물소리.

③ 강이 보이고 자동차의 전조등을 껐다 켰다 하자 강의 반대편 기슭에서 횃불이 나타난다. 차의 전조등을 끈다.

④ 물소리가 커지고 강 위에 나룻배와 사람들이 나타나서 이쪽 기슭으로 다가온다.

⑤ 나룻배가 선착장에 닿는다.

⑥ 자동차를 뗏목 위에 싣는다.

⑦ 사람들과 차가 물위에 뜨고 별빛에 눈을 던진다.

⑧ 반대편 기슭으로 가 닿는다.

⑨ 자동차를 땅 위에 내려놓자 출발.

⑩ 숲속의 오솔길로 자동차 여행.

⑪ a. 작은 다리들을 건너다. 가는 비, 졸음.
b. 세라의 길(붉은 사막).

c. 레지스트로에 정착(일본).

⑫ 병원까지 보다 순조로운 길. 다라스트는 잠들다.

이 열두 개의 문단들 안에서 우리는 여러 가지 의미에서 완전히 대칭을 이루는 하나의 구조를 찾아낼 수 있다. 수평축 및 수직축상의 대칭, 질료의 대칭, 운송기관의 대칭, 수송되는 사람 수의 대칭이 그것이다. 처음 네 개 및 마지막 네 개의 문단이 육로상의 여행과 자동차의 조작에 해당한다면 가운데 네 개의 문단은 물위의 이동 및 그 준비, 그리고 차를 땅 위에 내려놓는 일에 해당한다. 게다가 처음에 온 육로는 강을 건너간 뒤에 접어든 길과 다시 만나는 것 같다. 왜냐하면 제11문단에서 나레이터가 이렇게 말하기 때문이다. '그는 이제는 축축한 숲길이 아니라 다시 아침에 달렸던 세라의 길로 달리고 있었다.'(p. 1659) 다음의 도표는 그 환상여행의 이정(里程)과 구성요소들을 동시적으로 나타내 보인 것이다.

앞에서 보여준 열두 개 문단의 요약과 도표를 통해서 우리는 이 여행의 공간적·질료적 성격을 일목요연하게 이해할 수 있게 되었다. 빛과 땅(돌)과 물은 이 운동의 역동성을 극화하는 세 개의 질료적 핵이다. 자동차 조명등의 신호와 반대편 기슭의 횃불 신호는 뗏목과 자동차의 이동 이전에 양쪽 기슭을 우선 시각적으로 연결시켜준다.(제3문단) 이들 빛의 선은 전주에 묶인 눈에 보이지 않는 케이블 철선과 평행을 이루고 있는데(제1문단) 케이블 철선은 강 위로 뗏목이 왕래하는 데 쓰이도록 가설된 듯하다. 이 같은 배치를 질료적인 각도에서 해석해본다면 그것은 한편으로 빛(조명등과 횃불)과 땅(길, 케이블 철선), 그리고 다른 한편에 물(강)과 어둠이라는 두 가지 그룹 사이의 대립을 뜻하는 것으로 볼 수 있을 것이다. 앞의 그룹인 빛과 땅이 인간으로 하여금 발딛고 서로 전진하고 상호 의사를 교환하고 위로 올라가는 것을 도와준다면 후자인 물과 어둠의 그룹은 인간을 뒤덮고 무겁게 하고 밑으로 가라앉게 하며 의사교환을 방해하는 요소라 하겠다.

이 두 가지 요소들 사이의 갈등은 감각 현상의 묘사 속에 매우 치밀하게 표현되어 있다. '자동차'의 '조명등'은 나무로 지은 바라크와 서까래와 케이블을 '어둠' 속으로부터, 그리고 '가벼운 안개' 속으로부터 나타나게 한다.(제1문단) 이것이 시각적 갈등이다. 또 다라스트는 자동차로부터 '매우 힘들게 몸을 빼내고' 나서 어둠 속에서 몸을 비틀거리다가 땅을 딛고서야 무겁게 '버티고 선다.' 그러나 그는 자동차의 모터 소리에 힘을 얻은 듯 '조명등 불빛이 만드는 원뿔 모양' 속으로 들어간다. '운전사가 차의 시동을 끄자' '물소리가' 들리기 시작한다. 이것이 청각적인 갈등이다.(제2문단) 강물이 눈에 보일까 말까 하는데 '노란 불꽃'이 반대편 기슭에 나타난다. 양쪽 기슭 사이의 불빛 신호. 자동차의 등을 끄자 강의 '기다란 액체의 근육들'이 나타나 보인다. 이것은 시각적 효과가 촉각적 효과로 번역되는 대목이다.(제3문단) 강 위에서 강물의 '숨을 죽인 듯 찰싹거리는 소리'와 대립하여 맞은편 기슭 쪽에서 사람들이 내는 '쇠사슬 소리'가 들린다. 위에 있는 케이블이 밑에 있는 '강물'에 대항하듯 팽팽하게 당겨진다. '물소리'가 넓게 퍼지자 쇠사슬의 '삐걱거리는 소리'가 난다. '안개'에 대하여 횃불의 후광이 팽창하고 수축한다. 뗏목이 강의 중간쯤에 이르자 '노란 불빛 속에 윤곽이 분명해진' 키 작은 세 남자가, '어둠과 물 속에서 솟아오르는' 투박한 큰 뗏목의 허리께에 나타나 보인다. 다시 한번 빛과 어둠(그리고 물)은 서로 대립한다. 그 다음에 두 사람의 커다란 흑인이 '강물 속에 천천히 장대를 박아 누르면서 그 장대 위를 전 체중으로 누른다.' 시각과 촉각과 역동성이 한꺼번에 동원되는 경우.(제4문단) 이상과 같이 자동차가 홍토길에 도착해서부터 뗏목이 도착하기까지, 다시 말해서 땅에 길든 사람들(자동차 여행자들)과 물에 길든 사람들(뗏목을 탄 다섯 사람의 흑인들)이 서로 만나기까지의 묘사 중에서 특별히 강조해본 본보기들은 우리가 앞에서 말한 여러 가지 차원의 대립 혹은 갈등을 매우 선명하게 보여준다.

말할 필요도 없이 여기에서 문제된 것은 대자연의 공격적 힘을 기필코 다스리려는 인간들의 투쟁이다. 우선 그것은 인간과 자연 사이의 투쟁, 즉 문화와 자연 사이의 투쟁이다. 제방 건설을 담당한 엔지니어의 기본적 사명은 바로 여기에 있다. 벌써부터 인간의 '근육'과 몸무게는 자연의 '기다란 액체의 근육'과 대결하기 시작한다. 그러나 이와 동시에 이 작품은 자연과 대결하는 인간을 단순히 묘사하는 데 그치지 않고 있다는 것을 알 수 있다. 상상력의 차원에서 볼 때 인간의 의지, 즉 내면적인 근육이 자연의 근육을 태어나게 한다고 보는 것이 마땅하다. 그 역은 성립되지 않는다. 바슐라르가 라푸르카드를 인용하면서 설명한 자연과 인간과의 투쟁은 바로 카뮈의 상상력에도 그대로 적용될 수 있을 것이다. '바다는 우리를 이기려고 하는 적이며 동시에 우리가 정복해야 할 적이다. 저 파도들은 우리가 맞서서 싸워야 할 그만큼 많은 주먹질과도 같은 것이다. 헤엄치는 사람은 자기의 몸 전체를 투척하여 적의 사지와 맞부딪치고 있다는 인상을 받게 마련이다.'[8]

어둠 속에서 강의 물살을 헤치고 가는 다라스트와 흑인들은 상상력의 차원에서 볼 때 진정한 헤엄치는 사람들임을 이보다 더 선명하게 지적하기도 어려울 것이다. '세계는 나의 도전, 나의 의지'라는 상상력의 변증법적 상승을 우리는 여기에서 다시 한번 확인한다.

그러나 이 작품은 인간과 자연의 단순한 대결을 초월하여 보다 더 방대한 우주적 투쟁의 차원에까지 확대된다. 만약 인간이 자신의 의지의 심층 속에서 자연의 참다운 역동성에 가담하지 못한다면 자연을 다스린다는 것도 결국은 불가피한 실패로 끝나고 말 것이다. 자연을 다스린다는 것은 자연을 제거하는 것이 아니라 자연의 부정적인 가치를 긍정적인 가치로 탈바꿈시키는 것을 의미한다. 우리가 위에서 강조한 예문에서 본 바와 같이 참다운 투쟁은 인간 및 자연의 발명(다라스트, 운전사, 흑인들 및 자동차, 모터, 조명등, 횃불, 케이블, 서까래, 뗏목, 장대)과 자연(강, 물, 안개, 가는 비, 밤의 어둠) 사이에서만 벌어지는 것이 아니라 한걸음 더 나아가 자연의 질료적 깊이에서 벌어지는 것임을 유의해야 한다.

가장 중요한 대결은 단단한 질료와 물렁물렁하고 희박한 유체(流體) 사이의 대결이다. 그리하여 '홍토 오솔길'(지금은 진창이 되어 있는)은 케이블 철선과 대립하며 케이블 철선은 그것이 매여 있는 부분이 잘 눈에 띄지 않게 만드는 '가벼운 안개' 속에서도 반짝거리면서 안개의 질료와 대결한다. 단단한 땅이 유체성의 물이나 안개와 대립하는 경우다. 또

<hr>

8) G. 바슐라르, 『물과 꿈』, p. 225.

한편, 빛(혹은 불)은 암흑(혹은 물)과 대립한다. 조명등의 공격적인 듯한 '원뿔'은 어둠과 안개 속을 뚫고 들어간다.(제1, 2, 3문단) '노란 불꽃'이 어둠과 강물을 뚫고 떠오른다. '한 시간 전에 오솔길을 적시던 가는 비가 아직도 뜨뜻한 공기 속에 떠다니며 처녀림 한가운데 있는 그 거대한 임간지(林間地)의 침묵과 부동성을 무겁게 했다. 어두운 하늘에는 김이 서린 별들이 떨리고 있었다.'(p. 1656) 이 예문은 마침내 최후의 투쟁 —즉 위와 아래, 수직성과 수평성의 대결—으로 인도한다. 물이 아래(강)뿐만 아니라 대기권(비)까지 점령할 때 그와 반대되는 소요들— 위, 수직성, 빛, 결정, 단단함(별)—은 약화된다.

이와 같이 하여 우리는 인간 대 자연, 문화 대 자연, 고체 대 연체, 위와 아래, 상승 대 하강, 형태 대 운동 등 모든 면에서의 갈등이 예외적으로 집중하는 도입부를 분석해보았다. 이 모든 대결은 결국 '물'과 '빛'이라는 중추적 두 개의 극 사이의 대결로 모아볼 수 있다. 전진하고, 건너가고, 익사하지 않고, 서로 유대를 이루고, 견고해지고, 굳건히 발딛고 서서, 위로 올라가고, 건설하려는 그 모든 의지 속에는 단 한줄기의 힘이 관류하고 있다. 강을 건너간다는 단일한 행위를 통하여 이 작품의 도입부는 이처럼 이 작품 전체를 꿰뚫고 지나가는 의지를 예고해주고 있다. 이 의지가 장차 승리를 거두리라는 사실은 강을 건너는 행위의 중심부를 이루는 가장 중요한 한 개의 문장에 의하여 상징적인 방식으로 요약되고 있다. 뗏목 위에 자동차가 실리고 다라스트·운전사·흑인들이 모두 올라타자 다라스트는 뗏목 위에 서서 강, 거대한 숲, 밤, 보이지 않는 바다, 이상한 새들의 울음소리, 그리고 사람들 등 그를 에워싼 우주를 한눈에 담으면서 바라본다. '젊음에도 불구하고 온통 주름살진 그의 얼굴 위에 활짝 미소를 띠면서 그는 아직도 축축한 하늘 속에서 헤엄치고 있는 저 기친한 별들 쪽으로 멍하니 시선을 던졌다.'(p. 1658)

우리가 위의 도표에서 보여준 바와 같이 그 '별들' 쪽으로 던진 다라스트의 시선은 지금까지 묘사된 인간의 모든 노력을 단 하나의 수직선으로 요약 환기하고 있다. 진흙땅이 되어 미끄러워진 길과 강의 수평적 선들이 질척거리는 '경사지(talus)'와 연결되면서 하강과 무거움의 운동을 가리킨다면, 다라스트의 시선과 별들에 이어진 이 단단한 의지의 수직선은 길과 강과 조명등과 횃불과 케이블 철선의 수평적 선들을 상승의 수직운동으로 탈바꿈시키려고 노력한다고 말할 수 있다.[9] 이것이 바로 다라스트 및 그를 도와주는 사람들의 여행과 노력의 참다운 의미다. 결국 이 의지의 힘을 통해서 물이 다스려질 것이다. 다시 말하여 물의 그 불확실성과 유체성, 무거움, 무형성, 깊이, 어둠, 하강의 속성이 단단한 돌로 결정되고 마침내는 '불'로 탈바꿈하면서 빛의 상승을 예고하게 될 것이다.

그러면 이제 우리는 다라스트가 이구아프에서 어떤 구체적인 물과 만나게 되는가를 살펴보기로 하자. 작품의 제2부에 이르면 그곳의 유지들을 거느린 시장이 저지구역으로 엔지니어를 안내한다. 그러나 물론 높은 곳(사회적으로나 공간적으로나)에 위치한 시장이나 유지들의 본래 사명은 높은 곳과 낮은 곳 사이의 중계 역할이 아니다. 따라서 그 중계 역할은 항구관리장(Commandant de port)에게로 넘겨진다. 이구아프의 유지들 중에서 유일한 흑인인 그는 엔지니어와 하층민, 혹은 토목기사와 물을 연결해주는 안내역에 아주 적격이다. 그는 땅과 물 사이의 중계인이다. 그의 안내를 받고 처음 접하게 되는 저지의 지리적 형태는 다음과 같다.

벌써 강은 낮고 미끄러운 기슭 위로 누런 물을 넓게 펼치고 있었다. 그들은 이구아프 시의 마지막 집들을 등뒤에 남겨놓은 채 벽토와 나뭇가지들로 지은 오두막집들이 간신히 매달려 있는 높고 가파른 비탈과 강물 사이에 와 있었다. 그들 앞에는 둑의 저쪽 끝에 난데없이 숲이 시작되고 있었고 맞은편 기슭에서도 비슷한 숲이 들어차 있었다. 그러나 강물은 곧 나무들 사이로 더욱 넓어지면서 누런 빛이라기보다는 좀더

---

9) 「요나」의 '별'을 상기하라.(p. 1647, 1652) 별의 이미지는 제6부의 제4장 「달과 별의 시학」에서 더 자세히 다루게 될 것이다.

회색빛이 도는 어떤 흐릿한 선에까지 뻗어가고 있었다. 그곳이 바다였다. 다라스트는 아무 말도 하지 않고 비탈 쪽으로 걸어갔다. 비탈의 허리께에는 범람했던 물살이 할퀴고 지나간 여러 층의 자취들이 아직도 생생하게 남아 있었다. 질척거리는 오솔길 하나가 오두막집들 쪽으로 올라가며 나 있었다. 오두막집들 앞에는 흑인들이 새로 찾아온 그 사람들을 말없이 바라보며 버티고 서 있었다.

—『적지와 왕국』, p. 1663

「자라나는 돌」은 『전락』과 같은 시기에 구상, 집필되었을 뿐만 아니라 그 지리적 구성도 서로 흡사하다. 이곳의 강은 암스테르담의 내해에 해당하고 바닷물에 의하여 간단없이 위협당하는 땅을 힘겹게 보호하는 둑도 두 경우가 유사하다. 높은 파리에서 낮은 암스테르담으로 내리닫는 비탈과 이구아프 시에서 저지로 급경사를 이루는 비탈이 대조를 이루는가 하면 물에 떠내려가지 않으려고 간신히 비탈에 매달려 있는 벽토와 나뭇가지의 오두막집들은 멕시코 시티나 클라망스의 집을 연상시킨다. 그러나 지리적인 형상의 유사성에도 불구하고 그 지형을 관류하는 의지는 정반대다. 클라망스가 저 교활한 언어의 유혹을 통하여 파리의 여행자를, 그리고 우리들을 난파로 인도한다면 저지의 흑인들은 프랑스인 토목기사를 '말없이' 바라보면서 '버티고 서 있다.' 그들은 적어도 처음에는 거의 적의에 차 있다. '몇몇 부부들은 서로 손을 꼭 잡고 있었다'라고 나레이터는 말한다. 이 가난한 사람들은 땅 위에 발딛고 서 있기 위하여, 상승하기 위하여 수력학적 추락을 거부하려는 의지를 표현하고 있다. 프랑스인 토목기사는 파리의 변호사처럼 클라망스와 더불어 물에 빠지기 위하여 이곳에 온 것이 아니라 제방을 건설함으로써 이곳 사람들의 '거부'에 참가하기 위하여 온 것이다. 클라망스는 물에 빠진 처녀를 구원하지 못했지만 다라스트는 주저앉아가는 코크의 어깨 위에서 무거운 '돌'을 받아 메고 그 강가로 갈 것이다.

사실 다음과 같은 두 가지의 단서를 종합해본다면 우리는 다라스트라는 인물 속에서 바로 클라망스의 과거를 엿볼 수도 있을 것이다. 항구관

리장이 다라스트에게 큰비가 오기 전에 제방을 준공할 수 있을 것인가를 묻자,

다라스트는 알 수 없었다. 사실 그는 그런 것을 생각하고 있지 않았다. 그는 느껴질 듯 말듯 내리고 있는 빗속을 지나 서늘한 강 쪽으로 내려갔다. 그는 이곳에 도착한 이후 잠시도 귀를 기울이지 않을 수 없었던 저 거대하고 드넓은 소리를 여전히 듣고 있었다. 그것은 물살 소리인지 나뭇잎 흔들리는 소리인지 분간하기 어려웠다. 기슭에 이르자 그는 멀리 바다의 불확실한 선을 바라보았다. 수천 킬로미터의 고독한 물과 아프리카 대륙 저 너머에 그가 떠나온 유럽이 있었다.

—『적지와 왕국』, p. 1665

물은 식민주의('아프리카 대륙'……)의 어둠인 동시에 다라스트의 고독이 포함한 광대한 넓이요 아득한 깊이다. 죽음의 배를 타고 떠난 클라망스는 다라스트의 고독으로 변신하여 지금 브라질에 와 있는 것일까? 다음에 보는 바와 같이 코크에게 말하는 그의 고백 속에는 과연 클라망스를 연상시키는 바 없지 않다.

'그럼, 너는, 한번도 사람을 불러본 일이나 맹세를 한 일이 없었어?'
'있었지. 단 한 번 있었던 것 같아.'
'난파당했을 때?'
'이를테면 그렇지.' 이렇게 말하면서 다라스트는 돌연 잡았던 손을 뺐다. 그러나 발꿈치를 돌리려는 순간 그는 코크의 시선과 마주쳤다. 그는 망설이다가 미소를 지어 보였다.
'별로 중요한 일은 아니지만 말해줄 수는 있어. 어떤 사람이 내 잘못으로 죽어가고 있었어. 그때 나는 사람 살리라고 소리쳤던 것 같아.'
'그래서 맹세를 했어?'
'아니. 맹세를 하고 싶다는 마음만 있었을 뿐 그렇게 하지 못했어.'
'오래 전 일이야?'

'이곳으로 오기 얼마 전이었어.'

코크는 두 손으로 수염을 잡았다. 그의 두 눈이 빛났다.

'너는 선장이야,' 하고 그가 말했다.

—『적지와 왕국』, p. 1670

파리의 예술교(퐁 데 자르) 위에서 자의식의 '웃음'소리가 파열하면서 한 인물의 두 분신이 태어난 것은 아닐까? 그리하여 시니컬한 하나의 분신이 클라망스라는 가명으로 암스테르담 쪽으로 가고 또 하나의 분신은 다라스트라는 이름을 가지고 브라질로 간 것은 아닐까?[10] 그렇다면 이제 우리는 왜 코크가 그 프랑스인 토목기사를 '선장'이라고 부르는지를 이해할 수 있을 듯도 하다. 클라망스의 배가 물의 흐름을 따라 죽음을 향하여 깊이깊이 가라앉은 난파의 배라면 다라스트는 저 우주적·사회적 난파의 배를 저어 식민주의의 파도에 저항하고 『전락』의 힘에 항거하며 단단한 돌과 뜨거운 불과 찬란한 빛을 향하여 응결하고 상승하는 의지의 구심점이라고도 할 수 있지 않을까?

이제 어둠 속에서 텅 빈 캔버스를 앞에 두고 쓰러진 요나의 수수께끼는 점차로 풀려간다. '고독(Solitaire)'이냐 '연대의식(Solidaire)'이냐 양자택일을 앞에 두고 쓰러진 예술가가 현실 속의 엔지니어로 탈바꿈함으로써 '선장'이 된다. 물을 다스리고 배의 진로를 결정하는 것도 선장의 임무이지만 혼자서 헤엄치는 것이 아니라 공동체의 투쟁을 유도하고 타(他)를 구원함으로써 자신을 구원하는 것도 선장의 특성이다. 카뮈가

---

10) 클라망스(Clamence), 예술가(Artiste), 요나(Jonas), 다라스트(D'Arrast)는 모두 어느 정도 유사한 울림을 지닌 이름들이다. 여기에는 물론 「손님」의 주인공 다뤼(Daru)와 『페스트』의 타루(Tarrou)를 결부지어 생각할 수도 있다. 특히 다뤼와 타루는 실제로 여러 가지 성격에 있어서뿐만 아니라 작가 카뮈를 가장 잘 연상시키는 이름이다. 「손님」 속에서 죄수가 교사 다뤼에게 '우리와 함께 와'(p. 1617)라고 말했을 때 다뤼는 대답하지 않는다. 그는 죄수의 탈출을 도와주는 대신 그 자신으로 하여금 선택하게 한다. 한편 「자라나는 돌」에서도 소크라트는 다라스트에게 '우리와 함께 있어줘, 다라스트 씨, 나는 너를 좋아해'(p. 1677)라고 말하자 다라스트는 그들과 함께 남는다. 또 이 작품은 '우리와 함께 앉아줘'라는 권유와 함께 끝난다.

미처 완성하지 못한 『최초의 인간 *Le Premier Homme*』 이전에 마지막으로 우리에게 보여준 가장 긍정적인 인물 다라스트는 그런 의미에서 향일성 상상력의 한 절정을 이룬다고 할 수 있다.

그러나 다라스트라는 인물이 탄생하기까지에는 얼마나 먼 도정을 거쳐와야 했던가? 우주와의 신비적인 간음을 체험하는 자닌느의 성적(性的) 세계(「간부」)는 황홀하지만 역시 개인주의적이고 고독한 통일일 뿐이다. 「배교자」는 또한 순결하고 절대적인 종교적 경험을 추구하지만 간음과 마찬가지로 배교 역시 실패의 요인을 그 자체 속에 내포하고 있다. 순박한 「벙어리」 노동자들의 침묵은 현실 앞에서의 비폭력적 대항으로 볼 수도 있지만 수동적 현실 파악에 그치는 것이다. 「손님」 속에 등장하는 교사 다뤼의 주저와 갈등 역시 최후의 선택에 있어서 소극적이다. '요나'의 예술가적 경험은 그 중 가장 긍정적이라고 할 수 있겠으나 결국 연대의식과 고독이라는 갈등을 미해결로 남겨놓은 채였다. 이 같은 어둠과 추락의 무게를 딛고 직접 현실 속으로 뛰어든 토목기사 다라스트의 투쟁은 아마도 카뮈가 우리에게 남길 수 있었던 가장 근거 있는 유언을 전하고 있다고 하겠다. 그러나 후진국으로 찾아온 이 선진국 엔지니어에게는 아직도 기이한 식민의 우월감 섞인 우울이 잔존해 있는 듯한 느낌은 어인 일일까?

제3부

상상공간의 기하학

풍경화가가 가장 먼저 하는 행위는 그의 그림의 테두리를 한정하는 일이다. 그는 선택하는 만큼 제거하기도 한다. 마찬가지로 인물화는 보통 다른 행동 속으로 연속되어 사라지게 마련인 행동을 시간적으로, 공간적으로 분리해낸다. 이때 화가는 고정(固定)이라는 방법을 실천에 옮긴다. 위대한 창조자는 이제 막 고정을 실현했다는 느낌을 갖게 만들며 환등기가 이제 막 빛을 투사하면서 고정되었다는 느낌을 갖게 만든다. 그들의 그림 속에 나오는 인물들은, 예술의 기적에 의하여, 그들이 계속하여 살아 있으면서도 죽어 없어질 생명체의 숙명에서 벗어난 것 같은 인상을 준다.

—카뮈, 『반항적 인간』

제1장
삶의 연출

1. 물·돌·빛

클라망스, 장, '어머니', 마르타, 마리아 등의 익사자들로부터 반항적 난파자들(어린아이, 타루)을 거쳐 고독한, 혹은 연대의식을 지닌 '헤엄치는 사람들'(요나, 르 코크, 다라스트)에 이르는 완만하면서도 거역할 길 없는 전진 방향은 '물'의 이미지에서 '돌'의 이미지로 가는 필연적 상상력의 길이다.

그러나 여기에서 우리는, 돌 이미지의 분석에 들어가기 전에 잠정적인 조정을 하지 않으면 안 되겠다. 우리는 이 논문 속에서 카뮈 상상력의 구심점을 물·돌·빛이라는 세 가지 요소로 분류하려고 노력하고 있는 것이 사실이지만 하나의 요소로부터 다른 요소로 옮아가는 것은 결코 기계적이고 형식적인 것이 될 수는 없다. '이미지' 분석의 난점은 바로 여기에 있다. 왜냐하면 이 분석은 논리적으로 확연한 것이 되고자 하면서도 동시에 작품이라는 대상이(이 '대상'은 사실 객체가 아니라 하나의 '주체'다) 고유하게 지니고 있는 역동적 성격과 일치되기 위하여 분석 자체가 '역동적'이 되고자 하기 때문이다.

지금까지 우리는 한 작가의 상상력이 '반향(反響, retentir)'시키려고 애쓰는 이미지의 그 같은 가동성과 자유를 무엇보다도 존중하려고 노력해왔다. 이것은 작품해석이라는 지적 기쁨을 위하여 작품 자체의 창조적 자유를 어떤 방식으로든 희생시켜서는 안 된다는 원칙에 충실하는 일이었다. 그러면서도 다른 한편 우리는 작품 전체를, 그 모든 차원에 있어서, 관류하고 있는 창조적 동력(우리는 이것을 향일성이라고 불렀다)의 눈에 보이지 않는 노선을 밟아가기 위하여 최선을 다했다. 이 점은 자유와 폭발적인 번식이 그 특징인 하나하나의 이미지 내부에서도 마찬가지다. 이미지가 지닌 저 다스릴 길 없는 자유와 다른 한편 비평적 논리의 문맥 자체가 벌써부터 드러내게 마련인 우리들의 저 끈질긴 합리화에의 욕구를 서로 조화시킨다는 우리의 야심 자체가 이미 과도한 욕심이었을지도 모른다. 그 결과, 우리는 독자들에게 분석을 통하여 이제 막 단언한 결론을 잠시 후에는 곧 부정하는 듯한 인상을 주었을 가능성이 있다. 이것은 분석의 논리적 파산을 의미하는 것이 아닐까? 그러나 우리는 여하한 경우에도 이미지의 '살아 있는' 본성 속에서 그것의 생성(devenir) 자체와 일체가 되지 않은 채 추상적 값만을 추출하는 분석을 원하지 않는다.

따라서, 우리가 여기에서 앞의 분석들을 재반성하고 그 분석을 이미지들의 어떤 새로운 판도 속에 편입시켜보려고 시도하는 것은 무엇보다도 앞서 추출한 이미지들의 값이 그 독자적인 생성법칙에 따른다는 사실을 다시 한번 긍정하는 데 그 목적이 있다. 그런데 앞에서와는 다른 차원에서의 분석은 어느 정도 같은 이미지에 대한 분석의 어떤 반복을 초래할 가능성이 없지 않다. 겉보기에는 반복이라고 여겨질 이 분석은 그러나 하나의 분석 방법에서 또 하나의 분석 방법에로의(즉 한 가지 이미지 판도에서 다른 판도에로의) 이동을 가능하게 해줄 것이다.

우리는 이미 이 같은 조작을 앞에서도 한번 실천한 바 있다. 즉 '물'

이미지의 정체적 분석에서 동적 분석에로의 이동의 경우가 그러했었다. 그 결과 우리는 익사자들에게 반항적인 '수영'으로, 인물에서 작중화자로, 실제적인 창작에서 어떤 미학의 정립에로 분석을 옮겨갈 수 있다. 그리고 무엇보다도 그 조작은 '물'의 분석에 잇달아서 '돌'의 출현을 준비하는 데 도움이 되었었다.

여기에서 하려는 조작 역시 그와 유사한 이동을 위한 것이지만 다음과 같은 차이점이 있다. 이 장에서 우리가 도달하려는 목표는 돌 이미지뿐만 아니라 '빛' 이미지에까지 동시에 도달하자는 것이다. 그렇게 하다 보면 우리는 다음 장에서 만나게 될 '돌' 이미지를 채 분석하기도 전에 그 다음 장에서 다루게 될 '빛'의 이미지를 어느 정도 앞지르는 셈이 된다. 카뮈의 작품이 보여주는 이미지들의 애매성(도대체 이미지란 본래 그런 것이지만)이 이유지만 우리는 사실 단 한 개의 일관된 노선이 물과 빛을 이어주면서 확연하게 상승한다는 원칙을 쉽사리 단언하기가 어렵다. 어느 경우에는 '물'에서 출발한 힘의 방향이 '돌'에 이어지는가 하면 동시에 직접 '빛'에 이어지기도 하기 때문이다. 카뮈의 이미지 속에서는 돌과 빛(혹은 물)의 결합이 매우 신속하고 때로는 동시적인 경우도 있다. 다라스트가 '방의 한가운데다가' 갖다놓는 '돌'의 경우가 바로 그렇다. 그의 투쟁은 '물'의 가치에 대한 '돌'의 승리이지만 동시에 '불'의 승리이기도 하다. 오막살이의 한가운데 놓인 돌은 동시에 '불'을 대신하여 원주민들의 구심점이 되기 때문이다. 돌은 물을 부정하는 값이지만 동시에 불과 빛을 향하여 나아가는 긍정적 상상력의 에너지다. 향일성의 수직성을 손가락으로 짚어보기는 쉽지만 바로 그 수직성의 축 위에서 각각의 요소들 사이의(특히 돌과 빛의 경우) '거리'를 측정하기란 매우 어렵다. 어떤 돌은 손에 집어들어보면 벌써 빛이나 불이 되어 있다.

아마 이렇게 말해볼 수는 있을 것이다. 형태의 해체를 위해서만 일하는 불안정한 물의 유체성에 비해볼 때 구심점을 향하여 응고함으로써 형태의 안정성을 추구하는 단단한 돌의 고체성은 대립적 성격을 갖는다. 이 대립성은, 돌의 하향성 운동에 비하여 소극적이나마 상향성을 보여주는(돌은 무너지려는 힘이 아니라 응결하여 버티고 서려는 힘이다) 돌과 능동적 상향성(가벼움)의 빛을 동일한 상상력의 화살표에 의하여 묶어 준다. 이 동질성에 의하여 다라스트의 돌은 곧 불이며 플로티노스의 다이아몬드는 곧 빛이다.

반면 돌과 빛이라는 두 가지만을 두고 본다면 그들 사이에는 상당한 거리가 있고 때로는 상반되는 힘이 양쪽에 작용한다. 시지프의 바위는 바로 뚫고 들어갈 수 없는 세계의 어둠이다. 그것은 동시에 산정으로부터 저 골짜기로 끊임없이 굴러내려가려는 하향성의 무거움이다. 그 캄캄하고 무거운 돌이 빛의 가벼움을 향하여 상승하기까지에는 얼마나 많은 고통이 따르는 것인가! 아니 도대체 카뮈의 상상력은 돌의 무거움으로부터 빛의 가벼움으로 완전히 탈바꿈할 능력을 가진 것인가? 한걸음 더 나아가서, 카뮈의 상상력은 그 같은 초월에의 탈바꿈을 원하는 것인가? 우리가 이 기나긴 분석의 끝에 가서 대답해야 할 문제는 바로 이것이다.

그러나 우선 이 장에서는 형태를 해체하는 물의 추락성 동력에 대항하여 세계의 형태를 부여하고, 상상력에 윤곽을 설정함과 동시에 정형이 없는 물의 세계에다가 어떤 구심점을 제공함으로써 하나의 단단하고 통일된 결정체를 창조해내려 하는 카뮈 상상력 특유의 지향성 바로 그 힘의 산물이 돌의 이미지이며 빛의 이미지라는 것을 논의해보기로 하겠다. 이 같은 지향성은 곧 물의 하향적 힘에 대하여 승리를 거두는 길이면서 동시에 돌의 무거움을 빛의 가벼움으로 탈바꿈시키는 방법이기도 하다. 하나의 중심을 향하여 결정하고 그 전체에 통일성을 부여하는 일은 단단한 돌을 투명한 빛으로 가는 길 위에 올려놓는 작업이기도 하다.

이와 같은 상상력의 작업을 우리는 '상상공간의 연출'이라는 각도에서 파악해보려고 한다. 불투명하고 애매한 세계, 안개 낀 풍경, 윤곽이 흐릿한 물의 세계 속에 문득 빛을 투사하고 경계를 긋는 일은 돌의 단단함으로 가는 제일보이다. 경계가 확실한 공간, 형태를 갖춘 공간이 돌의 세계이다. 그 형태, 그 윤곽이 없이는 질료의 단단함을 얻을 수 없다. 윤곽과 형태에 밀도를 결합시키는 행위가 돌을 창조하는 행위다. 이 행위의 주체는 상상력이며 이때의 상상력은 상상공간을 자기 고유의 향성에 의하여 무대화하는 일종의 연출자이다. 카뮈의 상상력은 단순히 희곡작품이나 소설의 연출자만이 아니라 형이상학의 연출자이기도 하다. '연출적 상상력'은 카뮈의 모든 글 속에 골고루 숨어서 돌을 만들고 빛을 만든다. 그것은 공간을 구성하는 방식을 통해서 그 특유의 숙명적 특질을 드러낸다. 카뮈의 '사상'도 그런 의미에서 '예술' 못지않게 필연적 상상력의 힘에 의하여 연출된 하나의 공간이다. 카뮈가 상상공간을 창조하고 파악하는 방식은 곧 무형 무의미로 무너져내리려고 하는 세계에 형태와 질료와 중심을 부여하는 방식이다. 창조는 곧 공간화하는 행위이며 물을 견고한 돌로 탈바꿈시키는 행위가 된다. 그의 창조 정신은 바로 공간화라는 작업을 통하여 무에 대한 반항이 되고 물의 추락에 대한 향일성의 상승 작용이 된다.

2. 공간의 구획

공간을 구성하고 조직한다는 것은 공간에 어떤 기능을 부여하는 것만이 아니라 생명과 질료와 숨결을 투사하는 일이다. 왜냐하면 우리가 여기에서 문제삼고 있는 공간은 창조의 공간, 상상력의 공간, 즉 한마디로 말해서 인간적 삶의 공간이기 때문이다. 물리적 공간에 대한 인간적 공간의 차이는 바로 여기에 있다. 카뮈 자신의 말을 빌리건대 작품의 공간은 따라서 단순한 무대장치(décor)가 아니라 '몸(corps)'이어야 한다.

카뮈는 예술적 창조를 가리켜 '천지창조의 수정(création corrigée)'이라고 말했다. 이것은 이미 주어진 시간과 공간의 세계를 변모시킨다는 뜻이기도 하지만 동시에 우주의 이 포착하기 어려운 공간을 바탕으로 해서 예술적 방법을 통해 육체적·인간적 의미의 새로운 공간을 재구성함을 뜻한다. '형태와 반항──형태를 갖지 않은 것에 형태를 부여하는 것, 바로 그것이 작품의 목적이다. 따라서 그것은 단순한 창조만이 아니라 창조의 수정이다'라고 그는 『작가수첩』 II에 적고 있다.(p. 236)

카뮈의 작품에서 엿볼 수 있는 상상공간의 조직양식을 가장 단순한 차원, 즉 형태적 차원에서만 고려해본다면(그 밖에 질료적·역동적 차원의 공간구성도 물론 검토되어야 마땅하지만) 소위 '천지창조의 수정' 역시 그것이 신에 의하여 창조된 현실에 대한 반항임에도 불구하고 여전히 천지창조의 방법에 호소하고 있다는 점은 흥미롭다. 이것은 마치 『시지프신화』 속에서 종래의 데카르트의 합리성에 이의를 제기하는 철학자 카뮈가 데카르트의 방법론을 차용하여 '부조리'라는 출발점을 추출해내는 것과도 유사하다. 아마 의식이 물세계 속에 현현하는 데에는, 즉 의식이 공간화되는 데에는 '나누고(diviser)' '합치는(unifier)' 방법 이외에 다른 방법이란 없기 때문인 듯하다. 이리하여 카뮈는 언어를 통하여 천지창조의 세계를 새로운 인간적 작품의 세계로 수정할 때 '말씀'에 의한 신의 천지창조 방식을 차용한다.

천지창조의 첫날에 신이 혼돈을 두 개의 물, 즉 밑의 물과 위의 물로 '나누어' 위의 것을 창공이라 하고 아래 것을 대양이라 하였듯이 카뮈도 흔히 상상의 세계를 창조할 때 하나의 선에 의하여 두 개의 단위를 분할함으로써 공간을 창조하기 시작한다. 그 선이 바로 '지평선' '수평선' '기슭' '한계'라는 것이다.

소설 『페스트』의 첫 페이지를 열어보자. 나레이터는 우선 오랑을 하나의 '도시'라고 명명한다. 이것은 주어진 세계 속에서 '도시'와 그 밖의 '도시가 아닌 것'을 명명하여 분할하는 행위이다. 이렇게 하여 하나의 공간은 탄생하기 시작한다. 그러면 이 소설의 도입부를 공간의 탄생, 혹은 공간분할이라는 각도에서 텍스트의 순서대로 다시 읽어보자.

① 처음 보기에는 오랑은 과연 평범한 어떤 도시일 뿐이다.
② 어떻게…… 한 도시를 상상하게 만들 수 있을까?
③ 요컨대 특징 없는 중성적인 장소다…… 오직 하늘에서만 변화하는 계절을 읽을 수 있다. 태양은 너무나도 말라 있는 집들에 불을 질러놓는 것만 같다.
④ '화재' '태양' '건조한 여름' ― '진창의 대홍수' '가을'
⑤ 그러나 덧붙여 말해두어야 할 점은 이 도시가 헐벗은 고원 한가운

데, 빛 밝은 언덕들에 에워싸인 채 완벽한 모습으로 금을 그어놓은 듯한 해안선을 앞에 두고 그 유례없는 어떤 풍경에 접붙여놓은 듯이 붙어 있다는 사실이다. 다만 이 도시가 그 해안선에 등을 돌린 채 세워져 있다는 것과, 따라서 바다를 바라볼 수가 없는지라 바다를 보려면 일부러 거기까지 직접 찾아가지 않으면 안 된다는 것은 유감스럽다.

─『페스트』, pp. 1217~1219

이 대목이 목표하는 것은 그 '도시를 상상하게 만드는' 데 있고 그 방법은 도시를 그려 보이는 데 있다. 우선 위아래로 그림이 그려진다. 밑에는 '중성적인 장소'와 '집들'이 있고 위에는 '하늘'과 '태양'이 있다. 이 상하의 구별은 태양 광선의 강력한 힘에 의하여 끊임없이 한덩어리의 '불'로 변하는 데 비하여 평면상으로는 '해안선' '완벽한 모습으로 그어진 금', 도시를 에워싸는 '언덕들', 그리고 바다에 '등을 돌리고 있는' 도시의 위상 등에 의하여 분명하고 철저하게 구획되어 있다. 이처럼 확연한 그림으로도 부족하다는 듯 바다와 땅 사이에는 시각적 연결마저 불가능하게 만드는 일종의 완충지대가 차단하고 있다. 즉 바다를 보려면 직접 바닷가로 가보아야 한다는 사실이 그것을 말해주고 있다.

이처럼 엄격하게 분리된 바다와 육지의 경계선은 점차로 『페스트』의 무대를 완전히 감금되고 밀폐된 비극의 공간으로 탈바꿈시키는 최초의 예비임에 틀림없다. 이리하여 오랑은 문득 하나의 '섬'이 된다.

3. 섬과 상상력의 물살

'섬'은 인간이 사는 땅의 이미지다. 섬은 카뮈 상상력의 중요한 형식 중의 하나이다. 청년 시절 그의 스승 장 그르니에에게서 만난 '섬'의 형이상학적 감성은 그의 정신 속에 깊은 자취를 남겼다. '비견할 바 없을 만큼 풍요로운 정원의 문이 열렸다. 나는 이제 막 예술이 무엇인지를 발견하게 된 것이었다. 그 무엇인가, 그 누군가 내 속에서 어렴풋이 꿈틀거리며 말을 하려고 했다. 단순한 어떤 독서나 대화만으로도 한 젊은 심혼 속에 그 새로운 탄생이 촉발될 수가 있는 것이었다'라고 카뮈는 그르니에의 산문집 『섬』의 「서문」속에 적고 있다.(『전집』 II, p. 1159) 이것은 단순히 그가 읽은 책 『섬』의 감동만이 아니라 '섬'의 상상력이 지닌 가치의 표현이라고도 할 수 있다. 그 '정원'은 이제 태어나고 있는 한 의식 세계 속에 열리는 공간이며 '섬'의 이미지는 창조적 상상력의 중심에 놓이는 공간이다. '섬'은 자아의 중심에서 꿈틀거리고 말을 하려고 하는 '그 무엇', 혹은 '그 누구'이다.

카뮈의 인물은 모두가 섬 사람이다. 오랑·알제·암스테르담이 항구라고 한다면 그것은 '눈으로 보는' 사람의 관점이다. 그 도시들은 대양에 둘러싸인 대륙 위에 지어진 도시라고 한다면 그것은 '머리로 이해하는' 사람의 관점이다. 그러나 그 도시들이 우리가 살고 있는 땅덩어리 속에 지어진 것이 아니라 우리들의 땅덩어리는 그 도시들 속에, 그 섬들 속에 지어진 것이라고 상상하는 것은 우리들 영혼 속에 멀리까지 울리는 상상력의 메아리를 참으로 체험하는 사람의 관점이다. 우리가 섬 속에 사는 것이 아니라 우리의 참다운 영혼 속에 섬이 들어와 사는 것이다.

섬을 생각할 때면 느껴지는 저 숨막히는 느낌은 어디서 오는 것일까? 난바다의 시원한 공기, 사방으로 자유롭게 터져 있는 바다를 만끽할 수 있는 곳이 섬말고 또 어디 있겠는가? 육체적인 환희를 마음껏 맛볼 수 있는 곳이 섬말고 또 어디 있겠는가? 그러나 섬 속에서 우리는 '격리되어 있다(isolé).'(섬ile의 어원은 바로 그것이 아니던가?) 하나의 섬, 혹은 '혼자'의 인간, 여러 개의 섬들, 혹은 여러 사람들.[1]

섬의 이미지, 즉 『페스트』『적지와 왕국』『안과 겉』「고독과 연대의식」, 『페스트』의 오랑과 「미노토르」의 오랑을 장 그르니에의 이 말보다 더 적절하게 설명해주기란 쉽지 않을 것이다.

---

1) 장 그르니에, 『섬』(갈리마르), p. 108.

‘섬’은 이미 카뮈의 최초의 『작가수첩』 첫 페이지부터 나타나기 시작한다. 다음은 『안과 겉』(이 산문집은 카뮈의 ‘섬’에 해당한다)을 위하여 적어둔 1935년 5월의 노트에서 인용한 것이다.

가난한 사람들의 세계는 유일한 것은 못 된다 하더라도 매우 보기 드문 사회 속의 섬이라고 생각된다. 돈을 들이지 않고도 그 속에서는 로빈슨 크루소의 놀이를 할 수 있다. 그 섬 속에 깊숙이 파묻혀 사는 사람은 몇 발자국 안 떨어져 있는 의사의 아파트를 가리키면서 ‘저쪽’이라고 말하지 않으면 안 된다.

–『작가수첩』 II, p. 16

뫼르소의 아파트, 그의 감옥, 그의 거리, 그의 도시는 섬이다. 바다를 향하여 활짝 열린 항구 알제는(『이방인』의 제1부) 왕국 같은 섬이다. 비록 빛 밝은 언덕에 서 있으나 그의 감옥은(제2부) 적지의 섬이요 ‘하나의 섬, 혹은 ‘혼자’의 인간’이다.

오랑은 모래밭 위로 청춘을 쏟아붓는 행복한 섬이다. 그러나 페스트가 휩쓰는 오랑은 불행으로 웅크리고 있는 섬이다. '여러 개의 섬들 혹은 '혼자' 있는 여러 사람들.' 거대한 섬 속에 작은 여러 개의 섬들. 페스트 때문에 '격리된' 개인들은 그들의 방 속에 갇힌 채 '혼자' 죽어가고 혹은 병실 속에서 '혼자' 신음한다.

다음은 『페스트』 전체의 공간적 구조를 요약하는 현실적이며 동시에 상징적인 섬의 모습이다. 의사 리유가 일하는 '임시 가설 병원'의 무대 장치는 다음과 같다.

> 그는 진찰실 옆에 붙은 방 하나를 대기실로 꾸며놓았다. 방바닥을 깊게 파서 크레졸 혼합 소독약을 푼 물로 호수처럼 만들고 그 한가운데다가 벽돌로 조그만 섬을 만들어놓았다. 환자는 자기의 섬 위로 실려 와서 즉시 옷이 벗겨지고 옷들은 물 속으로 던져졌다. 씻고 말린 다음 병원의 거칠거칠한 속옷을 입은 환자는 리유의 손으로 넘어왔고 그 다음에는 병실로 옮겨졌다.
>
> ―『페스트』, p. 1289

여기에서 우리가 볼 수 있는 것은 영혼을 씻는 기독교의 세례와 대비하여 육체를 씻는 의학적 세례의식이라고 할 수 있다(이 작품 속에 등장하는 파늘루 신부와 의사 리유의 강력한 대조를 감안할 때 이 같은 세례의식의 공간적 장치는 작가의 고의적 의도를 반영한다고 볼 수 있다). 그러나 여기에서 특히 주목해야 할 것은 대기실의 '무대장치'다.

앞의 그림에서 볼 수 있듯이 가운데 있는 벽돌로 만든 '섬'은 점점 더 범위를 넓혀가는 더 큰 섬들을 비추는 거울과도 같다. 페스트의 구심적 물결 동그라미는 환자가 발가벗겨져 피신한 벽돌의 섬을 향하여 공격적으로 죄어들며 동시에 접근이 금지된 바다 쪽으로 점점 넓게 퍼져나간다. 『페스트』의 공간은 바로 이 같은 거울구조와 물결 동그라미의 원심적·구심적 이동으로 조직되어 있다.

이 형식은 곧 우리가 앞에서 분석한 바 있는 『전락』의 환상(環狀)운하, 혹은 여러 개의 동심원을 이루는 '지옥'을 상기시킨다. 그러나 상상력의 '울림'을 통해서 파악해야 할 문화적 공간구조를 이 같은 기하학적 도형으로 설명한다는 것은 동력을 정체적인 형태로 축소하고 정지시키는 약점이 없지 않다. 따라서 이 도형을 동적으로 이해하는 데 적어도 잊어서는 안 될 요소가 '페스트의 물결'이다. 이 물결은 이를테면 역동적 상상력의 물결과 대비될 수 있을 것이다. 그리고 다른 한편 이 이차원적 평면도는 다시 한번 삼차원으로 옮겨지면서 이해되어야 한다. 즉 개개의 섬(즉 동그라미)은 평면이라기보다는 구(球)로서 파악되어야 한다. 그때 비로소 '벽돌의 섬'이 지닌 높이와 물의 깊이를 헤아릴 수 있는 것이다. 이와 같은 삼차원적 이해만이 우리가 이 장에서 분석하는 점(정상·발코니·테라스)과 선(기슭·수평선·지평선·해안선·언덕)의 높이와 깊이를 헤아리게 해줄 것이며 그 모든 것을 창조된 세계의 참다운 역동적 감동으로 연결시켜줄 것이다. 끝으로 말한 이 역동성을 통하여 우리는 상상력이 지닌 구심력과 원심력을 체험적으로 파악하게 된다.

4. 신화적 경계선 : 해안선 · 지평선

오랑을 범세계적인 섬으로 만드는 해안선의 이야기로 돌아가보자. 이처럼 확실한 경계선에 의하여 '밀폐된 세계'는 사실 카뮈만의 특유한 공간은 아닐지도 모른다. 이 점에서 보면 같은 실존주의 시대의 작가 사르트르 역시 '갇혀진 상황'을 즐겨 그려 보였다고 할 수 있다. 그러나 똑같이 밀폐, 감금된 공간이라 하더라도 방·호텔·벽과 같은 인위적·일상적 공간을 선택한 사르트르와는 달리 카뮈는 바다와 땅과 하늘이 서로 만나는 우주적 공간을 선택했다는 점은 각별히 유의할 만하다. 카뮈는 이 방대한 무대 선택을 통해서 단순히 인간적일 뿐인 상황을 대자연까지 포함한 우주적 차원에까지 확대시킴으로써 인간의 운명에 신화적인 차원을 부여한다.

페스트에 의하여 완전히 폐쇄된 도시에서 금지령을 무릅쓰고 그 우주적 경계선을 넘어 바닷물에 몸을 던지고 수영을 하는 타루와 리유를 우리는 기억한다. 금지된 선을 넘은 타루는 해방의 시간을 목전에 두고 사망하고 리유는 친구와 아내를 잃었다. 반면 멀리 두고 온 아내에게 돌아가기 위하여 그 경계선을 남몰래 넘어 도망가려고 했던 랑베르는 막상 그 경계선에 다가가는 순간 계획을 포기하고 투쟁에 가담하기로 결심한다. 그 결과 그는 세 사람의 중요 인물 중에서 유일하게 자신의 목숨을 건질 뿐만 아니라 다시 아내와 만나는 기쁨을 얻게 된다. 여기에서 우리는 바다와 육지를 가르는 경계선이 지닌 신화적·운명적 의미를 어느 정도 짐작할 수 있지 않을까?

'페스트'라는 말이 처음 발설되었을 때 리유는 자기 방의 창가에서 어렴풋이 해안선 쪽을 바라본다.

> 의사 리유는 질병으로 강타당한 아테네 사람들이 바닷가에 거대한 모닥불을 피워올렸다는 뤼크레스의 이야기를 생각했다. 밤중에 사람들은 그곳으로 죽은 이들의 시체를 옮겨왔다. 그러나 자리가 부족했으므로 산 사람들은 서로 자기들에게 귀중한 이들의 시체를 그곳에 갖다놓기 위하여 횃불 몽둥이로 치고받고 싸웠으며 시체를 포기하는 것보다는 피 흘리면서 싸워 이기려고만 했다. 불꽃이 튀고, 그 광경을 지켜보고 있는 하늘을 향하여 솟구치는 독한 냄새의 수증기로 빽빽해진 어둠 속의 물가에서 모닥불이 벌겋게 타오르는 광경이 머릿속에 떠올랐다. 걱정스러운 것은.
>
> —『페스트』, pp. 1247~1248

이것은 오랑 시에서 일어나고 있는 인간적 재난을 땅과 하늘과 육지가 서로 만나는 범우주적 경계선으로 이동시킴으로써 신화적인 비극공간으로 탈바꿈시켜주고 있다. 더군다나 20세기 오랑 시에서 일어난 '연대기'적 사건을 고대 아테네와 대비시킴으로 시간적인 넓이 역시 확대되어 신화적 비극성은 더욱 확고해진다. 인간이 겪는 질병의 고통은 이 이미지를 통해서 우주를 구성하는 원초적 질료들간의 갈등으로 승격한다. 어둠과 횃불, 물과 빛, 땅과 하늘, 땅과 바다, 삶과 죽음이 우주적 갈등의 밀도 짙은 공간을 형성하고 있다.[2]

페스트가 절정에 다가가는 순간 옛날이야기가 현실로 변하려고 한다. 리유가 '걱정스러워'했던 불길한 예감이 눈앞에 다가오고 있다. 평소에는 여름철만 되면 오랑 사람들을 '물과 육체의 축제'로 초대하던 이 우주적 경계선이 도시의 폐쇄 이후에는 삶과 죽음의 경계선으로 변했다. 그리하여 마침내 시체들을 가득 실은 전차들의 행렬이 '도시의 동쪽 항구 밖에 있는' 옛날 화장터로 가기 위하여 그 경계선—해안선—을 달리게 된다.

여름이 끝나갈 무렵 줄곧, 그리고 가을비가 내리는 가운데, 한밤중이면 해변의 벼랑길을 따라 승객도 없는 전차들의 기이한 행렬이 바다 위로 흔들거리며 지나가는 것을 볼 수 있었다. 주민들은 끝내 그 행렬이 무엇인지를 알아차리고 말았다. 벼랑길에 접근하는 것을 금지하는 순찰대에도 불구하고 곧잘 사람들의 무리가 파도치는 바다를 굽어보는 바윗덩어리 위로 기어올라가서 전차가 지나갈 때 바구니에 담은 꽃들을 그 위로 던지곤 했다. 그럴 때면 여름 밤 속으로 꽃과 시체들을 실은 전차가 더욱 요란하게 덜컹거리며 지나는 소리가 들리는 것이었다.

—『페스트』, pp. 1362

---

2) 많은 비평가들은 소설 『페스트』 속에서 이차대전을 통하여 경험한 나치와 집단 포로수용소의 상징을 발견하고자 했다. 물론 의미 있는 해석이다. 그러나 페스트=나치라는 등식은 작품의 '울림'을 정체시키고 축소할 위험이 있다. 참다운 예술작품으로서의 『페스트』는 '동시에' 육체가 경험하는 질병이며 나치의 만행이며 또한 우주적·신화적 비극이다. 이 같은 의미의 구심적·원심적 응결과 확대는 앞에서 우리가 본 『섬』의 의미작용과 같이 '운동' 속에서 파악되어야 마땅하다. 우주적 비극 속에 '육체의 질병'이라는 구체적 핵을 제거하면 추상이 될 것이고 육체의 질병(페스트)에 신화적 비극의 폭을 투사하지 못한다면 단순한 인간적인 특수 상황으로 의미가 제한되어버릴 것이다. 이미지와 상징의 차이는 바로 '상상력의 물결'이 지닌 역동성에 있다.

생명의 절정에서 탄생하는 '꽃'은 이렇게 하여 잠시 이 우주적 경계선 위로 죽음과 동행한다. 이것이 바로 우주의 역동적 지대요 상상력의 역동적 지대이다. 이것은 생명이 죽음에게 보내는 마지막 전송의 의미만이 아니다. 산 사람들이 '기어올라가는 바윗덩어리'와 저 아래로 '파도치는 바다' 사이에 떠 있는 '벼랑길', 아슬아슬한 생명의 마지막 절벽, 그러나 아직은 높고 단단한 생명의 바위와 저 아래 거대한 수렁과 같이 깊은 바다의 중간지점에 떠 있는 벼랑길, 바로 그곳으로 죽음의 전차는 지나가고 있다. 이 벼랑길은 바위 쪽을 향하여 '올라가는' 길이 아니라 저 향일성의 꽃들이 아래로 '떨어지는' 길이다. 리유의 예감이 불길한 이유는 바로 여기에 있다.

왜냐하면 시체를 싣고 벼랑 위로 달리는 전차도 아직은 이 엄청난 재앙의 최종적 극한은 아니기 때문이다. 죽음이 전차의 행렬 '속'에 격리된 채 바다의 저 '위쪽'으로 지나가는 한 아직은 그 경계선이 침범당한 것은 아니다. '리유는 그 당시 사람들이 가령 시체를 바닷물에 던지는 것 같은 절망적인 대책도 예상하고 있었다는 것을 알고 있다. 그는 시체들의 기괴한 거품이 푸른 물 위에 일어나는 광경을 쉽사리 상상할 수 있었다.'(『페스트』, p. 1362) 옛 '화장터'로 가는 불의 죽음 다음에는 저 끔찍한 우주적 수장의 단계가 올지도 모른다. 리유와 타루와 랑베르가 이끄는 의료반이 투쟁한 것은 바로 이 우주적 공간을 죽음으로 더럽히지 않기 위해서였는지도 모른다. 그리하여 페스트가 차츰 물러가는 기미가 보이자 죽은 자들의 시체가 아니라 살아 있는 리유와 타루가 건강한 생명의 육체를 물 속에 던져 수영을 즐긴다. 그러나 아직은 좀 성급한 수영이었다. 대낮을 기다리지 못한 그들의 '달밤의 수영'은 아직 완전한 우주적 결합을 실천하지 못한다.

5. 단두대로 인도하는 길

『이방인』역시 바닷가의 도시 알제가 무대다. 헐벗은 방, 혹은 컴컴한 아파트, 그리고 단조로운 사무실 속에 갇혀 지내는 어느 선박회사의 사무원인 뫼르소는 끊임없이, 위로는 하늘과 태양과의 접촉을 통해서 평면상으로는 바다와의 접촉을 통해서 삶의 공간을 우주적인 넓이에까지 확대함으로써만 행복을 구현할 수 있는 인물이다. 『이방인』의 제1부를 구성하는 여섯 개 장이 사무실에서 일하는 주중의 이야기(1, 3, 5장)와 바닷가로 나가는 주말의 이야기(2, 4, 6장)가 일정한 리듬으로 교차하도록 짜여진 것은 바로 뫼르소의 이 같은 공간 지향성을 말해주는 것이라 할 수 있다.

여기에서도 그 같은 열려진 공간, 확대된 공간에 대한 그의 욕구는 좌절에 부딪친다. 그 욕구의 실현을 방해하는 것은 『페스트』에서처럼 여기에서도 '죽음'이다.

> 밖으로 나왔을 때는 해가 높이 떠올라 있었다. 바다와 마랑고 사이에 있는 언덕들 위로 하늘에는 붉은빛이 가득 퍼지고 있었다. 언덕 위로 부는 바람은 소금기 풍기는 냄새를 실어오고 있었다. 아름다운 하루가 시작되려는 것이었다. 나는 오랫동안 야외에 나가본 일이 없었으므로 어머니만 없다면 산책하기에 얼마나 즐거울까 하는 생각이 들었다.
>
> —『이방인』, p. 113

여기는 해안선 근처의 도시 알제가 아니라 물론 어머니의 장례식을 치르기 위하여 찾아온 마랑고이다. '마랑고는 알제에서 80킬로미터 떨어진 곳에 있다.' 바다와 마랑고 사이에는 '언덕들'이 가로놓여 있다. 이 두 가지 세계를 연결시켜주는 것은 오랑의 경우처럼 후각(소금기 섞인 냄새)뿐이다. 그렇다고 하늘 쪽으로(상하로) 공간적 확대가 자유롭게 실현되는 것도 아니다. 죽음(어머니의 장례식)이 한가한 '산책'을 금지하고 있는 것은 말할 것도 없으려니와 장례식날의 하늘과 태양은 위로 '열린' 공간이 아니라 공간을 짓누르며 가두는 금속성의 덮개와 같은 역할을 한다.[3]

---

3) 롤랑 바르트, 「이방인, 태양의 소설」, *Club*(Bulletin du Meilleur Livre), No. 12, pp. 35~37 참조.

이처럼 공격적이고 닫혀진 장례식의 공간으로부터 해방되어 바닷가의 도시 알제로 돌아온 뫼르소가 '빛의 둥지' 속으로 들어가는 듯한 '기쁨'을 느끼는 것은 충분히 이해할 수 있는 일이다. 마랑고에서 어머니를 잃은 뫼르소는 이제 이 빛의 품속에 돌아와 '열두 시간 동안' 잠을 잘 것이다.(『이방인』, p. 1135)

장례식 다음날 잠에서 깬 뫼르소는 무엇을 했던가? 잃어버린 어머니(mère)를 보상해줄 신화적 어머니(mer=바다)가 멀지 않은 곳에 있다. 언덕들에 가려서 보이지 않던 바다, 오직 소금기 먹은 냄새만이 풍겨오던 바다를 찾아가는 것은 당연한 것인지도 모른다. 게다가 그날은 주말인 토요일이고 제1부 제2장의 시작이다. 이리하여 그는 마랑고 언덕을 넘어오던 그 냄새의 출발지점을 집요하게 찾아가기 시작한다. 대지와 대양과 태양이 만나는 신화적 경계선 —해안선—으로 그는 세 번 찾아간다. 다시 말해서 이 소설의 제1부를 구성하는 삼 주 동안 매 주말마다 바닷가를 찾아간 것이다. 매번 더 먼 곳의 바다, 더욱 본질적인(신화적 무대에 합당한) 해변으로 찾아간다.

장례식 다음날인 토요일에는 도시에서 가장 가까운 '항구 해수욕장'으로 간다. 이것은 바다라기보다는 오히려 도시의 일부와 같은 곳이다. 신화적이라기보다는 일상적이라고 말하는 것이 적당할 무대다. 그러나 그는 바닷물에 굶주린 사람처럼 '곧 바닷물 속으로 뛰어들었다.' 사랑하는 '엄마'를 잃은 뫼르소는 또다른 여자 마리(마리아—어머니)를 그 '바닷물' 속에서 만난다.

'물 속에 많은 사람이 있었다'라든가 마리는 옛날에 같은 사무실에서 근무하던 여자라든가 하는 일상적이고 자연스러운 단서에 의하여, 그리고 소위 '백색의 기술체'로 담담하게 씌어진 문체에 의하여 비록 치밀하게 은폐되어 있다 할지라도 '여자'를 '바닷물 속'에서 '어머니의 장례식 바로 다음날'에 만났고 그 여자의 이름이 구태여 '마리'라는 사실은 적어도 이 소설을 재독하는 독자에게는 무심하게 보이지 않을 것이다. 이 소설과 같은 무렵에 씌어진 『시지프 신화』를 읽은 독자라면 충분히 이 대목을 읽으면서 카뮈가 유난스럽게 관심을 가졌던 오이디푸스 신화를

상기하게 될 가능성이 있다.[4]

　나는 부표 위 그녀 곁으로 기어올라갔다. 왜 그런지 그저 좋았고 장난
하는 체하며 나는 머리를 뒤로 젖혀 그 여자의 젖가슴 위에 올려놓았다.
그 여자가 아무 말도 하지 않기에 나는 그대로 그렇게 하고 있었다. 온
하늘이 나의 눈 속에 담겨지는 듯 보였고 푸른 하늘엔 황금빛이 돌고 있
었다. 목덜미 밑에서 나는 마리의 젖가슴이 오르락내리락하는 것을 느끼
고 있었다. 우리는 오랫동안 그렇게 부표 위에서 어렴풋이 잠이 들어 있
었다. 햇빛이 너무 뜨거워지자 마리가 물 속으로 뛰어들기에 나도 뒤따
라 들어갔다.

—『이방인』, pp. 1136~1137

　이리하여 잠정적으로나마 어머니의 결핍은 보상되고 완벽한 화합이
이루어지는 가운데 공간은 무한하고 자유롭게 열린다. 위의 하늘과 밑의
물과 단단한 육지가 만나는 교차지점인 '부표' 위에서 위의 남자와 아래
의 여자가 휴식에 든다. 일렁이는 바닷물(어머니)의 리듬에 맞추듯 마리
의 '배'가 오르락내리락하는 것은 아기를 잠재우는 어머니의 동작이나
태 속에 든 아기의 행복감을 상기시킨다(뫼르소의 몸이 처음으로 마리의
몸과 접촉하는 부분이 '젖가슴'이라는 것을 두 번씩이나 반복한 것은 주목
할 만하다). 여기야말로 우주 속의 대립적인 극(極)들이 하나의 통일에
도달하는 공간, 즉 참다운 '빛의 둥지'라고 할 수 있다. 또 우리가 이미
이 글의 서두에서 지적한 바와 같이 제 요소들의 수직축상의 순서에도
주목할 필요가 있을 것이다. 가장 위에는 하늘과 태양이요, 그 밑에는 남
자, 다시 그 밑에는 여자, 그리고 딱딱한 부표(육지), 그리고 가장 아래
에는 바닷물이 있다는 것은 우주적 질서가 리듬과 사랑에 의하여 하나의

---

4) '물 속에서' 만난 마리는 같은 사무실에서 근무할 무렵 뫼르소가 '욕정을 느꼈던' 여자
임을 동일한 문장 속에 지적해두는 것을 카뮈는 잊지 않았다. 그리고 수영이 끝난 즉시 뫼
르소는 마리와 영화관으로 가서 여자의 '젖가슴을 애무했고' 아파트로 함께 돌아와 동침
했다. 그것은 물론 '어머니'의 장례식 바로 다음날의 일이다.

전체로 조화를 이룬다는 의미일 것이다.

두번째 토요일에 찾아간 바다는 '항구 해수욕장'보다 더 먼 곳이다. 그 곳은 '알제에서 몇 킬로미터 떨어진 곳'에 있어서 '버스를 타고' 갔다. 이 몇 킬로미터의 거리는 물론 일상적 공간과 자연적 공간과의 거리를 의미한다. 이와 같은 '멀어짐'은 해변이라는 공간을 신화적·상징적 공간으로 탈바꿈시키는 한 과정이라고 볼 수 있다. '주위에 솟은 바위들과 우거진 갈대들 가운데 꼭 끼어 있는' 이 해변의 지형적 묘사는 비교적 간단한 묘사지만 '사람들이 많았다'는 앞에서의 바다보다는 훨씬 대자연에 가깝다. 그리고 이 해변지형의 묘사는 그날 마리가 젖가슴이 비치는 아름다운 옷을 입고 왔기 때문에 뫼르소가 '정욕을 몹시 느꼈다'는 단서 바로 다음에 접속되어 있다는 점에서 물론 에로틱한 형상과 결부될 수도 있다. '헤엄을 치며 물결마루에서 물을 한모금 들이마셔가지고 입 속에 거품을 가득 채운 다음 누워서 하늘을 향하여 내뿜으면 물거품 레이스가 되어서 공중으로 사라지기도 하고 미지근한 보슬비처럼 얼굴 위로 떨어지기도 하는' 그 기이한 놀이를 남녀가 바닷물 속에서 하는 것 역시 위의 공간과 아래 공간이 만나면서 에로틱하게 구사되는 한 변주로 볼 수도 있을 것이다.

그러나 다른 한편 이 두번째 바닷가의 지형이 바위와 갈대들 사이에 '꼭 끼인 듯' 에워싸여 있다는 것은 물론 어떤 휴식의 '아늑함'을 표현할 수도 있지만 동시에 저 숨막히는 세번째의 비극적 바닷가의 폐쇄적 공간을 예고하는 것으로 볼 수 있다. 또 놀이의 끝에 가서 '쓸쓸한 소금기 때문에 입 안이 화끈거렸다'라는 단서는 마랑고의 언덕을 넘어오던 그 소금기(바다) 속에 담긴 공격성을 경고하는 셈이다. 마치 이 경고를 증명이라도 하듯이 레이몽과 아랍 여인의 싸움이 벌어진 것은 이 해수욕에서 돌아와 마리와 동침한 다음날 아침이었다.

세번째로, 그리고 마지막으로 바다를 찾아간 것은 토요일이 아닌 일요일이었다. 우발적인 것이 아니라 계획적이었다. 이번에는 레이몽의 인도를 받았다. 첫번째는 혼자, 두번째는 마리와 함께, 세번째는 마리, 레이몽과 함께 사람 수도 1, 2, 3 규칙적으로 증가한다.

'바닷가는 정류장에서 그리 멀지 않았다. 그러나 바다를 굽어보며 내리뻗친 조그만 언덕을 지나지 않으면 안 되었다'로 시작되는 이 해변의 지형 묘사는 이 소설 전체의 공간 묘사 중에서도 가장 길고 자상하다. 그들이 찾아간 마송의 별장은 정확하게 바다와 육지의 경계선상에 있다. 집은 바위를 등지고 있는데 앞쪽 밑에 버틴 기둥은 물 속에 박혀 있다. (p. 1162)

오전에는 수영을 했다. 오직 세 사람, 즉 마리, 마송, 뫼르소가 차례로 물 속에 들어갔다. 오후에는 해안선을 따라 세 번 산책을 나간다. 지금까지는 바닷가를 찾아갈 때 사람 수가 매번 규칙적으로 증가했던 것과 반비례하여 이번 산책의 경우 사람 수가 규칙적으로 감소한다. 첫번 산책에는 마송, 레이몽, 뫼르소가 두 아랍인과 바로 그 경계선상에서 격투를 한다. 아랍인은 '얼굴을 바닥에 틀어박고 물 속에 나동그라졌다. 그리고는 잠시 그대로 있었는데 머리께로부터 거품이 물위로 꿀꺽거리고 있었다.'(『이방인』, p. 1162) 두번째로는 뫼르소, 레이몽 두 사람이 '오랫동안 해변을 따라' 걸었는데 해변 끝 샘가에서 다시 두 아랍인을 만났으나 그들은 곧 바위 뒤로 사라졌다. 이때 이미 태양은 위에서 '찍어누르는 듯 했다.' 세번째는 뫼르소 혼자서 해변으로 나간다. 열려져 있던 하늘과 바다는 강렬한 햇빛으로 인하여 점점 더 숨막히는 폐쇄적 공간이 되어 죄어든다. '더위 전체가 내 위에서 짓누르면서 걸음을 막았다.' '위에서 열기가 짓누르는가 하면 주위에는 모래나 흰 조개껍데기나 유리 조각에서 빛이 날카롭게 번쩍거렸고' '햇빛에 떨고 있는 해변이 내 뒤를 압박하고 있었다.' 앞에는 칼을 든 아랍인이 샘을 지키는 신처럼 버티고 있다. 이 닫혀져버린 공간 속에서 견디지 못하여 내디딘 '단 한걸음'은 바로 궁극의 한계를 범하는 살인으로 인도한다.

이상이 『이방인』 속에서 바다 · 땅 · 하늘이 만나는 우주적 경계선의 신화적 지도이며 한계선상의 드라마이다. 이 한계선 위에서 보면 비로소 다음과 같은 카뮈의 소설관, 혹은 문학관이 감동적으로 이해된다. '(소설가의 임무는) 심부름을 거부하고 오직 그의 인물을 약속장소로 태연하게 인도해 가는 일뿐이다.' 이 우주적 경계선은 뫼르소를 운명적 논리에 따라 단두대로 인도하는 열화 같은 길이다. 겉[表]과 안[裏] 사이로 지나가는 이 위태로운 균형의 선, 여기가 바로 카뮈 특유의 신화적 비극이 선택한 장소다.

혼돈을 둘로 나누고 원초적인 두 개의 세계를 갈라놓음으로써 드라마의 공간 질서를 창조하는 예들 중에서 희곡 『계엄령』의 무대는 가히 표본적이라 할 만하다. 이 경우에는 이미 존재하는 공간의 묘사가 아니라 공간이 창조되고 있는 현장을 보여주면서 막이 올라간다는 점이 특히 유의할 만하다. 희곡의 첫머리에 나오는 지문을 인용해보자.

막이 열린다. 무대는 완전히 캄캄하다…… 돌연 무대 깊숙한 곳, 우수(右手)로부터 좌수(左手)로 살별 하나가 천천히 지나간다. 살별은 어떤 스페인 도시의 성벽과 관중에게 등을 돌린 채 살별을 향하여 머리를 쳐들고 있는 여러 사람들의 실루엣을 까만 그림자의 형태로 드러낸다.
　　　　　　　　　　　　　　　　　　　　　　　　　　—『계엄령』, p. 189

이처럼 움직이는 살별이 긋는 횡선에 의하여 무대 공간, 즉 세계를 상하로 양분하는 양식은 『이방인』 속에서 수평선 위로 지나가는 까만 범선(『이방인』, p. 1159, 1165)의 움직임과도 유사하다.[5]

---

5) 희곡 『계엄령』은 소설 『페스트』의 각색이라고도 볼 수 있는 면이 없지 않으므로 자세한 분석은 생략한다. 카디스 역시 오랑처럼 물과 땅과 빛의 중심이 만나는 항구다. 계절들은 '지렛대'를 중심으로 회전하며 슬기로운 별들은 고요한 '기하학'을 만든다.(p. 205) 그러나 페스트는 이 지렛대와 기하학을 파괴한다. 카디스는 '무덤'처럼 '봉인'되면서 대양 속의 외로운 점으로 변한다. 열려진 세계 '바다'로 탈출하려 했던 주인공 디에고는 바로 바다와 육지의 경계선 위에서 쓰러져 죽는다. 그러나 그의 죽음은 다시금 '바다'와 '소금'을 가져다준다. 해방된 카디스는 우주의 중심이 된다. 그러나 비극의 합창은 신화 속의 예언처럼 말한다. '아니다. 정의는 없다. 다만 한계가 있을 뿐이다.'
　한편 『반항적 인간』은 이렇게 말하고 있다. '단 한 번밖에 도달하지 못하는 한계선이 있다. 그 한계선을 넘어서면 죽어야 한다.'(pp. 685~686) '반항이 엄정한 한계를 요구하는 의식을 가지면 가질수록 반항은 더욱 꺾을 수 없는 것이 된다.'(p. 688) 『시지프 신화』는 돈 주앙을 '자신의 한계를 알며 그것을 범하지 않으며 정신이 딛고 선 그 위태로운 틈 속에서 신기한 통어력을 행사하는 예술가'에 비유하면서, 지성이 '육체적인 죽음의 경계선'까지 포함한 자신의 '경계선'을 깨달을 때 천재는 탄생한다고 말했다.(p. 152) 『결혼』 속의 나레이터는 말한다. '세계는 아름답다. 세계를 넘어서면 구원은 없다.'(p. 87)

이상으로 우리는 알제·티파사·오랑·암스테르담·카딕스 등 바닷가에 위치한 소설 및 연극의 무대들이 그 속에 은밀한 기하학, 혹은 지리학을 숨기고 있음을 살펴보았다. 이로써 우리는 무대가 단순히 인간들이 상호관계를 맺고 있는 사회적 공간만이 아니라 인간세계와 자연세계가 다 같이 갈등이나 화해에 참여하는 우주적·신화적 공간이라는 점을 알 수 있게 되었다.

그러나 보헤미아의 여인숙이나 이구아프처럼 바다에서 먼 내륙에 자리한 무대일 경우에도 그곳은 흔히 충분할 만큼 의미를 띤 강, 혹은 사람의 힘으로 건너가기 어려운 황무지(광대한 공간)와 접하고 있으며, 바다와 강으로부터 다 같이 먼 사막의 경우(「간부」「손님」「배교자」「사막」「제밀라의 바람」 등) 사막 자체의 광대함이 '바다' '파도' '광물성의 물' 등의 메타포를 만들어내고 있다. 그리고 그 모든 무대 속에는 항상 지평선이나 수평선이 두드러지게 나타나 있다.

6. 발코니, 테라스(屋上)

지평선(수평선—Horizon)이란 나와의 관계에서 볼 때 나를 중심으로 하여 시선이 가서 닿을 수 있는 가장 먼 경계선을 의미한다. 따라서 지평선은 나의 시계(視界)에 우주적인 차원을 부여하게 된다. 흔히 방·거리·도시·고장·인간세계 등에서 제한되어 있던 우리의 현실공간이 이 코스믹한 차원의 선 위에 던져진 시선을 통해서 문득 광대한 넓이로 확대된다. 지평선을 바라본다는 것은 이미 시각적 세계로부터 상상력의 세계로 넘어서기 시작함을 의미한다. 돌연 우리는 이 우주를 바라보기 시작함과 동시에 그 우주의 중심에 서 있는 자신을 발견한다. 그런데 우주를 보려면, 그리고 그 우주의 중심에 서려면, 높은 곳으로 '올라가야' 한다.

이렇게 하여 대부분의 서민에 불과한 카뮈의 가난한 인물들은 지평선·수평선에 즐겨 눈길을 던지고 집 밖으로, 거리 밖으로 나서기를 좋아한다. 어떤 이들은 잠시 그 먼 세계를 향하여 던졌던 시선을 거두고 체념한 듯 그 출구 없는 일상으로 돌아오지만 또 어떤 이들은 항상 뒤로 물러나 기만 하는 지평을 찾아서 그 조그마한 생활을 훌쩍 버리고 떠난다. 후자에 속하는 여행자들이 바로 메르소, 『결혼』과 『여름』의 나레이터, 타루, 랑베르, 마르셀, 자닌느, 배교자, 장…… 등이다. 땅 위로 혹은 바다 위로 떠나는 이 순례는 항상 새로운 지평, 새로운 공간을 찾아가는 모험이다. 지평을 향하여 뻗어 있는 길은 항상 조금씩 '위'로 올라가고 있는 법이다. 지평은 단순히 '앞'에 있는 것이 아니라 동시에 저 '위'로 펼쳐져 있는 것이기 때문이다. 지평을 바라보려면 고개를 들어야 한다. 지평을 바라보려면 높이 올라가야 한다. 오직 그 중심, 그 정상에서만 공간은 확대될 뿐 아니라 동시에 통일될 수 있다.

도시의 소시민들은 '지평이 없는' 공간 속에 갇혀 산다. 알제, 오랑, 파리, 프라하는 '우물'이거나 돌과 강철로 만든 '메마른 저수 탱크'에 지나지 않는다. 그러나 어떤 저녁, 태양이 물러가고 우주적인 밤이 내릴 때면 돌연 지평이 나타난다. 「아이러니」의 노인은 도시를 에워싸고 있는 언덕 저 너머 아직 남아 있는 어렴풋한 빛과 전나무처럼 하늘로 솟는 알 수 없는 연기를 바라보며 문득 눈을 감고 생각에 잠긴다.(『안과 겉』, p. 20)

일상 속으로 난데없이 찾아오는 존재론적 상승의 시간('하늘로 솟는') 이다. 그러나 노인이 얻은 것은 고독감뿐('연기'), 다시 생활의 공간은 좁아진다.

그러나 지평이 없는 대도시의 사람들에게도 그들 나름으로 일상용의 지평을 구경할 수 있게 하는 장소가 있다. 생활의 밖으로 나아가 모험을 떠날 용기가 없는 사람들에게 '발코니'는 작은 세계 속의 작은 행복의 망루이다.

이리하여 『이방인』의 뫼르소는 정열도 없이, 외롭게 발코니에 나와 앉아 일요일 오후를 보낸다. '조반을 먹고 나는 집안을 서성거렸다…… 마침내 나는 발코니에 나가 앉았다.'(『이방인』, p. 1139)[6] 여름날 저녁이

---

6) 타루도 그의 노트 속에서 '시간을 잃어버리지 않는 방법' 중의 하나로 '일요일들 오후를 자기집 발코니에 나와 앉아 지낼 것'을 꼽고 있다. 이는 물론 뫼르소의 일요일을 연상케 한다.(『페스트』, p. 1235)

면 '발코니에 나와 앉는' 알제의 모든 가난한 사람들과 마찬가지로(『안과 겉』, p. 24) 카뮈의 어머니도 해질녘이면 그곳에 나와 앉아 멍하니 먼 곳을 바라보는 습관이 있다.(『안과 겉』, pp. 26∼27) 안이면서 동시에 밖인 곳, 길보다는 높고 하늘보다는 낮은 공중의 교차지점 ── '발코니', 혹은 '테라스'에서 소시민의 공간은 잠시 넓어진다.

『페스트』 속에서, 리유와 타루가 천식을 앓는 노인을 찾아갔을 때 그들 머리 위에서 사람 발자국 소리가 들린다. 늙은이의 아내는 타루가 의아하다는 표정을 짓는 것을 보자 '이웃 사람들이 테라스 위에 올라가 있다'고 설명한다. 이리하여 리유와 타루는 '저 위에 올라가면 전망이 좋다'는 것과 '나란히 서 있는 집들의 테라스가 서로 통해 있어서 동네 부인들은 집 밖으로 나가지 않고도 서로 남의 집을 방문할 수 있다는 것'을 알게 된다. 늙은이는 거기로 올라가보라고 권한다. 거기에 가면 '공기가 좋지요(C'est le bon air)'라고 그는 말한다. 하잘것없는 사람들에게는 '좋은 공기(bon air)', 즉 테라스에서 바라볼 수 있는 전망 그 자체의 공간이 곧 행복(bonheur)인 것이다. 시선을 잡아당기는 저 열려진 공간의 매혹에 이끌려 밖으로 나서고, 삶의 모험과 투쟁 속으로 몸을 던지는 결단은 그러나 쉬운 일이 아니다.

많은 카뮈의 인물들은 어렴풋이나마 드넓은 세계의 유혹을 느끼지만 대개는 용기가 없어서, 혹은 일상의 따뜻함 속에 칩거하기 위하여, 또 때로는 '너무 늦었기 때문에' 끝내는 밀폐된 삶으로 되돌아와버린다. 아마도 참다운 테라스·정상·언덕에 올라 세계의 중심이 되고 그 정점을 통하여 광대한 공간을 껴안고 범세계적 통일을 얻기 위해서는 많은 실패의 경험과 투쟁을 거쳐야 하는 것인지도 모른다.

카뮈의 작품 속에 등장하는 인물들은 바로 '열린 공간'과 '닫힌 공간'에 대한 반응에 따라 긍정적인 인물과 부정적인 인물로 구분될 수 있을 것 같다.

사회적 지위와 관계없이 모든 허무주의적 경향의 인물들은 폐쇄적 공간을 선택한다. 『전락』의 클라망스는 늘 빗장을 걸었는지 어떤지를 몇 번씩이나 확인해야 하는 '빗장 콤플렉스' 환자다.(『전락』, p. 1539) 『이방인』의 레이몽은 '창문이 없는 부엌에서' 석유등잔을 켜놓고 산다.(『이방인』, p. 1143)『행복한 죽음』의 카르도나는 자기 방 속에 틀어박혀 외롭게 산다. '뜰 쪽으로 난 창문은 닫혀 있었다. 다른 창문은 조금만 열어두었다. 석유 램프가 탁자 위에 둥글고 고요한 불빛을 던지고 있었다.' (『행복한 죽음』, p. 87)

『페스트』의 코타르는 등불도 켜지 않은 채 어둑어둑한 방 안에서 탐정소설을 읽고 있다. 그는 리유가 찾아가서 '너무 문을 닫고 들어앉아만 있지 말고 외출도 좀 해야 한다'고 말하며 발코니로 나가자 그때서야 따라나온다.(p. 1263) 온 도시가 페스트로부터 해방되어 문이 열리고 사람들이 기뻐서 거리거리로 쏟아져나올 때 오직 코타르의 집은 '모든 덧문이 닫혀' 있고, 코타르는 그 덧문 뒤에서 군중을 향하여 절망적인 발악을 하며 총을 쏜다. 포위한 경찰이 쏜 총에 '덧문이 문자 그대로 산산조각이 나고 시커먼 구멍이 뚫리자' 비로소 그는 질질 '끌려서' 밖으로 나온다.

그러나 집안에만 들어앉아서 사는 것이 아니라 가령 발코니나 테라스에 나오기도 하는 사람들의 경우라 하더라도 저마다 서로 다르다. 뫼르소는 발코니에 나와 앉아서 지나가는 거리의 사람들, 특히 하늘과 구름과 별빛을 바라보며 일요일의 오후를 보낸다. 이 경우는 열려진 공간과 바다와 하늘, 그리고 햇빛에 대한 그의 억누를 길 없는 애착과 향수가 무료한 생활 속에서 은연중에 나타난 예일 것이다.

그러나 어떤 사람들은 발코니에 나와서도 시선을 멀고, 높은 곳으로 던지는 것이 아니라 가까운 아래쪽으로 떨어뜨린다. 이들의 시야는 좁다. 그 시선엔 지배욕이 서려 있다. 클라망스의 '정상 콤플렉스'라는 것은 바로 그 좋은 예라 하겠다. '생활의 자질구레한 구석에 이르기까지 나는 위에 있고 싶었어요. 나는 지하철보다는 버스를 탔고 택시보다는 마차를, 지하실보다는 테라스를 택했지요.'(『전락』, p. 1485)

클라망스에게 있어서 지배한다는 것은 숨쉬는 것과도 같은 것이다. 심지어 가장 보잘것없는 사람도 지배해야 산다. '사회의 밑바닥에 있는 사람에게도 여편네와 아이들은 있지요, 홀아비에게는 개가 있지요.'(『전락』, p. 1496)『이방인』의 살라마노는 그래서 그의 아내가 죽자 개를 키

우며 그 개를 혹사하면서도 개가 없어지면 눈물을 흘린다. '레이몽'에게는 그래서 도망친 아랍 여인이 필요한 것이다. 『페스트』의 판사는(그 자신 올빼미같이 생긴) 그래서 '까만 쥐새끼' 같은 아내와 '강아지' 같은 아이들을 데리고 점잖을 뺀다.(『페스트』, p. 1237) 코타르가 즐겨 말하듯 '큰 놈이 작은 놈을 잡아먹는다'는 동물적 세계관은 이 지배의 원리를 요약한다.(『페스트』, p. 1260)

그러나 일상의 발코니는 단순히 지배욕만을 위한 '높은 곳'이 아니라 연극의 공간이기도 하다. 지배의 욕구는 과시의 욕구를 수반하게 마련이다. 이 일상의 연극 무대에서 지배와 과시의 욕구를 동시에 충족시키는 가장 좋은 예는 '고양이에게 침을 뱉는 키 작은 영감'이다.(『페스트』) 이리하여 『로미오와 줄리엣』의 발코니가 오랑으로 옮겨지면 서글픈 희극의 무대로 변한다. 슬프고 우스운 그 연극의 무대를 자세히 살펴보자. '자기 창문 맞은편 발코니에서' 연출되는 그 '장면'에 타루는 흥미를 느낀 나머지 노트 속에 다음과 같이 기록하고 있다(이리하여 연극을 구성하는 무대·배우·관객이 모두 갖추어진 셈이다).

길 건너편 발코니 위에서 키가 작은 영감 한 사람이 나타나곤 했다. 흰머리를 잘 빗어넘기고, 군대식으로 재단한 옷을 입고 있으며 꼿꼿하고 엄격해 보이는 그 영감은 고양이들을 불러모으고는 종잇조각을 잘게 찢어서 길 위로 떨어뜨렸다. 고양이들은 이 비 오듯 떨어지는 흰 종잇조각들에 눈이 끌려 길바닥 가운데로 나와서는 마지막 떨어지는 종잇조각들을 향하여 멈칫멈칫 한쪽 다리를 앞으로 내민다. 그때 키 작은 영감은 고양이들 위로 정확하게 조준하여 세차게 가래침을 뱉는 것이었다. 그 중 한 마리에 가래침이 정확하게 가 들어맞으면 그는 깔깔대며 웃었다.
　　　　　　　　　　　　　　　　　　　　　　　　　－『페스트』, p. 1235

'관찰자'로 자처하는 타루는 이 '발코니의 장면'들을 계속하여 기록함으로써 페스트의 진전을 암시해 보인다. 고양이들이 자취를 감추고 배우역인 영감의 분장이 바뀌고(p. 1236), 또 고양이가 다시 나타나고(p.

1238), 극이 반복되고(p. 1267), 발코니 쪽으로 난 창문이 닫힌 채 열리지 않고 외로워진 영감이 슬퍼하는가 하면(p. 1310) 고양이들이 마침내 거리에 다시 나타나도(p. 1442) 영감은 끝내 발코니의 문을 열지 않는다.(p. 1443) 배우가 사망한 것일까?

어떤 사람들은 테라스로부터 저 개방된 공간을 향하여 눈을 던지며 그 매혹에 사로잡히기도 하지만 하루가 혹은 일생이 끝나가는 시각, 다시 말해서 너무 늦게야 찾아온 그 매혹은 더이상 아무것도 변화시키지 못한다. 「말없는 사람들」에 등장하는 이바르의 경우가 그러하다.

> 그는 테라스의 작은 벽에 기대놓은 벤치에 앉았다. 여러 군데를 기운 빨래들이 머리 위에 널려 있고 하늘이 투명해져가고 있었다. 벽 너머로는 저녁의 부드러운 바다가 보였다. 그는 페르낭드의 손을 잡은 채 결혼 초기처럼 모든 이야기를 다 했다. 이야기를 마치고 나서, 어느새인가 수평선 끝에서 끝까지 빠른 어둠살이 쏟아지고 있는 바다 쪽으로 고개를 돌린 채, 그들은 꼼짝도 않고 앉아 있었다. '아! 그 사람 잘못이지!' 하고 그는 말했다. 그는 자기가 좀더 젊었다면, 그리고 페르낭드가 좀더 젊었다면, 바다 저쪽으로 떠날 수도 있으련만 하고 생각했다.
>
> ─『적지와 왕국』, p. 1606

노동하는 사내, 가난, 천천히 닫혀가는 미래, 식탁가의 저녁 속에 깃들이는 침묵, 이 같은 세계 속에는 정열을 위한 자리란 없다고『페스트』의 나레이터는 말한다.(p. 1284) 그러나 '테라스'에 올라오면 문득 확대되는 공간에 힘입어 젊은 시절이 되살아나기도 하지만 이 늙은 노동자 이바르와 페르낭드에게는 너무나 늦게 찾아온 그 정열은 향수요 회한에 지나지 않는다. '아! 그 사람 잘못이지!' 그는 한갓 '말없는' 사람이 되고 만다. 이제 그는 저 바다 건너 수평선을 찾아 떠나지는 못할 것이다.

그 대신 이바르의 테라스는 또다른 미래의 지평을 향하여 열려 있다. '학교에서 돌아와 그림책을 보고 있는 아이'가 옆에 있기 때문이다.(p. 1606) 이 아이가 자라면 그 가슴속의 열망을 안은 채 지평을 향해 달려갈 것이다. 긴 여행과 순례의 끝에서야 이르게 될 고원과 언덕과 테라스는 더 먼 곳에 있지만 일상의 집 밖으로 나간다는 것은 벌써 그 기나긴 여행을 위한 첫걸음이다.

여름날 저녁이면 노동자들은 '발코니'에 나앉는다. 그의 집에는 아주 작은 창문 하나밖에 없었다. 그래서 집 앞에다가 의자들을 내놓고 앉아 저녁빛을 음미했다. 거리가 보였다. 그러나 무엇보다도 큰 무화과나무들 사이로 하늘이 보였다. 가난 속의 고독이라는 것이었다. 그러나 그것은 사물 하나하나에 그 값을 부여하는 고독이다. 어느 정도 부유해지면 하늘 그 자체나 별들이 가득한 방은 자연의 재화로 보인다. 그러나 가장 낮은 계층의 경우 하늘은 값으로 칠 수 없는 은총이라는 의미를 갖는다. 별들이 불꽃처럼 튀는 여름 밤의 신비! 어린아이의 뒤엔 악취가 풍기는 복도가 나 있고 그의 작은 의자는 터져서 밑으로 주저앉는다. 그러나 눈을 들고 아이는 맑은 밤에 입을 댄 채 마시고 있었다.

—『안과 겉』, pp. 24~25

'집 앞'은 과거와 미래가 헤어지는 장소다. 악취가 풍기는 등뒤의 복도와 주저앉은 의자는 과거요, 앞과 위의 거리와 별과 하늘은 미래이며 신비의 지평이다. 여기는 사람들과 아이스크림 장사와 주정꾼과 카페, 그리고 저쪽엔 신비로운 여름 밤이 상상력을 미래 쪽으로 당기고 있다. '맑은 밤에 입을 댄 채 마시는' 아이는 그 여름 밤의 신비 속에서 어렴풋이나마 자신의 내부에서 그 집과 일상을 떠나고자 하는 한 존재가 깨어나고 있음을 해석한다. 지평을 찾아 떠나는 여행자의 의식은 이렇게 하여 태어난다. 눈앞의 '거리'는 먼 곳으로 떠나는 '길'이 될 것이다.

이렇게 하여 모험을 떠난 카뮈의 여행자들이 도달한 지평은 물론 각양각색이다. 『오해』의 장은 살해되어 강물 속으로 가라앉고, 마르타는 끝내 '태양의 고장'으로 떠나보지도 못한 채 우물 속에 빠져 죽는다. 클라망스의 여로는 미래를 향하여 열린 것도 아니고 정상을 향하여 상승하는 것도 아니다. 그는 운하, 보이지 않는 바다, 안개, 비…… 로 둘러싸인 도시 속을 맴돌며 가라앉을 뿐이다. 칼리귤라의 거울은 공간을 향하여 열리는 창문의 역 현상이다. 그는 밖을 내다보고 다른 사람들을 지배하고자 하지만 거울 속에 보이는 것은 자신의 모습뿐이다.

그러나 많은 사람들은 정상을 향하여 무거운 발걸음을 옮기며 올라간다. 단편 「손님」은 바로 그런 움직임으로 시작된다. '교사는 두 사람의 사내가 자기를 향하여 올라오고 있는 모습을 물끄러미 바라보았다. 그들은 언덕 비탈에 서 있는 학교로 난 가파른 소로에도 아직 접어들지 못하고 있었다. 그들은 몹시 힘들어하면서 높은 사막 고원지대의 엄청나게 넓은 공간의 돌 많은 눈길을 따라 천천히 다가오고 있었다.'(『적지와 왕국』, p. 1609) '언덕 비탈에' 서 있는 학교로 올라온 두 사내는 프랑스 경찰관과 아랍인 죄수다.[7] 이 양자 사이에서 끝내 결단을 내리지 못한 교사 다뤼는 이튿날 그 죄수를 데리고 학교에서 한 시간이나 걸리는 산꼭대기로 올라간다.

> 다뤼는 심호흡을 하며 신선한 빛을 들이마셨다. 푸른 하늘의 덮개 아래 이제는 누렇게 드러난 저 친근하고 광대한 공간을 앞에 보자 어떤 열광과도 같은 것이 가슴속에 북받쳐올랐다.
>
> —『적지와 왕국』, p. 1620

선택의 갈등 속에서 괴로워하던 다뤼는 잠시 이 정상에서 해방감을 맛본다. 그러나 결국 선택의 문제는 여전히 남는다. 마침내 다뤼는 죄수 자신에게 선택을 전가하기 위하여 그를 놓아준다. 정상에서부터 반대편 비

---

7) '아랍인' 죄수와 '프랑스인' 경찰관이라는 이 대립적 관계는 카뮈의 생애의 후반기를 고정관념처럼 따라다니는 갈등이다. 알제에서 태어난 프랑스인 알베르 카뮈는 바로 이 견디기 어려운 '찢어짐'을 통해서 세계를 파악했다. 경찰관과 죄수, 프랑스인과 알제리인, 겉[表]과 안[裏] 사이에서 선택을 거부하는 카뮈의 입장은 1950년대 말기 카뮈의 정치적 입장을 커다란 딜레마로 몰아넣는 결과를 가져왔다. 이 무렵의 카뮈의 '침묵'은 바로 이 감당하기 어려운 입장의 한 표현이라고 하겠다. 경찰관과 죄수 사이에서 끝내 '선택'하지 못하는 교사 다뤼(Daru)의 이름이 카뮈(Camus) 자신의 이름과 동일한 모음으로 구성되어 있는 것은 매우 시사적이며 비평가들은 여러 번 이 사실을 주목한 바 있다.

탈로 내려가는 길은 두 갈래다. '동쪽으로는 가냘픈 나무들이 몇 그루 늘어선 낮은 벌판으로 내려가게 되어 있고 남쪽으로는 바윗덩어리들이 고통스러운 모습으로 버티고 서 있는 풍경 속으로 내려가게 되어 있다.' 한쪽은 헌병들이 기다리는 곳으로 가는 길이며 다른 한쪽은 아랍인 유목민들이 맞아줄 곳으로 가는 길이다. 그 어느 쪽도 선택하기 어려운 이 갈등의 정점은 우주적 공간의 통일이나 화합과는 거리가 멀다.(『적지와 왕국』, p. 1620) 그러나 하늘과 땅과 바다와 인간세계가 서로 접하는 '만남'의 지점에 이르려면 아마도 이 같은 '헤어짐'의 언덕을 넘어야 하는 것인지도 모른다.

7. 정상 · 열려진 공간의 통일

앞에서 보았듯이 천식을 앓고 있는 노인에게는 테라스란 그저 '좋은 공기'를 마실 수 있는 일상적 공간의 일부에 지나지 않는다. 그러나 그곳으로 올라간 의사 리유와 타루가 목격한 공간은 어떤 것이었던가?

> 한쪽으로는 시선이 뻗어갈 수 있는 끝까지 수많은 테라스들만이 널려 있고 마침내는 어두운 바윗덩어리에 가서 막혀버린다. 거기가 첫번째 야산들인 것 같았다. 다른 쪽으로 몇 개의 길거리들과 보이지 않는 항구들 저 위쪽, 희미하게 뒤치는 소리를 내면서 하늘과 바다가 서로 뒤섞이는 수평선 위로 시선이 빠져들었다. 절벽들이 있는 곳쯤으로 여겨지는 곳 저 너머, 어디서 나오는 것인지 알 수 없는 불빛이 규칙적으로 번뜩거렸다. 봄철부터 줄곧 저 등대는 불빛을 깜박이고 있었지만 배들은 다른 항구로 되돌아가버리곤 했다. 바람에 쓸리어 윤기가 나는 하늘에는 별들이 빛나고 등대의 머나먼 불빛이 이따금씩 별빛에 재를 끼얹곤 했다. 양념 냄새와 돌 냄새가 가는 바람에 실려왔다.
>
> —『페스트』, p. 1417

이 테라스에서 보이는 풍경은 열려 있으면서도 동시에 닫혀 있는 공간이다. 암벽으로 막힌 한쪽과 하늘, 바다가 서로 맞닿는 수평선 쪽은 공간의 이중성(열림과 닫힘)을 암시한다. 그러나 실제로는 열려 있는 바다쪽마저도 페스트에 의하여 접근이 금지되어 있으므로 또한 닫힌 공간이나 마찬가지다. 오직 시각에 의해서만 열려 있는 그 공간 속에서 켜졌다 꺼졌다 하는 등대, 그리고 별들과 어둠의 교차, 찾아오다가 되돌아가는 배 등은 모두 열림과 닫힘의 이중성을 구체화시켜준다. '윤기나는 하늘에 빛나는 별'은 매우 확실하게 윗공간을 암시하지만 밑에서 올라오는 '양념 냄새나 돌 냄새'는 폐쇄된 도시의 냄새다.

그러나 그 '열림'의 가능성을 비교적 가장 많이 내포한 이 테라스에서 리유와 타루는 처음으로 우정을 확인하는 기회를 갖는다. 타루는 '바다 쪽을 바라보며' 지금까지 지나온 삶의 기나긴 역정(歷程)을 털어놓는다. 7페이지에 걸친 그의 속내이야기가 끝나자 '미풍이 보다 거세어지면서 갑자기 바다에서 불어온 바람에 소금 냄새가 실려왔다. 이제는 절벽에 파도치는 소리가 모호하지만 알아들을 수 있을 정도로 커졌다.'(『페스트』, p. 1422) 오직 깜박이는 등대만으로 저쪽에 있다는 것이 어렴풋이 짐작될 뿐이었던 바다가 '소금 냄새'(후각) '파도 소리'(청각)로 다가설 때, 그날 밤의 우정을 위하여 리유와 타루가 해야 할 일이란 무엇일까? 바다의 부름에 이기지 못할 충동을 받은 듯 두 친구는 원칙적인 금지에도 불구하고 밤바다에 나가 그들의 몸을 물 속에 던지며 헤엄친다. 그들이 바닷가에 이르자 달이 떴다. 우윳빛의 하늘이 사방으로 창백한 그림자를 던졌다. 그들 뒤에는 도시가 높이 솟아 있었고 그곳에서 오는 뜨겁고 병든 숨결이 그들을 바다로 떠밀고 있었다. 방파제가 가까워지자 요오드 냄새와 해초 냄새가 바다를 예고했다. 그리고 바다 소리가 들렸다. (『페스트』, p. 1426)

열려진 공간과 높은 장소 사이의 관계가 작품 속에서 항상 이처럼 명확하게 강조되고 있는 것은 아니다. 소설적 서술과 인물 사이의 관계·사건 등에 의하여 공간구조는 대체로 상당히 은폐되어 있다. 그러나 앞에서 보았듯이 작품 속의 공간이란 주어진 자연의 표시라기보다는 인물이 소설 내적 질서에 따라 행동하는 가운데 그려 보이는 공간일 때 더욱 흥미 있는 의미를 가질 수 있다. 이런 각도에서 볼 때 오랑 시에서 파리 출신 기자 랑베르가 그려 보이는 행동공간은 각별히 유의할 만한 것이다.

오랑에 취재차 왔다가 발이 묶여버린 이 국외자는 이 도시의 처절한 상황을 자기의 것으로 받아들일 수가 없다. 합법적인 방법으로 그 도시를 떠날 수 없게 되자 그는 은밀하고 불법적인 방법으로 탈출로를 찾는다. 이 계획을 위하여 그는 차례로 코타르, 가르시아, 라울, 곤잘레스, 마르셀과 루이 형제라는 루트를 통한다. 이렇게 차례로 소개를 받으며 랑베르가 그들을 만나는 장소는 흥미롭다. 시내의 카페(코타르), 시내의 다른 카페(코타르, 가르시아), 보건소로 개조한 병영(코타르, 가르시아, 라울), 시내의 스페인 식당(라울, 곤잘레스), 대사원의 현관(곤잘레스), 오랑 시의 전몰장병 기념비 앞(곤잘레스, 마르셀과 루이 형제). 이 장소들을 오랑 시의 공간 속에 위치시켜보면 차례로 낮은 곳과 높은 곳이 교차된다는 것, 특히 보건소, 대사원, 전몰장병 기념비는 점차로 상승하는 높이에 위치하고 있으며 탈출계획에 가장 직접적으로 연루된 세 사람, 혹은 세 그룹(라울, 곤잘레스, 마르셀과 루이 형제)을 만나는 장소들이라는 것을 알 수 있다. 시내 위치보다도 낮은 바다로 탈출하기 위하여 랑베르는 점점 높은 곳으로 올라가며 사람들을 접촉하는 것은 무슨 까닭일까?

그러나 기이하게도 항구 감시원인 마르셀과 루이 형제는 다시 시내의 스페인 식당에서 만날 약속을 해놓고 약속장소에 나타나지 않는다. 이로써 일차 계획은 실패했다. 두번째의 계획을 위하여 랑베르는 바다로 탈출할 기회를 기다리며 그 스페인 감시원 형제 집에 와서 살게 된다. 바로 바닷가에 있는 그 집에서 기다리는 동안 돌연 랑베르는 자신도 페스트에 전염되었다고 생각한다.

그는 페스트로구나 하고 생각했다. 그 생각이 들자 반사적으로 취한 단 한 가지 행동은—그 반응이야말로 지각없는 행동이라고 한 리유의 말에는 그 자신도 동감이었지만—도시의 가장 높은 꼭대기로 정신 없이 뛰어올라간 일이었다. 그곳의 작은 광장에서도 여전히 바다는 보이지 않았지만 하늘이 좀더 넓게 보였는데 그는 거기서 도시의 벽 처 너머를 향하여 힘껏 큰소리로 자기 아내를 불러댔다.

－『페스트』, p. 1382

그처럼 어렵게 오랫동안 점점 높은 장소에서 사람을 만나다가 다시 가장 낮은 곳으로 내려와 마침내 바닷가에 다 이르러서 그는 왜 문득 그 같은 공포에 질려버렸던 것일까? 금지된 선을 넘어서는 것이 무서웠을까? 그가 다시 '도시의 가장 높은 꼭대기'로 뛰어오른 것은 바로 그 열려진 물의 공간(바다)으로부터 도망치는 행위는 아니었을까? 하여간 '집으로 돌아와 살펴본 결과 감염된 징조가 전혀 보이지 않자 랑베르는 그 자신의 돌연한 발작이 부끄러웠다.'(p. 1382) 랑베르가 스스로 탈출계획을 결정적으로 포기하고 오랑의 상황을 자신을 포함한 연대적 상황으로 받아들임으로써 리유와 타루의 의료반에 가담하기로 결심한 것은 바로 이 돌연한 '정상'을 체험하고 난 직후의 일이었다.

『이방인』의 뫼르소는 비록 비극적인 최후를 마치지만 그 역시 '높은 곳'을 통하여 삶의 완성＝소멸(consommation)에 이르는 대표적 인물이다.

살인을 저지르고 난 뫼르소는 비록 감옥 속에 갇히지만 '형무소는 시가 꼭대기에 있었으므로 조그만 창문으로 바다가 보였다'(『이방인』, p. 1175)는 사실은 주목할 만하다. 사형선고가 내려진 뒤 '감방이 바뀌었다. 지금 이 감방으로부터는 반듯이 누우면 하늘이 내다보이고 그리고 하늘밖에는 보이지 않는다'(『이방인』, p. 1120)는 사실은 더욱 흥미롭다. 이곳은 감옥이 아니라 고급 호텔이 자리잡을 만한 위치라는 착각마저 불러일으킬 정도가 아닌가? 육체는 비록 좁은 공간 속에 갇혀 있지만 뫼르소 자신이 그렇게 갈구했던 하늘과 바다의 공간이 시각을 통하여 열려 있는 셈이다. 그 정도가 아니다. 죽음 직전에 이른 뫼르소는 생에 대한 명증한 각성을 통하여 마침내 광대한 삶의 공간을 이 정상, 이 중심에서 순간적으로 통일시킨다.

왜냐하면 눈을 뜨자 얼굴 위로 별이 보였기 때문이다. 야외의 소리들이 나에게까지 올라왔다. 밤 냄새, 흙 냄새, 소금 냄새가 관자놀이를 시원하게 해주었다. 잠든 여름의 희한한 평화가 밀물처럼 내 속으로 흘러들었다. 그때 한밤 끝의 사이렌이 울렸다. 그것은 이제 나에게 영원히 관계없는 세계로의 출발을 알리고 있는 것이었다.

—『이방인』, p. 1209

여기에서 광대한 공간의 통일은 시각만이 아니라 냄새 그리고 '내 속으로 흘러드는' 평화의 밀물에 의하여 완벽하게 성취된다. 소리와 냄새, 그리고 '밀물'을 통하여 나와 세계는 하나가 된다. 뫼르소가 마지막 이른 정점은 이리하여 삶의 끝인 동시에 중심이며 그 완성이다.

뫼르소는 물론 부조리 인간의 한 전형이다. 그런데 카뮈는 『시지프 신화』 속에서 부조리 인간의 세 가지 예로 '정복자'와 '돈 주앙'과 '배우'를 들었다. 『행복한 죽음』의 메르소가 자그뢰즈를 살해한 후 긴긴 여행의 끝에 돌아온 곳은 바로 '세계 앞의 집'이라 불리는 곳이었다. 그 집은 '해안선이 보이는 어떤 언덕 꼭대기에 매달려' 있어서 그곳에 이르려면 안간힘을 쓰면서 땀을 흘리며 가파른 비탈길을 올라가지 않으면 안 된다.

풍경을 향하여 송두리째 열려 있는 그 집은 세계의 현란한 춤의 위로 빛나는 하늘 속에 걸려 있는 기구와도 같았다. 저 아래 완벽한 곡선의 해안에서부터 어떤 충동이 풀잎들과 태양을 뒤흔들며 소나무, 시프레나무, 먼지 앉은 올리브나무, 유칼리나무들을 집의 바로 밑에까지 밀어올려오고 있었다. 이 꽃 가득한 선물들의 한가운데서…… 여름 저녁들 속으로 꽃향기가 솟아올라왔다. 흰 빨래, 붉은 기와 지평선의 끝에서 끝까지 핀을 꽂아 당겨놓은 듯 주름 하나 없는 하늘 아래 바다의 미소, '세계 앞의 집'은 이 색채와 빛의 잔치 위로 그 드넓은 바다를 잡아당기고 있었다…… 그래서 아무도 가파른 길과 피곤에 대하여 불평하지 않았다. 매일매일 사람들은 그의 기쁨을 정복하지 않으면 안 되었다.

—『행복한 죽음』, pp. 130~131

매일매일 공중에 뜬 이 빛의 기구(氣球) 혹은 빛의 둥지에 올라오며 기쁨을 획득해야 하는 '정복자'는 행복하다. 거대한 바위를 어깨로 밀며 어둠의 산정으로 오르는 비극적 시지프 이전에 이미 빛 밝고 향기로운 저 꼭대기, '세계 앞의 집'으로 올라가는 행복한 시지프가 존재했다는 것을 우리는 주목해야 한다. 또 하나의 부조리의 인간 돈 주앙도 그 긴긴 바람의 역정을 지나 마침내는 정상에 이른다. 그러나 이 돈 주앙은 카뮈의 특유한 공간 상상력이 재창조한 돈 주앙이라는 점을 잊어선 안 된다.

나는 어떤 언덕 위에 외따로 떨어진 저 스페인의 수도원 어느 작은 방 안에 있는 돈 주앙을 눈에 그려본다. 그가 무엇인가를 바라보고 있다면 그것은 사라져버린 그의 사람들의 환영이 아니라 어쩌면 불처럼 뜨거운 작은 총안(銃眼)을 통하여 바라보이는 스페인의 어느 고요한 평원, 그 자신의 모습이 바로 보이는 찬란하면서도 영혼이 없는 대지일 것이다.

—『시지프 신화』, p. 157

돈 주앙이 그 말없는 대지의 찬란한 공간 속에서 '자신의 모습'을 발견한다는 것은 정상에 있는 자신을 중심으로 펼쳐져 보이는 '세계'와 '나' 사이의 단절 없는 넓이를 하나의 통일로 인식하게 됨을 뜻한다. 나의 시점은 작은 '총안'이 말없는 평원의 거대한 공간을 흡수할 수 있게 되기 위해서는 정점에 이른 중심의 '불처럼 뜨거운' 열정, 혹은 집중을 필요로 하는 것이다. 거대한 공간이 가장 작은 의식의 초점으로 집중되고 나의 시점이 찬란한 대지로 확대되는 원심력과 구심력의 공간역학은 바로 삶과 세계가 최종적인 의미를 획득하여 밀도 있는 자장으로 탈바꿈하게 만든다.

단편 「간부」의 자닌느는 사막을 '낭만적'인 장소로 꿈꾸는 도회지의 소시민이다. 그러나 그는 남편을 따라 정작 낯설고 광대하며 공격적인 사막으로 긴 여행을 떠남으로써 그의 지나온 생을 돌이켜볼 수 있는 공간의 낯설음 속에 던져진다. 각성과 회의와 황홀은 사막의 무한한 공간 경험을 통해서 온다. 자닌느와 그의 남편은 사막 한가운데의 성벽을 향하여 계단을 오른다. 그들이 위로 올라갈수록 공간은 확대되고 그들은 점점 더 광대하고 차갑고 메마른 빛 속으로 솟아올랐다. 그들이 전진함에 따라 마치 그들이 지나가면서 점점 확대되는 소리의 파장을 빛의 결정 위에 일으켜놓기라도 하듯 번쩍거리는 대기는 점점 길어지는 진폭으로 진동했다. 테라스 위에 이르러 그들이 시선을 종려수 숲 저 너머 거대한 지평 속으로 던지자 마치 하늘 전체가 광채나고 짧은 한 가락의 음조로 쩌르릉거리는 듯했고 그 메아리가 여자의 머리 위에 있는 공간을 차츰 가득 채우더니 문득 소리를 멈추었고 여자는 끝없는 그 넓이 앞에서 말없이 가만 서 있기만 했다.(『적지와 왕국』, p. 1567) 자닌느가 한밤중의 호텔 방에서 깨어나 잠자는 남편을 남겨둔 채 '어둠 속으로 몸을 던지며' 테라스로 달려올라가게 된 것은 바로 그날 낮에 발견한 이 같은 광대한 공간, 아니 광대하기만 한 것이 아니라 빛과 소리의 '결정'으로 통일되기까지 하는 공간에 대한 거역할 길 없는 유혹 때문이다. 그 여자가 그날 밤 최후의 힘을 다하여 '자신도 모르게' 테라스 위로 뛰어올라 '숨을 헐떡거리며' 난간에 '배'를 갖다대고 힘을 주었을 때 찬 공기가 그 여자의 '몸 속으로 폭포처럼 흘러들고' 그의 두 눈은 마침내 '밤의 공간'을 향하여 열려진다.

자닌느의 앞에서 별들이 하나씩 하나씩 떨어치더니 사막의 돌들 사이로 꺼져갔다. 그때마다 자닌느는 점점 더 밤을 향하여 몸을 열었다…… 공포 앞에서 도망치며 목적도 없이 미친 듯 달리기만 했던 여러 해를 보낸 후, 그 여자는 마침내 발을 멈춘 것이었다. 동시에 그는 자신의 뿌리를 되찾은 것 같았고 이제는 떨리지 않는 그녀의 몸 속으로 수액이 다시 솟아오르고 있었다…… 그러자 참을 수 없는 부드러움과 더불어 밤의 물이 자닌느를 가득 채우며 추위를 뒤잎고 신음 소리로 가득 찬 그의 입에까지 거센 물결처럼 넘쳐 나왔다. 잠시 후 하늘이 송두리째 그 차디찬 땅 위에 반듯이 누운 여자의 몸 위로 덮쳤다.

—『적지와 왕국』, pp. 1572~1573

자닌느와 더불어 인간적 차원의 에로티시즘은 보다 더 광대한 우주적 에로티시즘으로 승격된다. 우리는 이미 앞에서 『이방인』의 뫼르소와 마리를 통해서 이 같은 에로티시즘의 본질과 만난 적이 있었다. 사랑의 장소가 사막을 달리는 버스나 오아시스의 광장이나 호텔 방이 아니라 하늘과 땅, 사막과 도시, 낮과 밤, 물과 불이 황홀감 속에 서로 합일하는 '테라스'라는 사실은 공간적 넓이 및 삶의 완성과 긴밀한 관계를 맺고 있다. 사막의 저 모진 하늘은 자닌느의 머리 위에서 일종의 무거운 회전 속으로 이끌려든다. 광물적인 불이요 번쩍거리는 얼음인 수많은 별들이 그 회전하는 하늘의 중심에 반짝인다. 추위와 욕망의 불이 서로 싸우면서 마침내는 '광란하는 듯하면서도 고정되어버린 생명' 속에 통일된다. 이것이 바로 '황홀경의 움직이지 않는 여행'이다.

　클로드 비제는 「간부」에 관하여 이렇게 지적했다. '객관적 현실이 비전으로 탈바꿈한다. 이 비전이야말로 말로 표현할 수 없는 비밀을 직접적이면서도 동시에 계기적으로, 구체적이면서도 동시에 유추적으로 표현하는 언어다. 이 언어는 유적(流謫)의 고통을 표현하는 데 흔히 사용되는 백색의 기술체(écriture blanche)와는 정반대되는 것이다.' 여기에서 문제된 비전은 비제의 말을 빌리건대 '시적 접신의 순간'이라 할 수 있을 것이다.[8] 오랜 세월 동안 도회의 부르주아적 생활 속에 칩거하면서 타인과의 진정한 의사소통이 불가능해지고 자연과도 단절된 채 살아온 자닌느 속에서는 삶에의 정열은 완전히 잠들어버렸다. 그런 여자가 문득 성의 정상에 올라온 것이다. 세계가 돌연 유체성인 시의 힘이 되어 그를 사로잡는다. 갑자기 넓어진 공간의 충격이 잠들어 있던 그의 '뿌리'를 뒤흔들고 응고되었던 '물'이 솟구친다. 자닌느는 사회적인 차원이 아니라 신화적 차원의 '간부'다. 우라노스와 가이아가 광대한 공간과 밤을 통하여 그의 육체 속에서 결혼한 것이다. 카뮈의 작품 속에서 최종적 해

---

8) Claude Vigée, 「알베르 카뮈 : 『적지와 왕국』 사이에서의 방황 Albert Camus : L'Errance entre l'Exil et le Royaume」, *La Table Ronde*(1960. 2. No. 146).

방과 통일의 순간에는 항상 정상과 넓은 공간과 물과 밤이 나타나는 것이 흥미롭다.『페스트』에서 리유와 타루가 경험하는 우정의 해수욕이 그러하고『행복한 죽음』에서 메르소가 죽음 직전에 하는 마지막 밤 해수욕이 그러하고『이방인』에서 뫼르소의 가슴속으로 '밀물처럼 흘러드는' 밤의 평화가 그러하다.

8. 사회공간의 결정과 자연공간의 확대

그러면 이제 드넓은 공간을 삶의 의미로 결정시키는 정상(산꼭대기, 테라스)의 이미지에 관한 분석을 끝마치면서 마지막으로 가장 아름다운 두 개의 예를 들어보기로 하자. 그 중 한 예는 가장 인간적인 도시의 건물 옥상에 있는 테라스다. 우리는 앞에서 늙은 해소병 환자의 집 테라스가 '시원한 공기'를 마시는 일상의 공간임을 보았고(『페스트』) 그것은 한걸음 더 나아가 리유와 타루의 우정 및 삶의 의의가 파악되는 보다 차원 높은 장소로 변모함으로써 그 비전이 그들을 밤 바닷물과 직접 접촉하게 하는 상징적 해수욕으로 인도한다는 것을 주목했다.

페스트가 물러나고 타루는 사망했다. 그리고 소설도 끝이 나려고 한다. 소설의 마지막 페이지에서 우리는 또다시 한번 늙은 해소병 환자를 찾아가는 리유를 만나게 된다. 이번에는 혼자서,

리유는 벌써 층계를 올라가고 있었다. 싸늘하고 넓은 하늘이 집들 위에서 빛나고 언덕들 옆에서는 별들이 모친 돌처럼 단단해져가고 있었다. 이날 밤은 타루와 그가 페스트를 잊기 위하여 이 테라스를 찾아왔던 밤과 그다지 다를 바 없었다. 다만 바다만이 절벽 아래서 그때보다 더 요란스럽게 소리를 내고 있었을 뿐이다. 대기는 움직이지 않으나 가벼웠고 따뜻한 가을바람에 실려오던 소금기가 가신 듯했다. 그러나 웅성거리는 도시의 소리들이 테라스 밑에 와서 파도 소리처럼 철썩거리고 있었다. 그러나 이 밤은 반항의 밤이 아니라 해방의 밤이었다. 멀리 불그레하고

검은 부분은 대로와 불 켜진 광장임을 알 수 있었다. 이제 해방된 밤 속에서 욕망은 굴레를 벗는 것이었다. 리유에게까지 밀려오는 저 소리는 그 욕망이 웅성대는 소리였다.

—『페스트』, p. 1471

바로 이 해방의 기쁨과 욕망을 통하여 하나로 뭉쳐진 인간의 '파도 소리'를 들으며 테라스 위의 리유는 자기가 그들과 한몸이 되는 것을 느끼고 그들을 위한 증언으로서 이 '연대기'를 쓰기로 결심한다. 하늘과 바다와 도시는 이 정상에서 파도와 바람과 별빛과 기쁨의 외침 소리, 그리고 '땅에서 하늘로 쏘아올리는 불꽃놀이의 폭죽'을 통하여 연결 결합되며 '모진 돌처럼 단단하게' 결정된다. 이 결정체가 별의 이미지다.[9]

테라스를 중심으로 결정되는 공간 이미지에 대비하여 이번에는 보다 원심적인 공간 확대의 이미지를 살펴보자. 앞의 예가 도시라는 인간적 공간에서 이루어진 것이라면 이번에는 자연의 정경을 통하여 변주되는 음악적 공간의 통일과 확대라 하겠다.

시적 산문 「사막」의 나레이터는 피렌체의 '뒷산 꼭대기'에 있는 피에졸레의 프란체스코 수도원을 아침나절에 방문했다. 수도원의 작은 방 안 탁자 위에는 해골을 놓아두고 좁은 창문을 통해서 '언덕 비탈을 따라 자라는 그 모든 시프레나무들과 함께 바쳐진 도시 전체'를 내다보는 수도승의 비전은(『결혼』, p. 84) 돈 주앙의 이미지와 직결된다. 이제 나레이터는 같은 날 오후 피렌체의 앞산에 있는 보볼리 공원 위로 올라간다.

피렌체에서 나는 보볼리 공원의 가장 높은 곳으로 올라가보았다. 몬테올리베티와 도시의 가장 높은 지대를 지평선 끝까지 바라볼 수 있는 테라스에까지 그 하나하나의 언덕 위에는 올리브나무들이 마치 작은 연기처럼 뿌옇게 보였고 그 나무들이 가벼운 안개처럼 펼쳐진 가운데 분수처럼 솟아오르는 시프레나무들의 단단한 형체가 유난히 드러나 보

---

9) 별의 이미지는 이 논문의 후반부에 가서 별도로 구체적인 분석을 할 기회가 있을 것이다.

였다. 가까이 있는 나무들은 초록색이고 멀리 있는 것들은 까맣게 보였다. 깊은 푸른빛이 드러난 하늘에는 큰 구름들이 반점처럼 떠 있었다. 오후가 끝나면서 떨어지는 은빛의 광선 속에서 만물이 침묵에 잠겼다. 산의 꼭대기들은 처음에는 구름 속에 묻혀 있었다. 그러나 가는 바람이 일면서 내 뺨을 스쳤다. 그와 더불어 산꼭대기 뒤쪽에서 구름들이 흩어지며 막처럼 열렸다. 그와 동시에 산꼭대기의 시프레나무들이 문득 걷힌 푸른빛 속으로 분수처럼 쑥 자라며 솟구치는 듯했다. 나무들과 함께 산 전체와 올리브나무 및 돌의 풍경이 천천히 위로 떠올랐다. 다른 구름들이 다시 나타났다. 막은 다시금 닫혔다. 그리고 산은 시프레나무들, 집들과 함께 다시 내려앉았다. 그리고는 또다시—점점 더 희미한 모습으로 겹쳐 있는 먼 곳의 산들 위로—같은 여린 바람이 일어 이쪽에서는 그 주름을 다시 접는 것이었다. 세계의 이같이 거대한 호흡 속에서 똑같은 숨결이 몇 초의 간격을 두고 들락날락하고 점점 더 느리게 세계적인 척도의 둔주곡을 돌과 공기의 테마에 따라 연주하는 것이었다. 그때마다 선율은 한 음계씩 낮아졌다. 그 선율을 따라가다 보니 내 마음이 점점 가라앉았다. 가슴에 느껴지는 이 전망의 끝에 이르러 나는 다 같이 숨을 쉬며 둔주곡처럼 멀어져가는 그 산들을 한눈에 보듬어안았다. 그와 더불어 나는 이 대지 전체의 노래와도 같은 것을 껴안았다.

—『결혼』, p. 86

카뮈가 꿈꾸었던 '전체극'은 바로 이런 것인지도 모른다. '무대와 배우 사이의 이혼'이라는 부조리도 이 산정에서만은 잠정적으로나마 완전히 극복된다. 여기에서는 이미 무대·배우·관객의 구별은 없다. 모든 것은 리듬 속에 통일된다. 시각·청각·촉각으로 발전하는 이 같은 공간의 통일 속에서는 무거운 바위를 밀어올리는 시지프도 잠시 자신과 화해할 것이다. 바위가 다시 저 골짜기 밑으로 굴러떨어지는 것을 걱정할 시간이 아니다. 시지프도 때로는 이처럼 산정에 올라 영원 같은 순간의 음악을 만나기도 하는 것이다. 그 순간 속에 모든 공간이 다 함께 열리며 하나의 우주가 된다.

제2장
연극적 공간 상상력

1. 테두리, 조명, 거울

앞에서 우리는 카뮈의 작품 속에 나타난 우주적 한계선과 정점을 차례로 분석하면서 그것이 얼마나 전략적인 공간을 구성하는가를 살펴보았다. 마지막으로 인용했던 음악적 공간의 예는 이제 카뮈의 공간 감수성이 연극적 성격과 깊이 관련되어 있다는 암시를 내포하고 있다.

사실 카뮈는 소설가·철학자로서보다는 연극인으로서 그의 창조적·경력을 시작한 사람이다. 그뿐 아니라 그의 소설이나 이론적인 글 속에서까지도 연극적 감각은 항상 중요한 역할을 담당하고 있다. 모르방 르베스크는 연극 무대가 아닌 다른 장르 속에 구현된 카뮈의 극적 상상력을 적절하게 지적한 바 있다.

'우리는 카뮈 덕분에 독일 점령시대와 레지스탕스에 관한 단 하나의 비극작품을 가지게 되었다. 그것은 그 사건들과 거리를 유지하면서 역사를 우화의 경지에까지 끌어올리고 그 어두운 시대를 시간적·공간적으로 이동시킴으로써 역사를 조명하고, 마침내는 모든 시대에 걸친 세대들이 의식할 수 있는 보편성의 경지에까지 형상화한 유일무이한 예술작품이다. 작가가 성공한 단 하나의 전체극, 그것은 다름아닌 『페스트』이다. 고대의 전통적 5막 비극처럼 거대한 다섯 개 장으로 구분한 것까지 비극의 모습을 갖춘 것이 『페스트』라는 사실을 사람들은 주목했는가? 『페스트』의 표지에는 '소설'이란 표지는 없다. 그것은 극적 연대기이기 때문이다. 그것은 단 한 권의 책으로 묶인 연극이다. 연극의 무대(오랑), 등장인물들 위로 올라가는 막, 닫혀진 문의 필연성(페스트에 휩쓸린 도시는 세 번의 징 소리가 울리면서 극장문이 닫히듯 우리들을 가두며 닫힌다), 합창단의 역을 맡은 나레이터, 유난히 극적인 행동의 발전, 배우들의 머리 위로 하늘을 후려치는 전염병의 채찍 소리(마치 무대 위에서 내는 효과음처럼) 등 그 어떤 요소도 결여된 데가 없다'.[1]

우리가 여기에서 주목하고자 하는 것은 바로 극무대가 아닌 곳에 은폐되어 있는 무대공간의 구성양식이다.

많은 사람들이 수십 년을 두고 소위 '카뮈의 부조리 사상'이라는 것을 요약하고 설명해왔다. 그러나 사실은 부조리를 하나의 감수성으로서가 아니라 개념으로 보기 시작하면 이미 카뮈의 본질과는 상당한 거리가 생기게 된다. 그런 의미에서 카뮈가 부조리를 '어떻게' 형상화하는가에 유의하는 것은 그의 감수성의 뿌리와 직접 만나는 일이 될 수도 있을 것이다. 카뮈는 부조리와 감정을 다음과 같은 장면을 통해 설명한다.

한 남자가 유리로 된 작은 방 저 뒤에서 전화를 걸고 있다. 그의 목소리는 들리지 않고 의미 없는 그의 몸짓만이 보인다. 우리는 그가 무엇 때문에 사는 것일까 하고 자문하게 된다.

---

1) 모르방 르베스크, 「무대에 대한 정열 la Passion pour la Scène」, 『카뮈』(Paris : Hachette), pp. 338~341.

—『시지프 신화』, p. 108

　이것은 부조리를 설명하기 위하여 있을 수 있는 많은 예들 중에서 카뮈가 우연히 추출해본 하나의 예에 지나지 않는 것일까? 사르트르는 이것을 우연한 예로 간주하여 지나쳐버리지는 않았다. '유리로 된 작은 방'은 '중요한 부분을 제거한 통로'로서 '저자의 어떤 고의'의 산물이라고 그는 지적했다.[2] 왜냐하면 이것은 현실의 묘사가 아니라 상상하는 의식이 고의적으로 연출한 공간이기 때문이다. 우리는 여기에서 어쩌면 한 의식이 공간과 질료 속으로 탄생하는 최초의 순간과 만나고 있을지도 모른다. 카뮈는 부조리의 개념을 먼저 설정해두고 그것을 알기 쉽게 설명하기 위하여 이 이미지를 예로서 들어 보인 것은 아니다. 이는 마치 산정으로 오르는 시지프의 신화가 우연히 선택된 것이 아닌 것과 마찬가지다. 부조리의 감정은 유리라는 질료와 방(房, cabinet)이라는 공간과 동시에 깊이 연관된 채 태어난 것이라고 보는 것이 옳을 것이다.
　다음의 예를 보자.

　아무것도 이해하지 못한 채 남편과 함께 사는 아내. 남편이 어느 날 라디오 방송에서 이야기를 한다. 그는 유리벽 뒤쪽에 앉아 있고 아내는 그를 볼 수는 있지만 목소리는 듣지 못한다. 그는 다만 몸짓을 할 뿐이다. 그 여자가 아는 것은 그것뿐이다. 처음으로 여자는 육체를 가진 남편, 육체적 존재로서의 남편을 보는 것이다. 동시에 허수아비 같은 남편의 모습을 본 것이다. 여자는 남편과 헤어진다.
　'밤마다 내 배 위에 기어올라왔던 것은 저 허수아비였단 말이지.'
—『작가수첩』 I, p. 157

　태어나고 있는 의식을 형상화하는 데 있어서 이 '유리벽'이나 '유리상

2) Jean-Paul Sartre, 「『이방인』 해설 Explication de 'L'Etranger'」, 『상황 Situations』 I(Paris : Gallimard, 1947), pp. 106~109.

자'는 다른 벽이나 다른 공간으로 대치될 수 있는 성질의 것이 아니다. 시각적으로 투명하면서도 청각적으로 불투명한 유리라는 질료의 이중적 성격이 이 이미지에 활력을 부여하고 있다. 눈에는 보이나 의미를 알 수 없는 이 무언극의 공간은 과연 카뮈에게 있어서 여러 곳에 나타난다. 그 것은 단순히 부조리의 감정을 유발하는 데만 사용되는 공간이 아니다. 그것은 항상 의미나 영혼만을 편애해온 기독교 문명 속에서 육체의 현존을 조명하는 데도 쓰인다.

> 타루와 랑베르는 초록색 칠을 한 벽 때문에 마치 수족관 속의 빛이 떠도는 것만 같은 좁은 복도를 따라갔다. 기이한 그 그림자들이 비쳐 보이는 어떤 이중의 유리문에 이르기 전에 타루는 랑베르를 어떤 조그만 방으로 데리고 가서…… 흡수성 마스크를 쓰게 했다…… 그들은 유리문을 밀고 들어갔다…… 흰옷을 입은 남자들이 창살 달린 높은 천장에서 쏟아지는 눈부신 빛 속에서 천천히 움직이고 있었다…… 그 중 한 사람이 말을 할 때마다 거즈 마스크가 부풀어나고 입 부분이 축축해졌다. 그것은 마치 석상들의 대화처럼 비현실적인 대화 같았다.
>
> ─『페스트』, pp. 1375~1380

이것은 물론 수술실의 장면 묘사다. 수술실이 국외자에게는 '수족관'처럼 보인다. 그리고 사람들 사이의 대화는 비현실적인 느낌을 준다. 그러나 '상황'을 받아들인 의사 리유나 타루에게는 다만 육체적 생명을 소생시키는 장소다. 랑베르가 여기에 찾아와 이 '수족관'의 세례를 받고 난 다음에 탈출을 포기하고 의료반에 참가할 뜻을 리유에게 말한다는 것은 주목할 만한 일이다. 유리벽 뒤에서 조작되는 것은 단순히 부조리나 삶의 무의미의 발견만이 아니라 의식의 각성일 수도 있다.

「사막」에서 카뮈가 '육체의 소설가'들인 토스카나의 거장들을 찬양하면서 그들의 교훈이 화폭의 테두리 속에 정지해 있음을 강조한 경우 역시 직접적으로 유리벽을 사이에 둔 경우와 마찬가지다. 조각·회화·사진·무성영화의 영상들은 모두가 침묵에 의하여 참으로 실존하기 시작하는 육체의 모습들이다.[3] 카뮈의 작품 속에 등장하는 많은 '말없는 사람들' 특히 어머니는 침묵이라는 유리벽에 의하여 참다운 존재의 무게를 드러내는 인물들이다. '토스카나의 거장들이 그린 그림 속의 인물들을 우리는 플로렌스나 피사의 거리에서 매일같이 만난다는 사실을 인정하기 위해서는 많은 시간이 필요하다. 그러나 우리는 오늘날 우리의 주위에 있는 사람들의 참다운 얼굴을 더이상 바라볼 줄 모르게 되었다. 우리는 그들에게 있어서 우리의 처신 방향에 유용하고 처세에 보탬이 되는 것만을 보고자 눈이 어두워진 나머지 우리 동시대 사람들을 잘 보지 않게 되었다'라고 카뮈는 말한다.(『결혼』, p. 79) 그림이나 사진의 테두리, 혹은 침묵은 육체를 '보게 하는' 유리벽과 같은 것이다. '보는' 기술은 사실 카뮈의 연극적 방법의 근본적 성격이다. 이 세계가 부조리하고 무의미한 어둠이라면 그 세계를 잘 바라본다는 것은 그 어둠 속에 의식의 빛을 투사하여 사물과 존재들의 분명한 윤곽과 질감이 드러나게 하는 행동을 뜻한다. 일상의 관찰자는 주의력이 강한 의식에 의하여 일종의 연출가가 된다. 소설·연극·철학·산문 등의 텍스트 속에 삽입된 '에피소드'들은 이런 각도에서 보면 모두 조그만 '연극 장면'들이라고 할 수도 있을 것이다. 지드가 말하는 '심연체계(mise en abyme)'에까지 이야기를 확대시키지는 않더라도 카뮈의 작품 속엔 수많은 극중극들이 산재한다. 카뮈는 이 같은 '보는' 기술을 '현상학적' 방법이라고 부른다.

생각한다는 것은 큰 원칙의 모습 속에 외관을 친근하게 만드는 것이나 통합하는 것을 의미하지 않는다. 생각한다는 것은 보는 방법을 다시 배우는 일이요 의식을 유도하며 하나하나의 이미지를 하나의 특혜받은 장소로 만드는 일이다. 다시 말해서 현상학은 세계를 설명하기를 거부한

---

3) 침묵에 의한 육체적 현존이 가장 강력하게 시사된 작품은 무엇보다도 『이방인』이다. 뫼르소는 가치의 판단에 앞서 시각에 의하여 포착되는 존재들을 우선 긍정한다. 일요일의 발코니에서 바라보이는 풍경, 식당에서 만난 자동인형 같은 여자는 모두 언어의 부재로 인하여 육체적 존재로만 포착되는 세계의 풍경이다. 심지어 재판정에서도 그는 검사와 변호사가 주장하는 말의 내용보다 몸짓, 옷차림에 더 민감하다. 그 자신은 거의 말을 하지 않기 때문에 강한 관찰력을 발휘한다.

다. 현상학은 다만 체험의 묘사이고자 한다…… 경험에 주의를 집중함
으로써 그것을 조명하는 것은 의식이다. 의식은 인식의 대상을 만드는
것이 아니라 다만 대상을 고정시킨다. 의식은 주의력 집중 행위이다. 베
르그송의 이미지를 빌려서 말하건대 의식은 단번에 어떤 영상 위에 딱
고정되는 환등기의 빛과 흡사하다.

―『시지프 신화』, p. 130

여기에서 나타나는 사진술에 속하는 용어에 주목할 필요가 있다. 고정
시키고 조명하고 영상을 투사하는 행위는 의식을 조명이나 시선과 동일화
한다. 여기에서 우리는 카뮈의 연극적 공간화 양식의 일단을 엿볼 수 있다.
즉 공간이 형성되는 데 가장 중요한 역할을 하는 것은 테두리(경계·벽·
한계선·상자·원·무대·좌수左手 및 우수右手·영상……)와 조명이
다. 이 두 가지 요소가 확정되고 나면 보잘것없는 일상 생활의 한 부분도
문득 연극적 '장면'으로 탈바꿈한다.

    '일상 생활 속의 비직업적 배우'를 무대 위의 정확한 장소에 올려놓고
4천 와트 조명등의 빛을 투사해보라. 연극은 성립되지 않을 것이다. 그
러나 그 진실의 빛 속에서 어떤 방식으로인가 온통 발가벗은 듯한 그의
모습이 고스란히 드러나는 것을 볼 수 있으리라. 그렇다. 무대 위의 불
은 잔혹하다. 이 세상의 그 어떤 가면으로도 그 60평방미터의 공간 위에
서 걷고 말하는 남녀가 자기 나름으로나마 스스로를 고백하고, 가장과
의상에도 불구하고 자신의 진정한 모습을 드러내는 것을 막지는 못할
것이다…… 그렇다. 분명히 말하지만, 진실 속에서 살고자 한다면 연극
을 해보라!

―『전집』I, pp. 1723～1724

'의식'이라는 잔혹하고 진실된 조명을 받으면 형태도 없는 저 현실의
불투명한 모습이 뚜렷한 윤곽 속에서 그 적나라한 모습을 노출시킨다. '4
천 와트'의 강렬한 의식의 빛, 그 빛이 현실의 어둠 속에서 문득 밝히는

'60평방미터'의 테두리, 이것이 창조라는 현상학적 공간이다. '생각한다는 것은 무엇보다도 하나의 세계에 한계를 부여하는 것을 의미한다. 그것은 인간을 그의 경험과 분리시키는 저 근원적인 불화에서 출발하여 자기 나름의 향수에 따라 화해의 땅을 찾는 것, 이성에 의하여 코르셋처럼 꼭 최어든 세계, 혹은 그 견딜 수 없는 이혼을 해소시켜줄 아날로지의 빛을 받는 세계를 찾아내는 일이다.'(『시지프 신화』, p. 177) 부조리의 창조는 이같이 코르셋처럼 압축하는 '테두리'와 '조명'이라는 연극적 요소를 기본으로 한다. 여기에서 '세계'란 곧 새로이 창조된 '공간'이다.

그러면 아주 단순한 '장면'에서부터 살펴보자. 가장 작은 단위의 '장면'은 마치 한 장의 스냅 사진 같은 이미지다. '인생 전체가 단 하나의 이미지 속에 요약될 수 있다'(『안과 겉』, p. 28)라고 카뮈는 말했다. 테두리 없는 시간의 어둠 속에 흡수되어 있을 때는 무의미할 뿐인 삶에 문득 어떤 특수한 조명이 가해지고 그 한 조각이 테두리에 씌워져 분리되고 나면 돌연히 어떤 요약된 의미가 탄생하기도 한다. 뫼르소는 일요일 오후를 줄곧 발코니에 나가 앉아 보내고 나서 저녁 공기가 쌀쌀해지자 문을 닫고 방으로 돌아온다.

들어오면서 나는 알코올 램프와 빵조각들과 가까이 놓여 있는 탁자의 한 귀퉁이가 거울 속에 비치는 것을 보았다. 나는 또 일요일 하루가 지나갔다는 것, 어머니는 이제 땅속에 묻혔다는 것, 나는 다시 출근을 하게 된다는 것, 그리고 요컨대 변한 것은 아무것도 없다는 것을 생각했다.

— 『이방인』, p. 1140

……en revenant j'ai vu dans la glace un bout de table où ma lampe à alcool voisinait avec des morceaux de pain. J'ai pensé que c'etait toujours un dimenche de tiré, que maman était maintenant enterrée, que j'allais reprendre mon travail et que, somme toute, il n'y avait rien de change.

여기서 책상의 '한 귀퉁이'를 끊어내는 거울이라는 테두리와 알코올 램프라는 조명의 기본적인 두 요소가 생(生)을 요약하는 장면을 만든다. 이 정물화 같은 '장면' 속에 등장하는 '배우'는 오직 공간적 인접성('가까이 놓여 있는')을 제외하고는 서로 아무 관계가 없는 사물, 즉 탁자·램프·빵조각이다. 이 개개의 물건들은 그 자체로서는 무의미한 것들이지만 그들 사이의 무관계를 반영하고 노출시킨다는 데 그 의미가 있는 것이다. 이 '장면'에 이어진 문장 속에서 관계대명사에 의하여 인도된 네 개의 종속절은, 책상의 한 귀퉁이, 빵조각, 램프의 상호관계가 그렇듯, '생각한다'라는 동사의 목적절이라는 문법적 관계 이외에는 서로 아무런 관계가 없다. 인용문 속에서 두 개의 문장('나는 거울 속에……보았다'='나는……을 생각했다')은 이리하여 완벽한 거울처럼 서로를 비추며 대칭을 이룬다. 이렇게 볼 때 『이방인』의 나레이터는 그의 외면적인 순진성에도 불구하고 사실은 탁월한 연출가임이 분명하다. 그가 시점을 조금만 이동한다면 거울 속에 비치는 사물들은 전혀 다른 총체를 이룰 것이다. 뫼르소는 사진작가가 의도적으로 앵글을 맞추듯 빵조각과 램프가 놓인 탁자의 한 귀퉁이만을 거울 속에서 볼 수 있는 지점에서 의식적으로 발을 멈춘 것임에 틀림없다.[4]

앵글의 선택은 모든 조형예술, 혹은 공간예술의 기본원칙이다. 앵글을 정하고 단 하나의 시점에 움직이지 않고 서서 세상과 삶을 향하여 눈빛의 광도를 높여보라. 모든 것이 이미지가 될 것이다. 의식의 빛이 테두리 밖의 공간을 무화하고 한 국면만을 침묵의 바다 위에 홀로 남은 섬처럼 비출 때 문득 생의 얼굴이 보인다. 어디로 흘러가는지 알 수 없는 시간의 강물 속에서 작가는 문득 하나의 시작과 끝이 있는 생의 '형태'의 섬을 만든다. '운명에 얼굴을 만들어주는 것이 창조'라고 카뮈는 말했다.(『반항적 인간』, p. 660)

유리상자 속에서 전화를 거는 남자, 유리벽 저 너머에서 방송을 하는

---

4) 이 점은 작중인물로서의 뫼르소와 나레이터로서의 뫼르소 사이에는 큰 거리가 있음을 말해준다.

남편, 수술실의 '석상', 무대 위의 배우, 거울 속에 비친 사물…… 이 모두는 저마다 우리들의 한 '얼굴'이다. 상상력의 어느 단계에서는 우리들의 삶 전체가 하나의 '몽상'이 되고 이미지가 된다.

그 몽상, 그 한 조각 꿈은 행복일까 불행일까? 삶 속의 배우가 겪는 불행은 때때로 연출가의 행복으로 탈바꿈되기도 한다. 불행에 의미를 부여하는 것 —창조의 목적은 바로 여기에 있기 때문이다. 그러나 연출가도 배우도 관객도 같은 장면을 산다. 행복이란 아마도 불행에 항거하는 우리 모두의 '만남' '결합', 즉 장면의 밀도와 통일 그 자체일 것이다.

'리유와 그랑'은 교외 쪽으로 가다가 그들의 앞에서 걸어가지 않고 몸을 이리저리 흔들어대기만 하는 한 남자를 보았다. 그 순간 점점 더 늦은 시각에야 켜는 이 도시의 가로등들이 갑작스럽게 켜졌다. 길을 가는 사람들의 등뒤에 있는 높다란 불빛이 갑자기 그 남자를 비추자 그는 두 눈을 감은 채 소리 없이 웃었다. 소리 없이 웃어대느라고 이완된 그의 허연 얼굴에는 굵은 땀방울이 뚝뚝 흘렀다. 그들은 지나갔다. 미친 사람이군요, 하고 그랑이 말했다. 그의 팔을 잡아끌면서 리유는 그랑이 발작을 일으킨 듯 떨고 있다는 것을 느꼈다.

—『페스트』, pp. 1299~1300

두 사람을 포함한 관객들, 한 사람의 배우, 하나의 무대와 갑작스러운 조명 —이것은 『페스트』라는 거대한 비극 속에 삽입된 전형적인 소규모의 '극중극'이다. 관객인 그랑은 '미친 사람'이라는 발언의 칸막이에 의하여 배우와 거리를 유지하고자 하지만 그 칸막이는 문득 거울로 변하여 마음속의 공포를 비추어 보이는 듯 그랑도 '발작을 일으킨 듯 떨고 있다.'

이 연극과 거울은 장차 소설의 제4부 첫머리에 와서 나타나는 보다 직접적인 극중극을 예비한다. 페스트가 발생하기 전인 봄에 이 도시를 찾아왔던 극단이 결국은 그곳에서 발이 묶이자 하는 수 없이 시립 오페라좌에서 「오르페와 유리디체」의 공연을 계속한다. 오르페 역을 맡은 남자

배우는 이미 3막에서부터(앞에 인용한 '미친 사람'의 장면은 소설의 제2부 전반에 나온다는 점을 유의하자) 대본과 관계없이 '몸을 떤다.' 그 후 3막(이 극중극의 장면은 소설의 매우 짧은 제3부에 이은 제4부 1장에 삽입되어 있다)의 오르페와 유리디체가 이중창을 부르는 대목에 와서 '마치 관객석에서 의아해하는 반응이 나타나주기를 기다리기라도 했다는 듯' 바로 그 순간에 팔과 다리를 벌린 채 끔찍한 거동으로 무대의 전면까지 나오더니 그 자리에서 쓰러져버린다. 주연배우가 페스트에 감염되어 실제로 사망한 것이다. 극중극의 배우가 또 하나의 극 속으로 나와 쓰러진 것이다. 그곳에 구경 갔던 타루와 코타르는 '관절이 이완된 어릿광대의 모습으로 무대 위에 나타난 페스트, 즉 당시 그들 모두의 삶 그 자체인 하나의 이미지를 앞에 놓고' 멍하니 서 있었다. 극 속의 극은 차례로 더 큰 극과 더 작은 극을 비추는 거울이 되어 삶을 극으로 만들고 극을 삶으로 만든다.

『행복한 죽음』과 『안과 겉』 속에도 각각 『페스트』의 미친 사람과 매우 유사한 단편적 '장면'이 나타난다.

> 무엇인가가 그의 걸음을 멈추게 했다. 그는 다가가보았다. 어떤 사내가 팔짱을 끼고 머리를 왼쪽으로 기울인 채 길바닥에 누워 있었다. 서너 사람이 매우 조용하게 마치 무엇을 기다리는 듯 벽에 등을 기대고 서 있었다. 한 사람은 담배를 피우고 있었고 다른 사람들은 나직하게 말을 주고받았다. 그러나 셔츠 바람의 한 사내는 누워 있는 사람의 몸 추위로 땅을 발굽으로 치며 인디언 같은 박자의 야만적인 춤을 흉내내며 빙빙 돌았다. 그 위로는 몇 발자국 떨어진 어떤 식당에서 나오는 흐릿한 불빛과 더불어 가로등의 흐린 빛이 교차하고 있었고…… 그림자와 빛이 교차하는 약간 짓누르는 듯한 시선들 속에는 구경만 할 뿐 무심해 보이기만 하는 균형의 한순간이 지탱되고 있었다. 그 균형의 순간이 지나고 나면 모든 것이 광기 속으로 무너져내릴 것만 같았다.
>
> ―『행복한 죽음』, p. 108

위에는 가로등의 조명, 밑에는 식당에서 흘러나오는 각광, 벽과 '서너 사람'의 사내, 그리고 주위를 빙빙 돌며 춤추는 사람 등에 의하여 구획된 무대 ──이것이 광기로 인도하기 직전의 긴장된 극중극의 장면이다. '빛과 어둠이 교차하는' 그 시선들은 지금은 균형 속의 관객이지만 잠시 후면 광기 속에 휩쓸려 스스로 배우가 될지도 모른다. 다른 하나의 장면은 앞의 경우처럼 프라하라는 도시 속에서 나타나지만 이번엔 장소가 호텔의 방 안이다. 「영혼 속의 죽음」의 나레이터가 들어 있는 옆방 속에 누군가 홀로 죽어 있다.

방문은 반쯤 열려 있었다. 그리하여 푸른색으로 칠한 큰 벽만이 들여다보였다. 그러나 내가 앞서 이야기한 바 있듯이 흐릿한 불빛이 그 스크린 위에다가 침대에 누워 있는 죽은 사람의 그림자와 시체를 지키는 경찰관의 그림자를 투영해놓고 있었다. 두 그림자는 직각으로 교차하고 있었다. 그 빛은 내 마음을 뒤집어놓는 듯했다. 그것은 참다운 빛이었다. 삶의 진정한 빛, 삶의 하오의 빛, 내가 살아 있다는 것을 알아차리게 하는 빛이었다. 그런데 그 사람은 죽어 있는 것이었다. 자기 방 속에서 혼자.

─『안과 겉』, p. 35

무대장치와 조명은 완벽한 대조를 이룬다. '누워 있는' 죽은 사람의 횡선과 살아 있는 경찰관의 종선은 직각을 이루면서 삶과 죽음의 '십자가'를 푸른 스크린 위에 투영한다. 방 밖에서 이 십자가의 그림자를 들여다보는 나레이터는 단순한 국외적 관찰자만이 아니라 연출에 적당한 시점을 선택한 상상력의 주체다. 이 기이한 영화의 한 장면이 실제로 투사된 장소는 나레이터 자신의 의식공간이며 그 십자가는 프라하라는 도시 전체에 확산되면서 「영혼 속의 죽음」이라는 텍스트 공간을 거울처럼 압축하여 비추고 있다.

형태도 의미도 확실치 않은 삶을 예술적으로 특수하게 조립한 어떤 테두리 속에 요약하고 재구성하는 '수정된 창조'의 공간, 즉 작품이라는 형태 속엔 이처럼 전략적인 극중극의 거울들이 감추어진 채 그것이 작품 전체의 공간구조를 반사해주고 있다. 바로 이러한 관점에서 소설 『이방인』을 다시 한번 세심하게 읽어보면 다음과 같은 완벽한 대칭공간의 조직을 목격하게 된다.

어느 날 철창에 달라붙은 채 빛을 향하여 얼굴을 내밀고 있으려니까, 바로 그때 간수가 들어와서 면회 온 사람이 있다고 말했다. 마리려니 하고 나는 생각했다. 과연 마리였다.

면회실로 가기 위하여 기다란 복도를 거쳐서 계단을 지나 마침내 복도를 걸어갔다. 그리하여 널따랗게 뚫린 창으로 빛이 들어오는 큰방에 들어섰다. 방은 세로로 막고 있는 커다란 두 개의 철책에 의하여 세 부분으로 나누어져 있었다. 철책 사이에는 팔 미터 내지 십 미터 가량 되는 간격이 있어서 면회인과 죄수를 갈라놓고 있었다. 내 앞에 줄무늬가 있는 옷을 입고 얼굴이 햇볕에 그을은 마리가 보였다. 내가 서 있는 쪽에는 죄수들이 여남은 명이 있었는데, 대부분 아랍 사람들이었다. 마리는 모든 사람들에게 둘러싸여 두 여자 사이에 끼어 있었다. 하나는 입술을 꼭 다물고 검은 옷을 입은 키가 자그마한 노파였고 또 하나는 맨머리 바람의 뚱뚱한 여자였는데 몸짓을 많이 하며 목청을 돋우어서 지껄이고 있었다. 철책 사이의 거리 때문에 면회인이나 죄수들은 큰소리로 이야기를 하지 않으면 안 되었다. 방 안에 들어섰을 때 커다랗고 번번한 담벼락에 튀어 울리는 소란한 목소리와 하늘로부터 유리창에 쏟아져서 방 안에 퍼지는 거센 빛으로 말미암아 나는 얼떨떨해졌다. 나의 감방은 보다 더 조용하고 어두웠다. 그곳에 익숙하기에는 약간의 시간이 필요했다. 마침내 나는 밝은 빛에 드러난 얼굴들을 똑똑히 볼 수 있게 되었다. 간수 한 사람이 철책 사이의 복도 끝에 앉아 있는 것이 보였다. 대부분의 아랍 사람 죄수들과 그 가족들은 서로 마주 보며 웅크리고 앉아 있다. 그들은 소리를 지르지는 않았다. 그처럼 소란스러운 가운데서도 나직이 말을 하여 의사가 통하는 것이었다. 아래로부터 올라오는 그들의 희미한 속삭임은 그들의 머리 위에서 교차하는 말소리에 대하여 줄곧 일종의 바스를 이루고 있었다. 그러나 모든 것을 순식간에 의식하며 나는 마리에게로 나섰다. (……) 뚱뚱한 여자는 내 옆의 사내를 향하여 울부짖고 있었다. 아마 그녀의 남편인 듯 솔직한 눈매를 가진 키가 큼직한 금발의 사내였다. (……) 내 왼편에 있던 손이 가냘프고 키가 작은 청년은 아무 말이 없었다. 그는 자그마한 노파와 마주하고 뚫어지게 서로 쳐다보고 있었다. (……) 청년과 어머니는 여전히 서로 마주 보고만 있었다. 아랍 사람들의 웅얼거리는 소리는 우리들의 발 밑에서 계속되고 있었다. (……) 그 뒤로 얼마나 시간이 흘렀는지 모른다. (……) 속살거리는 소리, 외치는 소리, 서로 주고받는 이야기 소리가 서로 교차했다. 내 옆에 서로 마주 바라보고 있던 젊은이와 노파 두 사람만이 침묵의 고도를 이루고 있었다.

—『이방인』, pp. 1175~1177

지루한 인용이 되었지만 이 면회실 장면을 세심하게 관찰해보자. 우선 면회실의 공간은 기하학적으로 삼등분되어 간수 한 사람이 지키고 있는 완충지대를 사이에 두고 한편에는 죄수가 있는 안의 세계('조용하고 어두운 감방에서' 온 사람들 쪽), 다른 한편에는 거리·하늘·바다가 있는 자유로운 면회객들의 세계가 '대칭'으로 분할된다. 물론 어떤 감옥이나 대체로 이와 같은 구조를 지닌 면회실을 가지고 있을 것으로 짐작되므로 이 같은 공간적 성격은 카뮈 특유의 것이 아니라 당연한 사실의 반영이라고 생각할 수도 있을 것이다. 그러나 문제는 이러한 공간을 의도적으로 자상하게 묘사했다는 데 있다. '사실적' 관점에서 본다면 감옥의 죄수가 면회 온 여자를 만날 때 면회실의 구조에 이토록 자상한 주의를 기울인다는 것은 오히려 기이한 사실로 주목되어야 마땅할 것이다. 나레이터 자신도 이 세심한 묘사가 지닌 부자연스러움, 사실적 법칙에 대한 어긋남을 의식했음인지 그러한 모든 것을 '순식간에 의식'했다고 변명하듯 말하고 있지 않은가? 게다가 대칭적 공간구성은 단순히 면회실의 구조에만 국한되어 있는 것이 아니다.

우리가 앞에 든 여러 가지 예에서 보았듯이 이 공간에는 강력한 조명시설이 되어 있다. '널따랗게 뚫린 창으로 빛이 들어오는' 정도로도 부족한 듯 방 안으로 퍼지는 거센 빛으로 인하여 뫼르소는 '얼떨떨해질' 정도라고 말하고 있다. 빛의 이 같은 치열함은 물론 시체안치실의 공격적 전등불빛이나 살인적인 바닷가의 햇빛을 연상시키지만 여기서는 무엇보다도 소설 전체를 요약하는 거울 같은 이 장면의 중요성을 집중적으로 조명하는 '무대화'의 역할을 담당한다고 볼 수 있다.

다음으로 주목되는 '대립구조'는 여러 가지이다. 죄수들이 모두 남자라면 면회객은 모두 여자다. 뫼르소를 중심으로 양쪽에 있는 두 죄수들은 대립적인 신체구조를 지니고 있다. 오른쪽에 있는 '남편'은 '키가 큰 금발'이고 왼쪽에 있는 아들은 '키 작고 가냘픈' 남자다. 다른 한편 마리를 중심으로 양쪽의 면회객들 역시 대조적이다. '어머니'는 '검은 옷의 자그마한' 노파요, '부인'인 듯한 반대쪽은 '맨머리의 뚱뚱한 여자'다. 또 위와 아래, 그리고 목소리의 높낮이 역시 명백한 대립관계를 보인다. 대부분의 사람들은 '서서, 큰 목소리로' 이야기하는 데 비하여 아랍 죄수들과 가족들은 '웅크리고 앉아서' 희미하게 '속삭인다.' 이는 이 소설 전체의 드라마 속에 감추어진 프랑스인과 아랍인의 대립적 관계와 아주 무관하지는 않을 듯하다.

다음으로 우리는 단순한 시각적 측면을 초월하여 다른 차원의 대비를 주목할 수 있다. 우선 서로 짝을 이루는 세 쌍의 죄수와 면회객의 관계는 결혼하기 전 연인 사이인 뫼르소와 마리를 중심으로 하여 부부와 모자관계가 서로 대비된다. 이는 이 소설이 뫼르소의 정신분석학적 상황이나 재판을 통해본 사건의 측면에서 부부 및 모자관계가 기묘하게 혼합된 불투명한 갈등과 동경의 드라마라는 사실을 압축하는 것은 아닐까? 위에서 '큰 목소리'가 오가고 아래에는 '바스'를 이루는 웅얼거림이 깔리듯, 좌우에서도 부부는 '목청을 돋우어 지껄이고' '울부짖는' 데 비하여 모자는 시선만을 교환하며 '침묵의 고도'를 이룬다는 점은 뫼르소와 어머니, 레이몽과 모르인 여자 사이의 관계를 연상시키는 바 없지 않다. 바로 이 침묵과 울부짖음의 한가운데서 뫼르소와 마리는 마치 그들의 애매한 관계를 의식하듯 무슨 말이든 하기 위하여 이따금씩 말을 하지만 대화는 자주 끊어지고 대신 안타까운 웃음만 교환하게 된다.

이처럼 놀라울 정도로 많은 요소들이 완벽하게 서로 대비되도록 짜여진 면회실의 이 연극적 공간은 그 작은 '장면' 속에 소설구조 전체를 요약하며 일종의 기하학적 골격을 반사해 보이고 있다. 이 구조적 거울이 비춰주는 골격에 따라 소설 전체를 다시 한번 검토해보자. 소설 서두의 어머니의 죽음(=자연사)과 소설 마지막의 뫼르소의 죽음(=사형)은 소설의 한가운데 배치된 살인을 중심으로 대칭관계를 이룬다. 그뿐이 아니다. 소설 '속'에서 확인될 수 있는 죽음은 가운데 있는 살인뿐이다. 어머니는 소설의 밖에서 사망하여 전보라는 매체를 통해서 그 죽음의 소식이 소설 속으로 들어온다. 한편 소설의 끝 부분에 선고가 내려진 사형은 다만 소설이 끝난 '밖'에서 집행될 예정일 뿐이다. 아무도 뫼르소의 죽음을 확인한 사람은 없다.

다른 한편, 소설의 제1부가 모두 자유로운 '열려진 공간 ──바다·거리·사랑·자유……' 속에 일어나는 일들인 데 비하여 제2부는 취조실·재판정·감옥 등의 '닫혀진 공간' 속에서 진행된다. 위에 인용된 면회실의 경우 죄수와 면회객이 다 같이 닫혀진 '큰방' 속으로 들어와서 강렬한 조명을 받으며 '얼떨떨해질' 정도로 시끄러운 가운데 말을 주고받듯이 제1부의 그 자유스럽게 개방된 공간 속에 등장했던 모든 작중인물들이 증인 자격으로 재판정이라는 닫혀진 공간(재판정의 숨막힐 듯한 더위가 그토록 집요하게 강조된 것은 결코 우연만은 아닐 것이다) 속에 다시 등장하게 된다. 아니 그뿐만이 아니다. 제1부의 제1장에서 이미 나타났던 '나는 어머니의 심경을 알아차릴 수 있었다. 그 지방에서의 저녁은 서글픈 휴식과도 같았을 것이다'(p. 1133)라는 표현은 제2부의 마지막 장에 가서 '참으로 오래간만에 처음으로 나는 어머니를 생각했다. 만년에 어머니가 왜 '약혼자'를 가졌었는지, 왜 생애를 다시 꾸며보는 놀음을 하였는지 그 심경을 나는 알아차릴 수 있었다. 그곳, 생명이 꺼져가는 그 양로원 근처에서도 저녁은 서글픈 휴식과도 같았을 것이다'(p. 1209)라는 표현 속에 거울처럼 반사된다.

2. 세 가지 연극적 의식 —오랑, 팔마, 이구아프

소설이나 기타 장르의 글 속에 비교적 은폐된 채로 삽입해놓은 이런 장면들과는 달리 일정한 사회의 문화적 차원에서 이미 어느 정도 규칙화되어 '스펙터클'로 공인된 장면들이 작품의 중요한 위치를 차지하는 경우도 있다. 지금까지 우리가 분석한 장면들은 일화나 자질구레한 국부적 사실로서 일상 생활의 일부를 이루고 있다는 점에서 '간접적'인 무대의 일종인 데 반하여 이 '스펙터클'들은 그들 특유의 틀과 조명과 규칙을 가진 구체적 무대장면이라 할 수 있다.

우리들이 지금부터 차례로 분석하게 될 그 '문화적 장면'들은 스포츠, 음악과 춤, 의식으로 나누어진다. 그러나 이 세 가지 예는 문화적 유희로서의 완성에 그 가치가 있는 것이 아니라 우리의 관점에서 볼 때 그것이 지닌 불완전함, 즉 '자연스러운' 성격으로 하여 의미를 지니는 것이다. 그 불완전함 자체가 여기서는 그 '유희'의 깊은 동기성을 드러내주는 것이기 때문이다. 즉 완벽하게 구사된 유희의 경우에는 이미 사회적·문화적 틀 속에 완전히 흡수되어 있어서 망각되기 쉬운 그 동기성 말이다. 아마추어만이 '원초적' 연희자(演戱者)로서의 성격을 간직함으로써 무대와 연극과 종교, 나아가서 상상력의 '탄생'(니체적인 의미에서)에 참여하는 것이다.

(1) 오랑의 경기장

구태여 페스트로 인하여 단단히 폐쇄된 저 거대한 공간까지 생각하지 않더라도 오랑은 이미 자연조건에 의하여 닫혀져 있는 도시다. 연대기 『페스트』의 서두에서와 마찬가지로 산문 「미노토르」는 오랑을 닫혀진 장소로 소개하고 있다.

사람들은, 바다를 향하여 열려지고 저녁바람에 씻겨 서늘해진 어떤 도시를 기대한다. 그런데 우리는 스페인 사람들의 거리를 제외하고는 바다

쪽으로 등을 돌린 채 마치 달팽이처럼 웅크리고 있는 모습으로 만들어진 도시와 만나게 된다. 오랑은 단단한 하늘로 뒤덮인 거대하고 환상형인 노란 벽으로 둘러싸인 도시다.

―『여름』, p. 818

여기서 우리는 '달팽이'의 이미지와 그에 결부된 벽의 환상형을 주목하게 된다.[5] 우선 달팽이라는 동물의 이미지를 통해서 시도 영혼도 없는 장소인 이 도시는 살아 있는 존재로서의 총체성을 획득한다. 그러면서도 꼼짝 않고 부동자세를 취하고 있는 이 공간의 사막 같은 특징이 손상되지는 않는다. 너무나 동작이 느려서 늘 움직임이 완전히 결여된 것 같은 달팽이는 바로 동물이면서 동시에 광물적인 인상을 주게 마련인 것이다. 우리는 무엇보다도 달팽이 껍질의 형태와 질료를 동시에 '상상'하지 않으면 안 된다. 상상력의 차원에서 볼 때, '나선형'이란 하나의 '형태'만이 아니라 오히려 갑작스럽게 단단한 질료로 굳어져버린 치열한 충동 그 자체라고 할 수 있다. 달팽이의 나선형은 항상 우리들의 상상력 속에서 중심을 향한 운동, 혹은 그와 반대로 중심에서부터 도망치려는 욕망을 동시에 촉발하는 힘이요 형태다. 달팽이의 그 말랑말랑한 살은 완만하고 되풀이된 움직임을 통하여 그의 껍질 밖으로 나가려고 하는 것일까, 아니면 그 밀폐된 세계 속으로 움츠러들어가서 가장 고요한 저의 존재를 되찾으려 하는 것일까? '인간의 존재란 얼마나 대단한 나선형인가!'라고 바슐라르는 말했다. '저 나선형 속에서 얼마나 많은 역동성이 서로 뒤바뀌는가! 중심을 향하여 달려가고 있는 것인지 밖으로 도망치고 있는 것인지 금방은 알아차릴 수가 없다.'[6] 그러나 오랑이라는 이 거대한 달팽이의 경우 움직임의 방향은 그 나선형의 중심 쪽을 향하고 있는 것 같다. '오래 전부터 오랑 사람들은 더이상 헤매지 않는다. 그들은 먹혀버리기를 허락한 것이다'라고 이 산문의 나레이터는 말하고 있다. 이렇게 포위

---

5)『페스트』, pp. 1239~1240 참조. '고원 위에 달팽이 모양으로 건설된 이 도시 속에는 나른한 무기력이 지배하고 있다.' 다음에 나오는 '소금의 이미지' 참조.

6) 가스통 바슐라르,『공간의 시학』, p. 193. 방점은 바슐라르.

당한 세계의 중심에는 돌과 권태와 미노토르가 버티고 있다. 그러나 오랑 사람들은 바로 그 중심을 향하여 달려감으로써 '아리안의 실'을 찾아낸다.(p. 831) 이것이 이것이 바로 카뮈 특유의 패러독스일 것이다. 오랑 사람들은 '권태의 미덕'을 배움으로써, '저 흔하지 않은 잠에의 권유'를 받아들임으로써, 그리고 '저 돌들과 동화'됨으로써 마침내 '비인간적이며 반짝거리는 힘의 나직한 부름'을 듣게 된다. 이 부름이 바로 '미노토르의 고별'이다.(p. 831) 이런 점에서 오랑 사람들과 카뮈는 바슐라르가 우리로 하여금 상상하게 만든 나선형 운동의 근본적 성질에 있어서 일치한다. 나선형 운동의 근본적 성질이란 바로 감금의 상태를 극단적으로 받아들이게 되면 결국 그 감금으로부터 해방된다는 법칙이다.

그러면 다시 우리들의 분석대상인 연극적 밀폐공간으로 돌아와보자. 이처럼 닫혀진 장소 속에 지극히 자연스럽게 몸담고 있는 「미노토르」의 오랑 주민들은 수동적으로 감금 상태를 감수하는 대신 자기들에게 알맞은 척도에 맞추어 보다 능동적으로 닫혀진 공간을 '창조'하는 데 열을 올리게 된다. 돌이 오랑의 가장 비인간적 중심이라면 '권투 링'은 가장 인간적인 중심이라고 할 수 있다. 이 링이야말로 '과거가 없는 이 시민들이 그들의 영교(靈交)의 의식을 올릴 수 있는……사원'이라 하겠다.(p. 824) 지금 우리가 분석하려는 것은 바로 어느 날 저녁, 오랑에서 구경하게 되는 권투시합 장면이다. 그 자체로서는 무상의 유희라 할 수 있지만 일단 그 놀이가 저 정열에 찬 선수와 관중의 시선을 집중시키고 보면 그것은 얼마나 도발적인 중심이 되는 것인가! 링의 구조 자체가 이미 그 구심적 배치와 사정 없이 쏟아지는 조명으로 인하여 우리에게 연극 무대의 이미지를 강력하게 환기시킨다.

과연 하얀 회를 바른 일종의 차고 같은 장소 안에 물결 모양의 지붕을 덮고 요란하게 조명이 된 링이 하나 설치되어 있었다. 접는 의자들이 링 주위로 사각형 모양을 이루도록 늘어놓여 있었다. 이것이 바로 '명예의 링'이다.

—『여름』, p. 820

이만하면 우리는 왜 나레이터와 관객이 다 같이 옆에 앉은 어떤 관객의 여지없는 예측('피가 튈 겁니다')에 벌써부터 '감전된 듯한' 느낌인지를 이해할 수 있을 법하다. 울타리와 조명에 의하여 이처럼 압축된 공간 속에서는 '피'라는 한마디 말만 들어도 밀폐된 육체 공간 속에서 뜨거운 기관적 에너지가 소용돌이치게 마련이다. 여기에서는 내적인 육체 공간과 외적 공간이 서로서로를 충동하면서 긴장을 교환하고 고조시킨다. 육체가 외부의 분위기를 내화하면서 동시에 외부공간에 짙은 밀도를 부여한다. 마침내 '이 직사각형의 상자 속에서 천여 명의 사람들이 숨을 쉬면서' '사납게 땀을 흘려댄다.' 셔츠 바람의 열광한 군중의 열기와 냄새만으로는 이 장소가 가득 메워지기에 부족하다는 듯 엄청나게 큰 스피커가 '살인 직전의 로망스'를 '휘저어대고'(p. 821) 또 늦게 들어온 사람들이 군중들 사이에 꼭꼭 끼어 앉았다. 이리하여 조명등이 링 위로 눈부신 빛을 쏟아붓고 대망의 싸움은 시작된다. 오픈 게임에서부터 프랑스 해군의 챔피언과 오랑 시의 복서가 맞붙는 메인 게임에 이르는 세 가지 시합이 점차로 이 공간의 긴장을 고조시켜간다.

카뮈에게 있어서 연극이 일종의 '수도원'이라면(『전집』 I, p. 1713) 명예의 링은 '영혼 없는' 이 시민들의 수도원이다. 여기서 우리가 목격하는 것은 '의식적 서곡'과 '마지막 신명'과 '마구잡이의 희생'과 '신도들의 무리'를 갖춘 저 썩게 마련인 육체들의 '야성적이면서도 계산된 종교'인 것이다. 이 '인정 사정 없는 종교'를 참으로 깊이까지 깨달으려면 육체의 그 총체적이고 현동적인 투신을 직접 전신으로 살 줄 알아야 하며 힘과 폭력이라는 '고독한 신'을 인정해야 하고, 적어도 이 의식의 명백하고 단순화한 순간에는 선과 악에 대한 '철저하게 마니교적인 감수성'을 체득하고 있지 않으면 안 된다. (카뮈가 양단론적인 마니교를 이처럼 열렬하게 인정한 유일한 순간은 바로 이때뿐이다. 분명한 적, 무엇보다도 우선 강하고 유일한 적, 아무런 윤리적·심리적 제약도 없이, 요컨대 증오심 없이 나의 모든 힘을 쏟아부어 물리쳐야 할 적…… 이라면 '자신의 혼란과 어떤 본능의 무서운 폭력'을, 자신의 '내심 깊은 무정부주의'를 잘 알고 있는 카뮈에게는 얼마나 기분 좋은 상대이겠는가!)

그러면 이제 이 종교의 신도들이 밀폐된 신전 속에서 어떻게 하여 법열에 들며 어떻게 영교의 의식을 올리게 되는지를 살펴보자.

'왔어, 이제 진짜 투우를 보게 될 거야' 하고 내 옆사람이 말했다. 과연 투우경기였다. 용서 없는 불빛 아래서 땀투성이가 되어 두 복서는 가드를 열고, 눈을 감고 후려치고, 어깨와 무릎을 밀면서 피를 교환하고 분노를 이기지 못하여 코를 킁킁거린다. 그와 함께 실내의 관중도 일어나서 이 두 영웅들의 투쟁을 밀어준다. 관중이 매를 맞고 매를 갚고 나칙하고 숨찬 천 개의 목소리로 그들을 떠밀고 있다. 그저 무심코 자기가 편들 선수를 정했던 바로 그 사람들이 이제는 오기를 부려가며 자기의 선택을 고집하며 열을 올린다. 십 초 간격마다 내 옆사람이 외치는 소리가 내 오른쪽 귓속을 뚫고 들어온다. '쳐라, 푸른 칼라. 때려라 해군!' 그런가 하면 우리 앞의 어떤 관객은 오랑 사투리로 소리친다. '안다! 옴브레!' 사람과 푸른 칼라가 서로 치고 그들과 더불어 이 회벽과 슬레이트와 시멘트의 사원 속에서 관중 전체가 이마가 좁은 신들에게 몸을 맡긴 채 전력투구, 스펙트럼처럼 번쩍이는 몸 위에 주먹이 퍽퍽 부딪칠 때마다, 복서들과 더불어 그들의 마지막 남은 힘을 쏟고 있는 관중들의 몸 그 자체 속에서도 엄청난 진동이 메아리친다.

－『여름』, p. 823

'그와 함께(du même coup)'라는 이 평범하고 짧은 한마디는 어떤 광경을 '묘사'하는 것도 '이야기'하는 것도 아니다. 그것은 격발시키고 때리고 도발한다. 여기서 우리는 우리 전신의 힘을 다하여 단단하고 효과적인 단음절('때리기')의 폭력과 속도를 상상할 줄 알아야 한다. 그때에야 비로소 이 압축되고 뜨거운 공간의 핵을 에워싸고 복서와 수천 관중이 한데 엉긴 모든 힘이, 단단한 공간과 고함과 빛의 힘이 집중하는 것을 느낄 수 있다. 이 순간부터는 이미 '공간'을 상상하는 것조차 힘들어진다. '공간'은 너무나 흐트러진 느낌을 준다. 그 '공간'마저도 더욱 압축하지 않으면 안 된다. 복서와 관중의 '움직임', 아직도 거리와 틈을 전제로 하게 마련인 움직임이 아니라 여기서는 어떤 '점'을, 질료를, 부동의 한순간을 상상하는 쪽이 더 적합할지도 모른다. 모든 힘들과 모든 운동, 모든 공간, 모든 고함, 모든 진동이 압축되고 압축된 나머지 문득 굳어져버리는 저 백열의 한순간. 석회·슬레이트·시멘트 등은 이 '사원'을 구성하는 고체들이다. 복서들이 서로 교환하는 가시적인 주먹질들의 중심에는 두 개의 긴장된 힘이 균형을 이루고 선과 악이 일순간 동일한 힘으로 마주 떠밀고 있는 불가시적이며 부동인 하나의 위태로운 핵이 상상될 수 있을 것이다. 마치 엄청난 울림과 진동이 오로지 '나직하고 숨찬' 목소리로밖에 겉으로 표현될 수 없듯이. 이것은 바로 처음부터 예감되었던, 그러나 '나중에 가야 비로소 느낄 수 있게 될' 그 '법열(transe)'이 아닌가?(『여름』, p. 821) 이 '약간 난해하지만 모든 것을 단순하게 만들어주는 의식'(p. 824) 속에서, '깨달은 자'에게는 바로 손에 들기에도 가벼운 우리들의 통일된 세계, 즉 '수선화처럼 메마르고 정다운 작은 돌'(p. 831)과 일맥상통하는 상상력이 엿보이는 것은 이상할 바 없다. 왜냐하면 힘의 집중은 동시에 중심을, 돌을, 주먹질(coup)을 창조하기 때문이다. 여기가 빨리 도는 수레바퀴의 움직이지 않는 중심이며 가장 뜨거운 불길의 고요한 중심이다. 중심과 돌과 주먹질 하나하나에는 세계를 불변의 요소로 단순화하고 순화하고 압축한, 그 덧없으나 절묘한 순간의 모습이 깃들여 있다. 이리하여 '권태의 수도' 그 한가운데에는 치열한 힘에 의하여 저 태연하고 견고한 돌이 창조되는 '명예의 링'이 놓여 있는 것이다. 아니 그 역도 상상할 수 있을 것이다. 그 돌의 밀도와 부동의 침묵 속에는 참다운 상상력의 귀로만 들을 수 있는 투쟁과 진동의 함성이 깃들여 있는지도 모른다.

(2) 팔마의 춤

에너지가 터질 듯 압축되고 집중된 나머지 돌처럼 단단해진 권투 링의 공간은 역시 하나의 구심점을 중심으로 살과 군중의 외침으로 이루어지는 또다른 장면과 비교될 수 있다. 이번에는 스포츠가 아니라 춤과 노래의 공간이다. 이 공간의 중심에는 필사적일 만큼 긴장된 육체가 몸부림친다. 산문「삶의 사랑」(『안과 곁』) 속에서 독자는 스페인의 섬 팔마로 인도된다. '깜깜하고 고요한' 거리에 문득 카페가 하나 나타난다. 그 카페의 덧문 사이로 '빛과 음악이 새어나온다.' 다음은 그 내부의 광경이다.

매우 나직하고 직사각형인 방으로서 초록색 칠이 되어 있었고 핑크빛 꽃장식으로 꾸며져 있었다. 나무판자로 된 천장에는 자잘한 붉은색 등들이 뒤덮여 있었다. 이 좁은 공간 속에 오케스트라와 알록달록한 술병이 늘어선 바와 손님들이 용하게도 가득 들어앉아 있었다. 손님들은 어깨와 어깨를 마주 대고 지독하게 꼭 끼어 앉아 있었다. 오직 남자들뿐이었다. 그 한가운데 2평방미터의 자유로운 공간.

— 『안과 곁』, p. 41

이 방의 공간적 배치는 권투 링의 그것과 똑같다. '지독하게 꼭 끼어 앉은' 관객이 그러하고 꽉 들어찬 손님들 한가운데의 네모난 공간 역시 그러하다. 오랑의 '직사각형의 상자' 속에서처럼 음악이 이 공연장을 가득 채우고 있다. '이따금씩 문이 열리곤 했으며' 또 '그 소란 가운데서도 새로 온 사람들을 의사 사이에 끼워 앉히곤 했다'는 점 역시 같다. 이 2평방미터의 자유로운 공간 속에서 전개되는 것은 '투우' 같은 권투시합이 아니라 신들린 듯한 춤(transe)이지만 그 역시 권투 못지않게 치열하다. '오직 남자들뿐'인 군중의 긴장된 시선들에 의하여 요란한 조명을 받는 것은 어떤 무희의 춤, 아니 몸부림치는 육체다.

심벌즈가 꽝 하고 울리자 돌연 한 여자가 카바레의 한가운데 있는 좁은 원 속으로 뛰어들어왔다.

— 『안과 곁』, p. 41

여기서는 '배우'의 등장을 위하여 오랑의 경우처럼 조명등이 눈부신 빛을 쏟아붓지는 않는다. 그러나 이미지의 차원에서 이해하자면 그에 못지않게 눈부시고 치열한 빛이 쏟아지는 것이나 마찬가지이다. 실제적인 빛 대신에 우리는 저 요란한 심벌즈라는 악기의 역할을 주목해야 한다. 이 경우 번쩍이는 이 금속악기는 보들레르적 '공감각' 현상에 의하여 상상력 속에서 물질화한 빛 그 자체라고 할 수 있다. 카뮈의 상상력 속에서 이 악기가 어떤 의미를 지닌 것인지를 이해하기 위하여 우리는 『이방인』에서 태양의 살인적 빛과 직접 결부된 '심벌즈'('나는 오직 내 이마 위에서 태양의 심벌즈밖에 아무것도 느낄 수가 없었다.' 『이방인』, p. 1166)와 『결혼』에서 읽을 수 있는 '태양의 심벌즈와 색깔들로 진동하는 내 머릿속'(p. 58)을 쉽사리 상기할 수 있을 것이다.

압축된 공간 속에 돌연히 뛰어든 여인은 이렇게 하여 그의 육체에 삶의 열망을 반영하고 집약하게 된다. 오랑의 권투시합은 두 개의 상반된 힘이 부딪침으로 인하여 하나의 단단한 공간이 탄생하지만 여기서는 여자의 육체 속에 두 가지의 힘이 공존한다. 이 육체는 희열과 절망, 침묵과 열광, 즉 육체가 지닌 모순된 두 가지 국면을 동시에 표현하는 역할을 담당하고 있는 것이다. 이 스무 살 남짓한 여자의 얼굴은 '살의 산더미 속에' 조각되어 있다고 나레이터는 말한다. 이 살의 춤, 혹은 황홀은 어떠한 것인가? '단조로우면서도 정열적인 그 운동 속에서 그야말로 살의 파도들이 그의 허리께에서 일어나 어깨 위에 와서 스러지곤 했다.'(p. 42) 이야말로 언젠가는 필연적으로 멸망하게 마련인 육체의 공간 속에 갇혀 있는 태양의 소용돌이가 아니고 무엇인가? 이 정열적인 춤이 기진하여 끝나는 순간 여자는 마치 어떤 여신의 굳어진 석상과도 같아진다. 긴장된 육체의 극단적인 집중은 마침내 삶의 정지된 이미지를 창조한다.

방 한가운데 버티고 선 그 여자는 땀으로 끈적거리고 머리는 마구 뒤엉킨 채 노란 그물옷 속에 부풀어오른 그 엄청난 몸뚱이를 쳐들었다. 백치 같은 머리를 나직하게 숙인 채 퀭한 눈으로 물 속에서 나오는 추잡한 여신처럼 그 여자는 마치 힘껏 뛰고 난 뒤의 말처럼 무릎의 작은 경련으로만 살아 있는 것 같았다. 그의 주위에서 길길이 날뛰는 듯한 기쁨의 도가니 속에서 그 여자는 그의 텅 빈 두 눈의 절망과 배의 두꺼운 땀과

더불어 마치 삶의 추악하면서도 열광적인 이미지 그 자체인 것만 같아
보였다.   −p. 42

엉덩이에서 어깨까지, 여자의 육체라는 제한된 공간은 바로 그 세계의
한계에 의하여 삶의 견디기 어려운 욕망과 정열을 압축한다. 흥분으로
인하여 극도로 팽창하는 순간 육체는 그 최종적인 황홀경 속에 문득 고
정되어 굳어진다. 이 고화(固化)하는 육체의 이미지를 보다 더 잘 이해
하려면 단편소설 「자라나는 돌」에 나오는 '부동의 춤' 혹은 '굳어진 영
매 상태(transe figée)'를 상기할 필요가 있을 것이다.

(3) 춤의 의식

'춤의 의식' 역시 제한된 공간 속에서 진행된다. 즉 이구아프의 '지대
가 낮은 동네'의 커다란 오막살이가 무대다. 오막살이 안에는 '남녀가
꼭꼭 끼인 채 가득 들어차 있다.'(『적지와 왕국』, p. 1672) 열기는 높아
지고 음악의 리듬은 빨라지고 공기는 '살갗에 달라붙을 정도로' 짙어진
다. 춤추는 남녀들은 두 개의 '동심원'을 그리고 있다. '한가운데는 검은
모자를 쓴 추장 흑인이 자리잡는다.'(p. 1672) 마침내 접신의 순간.

  '키 큰 흑인은' 물 한 컵과 불 켜진 초 한 자루를 가지고 와서 오막살
  이의 한가운데에 놓았다. 그는 촛불 가로 두 개의 동심원을 그리며 물을
  부은 다음 다시 일어나서 광기 어린 눈을 지붕 쪽으로 쳐들었다. 그는
  전신을 팽팽하게 긴장시킨 채 꼼짝도 않고 기다리고 있었다.
                                              −『적지와 왕국』, p. 1673

'성 조르주가 내리고' 코크의 두 눈알이 '튀어나오는 듯' 하는 순간, 몇
몇 춤추던 남자들은 '두 손을 허리에 얹고 다리를 뻣뻣이 하고 요지부동
의 눈은 멍해진 채' '얼어붙은 듯한 접신 상태'를 보여준다.(p. 1673) 바
로 그때 키 큰 흑인은 자기가 신의 천장(戰場)이라고 말한다. 여기에서
는 흥분이 절정에 달한 모든 동작이 부동으로 표현되고 있다. 코크는 '제

자리에 선 채 길고 간단없는 전율이 목덜미를 뚫고 지나가게 하면서 다른 사람들의 박자에 맞춘 제자리걸음'을 재현한다. 그리고 다른 흑인 여자들 역시 '발을 땅바닥에 딱 붙인 채' 접신 상태에 들어가는데 발끝에서 머리끝까지 가장 거센 전율이 전신을 휩쓸고 지나간다.(p. 1674) 오직 혼자만 춤에 어울리지 않고 서 있던 다라스트는 그 역시 '오랜 부동의 춤으로 인하여 모든 근육이 응고되고' 자기 자신의 침묵으로 숨이 막힐 듯 녹초가 되어 비틀거린다.(p. 1674)

열광과 구심적 운동의 불가능에 가까운 한계점인 부동의 절정에까지 이르자 그 모든 집단의 외침이 공간과 육체와 영혼을 하나로 통일시키게 된다.

동시에 모든 사람들이, 하나로 합쳐진 무색의 기나긴 외침으로 숨도 쉬지 않고 높낮이도 없이 오직 한줄기 외침으로 끊어짐 없이 고래고래 소리지르기 시작했는데 이는 마치 그들 모두의 몸들이 근육이건 신경이건 할 것 없이 송두리째 힘을 다한 단 하나의 소리지름으로 맺어진 듯했고 그 외침은 마침내 그들 내부에서 그때까지 완전한 침묵 상태에 있던 어떤 존재에게 말을 하게 만드는 것이었다.

En même temps, tous se mirent à hurler sans discontinuer, d'un long cri collectif et incolore, sans respiration apparente, sans modulations, comme si les corps se nouaient tout entiers, muscles et nerfs, en une seule émission epuisante qui donnait enfin la parole en chacun d'eux à un être jusque-là absolument silencieux.

'매듭처럼 맺히는 외침'이란 얼마나 절묘한 이미지인가! 이 외침을 통하여 모든 요소들은 제각기 최종적인 통일 속에서 제자리에 놓이게 된다. 육체의 각 기관들, 육체적인 여러 가지 감각들, 근육과 신경조직이 단 하나의 구심점을 향하여 집중된다. 여기서 육체와 영혼 사이에는 아무런 구별도 거리도 없다. 단조롭고 견고하고 끊어짐도 높낮이도 없는 외침은 육체에다가 마침내 육체성을 초월하는 신비한 순수성을 부여함과 동시에 손으로 만져볼 수도 없고 어렴풋하며 무형인 영혼에는 충분히 감지 가능한 현실적 물질성을 부여한다. 다른 한편 개개인의 육체적 개체성은 그 경계를 넘어서서 단 하나의 존재로 통일된 집단의 경지로 들어간다. 군중은 마치 그리스 비극에서처럼 단 하나의 육체가 된다.

개인들의 집단이 단일한 존재로 통합되고 물질적 몸과 비물질적 정신이 하나로 통일됨으로써 발생하는 외침은 이 경우 시간 속에도 공간 속에도 위치시킬 수 없는 어떤 '시적' 순간을 창조한다. 이것이 바로 존재가 육체에 현현하는 순간, 침묵이 말로 탄생하고 여기저기 산만하게 흩어진 고통의 육체가 거의 광물적인 만큼 견고한 통일 속에 태어나는 현상학적 순간이다.

이 기나긴 '집단적 외침'에 이른 접신 상태는 이리하여 시적 초월의 길로 접어든다. 왜냐하면 '그들 각자의 내부에서 지금까지 완전한 침묵 상태에 있던 어떤 존재에게 말을 하게 만드는' 것은 다름아닌 그 외침이기 때문이다. 언어에, 부족의 침묵에 의미를 부여하는 것, 이것이 바로 말라르메의 시학이 아니었던가? 여기서 그 시학은 이구아프 흑인들의 의식이라는 형태를 취한 것이다. 이 매듭처럼 맺히는 외침은 카뮈의 '육체'의 극한적인 표현이다. 그러나 여기서도 육체의 비극적 국면이 시의 초월적 국면보다 우선한다. 외침은 아직 말 그 자체가 아니라 태어나고 있는 중의 말이며 저의 물질성을 초월하고 있는 도중의 육체다. 그 한계를 넘어서버리면 죽음, 혹은 광기. 이것이 바로 육체의 숙명이다.

집단적인 외침이 끝난 다음 이제는 방의 한가운데서 흑인 처녀들의 춤이 이어진다. '반쯤 최면 상태에 있는' 몇몇 처녀들이 오막살이 한가운데 있는 다른 세 사람의 처녀들을 둥그렇게 둘러싸고 있으며 그 세 사람 중 두 명의 처녀가 다른 한 처녀를 '가운데' 두고 있다. 이 처녀가 바로 다라스트가 묵고 있는 집 주인의 딸로 '검은 다이애나'다.

초록색 옷을 입은 그 여자는 앞쪽이 위로 쳐들리고 총사의 깃털 장식이 된 푸른색 거즈로 만든 여자 사냥꾼 모자를 쓰고 있었고 손에는 초록색과 노란색의 활과 알록달록한 새 한 마리가 그 끝에 꽂혀 있는 화살을 들고 있었다. 가냘픈 그녀의 몸 위에서 예쁜 머리가 약간 뒤로 젖혀진 채 천천히 흔들렸고 잠이 든 듯한 얼굴에는 한결같이 티없는 우수가 비쳐 있었다. 음악이 멈추자 여자는 졸린 듯 비틀거렸다. 더욱 속도가 빨라진 북소리만이 오직 그의 나른한 아랍식 춤을 감싸고 있었는데 마침내 음악과 함께 움직임을 멈추고 하마터면 균형을 잃을 듯한 그 여자는 귀청을 찢을 듯(perçant) 하면서도 선율적인 기이한 새의 비명을 내지르는 것이었다.

—『적지와 왕국』, p. 1675

의식의 춤은 검은 다이애나의 그 '이상한 새의 비명'으로 끝난다. 이 밤의 춤은 그러니까 키 큰 흑인의 접신과 집단적 외침을 지나서 이 신화적인(다이애나) 여성(처녀) 인물의 비명으로 절정에 이른다는 의미가 된다.

매듭처럼 맺히는 집단적 외침이 새의 비명으로 변화함에 따라 상상의 값은 다시 한번 승화한다. 집단적 외침의 밀도와 단단함과 육체적 열광은 여성적 연약함('가냘픈 몸')과 새의 비명이 표현하는 선율적 순수로 탈바꿈한다.

여기서 이미지의 생성 과정은 지상적인 것에서 천상적인 것으로 상승한다.

'깃털' '화살' '알록달록한 새'는 검은 다이애나를 태어나게 하는 세 가지 요소다.

이 아름다운 여자 새 사냥꾼은 그의 불가능한 꿈을 통하여 천상적 이미지를 쫓아감으로써 그 자신 새의 비명이 된다. 새의 사냥이란 그 자신의 상적 존재의 추적 바로 그것이다. 물론 실패하게 마련인 추적이다. 참다운 새, 참다운 존재란 본래부터 그것이 천상적인 상태이기 때문에 역동적일 수밖에 없는 시적 이미지인 것이다. 기껏 할 수 있는 일이란 아마도 화살의 끝에 꽂은 '알록달록한' 한 마리 새를 재현하는 것이 고작이다.

그러나 우리가 주목해야 할 것은 새 사냥의 실패 그 자체보다는 실패의 이면일는지 모른다. 상상력은 바로 존재를 추적해가는 그 과정과 태도를 통해서 존재를 드러내는 것이다. 새의 비명은 실패의 비명이지만 동시에 그 실패는 유일하게 우리들 육체와 우리들의 침묵과 우리들 지상적 존재 조건의 어둠을 '찢고 들어갈 수 있는(percer)' 비명의 수직상승적이며 선율적인 시의 에너지를 낳는다.

비명은——결국 같은 의미가 되겠지만, 이미지의 생성 과정은——나중에 밖에 나와 혼자서 '서늘하고 향기로운 냄새로 가득 찬' 어둠 속에 서 있는 다라스트에 의하여 간접적으로나마 참다운 의미를 얻게 된다.

> 여기, 죽기 위하여 춤추며 초췌한 몰골로 몸부림치는 저 광인들 한가운데서의 귀양살이, 혹은 고독. 그러나 저 축축하고 식물 향기 가득한 밤을 뚫고 잠자는 미녀가 내지르는 상처난 새의 기이한 비명이 아직도 그에게 와 닿는 것이었다.
>
> —『적지와 왕국』, p. 1676

이 육체적 한계, 접신, 의식적 비명을 넘어서면 죽음 혹은 광기. 여기서 『행복한 죽음』 속에 묘사된 프라하의 장면을 상기해보자.

'넘어서기만 하면 메르소의 느낌으로는 모든 것이 광기 속으로 무너져 내릴 것만 같은 어떤 균형의 순간'(p. 108) 죽음 속에도 광기 속에도 떨어지지 않은 채 이 땅 위 세계의 육체적 조건을 초월하자면 어떻게 해야 하는 것일까?

이 질문에 대답하기 위하여 검은 다이애나는 '금방이라도 균형을 잃을 듯'하면서 비명을 내지르는 것이다. 그는 바로 그 비명에 의하여 상처받은 새다. 그러나 오직 그 비명만이 침묵의 공간을 '찢으며' '뚫으며' 다라스트에까지 와 닿을 수 있는 시적 힘을 지니게 될 것이다. 지금까지 다라스트의 내부에, 아니 우리들 자신의 내부에, 아니 카뮈의 상상력 속에 말없이 잠들어 있던 한 시인을 깨워 일어나게 할 수 있는 것은 오직 그 비명뿐이다. 겉보기에는 가장 산문적인 카뮈의 모든 작품은 어느 면에서 하나의 잠재적인 작품, 태어나고 있는 상태의 시에 지나지 않는다. 태초의 침묵에서 시에까지 원초적인 대양에서 수직상승의 불꽃에까지 이르는 사이에 우리가 만나는 것은 산문적인 언어, 일상의 생활, 썩어질 육체, 관습적 사회, 사막과도 같은 대지, 반투명의 세계, 그리고 인간적인 작품, 요컨대 저 '위대한 실패'뿐……

그런데 중얼거림 같은 산문 언어의 와중에서 돌연 수직상승의 비명이 들리는 듯한 순간이 있다. '불꽃의 꼭대기에서 외침이 곧장 위로 솟아올라 말을 창조하고 그 말이 이번에는 그 외침을 되받아 메아리친다.'(『안과 겉』, p. 12) 이것이 시적 순간, 형이상학적 순간, 눈뜨고 꾸는 꿈의 순간이다. 갑자기 모든 것이 가볍고 빛나고 투명한 공기처럼 변한다.

그러나 우리는 몇 번씩이나 이 돌연한 탈바꿈을 너무 늦게서야 깨닫게 되는가! 우리들 독자는 카뮈의 대부분의 인물들처럼 이 시적 외침의 부름에 너무 늦게서야 응답하며 달려간다.

카뮈의 거의 모든 작품들의 끝에 이르면 어떤 외침이 솟아오르고 어떤 힘이 우리를 들어올리고 우리를 가볍게 해준다.

뫼르소가 그의 사형집행을 보러 오게 될 구경꾼들에게 마지막 소원으로 바라마지않았던 저 '증오의 외침'은 그가 그토록 '행복했던' '그 낮의 균형과 해변의 예외적인 침묵'을 깨뜨려버린 그 '메마르면서도 귓속이 멍멍해질 듯한' 소리와 짝을 이룬다.(『이방인』, p. 1166) 『페스트』 속에서는 해방의 날, 군중들의 '점점 더 거세고 오래 계속되는 그 함성' (p. 1471)은 죽어가는 어린아이가 마치 그 닫혀진 세계의 뜨거운 공기를 간단없이 뒤흔드는 눈에 보이지 않는 재난의 '나직한 휘파람 소리'에 대항하여 인간으로서 최후의 항의를 하듯 '계속적인 비명'을 내지르는 것에 화답한다.(p. 1393) 그런가 하면 반대로 『전락』에서 클라망스의 시니컬한 야유 '보르르……'는(p. 1549) 물에 빠진 처녀의 '되풀이되는 비명'을(p. 1509) 지워버린다.

『칼리굴라』에서는 죽어가는 황제의 '고함 소리' — '나는 아직도 살아 있다!'(p. 108) — 와 함께 막이 내리는데 이 고함 소리는 젊은 시인 시피옹의 '사람들을 순결하게 해주는 행복의 추구'(p. 100)를 절망적으로 반향하는 것이다.

『오해』에서 세인의 '분명하고 단호한' 목소리는 마리아의 '외침'에 부정적으로 대답함으로써 '오해'의 막을 내린다.(pp. 179~180)『계엄령』에서 '오, 파도여! 오, 거역하는 자들의 고향인 바다여!'라고 외치는 어부들의 목소리는 도망치는 군중들의 외침, '바다로! 바다로!'(p. 224)와 '서로 헤어진 가슴들의 외침인 저 계속적인 비명'(p. 249)과 '우리들 산 사람들이 서로 인사할 때 쓰는 그 불처럼 밝고 드높은 단 하나의 불꽃'(p. 263)에 응답한다.

『정의의 사람들』의 마지막에 가면 야네크는 '끔찍한 소리'를 내면서 '그 전에 자기가 죽이기를 거부했던 어린아이들의 그 진지한 눈길에'(p. 332) 미소로 답하듯 '어린 시절의 기쁨'으로 되돌아간다.

가벼운 빛에 실린 천상적 시에 이르려면, 외침의 최종적 정상에 이르려면, 죽음을 위하여 마련된 육체의 저 사막길을 오랫동안 참을성 있게 통과해가지 않으면 안 된다.

그 고행의 기나긴 길은 돌과 광석과 쇠붙이와 소금이 지배하는 사나운 세계다.

찬란한 시적 빛의 열반에 이르기 전에 우리는 먼저 '사막의 석가모니'를 생각해야 하며 시적 고행도 해야 한다.

'아무것도 아닌 것이 된다는 것!' 수천 년 동안 이 엄청난 외침은 수천 수만의 사람들로 하여금 욕망과 고뇌에 대항하여 일어나게 만들었다. 그 외침의 메아리는 여러 세기와 대양을 지나 여기 이 세계에서도 가장 오래된 바다 위에까지 와서 사그라진다.

—『여름』, p. 183

이제 우리들 앞에는 멀고 고달픈 돌과 사막의 길이 남아 있다.

이 머나먼 사막을 지나고 난 뒤에야 비로소 빛을 만나게 될 것이다.

제 4 부

광물성 숙명

그토록 돌과 가까이에서 고통하는 한 얼굴은 벌써 돌 그 자체이다.

—카뮈, 『시지프 신화』

제1장
석화(石化)

오호라! 오, 그대 인간들이여,
돌 속에는 어떤 이미지가, 이미지들 중의 이미지가,
잠들어 있나니! 오호라!
무엇 때문에 가장 단단하고 가장 못난 돌 속에
잠들어야 한단 말인가?
—니체, 『짜라투스트라는 이렇게 말했다』, p. 112

우리는 여전히 애매한 하나의 세계, 양가적인 하나의 풍경과 대면하고 있다. 카뮈라는 동일한 상상력의 세계 속에서 이중적인 값을 지닌 하나의 감각이 우리를 따라다니고 있다. 넘쳐 흐르고 사물을 휩쓸어 덮고 끝없는 하구로 실어가는 그토록 많은 물에도 불구하고 이 세계 속에서는 여전히 채울 길 없는 목마름이 지배한다. 여기서 사람들은 목마름 때문에 죽어간다. 여기서 사람들은 목마름을 먹고 산다. 이 두 가지의 말이 담고 있는 모순은 표면적인 것에 지나지 않는다.

목마름이란 상상의 동력이 지니는 기본원칙이다. 탕탈의 신화는 시지프나 프로메테우스 신화나 마찬가지로 인간이 창조한 것이다. 탕탈의 신화는 시지프와 프로메테우스가 지닌 '목마름'의 바탕이 된다는 의미에서 그러하다. 이 세 가지 신화는 다 같이 목마름의 본질적인 가치를 제시해준다. 상상력 속에서 목마름을 달래주는 만족감이란 덧없는 것이며 목마름이란 영원히 채울 길 없는 성질을 지닌 것이다. 그 채울 길 없는 목마

름이 '세계'를 창조한다.[1]

이런 의미에서 모든 '익사자'들은 그들의 '목마름'을 속이는 사람들이며 그럼으로 해서 인간적 상상력의 원칙을 속이는 사람들이다. 무지로 인하여 혹은 약한 마음으로 인하여, 안이함 때문에 혹은 오만 때문에 그들은 손 가까이에 있는 진정하지 못한 물로 그들의 타는 입을 진정시키려 한다. 진정한 물과 그렇지 못한 물을 분간하지 못한 것이 바로 그들이 저지른 잘못이다. 반어적으로 그들 운명이 초래한 결과는 주어와 목적어의 전도라고 할 수 있다. 다시 말해서 그들은 자신의 목마름을 즉시 만족시키기 위하여 물을 마시려고 하다가 자신이 그만 그 물에 삼켜지거나 흡수되거나 익사하게 된 것이다. 이처럼 기이하게도 투명하고 물기 많은 이 세계 속에는 맑고 부드러운 자연수가 부족하다.

1. 해로운 물

그러나 마셔도 마셔도 목마름을 달랠 길 없는 물은 얼마든지 있다. 암스테르담에서 사람들이 줄기차게 마셔대는 독주 즈니에브르, 보헤미아의 여인숙에서 권하는 맥주와 차(『오해』), 시체안치실 안에서 밤샘을 하는 동안 불행하게도 뫼르소가 마시게 된 밀크를 탄 커피, 레이몽이 권한 순대와 포도주, 마송이 '끊임없이' 뫼르소에게 부어준 술, 해변의 통나무집에서 마리가 '약간 지나치게 마신' 포도주, 그 많은 인물들을 죽음으로 인도한 이 갖가지 음료수들의 해를 우리는 이미 잘 알고 있다. 알코올이 섞인, 혹은 그냥 인공적인 이 음료수들을 누가 마시는가? 누가 그것을 좋아하는가? 누가 그것을 남에 권하기를 즐겨하는가? 그들은 어느 때 그것을 마시는가? 이런 일련의 질문에 대한 답은 카뮈의 인물들의 운명에 결정적인 열쇠를 제공할 수도 있을 것이다.

---

1) '바다 한가운데서 목마름으로 죽어간다는 것은 끔찍하도다. 무엇 때문에 당신의 진실 속에 그토록 많은 소금을 섞어 마실 수조차 없는 것이 되도록 한단 말인가——목마름을 막도록.' 니체, 『선과 악을 넘어서』(Paris : 10/18, 1970), p. 80.

우선 코타르의 직업이 무엇이었던가? 그랑의 말에 의하면 '표면적으로 그는 포도주와 리쾨르의 판매대리인이다.'(『페스트』, p. 1259) 그러나 페스트가 만연하는 동안 바로 그는 그 음료수들의 밀매인 노릇을 한다. 자기 스스로 '창고업자'(『이방인』, p. 1144)라고 자처하는 레이몽도 바로 같은 직업의 종사자일 가능성이 있다. 하여간 뫼르소는 그의 방으로 초대받아 가서 '거의 1리터에 가까운 포도주'를 마시고 '관자놀이가 매우 화끈거리는 것'(p. 1145)을 느끼면서 편지를 대필해주었고 나중에는 '자리에서 일어나기가 힘들었고' '피곤한 표정'이 된다.(p. 1146) 알코올이라면 『페스트』의 오랑 사람들도 『전락』의 네덜란드인들이나 파리 사람 클라망스 못지않게 즐긴다. 심지어 페스트로 도시가 폐쇄된 후에까지…….

포도주와 알코올의 거래가 상업의 가장 큰 비중을 차지하는 도시에서 창고 속에 쌓인 막대한 비축 덕분에 카페들도 마찬가지로 고객들에게 충분한 공급을 해줄 수 있었다. 사실 사람들은 술을 많이 마셨다. 어떤 카페가 '포도주는 전염병에 예방이 된다'고 써붙이자 상당한 여론의 호응을 얻었다. 밤마다 새벽 두시경 카페에서 밀려나온 상당수의 주정뱅이들이 길을 가득 메웠고 낙관적인 이야기들을 퍼뜨렸다.

—『페스트』, p. 1282

이렇게 하여 오랑 사람들은 이중으로 페스트의 피해자가 된다. 심지어 그 착한 조젭 그랑까지도 어떤 '광인'을 보고 나자 어느 자그마한 카페로 들어가서 '알코올 한 잔을 시키더니 단숨에 들이켜고 나서는 매우 독하다고 말함으로써' 의사 리유를 놀라게 한다.(『페스트』, p. 1300)[2] 냉철

---

2) 그랑이 리유를 자기집에 데리고 갔을 때 그는 상대방에게 '뭘 좀 마시겠느냐'고 묻고서 '술이 약간 있다'고 말하자 리유는 거절한다. 한편 랑베르는 탈출을 실현하기 전 두 주일 동안이나 기다릴 때 술을 마시고는 쓰러지자 자기가 병에 걸렸다고 생각한다. '단 한 가지 주목할 만한 사실 — 일 주일이 지나자 그는 의사에게 자기가 처음으로 지난밤에 술에 취했었다고 실토했다. 술집에서 나서자 갑자기…….'(『페스트』, p. 1382)

한 판단력에도 불구하고 타루의 실수는 코타르와 가까이 지내는 것이었다. 그는 흔히 코타르와 함께 외출을 하곤 했고 '그들은 어깨와 어깨를 나란히 한 채 황혼이나 밤의 어두운 군중들 속으로 빠져들어가서…… 사람들의 떼거리와 함께 페스트의 추위로부터 그들을 보호해주는 뜨거운 쾌락을 향하여 걸어나가는 것이었다.'(『페스트』, p. 1377)

카뮈 작품의 도처에서 알코올을 마시는 사람들은 조만간 불행한 운명을 만나거나 혹은 순수한 물을 마시는 사람들과 강한 대조를 보이게 된다. 「긍정과 부정 사이에서」라는 제목이 붙은 산문 속에서 '맑은 밤에 입을 대고 마시는' 어린아이와 '거리 한구석에서 노래를 흥얼거리지만 침묵을 흔들지는 못하는 주정뱅이'의 대조를 우리는 기억한다.(『안과 겉』, p. 26) 노래를 흥얼거리는 이 주정뱅이에 비하면 『작가수첩』 I의 주정뱅이들은 더욱 불행하다. 『작가수첩』의 그 노트는 산문 속의 그 이미지들을(『안과 겉』, p. 25, 35) 위한 것이었고 그것은 나중에 『행복한 죽음』(p. 1081)과 『페스트』(p. 1300) 속에 다시 활용된 것이고 보면 카뮈의 상상력 속에서 이들 주정뱅이들은 모두 같은 종류의 인물이다.

> 그들은 이미 술에 취해 있었는데 식사를 하겠다고 했다. 그러나 섣달 그믐날 축제 때여서 자리가 없었다. 거절을 당하고 나서도 그들은 여전히 우겨댔다. 그래서 그들을 문밖으로 쫓아냈다. 그러자 그들은 임신한 주인 여자를 발로 걷어찼다. 가냘프고 금발 청년인 주인은 총을 집어들고 쐈다. 총알이 사내의 오른쪽 관자놀이에 박혔다. 이제 그는 상처난 쪽의 머리를 땅에 붙이고 쓰러져 누워 있었다. 알코올과 공포에 취한 그의 친구는 쓰러진 시체 주위를 빙빙 돌며 춤을 추었다.
>
> ―『작가수첩』 I, pp. 19~20

술은 한 여인과 그 여인의 뱃속에 든 어린아이의 살인자를 만들었다. 실제로 있었건 상상한 것이건 이 수첩에 기록된 이 자그마한 사건은 이미 후일 『정의의 사람들』에 나오게 될 테러리스트 시인 칼리아예프를 예고한다. 과연 옆에 같이 타고 있는 어린아이들 때문에 대공의 마차에 폭탄을 던지는 것을 거부했던 칼리아예프는 두번째 기도에서 러시아 인민의 적을 마침내 살해한다. 감옥에서 그는 '모든 것을 다 부숴버렸다'는 또 한 사람의 죄수 포카를 만난다. '내가 사람 셋을 죽였다더군' 하고 포카는 말한다. 왜냐하면 그는 '목이 말랐기 때문'이라고 했다. 이 살인자 시인은 이때부터 그 주정뱅이 살인자를 '형제'라고 부르지 않게 된다.(『정의의 사람들』, p. 359) 한편 카디스에서는 '움직이지 않는 계절'이 '술을 마시고 싶게 만들기 때문에' 나다 주위의 주정뱅이들은 계절의 변화를 없애고자 한다.(『계엄령』, pp. 205~206) 동 디에고는 '아망드처럼 하얀' 얼굴을 '맑은 물'에 씻은 빅토리아를 사랑하기 위하여, 그리고 그의 마음속에서 '뜨거운 바람'을 치유해줄 수 있는 '샘'을 찾기 위하여 페스트뿐만 아니라 주정뱅이들과 그들의 알코올에 대항하여 싸운다.(『계엄령』, p. 200)

칼리굴라 황제는 슈레아의 집 만찬에서 '술을 마시면서' 그의 광적인 논리를 실천에 옮긴다. 그가 귀족들에게 강제로 시키는 마리오네트 유희나(『칼리굴라』, p. 41) 뮈스우스의 아내를 겁탈하는 행위에도(p. 42) 여전히 술이 동반된다. 칼리굴라 황제는 나라 전체라는 보다 큰 규모에서 클라망스나 레이몽(『이방인』) 그리고 보헤미아 여인숙의 두 여자 주인들과 동일한 기능, 즉 술과 여자의 거래라는 역할을 맡고 있는 셈이다. 칼리굴라는 메레이아가 사실은 '천식에 먹는 약'을 복용한 것을 보고 '항독제'를 마셨다 하여 독살한다.(『칼리굴라』, p. 49, 51) 칼리굴라의 이 모든 불순한 물의 이미지들은 젊은 시인 시피오의 순수하고 시적인 물과 대립된다. 이 두 사람은 다 같은 목마름에 사로잡혀 있지만 그 목마름이 그들 각자에게서 서로 다른 물을 만들어내는 셈이다. '너는 선에 있어서 순수하고 나는 악에 있어서 순수하다'고 황제는 젊은 시인에게 말한다.(『칼리굴라』, p. 58)

순수한 음료와 불순한 음료 사이의 이 같은 대조는 이미 카뮈의 유산된 최초의 소설 속에 충분히 부각되어 있었다. 포도주·맥주·아페리티프·아니제트·커피·우유·리쾨르·주스·차…… 등 수많은 종류의 음료들이 『행복한 죽음』 속에 등장한다. 『이방인』에 나오는 레이몽에 해당하는 인물 카르도나의 더러운 방 안에 '한 병의 술'이 있다는 것은 당연한 일인지도 모른다.(『행복한 죽음』, pp. 87~89) 한편 저 천상적인 '세계 앞의 집'에서도 다시 한번 포도주를 만나게 되지만 이 경우 술은 이를테면 순화된 듯하다. 즉 이 집의 처녀들은 손님들에게 이 술을 '싸늘하게' 해서 대접함으로써 '무더운 날씨에는 여간 귀하지 않은 것'이 되게 하고 또 이 싸늘한 술 다음에는 즉시 '과일들'이 따라 나온다.(『행복한 죽음』, p. 140) 한편 카뮈의 작품 속에서 맥주는 항상 어두운 나라의 음료수로 나타난다. '상당히 어둠침침한 지하실에 있는' 프라하의 어느 식당에서 사람들이 '체코슬로바키아의 들척지근한 갈색 맥주'를 마시고 있다.(『행복한 죽음』, p. 101) 이 맥주는 아마도 『오해』 속에서 장의 어머니가 그의 아들에게 대접한 맥주와 같은 것일 터이다.

아니제트는 더운 고장, 특히 알제의 음료다. 다른 여러 가지 냄새들과 한데 섞인 아니제트의 냄새는 이 고장의 유난히도 뜨거운 감각공간의 일부를 이루고 있다. 여름이 알제 항구를 '요란한 소리의 햇빛'으로 가득 채울 때면 그 부두에서 실어 내리는 밀가루 부대 속에서 날아나오는 '가느다란 먼지' 냄새가 뜨거운 햇빛에 녹아 터지는 콜타르 냄새에 뒤섞이고 '바니시'와 '아니제트' 냄새가 풍기는 작은 바라크 앞에서 사내들이 술을 마신다.(『행복한 죽음』, p. 33) 가느다란 먼지·콜타르·바니시·아니제트·태양열 등은 벌써부터 그 끈적거리는 감각과 정신을 마비시키는 도취감과 냄새, 공간의 비극적 국면을 통해서 『이방인』의 악센트 중 하나의 장례식 장면을 예비한다. 그것은 이미 녹아 터진 아스팔트의 검고 뜨겁고 끈적거리는 살이며 '땀'과 '자욱한 더위'와 '끓인 가죽'과 '시커먼 진창'을(『이방인』, p. 1134) 예감하게 한다. 장례식 대신에 우선 이 처녀작 소설 속에서는 사고가 일어난다. 노무자 한 사람이 널빤지에서 떨어져 한쪽 팔이 부러지고 더러운 상처에서 '피'가 흘러 뜨거운 돌 위에 떨어져가지고 '지글지글 끓는다.' 이 끈적거림과 열은 아니제트 때문일까 태양 때문일까?(『행복한 죽음』, p. 34) 아니제트는 또한 메르소가 살고 있는 동네 풍경을 구성하는 후각적 요소이기도 하다. '아니제트와 고기 굽는 냄새로 이루어진 동네 냄새가 무거운 김이 되어 방에까지 올라오고 있었다.'(p. 58) 아니제트와 구운 살(혹은 피)이라는 두 가지 후각적 요소의 결합은 여기서나 앞서의 항구 장면에서나 동일하다. 마치 아니제트의 냄새를 따라 일상 생활의 길을 거쳐가면 살을 태우는 냄새, 즉 불에 의한 죽음, 혹은 태양에 의한 죽음과 만나게 된다는 듯. 이 길을 따라가면 『이방인』의 '태양 때문에 사람을 죽이는' 장면으로 인도되는 것인지도 모른다. 다만 『이방인』에서는 구체적으로 아니제트가 등장하지는 않는다. 강한 냄새들, 햇빛에 녹아 끈적거리는 갖가지 요소들, 그리고 포도주만으로도 충분했던 것일까.[3] 한편 아페리티프는 『행복한 죽음』 속에 단 한번 등장하는데 음료수로서보다는 끈적거리는 액체의 성격으로서 이해된다. 메르소와 베르나르는 '당분이 많은 아페리티프로 끈적거리는 초록색 탁자 앞에' 앉아 이야기를 한다.(p. 172) 당분이 많은 같은 음료가 자연적인 요소인 과일이나 꽃과 결합되면 사랑의 이미지로 변한다. 카르도나 누이의 애인은 그의 여자친구에게 '자기가 교외의 울타리에서 꽃들과 시장에서 게임을 하여 얻은 오렌지와 리쾨르를 가져오곤 했다.' (p. 85)

커피는 알코올의 효과를 중화하는 요소다. 시내에서도 '세계 앞의 집'에서도 사람들은 즐겨 커피를 마신다. 그러나 커피가 일단 우유와 섞이면 『이방인』에서처럼 해로운 음료가 될 수도 있다. 반면 차는 『오해』의 경우처럼 명백한 독약의 값을 지닌 음료다. 자그뢰즈는 이 음료에 대해서 상당히 조심을 하는 편이지만 '그는 차를 한 모금 마시고 나서는 거의 가득 찬 잔을 내려놓았다. 그는 하루에 단 한 번만 소변을 보기 위해서 가급적 조금만 마시는 것이었다.'(p. 72) 조금만 마신 차 때문에 그는 소변을 보지 않으면 안 된다.(p. 80) 한 모금의 차도 '살아 있는 나 자신의 저 어둡고 뜨거운 불꽃'을 꺼버리기에 충분한 것이다. 그 차를 마신 바로 이튿날 그는 메르소에게 살해당할 것이다. '단 한 모금' 마신 차에

---

3) 오랑에서 페스트가 물러가려 하자 다시 일상적인 풍경이 되살아난다. '도시 위로 내리는 가늘고 아름다운 빛 속에서 구운 고기와 아니제트 향료가 든 알코올 냄새가 옛날처럼 솟아오르고 있었다.'(『페스트』, p. 1463) '메르 엘 케비르 거리에 풍기는 아니제트 냄새'(『작가수첩』 II, p. 187)

바로 이어지는 하나의 이미지는 이 불구자의 비극적 운명을 벌써부터 예고한다.

> 몇 방울의 물이 처음으로 벽난로 속으로 떨어졌다. 비가 유리창을 더욱 거세게 때리고 있었다.
>
> —『행복한 죽음』, p. 72

상징적인 의미에서 차를 한 모금 '마신' 자그뢰즈는 우주적인 물에 익사한 셈이다. '비가 거세게 쏟아지면서 유리창을 적시는가' 하면(p. 67) 하늘에서는 '검은 구름이 끊임없이 밀려올 때'(p. 68) 물방울은 방 안으로까지 떨어졌고 또 차의 형태로 그의 몸 안에까지 들어간 것이다.

이 물은 '죄 없는 살인자' 역시 가만두지 않는다. 밤중의 수영은 메르소에게 치명적인 병을 가져온다. 그는 병에 걸려 '간신히' 집으로 돌아온다. 이제 그는 병을 낫게 하는 약을 끓여 마시려고 한다.

> 그는 차를 준비했다. 그러나 더러운 냄비에 물을 끓였기 때문에 차는 구역질이 날 정도로 끈끈한 것이 되었다. 그런데도 그는 자리에 들기 전에 그것을 마셨다. (……) 그는 몇 번 기침을 하고 정상적으로 침을 뱉었는데 입 안에는 피의 맛이 났다.
>
> —『행복한 죽음』, p. 67

이 치유의 묘약은 『트리스탄과 이졸데』 속에서처럼 죽음의 묘약임이 드러났다. 물의 더럽고 끈적거리는 속성, 즉 '끈끈한 차'가 그를 죽인 것이다. 이 끈끈한 물의 이미지와 창문을 적시고 벽난로의 불 속으로 떨어지는 빗물을 결합시켜보면 이미지의 논리는 더욱 확연해진다. '유리창을 진한 기름처럼 덮는 저 물'은 '무거운 우수가 되어' '메르소의 가슴속으로 스며들었다.'(『행복한 죽음』, pp. 67~68)

물이 지닌 이 끈끈함의 해로운 면은 『이방인』 속에서 볼 수 있는 뫼르소의 두 가지 태도를 이해하게 해준다. ① '나는 거기서 크뤼셴 표 소금

광고를 오려내어 낡은 공책에 붙였다. (……) 나는 또 손을 씻었다.'(pp. 1137~1138)——이것은 여러 가지 끈적끈적한 요소들이 그 풍경을 구성했던 장례식 바로 다음날인 일요일의 일이었다. ② '점심을 먹기 위하여 사무실을 떠나기 전에 나는 손을 씻었다. 정오가 되면 나는 이 순간을 좋아한다. 저녁때에는 손을 닦는 데 쓰는 수건이 하루종일 사용한 뒤라서 너무 축축해져서 기분이 덜 좋아진다. 나는 어느 날 사장에게 그 말을 했었다.'(p. 1141) 이것은 『행복한 죽음』에 나오는 '아니제트' 및 '지글지글 끓는 피' 장면에 해당하는 먼지 자욱한 항구의 더위 직전에 나타나는 대목이다. 뫼르소는 이처럼 자신도 모르게 끈적거리는 물체를 씻어내고자 한다. 심리학자들이라면 여기서 쉽사리 어머니의 장례식을 치른 뫼르소의 기이한 '죄의식'을 생각할 것이다.

2. 실체로서의 물

지금까지 우리는 알코올에서 리쾨르, 최면제에서 죽음의 묘약에 이르기까지 카뮈의 작품 속에 나타나는 해로운 음료들을 모두 점검해보았다. 그들의 공통된 속성은 그것들이 한결같이 '인공적으로 만든 것'이거나 혹은 '더럽혀진' '불순한' 액체라는 점이다. 이것을 질료적 차원에서 본다면 그것들은 모두 투명한 유체성이나 가동적인 가벼움(물·빛)과 광물적인 단단함이나 신선함, 혹은 뜨거움(불·광석)의 어느 쪽도 아닌 중간지점에 위치하는 것들이다. 그것은 불도 아니요 물도 아닌 알코올이거나, 고체도 아니요 유체도 아닌 '끈적끈적한' 음료다. 그것들이 이처럼 수상쩍은 성질을 갖게 된 것은 이 같은 질료적 불안정 때문이다.

그렇다면 이 세계 속에 살아가는 데 있어서 비록 잠시 동안이나마 목마름을 달래주는 데 적당한 음료는 어떤 것일까? 가장 빈번히 만날 수 있는 이로운 물은 카뮈의 왕국인 대지의 '자연스러운' 산물, 과일의 즙이다. 과연 태양이 지배하는 이 세계에는 과일이 많다.

메르소가 북방으로서의 긴 여행으로부터 알제에 돌아오자마자 '세계 앞의 집'에 살고 있는 처녀들은 그에게 '즙이 많은' 과일들을 너그럽게 대접한다. 과일의 여자와 대지를 지배하는 것은 이처럼 물의 순진한 육감이다.

> 그들은 토마토에 소금을 뿌려 먹고 샐러드・감자・꿀 그리고 많은 과일들을 먹는다. 그들은 복숭아를 얼음에 넣어두었다가 꺼내어 보드라운 껍질의 털에 맺힌 이슬을 핥아먹는다. 그들은 또 태양 쪽으로 얼굴을 쳐들고 포도즙을 마신다……
>
> ─『행복한 죽음』, p. 129

마찬가지로 즙 많은 과일들의 육감적인 이미지가 카뮈 작품의 심장부에 두 가지의 서정적이며 우주론적인 긴 시를 마련한다. 그것은 『행복한 죽음』의 마지막 장 첫째번 문단과(pp. 189~190) 『계엄령』에서 만나게 되는 합창이다.(pp. 197~198) 카딕스의 과일들과 더불어 우리는 행복하고 자양분 많은 음료의 모든 속성을 되찾게 된다. '황금빛 오렌지'의 광물성, '빽빽한 포도, 버터빛의 멜론, 피가 가득한 무화과, 불꽃 같은 살구'의 불과 칼로리, 그리고 신선함과 질료적 단단함과 무게['오, 과일을! (……) 과일은 물과 당분으로 인하여 무거워지기 시작했다!'] 이 모든 행복한 속성들이 어디에서 온 것인가를 알려면 그 과일들이 창조된 원천으로 거슬러올라가기만 하면 된다. 과일들은 우주적 어머니인 대양이나 샘과 우주적 아버지인 태양의 가장 조화 있는 결합에서 태어난 둥글고 아름답고 풍성한 열매다. 그러나 그 원천으로 거슬러올라가기 전에 우선 이 태양의 세계 속에서 사람들이 즐겨 마시는 일상의 음료를 열거해보자. 이 음료는 해로운 물처럼 끈적거리거나 알코올이 함유된 것도 아니고 목마름을 기만하지도 않는다.

우선 박하수가 있다. 행복한 티파사의 여행자가 카페에서 복숭아의 육감적인 살을 깨물기에 앞서 '초록색의 싸늘한 박하수 한 잔'을 마시지 않을 수 있겠는가?(『결혼』, p. 58) 바슐라르는 물론 잊지 않고 우리들 마음속에 물과 박하 사이를 이어주는 '존재론적 상응'을 강조했다. 박하는

'물의 혼'이라고 적절하게 표현했다.[4]

과연 박하수만큼 우리들로 하여금 물을 시원하게, 무르게 마시고 상상하게 해주는 음료는 없다. 박하 속에서는 신선함과 초록색의 싸늘한 물의 촉감과 실체가 깨어 일어나서 우리들 상상력의 혀와 입과 목구멍과 살을 건드린다. 우리는 박하를 통하여 물을 보고 마실 뿐만 아니라 물의 혼을 '만져보고' 물의 향기를 냄새 맡게 된다. 모든 실체의 속성이 그러하듯 물의 실체로서의 박하는 유체가 아니다. 그것은 '얼음이 된' 고체의 물이요 향료다. 기이하게도 물의 혼에는 물기가 없다. 비합리적으로 들릴 이 같은 해석은 카뮈의 인물들에게 산 증거로 확인될 수 있다.

박하의 냄새는 질료적으로 볼 때 아니제트의 냄새와는 정반대되는 것이다. 신선함이 고체화되어가는 운동에 의하여 만들어지는 것이 박하라는 향료라면 아니제트는 불이 해체되거나 산화되는 운동에 의하여 만들어지는 향료라는 것을 우리의 감각의 눈은 알고 있다. 불같이 타오르지도 못한 채 그냥 무겁게 뜨거운 냄새가 바로 아니제트다. 통제조인 이바르는 유일하게 아니제트를 즐기는 인물이지만 그는 항상 그 음료를 '차게 해서' 마신다. 페르낭드는 '두 잔의 아니제트와 서늘한 물 그릇을 가져온다.'(『적지와 왕국』, p. 1606) 반면 박하의 냄새는 뜨거운 차 속에서도 서늘하다. 사막 한가운데 그늘진 상점 속에서 '박하차의 서늘한 냄새가 문턱에 들어선 마르셀과 자닌느를 맞아주었다.'(『적지와 왕국』, p. 1564) 고독한 교사 다뤼도 아랍인 죄수를 서늘한 박하차로 맞아준다. 발두치와 아랍인이 도착하자마자 다뤼는 '박하차'를 대접한다. 죄수의 묶인 두 손을 풀어주게 만드는 것도 그 박하차다. '손이 자유로워지자 그는 손목을 비비더니 찻잔을 들고 뜨거운 물을 조금씩 조금씩 자주 마셨다.'(『적지와 왕국』, pp. 1611~1612) 이것이 바로 해방감과 신선함과 따뜻함을 동시에 갖춘 행복의 음료수다.

박하차와 더불어 자주 등장하는 '박하사탕'은 물의 실체적 값을 보다 더 구체적으로 환기시켜준다. 이 경우 물은 마시는 대상이 아니라 '깨물

---

4) 가스통 바슐라르, 『물과 꿈』(Paris : José Corti, 1942), p. 10.

어 먹는' 대상으로 나타난다. 카딕스의 시민들은 바다를 향하여 도망치면
서도 이 석화(石化)된 물, 실체화된 물을 잊지 않는다. '서늘한 박하 항
아리도 가지고 가자. 바다로 갈 때까지 그것을 깨물어 먹자!'(『계엄령』,
p. 225) 이렇게 서늘한 박하는 가장 광대하고 가장 위대한 서늘함인 바다
로 인도한다. 또 알제에 있는 동네 영화관에서는 때때로 '박하사탕'을 판
다. 실체적 물, 박하를 통한 사랑의 대화를 들어보라. 박하사탕에는 붉은
글씨로 다음과 같은 '사랑의 탄생에 필요한 모든 말'이 새겨져 있다. 질
문 : '언제 나와 결혼하시려나요?' '나를 사랑하시나요?' 대답 : '미치도
록' '봄이 오면'. 박하는 이처럼 실체적인 순수함을 통하여 바다와 사랑
의 신선함을 환기한다. 증오 속에서, 불지짐 같은 뜨거움 속에서, 광물적
인 단단함 속에서 순수를 찾고 있는 '배교자'도 자기 나름으로 박하의 순
수한 물을 꿈꾼다.

그렇다. 오직 물신만이 권능을 가지고 있다. 그는 이 세상에 하나밖에
없는 신이며 증오는 그의 계율이며 생명의 샘이며 입을 얼음처럼 서늘
하게 하고 뱃속을 불태우는 박하 같은 서늘한 물이다.
— 『적지와 왕국』, p. 1588

박하라는 물의 실체 속에서는 범상한 경우 상호 대립적이게 마련인
'얼음처럼 서늘하게 하는' 감각과 '불태우는' 감각이 서로 공존한다. 서
로 모순되는 이 두 가지 감각은 박하 속에서 질료화한 것이다. 이런 각도
에서 볼 때 이 이미지의 초고는 의미심장하다.

증오를, 나는 증오를 발견했다. 증오는 내게 얼어붙은 입과 불로 지지
는 듯한 배로 맛보는 박하사탕을 생각하게 한다.
— 『전집』 I, p. 2036

이 이미지를 단편소설 「배교자」의 문맥 속에 놓고 생각해보면 박하의
단단함과 서늘함은 광물적 감각과 상상력의 결합관계를 드러냄을 알 수

있다. 증오—박하의 이미지는 고문장면에 곧바로 뒤이어 나타나 있다. 즉 '강철로 된 것 같은 한 손이 내 턱을 죄었고 다른 한 손이 내 입을 열고 혓바닥을 피가 나도록 잡아당겼다…… 끓는 듯하고 서늘한, 그렇다, 마침내 서늘한 어떤 애무가 내 혓바닥 위로 지나갔다.'(『적지와 왕국』, p. 1587) 혓바닥을 자르는 강철의 서늘함, 이것이 바로 배교자가 바라는 '서늘한 죽음'이며 그의 영혼을 송두리째 얼음처럼 만들면서 동시에 불지짐하는 상상의 박하다.[5] 1942년 신병으로 인하여 객지인 생테티엔느에 와 머무는 동안 카뮈는 작가 노트 속에다가 향수를 달래려는 듯 태양이 찬란한 고향의 또다른 음료인 레모네이드의 맛을 기록했다.

이곳 사람들은 목마름을 알지 못한다. 햇빛과 먼지 속을 달리고 난 뒤에 우리의 존재를 송두리째 휘어잡는 저 타는 듯한 감각을 알지 못한다. 목구멍으로 삼키는 레모네이드 : 액체가 지나간다는 느낌은 전혀 들지 않고 다만 가스의 불지짐 같은 작은 바늘이 수천 개씩 찔러대는 것 같은 기분이다.

—『작가수첩』 II, p. 72

레모네이드 역시 카뮈가 즐겨하는 '단체'의 물이다. 『페스트』 속에서 축구선수 출신인 곤잘레스는 지금은 격리 수용소로 변해버린 운동장을 방문하면서 그 음료가 맛보게 해주는 감각을 상기한다.

메마른 목구멍을 수천 개의 신선한 바늘로 찔러대는 레모네이드.

—『페스트』, p. 1413

물의 질료적이고 역동적인 원천으로 거슬러올라간다는 것은 광물의 단단함과 물의 서늘함과 실체화한 불의 뜨거움이 동시에 집중되는 그 여

---

5) 「기요틴에 관한 성찰」, 『전집』 II, p. 1027, 노트 : '낙관적인 기요틴 박사에 의하면 사형수는 사형집행을 당할 때 아무런 것도 느끼지 못한다고 한다. 기껏해야 목에 약간 서늘한 느낌이 스쳐갈 뿐.'

러 가지 감각들의 원천으로 거슬러올라간다는 뜻이다. 카뮈가 지닌 '상상의 석화작용'의 진정한 충동을 파악해야 할 지점은 바로 여기다. 참답게 목마름을 아는 사람은 이 같은 실체화된 음료를 좋아한다. 카뮈의 사막을 가로질러 가는 용기 있는 인물들은 동시에 물과 광석과 불과 공기를 '마신다.' 목마름을 속이지 않기 위하여 그들은 레모네이드의 바늘로 목구멍을 찌르고 박하로 입술을 열게 한다. 이와 같이 하여 우리는 광천수, 즉 광물적인 물(l'eau minérale)과 만나게 된다. 원천에서 물을 마시는 사람은 맑은 민물 역시 '쏘고' '뜨거운' 물임을 안다. 이 샘물을 찾으려면 돌과 바위 등으로 가야 한다. 이 '광물성' 물을 만나려면 사막으로 가야 한다.

'행복한 추억'이라는 병원에서 밤을 보낸 기사 다라스트는 마침내 아침에 광천수 대접을 받는다. '그들은 우선 병원을 세운 다음 그 뒤에 '물'을 건설한다고 나에게 말했어. 그 동안 우선 행복한 추억으로 바늘처럼 꼭꼭 찌르는 물을 가져왔으니 몸을 씻으라구'(『적지와 왕국』, p. 1660)라고 운전사인 소크라트는 말한다. 물을 다스리기 위하여 이 기사가 찾아온 물의 대륙 어디엔가 사막이 있단 말인가? 그렇다. 우리는 다라스트가 병원에 도착하기 전에 '붉은 사막'을 거쳐왔다는 것을 알고 있다.

자닌느와 마르셀도 아프리카 사막의 여행자들이다. 남편은 아내에게 식당에서 물을 마시지 말라고 하면서 이렇게 말한다. '그 물은 끓이지 않은 거야. 포도주를 마셔.' 그러나 여자는 '포도주를 마시면 몸이 무거워지기 때문에' 그걸 좋아하지 않는다.(p. 1563) 이렇게 하여 우리는 자닌느의 진정한 '목마름'을 이해할 수 있게 된다. 포도주도 물도 마시지 못하게 된 이 여자가 동시에 육체적이면서 실존적인 목마름을 달래줄 맑은 물을 찾을 곳이란 저 우주적인 밤밖에 또 무엇이 있겠는가? 이렇게 하여 사막의 목마름 한가운데서 '간부'는 태어난다. 우주론적인 그 간음의 밤에 그 여자가 호텔 방으로 다시 돌아왔을 때 잠에서 깬 마르셀은 그 역시 목마름을 참을 길 없다는 듯 '비틀거리며 세면대 쪽으로 걸어가더니 그곳에 있던 광천수 병을 입에 대고 오랫동안 물을 마셨다.'(『적지와 왕국』, p. 1573) 그는 아마도 자기 아내의 '목마름' 덕분에 처음으로 그의 오랜 잠에서 '깨어나' 삶에의 목마름을 맛본 것인지도 모른다. 그러나 '물병'은 아직 '샘' 이 아니다. 그것은 '인공적'인 물에 지나지 않는다.

　이런 각도에서 볼 때 뫼르소의 세 번에 걸친 해수욕은 자연 속의 샘물을 찾아가는 집요한 추구라고 볼 수 있다. 어머니의 장례식 직후 첫째번 해수욕을 가기로 결정한 것은 기이하게도 '목욕탕'에서였다. 그러나 그 첫번 해수욕을 묘사하는 대목에서 마실 물에 대한 언급은 전혀 없다. 그 하루는 너무나 빨리 지나가서 그와 같은 묘사를 허용할 수 없었던 것인지도 모른다. '영화관에서 나오자 마리는 우리집으로 왔다. 내가 잠에서 깨었을 때 마리는 가고 없었다'.(『이방인』, p. 1137) 그러나 뫼르소가 그날 낮에 바다에서 처음 접촉한 마리의 신체 부분이 '젖가슴'이라는 사실은 주목할 만하다. '나는 그녀가 부표 위 로 올라오도록 도와주었다. 그 순간 나는 그의 젖가슴을 스쳤다.'(『이 방인』, p. 1136) 그리고 영화관에서도 '그 여자는 자기의 다리를 내 다리에 꼭 붙였다. 나는 그의 젖가슴을 애무했다.'(p. 1137) 자기의 '어머니'를 땅에 묻고 온 직후 '물' 속에서 '다시 만난' 첫째번 '여 자'의 '젖가슴'이 가장 먼저 뫼르소의 주위를 끌게 되었다면 우리가 거기서 상상의 '젖(모유)'을 상상하는 것이 과연 지나친 일일까?

　두번째의 해수욕은 뫼르소의 '목마름'과 '샘'을 찾아가려는 그의 욕구에 대하여 시사하는 바가 더 많다.

　　마리는 내게 놀이 한 가지를 가르쳐주었다. 헤엄을 치면서 파도의 꼭대기에서 바닷물을 마셔가지고 입 안에 거품을 잔뜩 모아가지고 있 다가 그 다음에 반듯이 누워서 하늘로 뿜어내야 했다. 그렇게 하면 거 품의 레이스가 만들어져서 공기 속으로 사라졌다가는 얼굴 위에 뜨뜻 한 비가 되어 다시 떨어지는 것이었다. 그러나 얼마 후 소금의 쓰디쓴 맛 때문에 입이 타는 듯 얼얼해졌다. 그러자 마리는 내게 다가와가지고 물 속에서 내 몸에 찰싹 달라붙었다. 그는 자기의 입을 내 입에 갖다댔다. 그의 혀가 내 입술을 서늘하게 해주었고 우리는 한동안 파도 속으로 몸을 굴렸다.

　　　　　　　　　　　　　　　　　　　　　　—『이방인』, p. 1148

　뫼르소는 바닷물을 '마신다.' 그러나 우선 그 놀이가 벌어지는 공간의 위치가 파도의 꼭대기, 즉 바닷물이 햇빛과 접하는 가장 높은 곳임을 주목하자. '바다' 물을 입 안에 넣었다가 다음에 그것을 '하늘'로 뿜어올린다는 것은 곧 인간의 육체를 통하여 우주적인 결혼을 실현하는 것이 아니고 무엇인가? 공기의 '레이스'는 결혼의 아름다움을 상기시킨다. 그러나 결혼은 순간적인 실현에 지나지 않고 덧없는 꿈은 '놀이'에 그친다. 공중에 펼쳐진 레이스는 '뜨뜻한 비'가 되어 육체 위로 다시 '떨어진다.' 이것은 잠시 동안 공기와 빛의 꿈으로 변했던 물의 가벼움의 불가피한 실패다. 그러나 인간적인 '놀이'는 그 실패를 통해서조차도 놀이하는 사람의 속 깊은 향수를 표현한다. 그런 의미에서 놀이는 항상 놀이대상의 그 무엇을 지향하고 있다는 것이다.

　수직축 위에서—바다와 하늘—불가능해진 우주적 결혼의 유희는 곧 수평축 위에서 가능한 것으로 대치된다. 그것이 바로 뫼르소와 마리의 포옹과 키스다. 이 같은 축의 이동 속에서 우주론적 논리가 깃들여 있다. 바닷물의 '타는 듯 얼얼한'—그러나 그토록 서늘한—느낌이 남자와 여자의 키스를 불가피하게 만든 것이다. 우주적인 서늘함의 도를 넘어서면 그 서늘함의 이면과 만나게 된다. 가장 서늘한 물의 한가운데에 위험과 쓴맛과 얼얼한 뜨거움을 예고하는 광물적 실체가 담겨 있다. 그것이 바로 '소금'이다. 인간은 그의 오만 위에 사랑을 건설하는 것이 아니라 인간 조건의 수용 위에 사랑을 건설한다. 헤엄치는 것과 놀이하는 것을 동시에 실현하려다 보면 우주적 사고를 만날 위험이 있다. '우주적 샘물을 마시려는' 기도에 실패하고 나서 그는 땅 위의 민물을 찾게 되리라. 뫼르소와 마리는 서둘러 아파트로 돌아와 인간적인, 너무나도 인간적인 '결혼'의 밤을 보낸다.

그들의 서두름은 중복되는 동사원형들이 웅변으로 말해준다.

> 나는 그 여자를 꼭 껴안았고 우리는 허겁지겁 버스를 타고 시내로 돌아와 우리집으로 가서 내 침대에 몸을 던지는 것이었다. 나는 창문을 열어두었는데 여름 밤이 우리들의 갈색 몸뚱이 위로 흘러가는 것을 느끼는 것이 기분 좋았다.
>
> ─『이방인』, p. 1149

물처럼 '흐르는' '밤'은 이미 '간부'의 원초적 밤의 물을 일상 속에서나마 부분적으로 예고한다. 뫼르소는 이런 인간적인 '결혼'으로 만족할 수 없는 듯하다. 그는 결혼이란 '심각한' 일이라고 생각하지 않는다. 결혼을 하건 않건 그에게는 마찬가지이며 중요한 일이 아니다.(p. 1154) 그렇다면 그에게 중요한 것은 무엇일까? 이에 대한 답은 '육체적인 욕구가 흔히 감정을 방해하는'(p. 1170) 이 과묵한 인물에게 요구할 성질의 것은 아닐지도 모른다. 오히려 그의 '육체적'인 행동에서 우리는 그 답을 구해야 할 것이다.

마침내 세번째의 해수욕은 일요일로 정해진다. 앞서 두 번의 해수욕은 토요일에 했는데 왜 이번에는 일요일일까? 태양의 날, 심지어 신도 일을 멈추는 날을 선택한다는 것은 우주적인 한계를 범하는 일이 아닐까? 물론 뫼르소는 다만 초대를 받은 것에 지나지 않으므로 그가 날짜를 선택한 것은 아니다. 그러나 물론 그가 초대를 거절할 수도 있었을 텐데 기꺼이 응했다. 더군다나 이 일요일의 해수욕에 소요된 시간은 세 번 중에서도 가장 길다. (이것이 '일요일'의 일차적 의미일 터이다.) 두번째 토요일에는 '오후 네시의 해는 너무 뜨겁지는 않았지만 바닷물은 미지근했다.'(p. 1149) 그런데 일요일에는 벌써 아침에 출발할 때 '가득히 떠오른 해는 마치 따귀를 때리듯이 나를 후려쳤다'고 뫼르소는 말한다.(p. 1159) 이미 태양의 공격성은 분명하게 암시된다. 이것은 이미 몇 시간 뒤에 일어날 극적인 사건을 치열한 햇빛이 예고하는 것이라고 볼 수 있다. 이 햇빛의 '따귀'는 '간부'가 호텔 방으로 돌아왔을 때 남편이 켠 불빛이 후려치는 '따귀'를 연상시킨다.(『적지와 왕국』, p. 1573) 전등불의 '따귀'가 방 안에서 일어나는 인간적인 사건이라면 태양의 그것은 인간적인 방보다도 더 광대한 우주적 차원의 비극을 환기시킨다. 아침에 마송의 별장에서 마송의 아내가 잘 웃는 것을 보자 전에는 결혼에 대하여 무관심했던 뫼르소가 '처음으로' 자기도 결혼하고 싶다고 생각한다. 그것은 인간적 결혼에 대한 뒤늦은 인정이다. 그는 마리에게 이끌려 물 속으로 들어간다. 그러나 식사때 마신 술 때문에 머리가 무겁다. 산책을 하기 위하여 세 사람의 '남자들'은 두 사람의 '여자를' 남겨놓은 채 해변으로 나간다. 균형의 시간 정오가 다가온다. '모래 위로 햇빛이 수직으로 떨어지고 바다 위에 반사된 광채가 견딜 수 없는' 수직의 시간. 우주가 정오의 균형으로 다가갈 때 남자들은 여자들과 헤어져 있다. 균형의 선인 수평선상에서 격투가 일어난다는 것은 신화적인 차원에서 보면 지극히 논리적이라 할 수 있다.(pp. 1161~1163)

두번째 레이몽과 둘이서 산책을 나간 뫼르소는 스스로 털어놓지는 않지만 그의 무의식 속에는 본래의 목적이 숨겨져 있음을 알 수 있다. 그는 '샘'을 찾고 있는 것이다. '해변의 맨 끝에서 우리는 마침내 커다란 바위 뒤에서 모래 속으로 흘러드는 작은 샘에 이르렀다.'(p. 1163) 이 '마침내'는 그의 숨은 욕구를 웅변으로 말해준다. 두 사람의 아랍인이 다시 나타난 곳은 바로 거기다.

끝으로 뫼르소는 여자를 버려두고 샘을 찾아 세번째 산책을 혼자 나간다. '다시 여자들을 대해야 한다고 생각하니' 따분해져서 그는 별장의 층계를 올라가는 대신 그곳을 '떠나기로' 결정한다. '나는 서늘한 샘물의 졸졸거리는 소리를 듣고 싶었고 햇빛에서 도망치고 싶었고 노력과 여자들의 눈물을 피하고 싶었고 그늘과 휴식을 되찾고 싶었다.'(p. 1195) 이 휴식과 물에 대한 욕구를 앞에 놓고 죽음과 성(性)을 생각하는 것은 지나친 상상일까? 하여간 뫼르소는 이 우주적 공간 속에서 '원천(source)'으로 '다시' 돌아가 휴식하기를 원한다. 어머니를 잃은 사람이 바닷가에서 찾는 원초적인 샘은 과연 무엇일까?

우선 모유(첫번째 해수욕), 다음에는 바닷물 —모유(eau de mère)와 바닷물(eau de mer)은 그리 먼 거리가 아니다—그리고 마침내 샘! 죽은 어머니의 환영을 찾아 무의식적으로 뫼르소가 찾아가는 도정은 바로 이러한 것이다. 그는 드디어 '샘'을 향하여 '앞으로 한 걸음'을 내딛는다. 그는 샘물을 마셨던가? 그러나 샘, 물 중의 물인 샘을 찾으려면 사막을 통과해야 하고 불지짐 같은 열기를 받아들여야 한다. 샘물로 가려면 소금의 세례를 지나야 한다. 우주적 원천인 샘은 수많은 우주적 아버지들이 저 뒤에 있다. 이것이 바로 뫼르소를 오이디푸스의 운명으로 인도하는 최후의 드라마이다. 상상력의 논리는 이처럼 물을 찾아가는 우리들의 주인공을 살인과 자신의 죽음으로 한걸음 한걸음 인도한다. 그렇게도 찾아가는 샘물 앞을 가로막고 칼을 쳐들고 있는 '남자', 그리고 그 칼 위에 불지짐 같은 광물적이고 공격적인 빛을 던지는 '태양'—이 앞에서 권총을 든 뫼르소가 할 수 있는 마지막 결단은 어떤 것일까?

지금까지 우리가 갖가지 음료수들 속에서 분간해보려고 노력한 상상의 화석 현상은 다소 정체적인 면에서의 분석이라고 할 수 있다. 이번에는 같은 현상을 물의 이미지의 일반적인 생성 과정, 혹은 탈바꿈 과정이라는 동적인 축 위에서 주목해보기로 한다. 이미 여러 차례에 걸쳐 강조한 사실이지만 여기서 다시 한번 우리의 참다운 목표는 '사물' 그 자체의 분석이 아니라 이미지의 생성·운동·역동성의 해명이라는 점을 염두에 두어야 한다. 다시 말해서 여기서 우리가 관심을 두고자 하는 대상은 화석된 물, 단단해진 물이 아니라 물이 단단해져가는 과정, 단단해지려는 힘, 그 힘을 떠밀고 있는 카뮈 상상력의 욕구라는 뜻이다. 물이라는 질료를 따라가는 이 기나긴 우리의 여행은 이렇게 하여 매우 더디게나마 상상력 속에 광물이 그리고 한걸음 더 나아가서는 상상력 속에 불과 빛이 도래하는 저 신비한 탄생을 준비하고 있다는 것을 독자는 짐작할 것이다.

물이 돌로, 물이 불과 빛으로 둔갑하는 과정이 바로 석화의 과정이다. 얼른 보기에는 이 석화의 탈바꿈은 아주 신비스럽게 순식간의 요술에 의하여 쉽사리 이루어지는 듯 여겨지기 쉽다. 우리의 느리고 산문적인, 너무나도 산문적인 분석은 그 '순식간의 돌연한 둔갑'의 복잡한 구조를, 그 둔갑을 가능하게 하는 상상력의 필연성을 뒤늦게나마 설명해보겠다는 야망을 가지고 있는 것이다.

3. 동물화

상상력의 운동은 생명의 운동인 만큼 우리의 지적 욕구에 의하여 쉽사리 분명하게 분류되지 않는다는 것을 이제 우리는 알고 있다. 그러나 우리는 일단 분석의 명료성을 위해서 물이 건조되고 단단한 것으로 탈바꿈하는 방식을 둘로 나누어 살펴보기로 하겠다. 그 중 하나가 동물화라는 방식이다. 여기서 동물화란 생명이 없고 자동 능력이 없는 대상이 상상력에 의하여 생명을 얻어 움직이는 힘을 갖게 되는 현상을 두고 말하는 것인데, 사실 넓은 의미에서 본다면 이미지란 모두가 상상력에 의한 동물화 과정을 통하여 생겨나는 것이라고도 볼 수 있다.

상상력을 가진 동물인 인간이 보여주는 가장 으뜸가는 동물화의 방향은 무엇보다 먼저 인간중심주의이다. 무생물은 인간의 상상력에 힘입어 동물적인 힘, 인간적인 운동을 보여줄 수 있게 된다. 이와 같이 하여 형태도 없고 색채도 없으며 안정된 형상을 갖추고 있지도 않고 쉽사리 파악되기도 어려운 물이 동물의 모습을 갖추고 동물처럼 움직임으로써 인간의 파악 능력 속으로 들어오게 된다. 흔히 그 '동물'은 여전히 눈으로 볼 수 없는 동물인 경우가 많지만 동물화된 움직임을 통해서 상상력이 포착하기에는 더 용이한 대상이 된다.

물이 탈바꿈하여 생긴 상상의 동물이 물에 사는 동물, 즉 물고기인 경우가 많다는 것은 쉽사리 이해될 수 있는 일이다. 요나의 고래는 그 대표적인 예라고 할 것이다. 동물화를 통해서 물이 단단한 것으로 변하는 예들을 좀더 구체적으로 살펴보자. 그러나 물이 둔갑하여 태어난 동물의 이름이나 종류가 무엇인가보다는 그 동물의 질료, 혹은 질감이 어떤 것인가를 주목하는 것이 우리에게는 훨씬 더 중요한 일이다. 고화의 과정을 따라가는 상상력의 역동성은 그 나름의 기호와 필연성을 지니는 법이기 때문이다. 이때 카뮈의 상상력은 물고기의 연하고 물렁물렁한 살보다는 단단한 비늘과 질긴 근육과 모진 이빨 쪽을 선택하게 마련이다.

카뮈가 발표한 모든 글 가운데서도 산문집『여름』의 마지막에 배치된「가장 가까이서 보는 바다」는 두드러지게 시적인 작품이다. 구태여『이방인』의 예를 들지 않더라도 카뮈의 글은 매우 명료한 의미를 전달하는 고전적 산문이라는 점이 그 특징이다. 그러나 이 산문만은 이미지의 비약, 생략이 심한 구문, 설명을 가급적 기피하는 계속적인 문체로 매우 예외적이라 할 수 있는 아름다운 글이다. 이리하여 카뮈가 '가장 가까이서 보는' 바다는 매우 대담하고 시적인 바닷물 이미지의 역동성을 만날 수 있는 훌륭한 기회를 제공한다.

날이 밝아올 무렵 배는 바다 위로 떠난다. 바람이 일자 벌써 바다는 거품 없는 작은 파도들로 '얼굴을 찡그린다.' 잠시 후 서늘해진 바람이 물에 '동백꽃들'을 자욱이 뿌리지만(식물적 이미지—여기서는 작은 흰 파도들의 모습을 암시한다) 그것도 쉬 사라진다. 이 부드러운 식물적 도입부는 동물화를 위한 준비라고 할 수 있다. 여기에 잇따라 나타나는 이미지들을 주목해보자.

이리하여 아침나절 줄곧 우리들의 돛은 유쾌한 양어창 위에서 퍼덕인다. 물은 무겁고 비늘이 많고 신선한 점액으로 덮여 있다. 때때로 파도 떼들이 이 물에 몰려 덤비며 강아지들처럼 짖어댄다. 씁쓸하고 기름 같은 거품이 채신들의 타액인 양 뱃전의 나무로 미끄러져 내려가는 물바닥에 자지러졌다가 다시 나타나는 무늬가 되어 흩어지는데 어떤 푸르고 흰빛의 암소가 털을 벗는 모습. 제엽염에 걸린 침승인 양 아직도 한참이나 우리의 항적을 따라 떠다닌다.

—『여름』, p. 880

벌써부터 바닷물은 동물성을 띤다. 그 본래의 유체성이 사라진 것은 아니지만 '비늘'의 단단함으로 인하여 어떤 거대한 물고기를 상상하게 한다. 그러나 부드럽고 유연한 물이 견고한 비늘로 변하는 돌연한 탈바꿈의 충격을 완화시키려는 듯 다시 물에서 비늘로의 고화 과정 중간 상태인 '점액질' 이미지가 거기에 다리를 놓는다. 앞서의 유쾌한 양어장, 비늘, 혹은 그 앞의 동백꽃들의 흩뿌려짐, 짖어대는 강아지떼 등의 이미지는 빠르고 활기찬 동물성의 분위기를 조성하는 데 비하여 '점액', 특히 '기름 같은 거품' '제신의 타액' 등은 많은 물이 고화되기 전에 그 농도를 더해가면서 점차로 굳어지는 과정을 환기시켜주고 있다. 물론 바닷물 자체가 거대한 양어장 —— 여기에서 양어장은 바닷속에 물고기들이 살고 있다는 의미보다는 비늘처럼 번뜩이는 바닷물 그 자체라고 보아야 할 것이다 —— 으로 변하는 것은 '제신의 타액'과 함께 이미지를 엄청난 신화적·우주적 차원으로 승격시키는 데 기여한다. 이리하여 물의 이미지는 한편으로는 신속한 움직임의 속도를 통하여 동물화함으로써, 다른 한편으로는 타액과 같은 농도의 증가를 통해서 고화되어간다. 이때 이미지의 변모는 물론 액체가 고체로 기계적인 방식으로 이루어지는 것은 아니다. 그 속에는 동백꽃, 짐승의 털, 기름 같은 미끄러움 등 물의 유연함이 끈질기게 남아서 고화를 늦추거나 후퇴시키면서 망설임이 동반되고 있음이 사실이다. 모든 이미지 속에는 항상 바다의 상쾌함과 경화와 같은 우가적 속성이 동시에 가동하고 있는 것이다. 그러나 '비늘'의 이미지가 우리의 마음속에 불러일으키는 울림을 충실히 따라가보면 우리는 분명히 바다라는 저 신비하고 거대한 물고기의 운동을 헤아려볼 수 있게 될 것이다. 우리는 물이 경화되는 모습을 그 '상태'를 통해서가 아니라 그 '운동', 즉 '탈바꿈'의 힘을 통해서 파악해야 한다. 대양 속에 동물이나 물고기가 살고 있는 것이 아니라 동물적 움직임 그 자체가 바로 대양인 것이다.

브라질의 강 역시 비늘을 가진 물의 동물이다. 다라스트는 어둠 속에서 '여기저기에 비늘이 번득이는' 강을 응시한다.(『적지와 왕국』, p. 1655) 바슐라르가 말했듯이 세계는 나의 도전이다. 세계에 그의 투쟁의 사기를, 방어의 기관을 부여하는 것은 다름아닌 정복하려는 나의 의지인 것이다. 이렇게 하여 건너기 어려운 적지의 강에 저 도전적인 비늘이 번

뜨이게 된다. 저 나름의 '눈'이 달린 나의 상상력이 한걸음 앞으로 나아 갈 때 그 상상력은 그의 적수의 몸을 '손으로 만져볼 수' 있게 된다. '자동차의 전조등을 끄자 강이 눈에 보였다. 아니 적어도 여기저기에 번뜩이는 강의 물 묻은 긴 근육들이 눈에 들어왔다.'(『적지와 왕국』, p. 1656) 강이 강이라는 것을 '알게 되기' 위해서는 적수의 얼마나 많은 몸의 부분이, 동물적인 투쟁의 무기가 상상력을 뚫고 지나야 하는 것인가? 강을 다스리기 위해서는 강 속에 깃들여 있는 얼마나 많은 상상의 동물들과 만나 싸워야 하는 것인가? 인간은 세계를 '눈으로 보기'에 앞서 먼저 세계를 '상상한다'라는 법칙이 여기서 다시 한번 확인된다. 우리는 우리의 욕망과 꿈이 이미 상상해본 것이 아니라면 그 어느 것도 참으로 '눈으로 보지' 못한다.

비늘이나 근육은 아직도 물의 완전한 경화라고 보기는 어려울지 모른다. '번뜩이는' 비늘은 아직 한낱 방어의 도구에 지나지 않으며 근육은 아직 '물기 있는' 상태로 남아 있다. 그러나 그것만으로도 다라스트는 투사의 낙관적인 미래를 예견할 수 있으며 배를 타고 떠나는 카뮈의 강력한 의지를 믿을 수가 있다. 그러나 가령 클라망스처럼 물을 두려워하는 비관론자의 눈에는 같은 브라질의 강물이 공격적인 이빨 달린 입으로 여겨질 수도 있는 법이다.

물론 당신도 브라질의 강물에는 아주 자잘한 물고기들이 살고 있어서 그 강물에서 조심 없이 수영하는 사람이 있으면 그것들이 수천 마리씩 떼지어 몰려들어가지고는 순식간에 재빨리 그 작은 주둥이로 물어뜯어서는 마침내 뽀얀 뼈만 남긴다는 이야기를 들어보셨겠지요?
　　　　　　　　　　　　　　　 ─『전락』, p. 1447 ;『작가수첩』 II, p. 321

이런 '자잘한 물고기들'을 상상할 수 있는 사람들은 다름아닌 수영을 할 줄 모르는 사람들이다. 왜냐하면 공포는(특히 물에 대한 공포는) 불행한 이미지들을 만들어내는 강력한 동력이기 때문이다. 물에다가 이같이 공격적인 물고기들을, 그들의 '입'과 '이빨'들을 부여하는 것은 물에 대한 공포다. 그러나 자기 상상력의 숙명에 따라 공포의 길을 끝까지 따라 가볼 만한 용기를 갖게 된다면 아마도 그 공포와 그 물을 참으로 정복하는 데 성공하게 될지도 모른다. 헤엄치는 데 능숙한 위대한 예술가들이 보여주는 이미지들의 윤리적 가치는 바로 그와 같은 것이 아닐까? 에드거 포우, 스윈번, 로트레아몽…… 바슐라르는 용기 있는 상상력의 예를 수많이 들어 보인 바 있다. 그러나 클라망스는 그의 이미지 속에서나 맑은 정신 속에서나 정직할 줄 모르는 인물이다. '자잘한 물고기'의 이미지는 그가 내세우는 비관론을 설명하고 정당화하기 위하여 만들어낸 혹은 구태여 찾아낸 하나의 '예'에 불과한 것이다.

바로 그거예요. 그게 바로 그들의 조직이란 말입니다. '깨끗한 삶을 원하시나요? 다른 사람들처럼요?' 당신은 물론 그렇다고 대답하게 되지요. 어떻게 아니라고 대답할 수 있겠어요? '좋아요, 당신을 깨끗하게 해드리지요. 자 여기 직장과 가족과 조직된 여가가 마련되어 있습니다.' 그리고 나면 조그만 이빨들이 살을 다 물어뜯어 먹고는 뼈만 남겨놓는 거지요. 그러나 내가 말을 잘못했군요. 그게 바로 그들의 조직이지요라고 말할 게 아니었지요. 결국 따지고 보면 그건 바로 우리들의 조직이거든요. 서로들 누가 상대방을 잘 뜯어먹나 내기라도 하는 듯한 우리들의 조직이지요.

―『전락』, p. 1477

클라망스는 이미지를 보여주고 나서 이처럼 즉각적으로 그것을 '해석'해 보이지 않고는 견디지 못한다. 이런 해석은 그가 마음속에 믿고 있는 '명제'를 '설명'하는 역할밖에 하지 못한다. 이리하여 이미지는 그 확산과 울림의 기능을 발휘하지 못하고 만다. 물고기의 역동성을 따라가는 데 공포를 느낀 듯 자신의 또렷한 이성으로 돌아오는 데 급급한 그는 '바로 그것이 그들의 조직이지요'라고 말한다. 끝까지, 참을성 있게 물의 이미지를 따라 헤엄쳐가는 대신 그는 이내 뭍으로 나와버린 것이다. 수영이 서투른 클라망스에게 있어서는 이미지마저도 거짓 이미지다. 그 이미지는 학교에서 배운 도식적 비유에 지나지 않는다. 이것이 바로 장래성이 없는 '교양 콤플렉스(complexe de culture)'다. 거짓된 이미지는 정직한 이미지가 가지는 가장 중요한 속성인 '자유'를 두려워한다. 이미지가 우리에게 가르쳐주는 참다운 윤리적 가치는 자유다.[6]

그런데 물을 두려워하지 않는 사람들에게는 물의 이빨도, 물의 입도 공격으로 여겨지지 않으며 깨물지도 않는다. 그와는 반대로 웃음을 띠고 마음을 밝게 해준다. 클라망스의 경우에도 그 이빨은 살을 뜯어먹고 '깨끗한' '뽀얀' 뼈만 남겨놓으므로 정화의 능력을 가진 것이라고 생각될지도 모른다. 그러나 이 공격성의 경우 우리는 말에서 추론으로 가는 것이지 말에서 이미지로 발전하는 것이 아니다. 이미지의 도정은 질료 공간인 데 비하여 추론의 도정은 생명이 축소되어 죽은 골격만이 남는 공간이다.

그러면 웃음짓는 치열을 보자.

가벼운 바람 속에서 얼굴의 한쪽 뺨을 덥히는 태양을 받으며 서서 우리는 하늘에서 내려오는 빛을, 주름살 하나 없는 바다를, 그리고 바다의 반짝이는 치열의 미소를 바라본다.

－『결혼』, p. 55

여기서 반짝이는 치열은 햇빛을 받아 반짝이는 바닷물의 거품을 암시한다라고만 설명한다면 그것은 이미지를 그 참다운 울림 속에서 파악하는 것이라 할 수 없다. 그것은 메타포와 수사학적 구조에 대한 초보적인 묘사에 그치는 것이 될 터이다. 무엇 때문에 파도의 정경은 다른 것의 흰빛이 아니고 구태여 '치아'의 흰빛을 불러내게 되었는가? 무엇 때문에 카뮈의 상상력은 이빨이라는 단단한 질료의 흰빛을 선택했는가?

---

6) 클라망스는 여기서 그의 거짓 상상력을 드러내 보일 뿐만 아니라 '자잘한 물고기들'의 '작은 입' 이미지를 택함으로써 '양서류적'인 그의 인격의 일단을 노출시키고 있다. 그가 말하는 눈에 보이지도 않을 정도로 작은 입을 가진 물고기들은 치열한 물에서 태어나는 태양의 동물, 가령 거대한 고래(요나의 긍정적 드라마)나 멜빌의 『백경』과는 대립적인 성격을 띤다. 그 물고기들은 날카롭고 공격적인 이빨에도 불구하고 『계엄령』의 해로운 동물들인 '거미' '바다도마뱀' '문어' 따위와 더 가까운 상상력의 산물이다.

클라망스의 경우 빠른 입놀림으로 공격하는 물고기의 이빨과 티파사의 여행자가 바라보는 이 활짝 웃음짓는 바다의 치열은 각기 이빨이 지닌 기능에 비추어 충분히 유의될 필요가 있다.

양분의 섭취, 언어적 의사소통, 아름다움, 혹은 성적인 유혹은 이빨이 가진 세 가지 기능으로서 실제로는 서로서로 긴밀히 연결되어 있다. 한결같이 삶을 위하여 반드시 필요한 이 세 가지 기능은 긍정적으로도 해석될 수 있고 부정적으로도 해석될 수 있다. 클라망스의 경우 이빨은 먹이의 저작을 위한 도구이자 동시에 공격의 무기 역할을 한다. 반면 티파사의 바다를 바라보는 카뮈에게 이빨은 미소짓는 표정이며 사랑이요 말 없는 의사표시이며 생명의 환희다. 태양과 바다의 결혼, '가벼운 바람'의 유체성, '주름살 하나 없는 바다'의 생명감과 젊음—하얀 '치열의 미소'를 태어나게 하는 자연적 행복감은 바로 그와 같은 것이다. 추론을 통해서 자기를 주장하는 것이 아니라 티파사의 행복한 인간은 그 미소의 유열을 껴안기 위하여 물 속에 몸을 던져 헤엄칠 것이다. 다시 말하여 논리가 아니라 전신으로 말할 것이다. 그러나 우리가 진행하고 있는 분석의 줄거리를 잊어서는 안 되겠다. 고화의 한 방법으로서의 동물화를 분석하는 과정에서 우리는 이 이빨의 이미지를 만난 것이다. 여전히 이빨은 깨물고 저작하는 단단하고 날카로운 기관임에는 틀림없다. 오직 저의 적수에게 빛나고 단단한 이빨을 부여할 줄 아는 자만이 저 스스로도 깨물 줄 안다. 즉 기능이 기관을 만드는 것이지 기관이 기능을 만들지는 않는다. 물을 마시는 데 이빨이 필요하지는 않다. 그러나 물이 단단한 실체로 변할 때는 박하처럼 그것을 깨물고 씹지 않으면 안 된다. 수영을 하고 나서 '얼음같이 찬 초록색의 한 잔의 박하'를 마시는 사람 역시 티파사의 그 행복한 여행자이다. 세계의 물을 깨무는 사람도 그 인물이다.

카페에서는 먹을 것이 신통치 못하다. 그러나 과일은 많다. 특히 턱으로 즙이 흘러내리도록 깨물어 먹는 복숭아가 많이 있다. 복숭아 살에 이빨을 깊숙이까지 박아 깨물면서 나는 내 몸 속의 피가 귓전에까지 솟구쳐오르면서 고동치는 소리에 귀를 기울이고 내 두 눈을 크게 뜬 채 바라본다.

—『결혼』, p. 58

이 이빨과 과일이 치열하게 결혼하는 이미지 속에서 저절로 느껴지는 강렬한 관능과 성적인 동력감을 구태여 지적할 필요가 있을까?(특히 잔털이 난 '복숭아'며 턱으로 흘러내리는 끈끈한 단물, 하트 모양의 형태, 흰색과 붉은색 사이의 역동적 지대에서 충전되는 복숭아의 젊은 피붓빛……) 끈끈하고 흐드러진 복숭아의 단물은 몸 속의 뜨거운 피와 고압의 열광 속에서 대응한다. '두 눈을 크게 뜨고(de tous ses yeux)' 바라보는 사람에게 세계는 '밖'도 아니고 '안'도 아니다. 마치 사랑의 이미지 그 자체처럼 나와 한덩어리가 된다. 이 한덩어리가 바로 둥글게 잘 익은 복숭아이며 그 속에 깊숙이 박히는 이빨이다. 나와 세계 사이의 결혼을 가능하게 만드는 우주적 기관으로서의 이빨은 단단하고 행복한 교량이다.

비늘에서 이빨에 이르는 거리는 상상력이 그 육체의 목마름을 통하여 물을 단단하게 고화시킬 수 있는 마지막 한계공간일 것이다. 이 한계를 넘어서면 저 공격적인 광물들의 사막을 만나게 된다. 그 사막 속에서는 육체적인 삶도, 물도 완전히 소멸하고 없어진다. 거기서부터는 살이 없는 뼈의 세계가 시작된다. 클라망스의 '깨끗한 뼈', 뫼르소의 모델, '빛의 단검' '하얗게 빛나는 조개껍질이나 깨진 유리조각' '끓는 쇠붙이', 칼의 '강철', 혹은 빛의 저 '번뜩이는 기다란 날', 태양의 '심벌즈', '소금'의 두터운 장막, 권총의 '반들거리는' 광물성 배때기, 그리고 방아쇠의 비인간적인 단단함(『이방인』, pp. 1165~1166)의 세계가 바로 그것이다. 석화의 극한인 광물의 사막은 인간의 삶, 썩어 없어질 육체의 삶을 부정한다.[7]

7) 질료적 석화의 한계 저 너머에는 광물의 사막이 있다. 마찬가지로 '음향적' 석화의 한계 저 너머에는 '메마르면서도 동시에 귀를 찢는 소리', 즉 인간적인 '외침'을 말살하는 금속성의 세계가 있다.(『이방인』, p. 1166) 인간은 그 한계 이쪽에서만 그의 왕국을 찾을 수 있을 뿐 그것을 넘어서면 인간적 생명은 유지되지 못한다. 카뮈의 드라마는 항상 그 궁극적인 한계 지점까지 감으로써 죽음과 만난다(뫼르소, 배교자 마르타, 칼리아예프, 디에고……).

4. 광물화

이리하여 상상의 경화작용이라는 동일한 길 위에서도 광물화 현상은
동물화 현상과 대립적인 성격을 띤다. 전자는 영원한 비인간성과 생명
없는 부동을 향해가는 도정이며 후자는 반드시 죽게 마련인 생명, 그리
고 그 생명의 운동을 향하여 나아가는 길이다. 동물화의 길이 그 목마름
의 끝에 가서 맑은 생명의 물을 만나는 것이라면 광물화의 길은 캄캄한
돌, 혹은 부동의 빛에 이른다.

광물의 왕국은 '비인간적인 땅'이다. 그러나, 거기서 인간은 어떤 상
황에 처하여 하나의 피난처를 발견하고자 한다.(『전집』 II, p. 1834)

비가 오지 않아서 시냇물은 굳어버리고 사막의 땅바닥은 오그라 붙고
물은 닿을 길 없는 깊은 곳으로 숨어버렸다가 진흙 바닥 속에 반쯤 굳어
쳐버리거나, 솟아오르는 태양이 땅의 우묵한 구덩이로부터 펌프질하듯
빨아올리는 잠시 동안의 아침 수증기 속에 무산된 채 기이한 형태로 변
한 채로밖에는 다시 나타나지 않게 된다. 이처럼 뜨거운 열을 받은 땅바
닥은 메마른 껍질에 끝없이 덮인 채 이따금씩 소금과 진흙의 늪으로 부
풀어 터지기도 하고 혹은 먼 옛날 바다의 석화된 파도에 의하여 주름살
이 지기도 한다.

― 『전집』 II, p. 1835

사막의 풍토나 이미지라면 언제나 기이한 매혹을 느끼는 카뮈가 월트
디즈니가 찍은 사막의 형상에 각별한 흥미를 느낀 것은 당연한 일일 것
이다. 그는 이리하여 1954년에 디즈니의 영화 〈사막은 살아 있다〉를 보
고 나서 아름다운 소개의 말을 쓰게 되었다. 뫼르소 못지않게 향일성의
인간인 카뮈는 그 글 속에서 때를 만난 듯한, '제 집에 온 듯한' 기분이
다. 그의 붓은 신들린 듯 활기 있게 달리며 기쁨과 의지의 농도를 배가시
키며 '사막'이라는 말만 들어도 그의 마음속에서 충동처럼 일어나는 상

상의 지질학적 심층을 답사해간다.

그러나 그의 마음을 황홀하게 하는 것은 굳어진 모래와 돌뿐인 물기 하나 없는 사막이나 광물적 세계 그 자체가 아니다. 반대로 모든 것을 메마른 광물로 탈바꿈시켜버리는 저 무서운 힘의 위협을 받고 있으면서도 여전히 그 목마른 공간 속에서 한 발 한 발 인간의 영역을 개척해나가는 삶, 혹은 생명 바로 그것이 그를 매혹시키는 것이다. 요컨대 사막의 이미지 속에서 그가 포착하여 찬미하는 것은 다름아닌 향일성 생명의지인 것이다. 오직 의지에 의해서만 살아가는 상상력에게는 '우리를 포위 공격하는 것은 우리를 더욱 강하게 하며 적은 무리를 버티고 일어서 있게 한다'는 사실이 굳게 믿어지는 것이다.(『전집』 II, p. 1834)

실제로 이 사막 속에서도 물이 완전히 말라버린 것은 아니며 석화 현상이 완결된 것은 아니다. 비·물·진흙탕·수증기·늪·파도, 먼 옛날의 바다 등 그토록 많은 물이 바로 물의 부재를 통하여 등장하고 있다. 생명의 최후의 결정적 석화에 저항하고 어렵게, 그러나 용기 있게 이 '살아 있는' 사막 속을 전진하면서도 진정한 목마름을 속이지 않는 것은 바로 이 같은 상상의 물 덕분인 것이다. 이러한 생명이 존재하는 한 물은 저 깊은 곳에서 단단한 껍질을 찢으며 솟아오를 것이다. 왜냐하면 물은 아직 '반쯤'밖에 '굳어져' 있지 않기 때문이다.

물이 마르고 굳어지는 운동을 통하여 카뮈의 상상력이 가장 개성적인 본질을 드러내는 경우는 티파사의 거대한 암산 슈누아의 형성 과정이다. 산문 「티파사의 결혼」 서두에서 우리는 '마을을 에워싼 언덕들이 뿌리를 박고 확실하며 무거운 리듬으로 진동하면서 바닷속으로 가서 엎드리는 슈누아의 검은 덩어리'를 만나게 된다.(『결혼』, p. 55) 상상의 운동은 대지에서 바다로, 식물에서 동물로, 광물적인 부동에서 동물적인 동작으로 옮아간다. 이것은 물론 티파사를 처음 찾아간 나레이터의 낙관적이고 행복한 이미지의 일부이다. 여기에서는 점차로 넓어져가는 대지의 힘이 슈누아라는 암산의 움직임을 통하여 바다 쪽으로 그의 지배공간을 확장한다. 단단한 것이 물을 지배해가는 운동이 바로 암산 슈누아의 이미지이다.

그러나 여러 해가 지난 후 같은 나레이터는 다시 티파사로 돌아가면서 옛날에 거쳐갔던 그 길을 거꾸로 거쳐가게 된다. 즉 동일한 동물화 운동에 의하여 슈누아는 물에서 바위로 탈바꿈하면서 소생하게 되는 것이다. 비가 쏟아지는 알제에서 닷새를 지내고 난 후 비에 젖고, 시대에 더럽혀지고, 전쟁에 지친 그 향일성 인물은 다시 티파사로 가는 길로 접어든다. 그 '추억과 감각으로 뒤덮인 69킬로미터'를 지나자 그의 시야 속에 슈누아의 자태가 소생하듯 나타난다. 그 바위산이 어떤 방법으로 그의 눈에 들어오는가를 우리는 각별히 주목할 필요가 있다.

> 내가 지평선 끝에서 다시 만나게 될 여전히 똑같은 바다, 아침빛 속에서 거의 잡힐 듯 말듯한 바다. (……) 나는 슈누아를 다시 보고 싶었다. 서쪽으로 티파사의 해안을 따라 뻗다가 마침내는 저도 바닷속으로 내려가는 단 하나의 돌덩어리를 깎아 만든 듯한 무겁고 견고한 그 산을 다시 보고 싶었다. 그곳에 다가가기 훨씬 전부터 멀리서 그것이 보였다. 하늘과 혼동되는 푸르고 가벼운 수증기 같은, 그러나 그쪽으로 다가갈수록 그 산은 조금씩 단단해지면서 마침내 그것을 에워싸고 있는 물의 색깔을 띤다. 마치 단번에 진정된 바다 위에서 그 엄청난 충동적인 힘이 돌연 굳어쳐버린 부동의 거대한 파도 같다. 더 가까이 다가가자 바야흐로 갈색과 초록빛을 내며 우뚝 솟은 덩어리. 그 무엇으로도 흔들지 못할 이끼 낀 늙은 신이다. 그의 아들들을 위한 피난처요 항구다. 나는 그 아들들 중 한 사람.
>
> ─『여름』, p. 872

나레이터는 슈누아를 향하여 다가감에 따라 이미지 생성의 세 가지 과정을 차례로 경험하게 된다. 우선은 가장 가벼운 공기의 세계로 '푸르고 가벼운 수증기'와 '하늘'이며 다음으로는 희박한 공기가 '물의 빛깔'이나 '엄청난 파도'로 차츰 경화된다. 마침내 파도는 그 힘이 극도에 달한 나머지 돌연 굳어진 충동과 '단번에 진정된 바다'로 변하면서 돌의 고요함에 이른다. 이것이 '피난처'요 '항구'다. 기나긴 물의 항행을 통하여 우리가 이르게 된 것은 이리하여 다름아닌 이 '단 하나의 돌덩어리를 깎아 만든 무겁고 견고한' 산이다. 우주적 상상력의 길 ──공기·물·돌──위에서의 변신은 점진적인 '압축'과 '석화'의 과정을 통하여 이루어진다. 물에서 돌로 옮아가는 운동 자체도 점차로 가속화되다가 그 절정에 달하면 이처럼 돌연히 고정되면서 견고한 돌을 만들어낸다. 상상력에 의하여 돌이 탄생하는 과정은 바로 이와 같은 것이다.

『행복한 죽음』 속에서 메르소는 기나긴 여행에서 돌아와 '빛나는 하늘에 걸린 기구'에 정착했다가 그곳마저 떠난다. 그러고 나서 그가 마지막으로 정한 거처가 바로 슈누아 암산 위의 언덕이다. 그 역시 '이른 아침'에 알제를 떠나 '자동차의 작은 불을 켠 채 해안의 길'을 따라 슈누아를 향해 달린다.(『행복한 죽음』, pp. 151~152) 메르소의 여행길은 대양과 암흑을 향하여(유럽 여행) 내려가다가 다음에는 하늘과 가벼운 공기를 향하여('세계 앞의 집') 올라간 다음, 마침내 슈누아의 바위 위에 이른다. 여기가 행복을 찾아 순례의 길을 떠났던 인간의 마지막 '피난처요 항구'다. '적어도 그 순간에는 작은 증기선 한 척이 난바다 위로 지나가고 있었다. 메르소는 그 배가 한 그루의 소나무에서 다른 한 그루에까지 옮아가는 동안 줄곧 그것을 바라보았다. 그가 이제부터 살게 될 곳은 거기였다. 과연 이 장소의 아름다움은 그의 마음을 감동시켰다. 그러나 그가 그곳에서 찾고자 했던 휴식이 지금은 그를 섬뜩하게 했다.'(『행복한 죽음』, p. 157)

대지와 바위를 거처로 선택한다는 것은 대지의 아름다움을 선택하는 것이지만 그것은 동시에 땅 위의 삶, 즉 언젠가 반드시 '죽게 마련인 삶'을 선택하는 것이기도 하다. 물과 공기로 역동성을 획득한 돌은 지금 당장은 생명의 집이다. 그러나 공기도 물도 새어들지 못하는 단단하고 두꺼운 돌은 머지않아 죽음의 집이 되고 묘지가 될 것이다. '작은 증기선'이 난바다를 지나가면서 예비하는 것은 그와 같은 원칙이다. 메르소가 그 '휴식'의 '섬뜩함'을 느끼게 된 것은 그 원칙의 예감 때문이 아닐까? 그는 난바다를 지나는 한 척의 증기선이 그려 보이는 우주적 경계선 저 너머에 있는 표적도 없는 공간을 자신도 모르게 넘겨다본 것이 아닐까?

그 생명적 공간은 두 그루의 소나무로 한계가 정해져 있다. 양쪽 가에는 수직으로 뻗은 소나무, 그 사이로 증기선이 지나가며 그어놓은 수평선, 이 한계 밖으로 나가면 그는 우주적 상상력의 법칙과 논리에 따라 광물적인 죽음을 만나게 될 것이다.

메르소와 마찬가지의 상상적 혈통에서 태어난 『이방인』의 뫼르소 역시 죽음과 대면하기 전에 수평선 위로 사라지는 증기선을 목격한다. 우선 문제의 일요일 아침에 해변으로 내려가다가 그는 '먼 곳에 반짝이는 바다 위로 보일까 말까 하게 나아가는 작은 트롤선 한 척을 보았다.'(『이방인』, p. 1159) 그 다음에 샘물 앞에 버티고 있는 아랍인과 긴장된 대면을 하는 저 광란의 순간. '한낮의 사건이 이제는 요동도 하지 않은 지 벌써 두 시간째, 한낮이 끓는 쇠붙이의 바닷속에 닻을 내린 지 벌써 두 시간. 수평선에는 한 척의 작은 증기선이 지나갔다. 나는 끊임없이 아랍인을 노려보고 있는 중이었으므로 내 시선의 한 귀퉁이로 그 배의 검은 반점을 알아보았다.'(『이방인』, p. 1165) 처음에는 작은 '트롤선', 다음에는 작은 '증기선', 그리고 마침내 '검은 반점' ——움직임이 사라지고 공격적인 광물질의 요동하지 않는 공간이 출현하게 되는 과정은 이러한 것이다. 이 '검은 반점'이 사라지고 나면 생명도 숨막히는 광물질로 굳어진다. 메르소는 '돌들 가운데 하나의 돌'이 되어 죽고 뫼르소는 살인을 저지른다. 뫼르소는 정신분석학자의 말을 빌리건대 '상(喪)의 노역(travail de deuil)'[8]을 수용하고 취할 능력이 없기 때문에 이 '검은 반점'을 지워버리기 위해 '샘을 향하여 몇 걸

---

8) A. A. De Pinchon Rivère, Willy Baranger, 「상(喪)의 억압과 스키조 파라노이드적 메커니즘과 고통의 강화」, *Revue Francaise de Psychanalyse* 1~2월호, No. 1 제23권 (1959), p. 416 : '카뮈의 작중인물은 문제와 부딪치자 첫째번 해결책을 선택한다. 즉 그는 스스로 사형수가 된다. 아니 자살을 택한다고 말할 수도 있을 것이다. 그 같은 상(喪)의 노역의 실패는 파라노이드적 공격 충동의 강화 및 그 고통에 대한 방어에서 기인한다. 즉 폭력적인 방법을 통해서, 괴로움을 주는 자를 파괴시키고 괴로움을 주는 자가 환자에게 반격을 가하는 것이다.' 이 같은 해석은 칼리굴라, 마르타, 장, 칼리아예프, 디에고, 타루, 그리고 특히 배교자 등 작품의 끝에 가서 죽는 카뮈의 모든 주인공들에 모두 적용될 수 있을 것이다. 그러나 정신분석학이 지닌 명료성은 그 나름의 약점을 동반하고 있는데 그것은, 즉 논리의 명쾌함에 의하여 이미지의 '울림'이 축소되어버린다는 점이다. 도대체 어느 분석이나 다 어느 정도 의미의 축소라는 부담을 안고 있긴 하지만 이 경우에는 너무

음을', 그리고 또다시 '한걸음을 앞으로' 내디뎠는지도 모른다. 그리하여 그는 그의 눈에 달라붙는 땀을, 그의 눈을 멀게 하는 태양을 '털어내버린' 것이다.(『이방인』, p. 1166)

이 '검은 반점', 혹은 '검은 점'은 카뮈의 후기 작품에 속하는 두 가지 소설, 즉 『전락』과 단편 「배교자」 속에도 또다시 나타난다. 전자 속에서 '검은 점'은 클라망스가 잊어버리고자 간절히 원하는 고정관념, 즉 익사한 처녀와 관련되어 있다. 그는 대서양 횡단선을 타고 가다가 '쇠붙이' 빛 바다 위에 어떤 '검은 점'이 떠 있는 것을 본다. 처음에는 곧 '눈을 돌려버리는' 반응을 보였지만 나중에는 '억지로 바라본' 결과 그것이 지나가는 배들이 뒤에 남긴 '쓰레기' 조각이라는 것을 확인한다. '공포' 때문에 클라망스는 그 상상적 생명의 싹에 대하여 수동적인 태도를 취하게 되고 현기증을 느낀다. 그 다음에 그는 그 상상적 싹의 해방하는 힘을 받아들이는 대신 그 이미지를 생명 없는 물체와 동일시함으로써 이미지의 동력을 제거해버린다. 상상의 대상, 즉 이미지는 사물로 변하는 즉시 그 역동성을 상실해버린다. 그것이 곧 이미지의 '쓰레기'다.(『전락』, pp. 1528~1529)

클라망스의 경우에는 현실과의 '동일화'나 '망각'에 의하여 이미지의 싹이 부정되는 반면 「배교자」의 경우에는 그 부정이 훨씬 능동적이 된다. 그는 지평선 위에 나타나는 '검은 점'을 향하여 총을 쏘는 것이다. '검은 점'은 카뮈의 작품 속에서 언제나 극적인 '돌'의 한계와 결부되어 있다. 시지프의 캄캄한 돌의 어둠 역시 이와 유사하다.

그러나 이 문제는 나중에 더 구체적으로 다룰 기회가 있을 것이다. 물의 석화작용에 의하여 태어난 '돌'의 이미지에서 저 절대의 '소금' 이미지에 이르기까지 우리는 아직도 머나먼 사막의 길을 거쳐가지 않으면 안 된다.

성급하고 거칠게 축소시키는 것 같다. 정신분석학의 기능적인 술어와 문학작품을 구성하는 어휘 중간에는 이미지의 차원이 가로놓여 있다. 이때의 이미지들은 바슐라르의 말처럼 정신분석학적 상징처럼 '불행한' 병의 세계에 속하는 것이 아니라 예술의 '행복한' 세계에 속하는 것이다.

제 2 장
돌의 시학

더군다나 바위의 무심한 모습은
그 자체가 이미 하나의 위협이다.
—바슐라르, 『대지와 의지의 몽상』, p. 194

1. 사막, 혹은 광물적 풍경

카뮈의 작품세계가 드러내 보여주는 풍경을 우리는 여러 가지 측면에서 바라볼 수 있다. 알제·오랑·암스테르담·카딕스…… 등의 지명을 동반하는 지리적 풍경으로 볼 수도 있고 상상의 인물, 신화적 인물이 살아 움직이는 정신적 풍경으로서 볼 수도 있다. 아마 카뮈의 진정한 풍경은 이 모든 각도에서 볼 수 있는 모든 풍경의 총체, 그것들 사이의 역동적 관계이며 동시에 그 어느 것만도 아닐 것이다. 이 총체적인 풍경 속에서 물·빛의 이미지와 함께 가장 근원적인 역할을 하는 것은 바로 돌·광석·유리·모래·소금·눈[雪] 등의 단단한 광물질의 이미지이다. 소설의 배경적 무대로서 혹은 서정적인 대상으로서 신화적인 물체로서, 풍토로서, 성격으로서 돌은 카뮈의 우주를 특징지어주는 역할을 한다. 돌은 도처에 수없이 많은 형태로 탈바꿈하면서 나타난다. 단순한 풍경의 구성요소로서만 존재하는 것이 아니라, 인간의 드라마에 돌은 직접 개입하기도 하며 카뮈적 감수성을 형성하는 출발점이 되기도 하며, 어떤 사상의 상징이 되기도 한다.

우리가 카뮈의 작품세계를 특정지으면서 그것을 하나의 '메마르면서도 찬란한 사막'의 풍경이라고 ── 우리는 도처에서 사막의 이미지를 발견한다. 『결혼』의 한 수필에는 「사막」이라는 제목이 붙어 있다. 그리고 『시지프 신화』 속에서 사막의 이미지를 이해하지 못한다면 부조리의 감수성도 이해하기 어렵다 ── 부를 수 있다면 돌은 바로 이 사막을 구성하는 메타포이며 상징이고, 신화이며 핵이다. 모래·조약돌·자갈·퇴석·화강암·대리석·경석·바위·암벽…… 이것이 돌의 이름이며 형상이며 카뮈적 사막의 씨앗들이다. 크건 작건, 한 개이건 여러 개이건, 자연 속의 것이건 다듬어진 것이건 돌이 문득 의미를 가지고 나타나는 곳에서는 어디에서나 하나의 사막이 만들어지고 그 속에서 인간적인 것과 비인간적인 것이, 침묵과 언어에의 충동이 맞부딪치며 열을 발산하는 곳이 카뮈의 세계이다.

이리하여 알제와 오랑과 티파사의 해변은 금빛 모래의 사막이다. 순진한 육체들의 사막이다. '오랑도 역시 그의 사막과 해변을 가지고 있다. 항구 바로 가까운 곳에서 만나게 되는 모래사장들은 겨울과 봄에만 한산하다…… 인적이 없는 사구(砂丘)들, 사람의 자취라고는 없는 모래밭의 저 영원한 처녀적 풍경을 발견하려면 더 멀리 가보아야 한다.'(『여름』 p. 829) 여기서 말하는 사막은 세상에서도 가장 아름다운 풍경, 무죄의 땅이다. 겉에 드러난 아름다움이 아니라 인간에게 고독과 헐벗음과 원초적 세계에 대한 그리움을 제공하는 이 사막은 일종의 잃어버린 천국의 성격을 내포하고 있다.(『작가수첩』 II, p. 20 ; 「서문」, 『안과 겉』 II, p. 97 참조) 『이방인』의 뫼르소가 집요하게 찾아가는 해변 역시 이러한 찬란함을 보여준다. 모래와 헐벗은 바위들, 돌들이 제공하는 기쁨과 밝음은 바로 단순하고 원초적인 아름다움을 내포한 사막의 풍경이다. 이런 점에 있어서 살인이 일어나기 전의 알제 바닷가는 「티파사의 결혼」이 보여주는 찬란함과 다를 바 없다.

모래가 사막을 이루는 것이 사실이라면 그 모래와 닿아 있는 바다 역시 카뮈의 작품 속에서는 또 하나의 사막이다. '바다와 모래, 저 두 개의 사막'이라고 카뮈는『작가수첩』속에 기록하고 있다. 물적으로는 바닷물과 모래(돌)는 서로 상반된 것이지만 그 둘이 한데 합치면 해변이라는 또 하나의 사막을 형성한다. 여기서 우리는 사막이 단순히 지리적으로 한정된 공간이 아니라 감정과 정신으로 물든 상상의 공간임을 알 수 있다. 이리하여 바다는 이 상상의 사막에 광대함을 제공하고 돌과 모래는 바다에 광물적인 단단함과 열과 공격성을 제공한다. 이처럼 열과 시원함이 동시에 모래와 물에 의하여 한데 마주놓임으로써 때로는 조화를, 때로는 갈등을, 때로는 행복과 비극을 동시에 포괄하는 카뮈 특유의 무대, 즉 사막이 만들어지게 된다.

바다와 모래밭이 한데 얽힌 사막의 이미지를 따라가다 보면 우리는 카뮈가 '자갈의 바다' '모래의 파도' '굳어버린 물결'이라고 부르는 돌의 왕국에 도달하게 된다. 그것은 우선「간부」자닌느의 사막이다. 이 단편 소설의 서두에서 자닌느가 저 '광대한 공간'을 '항해'하고 있는 것을 읽으면서, 혹은 그녀가 탄 자동차를 휩싸고 있는 '광물적인 안개'를 보면서 우리는 사막의 이미지 속에 잠겨 있는 물과 돌의 공존을 확인하게 된다. 이 기나긴 '항해'를 통하여 마침내 자닌느 ─저 도시의 소시민이었던 자닌느는 그의 나른한 상상과는 판이한 사막에 이른다. 테라스 위로 올라가 눈으로 바라보게 되는 매혹의 풍경을 다시 한번 읽어보자.

그들이 높이 올라감에 따라 공간은 넓어졌다. 그들은 점점 더 광막하고 차갑고 메마른 빛 속에서 위로 오르고 있었다. 그 빛 속에서는 오아시스의 소리 하나하나가 확연하고 맑게 전해져왔다. 빛을 받은 대기가 그들 주위에서 진동하고 있었다. 마치 그들이 지나가면서 저 빛의 수정 속에 음파를 점점 넓게 퍼뜨려가기라도 하듯이 그 진동은 그들이 위로 올라갈수록 더 오래오래 계속되었다. 마침내 테라스 위에 이르러 문득 그들의 시선이 야자수 숲 저 너머 광대한 지평선 속으로 빠져들어갈 때 자닌느는 하늘 전체가 단 하나의 빛나는 음조에 따라 찌르릉거리며 울리고 그 메아리가 그녀 머리 위의 공간을 가득 채운 후 갑자기 저 끝도 없는 공간 앞에 그녀를 가만히 남겨놓으면서 소리를 뚝 그치는 것만 같은 인상을 받았다.

——「간부」, p. 1567

사막의 이미지가 바다의 이미지와 마찬가지로 광막한 공간의 느낌을 내포하고 있다는 것을 지적하는 것은 물론 새삼스러운 일이 아니다. 그러나 그 광막한 공간이 음악의 유체성을 띠어가다가 마침내 저 광물적인 수정으로 굳어지는 것을 보는 일은 흔한 일이 아니다. 하늘을 찌르릉거리며 울리게 하는 저 빛이 물의 유체성보다는 공격적인 광물성에 가깝다는 것은 주목할 만하다. 이리하여 사막의 광대한 공간은 광물성의 음악으로 가득 채워진 나머지 문득(여기서 '문득' '갑자기' 등의 급변하는 상황의 부서들은 의미심장하다. 이 극도에 이른 속도에 의하여 광물이 탄생한다.) 침묵으로 고정된다. 빛―돌―침묵, 이 세 가지의 요소가 한데 섞여서 구성하는 카뮈 특유의 무대를 우리는 여러 곳에서 목격한다. 『이방인』의 살인적인 해변은 바로 이 세 가지 요소가 결합된 극도로 긴장된 사막의 풍경이다. '빛의 수정' '빛을 받은 대기' '차갑고 메마른 빛'은 차츰 광물적인 성격을 띠어가는 빛의 의미 있는 단서로 지적될 만하다. 이 같은 빛의 광물화는 뫼르소의 앞에 아랍인이 꺼내든 칼날에 반사된 빛, 그 자체가 또 하나의 칼이 되어 뫼르소의 눈을 찌르는 저 광란하는 공격성에 와서 극도에 달하지만 「간부」의 경우에는 절대적 사막의 매혹과 광막하고 원초적인 침묵의 공간을 마련한다.

사람이라고는 아무도 보이지 않았다. (……) 더욱 멀리 지평선에 이르도록 보랏빛과 회색이 섞인 돌의 왕국이 시작하고 있었는데 그곳에는 생명의 그림자 하나 눈에 띄지 않았다. (……) 그 주위에는 먼 거리로 인하여 매우 조그맣게 보이는 대상들의 배가 꼼짝도 하지 않고 머물면서 잿빛 땅 위에 의미로 판독해야 할 어떤 기이한 문자의 꺼먼 글씨들을 그려놓고 있었다. 사막 위로는 공간처럼 광막한 침묵이 있었다.

여기서 우리는 기이하게도, '돌의 왕국'이 '문자의 왕국'과 닮아지는 것을 목격하게 된다. 자닌느의 모험 이면에는 이리하여 문자의 왕국으로 모험을 감행하는 작가의 탐구가 나란히 가고 있다. (돌의 이미지가 문자의 이미지와 연결된 경우는 카뮈에 있어서 이것이 처음이 아니다. 가령『결혼』의 '그 돌 위의 자취를 통해서 나는 이 세계의 글씨를 판독해가고 있었다. 세계는 그곳에 그의 부드러움과 분노의 기호를 기록하는 것이었다.' '이 돌의 복음서 속에서는 그 어느 것도 부활하지 않는다고 씌어 있다.') 카뮈의 언어적 창조 행위 속에 질료를 제공하고 상상력의 독창성, 아니 적어도 개성을 부여하는 중요한 요소로서 돌, 혹은 광물적 이미지의 역할은 여러 곳에서 확인된다.

자닌느의 사막 이외에도 사막은 카뮈의 세계 속에 흔하다.「배교자」가 소금의 도시에 이르기 전에 죽음의 공간을 뛰어넘듯이 거쳐가야 했던 곳도 사막이다. '달이 갈수록 메말라가는 고원, 발 밑에서 돌 하나가 먼지가 되어 터지는 문자 그대로 불타듯이 건조해가고 오그라드는 대지', 즉 교사 다뤼의 사막, 젊은 기자 알베르 카뮈가 취재하는 카빌리의 참혹하면서도 매혹적인 사막,「자라나는 돌」의 '붉은 사막',『전락』의 거짓 예언자가 절망을 외치는 사막 등의 모든 사막에, 우리는 카뮈가 월트 디즈니의 〈사막은 살아 있다〉에 바친 예찬「사막의 소개」를 첨가해야 한다.

이상에서 우리는 카뮈의 작품 속에서 우리가 가장 손쉽게 확인할 수 있는 이를테면 지리학적 사막을 둘러보았다. 사람이 살지 않는 곳, 고독과 모험을 동반하는 곳, 그것은 우리들의 일상과 멀리 있다. 그러나 사막은 이와는 다른 일상의 세계 속에서도 존재한다. 왜냐하면 돌은 반드시 우리들과 먼 곳에만 있는 것이 아니기 때문이다. 이런 이유로 도시는 사막이 된다. 대도시가 그 주민에게 강요하는 저 이길 수 없는 고독은 사막을 만든다. 한편 어떤 이는 그 고독, 정신을 집중하고 용기를 측정하는 데 필요한 고독을 찾는 이들에게 그러나 이제는 사막도 고도도 흔하지 않게 되었다. '오직 대도시밖에 남은 것이 없다'라고 카뮈는 말한다. 이렇게 하여 가령 데카르트에게 '그 시대의 가장 상업적인 도시인 암스테르담'은 선택된 사막이다.(『여름』) 『페스트』의 작중화자에게 있어서, 오랑은 암스테르담처럼 '평범한 도시' '수상한 곳 하나 없는 도시', 즉 '완전히 현대적인' 사막이다. 현대의 대도시를 사막으로 만드는 것은 따라서 저 평범함과 불모·권태다.

　도시가 느끼게 하는 고독·권태·불모는 그러나 돌의 물질성과 무관한 비유만은 아니다. 인간이 문명에 의하여 길들여놓은 이 공간의 한가운데 돌의 비인간적인 특성은 집단적으로 들어앉아 있다. 어떤 의미에서 도시는 건물·벽·포도·기념물·석상 등 거대한 돌의 덩어리이다. 카뮈의 작품이 그리고 있는 피렌체·프라하·잘츠부르크·빈·암스테르담 등, 유럽의 그 어느 도시도 돌의 사막이 아닌 것은 없다.『페스트』속에서 랑베르의 머릿속에 끈질기게 따라다니는 파리의 이미지는 '낡은 돌의 풍경'이며 뢰르소가 머리에서 소개하는 파리는 '시커먼 안뜰'의 이미지와 연결되어 있고 카뮈 자신이 『이방인』을 쓰던 무렵 처음 방문하였던 파리 역시 '돌들의 거대한 장관'으로 『작가수첩』은 기록하고 있다. 거의 모든 현대 도시가 일종의 사막임에는 틀림없지만, 유럽의 도시들에 비하여 북아프리카나 지중해 연안의 도시들은 또다른 성격을 지닌다. 여기에서 돌은 물기와 더러움과 연관된 것이 아니라 햇빛을 받아 메마르고 노랗게 빛난다. 그리고 여기서 돌은 유럽의 도시에서 보듯 인간화된 것이 아니라 자연의 일부를 이룬다. 오랑·알제·제밀라·티파사의 돌들은 인간의 손길을 벗어나서 저 천진무구한 자연의 품으로 돌아왔거나 돌아오는 중의 돌이다. '많은 지혜가 신에게로 인도하듯이 많은 세월은 그의 어머니의 집으로 인도해준다'는 티파사의 돌은 인간 속의 사막에서 자연의 비인간적은 사막으로 가는 길을 가르쳐주고 있다. '죽은 도시' 제밀라가 햇빛과 침묵과 바람 속에서 보여주는 사막은 자닌느나 다뤼의 사막을 닮아가는 저 거부할 수 없는 세계의 힘을 느끼게 한다. 알제 역시 '단단하고 육체적인 시'를 느끼게 하지만 그것은 저 낭만적인, 부드러움이나 우수와는 아무런 관계가 없다. 자연이 제공하는 과도한 풍부함이 얼마나 정신을 메마르게 하는가를 이 도시는 끝내 이해하게 한다. 내일도 약속도 위안도 우수도 허락하지 않는 이 광물성과 불의 도시를 대표하는 것은, 다시 말하여 우리들에게 사막의 핵을 보여주는 도시는 무엇보다도 오랑이다. 오랑은 「오랑에서의 잠시」라는 수필(『여름』)에서 그리고 『페스트』에서 거의 신화적인 경지에 이르는 사막의 모습을 띤다.

'사막이란 오직 하늘만이 지배하는 영혼이 없는, 생명이 없는 장소라고 정의할 수 있다면 오랑은 바로 예언자를 기다리는 사막이다'라고 카뮈는 기록하고 있다. '오랑에 와보지 않고는 돌이 무엇인지를 알 수 없다.'(『여름』) 오랑의 교외는 모래의 사막이지만, 시 자체는 이미 거대한 돌벽 속에 갇혀 있고 '딱딱한 하늘'의 뚜껑이 덮여 있는 돌의 감옥이다. 거리에, 진열장에, 묘지에 돌은 오랑의 가장 진정한 속성처럼 존재한다. 도시 전체가 '돌이 응고하여 엉긴 덩어리로 굳어져 있는' 오랑이야말로 권태의 수도, 사막의 수도이다.

이상으로 우리는 돌의 공간의 물적 특성을 결정해주는 장소들 —즉 해변의 모래밭·바다, 지리적인 의미의 사막·도시 —이 각기 어떤 모습을 띤 사막들인가를 살펴보았다. 벌써부터 우리는 카뮈 작품 속에 이러한 광물적인 공간이 얼마나 빈번히 나타나고 얼마나 강조되면서 사용되고 있는가를 확인함으로써, 카뮈가 돌 내지는 광물성의 이미지에 매우 집요한 애착을 나타내고 있음을 알 수 있다. 이런 것은 카뮈의 상상력과는 별개로 존재하는 이미 객관적인 광물성이라고 할 수도 있겠지만 실제의 오랑과 알제·티파사에 돌과 사막이 존재한다는 사실은 카뮈가 다른 많은 소재들 중에서도 유독 그것을 선택하고 그것을 강조하고 있는 점은 의미 없게 만들지는 않는다. 여기서 다룬 사막이나 돌은 단순한 자연의 묘사만이 아니라 카뮈 내면의 충동이 외계와 접하면서 선택하는 자기표현의 한 양식이기도 한 것이다.

2. 돌의 신화

　작품을 만들고 언어를 건축하는 것, 이것은 곧 카뮈에게 있어서 '신화
에 생명을 제공하는 것'이기도 하다.(『전집』 II, p. 13) 언어와 인물과
이미지 및 상징들은 바로 신화적인 형상들을 에워싸면서 풍경을 구성한
다. 별 의미도 없는 단순한 사실들, 그 자체로는 평범하기 짝이 없는 인
물, 유별난 곳이라곤 없는 장소, 거의 기계적인 일상의 몸짓, 무의미한
사물……　이런 것들이 최초로 제공된 재료들이다. 그러나 그것들이 일단
작가의 세계 속에 선택·편입되면 서로 부르고 충돌하고 울리고 반사하
여 '운명의 얼굴'을 만든다.

　밀폐되고 열에 끓는 공간 속에서, 앞서 말한 최초의 재료들이 그들의
진부함과 무의미를 벗어나서, 동시에 개별적이면서도 보편적인 운동에
의하여 운명의 끝까지 나아갈 수 있도록 정돈되고 다듬어져갈 때 마침내
작품이 드러내 보이는 통일성의 형태, 그것이 바로 카뮈가 의미하는 신
화이다. '예술가가 선택하는 관점이 여하한 것이건 간에 모든 창조자에
게 공유된 하나의 원칙은 변함이 없는 법이니, 그것이 다름아닌 세련
(stylisation)의 원칙이다. 세련이란 동시에 현실과, 현실에 형상을 부여
하는 정신을 전제로 한다.'(『반항적 인간』, p. 674) 신화는 이 세련을 통
한 현실의 형식화·통일성 ── 말을 바꾸면 '운명의 얼굴' 바로 그 자체이
다.

　이런 의미에서 카뮈의 작품은 옛날의 신화에 새로운 생명을 주기도 하
고 새로운 신화를 창조하기도 한다. '나는 나의 정열과 번뇌에 맞추어 신
화들을 창조하는 예술가라고 할 수 있다. 그런 까닭에 나를 열광하게 만
든 존재들은 항상 그 신화의 힘과 특성을 지닌 존재들이었다'라고 그는
『작가수첩』에 적었다. 참다운 신화는 요지부동의 의미와 형상을 지니고
있지는 않다. 그것은 이를테면 노자가 말하는 꽃병과도 같다. 사람들은
흙을 빚어 꽃병을 만들지만 유용한 부분은 꽃병 속의 비어 있는 공간이
다. '신화는 그 자체로서 생명을 지닌 것은 아니다. 신화는 우리가 그것
을 육화해주기를 기다리고 있다. 단 한 사람이라도 그 신화의 부름에 대

답하게 되면 신화는 우리에게 늘 그의 신선한 생명의 물을 제공한다'라고 카뮈는 프로메테우스 신화에 대하여 말한다.(『여름』, p. 843) '지옥에 간 시지프에 대하여 아는 사람은 아무도 없다. 신화들은 우리의 상상력에 의하여, 생명이 주어지도록 하기 위하여 만들어진 것이다'라고 『시지프 신화』의 저자는 말한다.

시지프 · 프로메테우스 · 아틀라스 · 아리안느 · 미노토르 · 헤라클레스 · 율리시즈…… 이 고대의 신들은 따라서 카뮈의 작품세계 속에는 먼 옛날의 인물들이 아니다. 여기서 고대 그리스는 알제리나 이탈리아와 한데 섞인다. 그리하여 우리는 오랑에서 미노토르나 아틀라스를, 티파사에서 디오니소스나 데메테르를, 브라질에서 다이애나와 시지프를 만나게 되는 것이다. 시지프의 뫼르소와 똑같은 생명을 지니고 운명의 모습을 보여주며 오랑은 아테네 못지않은 신화의 무대이다.

만약 우리가 카뮈의 전체 작품세계를 하나의 통일된 신화적 공간으로 상상해본다면 그 공간에 현실성과 질료와 본질을 제공하는 것은 돌이다. 돌의 이미지를 통해서 평범하고 무의미하던 묘사적 풍경이 신화적 무대로 탈바꿈하게 된다. 광물적 이미지의 중심에 이르면 추상적 사상도 감각적 현실성을 얻는다. 현실의 무의미한 사물은 문득 새로운 의미를 띠게 된다. 카뮈의 문학은 프랑스어라는 거대한 암석을 깎아 세운 신화적 조상과도 같다. 돌은 카뮈 사상의 출발점이며 동시에 종결점이다. 그것은 돌이 단순하고, 우화적인 의미를 내포하기 때문이 아니라 반대로 카뮈의 감수성이 포괄하는 애매성과 모순의 이미지 그 자체이기 때문이다. 이 망설임과 다의성으로 인하여 돌은 카뮈에게 있어서 일종의 '개인적인 신화'(모롱의 말을 빌려서)라 할 수 있다. 한 작가의 영혼 깊이 잠겨 있는 모순과 갈등을 이중적으로 육화시켜줄 수 없는 질료는 참다운 상상력의 질료가 못 된다. 욕망과 공포를, 선과 악을, 흑과 백의 상호참가를 동시적으로 경험하게 하는 이미지로서 돌은 카뮈적 신화의 중심이다. 지적이고 데카르트적인 카뮈, 철학자 카뮈가 비현실적이며 시적인 재료, 신비스럽게 살아 있는 재료와 접하도록 해주는 것은 바로 돌이다. 돌은 인간을 영원으로 부르면서 동시에 인간을 거부한다. 돌은 영원한 삶이며 동시에 항구적인 죽음이다. '돌의 항구성은 나를 절망하게 하고 나를 열광하게 한다'라고 카뮈는 『여름』속에서 술회한다. '인간은 돌 앞에서 매혹당하고 동시에 추방당한다. 인간은 그의 매혹적인 적과 우정의 조약을 맺은 것이다.'

3. 비인간적인 아름다움

카뮈에게 있어서 물은 '자연'의 대명사이며 '세계'의 정수이다. 그것은 빈틈없는, 다시 말하여 죽지 않는 아름다움으로서 인간을 매혹시키지만 동시에 그의 기이함·침묵, 즉 비인간성에 의하여 '분노하지 않고 인간을 부정하는'(『결혼』, p. 87) 불가사의의 대상이다. 저 유명한 '부조리'라는 것도 사실은 인간이 그의 손에, 그리고 가슴 깊은 곳에 문득 확인하는 저 말없고 무심하고 단단한 돌의 모습에 지나지 않는다.

> 한 단계를 더 내려가보면 이상함이 나타난다. 이 세계가 '두껍다'(빽빽하다)는 것을 알아차리게 되고, 한 개의 돌이 얼마나 우리의 밖에 무관하게 있으며 인간적인 차원으로 환원될 수 없는 것인가를, 자연과 풍경이 얼마나 강하게 우리를 부정할 수 있는가를, 어렴풋이 알아차리게 되는 것이다. 일체의 아름다움 한가운데는 그 무엇인가 비인간적인 것이 가로놓여 있다. (……) 수천 년의 세월을 거슬러서 저 원초적인 적의가 우리에게로 솟아오르고 있다. 세계는 그 자신으로 되돌아감으로써 우리들에게서 벗어나버린다. 습관에 의하여 가려져 있던 무대장치가 제 모습을 되찾는다.
>
> ―『시지프 신화』, p. 107~108

한 사상과 한 감수성의 시초에 놓인 돌, 이 돌은 사상에 물질성과 형태를 제공한다. 아니 돌은 사상을 형성시킨다. 어떤 몽상, 아직 형태와 현실성을 갖추지 못한 예감이 돌을 통하여 표면에 떠오르고 은밀한 언어를 획득한다. 세계가 하나의 돌 속에 완벽한 미, 비인간적인 순수성을 갖추며 들어앉는다. 우리가 그 안으로 뚫고 들어갈 수 없다는 사실이 돌을, 즉 세계를 더욱 매혹적으로 만든다. 그리하여 우리는 열광하고 절망한다. 인간에게 닫힌 세계, 무심하고 말없는 저 항구성의 세계—그 돌의 '밖'에서 인간은 반드시 죽게 마련인 자신의 숙명과, 영원히 지속하면서도 또한 영원히 죽어 있는 세계를 대면시킨다. '세계—돌', 이와 같은 합성명사로 불려 마땅할 이미지가 카뮈의 정신에 행사하는 매혹은 마침내 그것을 하나의 '이상'으로 변하게 만든다.

『행복한 죽음』속의 메르소가 말하는 '조약돌의 비상'을 보자, 메르소는 자그뢰즈에게 '비개체성'에 전념하고자 하는 스스로의 깊은 욕망을 설명할 때 돌과 같이 되는 것이 그의 이상이라고 말한다.

> 나는 만사를 흘러가는 대로 맡겨놓기만 하면 됩니다. 내게 덧붙여 일어나는 모든 일은 이를테면 돌멩이 위에 떨어지는 빗물이나 마찬가지가 되는 거지요. 그것은 돌을 시원하게 해주지요. 그만해도 벌써 훌륭해요. 또 어떤 날이면 돌은 햇빛을 받아 뜨거워지기도 하겠지요. 내게는 항상 바로 그런 것이 행복으로 여겨졌습니다.
>
> ―『행복한 죽음』, p. 71

이러한 형태의 비개체성과 행복 속에는 허무주의적인 색채가 없지 않다. 시몽이 '카뮈의 원초적 허무주의'라고 부르고, 무니에가 '카뮈의 정신이 지닌 이 영원한 유혹, 일종의 정일주의'라고 칭하는 이런 특징은 과연 그의 글 속에서 때로는 무서운 포기의 유혹으로, 때로는 향수로 나타난다. 스승 장 그르니에의 영향도 중요한 역할을 했을 것이다. 「티파사의 결혼」에서도 돌은 파괴를 향하여 흘러가는 만상의 마지막 모습으로 나타난다. 즉 돌은 모든 것이 사라진 후에 남는 최후의 자연이다. '오늘 마침내 그들의 과거가 그들을 떠나고, 오직 떨어지는 사물의 한가운데로 그들을 인도해주는 저 심원한 힘에 그들은 복종한다.' 인간의 잠정적인 위대함의 상징인 문명이 무너지고 난 후에도 고집스럽게 남는 돌의 자연

──이것이 세계의 핵이다. '제밀라의 바람' 속에서 인간은 자기의 개체성을 초월하여 자기를 떠남으로써 저 원초적인 조약돌 속에서 그의 존재를 되찾는다. '그러나 너무나 오랫동안 바람에 부대끼고 한 시간 이상을 흔들리고 저항하느라고 정신이 얼얼해진 나머지 나는 나의 육체가 그려 보이는 뜻을 의식할 수 없게 되었다. 바닷물에 반드럽게 닦인 조약돌처럼 나는 바람에 갈고 닦여버렸다.'(『여름』, p. 62) 이 최후의 자연은 또한 피렌체의 보볼리 동산에서 만나는 인간이 없는 자연이다. 그것은 다시한번 '분노도 증오도 없이' 인간을 부정한다. 인간에 대한 자연의 마지막 승리, 이 절대적 승리는 이렇게 하여 매혹이며 비극이다. 비극? 이것은 아직도 인간의 언어다. 돌의 언어 속에 비극이란 없다. 그것은 감정을 초월한 무심한 저항, 비인간적인 침묵일 뿐이다. '인간이 없는 자연', 그렇다. 이것은 우리들의 세계가 시작하기 전에도 존재했고 우리들의 세계가 끝난 후에도 존재할 것이다. '일체의 아름다움 한가운데는 비인간적인 그 무엇이 가로놓여 있다'고 말할 때 카뮈가 우리에게 전해주는 것은 손으로 만질 수 있는 영원으로서의 돌이다. 물 자체로서의 돌을 그가 가장 유사하게 노래한 프랑시스 퐁주의 「사물의 편에서」는 카뮈로 하여금 다음과 같은 편지를 쓰게 했다.

　　당신의 시집 속에서 개인적으로 내게 특히 인상을 준 것은 인간이 없는 자연 재료, 당신의 말대로 사물의 세계입니다. 한 권의 책이, 생명 없는 물질이 감수성과 지성에게 비할 데 없는 감동의 원천이 될 수 있다는 것을 보여준 일은 이번이 처음인 듯합니다. (……) 나의 관심사 역시 그것입니다. 부조리 세계의 마지막 이미지는 다름아닌 물건의 세계입니다. (……) 당신의 책에서 나는 요즘 내 마음을 사로잡고 짓누르고 있는 것의 어떤 표시를 발견합니다. 즉 부조리에 대한 반성의 마지막 귀결점은 전반적인 무심과 포기, 즉 돌의 귀결점이기도 합니다.
　　　　　　　　　　　　　　　　　　　　　－『전집』 II, p. 1664

이 인용에 이어서 계속되는 편지 속에서 카뮈는 자신의 내부에 깊이 뿌리박고 있는 '돌의 무심'이 바로 부조리의 향수이며, 그것은 동시에 '부동성'에의 향수임을 술회한다. 시인 퐁주의 「사물」을 읽으면서 카뮈 자신은 동일한 향수와 무관심을 다루는 광물의 철학을 꿈꾸고 있다고 말한다. 불행하게도 작가의 갑작스러운 사망은 '광물의 철학'을 다룬 글을 쓸 수 없게 만들었지만 이미 우리는 『여름』이나 『행복한 죽음』 속에서 그 어렴풋한 형태를 짐작할 수는 있다. '돌의 이상'을 지향하던 메르소의 『행복한 죽음』은 돌도 되돌아가는 하나의 과정이라고 할 수 있다.

그의 내부에서 마치 뱃속으로부터 올라오듯이 천천히 하나의 조약돌이 올라와서 목에까지 왔다. 돌이 움직이는 사이사이에 그는 점점 더 빨라 숨을 몰아쉬었다. 그것은 여전히 올라오고 있었다. 그는 경련도 하지 않으면서 미소를 지었다. 그 미소 역시 내부에서 우러나는 것이었다. 그는 침대에 넘어져 누웠다. 그는 자기의 속에서 올라오는 기미를 느낄 수가 있었다. 그는 뤼시엔느의 부푼 입술과 그 여자의 등 너머로 대지의 미소를 응시했다. 그는 여자와 세계를 똑같은 시선으로, 똑같은 욕망을 가지고 바라보고 있었다. '일 분 후에는, 일 초 후에는' 하고 그는 생각했다. 올라오는 것이 멈추었다. 세계가 문득 정지했다. 흔한 돌 중의 돌이 되어 그는 마음속의 기쁨에 젖은 채 움직이지 않는 세계의 진실로 되돌아갔다.

—『행복한 죽음』, 끝 부분

시간이 영원히 정지되고 공간이 영원히 고정되어버릴 때 인간은 문득 '흔한 돌 중의 돌이 되어' 영원한 침묵으로 되돌아간다. 바로 이것이 죽음에 의하여 완성되는 '돌의 숙명'이다. 스스로 돌이 되어 '인간성으로부터 벗어난 채'(『결혼』, p. 84 ; 『작가수첩』, p. 175), 비에도 햇빛에도 다 같이 몸을 맡기고 무심하며, 의지에도 영광에도 분노에도 사랑에도 무감각하게 된 인간은 '죽음조차도 한낱 행복한 침묵에 지나지 않는 고요한 고향'(「서문」, 『안과 겉』)으로 되돌아간다. 이것이 바로 카뮈가 '삶이라는 몽상' 속에서 영원히 억누르지 못한 유혹처럼 한결같이 지니게 되는 '행복한 죽음'의 모습이다.

『오해』의 마르타가 극의 마지막에 외치는 말은 바로 이 '광물적인 행복'에 대한 메아리가 아닐까? 남편의 죽음을 알고 절망한 마리에게 마르타는 '당신을 돌과 같이 만들어달라고 하느님께 빌기나 하시오. 그것이 하느님이 자기자신을 위하여 선택하는 행복, 유일하게 진정한 행복입니다. 그이처럼 하시오. 모든 고함 소리에, 귀가 떨어지고 너무 늦기 전에 돌로 돌아가시오. (……) 저 바보 같은 조약돌의 행복과 우리가 당신을 기다리고 있을 저 끈적거리는 강바닥 중에서 당신은 선택해야 합니다'라고 외친다. 죽음을 선택하는 사람은 죽음의 방법도 '선택'한다. 그가 택하는 죽음의 방법 속에는 그 운명의 독특한 이미지가 담겨 있다. 중부 유럽의 저 어둠 속에서 자란 마르타는 그의 어머니와 마찬가지로 끈적거리는 강바닥을 죽음의 자리로 선택한다. 그 반면 햇빛 속의 인물들은 우리가 앞서 본 메르소처럼 죽음을 위하여 돌의 숙명을 택한다. 「티파사의 결혼」 속에서 카뮈가 말하는 '뜨거운 돌의 맛이 나는 삶'은 '동시에 태양이며 동시에 죽음인 진실'과 무관하지 않다. 마찬가지로 저 부조리의 철인 에피쿠로스에게 있어서 '죽는다는 것은 다만 원소로 되돌아가는 것이다.' 왜냐하면 '이 세상에 있어서 모든 것은 질료이며' '존재란 바로 돌이기' 때문이다. 우리가 앞에서(『시지프 신화』) 본 바와 같이 인간에게 부조리를 계시하여준 돌은 동시에 그 부조리에 대처하는 방법도 제공한다. 반항이란 바로 돌이 되는 일이다.(『반항적 인간』, p. 440~441) 에피쿠로스는 바로 '돌의 행복'을 선택함으로써, 즉 희망이라는 감성을 제거함으로써 죽음의 운명에 반항하는 것이다.

이와 같이 하여 카뮈에게 있어서 돌의 이미지는 끊임없이 죽음의 모습을 환기시킨다. 죽음의 모습은 그러나 항상 저 불타는 삶의 비극적 이미지와 한데 얽혀 있다. '행복 그 자체가 부질없게 보이는 더 높은 차원의 행복도 있다'라고 피렌체의 여행자는 말한다.(『결혼』, p. 86) 아마도 돌의 행복이란 바로 이런 것인지도 모른다.

돌이 더욱 직접적으로 죽음과 관련되어 있다는 증거를 제시할 때 우리가 잊어서는 안 될 것은 카뮈의 작품 도처에 흩어져 있는 묘석들이다. '아주 단순하고 분명하며 약간 바보 같고' '그러면서도 발견하기도 힘들고 지탱하기도 힘든' 한 진실의 저 가혹한 모습, 카뮈의 작품 속에서 무수히 만나게 되는 무덤돌들이 우리에게 증언해주는 것은 바로 이러한 죽음의 얼굴이다. 카뮈의 무덤은 빈번히 이 우주의 근원적 구성요소들 — 태양과 땅과 바다, 삶과 죽음, 침묵과 미, 죽게 마련인 인간의 숙명과 저 무대장치의 영원함 — 의 역학이 집중하는 지점에 놓여 있다. 이 모든 것의 중심에 돌은 그 모든 것의 쟁점처럼 서 있다. 『안과 겉』 속에서 할머니의 죽음과 함께 어린 카뮈가 만나는 저 바닷가의 무덤도 그러하며 작가를 매혹시킨 엘 케타르의 빛이 비 오듯 하는 무덤들도 그러하며(『작가수첩』 I, p. 94) 오랑의 바닷가 묘지(『페스트』, p. 1341) 역시 예외가 아니다. 티파사에서도, 제밀라에서도, 알제에서도(『결혼』, p. 73) 피렌체에서도 카뮈는, 마치 죽음 그 자체의 메시지를 읽듯이 묘비명을 읽고 그 무덤돌에 어리는 햇빛을 바라본다. 마치 죽음을 통해서만 저 참다운 삶의 불타는, 그리고 비극적인 얼굴이 만져진다는 듯이 저 생명 없는 돌을 통해서만 비로소 머지않아 썩어버릴 그 육체와 두근거리는 심장의 외침을 들을 수 있다는 듯이.

이상으로 우리는 돌의 이미지와 광물적인 풍경들을 통하여 그것들이 환기하는 여러 가지 정서적·형이상학적 세계를 살펴보았다. 돌은 동시에 부조리, 비개인성, 비인간적 아름다움, 우리가 몸으로 느낄 수 있는 영원, 세계의 침묵, 행복한 죽음 등등의 모두였다. 이 모두는 또한 돌을 에워싸고 있는 어떤 휴식의 느낌과 결부되어 있다. 바로 이러한 점에서 돌은 저 영원한 부동성, 포기, 잠, 죽음에 대한 유혹이다. '그의 위대함이 목구멍을 죄어주는 듯한', 이탈리아의 풍경 앞에서 카뮈는 '이 아름다움 속에 파묻혀서 지성은 허무의 밥을 먹는다'라고 절망적으로 외친다. (『결혼』, p. 85) 이때 그는 아마도 돌이 표현하는 죽음의 유혹을 가장 깊이 느끼고 있었던 것 같다. 이 '허무의 밥'은 '모든 확신들이 돌로 변해버린 저 색채도 없는 사막의 한가운데서' 인간이 경험하는 부조리가 아니고 무엇이겠는가?(『시지프 신화』, p. 116) 이 허무와 죽음의 유혹 및 위험에 저항하는 무기를 제공하는 것 또한 돌이라는 사실은 흥미롭다.

부조리한 세계에 대한 유일하고 의미 있는 반항은 바로 부조리를 지탱하는 것이듯이 돌의 유혹에 대항하는 방법은 돌의 심장 속에 인간의 의지와 반항의 숨결을 투사하는 일이 된다.

4. 시지프에서 아틀라스에 이르는 돌의 도정

(1) 반항의 돌

여러 해 동안 간단없이 지탱해온 저 긴장과 저항 —'내가 단 한순간이라도 이 긴장을 풀어버리기만 하면 나는 저 절벽의 끝으로 굴러떨어지고 말 것임을 나는 잘 알고 있다. 숨을 쉬고 이겨나가기 위하여 나는 모든 힘을 다하여 머리를 쳐들면서 병과 포기에 대항하고 있다. 이것은 나 나름의 절망하는 방식이며 나 나름으로 그 절망을 치유하는 방법이다'라고 1945년 그의『작가수첩』은 기록하고 있다. 이 절망적인 배경을 구성하는 세 가지 요소는, 첫째 카뮈의 거의 천성적인 저 부동성에의 향수, 그리고 그의 일생을 두고 그를 괴롭힌 병의 재발, 끝으로 전쟁과 무와 전체주의로 기울어지는 세계의 정세였다. 바로 이 어둠과 절망에의 유혹 속에서 저 산비탈에 어깨를 받치며 태어난 인물이 시지프이다. 그리고 시지프의 바위이다. 여기에서 시지프는 부조리 인간 그 자체라는 것을 누가 모르겠는가? 그러나 부조리 인간을 상징하기 위하여 왜 하필이면 시지프와 그의 바윗덩어리가 선택되었는가에 대하여 주목한 사람은 없었다.

신화가 생명을 담은 것이 되려면 '부조리'라는 어떤 개념을 대신하는 예에 그쳐서는 안 된다. '신화는 지옥으로 간 시지프에 대하여서는 아무런 말도 전해주지 않는다'고 카뮈는 말했다. 바로 예로부터 전해오는 신화가 입을 다물고 있는 그 자리에 우리의 상상력은 개입하여 그의 특유한 자취를 남기는 것이다. 카뮈는 지옥에 간 시지프의 모습을 저 예외적인 감동의 힘과 함께 그리고 있다.

시지프에 대해서 우리는 다만 저 거대한 돌덩이를 떠받들고 굴리고 그것이 백번이라도 다시 비탈을 굴러올라갈 수 있도록 하기 위하여 온몸을 팽팽하게 긴장시키면서 기울이는 노력을 볼 수 있을 뿐이다. 경련하는 얼굴, 돌덩이에 바짝 붙이고 있는 뺨, 진흙으로 뒤덮인 덩어리를 떠받는 어깨와 어깨를 괴는 발의 뭉쳐진 힘, 밀쳐올리는 팔 끝의 저항, 흙이 가득 묻은 두 손의 저 순전히 인간적인 자신이 우리의 눈에 보인다. 하늘의 보이지 않는 공간과 깊이를 헤아릴 길 없는, 시간으로 헤아려볼 수 없는 이 기나긴 노력의 끝에 가서 목표는 도달된다.

―『시지프 신화』, p. 196

만약에 카뮈가 단순히 '부조리'라는 개념을 설명하기를 원했다면 이처럼 자세한 시지프의 노력을 묘사할 필요는 없었을 것이다. 실제에 있어서 카뮈는 여기에서 그가 그리고 있는 인물의 고통을 먼 거리에서 '보고' 있는 것이 아니라 스스로 이 노력과 이 고통을 '살고' 있는 것이다. 이 글이 우리에게 주는 감동은 바로 카뮈 자신이 시지프의 투쟁을 자기 자신의 투쟁으로 변모시키면서 같은 순간을 사는 데서 오는 것이다. 사지의 긴장과 근육의 아픔은 간접적인 묘사를 거쳐서 오는 것이 아니라 경련하는 육체에서 직접적으로 전달된다. 여기서는 육체 자체가 글을 쓰고 있다. 아니 외치고 있다. 삶과 허구 사이에 가로놓인 거리가 잠시 제거되고, 외침이 솟아올라 말을 만들고, 그 외침이 우리의 상상력 속에서 메아리치는 것이다. 철학자 카뮈는 잠시 사라지고 전 상상력의 무게만이 바윗돌과 시지프의 어깨 사이에서 불타는 긴장을 경험한다. 이 강력한 힘을 함께 체험하는 독자는 카뮈의 전 작품을 관류하는 돌의 이미지가 실상 사물로서의 돌이 아니라 가장 빠르고 강한 힘의 집약 그 자체가 돌이라는 것을 이해할 것이다. 돌은 긴장 그 자체이며, 그 긴장이 요구하는 노력 그 자체이다. 바위는 단순히 저 무겁고 눈이 먼 물체만이 아니라 그것을 떠밀고 있는 인간이기도 하다. '돌덩이에 저렇게도 바싹 몸을 붙이고 고통하는 얼굴, 그것은 벌써 돌 그 자체이다'(『시지프 신화』, p. 196)라는 카뮈 자신의 말이 얼마나 적절한가는 형이상학적 차원에서보다는 상상력의 차원에서 긍정되어야 할 진실이다. 논리적으로 돌을 떠받고 있는 인간이 어떻게 돌 자체일 수가 있겠는가? 그렇다면 두 개의 돌, 두 개의 부동성의 대결이 아니겠는가? 이 부동성 속에 참다운 긴장감을 도입할 수 있는 것은 오직 참다운 상상력뿐이다. 실제에 있어서 '돌'은 객관적 물체로서의 바위도 아니요, 고통하는 인간도 아니다. 우리가 파악해야 할 진정한 '돌의 이미지'는 이 두 가지의 상반된 힘의 긴장 속에서 '창조되는' 것이다. 그것은 서로 떠밀고 있는 대결의 그 어느 한쪽에 있는 것이 아니라 이 두가지 힘의 '사이'에 있다. 인간적인 힘과 비인간적인 돌의 힘이 똑같은 격렬한 힘으로 부딪치는 그 충돌의 자리이야말로 우리의 상상력이 참으로 이해할 수 있는 '돌' '단단함' '긴장'의 장소인 것이다. 우리들의 상상력 속에서 돌이란 단 한순간의 휴식도 없는 투쟁의 한가운데서 최고의 힘을 발휘한 쌍방의 폭력이 어느 순간 힘의 등식에 의하여 창조하는 저 단단하고 불타는 침묵의 지점 바로 그것이다. 이 힘과 투쟁의 한가운데서 문득 이루어지는 침묵과 정지, 그리고 말없는 불꽃이야말로 시지프의 신화에 심리적 현실성과 미학적인 근거를 제공하는 것이다. 이 단단한 바윗덩어리의 도전을 영혼 속에서 손으로 만지듯이 느끼고 그 도전에 모든 상상력의 폭력을 다하여 응답할 줄 아는 사람만이 '저 정상을 향한 투쟁 그 자체만으로도 한 인간의 가슴을 가득 채우기에 충분한 것이다'라는 카뮈의 결론을, 즉 '행복한 시지프'를 이해할 수 있을 것이다. 이리하여 우리는 단순한 죽음에의 향수에 불과하던 돌이 문득 동시에 말이 없으나 정열적인 저 기이한 부동성 속에 깃들이는 긴장의 통일성을 획득하는 것을 알 수 있다. 이것이 바로 돌의 이미지 속에서 이루어지는 가치의 전환이다. 부정적인 돌 속에 긍정이 들어와 앉은 것이다. 이러한 시지프의 바위에 응답하는 돌이 바로 단편소설 「자라나는 돌」 속의 주인공 다라스트의 저 신화적인 돌이다. 도대체 '자라나는 돌'이라는 제목 자체는 이미 저 허무주의적 행복의 돌 속에 역동을 도입하고 있지 않은가?

이 기이한 단편처럼 물의 이미지와 돌의 이미지를 대립시키고 있는 경우는 없다. 토목기사인 다라스트는 물이 범람하는 브라질의 어떤 마을에 댐을 건설하기 위하여 도착했다. 시간과 함께 우리의 삶을 무의 쪽으로 떠밀어 보내는 물의 힘에 저항하기 위하여 돌의 제방을 세우는 사람—이 다라스트가 '예술가' 조나스에 뒤이어 『적지와 왕국』의 마지막 결론처럼 나타나는 것은 의미심장하다. 우선 다라스트에 앞서 코크를 보자. 수영을 할 줄 모르는 코크는 어느 날 배가 난파하여 물에 빠진다. '밤은 깜깜했고 물은 엄청났고 나는 헤엄을 칠 줄 몰랐어요. 나는 겁이 났어요.' 그때 그는 멀리 있는 교회의 첨탑을 바라보면서 그 첨탑이 그를 구해주기만 한다면 축제의 행렬 때 50킬로의 무거운 돌을 들고 행진하여 그 돌을 교회에 가져다 바치겠다고 맹세한다. 그는 구원되었다. 이 어둠과 물살과 공포에 대립하여 나타난 교회(교회는 성 피터—돌이라는 뜻—에 의하여 건설되었다)와 무거운 돌의 이미지는 벌써부터 우리에게 흥미를 준다.

이렇게 스스로 한 맹세를 지키기 위하여 코크는 돌을 어깨에 짊어지고 행렬과 함께 앞으로 나아간다. 돌을 짊어진 운명의 모습은 시지프의 모습 그 자체이다. 처음에는 힘차게 전진하던 그는 마침내 돌의 무게에 짓눌린다. 그 무게에 저항하는 그의 모습은 벌써 돌 자체의 모습을 닮아간다. '갈색의 메마른 거품이 그의 두 입술을 시멘트처럼 굳어지게 하고' '그의 어깨 근육은 눈에 드러나게 맺혀져서 단단한 매듭이 된다.'(『적지와 왕국』, p. 1681) 그러나 마침내 견디지 못한 코크는 돌을 바닥에 떨어뜨리고 땅바닥에 처박힌다. 그의 비통하게 뱉는 탄식의 목소리는 '눈물 속에 빠져버린다.'

바로 이때 '물을 다스리기 위하여' 이곳에 온 다라스트는 쓰러진 코크에 뒤이어 돌을 등에 걸머진다. 이제 시지프는 혼자가 아니다. 쓰러진 시지프의 뒤에는 또다른 시지프가 그의 어깨를 받칠 것이다. 인간 숙명의 저 가혹한 무게로서의 돌은 동시에 '인간'이라는 교회를 짓는 돌이 될 수도 있다. 그러나 그 교회는 신을 위한 교회는 아닐 것이다. '아시지요, 저 성 피터(베드로) 말입니다. 그자는 이런 말재주를 부린 일이 있지요. 이 돌 위에 나는 나의 교회를 짓겠노라고 말입니다. 이보다 더한 아이러니는 없지요'라고 『전락』의 클라망스는 말한 바 있다. 이 베드로의 교회가 아닌 인간의 교회를 짓기 위한 초석으로서의 돌을 어깨에 메고 '자신

도 모르게 다라스트는 왼쪽으로 문득 방향을 바꾸어 교회로 가는 길로부터 멀어져갔다.'

다라스트는 '왼쪽'으로 돌아 어디로 가는 것일까? 신의 집의 반대편 저 위태로운 물가에는 가난과 재의 냄새가 나는 원주민의 오막살이가 있다. 다라스트는 그 돌을 그 오막살이의 어디에 갖다놓는가?

오막살이의 주민들이 도착했을 때 그들은 집안의 안쪽 벽에 등을 기댄 채 눈을 감고 있는 다라스트를 발견했다. 방의 한가운데, 불을 지피는 바로 그 자리에 돌은 재와 흙에 뒤덮인 채 반쯤 파묻혀 있었다.
　　　　　　　　　　　　　　　　　　　─『적지와 왕국』, p. 1683

마침내 돌은 인간이 사는 집의 한가운데 놓인다. 꺼져버린 '불'에 다시 생명을 불어넣듯이 인간의 중심, 인간의 심장부에 와서 굳건하게 놓인다. 잿더미에서 살아나는 돌의 불사조는 어둠에도 물살에도 떠내려가지 않는 불의 성이 될 것이다. 이제 돌은 무심하지도 않으며 침묵의 상징도 아니다. 그 속에는 다시 시작하는 생명의 불꽃이 담겨 있으며 그것은 그 주위에 인간들을 불러모은다. '우리와 함께 여기와서 둘러앉자'라는 원주민의 권유로 이 소설을 끝난다. 여기서 돌은 우리 모든 인간이 화합할 때 획득하는 통일의 불꽃이다. 인간의 삶은 이제부터 돌처럼 단단한 불꽃이며 불처럼 뜨거운 돌이 된다. 다라스트가 건설하러 온 것은 단순한 댐이 아니다. 어둠과 죽음, 학대와 부조리의 물결로부터 인간을 지켜주는 통일의 성(城), 반항의 성임을 이제 우리는 알 수 있다.

(2) 균형의 돌

'순진함은 모래와 돌을 필요로 한다'라고 카뮈는 『여름』 속에서 말했다. 이 말 속에는 '메마른 영혼이 최고의 영혼이다'라고 말한 헤라클레이토스의 그리스적 메아리를 느낄 수가 있다. 심연과 몽롱한 영혼의 습기와 어둠, 흩어지는 정신 등과 대립되는 모래와 돌의 감각은 불과 빛과 고체적 통일의 세계이다. 이것은 또한 우리가 이 글의 서두에서 지적한 바와 같이 돌이 가진, 저 비개인적 속성, 혹은 『이방인』의 마지막 페이지가 말하는 저 '다사로운 무심(tendre indifférence)' 그리고 인적 없는 사막이 제공하는 원초적인 무죄와 '인간이 없는 자연'의 고독과도 일치한다. 그러나 이 절대적 무심에 대한 향수는 카뮈의 내부 깊숙이 도사리고 있는 무와 죽음에의 유혹, 즉 '낭떠러지로 굴러떨어지고 싶은' 허무주의 성격 또한 배제하지 못한다. 순진함으로부터 무의 유혹에 이르는 돌의 시학은 이리하여 또 하나의 가치를 드러내 보여주었으니 그것은 바로 돌이 무상으로 주어지는 '무심'이 아니라 시지프와 다라스트의 저 고통에 찬 투쟁에 의하여 획득되고 창조되는 것이라는 새로운 차원의 가치이다. 진정한 돌의 윤리는 반항과 투쟁, 삶에 대한 저 비극적인 긍정이 창조해내는 '충돌'과 '긴장', 즉 '힘'의 결정인 것이다. 반항과 명징한 정신의 보상과도 같은 이 돌로 '인간'이라는 건축물을 세우고자 하는 카뮈 특유의 야심을 우리는 탈바꿈하는 이미지의 도정을 통하여 밝혀볼 수 있었다.

　그러나 우리가 차례로 살펴본 세 가지의 국면, 즉 무죄·무심의 세계, 돌과 같은 허무적 부동성에의 유혹, 끝으로 반항의 역동적 산물로서의 돌 등은 역시 선적인 순서를 따라가면서 분석해 갈 수밖에 없는 인위적인 이성의 관점들에 지나지 않는다. 순진성·허무주의의 유혹·반항은 이처럼 확연하게 분리되어 있거나 대립되어 있거나 더더군다나 질서정연하게, 너무나도 단순하게 차례차례로 그 모습을 드러내는 것도 아니다. 참다운 이미지는 진정한 실제(être)와 마찬가지로 '동시'에 모든 것을 포괄하는 하나의 전체이다. 인간의 가슴속에서 돌은 '동시'에 순진함이요, 유혹이요, 반항의 힘이다. 이것들의 공존은 모든 이미지가 그렇듯이 돌의 이미지에 애매성을 부여한다. 이 동시적 전체성이 가지는 애매성을 이해할 수 있는 사람만이 삶에 대한 긍정적 용기와 그 추진력이 되는 반항의 힘을 상실하지 않은 채 돌의 유혹을 하나의 충고, 하나의 권유, 심지어는 하나의 예지로서 받아들일 수 있게 된다. 돌은, 참다운 돌은 포기·유혹만도 아니요 반항만도 아니다. 돌은 이 두 가지 다를 내포한다. 돌은 동시에 삶을 거부하며 또한 삶을 충동한다. 카뮈가 '돌의 도시'라고 부르는 오랑은 바로 이러한 애매성 속에서의 돌의 예지를 계시해준다.

　순진함과 아름다움으로 포위된 권태의 수도, 이것을 죄어드는 군대는
그 병사들만큼 많은 돌들을 보유하고 있다. 이 도시에서 어떤 시간에는
그러나 적군에게로 넘어가버리고 싶은 얼마나 엄청난 유혹이 찾아드는
것인가! 아아 이 돌들과 동일화되고 싶고, 역사와 그 소요에 도전하는 듯
한 이 불타오르면서도 무심한 세계와 한몸이 되고 싶은 유혹이여! 아마
그것은 부질없는 일이겠지. 그러나 저마다의 인간의 가슴속에는 과거에
의 본능도 창조의 본능도 아닌 깊은 본능이 존재하는 법이다. 그 어느 것
과도 닮지 않고 싶어하는 본능이 그것이다. 오랑의 뜨거운 벽돌이 던지는
그늘 속에서, 먼지 자욱이 덮인 아스팔트 위에서 우리는 때때로 그러한
권유를 받는다. 잠시 동안 이러한 유혹에 끌려들어버리는 정신은 좌절을
맛보지는 않는 것같이 보이기도 한다. 그것은 에우리디케의 암흑이며 이
시스의 잠이다. 보라, 여기에 저녁의 서늘한 손을 흔들리는 가슴 위에 얹
고 사고가 이제 곧 깨어나려는 사막들이 있다. 이 감람나무 동산에서는
깨어 있음이 부질없다. 정신은 잠이 든 선지자들과 합일하여 그들의 뜻
에 동조한다. 잠든 선지자들은 과연 잘못을 저지르는 것일까? 그러나 그
들도 계시를 받고 있음에 틀림없다.
　사막의 석가모니를 생각해보자. 그는 하늘에 눈길을 던진 채 꼼짝 않
고 쭈그리고 앉아 그곳에서 여러 해를 보냈다. 신들도 그의 예지와 이 돌
의 숙명을 부러워했다. 그의 뻣뻣하게 내민 굳은 손 안에 제비들이 와서
둥지를 쳤다. 그러나 어느 날 제비들은 머나먼 땅의 부름을 받아 떠나버
렸다. 그리하여 마음속에는 의지도 영광도 고통도 다 죽여버릴 수 있었
던 그 사람은 울기 시작하였다. 이리하여 바위 속에서도 때때로는 꽃이 피
게도 되었던 것이다. 그렇다. 필요한 때가 되면 돌에게도 동의하기로 하
자. (……) 이 고장에서는 모든 사람들이 자기도 모르는 사이에 충고를
따른다. 물론 이것은 거의 부질없는 것이다. 우리가 절대에 이를 수 없는
만큼이나 무에 이르는 것도 불가능하다. 그러나 우리가 장미꽃이나 인간
의 고통이 가져다주는 영원한 신호를 은총처럼 받아들이는 것이라면 이

땅이 우리에게 전해주는 잠에로의 귀중한 권유 또한 저버리지는 말자. 이 양자는 다 같이 진리를 담고 있는 것이다.

아마도 이것이 이 잠에 취한 광란의 도시가 가리키는 아리안의 실이리라. 비록 잠정적인 것이라 할지라도 우리는 여기서 어떤 권태의 덕목을 배우게 된다. 미노토르의 손아귀에서 벗어나려면 그에게 '그렇다'라고 말해야 한다. 이것은 해묵은 보람찬 예지이다.

—『여름』, p. 830~831

이와 같은 유혹은 물론 우리가 앞에서 본 바와 같이 경계의 대상이다. 그리하여 그 유혹에 대한 거부와 반항으로써 시지프와 다라스트는 저 근육이 발달한 반항의 돌로 일어섰었다. 그러나 이제 이 유혹과 반항이 서로를 거부하지 않는 어떤 신비한 조화의 순간이 문득 나타난다. 그것은 하나의 충고요 덕목이요 예지로서 온다. '해묵은 보람찬 예지'는 포기로서가 아니라 완강한 의지에 대한 보상으로서 주어진다. 이 예지의 시간 속에서 시지프도 다라스트도, 그리고 부조리도, 죽음의 유혹도 초월하는 최후의 신화적 인물이 탄생한다. '올바른 균형을 잡으면서 좌우로 맑은 물에 뿌리를 박은 오랑의 거대한 갑의 중심에 설 줄 아는' 사람이면 (『여름』, p. 831) 누구나 그의 가슴속에서 정오의 시간을 참답게 맞을 수 있을 것이며 저 참으로 행복한 신 아틀라스를 만나게 될 것이다. 시지프는 부조리정신의 저 암울한 배경에서 솟아난 투쟁적 반항인이지만 그의 어깨는 철학적·윤리적 사명감의 무게로 짓눌려 있다. 그러나 아틀라스는 산비탈이 아니라 세계의 정상에, 정오의 밝고 춤추듯 가벼운 빛을 받으며 균형과 행복과 완전한 통일의 신으로서 곧게 일어선다.

이제 정오의 시간이다. 대낮이 저울의 올바른 균형을 유지한다. 그의 의식을 다하고 나면 여행자는 그의 해방의 상을 받는다. 그가 절벽 위에서 주워드는 한 떨기 수선화처럼 메마르고 부드러운 작은 돌, 깨달은 자에게 있어서 세계는 이 한 개의 돌보다 더 들기에 무거운 것이 아니다. 아틀라스의 일은 쉽다. 다만 그 일을 할 올바른 시간을 선택하기만 하면 된다.

－『여름』, p. 832

아틀라스는 바로 이 행복한 정오의 시지프이다. 세계의 밤과 낮을 균형 위에 지탱하는 올바른 시간이 정오이다. '메마르고 부드러운 작은 돌'은 수선화처럼 피어난 세계이다. 이 작은 돌 속에 세계가 들어 있다. 이 작은 돌 속에 꽃이 피어난다. 세계만큼 큰 꽃이 피어난다. 우리는 저 원초적인 적의를 드러내면서 세계가 저 자신으로 돌아감으로써 비인간적인 돌, 캄캄하고 거부적이며 우리를 소외시키는 부조리의 돌이 되는 것을 보았다. 우리는 인간을 항구적인 죽음으로 유혹하는 무의 돌을 보았다. 두 개의 극도로 고조된 힘이 서로 충돌하여 만드는 저 단단한 시지프의 돌을 만났었다. 그리고 우리는 마침내 창조와 긍정의 힘에 의하여 인간의 생명, 인간의 '불꽃'으로 변용하는 다라스트의 돌을 둘러싸고 앉아보기도 하였다. 석가모니의 바위 속에 피는 꽃도 보았다. 그러나 마침내 우리는 돌이 인도하는 이 기나긴 여정의 끝에 와서 의식을 다한 보상으로서 한 떨기 수선화로 핀 따뜻하고 빛나고 가볍고 완전한 '돌＝세계'를 얻게 되었다. 우울한 얼굴의 시지프가 되어 밤의 비탈길에서 고통하는 사람들은 잠시 생각해보라. 맑은 물에 뿌리를 박고 이제 곧 출범하려는 듯한 오랑의 절벽 위에 지고한 균형의 뜻으로 오는 정오의 시간을, 과학자의 저 무거운 바위를 굴려 올리며 아직도 불안해하는 우리 모두의 가슴 속에 문득 한 떨기 수선화의 꿈처럼 시인의 따뜻하고 가벼운 돌이 손쉽게 들어올려지는 시간도 온다. 그 시간에 비로소 우리는 왜 '모든 것의 시작에 돌이 있다'(『여름』, p. 831)는 것인지를 알게 되고 왜 돌은 저 원초적인 순진함의 실체인가를 알게 된다.

그러나 이 정오의 시간도 지나가게 마련이다. 그러면 우리는 다시 저 어둠 속의 투쟁의 자리로 돌아가야 한다. 그러나 이번에는 저 가볍고 따뜻한 돌 수선화를 가슴 한복판에 지극한 빛의 힘으로 지닌 채 반항에 임할 것이다. 긍정이 아닌 반항은 반항이 아니다.

제3장
조각으로서의 문학

그리스에서는 광물과 인간 사이에 우정관계가 맺어져 있다.
그곳에서는 돌이 적대적인 존재로 우리에게 대립하지 않는다.
돌은 인간의 지성적 계산에 순응한다.
이 고장에서는 삶과 죽음이 돌 속에 한데
담겨져 고정되었고 돌이 기념제에 사용될 수 있었다는
점을 우리는 충분히 이해할 수 있다.
— 장 그르니에, 『지중해의 영감』, pp. 141~142

　　우리는 카뮈의 문학적 풍경을 지배하는 중요한 요소이며 양의적이고
모순된 의미와 가치들을 동시에 지니고 있는 돌의 이미지를 앞에서 분석
해보았다. 그런데 그 돌은 동시에 보다 직접적인 한 예술의 질료이기도
하다. 그 예술이란 다름아닌 조각으로서 그 예술이 다루는 질료적 특성
이 그 나름의 형태와 스타일, 심지어는 미학적인 한 특수양식을 결정한
다. 카뮈는 그 대부분의 노력과 시간을 문학에 대한 관심에 바쳤으므로
다른 예술에 관해서는 별로 많은 의견들을 표명한 바 없다. 그렇다고 해
서 그가 다른 예술들에 대하여 무감각했다는 의미는 아니다. 젊은 시절
에 그는 음악에 대한 긴 논문을 쓴 바 있다. 그 방면으로 그의 관심을 돌
리게 한 데는 니체의 영향이 컸다.[1] 뿐만 아니라 우리는 그의 글들 속에
서 회화·건축·조각에 대한 그의 의미 있는 반성들의 흔적을 찾아볼 수

---

1) 카뮈, 「음악론」, 『젊은 시절의 글, 초기의 카뮈』, pp. 149~175.

있다.[2] 문학 이외의 다른 예술 장르들에 대한 흔하지 않은 그의 성찰들 가운데 조각은 —특수한 어떤 유형의 회화도 이에 포함해야겠지만— 각별한 위치를 차지하고 있다. 그가 조각 예술에 바친 형용사는 최상급이다. 그에게 있어서 조각은 '모든 예술 중에서도 가장 위대하며 가장 야심적인 예술이다.'(『반항적 인간』, p. 660) 그는 장 클로드 브리스빌에게 자기는 바로 그러한 이유 때문에 조각가가 되고 싶었다고 술회한 바 있다.(『전집』 II, p. 1923) 그렇다면 그는 무엇 때문에 조각에 그토록 각별한 중요성을 부여했으며 그토록 주의를 기울였던 것일까? 이 점에 관하여 1943년 『작가수첩』은 이렇게 설명하고 있다.

> 나의 관심이 그토록이나 조각에 이르는 것은 아마도 돌에 대한 취향인 것 같다. 조각은 인간적인 형상에 무게와 무심을 다시금 부여해준다. 그것이 없다면 인간에게는 위대함이란 성립하지 않는다고 나는 생각한다.
> —『작가수첩』 II, p. 78

우리는 이러한 몇 가지 단서에서 출발하여 카뮈 문학세계의 비밀을 푸는 한 열쇠로서 그 문학의 조각적 측면을 추출하고 그것의 의미를 종합해보고자 한다. 이 작업은 물론 카뮈의 작품세계의 중심을 통과해가고 있는 중추적 상상력의 방향과 그 공간적 특성이라는 큰 범주와 밀접한 관련하에서 진행될 것이다.

1. 조각의 질료와 그 내재적 특성

1) 카뮈 미학의 본질이 현실에서 상상력으로 이어지는 계속성 위에 기초하며, 통일에 대한 욕구와 주어진 세계에 대한 거부로서의 예술작품이

---

2) 『반항적 인간』, pp. 659~660, 679 ; 『결혼』, p. 71, 79 ; 『작가수첩』 I, p. 70, 285 ; 『작가수첩』 II, p. 194 ; 『안과 겉』 p. 44 ; 『시지프 신화』, p. 177.

'수정된 창조'라고 한다면[3] 조각은 그 미학에 무엇과도 바꿀 수 없는 하나의 모델을 제공한다. 우선 그것이 사용하는 질료는 직접적이며 손으로 만질 수 있는 현실로부터 곧바로 얻어진다. 돌이건 금속이건, 광물성의 질료는 그것이 사용되고 형상을 바꿈으로써 예술작품이 되며 따라서 어떤 새로운 통일성 속으로 편입되게 마련이지만 질료성 자체는 여전히 변하지 않는다. 현실의 파괴할 수 없는 한몫이 —— '돌을 파괴한다는 것은 불가능하다.'(『여름』, p. 827) —— 상상의 산물인 작품 속에서도 고스란히 남아 있게 되며 '어떤 예술가든지 현실을 사용하지 않고는 창조할 수 없다'(『반항적 인간』, p. 657)라는 사실을 끊임없이 증언해준다. 조각 예술에 의하여 인간적인 형상이 부여받게 되는 '무게'란 직접적으로 감지할 수 있는 현실의 몫, 다시 말해서 돌, 혹은 질료의 무게에 지나지 않는다. 인간은 이처럼 현실의 가장 견고하고 가장 지속적인 질료 속에 그의 꿈을 새김으로써 자기의 이중적인 욕망을 표현하는 것이다. 그 이중적 욕망이란 바로 이 지상의 왕국을 도피·초월하지 않고 손으로 만질 수 있는 돌과 같은 자연현실을 유일한 내 것으로 부둥켜안은 채, 다른 한편으로는 자신에게 주어진 생물로서의 운명에 저항하여 영원히 지속하고자 하는 그의 모든 향수를 광물 속에 투사하려는 부조리의 욕구이다.

우리는 지속성에 대한 욕망의 가장 직접적인 표현을 카뮈가 오랑의 고적으로서 소개하는 —— 사실 '별로 중요하지는 않지만' —— 어떤 작품 속에서 마주치게 된다. 그것은 그 도시의 다름광장에 있는 두 마리의 청동 사자상으로, 카인이라는 '소리가 그럴듯하게 울리는 이름'의 어떤 예술가의 별로 대단치 않은 작품이다. '그 작품은 재능과는 전연 다른 그 무엇을 증언한다'고 카뮈는 지적한다. 그러나 바로 그 재능의 결핍으로 인해서 '전연 다른 그 무엇'은 더욱 감동적이다.

그 생각을 더 정확히 말해볼 수 있을까? 그 작품 속에는 무익함과 견고함이 담겨 있다. 그 속에서 정신은 아무것도 아니고 질료는 대단히 중

---

3) 『작가수첩』 II, p. 131~132, 146, 157, 163, 190, 236.

요하다. 평범한 것이란 무엇이나 오래 지속하기 위해서라면 무슨 수단이든 지 다 동원하고자 한다. 그것의 재료로 쓰인 청동도 그 예외는 아니다. 사람들은 그에게 영원히 지속할 권리를 거부하지만 그 작품은 매일같이 그 권리를 탈환한다. 그것이 바로 영원이 아닐까? 하여간 그 집요한 고집은 감동적인 데가 있고 교훈조차도 담고 있다. (……) 그것은 중요하지 않은 것에 대하여 우리가 주목하도록 강요한다.

—『여름』, p. 826

'자기의 이름을 영원히 남기게 하기 위해서는 그것을 무거운 돌 위에 새겨놓아야 한다'라고 멜빌은 말했다.(『전집』 I, p. 1902) 카인은 자신도 모르게 그 교훈을 따랐다. 인간의 가장 사라지기 쉬운 꿈은 돌과 광석 속에서 단단하고 지속적인 피난처를 발견함으로써, 우리들의 덧없는 삶을 실어가고 우리들의 연약한 육체를 기약 없게 하는 시간의 저 무서운 파괴력에 대항하여 그 나름의 영원을 획득한다. 조각이 우리에게 그 질료를 통하여 암시하는 공간, 파괴할 길 없는 원소로 환원된 공간 그 자체 속에 벌써 인간의 뿌리뽑을 수 없는 그러한 욕망이 도사리고 있다.[4]

2) 카뮈에게 예술적인 모범으로 간주될 수 있는 조각의 두번째 특성을 살펴보자. 그것 역시 조각이 사용하는 광물적 질료에서 유래한다. 돌은 작품에 그것의 '무게'나 질료적인 견고성만을 빌려주는 것이 아니라 '무관심' 혹은 부동성이라는 그의 내재하는 가치까지도 옮겨준다. 돌이 인간에게 불어넣어주는 영원의 감각은 순전히 물질적인 지속성만은 아니다. 그것은 동시에 정신적인 가치이기도 하다. 즉 고통의 부재, 인간적인 욕망의 초월, 그리고 생성과 변화에 무관해지는 것 같은 가치가 그것이다. 돌의 이 같은 특성에 힘입어 조각은 '가장 위대하고 가장 야심적인 예술', 특히 모든 부조리 사상이나 반항적인 예술들의 원형이 된다. 왜냐하면 조각은 무감각하고 말없는 형태와 질료 속에다가, 끊임없는 변모와

---

4)『페스트』, p. 1357 참조.

항구적인 생성으로 인하여 자취가 사라져버리기 쉬운 것들을 고정시켜 놓기 때문이다. 반항적 인간이 '수정된 창조'를 통하여 실현하고자 하는 '통일성'은 현실의 세련된 고정작업(stylisation-fixation)의 결실이라고 할 수 있다. 카뮈가 프랑시스 퐁주의 시에서 지적한 바 있는 '부동성의 향수'는 조각의 근본적인 표현이다.(『전집』 II, pp. 1644~1645)

조각은 고정화의 작업을 통하여 흘러가는 시간에 대한 승리를 구현하고자 하는 근원적 공간이다. 움직임이 없고 말이 없으며 밀도 있는 그 공간은 '영원한 현재'를 말해준다. 그 영원한 현재란 멈추어지고 결정된 시간이다. 그것은 그 자체가 공간이 되기 위하여 '감금된' 시간, 즉 닫혀진 장소이며 압축되고 견고해지는 질료이다.

카뮈가 좋아하는 회화들 역시 마찬가지의 방식으로 이루어진다. 토스카나의 거장들은 '침묵과 불꽃과 부동성 속에서' 세 번 증언하지 않았던가? '그들 뼈의 요철 속에 새겨진 얼굴'과 그 인물들의 엄청난 침묵, 그것은 바로 '조각된' 얼굴이 아닌가? '가장 천박한 시'의 장광설과 대조적이다. 그것은 덧없이 지나가는 감정들, 미소, 잠시 동안의 수줍음 혹은 후회와 기다림을 육체라는 기초적이며 무심한 현존으로 환원시킨다. 화폭의 한정된 공간 속에서 지오토의 그리스도나 형리는 영원히 고정되고 시간의 파괴력과 움직임에 의한 분산으로부터 보호된다. 영원한 현재는 침묵과 정지로 구성된다. 그렇다고 해서 그것이 죽음의 상태라는 의미는 아니다. 정지와 침묵의 한가운데서조차 그 작품은 더욱 큰 생명의 '불꽃'을 증언한다. 형상도 통일성도 없는 일상 생활과 결정적인 죽음 사이의 경계선에 응고된 불꽃의 외침으로 가득 찬 침묵을 절규하는 새로운 영원이 탄생한다. 위대한 창조에 힘입어 덧없고 썩게 마련인 육체는 일종의 불후성으로 승격한다. 헤아릴 길 없는 순간 속에 미라가 된 육체는 그러나 생명의 싱싱함과 행동성을 여전히 간직한다.(『결혼』, pp. 79~80)

장 그르니에는 카뮈에 관하여 쓴 글 속에서 이렇게 말한다. '그가 발튀스 그림을 좋아했다는 것은 이해할 만하다. 진정한 화가란 오 분의 일 초 동안만이라도 자기의 주제를 고정시킬 줄 아는 사람들이라고 그는 그 화가에 대하여 쓴 바 있다. 풍경, 얼굴 그리고 물건들은 자연히 우리들의식 밖으로 도망쳐버리게 마련이지만, 위대한 그림의 모든 인물들은 자기들이 이제 막 하던 행동을 정지했고 예술의 기적에 의하여 여전히 살아 있으며 그러면서도 썩어버릴 육체의 존재임을 우리들로 하여금 믿게 한다. 발튀스는 자연을 변형시키는 것이 아니라 응고시킨다. 그것이야말로 조각가와 같은 작업이 아닌가? 그들은 다 같이 움직이고 있는 것, 영원히 우리들로부터 벗어날 듯한 것의 윤곽을 포착해낸다는 점에서 공통성이 있다.'[5]

2. '불타는 기하학' : 힘의 결정

3) 앞서 말한 조각 예술의 두 특징에 이어 세번째의 특징을 살펴보자. 조각이 다루는 특수한 질료는 돌이건 금속이건 그의 특유한 조작을 요구한다. 조각가는 서로 다른 재료를 깎아내고 제거하고 파냄으로써 작품이 그 모습을 드러내게 한다. 그것은 이를테면 '부정적인' 작업이며, '부정적인 사고'(『시지프 신화』, p. 189)의 산물이다. 이 같은 방법은 카뮈 자신이 창조행위에 대하여 품고 있는 생각을 정확하게 부각시켜준다. 즉 사고한다는 것은 무엇보다도 하나의 세계를 창조하는 것이지만 동시에 자기의 세계를 제한하는 일이다.(『시지프 신화』, p. 177) 조각가 역시 이미지가, 더이상 깎아내어 다듬을 수 없는 극한에 이르기까지 돌덩어리를 깎아내는 작업을 한다. 끝에 저항하는 최후의 형상, 그것이 바로 형태가 정확하게 질료와 동일화되는 순간의 근원적 돌이다. 부조리의 사고 혹은 조각적인 상상력이 자리하고자 하는 곳은 바로 이 근원적 세계이다. 그것이 '단단한 행복'이다.

예술에 있어서는 언제 멈추어야 하는지를 알아야 하며 조각작품을 이

---

5) 장 그르니에, 『알베르 카뮈의 회고』(갈리마르, 1968), pp. 128~129. 장 그르니에가 방점을 찍은 부문에 주목해야 한다. 그는 여기에서 그의 기억에만 의존하여 『반항적 인간』을 인용하고 있다.(『반항적 인간』, p. 660 참조)

제는 더이상 손대어서는 안 되는 때가 있는 법이고, 그 점에 있어서는 항상 더이상 이지적이 되지 않으려는 의지가 통찰하는 능력보다 예술가에게 더 유용한 때가 오듯이 하나의 삶을 행복 속에서 완결시키기 위해서는 최소한의 비이지성이 요구된다.

－『반항적 인간』, pp. 169～170

'최소한의 비이지성'이란 다름이 아니라 근원적인 자명성에까지 축소된 결과 마지막 남은 이지성이다. 그것이 바로 부조리의 사상, 즉 '돌이 되어버린 확신'이 아니고 무엇이겠는가. 그것이 바로 사막이 아닌가? 카뮈의 사막 속에서 우리는 기이한 '자연적인' 조각들을 만나게 된다. 여기에서는 돌 속에서 그의 작품을 다듬어내고 돌을 그것의 최종적인 요소, 즉 모래로까지 분쇄하는 사막의 바람이 우주적인 조각가의 역할을 담당한다.

(사막의 바람은) 모래조각들을 싣고 거친 조각가가 되어 암벽의 요철을 파내고 다듬어서 사막의 고독 속에서 눈에 보이지 않는 파라오들을 찬양하기 위한 이상한 기념비들을 세워놓는다. 그것은 끊임없이 돌과 언덕을 파먹고 또 모래를 갉아낸다. 모래는 가늘게 되어 성난 움직임 속에 실려가서는 또다시 그 자체가 모래로 변한 다른 돌들을 공격한다.

－『전집』II, p. 1835

모든 조각가들이 사용하는 이 같은 파내고 깎는 작업은 모든 위대한 고전주의 예술가들의 작업이기도 하다. 카뮈는 여러 번에 걸쳐 이러한 고전주의적 예술전통과 자신의 유대성을 강조하여 표시한 바 있다. 그가 선택한 소설가들과 화가들에 대한 존경은 어떤 고행적 정신의 유형에 바탕을 두고 있다. 그의 금속에 가장 빈번하게 되풀이되어 나타나면서 이런 유형의 상상력의 기원에 위치하는 그 정신을 특징지어주는 표현들은 가령 다듬기, 벌거벗은 몸, 삭막함, 메마름, 불모성, 무심, 한계, 절도, 고정성, 고행들이 있고 동시에 다른 한편으로 불꽃, 외침, 정열, 견고함, 뜨거움, 쾌락, 풍성함 등의 표현들이 그와 나란히 접속된다. 이 두 가지의 서로 다른 세계는 보통의 경우 상반되고 양립할 수 없는 것임에도 불구하고 그의 정신 속에서는 항상 공존하며, 극단적인 순간 속에서 일치한다. 이 두 가지의 항이 그 의미의 결정에까지 고양되어 어떤 가장 뜨거운 집약점 혹은 대결점 속에서 순간적으로 합일되는 경지를 상상하지 않고는 우리는 카뮈의 참다운 상상력의 방향을 포착하기 어렵다. 우리가 돌과 조각의 이미지 속에서 참으로 느껴야 할 힘은 바로 이 양의적인 동일성이다. 카뮈가 그의 예술적 표본으로 삼았던 가장 위대한 소설가들 중의 한 사람인 허먼 멜빌의 경우를 보자.

멜빌은 꿈의 재료 속에서가 아니라 구체적인 것 위에 그의 상징들을 구축했다. 신화의 창조자는 두껍고 견고한 현실 속에 신화를 새겨놓음으로써만 천재의 경지 속에 들어갈 수 있는 것이지 상상의 덧없는 구름 속에 그것을 새겨놓아서는 불가능한 일이다.

−『전집』, pp. 1912~1913

신화를 '현실의 두께' 속에 새긴다는 것은 '자기의 상상력을 돌덩어리 속에 조각한다는 것이며 돌의 형상과 질료로 사고한다는 것이다.'[6] 치열하게 살았지만 여전히 날것인 상태의 경험이란 다만 출발점이며 일차적인 재료에 지나지 않는다. 이제 예술가는 그것을 자기의 스타일에 따라 세련시키고 그 밀도가 한계에 이를 때까지 압축하고 깎아내지 않으면 안된다. 이러한 예술행위야말로 조각가의 그것이며 동시에 위대한 고전주의 예술가의 작업이 아니고 무엇이겠는가? '진정한 예술작품은 가장 적게 말하는 작품이다'라는 것이 카뮈의 예술적 스타일의 목표이기도 하다.(『작가수첩』 II, p. 127 ; 『시지프 신화』, p. 176) 그것은 동시에 상호 정당화시켜주는 그의 미학과 윤리학의 기본이라고 할 수 있겠다.

---

6) 카뮈의 작품 속에서 유일하게 직업이 조각가인 주인공 노엘은 '형상과 진흙으로 사고한다.'(『행복한 죽음』, p. 140)

스탕달, 마담 드 라 파예트, 사드, 콩스탕, 프루스트 등 이른바 '프랑스 소설의 고전주의적 전통'에 속하는 작가들은 이 같은 방식으로 창조한다. 단조로움과 다변의 중간지점에 위치하는 그들의 언어가 종종 겉보기에는 이렇다 할 만큼 두드러진 점이 없는 것처럼 보이는 까닭은 그것이 '언어의 희생'에 의하여 이루어졌기 때문이다.(『전집』 I, p. 1888) 그들의 문체가 '문체의 부재'라고 특징지어지게 되는 것은 그것의 단조로움이 '가슴을 찢는 듯한 정열 못지않게 통찰력 있는 계산'에 의하여 이루어져 있기 때문이다. 카뮈는 예술가가 이처럼 말을 갈고 닦아 그것의 긴장감과 힘을 증가시키는 계산을 '운명의 수학'(『전집』 I, p. 1894) 혹은 '영웅적인 고행'(『전집』 I, p. 1892)이라고 부른다. 우리는 여기서 파스칼적인 정신의 심장부, 다시 말해서 '불타는 기하학'의 중심과 마주친다. 그것은 카뮈 자신의 말을 빌리건대 '정열적인 단조로움'의 예술이다. 우리는 다시 한번 상반된 양극이 한 점에서 결합하는 현상과 마주치게 되었다. '글을 쓰기 위해서는 동시에 두 사람이 되어야 한다'라고 카뮈는 말한다.(『전집』 I, p. 1889) 예술가는 그의 경제와 열정에 의하여 이중적인 존재가 된다. 최대의 힘과 최소의 공간, 이것이 창조적인 돌의 경제이다. 가장 뜨거운 불꽃의 외침이 가장 단단한 돌과 가장 절대적인 침묵 속에 깃들인다. 무심, 단조로움, 그것은 생명의 부재가 아니라 충만한 현존의 극한이다. '가장 생명력 있는 불꽃이 정확한 언어 속에 달려 지나간다.'(『전집』 I, p. 1888)

이 조각적 예술을 통하여 현실의 단단함과 상상의 가벼움이 서로 접한다. 그것은 또한 연극 무대의 경우이기도 하다.

나의 친구 마요가 '악령'의 무대장치를 고안할 때 우리는 우선 육중한 살롱, 가구들, 요컨대 현실 그 자체인, 구축된 무대장치를 만들어놓고 그 다음에 보다 더 높은 곳을 향하여 소도구를 제거하고 물질 속에 더 적게 뿌리박은 배경 속으로 극을 변모시킴으로써 무대장치를 세련된 스타일로 다듬어나간다는 원칙에 합의했다. 그리하여 연극은 일종의 비현실적인 광기 속에서 끝이 나지만 그것은 구체적이며 정확하고 '물질'이 가득 실린 장소에서 출발했던 것이었다. 그것이 바로 예술의 정의가 아닐까? 현실 그 자체만도 아니며 상상 하나만도 아닌, 현실에서 출발한 상상 말이다.

―『전집』 I, p. 1723

3. 메마른 가슴

현실에서 출발하여 상상, 즉 '비현실적인 광기'로 인도하는 길은 험난하지만 확실한 길이다. 그것은 미학적 고행의 길이다. 우리는 바로 그 길 위에서 다음과 같은 거의 종교적이라 할 만한 카뮈의 감동을 이해할 필요가 있다. '아! 그것이 이미 나의 종교가 아니었던들 나는 그 신앙으로 개종했을 것이다'라고 카뮈는 피에졸레에 있는 수도승의 작은 방들이 보여주는 헐벗음을 앞에 두고 술회했다. '그들의 창문 앞에는 피렌체 시가의 찬란한 풍경, 그리고 탁자 위에는 죽음의 해골.' 여기서 우리는 또다시 서로 마주치며 서로를 정당화시키려는 두 개의 상반된 세계의 일치를 주목한다. '극단적인 가난은 항상 세계의 화려함과 풍요함과 만난다'라고 카뮈는 지적한다.(『결혼』, p. 84) 돈 주앙에게서도 같은 이미지를 발견할 수 있다. 저 스페인의 수도원 속의 작은 감방과 거기에 조그맣게 뚫린 문을 통하여 바라보이는 찬란한 대지의 풍경은 부조리의 대표적인 인물로 예거된 돈 주앙의 공간이며 동시에 카뮈의 본질적 공간이다.(『시지프 신화』, p. 157)

우리는 여기서, 카뮈에게 하나의 윤리나 철학이 있다면 그것은 무엇보다도 어떤 미학에 근거하고 있다는 사실을 알 수 있다. 『시지프 신화』『반항적 인간』의 저자는 우선 깎아내고 다듬는 작업을 통하여 자신의 비밀을 찾아내는 예술가임을 우리는 주목해야 한다. '부조리의 세계는 오직 미학적으로밖에 정당화되지 않는다'(『작가수첩』 II, p. 65)라고 카뮈는 적고 있다. 그렇지만 이 예술가야말로 얼마나 어려운 요구를 감수해야 했던가? 단 한순간의 휴식도 없다. 우리는 그의 의지의 위대함과 용기를 오직 포기하고만 싶은 유혹과 약점의 함수관계 속에서만 참담게 짐작할 수 있을 것 같다.

때때로 오로지 의지만이 지배하는 그 여러 날들을 보내고 난 후, 정신의 해이나 약한 마음을 용서하지 않는 그 작업이 시시각각 진행되어가는 그날들이 지나고 난 후, 감정이나 세계 따위는 아랑곳하지 않겠다는 그 시간들을 견디고 난 후, 아! 얼마나 엄청난 포기에의 유혹이 나를 사로잡았던가. 그 모든 날들 동안 나를 떠나지 않던 저 참담한 심정의 한 가운데로 몸을 던질 때 나는 얼마나 시원하였던가!

—『작가수첩』 II, p. 49

그렇다면 돌은 또한 예술가가 스스로에게 강요하고 자기 마음속 깊이 단단하고 물기 있게 지탱하려고 몸부림치던 가슴이기도 하다는 사실을 짐작하기는 어렵지 않다. '창조자에게 필요한 가슴, 바꾸어 말해서 메마른 가슴'이라는 『시지프 신화』 속의 짧은 한마디는 그의 마땅한 무게의 의미와 함께 주목되어야 한다.(p. 165)[7] 그가 월트 디즈니의 사막을 소개할 때 헤라클레이토스의 저 유명한 일절을 상기시킨 것은 결코 우연이 아니다. '메마른 영혼이 최고의 영혼이다.'(『전집』 II, p. 1835) 그들처럼 단단하고 메마른 가슴으로부터 태어난 것이 의지의 문학이며 끌과 정의 예술이다.

이리하여 우리는 카뮈가 어떤 유형의 예술의 배경을 이루는 정신에 대하여 경계하는 이유를 이해하게 된다. 비록 약간 과도한 면이 없지 않지만 우리는 그의 이 같은 견해를 우리가 지금 여기에서 문제삼고 있는 관점의 각도 속에 위치시켜볼 수 있다. 우리는 빈번히 '시'나 '문학'이라는

---

7) '모든 창조자는 모질고, 모든 위대한 사랑은 그의 연민을 초월한다…… 그러나 그대의 자신에 대한 연민에 대해서도 그대는 경계하라.'(니체, 『짜라투스트라는 이렇게 말했다』, p. 321), '창조자의 메마른 가슴'(『작가수첩』 I, p. 128), '그의 가슴은 기이하게도 메말라 있었다'(『반항적 인간』, p. 156), '모든 확인들은 돌이 되었다'(『시지프 신화』, p. 116) ——이것이 돌로 된 심장이다.

말을 그가 반의적으로 혹은 야유적이며 멸시적인 방식으로 사용하는 경우를 보게 된다. 그것은 그가 시인들과는 적대적인 관계에 있다는 의미가 아니라 다만 그의 눈에는 두 가지의 서로 다른 시와 문학이 있다는 것을 의미한다. 그 하나는 견고하고 메마르며 다른 하나는 물렁물렁하며 안이하다. 한편에는 돌과 빛의 시가 있고 다른 한편에는 물과 어둠의 시가 있다.

물 같은 시를 보자. '그러나 시와 그것의 어둠을 통한 이런 투쟁정신이나 외면적인 반항은 가장 대가를 적게 치르는 투쟁이요 반항이다. 그것은 효력이 없으며 폭군들은 그 사실을 잘 알고 있다.'(『작가수첩』 II, p. 31) 그런 까닭에 폭군 칼리굴라는 시인들을 '무능력한 사람들'이라고 간주한다.(『칼리굴라』, p. 50) 『계엄령』 속의 페스트는 '감상'과 쉽게 물러지는 마음을 경계한다.(p. 229) 카뮈는 사람들이 얼굴(혹은 육체)보다도 '가장 속된 육체의 시'를 더 좋아한다는 것을 비난한다.(『결혼』, p. 79) '점잖은 정신을 소유하고 있다는 사람들은 모진 진실보다 시를 더 좋아한다. 그들은 시가 영혼에 관한 것이라는 것이다.'(『결혼』, p. 80) 그러한 시는 묘비명 위에 새겨진 시이며 '레이스 달린 화사한 종이 속에 경험을 송두리째 쏟아놓겠다고 자처하는' 낭만주의의 시이다.(『시지프 신화』, p. 176) 그것은 또한 '속내이야기의 물이 나직한 소리를 내며 흐르는' 파리에서 그토록이나 '대단하게 소비되는 영혼'이기도 하다.(『여름』, p. 848)[8] 심지어 메마른 영혼의 고장인 이탈리아까지도 처음에는 여행자에게 '약간 어중이떠중이 같은 매력'을 보여주고 영혼을 모질게 말리는 그의 진실을 보다 더 잘 숨기기 위하여 우선은 그의 '시'를 흠뻑 선물한다.(『결혼』, p. 81)

그러면 이제, 앞서 말한 것과 상반된 저 어려운 시를 살펴보자. 그것은 '영혼을 모질게 말리는 진실' 혹은 '무시무시한 진실'의 시이다.(『시지프

---

8) 지적이고 약삭빠르고 시니컬한 클라망스도 사실은 이런 물의 정신을 소유한 인물이다. '내 가슴은 메마르지 않아요. 반대로 필요할 때면 아주 말랑말랑해지고 그와 더불어 눈물에 젖기도 하지요.'(『전락』, p. 1503) 낭만주의는 '유일하게 항해하기 위한' 그의 무기이며 수단이지만 그것이 동시에 그의 함정이라는 사실은 그를 구원되지 못하게 한다.

신화』, p. 192) 우리는 영혼의 시와 상반된 의미로 카뮈가 사용하는 '진실'이라는 말의 의미를 이해할 필요가 있다. 그 두 가지 사이에 정신적인 태도의 차이뿐만 아니라 질료적인 대립이 가로놓여 있다. '시'가 유연성으로 물렁물렁하고 심연적인 질료로 되어 있다면 '진실'은 단단하고 메마르며 밝고 비극적이다. 그 어려운 행복의 추구를 위한 여행의 종착점에 이른 메르소는 광물적인 진실을 발견한다.

> 그를 앞으로 떠밀며 추진시켜준 저 휩쓰는 듯한 충동으로부터, 생명의 쉬 지나가며 창조하는 시로부터, 이제는 오직 시의 반대인 주름살 하나 없는 진실이 남아 있을 뿐이었다.
>
> ─『행복한 죽음』, p. 199

이 진실이 돌로 되어 있다는 것을 이제 우리는 알 수 있다. 즉 메르소에게 있어서 죽는다는 것은 '가슴속에 기쁨이 용솟음치는 가운데 움직임이 없는 세계들의 진실로 되돌아가는 것', 다시 말해서 돌이 되는 것이다.(『행복한 죽음』, p. 204) 시와 진실 사이의 대립은 이처럼 물기가 있느냐 없느냐에 따라서 가장 분명하게 표시된다. 그것은 눈물이나 흐느낌과 피렌체 풍경을 구성하는 돌과의 대립관계이다.

> ……눈물이 눈에 괴고 내 가슴을 가득 채우는 시의 터질 듯한 흐느낌이 세계의 진실을 잃어버리게 만들지만 않았다면 나는 이미 송두리째 획득된 하나의 예지를 향해서 걸어갈 수 있었을 것이다.
>
> ─『결혼』, p. 87

그 진실은 또한 여하한 영혼의 위로도, 일체의 연약한 마음도 제거된 '사막'을 의미하는 것이 아닐까? '어떤 순간 가슴이 요구하는 것은 그와 반대로 시가 없는 장소들 바로 그것이다.'(『여름』, p. 1824) 헐벗고 모진 그것의 진실을 알기도 전에, 사막을 시로 잔뜩 장식해놓은 사람들은 자닌느처럼 경박한 낭만주의자들이다.(「간부」) 오랑 사람들은 사막이란

'영혼이 없는 장소'라는 것을 잘 알고 있다.(『여름』, p. 819) 알제 사람들도 역시 그러한 시를 알고 있다.

> 그러나 여기에 과거도 없고 전통도 없고 그렇다고 시가 없지는 않은 한 민족이 있다―그러나 여기서 말하는 시는 내가 그 가치를 잘 알고 있는 단단하며 살 냄새가 나며, 나긋나긋한 부드러움과는 거리가 먼 것, 나를 감동시키며 나를 닮은 진실을 위한 단 하나의 시, 즉 그네들의 하늘과 같은 성질의 시이다.
>
> ―『결혼』, p. 74

그런데 여기서 우리는 시와 진실의 단단함은 순전히 질료적이거나 정적인 단단함이기보다는 역동적인 단단함이라는 점을 밝혀둘 필요가 있다. 진실을 돌처럼 단단하게 만드는 것은 그 진실의 양가적(兩價的, ambivalent) 의미이다. 돌은 그 자체로서 단단한 것이 아니다. 여기서 우리는 다시 한번 돌이 순전히 상상적인 돌이며 그 돌을 단단하게 만드는 것은 그 속에 담긴 두 가지의 상반된 힘의 결투와 충돌이라는 것을 상기해두자. 다른 말로 바꾸어, 돌은 '단단한 것'이 아니라 '단단해지는 힘'이다. 돌은 긴장의 절정에서 생성된다. 순수함과 쓰디쓴 맛, 생명의 벌거벗은 상태와 죽음의 공포, 이러한 것이 진실과 돌 속에 깃들여 있는 두 가지의 상반된 힘이다. 진실의 돌은 스타일의 세련화 작업에서 끝까지 견디고 남은 마지막 요소이기 때문에 순수하며 장식과 군더더기 없는 전라의 모습으로 나타난다. 조각적인 상상력에 있어서는 작품을 창조한다는 것은 더이상 작게 쪼갤 수 없는 진실을 제련하는 일, 즉 순수화의 행위이다. '한 인간이 자기의 가슴을 순수하다고 느끼게 되는 일은 흔하지 않다. 그러나 적어도 그 순간 그의 의무는 자기를 그토록이나 유별나게 순수하게 만들어준 것을 진실이라고 부르는 일이다.'(『결혼』, p. 84) 그러나 그 순수는 그 나름의 이면을 가지고 있다. 「티파사의 결혼」의 작중화자에게 있어서 진실이란 '태양의 진실'이며 동시에 '죽음의 진실'이었듯이 「수수께끼」의 작중화자에게도 '진실의 빛'은 '희고 검은' 빛의 안과 겉을 가지고 있다.(『여름』, p. 862) 이 어두운 이면에 숨어 있는 죽음은 바로 카뮈가 '쓰디쓴 맛'이라고 부르는 진실의 다른 한 얼굴이다. '그 자체 속에 그것의 쓰디쓴 맛을 담고 있지 않은 진실이란 없다.'(『결혼』, p. 68, 87 ;『작가수첩』I, p. 74) '그날 나는 두 개의 진실이 존재한다는 것을, 그 중 한 진실은 절대로 말해서는 안 된다는 것을 깨달았'라고 바위 위의 항해자는 술회한다.(『여름』, p. 883) 이리하여 삶과 죽음의 원초적인 원정은 카뮈가 애착을 가진 질료 속에서 그것의 이미지를 형상화하여 증거해주는 곳에서만 참다운 시적 진실로 나타난다.

조각가의 '메마른 가슴'에 그 원천을 둔 카뮈 예술의 이러한 특성이 여러 비평가들의 주목을 받았다는 것은 당연하다. 카뮈의 스타일이 내포한 조각적 특징을 분명하게 지적하지 않으면서도, 카뮈를 해석한 여러 평론가들은 그 스타일을 특징짓는 데 있어서 돌의 예술과 관련된 비유를 사용하고 있다는 점은 흥미롭다. 카뮈에 대하여 씌어진 한 연구인『절망한 사람들의 희망』속에서 엠마뉴엘 무니에는 그 비유를 빈번히 사용한다. '예술적 재간의 광채를 어느 정도 완화시키고 깊이 반성한 문제의 엄격하게 압축된 성격만을 문체 속에 표현하기 위하여 끊임없이 심혈을 기울인 노력'(p. 67)을 지적함으로써 카뮈의 고전주의적 특징을 정의하고 나서, 비평가는 '카뮈가 날카로운 모서리가 드러나도록 그의 문장을 부싯돌처럼 깎아낸 다음 그것의 예리한 날을 항상 독자 쪽으로 돌려대고 있다'(p. 68)고 말함으로써 카뮈의 문체를 묘사한다.[9] 그는 '마음속 생각과 혼연일치가 되고 그 생각을 활력 있는 손으로 포착하여 마치 단단한 조약돌처럼, 휘파람 같은 소리가 나도록 날려 보내는 방식에 있어서' 카뮈와 파스칼이 유사한 면을 가지고 있다고 지적한다.(p. 69) 그에 따르면『시지프 신화』의 '골격'은 '일상적인 노력', 자기의 통제, 인내, 집요한 고집과 같은 '고행적인 어휘' 속에 담겨 있다는 것이다. 그리고 '온통 스토아 학파적'인 그의 요약된 표현, '따뜻한 정서가 번개처럼 꿰뚫고 지나가는 예리

---

9) 엠마뉴엘 무니에,『절망한 사람들의 희망 L'Espoir des désespérés』(쇠이유), 프엥 총서, 1953.

한 단단함' 속에서 알제 사람인 카뮈는 스페인 사람 세네카를 연상시킨다. (p. 79)『이방인』에 대하여 그는 뫼르소의 '광물적인 가슴'에 대하여 말하며『오해』에 관하여는 '극은 순전히 객관적이며, 자신의 현실 밖에서 돌이나 어둠으로 만들어진 듯한 인물들을 통하여 상황 속에 조각되어 있다'고 말하며 '창조자가 획득한 단단함은 돌이 돌 속으로 되돌아가 만나고자 하는 그 욕망과 같은 길 위에 놓인다'고 지적한다.(p. 90, 92) 그러나 그 비평가가 가장 탁월한 통찰력을 보여주는 것은, 우리가 '향일성 숙명'의 결말로서 '광물적 숙명'이라고 부르고자 하는 카뮈 상상력의 본질을 다음과 같은 절묘한 일절 속에 요약했을 때이다.

불과 얼음, 메마름과 풍성함, 무관심과 정열의 동시적인 이 대조는 카뮈의 붓 끝에서 열 번도 더 반복하여 나타난다. 그것은 아마도 그의 작품의 중추적인 상징인 듯하다. 맑고 차디찬 그의 물 깊이에는 우리가 찾아갈 때를 기다리며 해방되고자 하는 친귀한 돌이 담겨 있다.

—『절망한 사람들의 희망』, p. 84

피에르 앙리 시몽 역시 카뮈의 사상과 스타일이 지닌 조각적 문체를 암시한다. 그는 부조리를 해석하는 대목 속에서 부조리 사상의 방법과 조각가의 스타일 사이에 어떤 유사성이 있다는 점을 지적하면서 '부조리는 그 책에 있어서 데카르트의 회의와 유사한 것이다. 사상에 진정하고 요지부동의 기초를 제공하는 예비적이며 순화기능을 가진 국면이다'라고 말한다.[10]『전락』의 문체에 관련하여 그 비평가는 '딱 끊어지는 듯한 서술' '타격하는 듯한 집약된 표현', 그리고 칼날처럼 반짝거리는 갈고 닦인 사고'를 주목한다.(『카뮈의 현존』, p. 163) 그리고 그는 '카뮈가 이 160페이지 정도의 짧막한 이야기 속에서 보다 더 프랑스 산문의 바윗덩어리를 잘 조각해낸 일은 없었다'라고 요약한다.(『카뮈의 현존』, p. 162)

---

10) 피에르 앙리 시몽,『카뮈의 현존 Présence de Camus』(니제, 1962) ;『반항적 인간』, p. 419 ; '방법론적 회의와 마찬가지로 부조리는 철저한 청소작업이다.' 참조.

4. 조각된 인물들

이와 같은 문체상의 특질을 확인 가능하게 해줄 성질의 범례는 카뮈의 작품 속에 숱하게 많다. 특히 그의 소설들 속에서 열거할 수 있는 카뮈의 인물화가로서의 재능은 그 좋은 증거이다. 인물 묘사는 그 수가 많고 그중 어떤 것들은 매우 세밀하다. 그것은 아마도 작가가 '영혼'에 앞서 강조하고자 했던 혹은 '살'에 대한 각별한 관심에 기인하는 듯하다. 그의 관심을 조각 예술 쪽으로 유도한 돌에 대한 취향 역시 '썩어버릴 존재'에 대한 그의 비극적인 사랑과 그것에 지속하는 형상을 부여하고자 하는 욕구와 관련되어 있다. 인물들은 이리하여 그들 육체의 무게와 뼈와 살의 곡선 속에서 살아 있는 힘을 전달할 수 있게 된다.

그러나 그의 인체묘사 중에서도 그것을 조각적 이미지와 특별하게 접근시켜주는 몇 가지의 특징을 살펴보는 것이 우리의 주된 관심사가 될 것이다.

1) 우선 묘사의 단순성을 지적할 수 있다. 인물의 자상하고 긴 묘사는 물론 그것을 보다 실감 있고 생생하게 만들어주겠지만 동시에 그 길이로 인하여 인물을 드러내는 데 있어서 완만해질 수밖에 없는 속도를 감안할 때, 그것은 효과를 다소 상실할 위험이 없지 않다. 단숨에 살과 육체의 삼차원적 공간 속에 생명을 태어나게 하는 기술이 조각가의 예술이다. 바리에는 『이방인』을 분석한 저서 속에서 카뮈의 이 같은 기법을 적절하게 집어 말했다. '빈번히 육체적인 인물묘사는 의미 있는 몇 가지의 특징으로 제한되곤 한다. 그 묘사는 자상하지는 않지만 정확하며 빠른 관찰과 일치한다.' 말의 경제와 능률, 제한된 묘사의 속도는 인물묘사를 조각과 동화시키는 특징 중의 하나이다. 이 경제적 방법을 위하여 카뮈는 인간의 육체적 모습을 동물, 신화적 형상 혹은 직업 등으로 대치시킨 의미 있는 특징으로 제한하여 소개하는 일이 많다.

동물 비유의 경우는 희극적이거나 야유적인 또 하나의 효과를 덤으로 얻을 수 있다. 가령 『페스트』속에서 오통 판사의 가족들 경우 판사는 '얌전하게 키운 올빼미'(p. 1237) 같거나 '올빼미 남자'(p. 1311)이며, 그의 아내는 '까만 쥐새끼처럼 자그마한' 여자, 그들의 두 아이는 '영리한 두 마리의 개'이거나 '두 마리의 강아지'(p. 1237, 1311)이다.[11] 직업이나 스테레오타입을 대용한 경우, 오통 판사는 그의 신체적·의상적 특징 때문에 '옛날에 소위 사교계 남자라고 불리던 유의 인간, 반쯤은 장의사 사원'과 흡사하다.(p. 1224) 클라망스는 다음과 같이 자신을 소개한다. '키와 어깨, 사람들이 흔히 사납게 생겼다고 하는 얼굴로 보면 나는 럭비 선수와 비슷하지요, 안 그래요?'(『전락』, p. 1478) 신화적 형상의 예를 들면, 「간부」에 나오는 자닌느의 남편 마르셀은 '골이 난 야수'(『적지와 왕국』, p. 1557) 오막살이의 한가운데서 춤추는 소녀는 '검은 다이애나'이다.(「자라나는 돌」, p. 1575)

2) 이 인물묘사의 두번째 특징은 한편 인물을 단순화된 실루엣이나 프로필로 묘사하고 다른 한편 그 인물을 정지하고 있는 상태나 순간에 포착하는 방법이다. 다시 말해서 나레이터는 인물을 그리기 위하여 그 인물이 나타나는 장소의 특별한 조명 상태나 신체적 윤곽이 움직이지 않는 상태에서 잡혀지는 순간을 선택한다. 여기에서 카뮈의 거의 대부분의 인물이 공유하고 있는 한 특징, 즉 그들의 과묵한 태도가 개입됨으로써 조각된 인물과 가까워진다. 예컨대 『페스트』속에서 작중화자는 파늘루 신부를 그가 설교단 위에 올라서는 순간에 묘사한다. '두 개의 반점 같은 두 뺨을 떠받들고 있는 육중하고 시커먼 형태'(p. 1234), 저녁에 창가에 앉아 있는 말없는 리유의 어머니는 석양빛 때문에 '검은 그림자'이거나 '움직이지 않는 실루엣'으로 소개된다.(p. 1444)

그러나 인물묘사를 위하여 선택된 침묵과 움직임 없는 상황의 가장 눈

---

11) 동물화의 방법은 카뮈의 작품 속에 아주 큰 빈도수를 보인다. '말대가리'의 곤잘레스(『페스트』 pp. 1237~1238), '당나귀'가 된 배교자(『적지와 왕국』, p. 1578), '돼지'로 보이는 그의 아버지, '큰곰'으로 소개된 에스포지토(p. 1605), '얼룩말'로 지칭된 아랍인 죄수(p.1612), '개미'로 나타난 요나의 아내, '귀여운 족제비 같은 표정'의 시장(p. 1660) 등.

에 띄는 범례는 「간부」의 경우이다. 오랜 버스여행 동안 승객들은 말 한 마디 없고 요지부동인 상태로 소개된다. 우선 이 단편소설은 꼼짝달싹하지 않고 말 한마디 없는 상태로 마르셀이 그의 아내의 시아에 들어오는 장면으로 시작된다.(p. 1557)[12] 그런 데다가 창문으로 보이는 사막풍경은 그 자체가 하나의 조각이다. '두세 그루의 가냘프고 하얗게 먼지 쓴 종려수들은 쇠붙이를 잘라내어 만들어놓은 것 같다.'(pp. 1557~1558) 그리고 버스에 가득 찬 아랍인들 여행객은 조상에 지나지 않는다. '그들의 침묵과 냉담 무심한 얼굴은 자닌느를 짓눌러버리게 되었다. 그 여자는 여러 날 동안이나 그 말없는 호위들과 여행하는 듯했다.'(p. 1558) 다른 한 여행객인 '표범 같은 군인'은 그의 '맑은 눈으로'[13] 자닌느를 찬찬히 살펴보고 '일종의 음산한 표정을 통해서 뚫어져라'고 쳐다보지만 말이라고는 한마디도 하지 않음으로써 그 효과를 배가시킨다.(p. 1559) '사람들의 무늬 저 너머로 눈길을 던진 채…… 빈 공간이 충분히 있는데도 불구하고 놓여 있는 가방도, 사람들도 보지 않고 곧바로 걸어오는 아랍 사람' 역시 걸어가는 조각상이며, 마침내는 자닌느가 도착한 도시 속의 모든 사람들이 이 이방 여자에게 '눈길을 던지되 그녀를 보지 않고' 말없이 지나가고 맴도는 자동인형 같은 세계가 벌어진다.(『적지와 왕국』, p. 1566)

인물의 정적인 국면을 강화하는 또다른 방식은 정지된 인물모습을 그의 동작의 특징과 즉각적으로 병치시키는 경우로, 의사 리유와 그랑이 등장한다.(『페스트』 p. 1238, 1251) 이리하여 인물상은 움직임의 한가운데서 문득 잠정적으로 조각처럼 굳어지곤 한다. 이 같은 인공적인 기교에 의하여 얻어진 효과에 비교하면, 극도로 긴장된 순간에 포착되고 고정된 육체는 보다 진정한 조각이다. 팔마의 무희, 오랑의 '특별초대링' 속의 권투선수,

---

12) 그의 시선은 '고정되고 다시 생명이 없어지고 부재하는' 모습이며 그의 손은 그 위에 파리가 기어다니는 것도 '느끼지 않는' 듯 가만히 놓여 있을 뿐이다.

13) 군인이나 마르셀처럼 카뮈의 인물들의 눈은 '텅 비고 표정이 없다'거나 '맑다' 혹은 '급속적이고 단단한 광채가 난다.' 이런 눈 모습은 도리아풍의 아폴로상들에서 보이는 '표정 없고' '색채도 없고' '시선도 없는' 눈과 비교해볼 수 있다.(『여름』, p. 44)

'굳어진 무아지경'에 이를 때까지 춤을 추는 브라질 원주민 움막 속의 남녀(『적지와 왕국』, pp. 1672~1675)들이 그런 경우이다. 조각의 부동성은 움직임의 부재가 아니라 움직임의 절정으로 나타난다. 카뮈의 어떤 조각들의 경우, 우리들 상상력 속에서 그것의 부동성과 무심에 깃들인 참다운 동력을 파악하기 위해서 우리들은 우리의 모든 근육을 긴장시키며 바라보아야 할지도 모른다. 「자라나는 돌」에서 뗏목이 기슭에 가까워질 무렵 등불빛 속에 나타나는 흑인의 조각적 형상은 바로 그러한 예이다. 세 사람의 흑인들이 '노란 불빛 속에서 오려낸 듯이' 모습을 드러내고 그 중 한 사람은 '밤과 물 속에서 솟아나온다.' 그리고 '덩치가 큰 흑인들이 머리 위에 손을 얹고 정지해버린다. 간신히 물 속에 가 박혔을까 말까 한 장대 끝에 매달린 채, 그러나 물과 그 무게에서 오고 있는 듯한 계속적인 전율이 관통해 지나가는 그 긴장된 근육'(『적지와 왕국』, p. 1556, 1657) 그 또다른 예는 코크의 역사를 계속하는 순간에 조각된 다라스트의 몸이다. 그것이야말로 아틀라스의 이미지와 동일화될 수도 있을 신화적 차원으로 승격한 참다운 조각이다.

돌의 무게 아래 약간 짓눌리고, 어깨를 움츠린 채 어느 정도 숨을 헐떡이면서 그는 그의 발을 바라보고 코크의 흐느낌 소리에 귀를 기울이고 있었다. 그러고 나서 그는 자기도 힘찬 걸음으로 몸을 움직이기 시작했다.

—『적지와 왕국』, p. 1682

3) 인물의 모습을 가장 근원적이며 단순한 요소로 압축하고, 정지되어 있으며 말없고 긴장된 상태나 순간에 그 요약된 모습을 포착하는 두 가지 특성을 우리는 앞서 지적했다. 세번째의 특성은 카뮈의 스타일 자체보다는 이 작가가 어떤 유형의 신체를 지닌 인물들을 유난히 더 좋아한다는 점에서 기인하는 성격이다. 카뮈는 본래가 튼튼하고 강한 육체를 소유한 인물에 대하여 편향적인 기호를 보인다. 수많은 그의 인물들을 독자들은 그 윤리적인 행위에 비추어 정신적인 주체를 중요시하기 쉽

만 그들은 사실 무엇보다 먼저 정력적인 육체를 지닌 존재라는 것을 주목할 필요가 있다. 그런 현상으로부터 카뮈적인 영원한 젊음이 생성된다.

메르소, 뫼르소, 리유, 클라망스 등 네 소설의 주인공들은 한결같이 덩치가 크고 체격이 좋다. 그들 외에도 타루, 파늘루 신부, 랑베르, 곤잘레스 등…… 리유와 함께 악과 투쟁하는 인물들은 육중하고 강인한 육체와 '억세고 넓은' 어깨를 가지고 있다. 오직 입은 옷이 클 뿐인 조젭 그랑만이 예외이다. 이 인물들의 정력적인 특징은 『이방인』 속의 '덩치가 엄청나고 어깨가 큰' 마송(p. 1160), 『페스트』의 '지나칠 정도로 어깨가 넓은' 곤잘레스,(p. 1337), '산더미 같은 몸뚱이를' 자동차의 문에서 간신히 빼내는 다라스트에 와서(『적지와 왕국』, p. 1655) 절정에 이른다. 그들이 델로스의 경기 선수들의 조각상과 닮아가는 모습을 짐작하려면 지중해변의 모래밭에서 전라의 몸으로 서 있는 모습을 상상해보면 될 것이다.[14] 그러면 '태양은 그들의 육체에 거대한 야수처럼 졸리는 듯한 눈빛을 준다.'(『여름』, p. 849)

그러나 카뮈의 모든 인물이 다 이처럼 크고 튼튼하지는 않다. 특히 여성의 인물들은 대조적으로 작고 메마르다. 어머니들은 리유, 루이의 어머니나 스페인 노파처럼 작다. 건장한 마송의 아내는 '작고 통통하며' 크고 단단한 요나의 아내는 작은 '개미' 같다.(『적지와 왕국』, p. 1629) 그러나 작고 메마른 인물들도 육체의 단단함이나 청동빛의 피부에 있어서는 다른 인물들과 공통점을 가진다. 그들의 모질고 마른 얼굴은 광물적 풍경을 닮는다. '무심과 무감각이 극도에 달하면 하나의 얼굴이 풍경의 위대함과 일치되는 일이 생기는 법이다'라고 카뮈는 수상 「사막」 속에서 의미 있게 지적하고 있다. 스페인의 어떤 농부들이 그네들 대지에서 자란 올리브나무들 모습을 닮듯이 영혼의 모습이 드러나 보이는 저 쓸데없는 그늘 따위가 싹 지워져버린 지오토의 인물들은 마침내 토스카나의 메

---

14) '이십세기에 걸친 세월 동안 인간은 고대 그리스의 대담성과 순진함을 예절로 환원하고 육체를 축소시키며 의복을 복잡화하는 데 집착해왔다. 오늘 그 역사를 초월하여 지중해의 모래밭 위에 뛰어다니는 젊은이들은 저 델로스의 경기자들의 몸짓으로 되돌아간다.'(『결혼』, p. 69, 84) 참조.

마르고 찬란한 풍경과 일치한다.(『결혼』, p. 1629)

우리는 앞서의 논문에서 광물적 풍경을 충분히 분석한 바 있다. 그러나 풍경에 있어서도 다시 한번 조각적인 성격을 강조해둘 필요가 있다. 오랑에서 우리는 '바윗덩어리를 깎아 만든 듯한' 산타크루즈 산을, 그리고 거대한 돌의 '기념비' 같은 절벽, 거대한 조각을 만난다.(『여름』, p. 827) 사막 속에서는 심지어 나무들까지도, 특히 시프레나 '가냘프게 뻗은' 종려수는 광석이나 돌 속에서 깎아낸 모습이다. 그런 풍경 속에서 마찬가지로 단단하고 메마른 질료로 된 인물을 만나게 되는 것은 놀라울 것이 없을지 모른다. 가령 '표범 같은 군인'을 보자.

그러나 그 여자는 아직도 길고 깡마른 프랑스 군인을 보고 있었다. 얌전하게 여민 외투를 입은 그 남자는 어찌나 메마른지 마치 모래와 뼈를 한데 섞어 만든 어떤 마르고 부서지기 쉬운 질료로 다듬어놓은 듯한 인상이었다.

―『적지와 왕국』, p. 1559

「배교자」 속에서 우리는 또 '금속의 눈'을 가진 야만인들을 볼 수 있다. 그들의 손은 '강철의 손'이다.(p. 1587) '곡괭이로 찍어서 파놓은' 곧은 벽으로 이루어진 소금의 도시의 주민들, 거리와 집의 내부와 창문을 소금산의 '덩어리를 그대로' 파내어 만든 것은 또한 어떠한가!(『적지와 왕국』, p. 1581) 심지어 가장 일상적인 무대인 「말없는 사람들」의 통 만드는 아틀리에에서도 조각된 인물이 발견된다. '매우 뼈가 두드러지고' '칼날로 깎아 만든 듯한' 공장장의 경우가 그렇다.(『적지와 왕국』, p. 1601)

5. 사랑과 죽음의 결정 : '돌의 연인들'

이상에서 분석한 조각적 인물들은 대부분 완결된 작품 속에서 추출해낸 경우이다. 완결된 작품 속에 포함된 인물일 경우, 물론 카뮈 본래의 상상력 양식을 드러내는 면이 분명히 있겠지만, 동시에 그것은 완성된 하나하나의 작품의 형식적 통일에 순응하도록 수정되게 마련이므로 자유로운 상상력의 원초적 방향만을 따라가지 않는 수가 많다.

반대로 한 인물이 작가의 의식 속에 아직 완전히 떠오르지 않은 채 그 형상적 세계를 아직 모색하고 있는 순간으로 우리가 거슬러올라갈 수 있다면 우리는 어쩌면 아직 산실 속에 잠겨서 태동하는 인물의 발아 과정을 목격할 수 있을지도 모른다. 그 원초적이며 미묘하고 불확실한 그 국면은 의식의 빛이 아직 충분하게 개입하지는 못하지만 상상력이 이미 그의 편애하는 질료를 선택하고 있을지도 모르는 출발점이다.

이런 각도에서 볼 때 카뮈가 장차 쓸 작품들을 위하여 그의 『작가수첩』 속에 기록해둔 노트들은 매우 시사적이다. 바로 날것인 채로의 성격, 자연발생적이며 단편적인 특성이 우리로 하여금, 상상력의 질료와 접촉하기 시작하는 창조의 초기적 순간을 포착하게 해주는 것이다. 거기서 우리는 몇몇 인물들이 카뮈에 의하여, 문자 그대로, 처음부터 물이라는 질료를 통해서만 창조될 수 있었다는 사실의 확인을 얻을 수 있다. 『작가수첩』 II에 보면 카뮈가 극작품 『오해』의 머리글에 붙일 예정으로 몽테뉴의 한 구절을 뽑아둔 것을 알 수 있다. 그 구절 속에는 신화적 돌의 형상이 주축을 이룬다. 그 점은 앞서 인용한 무늬에의 통찰력 있는 지적을 확고하게 정당화시켜준다.

　　『오해』를 위한 머리글 : 바로 이런 까닭으로 시인들은 저 가련한 니오베 어머니가 처음 일곱 아들을 잃고, 이어서 일곱 딸을 잃은 후 상실의 무게에 짓눌린 나머지 마침내는 바위로 둔갑하고 말았다고 그리고 있는데, 그것은 예기치 않은 사고가 우리를 짓누르고 우리의 능력을 초월할 경우에 이를 때, 우리를 변모시키는 저 암울하고 말없고 귀먹은 백치 상태를 표시하기 위함인 것이다.

　　　　　　　　　　　　　　　　　　　　　　　－『작가수첩』 II, p. 95

그러나 실제로 희곡이 구상되고 있던 기간 속에 그 같은 작가의 의중을 정확하게 위치시키는 일은 어렵고 더군다나 위의 인용이 『오해』를 구상하게 된 원천이라고 단언하기는 더욱 어렵다. 그 희곡을 쓰기 위하여 모아둔 노트는 위의 인용이 기록된 때인 1943년 초기보다 더 앞서에도 있다. 그러나 여전히 몽테뉴의 구절은 그 앞서에 기록된 모든 노트들의 모호한 이미지들을 잘 요약하며, 그것의 핵심이 돌이나 조각상이라는 점에는 변함이 없다.[15] 그리고 바위로 변한 어머니의 이미지는 그 희곡이 구상되고 있던 시기에 갑자기 나타난 것이 아니다. 그 이미지는 그것이 그 앞서도 나타난 바 있는 '어머니'라는 모든 인물유형의 과묵한 특징을 (그 모델은 카뮈 자신의 어머니인 듯하다) 환기한다는 점에서 작가의 심층에 버티고 있는 어떤 고정관념의 계속일 뿐이다.

바위나 돌로 화석된 인간의 이미지는 몇 년 후 참으로 인물들의 탄생과 직결된 『작가수첩』II의 한 구절 속에서 구체화된다. 1949년으로 표시된 다음 노트를 보자.

소설 「돌의 연인들」: 그는 그 사랑으로 인하여 그 오랜 세월 동안 고통받은 원인을 알게 되었다…… 하늘에서 내려온 어떤 사람이 그 남녀를 그들 사랑의 불길 속에서 돌처럼 굳어지게 했고, 이제 그들은 얼굴과 얼굴을 마주한 채, 마침내 그들 주위로 소용돌이치는 욕망들을 다 잊고, 잔혹한 이 세상에서 벗어나 마치 보완적인 사랑의 찬란한 얼굴을 향하듯이 요지부동으로 서로를 바라보고 있게 되리라는 것을 알 수 있었다.
―『작가수첩』II, pp. 273~274

여기서는 앞장에서 보았듯이 밖에서 관찰하여 묘사된 형태적 인물이 아니라 한 운명의 불길 자체가 질료의 내부에서 형상을 만들어낸다. 이제 우리는 인물들을 조각상과 비교할 필요조차 없다. 왜냐하면 그들은 이미 상상력 속에서 태어날 때부터 '돌의 연인들'이기 때문이다. 조각이

---

15) 『작가수첩』II, p. 64 : '당신을 돌로 화하게 해주십사고 하느님께 기도하시오……' 같은 책, p. 78 참조.

이미 창조의 출발점에서 개입한다. 일체의 시작에 놓여진 돌은 상상력의 싹이며, 그 다음에 그것은 형상, 스타일, 사상, 그리고 설명을 불러들일 것이다. 형상도 없는 원초적 욕망의 어둠 속에서 상상력이 표면으로 떠오르도록 해줄 질료로서의 돌이 미리 존재한다. 그 질료에 힘입어 감정과 언어, 사랑과 죽음 같은 것이 형상을 얻게 되려는 순간이 임박해온다. 최초의 이미지가 표면으로 떠밀고 올라오는 현장에 우리는 이렇게 참가한다.

그 일 년 후 카뮈는 자신의 고정관념 같은 이 '돌의 연인들'이란 이미지가 이미 한 조각가에 의하여 실제로 형상화된 일이 있으며, 따라서 자신의 신화가 보편적인 차원을 획득하고 그 진정성이 재확인되는 것을 발견한 듯, 이렇게 기록했다.

> 브루에서 : 오스트리아의 마르그리트와 사브와의 필리베르 대공의 옆으로 누운 석상은 하늘을 바라보지 않고 영원히 서로를 마주보고 있다.
> —『작가수첩』II, p. 334

이들 단편적이고 따로 떨어진 이미지들이 완결된 작품들 속에서 그대로 사용되었는지를 확인하기는 쉽지 않다. 그러나 1942년에서 1950년 사이에 다듬어진 작품들을 치밀하게 읽어보면, 그 최초의 이미지들이 은폐된 형태로 옮겨져 있는 것을 찾아낼 수 있다.『계엄령』과『정의의 사람들』두 편의 희곡, 소설『페스트』, 철학적 수상『반항적 인간』은 이십 년간의 결실인데, 그들 작품 속에서 돌과 조각은 의미 있는 자리를 차지하는 듯하다.

우선 두 편의 희곡은 다 같이 젊은 남녀 한 쌍씩의 연인들을 주인공으로 한다. 더군다나 두 편 속에서 한결같이 두 남녀가 죽음과 직면하는 운명에 처해진다. 불행과 죽음 속에 밀폐된 공간 카디스에서 두 연인 디에고와 빅토리아는 죽음 앞에 놓인 사랑이라는 전형적 비극의 테마를 집약한다.

아! 적어도 내가 너와 합쳐질 수만 있다면, 내 사지가 너의 팔다리에
한데 매인 채 끝없는 잠에 깊이 빠져들 수만 있다면!

—『계엄령』, p. 259

영원을 얻지 못하는 인간은 그것의 대응물로 잠을, 지옥을 요구한다.
그 속에서라면 삶의 정열과 사랑의 불꽃이, 파괴할 수 없는 항구적 모습
으로 고착되리라고 믿는다. '적어도 나와 함께 죽기라도 해다오!' 페스트
에 쓰러진 디에고는 외친다. '필요하다면 지옥에라도 같이 가!' 하고 빅
토리아는 대답한다. 오직 한 가지 조건은 둘이서 오랫동안 껴안고 있어
야 한다는 사실뿐이다.(『계엄령』, p. 262) 오랫동안, 아니 영원히, 서로
얼굴을 맞대고 사랑의 긴장이 극도에 달한 순간 그대로 고정되고 싶은
욕망이 바로 '돌의 연인들'의 향수가 아닌가? 그러나 디에고가 살아나자
이번에는 빅토리아가 쓰러진다. 이때 죽음은 삶과 반대되는 잔혹한 운명
일 뿐만 아니라 유혹처럼 디에고의 마음을 끈다. 디에고는 마침내 자신
의 목숨을 지불하고 빅토리아를 살리기로 한다. 연인이 쓰러진 자리에서
여자는 '혼자' 소생한다. '오직 영혼만이 남은 너를 무엇에 쓴단 말이
냐?'(p. 297) 고독한 죽음은 고독한 삶 이상으로 결정적인 이별이다.

페스트여 오라, 전쟁이여 오라, 모든 문이 다 걸어잠긴 속에서 그대들은
나란히 뭉쳐 끝까지 방어하리라. 그때면 저런 고독한 죽음 대신, 사상으로
가득 차고 말로 살이 찐 혼자의 죽음 대신, 그대들은 다함께의 죽음을 사
랑의 끔찍한 포옹 속에서 우리 모두 하나가 된 죽음을 맞이하리.

—『계엄령』, p. 298

『계엄령』속의 연인들은 이 고독을 넘어서지 못했기 때문에 죽음을 통
해서도 삶을 통해서도 궁극적인 실패에 그쳤고 '돌의 연인들'이 되지 못
했다. 그렇다면 어떻게 '사랑의 끔찍한 포옹'을 실현할 것인가? 개인주
의적이며 고독한 죽음을 어떻게 극복하면 될까?『정의의 사람들』속의
도라와 야네크는 바로 이 질문에 비극적인 해답을 제공한다. 그들 역시

『계엄령』의 연인들과 같은 문제에서 출발했다. 그들을 죽음과 대신시키는 정의와 이상에의 욕망, 다른 한편에는 사랑에의 정열(삶에 대한 불타는 사랑) ──이 영원한 모순 앞에서 그들 특유의 경로를 밟아 이 연인들은 마침내 '드높은 차원의 자살' 이른다. '드높은 차원의 자살' 역시 논리적인 범주 속에서 볼 때는 본래의 근원적 모순에 대한 극복이나 해답이 되지 못한다. 그러나 미학적인 차원에서 볼 때 그것은 앞서 『계엄령』의 경우보다 해결로 한걸음 나아간 것이라 볼 수 있다. 즉 그들은 치열한 경험을 통하여 '돌의 평화'에 이른 것이다.

'정의보다는 사랑을! 아니다. 전진해야 한다, 도라! 걸어라 야네크! 그러나 그에게는 목표가 다가온다.' 이렇게 외치며 갈등에 몸부림치던 도라가 야네크의 사형집행 후, 자진하여 폭탄을 던지겠다고 나서는 까닭은 복수를 위해서도 아니요, 행복과 상충되는 줄 뻔히 아는 정의에의 이상을 위해서도 아니다. 그 여자가 용감하게 야네크의 뒤를 이어 죽음을 택하는 것은 사랑을 위해서이다. 살인자에게는 거절된 순수를 마침내 반환해주는 순수화 작용의 힘을 그는 야네크의 죽음 속에서 발견한 것이다. '그 끔찍한 소리가 한번 울리는 것으로 이제 그는 어린 시절의 기쁨 속으로 되돌아간 것이다…… 그는 이제 흙 속에 얼굴을 묻고 웃고 있을 것이다.'(p. 392) 가장 가슴 깊은 곳에, 지금은 지상의 모든 악으로부터 순화되고 웃음 띤 침묵의 돌이 되었을 사랑하는 사람의 영상을 안고, 도라는 마침내 '차가운 밤'을 향하여 굳게 걸어나간다. 그것은 '차디찬 돌' 속을 뚫고 가는 걸음이다. 그가 찾아가는 길의 끝에서 그러나 정의도 원한도 초월한 사랑의 고요한 얼굴, 즉 사랑하는 사람과 '같은 밧줄'에 의하여 결합될 영원한 만남이 완결될 것이다. 야네크의 외로운 죽음은 도라의 결단을 통해서 두 연인이 마침내 사랑의 동일한 충동 속에서 얼굴을 마주하고 굳어질 돌의 부동성에까지 고양될 것이다.

『페스트』에 이르면 '돌의 연인들'의 이미지는 더욱 가려내기 어려워진다. 극적인 복잡성, 수많은 등장인물로 인하여, 이곳에서는 이미 중추적인 역할을 하지도 못하게 된 그 이미지가 가리워져버린다. 그러나 「미노토르」를 읽은 독자에게는 소설의 무대장치로 오랑이 선택되어 있다는 점은 그 이미지의 흔적을 소설 속에서도 결국은 찾아낼 수 있으리라는 예측을 허락해준다. 이 소설을 읽고 받는 전체적·부분적 인상을 종합해 보면 소설의 무대장치와 인간적 드라마가 긴장 속에서 서로 뒤얽히면서 닫혀진 비극적 공간의 밀도를 극도로 높여주고 있다는 것을 알 수 있다. 그 공간은 집단적인 고통과 치열한 투쟁이 새겨지는 거대한 바윗덩어리 처럼 통일성을 띤다. 페스트가 어느 정도 후퇴하고 막연하게나마 감금 상태가 끝나간다는 것을 주민들이 느끼게 될 무렵, 치열하게 겪은 그 경험공간을 비교적 여유 있게 부감할 거리감을 갖게 된 나레이터는 도시 안에서 확인할 수 있는 해방감을 이렇게 요약한다.

> 다음날이 되면 사람들의 정신이 진정될 것이고 그러면 의혹적 느낌이 되살아날 것이다. 그러나 당장은 도시 전체가 뒤흔들리면서 폐쇄되어 있 던, 어둡고 움직임 하나 없는 장소, 돌 같은 뿌리를 박고 있던 닫혀진 그 장소들과 결별한다.
>
> —『페스트』, p. 1441

'돌의 연인들'의 이미지가 이 소설 속에 잘 드러나게 되는 것은 여러 연인들, 부부들 중에서도 특히 신문기자 랑베르를 통해서이다. 사랑하는 여자와 멀리 떨어진 채 이방의 도시에 와서 갇혀진 이 파리의 기자는 두 고 온 도시, 두고 온 여자를 미친 듯이 그리워한다.

> 불안한 마음속의 커다란 욕망은, 부재의 시간이 왔을 때, 그가 사랑하 는 사람을 끝없이 소유하고자 하고, 오직 재회의 시간이 왔을 때에야 비 로소 끝날 수 있는 꿈도 없는 잠 속에 사랑하는 사람을 빠뜨려놓을 수 있었으면 하고 바라는 것이다.
>
> —『페스트』, p. 1307

여기서도 또 '꿈도 없는 잠 속에 빠진 채' 고정된 연인의 잠정적 영원 이 욕망의 대상으로 나타난다. 이 잠은 조금만 더 나아가면 죽음의 침묵과 영원으로 이어질 것이다. 이리하여 우리는 『계엄령』 『정의의 사람들』, 그리고 『페스트』 속에서 사랑과 잠, 혹은 죽음이 돌의 이미지를 지배하는 기본적인 동력이라는 것을 확인했다. 돌과 조각에 힘입어 인간의 원초적인 한 본능이 그에 합당한 미학적 대상을 얻게 된 것이다. 사랑과 죽음은 사실 두 개의 테마가 아니라, 운명의 얼굴을 형상화하려는 카뮈에게 있어서, 하나의 테마가 지닌 안과 겉에 지나지 않는다. 이 작가의 그 어떤 인물도 사랑과 죽음이라는 양면을 지닌 그 본능과 무관하지 않다. 인물의 형성에 작가의 이 '개인적 신화'가 줄기차게 투사되어 있다는 두드러진 증거는 도처에서 발견된다.

순수한 사랑이란 죽은 사랑이다.

―『작가수첩』 I, p. 127

건강한 인간은 누구나 다소간 그가 사랑하고 있었던 사람들의 죽음을 원했던 일이 있다.

―『이방인』, p. 1170

그들로부터 해방된 느낌을 가지기 위해서 나는 때때로 내가 사랑하는 사람들의 죽음을 바란다.

―『칼리굴라』, p. 78

요컨대 내가 행복하게 살기 위해서는 내가 선택하는 사람들이 죽어야 돼요. 그들은 오로지 이따금씩 내가 좋아서 주는 생명만을 선물받아야 한단 말입니다.

―『전락』, p. 1508[16]

---

16) '마음에 몹시 거슬리는 때면, 이상적인 해결책은, 내게 관심을 끄는 사람들의 죽음일 거라고 혼자 생각해보곤 했지요. 그 죽음은 한편 우리의 관계를 결정적으로 고정시킬 것이고, 다른 한편 그 관계의 거추장스러운 구속력을 해제해줄 테니까요.'(『전락』, p. 1508)

소설과 희곡들 속의 인물들을 통하여 나타나는 이런 현상을 『반항적 인간』은 토론의 주된 항목의 위치에 올려놓고, 그에 대한 이론적 조명을 가한다. 우선 이 현상은 심리학적 범주의 문제이다. 카뮈에 의하면 사랑하는 사람이 죽거나 잠 속에 고정되어버리기를 바라는 욕망은 '소유욕'이나 '지배욕'에 기인한다. '사랑한다는 것은, 이 경우, 사랑의 대상을 불모의 상태로 묶어놓는다는 것이다.' 이것은 어느 의미에서는 은폐된 사디즘과도 관련이 있다. 클라망스의 '높은 곳에 대한 애착'이나 「배교자」의 종교적 고정관념은 그 적절한 증거이다. 한편 상대방의 죽음에 대한 욕구는 자살의 욕구로 전복될 수도 있다. 마치 마조히즘이 사디즘의 보완적이고 동질적인 다른 모습이듯 이 '함께 죽는다' '돌의 연인들'이 된다는 것은 이 같은 죽음의 본능이 가진 안과 겉을 함께 포함하게 마련이다.

그러나 『반항적 인간』의 관점은 단순히 심리적인 관점에 머물지 않는다. 다시 말하지만 '진정한 반항'은 신이 창조한 세계에 대한 반항이며 부정인데, 그 기초는 '지속하고자 하는 욕망'에 의하여 이루어진 것이다. '극한적인 경우, 지속하고 소유하고자 하는 미친 듯한 욕망에 사로잡힌 사람은 그가 사랑한 사람들이 죽어서 불모의 존재가 되기를 바란다. 이것이 진정한 반항이다.'(『반항적 인간』, p. 665) 그런데 반항적 인간이 '소유욕'을 '또 하나의 지속하고자 하는 욕망의 형태'로 간주한다는 점으로 볼 때 위에 지적한 심리학적 관점이 형이상학적 차원으로 이동된 것을 알 수 있다.

6. 말없는 돌의 광채 —다이아몬드의 예술

'미친 듯한 파괴욕'을 속 깊이 안고 있는 반항의 철학을 '삶에 대한 정열'과 동시에 유지한다는 것이 가능할까? 모순 논리에 기초한 이런 형이상학이 스스로를 정당화하기 위하여 모색할 수 있는 길은 궁극적으로 미학적 차원 쪽이다. 바로 여기서 조각이 그 중심부를 차지하는 하나의 예술관이 태어난다.

모든 예술들 중에서도 가장 위대하고 가장 야심적인 조각은 삼차원의 공간 속에 인간의 스쳐 지나갈 뿐인 형상을 고정시키려 하고, 몸짓의 무질서를 위대한 스타일의 통일성에로 환원하려고 전력을 기울인다. 조각은 닮은 형상을 버리지 않는다. 반대로 조각은 그것을 필요로 한다. 그러나 그것은 형상의 닮음을 무엇보다 먼저 찾으려고 하지는 않는다. 그 전성시대에 조각이 모색하는 것은 모든 몸짓들과 모든 시선들을 다 요약할 수 있는 몸짓과 표정과 텅 빈 시선이다. 그의 관심사는 모방이 아니라 세련(stylisation)이며 의미 있는 표현 속에 육체의 스쳐 지나가는 분노나 여러 가지 자태들의 무한한 소용돌이를 가두어놓는 일이다. 다만 그제서야 비로소 소란스러운 인간의 도시 속 기념비의 정면에 모델을, 유형(le type)을, 움직이지 않는 완벽함을 세워놓게 되며 그 완벽함이 잠시 동안 인간의 끊임없는 열을 가라앉게 해줄 것이다. 사랑의 좌절을 경험하는 연인은 마침내 고대 그리스의 처녀 조각들 주위를 맴돌면서 그 연인의 몸과 얼굴 속에서 일체의 마멸 작용에도 견디고 살아남는 그것에 사로잡힐 수 있게 된다.

—『반항적 인간』, p. 166

고정시키고 세련시키며, 요약 압축하고 감금하는 행위 이것이 카뮈적 예술에 모범을 제공하는 조각의 근본적 양식이다. 조각은 생명의 불타는 중심에다가 '죽음을 창조하는 것'을, 예술적 차원에서 가능하게 해주는 모범으로 해석된다. 결국 우리는 조각 속에서 세련된 돌의 이미지가, 사랑—생명의 가장 치열한 형태—과 죽음의 일치에까지 고양되는 도정을 추적해온 셈이다.[17] 이런 경지의 돌 속에서는 일체의 논리적 모순이

---

17) 같은 상상의 유기체 속에 삶과 죽음이 공존하는 현상, 즉 카뮈가 미학적 차원에서 실현하고자 한 이 현상은 프로이트가 심층심리학의 가설로 내세운 것과 일치한다. 이 정신분석학자의 가설에 의하면 인간심리 속에는 죽음의 본능과 삶의 본능이라는 이원론이 내재하는데, 그 두 본능은 지극히 밀접하게 결부되어 있어서 그 두 가지가 반드시 상반된 것으로 잘라 말할 수 없을 정도이다. 카뮈가 직접 프로이트의 가설을 차용해왔다기보다는 쇼펜하우어와 니체의 간접적인 매개가 있었던 것 같다.(『젊은 시절의 글, 초기의 카뮈』, pp.

미학적 행복의 짧고 극단화된 순간을 통하여 지양된다. 실제로 이 같은 미적 순간은 덧없이 지나간다. 아름다움의 순간은 현재라는 가득 차고 싱싱하지만 칼날처럼 불꽃처럼, 첨예화된 정점 속에 담길 뿐이기 때문이다. 그러나 그 정점에 모든 상상력을 투자할 줄 아는 사람에게는 그 첨예화된 순간은 끝없이 높이 솟은 힘의 공간이다. 우리가 이 땅 위에서 경험할 수 있는 유일한 영원은 바로 이런 것인지도 모른다. 이 영원 속에서는 시간이 돌의 예술을 통하여 공간으로 탈바꿈한다. 순간의 광대하고 드높은 공간, 우리가 찾아온 곳은 바로 그 공간의 핵이다. 카뮈의 고통 어린 언어, 찬란한 언어, 단단한 언어가 마침내 하나의 중심을 향하여 집약된 곳에 서 있는 저 말없는, 그러나 불꽃과 영원의 무심이 함께 담겨진 하나의 돌, 갈고 닦은 나머지 한없이 작아진 돌을 우리는 이제 아득하나마 상상해볼 수 있을까? 그 돌은 무엇을 닮았을까? 그것은 바로 가장 질료적인 돌이 가장 비질료적인 공기나 빛으로 탈바꿈하는 도중에 있는 다이아몬드를 닮지 않았을까?

예술가의 총체적인 경험과 그 경험을 반영하는 작품 사이에는 어떤 관계가 존재하게 되는데…… 작품이 그 경험을 모두 다 어떤 설명적인 문학의 장식이 많은 종이에다가 쏟아놓겠다고 자처할 때 그 관계는 그릇된 것이 된다. 반면 작품이 오로지 그 경험 속에서 깎고 또 깎아서 다듬은 한 조각의 핵, 광채가 아무런 제한을 받지 않고 발산되면서도 하나의 중심을 향하여 집약되는 한 덩어리의 다이아몬드처럼 될 때 그 관계는 올바른 것이 된다.

—『시지프 신화』, p. 176 ;『작가수첩』 I, p. 127

149~176) 프로이트 자신도 그 가설을 전개하던 중 쇼펜하우어와의 접근을 의식하고 있었다.(『정신분석학에 관한 시론』, 파이요 문고 63, 파리 : 1972, pp. 7~81 참조)

제 5 부

눈과 소금의 시학
— 빛을 찾아서

한줌의 소금이 수다스러운 노예의 입을 틀어막는다.

— 카뮈, 『적지와 왕국』

소금은 사물들의 밀도를 규정하고 지탱하는 기능을 지니고 있다. '소금은 만물을 생성보존하는 접착제요 유지체다.' 대지를 '그 실체로써' 지탱하는 소금이라는 것이 있는 법이다. 실체는 긴장 없이는 실존으로 제시되지 못한다. 존재를 그 중심으로 끌어당기는 것이 바로 소금이다. 소금은 집중의 원리다.

— 바슐라르, 『대지와 의지의 몽상』

제1장
눈의 시학

　돌은 최종적인 변용 과정을 통하여 그것이 본래부터 지닌 어둠과 두께, 현실성의 무게를 벗어던지고서 마침내 빛과 빛의 가벼움을 받아들이게 된다. 다이아몬드는 바로 돌이 빛으로 변하고 있는 진행형의 이미지이다. 다이아몬드는 동시에 돌이며 빛이다. 여기서 우리는 왜 광물적 이미지 역시 향일성 숙명의 축을 따라가고 있는 것인가를 이해하게 된다. 그 두 가지 속성을 뒷받침하고 있는 미적 동력은 다름이 아니라 바로 '이상화(Idéalisation)'라는 동력이다.

　'이상화'는 돌이라는 단단하고 캄캄한 질료 속에 빛과 가벼움을 출현시키도록 만드는 편리한 개념으로 보인다. 삶과 죽음이 서로 구별할 길 없는 상태로 한데 뒤엉킨 세계, 우리들의 지성만으로는 설명할 길 없는 이 모순을 단숨에 해결해줄 듯한 것이 바로 그 이상화라는 조작일 듯하다. 그러나 모순을 이처럼 쉽사리 해소시켜주는 듯한 느낌을 지닌 것이기에 이상화는 그 출발점이 전혀 다른 여러 종류의 미학·종교·신화·상상들이 서로 만나는 중심 혹은 교차로가 된다는 점 역시 잊어서는 안 된다. 카뮈의 상상력이 지닌 속성과 힘의 방향을 설명하기 위하여 떠난 우리가 이 이상화의 지점에서 너무 오랫동안 머물게 되면 본래 목표한 방향을 이탈하거나 카뮈의 사상 혹은 감수성이 지닌 참다운 한계를 넘어서버릴 위험이 없지 않다. 광물 이미지 분석의 이 단계에 이상화의 동력을 개입시킨다는 것은 카뮈의 이미지들이 지닌 생성력(force de devenir)을 해명하는 것이 아니라 추상적인 토론 속에 빠져버리거나 철학사 속으로 끌려드는 결과를 가져올 것이다.

비록 카뮈의 상상력 세계의 내부에 그대로 머문다 하더라도 이같이 돌연한 빛의 출현은, 즉 돌과 빛 사이의 갑작스러운 연결은 오랫동안의 완만한 분석을 거쳐야만 비로소 그 설명이 가능해지는 것이다. 따라서 우리는 이 탈바꿈의 돌연함 그 자체가 작가의 어떤 장시간에 걸친 애매한 탐구를, 즉 작가의 전생애에 걸친 느리고 조심스러운 모색 과정을 감추고 있다는 인상을 받는다. 카뮈의 청년 시절, 그러니까 젊은 카뮈가 아직 자기의 내부에서 어떤 한 존재가 꿈틀거리면서 말을 하려고 움직이기 시작하고 있음을 지극히 막연하게만 느끼고 있던 시절, 이 다이아몬드 이미지는 철학적인 모습으로 출현한 바 있었다.

동일한 물로 가득 찬 다이아몬드, 다른 면들 속에서도 마찬가지로 타고 있는 불로부터 그 힘을 공급받고 있기 때문에 무한하게 반복되는 그 똑같은 빛이 오직 그 불에 의해서만 규정되기는 하되 그 불로 요약되지는 않는 광채를 가진 그 다이아몬드, 그것과 마찬가지로 지성 역시 그것 속에 있는 지(知)를 통해서 알 수 있는 것들 속에서──지를 통해서 알 수 있는 것들 속에 지성이 있을 때 그러하듯이──그것의 광채를 발산하면서도 우리는 지성과 지를 통해서 알 수 있는 것들 사이의 관계가 어떠한 것인지를 분명히 말할 수는 없는 것이다.

─『전집』II, p. 1227

Comme ces diamants qu'une même eau remplit, dont chaque éclat se nourrit de feux qui jouent aussi dans d'autres faces, de sorte que cette meme lumière infiniment répétée ne se définit que par ces feux mais en même temps ne saurait s'y résumer, ainsi l'intelligence répand son éclat dans les intelligibles qui sont en elle, comme elle en eux, sans qu'on puisse dire ce qui d'elle est à eux, et d'eux à elle.

이것은 지(知)를 통해서 우리가 알 수 있는 '형태들'이 공통적으로 가지고 있는 것, 그러면서도 형태를 초월하는 빛을 발산하는 것이 어떤 것인가를 요약하는 플로티노스 철학 특유의 '투명함'을 설명하는 대목이다. 다시 말해서 이것은 '그것은 하나의 빛에 대한 하나의 빛이다'라는 플로티노스의 명제에 대한 카뮈의 해석이다. 젊은 철학도 카뮈가 쓴 이 텍스트와 우리가 앞서 인용한 『시지프 신화』의 다이아몬드 이미지 사이에는 오 년이란 시간차가 있다. 그 오 년 동안 그가 얻은 단 하나의 문학적 경험은 소설 『이방인』이었다. 이 두 가지 텍스트 속에서 우리가 추출해낼 수 있는 공통된 요소는 어떤 철학적 개념이 아니라 저 스스로의 모습을 모색하고 있는 지성의 향수 어린 어떤 이미지이다. 이 이미지는 한편으로 보면 매우 행복한 이미지이다. 왜냐하면 대지 · 물 · 공기 · 불이라는 4원소가 투명한 하나의 돌(다이아몬드)로 조화를 이루며 통일되는 어떤 절대적 순간을 동경하고 있기 때문이다. 그러나 다른 한편 카뮈는 이 이미지를 경계하고 있다는 사실 또한 간과해서는 안 된다. 왜냐하면 이 투명하고 행복한 사상은 그 길의 끝에 가서 어떤 비물질적인 전체성을 낳는 싹이 될 위험이 있기 때문이다.

물론 여기서 문제되고 있는 것은 빛이요 다이아몬드이다. 플로티노스는 다만 지극히 보편적인 차원에서 거쳐가야 할 빛의 길을 가리켜 보이고 있을 뿐이다. 이제 카뮈는 플로티노스 덕분에 막연히 엿보았을 뿐인 그 길을 자기 스스로 거쳐가보지 않으면 안 된다. 카뮈가 이제부터 가야 할 빛의 길은 플로티노스에서 시작하여 기독교에 이르는 길이 아니라 이미 기독교의 기나긴 역사를 경험하고 난 뒤에 이제부터 나아가야 할 미지의 길이다. 플로티노스의 '개인적인 비극'이 '기독교 철학의 드라마'를 반영하고 있는 것이 사실이라면(『전집』 II, p. 1269) 동일한 비극이 카뮈에게 와서는 그 반대방향을 거쳐가게 된다. 즉 기독교가 출현한 이후의 드라마가 역사라는 차원 위에 반영된다는 말이다.

이것은 카뮈가 왜 일체의 '비약(saut)'을 거부하며 왜 기독교 사상, 역사라는 이름으로 주장되는 모든 종류의 '니힐리즘'—나아가서는 니체의 '니힐리즘'까지—에 대하여 이의를 제출하게 되는지를 설명해준다.[1] 그렇다면 카뮈가 왜 항상 '이상화'하는 동력으로서의 빛에 대하여 경계하는가를 이해하기는 어렵지 않다. 그 이상화하는 힘이 기독교적인 것이든 니체적인 것이든 카뮈는 언제나 빛을 향한 그의 강렬한 욕망 가운데서도 어떤 한계를 설정하려고 노력했던 것이다. 카뮈의 강렬한 의식은 요컨대 그 어떤 형태로건 초월적인 힘을 거부하고자 한 것이다. '이 세계를 넘어서면 구원은 없다'라는 말은 카뮈의 향일성에 분명한 한계를 그어주고 있다.

이 같은 한계를 의식하면서 그가 물과 돌의 사막 속으로 거쳐가야 하는 길이 얼마나 고통스러우면서도 동시에 찬란한 것인가를 우리는 충분히 짐작할 수 있다. 그 길에서 우리는 이리하여 수많은 부상자와 죽은 사람들을 만나게 되지만 어느 지점에 이르면 그 캄캄하고 두꺼운 돌이 때로는 한 포기의 향일성 풀로(『여름』, p. 830), 때로는 아리안의 실로(『여름』, p. 831), 또 어느 때는 아틀라스의 빛나는 수선화로(『여름』, pp. 831~832), 그리고 그 어느 때는 돌의 불로(『적지와 왕국』, p. 1683) 탈바꿈하는 것을 목격하게 된다. 우리는 이미 수많은 난파자들과 수많은

---

1) 『반항적 인간』 속에서 불과 20페이지 정도로 요약된 니체에 대한 카뮈의 비판(『반항적 인간』, pp. 475~489)은 매우 애매하며 때로는 지나치게 도식적이다. '아리안에게 주는 통행증'이나 니체의 '광기'를 통해서 니체를 분석한다는 것은 쉽게 받아들이기 어려운 관점이다. 카뮈가 '독일'적 철학을 아무런 편견 없이 이해할 수 있기 위해서는 아마도 상당한 역사적 거리가 필요했을 것이다. 그러나 하여간 카뮈가 니체를 비판할 때조차도 열광적인 니체주의자로서 비판했던 것은 사실이다. 카뮈가 그의 작품 창작에 있어서 니체에게 얼마나 큰 영향을 입었는가를 체계적으로 조사한다면 매우 보람 있는 비교문학적 성과를 얻을 수 있을 것이다. 우리는 이 논문의 결론 부분에서('대지의 축제') 이 문제를 다소나마 다룰 수 있게 될 터이다.

익사자들을 보았고 많은 살인자들과 많은 사형수들을 만났었다. 이 사자(死者)들과 패배자들 사이로 난 좁고 위태로운 길, 오직 불가능할 듯한 균형에 의하여 찾아지는 칼날 같은 길을 따라가야만 우리는 향일성의 꽃을, 인간적인 빛을 만나게 된다. 그 잠시 동안의 꽃을, 그 덧없으나 가장 아름다운 빛을![2] 그러나 우리는 아직 그 풍경을, 그 향일성의 길을 다 묘사하지 못했다. 참다운 빛, 조화나 동시에 통일의 원칙이요 생명과 동시에 창조의 원리인 빛, 그러나 항상 '반드시 죽게 마련인' 인간 조건 내부에 존재하는 빛에 이르려면 아직 오랜 시간을 가야 한다. 그 창조의 길은 그러므로 비극적일 수밖에 없다. 왜냐하면 그 길은 썩어 없어질 생명의 '극적'인 긍정 속에서만 발견될 수 있는 길이기 때문이다.

따라서 우리는 돌에서 빛으로 가는 길을 다시 한번 우회하지 않을 수 없다. 오직 그 우회를 통해서만 우리는 '비약'과 '이상화'를 거부하는 이 세계 속에 투명한 빛이 천천히, 그리고 조심스럽게 도래하는 역동적인 장을 준비할 수 있는 것이다. 이상화라는 저 희박한 공기 속에서는 생명의 상상력이 빛을 발견하는 순간에 죽음을 만나게 되는 법이다. 저 캄캄한 초월의 세계로, 저 닫혀버리는 죽음의 문 뒤로 소멸하기 전에 오직 단

---

2) 『시지프 신화』와 『반항적 인간』은 어느 의미에서 볼 때 창조의 경험이 차츰차츰 앞으로 나아가면서 보여주는 그 중간적 길의 한계를 묘사하고 있다고 볼 수 있다 : '나는 스스로 방책들을 만들어 세우고 나의 삶을 그 방책들 사이로 꼭 끼어 있게 만든다.' (『시지프 신화』, p. 141) '저 현기증이 날 만큼 아슬아슬한 모서리 위에서 몸을 가누고 버틸 줄 안다는 것, 그것이 바로 정직함이다.'(『시지프 신화』, p. 135) '불타는 듯 뜨겁고 얼음처럼 차가운, 투명하면서도 한계가 있는 하나의 세계, 아무것도 가능한 것이 없지만 모든 것이 주어져 있는 세계'(p. 142) '꽉 막혀 있으면서 동시에 가능성에 넘치는 그 장 속에서'(p. 150) '그들의 정신이 자리잡고 있는 그 불안정한 틈'(p. 152) '나는 나의 명증한 의식을 그것을 거부하는 것 한가운데 자리잡아 들여놓는다.'(p. 167) '지성은 그 사막에 빛을 비추면서 그것을 지배한다.'(p. 169) '이리하여 빛의 제신과 진흙의 우상들이 존재하게 된다.'(초월적인 빛과 가장 물질적인 진흙 사이에 카뮈는 예술을, 이미지를 창조하고자 한다―눈? 소금?)(p. 180) '한계는 다름이 아니라 그 존재의 반항하는 힘이므로 (……) 반항이 그 올바른 한계를 요구할 의식을 강하게 가지면 가질수록 그 반항은 더욱 꺾을 수 없는 것이 된다.'(『반항적 인간』, p. 688) '반항자가 살인을 저지를 경우 자기 스스로도 죽음을 받아들임으로써 완성해야 하는 한계로 살인을 간주하듯이 마찬가지로 폭력은 또 하나의 폭력과 맞서는 극단적인 한계에 지나지 않는다.'(p. 695) '가장 팽팽한 긴장의 극에서 가장 단단하고 가장 자유스러운 살이 달린 곧은 화살이 날아오르게 될 것이다'(p. 709)

하나 남은 생명의 싹이, 오직 단 하나 남은 언어의 싹이 돋아날 수 있도록 생명 있는 인간의 사막을 갈아나가지 않으면 안 된다.

눈은 그 순수한 결정(작용)을 통하여 '단단한 물'의 전형적인 이미지로 손꼽힐 수 있지만 동시에 빛의 부드러움, 나아가서는 빛의 가벼움을 어느 정도 간직한다. 눈은 물과 돌과 빛 사이에 떠 있는 돌연하고 덧없는 한순간이다. 눈은 물이면서도 단단하고 단단하면서도 이제 곧 빛으로 변할 듯 순수하고 가볍다. 눈은 향일성 상상력의 시적으로 독특한 한 단계를 가리킨다. 눈은 그보다 더 지속성 있고 더 비극적인 또 하나의 이미지, 즉 소금 이미지의 출현을 예비한다. 질료적인 면에서 본다면 상극인 두 이미지, 눈과 소금은 너무나도 유사한 시적 속성을 드러내 보이는 것이어서 그 두 개의 이미지만으로도 우리는 즉각적으로 알베르 카뮈의 향일성이 지닌 단조로우면서도 정열적인 충동을 알아차릴 수가 있게 된다.

목이 타는 카뮈의 사막 속에서도 눈이 오던가? 얼른 보기에는 기상에 관계된 듯한 이 질문은 무엇보다도 태양으로 가득 찬 카뮈의 풍토에 매혹된 독자들을 당황하게 만들 것이다. 불과 빛과 메마름이 카뮈의 세계를 특징짓는 요소이긴 하지만 거기에 잇달아 돌연히 나타나는 살을 에는 듯한 추위 또한 간과해서는 안 된다. 물론 독자는 태양이 그 불의 뜨거움과 치열한 공격성을 늦출 기세를 보이지 않는 『이방인』속에서 추위나 눈을 아무리 찾으려 노력해보아야 헛수고일 것이다. 소설의 제1부는 여름철의 삼 주일이 채 못 되는 시간에 걸쳐 전개되는데 그 동안 단 하루의 오후가 '비의 조짐'을 보여주는 것이 고작이다. 제2부는 그보다 비교적 긴 시간——거의 일 년——에 걸친 것이지만 뫼르소의 느낌으로는 '결국 하나의 여름이 매우 빠른 속도로 또 하나의 여름으로 바뀐' 것처럼 여겨진다. 이 '여름'으로 시종일관하는 소설 속에서 어떻게 눈을 구경하겠는가?
그러나 약 육 개월에 걸쳐 전개되는——4월 16일부터 이월달의 어느 화창한 아침까지——『페스트』의 드라마로 옮겨가보면 아프리카의 사막과 더욱 가까운 이 지역에서는 십이월의 '싸늘한 날들'이나 정오의 '얼음같이 찬 시간'이 없지 않다는 것을 알 수 있을 것이다.(『페스트』, p. 1438) 리유가 병든 타루의 곁에서 밤을 지새우고 있는 그 불안한 시각, '우박이 섞인' 비가 '인도를 후려치며 쏟아지는' 소리가 들린다.(『페스트』, p. 1452) 타루가 '이제는 옷을 입은 채 죽은 시체'로 변하여 '패배의 침묵'으로 가득 찬 이튿날 밤은 눈 내리는 분위기에 거의 가깝다.

밖은 똑같은 추운 밤이었다. 맑고 싸늘한 하늘에는 얼어붙은 별들. 어두컴컴한 방 안에서는 유리창을 짓누르고 있는 추위가, 극지방 같은 밤의 창백하고 거대한 숨결이 느껴졌다.

—『페스트』, p. 1456

얼음 같은 추위, 유리창이라는 단단하고 싸늘한 질감, 별들의 결정된 빛, 눈 많은 고장의 귀를 먹먹하게 하는 침묵, 그리고 극지방 같은 밤—그 어느 것 하나 빠진 것이 없다. 단 하나 결여된 것이 있다면 '눈(neige)'이라는 말뿐이다.

그러나 참으로 눈이 내리는 것을 보려면 사막 속으로 더 깊숙이 찾아 들어가야 한다. 카뮈가 그려 보이는 상상의 사막 속에는 작가가 직접 그 찬란함과 비참을, 그 위대함과 헐벗음을 동시에 체험한 바 있는 지리적 사막들이 포함되어 있다. 『페스트』의 랑베르처럼 카뮈가 1939년 카빌리 지방의 르포르타주를 위하여 『알제 레퓌블리켕』지에 의해서 특파되어 썼던 기사들은 우리의 관심의 대상인 상상의 사막을 직접적으로 드러내 보이지는 않지만 우리는 그 고장의 경제적·사회적·행정적 상황에 대한 객관적 묘사 및 숫자들 사이에 이따금씩 나타나는 그 상상력의 편린들을 간접적으로나마 접할 수가 있다.

그러나 저 소용돌이치는 빛 아래는 돌 많은 불모의 땅이 불타는 듯한 금작화들과 유향나무들로 뒤덮인 채 끝간 데 없이 뻗어 있었다. 거기 사람 하나 보이지 않는 사막 한가운데 바로 무용성의 이미지 그 자체인 양호사스러운 아그리브 중학교가 서 있었다.

-『전집』II, p. 922

그런데 이상하게도 우리가 카뮈의 첫번째 눈[雪]을 만나게 되는 곳은 바로 그 사막의 한복판이다. '비록 매우 상례에 어긋나는 것처럼 여겨질지는 모르겠지만 그보다 더 기막힌 일도 있다. 해마다 여름이 가고 나면 그 끝에는 겨울이 오니까 말이다'라고 신문기자는 기록한다.(『전집』II, p. 913) 우리들에게는 지극한 가난으로 여겨지는 여름도 카빌리의 농부들에게는 축복받은 시기에 속한다. 왜냐하면 그때는 그래도 야생의 엉겅퀴를 가꾸어 그 뿌리라도 먹고 살 수 있기 때문이다. '그러나 눈이 대지를 뒤덮어서 교통이 두절되어버리고 추위가 영양부족의 그 육체들을 찢어 발기면서 오막살이집을 살지 못할 곳으로 만들어버리면 그날부터 그 지역의 모든 사람들에게는 이루 다 형언할 길 없는 고통의 긴 세월이 시작되는 것이다.'(『전집』II, p. 913)

이 텍스트 속에서 주목해야 할 것은 이 백성들을 의지할 곳 없는 상태로 방치해두는 정책에 대한 고발 및 이 젊은 신문기자가 찬양하여 마지 않는 이 사막지방 사람들의 삶에 대한 강렬한 의지뿐만 아니라 이 불덩어리 같은 사막의 한가운데에 눈이 내리게 하는 상상력의 운동, 그리고 돌에서 눈으로 옮아가는 '돌연한' 변용이다. 상상력은 돌에서 눈으로 이 짧고 돌연하고 치열한 여행 과정 속에 개입하여 사막 사람들의 찬란한 이미지를, 그리고 위대하면서 동시에 극적인 그 풍경을 창조해낸다.

'르포르타주'를 통한 눈의 도입은 동일한 상상력의 차원에서 더욱 세심하게 다듬어진 눈의 이미지를 단편 「손님」속에서 만나도록 해준다. 카빌리에서 보았던 무용성의 상징과도 같은 아그리브 중학교 대신 다뤼의 검소한 작은 학교는 사막의 드높은 고원 중턱에 자리잡고 있다.

이 작품은 벌써 그 시작부터가 겨울이다. 두 사람의 남자가, '돌들 사이로 눈 속을 천천히 힘겹게 걸어서 올라오고' 교사는 언덕빼기의 학교에서 그들을 내려다보고 있다.(『적지와 왕국』, p. 1609) 여기서 눈은 바

캉스를 떠나온 사람들의 눈에 비치듯이 이국 정서가 담긴 아름다움의 요소가 아니라 무엇보다 먼저 장애물이다. 눈은 인간들의 전진을 방해하는 힘이다. '며칠 전부터 희고 더러운 눈의 층에 덮여서 보이지도 않게 된 오솔길'을 오르는 사람들에게 눈은 분명 부정적인 요소다.(『적지와 왕국』, p. 1609)

눈은 그것이 지닌 이와 같은 해로운 속성에도 불구하고 진흙탕이 지닌 완만하고 음흉한 점착성과는 무관하다. 한편으로는 사막의 그 흔한 돌들과 인접하고 있음으로 해서, 또다른 한편으로는 공기의 공간인 높은 곳으로 올라가는 두 사람의 상승운동 — 향일성 운동 — 으로 인하여 눈은 여전히 메마름의 이미지를 견지한다. 눈의 '메마른' 속성은 그 눈과 노골적인 대조를 보이며 나타나는 또 하나의 이미지인 '메마른 강물' 이미지에 의하여 더욱 확연하게 느껴진다.

흑판에는 프랑스의 4대 강이 서로 다른 색깔의 분필로 그려진 채 벌써 사흘 전부터 강구(江口)를 향하여 흘러가고 있었다. 여덟 달 동안 가뭄이 계속된 다음 기상의 점차적인 변화를 알려주는 비 한 방울 내리치 않은 채 시월 중순경 갑작스럽게 눈이 내렸고 고원의 여기저기 흩어진 마을들에 사는 이십여 명의 아동들은 더이상 오지 않게 되었다.

—『적지와 왕국』, p. 1609

조형적으로 한정된 흑판의 공간 위에 고정된 것이므로 더이상 흐르지 않는 이 강들, 즉 메마른 추상적 강들의 이미지는 바로 어린아이들이 찾아와 그 흐름에 더이상 생명력을 부여하지 못하게 되어버린 물의 '얼어붙은' 부동성과 같은 것이다.

한편으로는 프랑스 사람인 교사 다뤼에게 향수 어린 물인 프랑스의 4대 강 물은 영원히 흑판 위에 얼어붙어버렸고 다른 한편으로는 다뤼의 생활의 중심인 어린아이들이 저 돌 많은 얼어붙은 땅속에 뿌려진 씨앗들처럼 '고원의 여기저기에 흩어진' 마을 속에 발이 묶인 채 더이상 찾아오지 않는다. 눈의 이미지는 바로 이 두 가지 생명운동의 갑작스러운 경지를 통해서 상상되어야 옳을 것이다.

이미지의 양가성은 이미 두 민족 사이에서 찢어진 이 교사의 궁지에 몰린 고독감을 미리부터 예고해주고 있다. '그가 그토록이나 사랑했던 이 광대한 고장에서 그는 혼자였다.'(『적지와 왕국』, p. 1621) 양쪽으로 협공을 당하고 있는 좁은 공간, 이것이 바로 다뤼의 사막이다. 이 같은 사회적·공간적 상황은 돌과 불(태양)의 메마름으로부터 '과도기를 거치지도 않은 채(sans transition)' 눈의 메마름으로 돌연히 변용하는 계절의 이미지 속에서 그 상상의 현실성을 획득하게 된다. '불타는 듯 뜨거우면서도 얼음처럼 싸늘한 세계'(『시지프 신화』, p. 142)야말로 진정한 사막의 이미지이다. 다뤼는 이 사막 속에서 자신의 목마름을 기만하지 않은 채 살고자 한다. 따라서 교사 다뤼는, 그리고 이곳 주민들은 그 두 가지의 감각(극단적인 뜨거움과 차가움)을 '과도기를 거치지 않은 채', 따라서 동시적으로 체험하게 된다.

이 비참 앞에서, 사실 그가 가진 얼마 안 되는 것과 이 거친 삶에 만족한 채 한구석에 처박힌 학교 안에서 거의 수도승처럼 살고 있는 그는 이 초벽을 바른 벽들만 가지고도 임금님 못지않은 생활이라고 여겼었다…… 그런데 갑자기 아무런 예고도 없이, 휴식을 맛보게 해줄 만한 비도 한번 오치 않은 채 눈이 내린 것이다. 있다고 해봐야 별로 도움이 될 것도 아니겠지만 하여간 사람들조차 보이지 않는 이 고장에서는 이처럼 삶이 잔혹스러운 것이었다. 그러나 다뤼는 여기서 태어났다. 다른 곳이라면 어디를 가나 그는 늘 적지에 온 느낌뿐이었다.
　　　　　　　　　　　　　　　　　　　　 ―『적지와 왕국』, pp. 1610~1611

'수도승' '임금님' '초벽을 바른 벽'…… 이 모두가 적지와 왕국의 이미지를 구성하는 낯익은 테마들이다. 그 다음으로는 대자연의 시련 ――불태우는 듯한 햇빛, 대지를 뒤덮는 눈과 돌의 싸늘한 감촉, 그리고 마침내 두 사람의 사내들, 한 사람은 프랑스인 경찰관이고 다른 한 사람은 아랍인 죄수다.

이 두 인물이 이 눈 덮인 세계로 들어와서 사건을 야기시키고 지금까지는 잠재적인 상태로 기다리고 있던 다뤼의 내적 드라마를 표면화시킨다.

눈은 나타날 때와 마찬가지로 사라질 때도 신속하고 돌연하다. 다뤼는 경찰관이 그에게 위탁한 아랍인 죄수 — '손님' —를 하룻밤 재워주고 난 다음 그 이튿날 아침 산의 반대편 비탈로 데리고 가서 죄수가 자신의 운명을 선택하도록 한다. 그들은 함께 햇빛 속으로 오르막길을 오른다. '해는 벌써 푸른 하늘 속에서 높이 치솟고 있었다. 부드럽고 활기찬 빛이 황량한 고원을 흥건히 적시고 있었다. 험한 길 위에서 눈은 군데군데 녹아가고 있었다. 돌들이 다시 드러나려고 했다.'(『적지와 왕국』, p. 1619) '그들은 한 시간 동안 걸어간 다음 바늘처럼 뾰족한 모양의 석회암 곁에서 쉬었다. 눈이 점점 더 빨리 녹았고 해는 곧 웅덩이처럼 괴는 물을 펌프질했고 고원을 전속력으로 청소를 하여 고원은 차츰차츰 말라버리면서 대기 그 자체처럼 진동하는 것이었다.'(『적지와 왕국』, p. 1620)[3] '그들이 다시 길을 나섰을 때 땅바닥은 그들의 발 밑에서 울리는 소리를 냈다. 이따금 새 한 마리가 즐거운 비명을 내지르면서 그들 앞으로 공간을 가르며 지나갔다. 다뤼는 깊은 숨을 들이쉬면서 서늘한 빛을 물 마시듯 들이마셨다.' 마침내 그들은 산꼭대기에 이르렀고 다시 한 시간 동안 남쪽으로 '내리막길을 내려가며' 걸었다.

그들은 바스러지는 암석으로 이루어진 일종의 편편한 돌출부에 이르렀다. 거기서부터 고원은 동쪽으로는 메마른 몇 그루의 나무들을 알아볼 수 있는 낮은 평원 쪽으로 내려뻗고 있었고 남쪽으로는 풍경을 고통스러운 모습으로 변모시키는 암벽 덩어리들 쪽으로 내려뻗고 있었다.

---

3) 이와 유사한 현상을 『페스트』의 오랑에서도 목격할 수 있는데 이번에는 눈이 아니라 비의 증발현상이다. '마지막 내린 소나기의 웅덩이를 태양이 펌프질하고 있었다.'(『페스트』, p. 1266) 『여름』에 보면 다음과 같은 장면이 있다. '알제에서의 비는 결코 끝이 없이 내리기만 할 것 같지만 마치 두 시간 만에 물이 불어나서 여러 헥타에 걸친 땅을 휩쓸다가도 단번에 자취도 없이 말라버리는 내 고향의 강물처럼 단 한순간에 그쳐버린다는 것을 사실 나는 알고 있지 않았던가?'(『여름』, pp. 871~872)

바로 여기서 다뤼는 아랍인 죄수로 하여금 '메마른 몇 그루의 나무들'과 '암벽 덩어리' 중에서, 동쪽과 남쪽 중에서, 텡기의 '행정부와 경찰서가 있는 곳'과 사막의 '목초지대와 첫번째 유목민을 만날 수 있는 곳' 중에서 스스로 선택하도록 한다.(『적지와 왕국』, p. 1621)

죄를 지었으나 명예로운 인간인 아랍인은 그 나름의 논리적인 선택을 한다. 즉 '가슴을 죄면서' 오던 길을 되돌아 산꼭대기로 올라간 다뤼는 아랍인이 '감옥으로 가는 길로 천천히 걸어가는' 것을 발견한다.(『적지와 왕국』, p. 1621)

눈의 참다운 이미지는 이 경우 사물로서의 눈 속에서 찾아지는 것이 아니라 이야기의 대칭적 구조 속에서 헤아려진다. 이 대칭적 구조는 간단없이 눈·돌 그리고 이 두 가지 요소 사이의 빠른 운동, 건조하고 진동하는 공기, '바늘같이 뾰족한' 석회암·조약돌, '암벽의 덩어리' '메마른 나무들', 대추야자·빵·설탕 등(『적지와 왕국』, p. 1620) 그 풍경 전체를 지배하는 질료의 단단함에 의해 뒷받침되고 있다.

순수함과 단단함을 중심으로 빛과 물이 결정하여 태어난 형태적 아름다움 —그것이 바로 눈이 아닐까? 다음은 때로는 눈에 덮이고 때로는 자갈돌들이나 석회암 —눈처럼 흰빛의— 으로 이루어진 이 풍경 및 인물들의 움직임을 한눈으로 볼 수 있게 표시해본 형식적인 골격이다.

그림은 발두치, 아랍인 죄수, 다뤼의 세 인물이 수직축을 따라 움직인 운동에 따라 그려본 것으로 이 풍경 속에서 눈이 차지하는 역할을 잘 보여준다.

발두치와 아랍인 죄수에게 있어서 눈은 학교까지 비탈을 올라가는 운동을 방해하는 장애물 역할을 하는 반면, 다뤼에게 있어서 눈은 격리 상태요 고독의 이미지이다. 그러나 이튿날 그들이 산꼭대기로 걸어올라가는 동안에는 눈이 햇빛을 받아 사라져가고 있는 유일한 액체다. 눈은 완전히 녹아서 증발하기 전에 마실 수 있는 대상이 된다 —'다뤼는 깊은 숨을 들이쉬면서 서늘한 빛을 물 마시듯 들이마셨다.' 그때까지가, 즉 학교에서 산꼭대기까지, 즉 아침부터 정오까지가 유일하게 행복한 순간이다. 이때가 지나고 나면 광물과 태양이 그 모진 공격성을 발휘하여 그 행

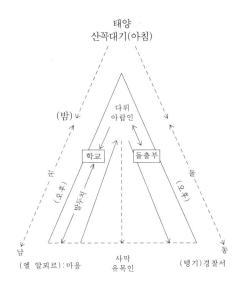

태양
산꼭대기(아침)

(밤)

다뤼
아랍인

학교   돌출부

눈

(오후)

밤두지

돌

(오후)

남   사막   동
(엘 알뫼르):마을   유목인   (텡기)경찰서

복한 상태를 위협하기 시작한다.

　산꼭대기에서 산의 반대편 비탈을 내려가는 운동과 더불어 눈의 결정
은 캄캄한 돌의 세계와 태양의 공격성 —‘태양이 그의 이마를 파먹기 시
작한다’(p. 1621) —으로 바뀌고 소금의 이미지가 암시적으로 나타난다
—‘그의 몸에 땀이 비 오듯 한다.’(p. 1621)

　살인범 아랍인은 그 민족 특유의 명예의식 때문에 감옥으로 가는 길을
선택한다. 아니면 용기가 없기 때문에 사막으로 가는 길을 포기한다.

　사실 다뤼가 그에게 ‘꾸러미와 돈’을 주었을 때 그는 아랍인이 바로
그 사막으로 가는 길을 택하기를 원했는지도 모른다.

　이리하여 산꼭대기를 중심으로 양쪽 비탈에서는 단죄의 시간이 그들
두 사람을 각각 기다리고 있게 된다. 학교에서는 자기들의 ‘형제’를 경
찰에 넘긴 다뤼를 아랍인들의 낙서가 기다리고 있고 텡기에서는 살인을
한 아랍인을 경찰이 기다리고 있다. 이 시간이 광물의 시간이다. 두 사람
이 다 같이 ‘배반자’, 혹은 ‘살인자’로 고발되는 소금의 시간이다. 단편
소설 「손님」이 내포하고 있는 두 갈래의 길은 그 단편소설 바로 앞에 배
열된 두 편의 단편소설로 인도한다. 하나의 길은 단편 「말없는 사람들」

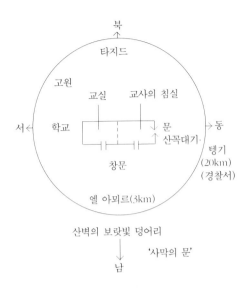

과 관련되는데 그 작품은 바로 알제리에 사는 프랑스 식민 '검은 발
(pieds noirs)' 노동자들 이야기이다. 그 프랑스 식민들 중에 끼어 있는
단 한 사람의 아랍인은 '맨발(pieds nus)'인 사이드이다.[4] 그리고 또한
나의 길은 「배교자」와 관련을 맺고 있다.

이 작품은 프랑스 선교사가 흑인들의 나라에 포교차 왔다가 오히려 그
들에게 고문을 당한 나머지 기독교의 신을 배반하고 증오에 찬 이교도의
신을 위하여 개종하는 이야기이다.

눈의 이미지가 내포하고 있는 양의성은 다른 두 가지의 눈의 이미지
속에서 메아리를 남긴다. 그 중 하나는 암스테르담에 내리는 눈이며 다
른 하나는 알제에 내리는 눈이다.

첫째번 눈의 이미지에 관해서는 이미 앞서 『전락』을 분석하는 기회에
언급한 바 있다. 다만 그 이미지를 구성하는 여러 요소들을 물과 광물과

---

4) 『적지와 왕국』, p. 1599 참조. 사이드는 그 통 만드는 아틀리에에서 유일한 아랍인인
것 같지만 그의 곁에서 발레스터(Ballester) 역시 '맨발로' 일하고 있다. 이 두 사람의 이
같은 관계는 발레스터와 발두치(Balducci)라는 두 이름이 서로 비슷한 울림을 지니고 있
다는 점에서 의미가 있을 것이다. 그러나 발두치는 '말을 타고' 온 프랑스인이지만 아랍인
죄수는 '걸어서' 온다.(p. 1609)

불, 그리고 동적인 면 등과 관련하여 열거하는 것으로 그치겠다. 우선 물과 관련하여 '운하' '눈—비둘기' '내일의 진흙탕', 그리고 불의 이미지와 관련하여 '만약 눈이 갑자기 불붙듯이 쏟아진다면'이라는 표현, 또 눈의 순수함과 관련하여 '하얀 밤' '경옥' '덧없는 순수함' '칠현금' '하늘에서 내려오는 수레' '비둘기', 끝으로 빠르고 돌연한 움직임과 관련하여 '덧없는' '돌연 머리를 헝클다' '파닥거리다' '얼마나 대단한 침입인가' '갑자기' 등의 표현이 동원되어 눈의 이미지를 만들어내고 있다. 그러나 결국 '진흙탕'과 '어두운' 물, 그리고 기만적인 클라망스의 어법 등으로 인하여 눈의 정화력은 훨씬 감소되고 마는 것이 『전락』의 특성이기도 하다.(『전락』, p. 1458)

반면 알제의 아망드나무 가지 위에 꽃 핀 듯이 나타나는 눈은 바로 그것이 지닌 가냘픔으로 인하여 '아직 어디 손상된 곳 하나 없는 그토록 대단한 힘'을 증언해주고 있다. 이 눈은 물이 지닌 '무거운 정신'(니체)에도 광물이 지닌 '정복자' 같은 힘에도 굴하지 않을 것이다. 그 눈은 물과 광물 사이로 난 길을 따라 연약하나 집요한 가운데 꽃처럼 피어나 '성격의 힘, 고귀한 멋, 세계, 고전주의적인 행복, 자랑스러운 단단함, 현자가 지닌 싸늘한 연약함'을 증언해줄 것이다.(『여름』, pp. 836~837)

알제에 살고 있었을 때 어느 하룻밤 사이에, 이월달의 차갑고 순수한 단 하룻밤 사이에, 콩쉴 골짜기의 아망드나무들이 하얀 꽃으로 뒤덮이게 될 것임을 알고 있었기에 나는 항상 겨울을 참고 견디었다. 나는 그 다음에 그 연약한 눈이 모든 비와 바닷바람에 저항하는 것을 보면서 황홀해지는 것이었다. 그러나 해마다 그 눈은 끝끝내 꼭 열매를 준비하는 데 꼭 필요한 만큼 견디어내는 것이었다.

　　　　　　　　　　　　　　　　　　　　　　　　　　—『여름』, p. 836[5]

---

5) 같은 눈=꽃 이미지는 다른 텍스트 속에도 나타난다. 『작가수첩』 I, pp. 196~197 ; 『작가수첩』 II, p. 73 ; 『계엄령』, p. 265 : '헐벗은 아망드 나무들이 서리꽃들로 뒤덮일 때 우리들은 조금 일어설 수 있을 것이다.'

이 아망드나무야말로 진정한 향일성 식물의 개화를 보여주고 있다. '살아 있는' 중심을 싸고 이루어진 조직 혹은 결정의 참다운 모범이 바로 이 꽃이요 이 눈이다. 이 꽃—눈만이 우리들의 상상력을 '열매'로 인도해갈 수 있다. 그러나 열매를 기다리는 동안 '모든 비', 목마름을 기만하는 모든 물에 저항해야 할 뿐만 아니라 '바닷바람'에도 저항하지 않으면 안 된다. 왜냐하면 그 바닷바람은 '소금'을 담고 있기 때문이다.

소금 이미지의 분석으로 들어가기 전에 덧붙여둘 것이 있다. 「아망드나무」를 쓴 나레이터는 그 눈꽃 이미지에 바로 이어서 이렇게 적고 있다. '이것은 무슨 상징이 아니다. 우리는 상징을 가지고 우리의 행복을 얻는 것이 아니다. 그보다 더 진지해야 한다.'(『여름』, p. 836) 이 말은 무슨 뜻일까? 상징은 추상으로 가고 있는 길일 뿐이다. 따라서 상징은 '진흙'으로 된 인간의 육체만이 유일한 주인인 저 인간적 중용의 길이 아니다.

알제에서 아망드나무에 꽃이 피는 저 '이월달의 싸늘하고 순수한 단 하룻밤'이 상징보다 더 진지한 것이라면 오랑에서 타루가 죽음의 폭풍 속으로 떠나버린 다음, 육 개월 동안이나 페스트에 갇혀 지내다가 '마침내 도시의 문이 열리게 될 이월달의 아름다운 새벽'을 예고하는 '똑같이 싸늘한 밤' '맑고 얼음처럼 싸늘한 하늘 속에 얼어붙은 별들'(『페스트』, p. 1459) 또한 상징보다는 더 진지한 것이리라.

이미지란 분명 숨막히는 추상으로 가는 상징보다는 훨씬 진지한 생명의 꽃으로 우리를 인도해준다. 잠시 피어나는 이월달의 싸늘한 꽃, 그 덧없으나 강인한 결정, 그것이 참다운 눈이다.

제2장
눈에서 소금으로 — 「배교자, 혹은 혼미한 정신」의 분석 (1)

눈이 지닌 결정체의 형상, 집중의 역동성 그리고 하얀 빛 등의 속성은 눈과 똑같은 상상적 특질을 가진 소금의 이미지로 우리를 인도한다. 그러나 소금이 지닌 위력은 거기서 그치지 않는다. 진정한 소금은 한 계절 동안밖에 견디지 못하는 연약한 눈을 질료적인 차원에서 훨씬 능가하는 것이다. 소금의 질료적인 견고함에 비교해본다면 눈 속에는 너무나 많은 물이 포함되어 있다. 조그마한 열기에도, 비의 사소하고 음흉한 권유만 받아도 곧 다시 제 모습을 드러낼, 너무나 많은 물이 내포되어 있다. 눈은 너무나 쉽사리 물의 유혹에 넘어간다. 눈은 그의 결정체인 균형 속에 제 모습을 지탱하기에는 너무나 쉽사리도 유연해져버리는 질료이다. 우리가 알제의 아망드나무에서 꽃 피는 것을 목격한 적이 있는 그 눈조차도 비와 바람의 공격에 저항하는 모습이 감동적인 까닭은 바로 눈의 본질적인 연약함 때문이 아니었던가? 물론 어떤 종류의 상상력에는, 예를 들어서 질베르 뒤랑 같은 어떤 사람들에게는, 눈 역시 '땅·공기·물,

혹은 불과 마찬가지의 자격을 가지고 항구적으로 존재하는 하나의 질료'로 느껴질 수도 있다. 그러나 그러기 위해서는 알프스 고산지대에서 태어났거나 북극인이어야 할 것이고 '영원한 겨울'에 상상력을 맡길 줄도 알아야 할 것이다.[1]

카뮈적인 인간, 사막의 인간, 향일성 인간에 있어서는 눈이 '영원한' 것이 될 수는 없을 것이다. 반대로 이 찬란하면서도 삭막한 사막 속에서는 소금이 눈의 모든 위력을 대치해줄 수 있을 뿐만 아니라 그것이 지닌 항구성에 의하여 그 위력을 더욱 엄청난 경지에까지 추진시킬 수 있다. 소금에는 눈의 경우처럼 그 나름의 특별한 계절이 따로 있는 것이 아니다. 우리들로 하여금 질료라는 것에 대하여 오랫동안, 깊이 명상하게 만드는 하나의 요소가 있다면 그것은 바로 소금일 것이다. 왜냐하면 바슐라르의 말처럼 '소금은 질료의 핵심이기 때문'이다.[2]

이 말은 카뮈적인 인간에 있어서는 심각한 단언이다. 왜냐하면 '질료의 핵심'은 길이 끝나는 곳에, 운동이 정지로 변모하는 곳에서 만나게 되는 대상이기 때문이다. 이 최후의 지점에 이르게 되면 반드시 죽어 없어질 생명은 발디딜 자리가 없어진다. 이곳은 생명이 숨쉬는 곳이 아니다. 그래서 질료의 '중심'은 이미지의 종말이기도 하다. 그러므로 상상력의 종착점은 또한 이미지들의 죽음을 뜻하는 것이기도 하다. 바로 그러한 이유 때문에 우리는 그 최종적인 소금 그 자체에 이르기 전에, 눈에서 소금으로 가는 도정을 차근차근 따라가지 않으면 안 된다. 소금의 이미지의 길은 그러므로 소금을 향하여 나아가는 길이다.

카뮈의 세계 속에서 눈으로부터 소금에까지 이르는 길을 손가락질해 보이기 위해서는 예외적인 주인공 '배교자'가 그의 고향으로부터 '소금

---

1) 질베르 뒤랑, 「눈의 정신분석」, pp. 615~616 : '알프스 산악지방에 살고 있는 우리 같은 사람들에게 눈은 항구적인 존재이며 따라서 근본적인 존재이다. 십일월달부터 눈은 서리꽃이 피듯이 우리의 생활 속으로 스며든다. 십일월은 눈의 봄철이지만 일월은 싸늘한 열매들이 맺어지는 여름철이다. 그리고 나서 참회 화요일이 될 때까지는 클라이맥스, 광란의 시기가 계속된다. 그리고 나서는 눈은 서서히 퇴조하면서 산꼭대기로 올라간다. 너덧 달 동안의 휴식.'(*Mercure de France* 318호, 파리 : 1953, pp. 615~639)
2) 가스통 바슐라르, 『대지와 의지의 몽상』, p. 263 이후 참조.

의 도시'에 이르기까지 거쳐간 이정(里程)을 분석하며 쫓아가보는 것보다 더 나은 방법은 없을 것이다. 그 무엇에도 비길 수 없을 만큼 치열한 상상력의 충동을 받아 숙명처럼 한 발 한 발 소금의 도시를 향해 나아가는 배교자를 따라가본다면 우리는 동시에 아직까지 많은 의문들이 풀리지 않은 채 남아 있는 이 단편소설의 형태적 구조 자체를 분석해보는 기회를 갖게 될 수 있을 것이며, 또한 지금까지 부분적으로 검토해본 여러 가지 이미지들을 하나의 초점으로 집중시킬 수도 있을 것이다.

이 주인공이 걸어간 길은 여러 개의 도정들로 나누어져 있다. 이 도정들은 첫째로 지리적인 측면에서 분명하게 분간될 수 있으며, 둘째로 각각의 도정들은 주인공이 그곳에서 만나게 되는 새로운 인물에 의하여 서로 연결되며, 셋째로 그 도정들에 생명을 불어넣으면서 변모를 거듭하는 여러 가지의 상상적 질료들에 의하여 그 특징이 드러난다. 우리는 지리적 측면, 인물적 측면, 질료적 측면이라는 세 가지 관점에 덧붙여 종교적인 측면과 언어적인 측면을 또한 검토할 필요가 있다. 「배교자 혹은 혼미한 정신」이라는 단편소설의 제목은 바로 이 마지막 두 가지의 성격을 확연하게 제시해주고 있다. 이 복잡한 구조를 보다 알기 쉽게 살펴보기 위하여 우리는 위에 말한 다섯 가지 측면에서 이 단편소설들을 다음과 같은 도표로 요약하면서 주인공이 걸어간 도정을 살펴보기로 하자. 네 가지의 측면이 비교적 분명한 것이라면 질료적 이미지들의 측면은 그것이 지닌 유동성 때문에 훨씬 복잡하다.

그러면 도표의 순서에 따라 그 도정들을 하나씩 하나씩 살펴보기로 하겠다.

1. 지리적 측면

1) 마시프상트랄(Massif Central) : 이곳은 주인공이 태어난 고향으로 그의 고통스러운 여행의 출발점이다. 그곳은 동시에 카뮈의 상상적 지도 속에서 우뚝 솟은 심장부(centre massif)이기도 하다. 그 이름이 말해주

	유 겹 대 목		바다	아 포 리 가 대 목		경계선		소금의 도시	
	① 마시포 성블랑	② 그린노블 (신하교)		③ 엘체	④ 사하라	광장	⑤ 광장	감방 1	물신의 집 감방 2(물신)
지리	마시포 성블랑	그린노블 (신하교)		엘체	사하라				여자 2
인물	(신) 아버지 아들 신부 / 어머니 아들 신부	신하원장 가벼운 옷의 스승들 체나들 / 늙은 신부		신하원의 스승들 회계과	사하라 교통 안내인 운전사	감시병	키 큰 흑인들 / 무당 약사 여자들 여자 1	무당 약사 여자를 여자 1	(물신)
종교	신교	천주교		이교			검은 신		
언어	짐묵 / 말하기 / 포랑스어	포랑스어 / 읽기 쓰기 / 라틴어		아랍어 (포랑스어)			언어적 의사소통 중지		혀가 잘리다
이미지	수교 신포도주 중지 / '웃음' '이야기' 여름 햇빛 (태양·불·소금) / (+) (눈)		(물)	저녁 비 서늘함 더위 / (태양)	돈 (태양)	침묵 / (물)	망지 교문 전통 춤 외침 / 시선 교문 전통 춤 외침	세스 침묵 (흔미한 정신) / (소금)	(십자) (소금)

듯이 장소는 카뮈의 여러 작중 인물들이 태어난 고장이며 여러가지 풍경들의 '중심(centre)'이다. 바로 이 고장에서 카뮈 자신은 개인적으로는 질병, 집단적으로는 전쟁의 암울한 시절을 보냈다.

그의 상상의 지도 속에서 마시프상트랄은 중부 유럽과 관련돼 있다. 『작가수첩』II는 카뮈가 이 고장에 머물렀던 시절의 수많은 자취들을 담고 있으며 특히 어떤 보헤미아 지방 마을의 이름인 「뷔데조비스Budejovice」라는 희곡작품을 위한 노트들을 내포하고 있다.

바로 이 작품이 후일 『오해』로 변하게 된다. 마르타와 배교자는 이를테면 상상적인 차원에서 동일한 혈통이라고 볼 수 있다. 그러나 여성인 마르타는 실패하지만 종교적인 교육을 받은 남성인 배교자는 일단 성공한다.[3]

또다른 한편 어떤 인물들의 경우 마시프상트랄은 파리나 암스테르담과 동일한 상상대를 형성한다. 왜냐하면 마시프상트랄은 음산하고 지하적인 상징의 가치로 발전하여 중부 유럽에까지 확대되기 때문이다. 이런 의미에서 이곳은 유럽 전체 혹은 서양 전체, 나아가서는 세계 전체의 의미로 확산될 가능성을 가지고 있다. 특히 우리는 『페스트』의 조젭 그랑 역시 이 고장의 도시인 몽테리마르 출신이라는 사실을 기억한다.(『페스트』, p. 1250)

2) 그르노블은 두번째 이정이다. 마시프상트랄의 어린아이는 성장하여 신학교 학생이 된다. 그는 북부 유럽으로 가는 길을 택하지 않고 태양과 바다를 향하여 남쪽으로 내려가기 위하여 이곳으로 우회한다. 대륙적이며 산악적인 풍토는 마시프상트랄과 크게 다를 바가 없다. 그러나 벌써부터 이곳에는 태양이 빛난다. 마르타에 비한다면 그는 벌써 한 발을 더 내디딘 것이다.

그러나 오랑 시의 시청 직원인 조젭 그랑으로부터는 아직도 멀다.

3) 이제 그는 알제에 왔다. 이곳은 뫼르소, 메르소, 마리, 그리고 무엇보다도 카뮈의 고장이다. 그가 이곳에 왔다는 것은 지중해를 건넜다는

---

3) 전집 II(로제 키이요), pp. 1456~1462 및 『작가수첩』II, pp. 35~57.

의미이며 유럽 대륙을 떠났다는 뜻이 된다. '적지'로부터 그는 태양의 고장인 '왕국'으로 이동한 것이다. 이제 우리는 알제가 모든 견지에서 애매한 장소라는 것을 알고 있다. 즉 알제는 카트린느, 로즈, 클레르, 뤼시엔느, 마르트 등 『행복한 죽음』의 여인들 같은 '가벼운 옷을 입은 여자들'에게로, 『이방인』의 마리에게로, 바다로, 티파사로 인도해줄 수도 있지만 또 알제에서 시작하는 다른 하나의 길은 죽음의 장소인 마랑고, 살인의 해변, 사형수의 감옥으로도 인도한다. 특히 알제는 『페스트』의 오랑과 『계엄령』의 카딕스를 향하여 열려 있다. 그르노블의 신학교 학생은 비록 '가벼운 옷차림의 여인들'에게 눈길이 끌리지만 그에게 알제는 해변의 도시를 향해서가 아니라 사막을 향해서 가는 길에 거쳐가는 장소 혹은 기다리는 장소에 불과하다. 실제로 그는 오랑을 거치지도 않고 거기서 한 단계를 뛰어넘는다.

4) 이제 우리들의 주인공은 남쪽을 향하여 사막의 길로 접어든다. 그런데 사막은 두 부분으로 나누어진다. 첫부분은 사하라 횡단 버스라는 교통수단이 아직은 가능한 사하라 사막이고 두번째 부분은 북아프리카 사람들도 감히 발을 들여놓을 엄두를 못 내는 공격적인 사막이다. 아마도 그렇기 때문에 「손님」의 아랍인 죄수는 자기가 얻은 선택의 자유에도 불구하고 감히 이 길을 택하지 못했을 것이다. 오직 이 지역에 정통한 안내인만이 이곳에 발을 들여놓을 수 있다.

아마도 최후의 북아프리카 사람일 듯한 안내인에게서마저 버림받은 배교자는 '흑인들의 땅과 백인들의 고장이 만나는 경계선'(『적지와 왕국』, p. 1580)에 도착한다.

5) 마침내 '소금의 도시'에 이르렀다. 원칙적으로 여기가 그의 여행이 끝나는 종착점이다. 이 도시로 들어가기 위하여 그가 넘어선 경계선은 앞으로 그가 영원히 다시 되돌아오지 못할 생명과 죽음의 경계선이다. 마지막에 가서 그는 이 경계선상에서 죽을 것이다. 사실 이 경계선상에서 그의 '혼미한 정신'은 질서를 되찾게 되며 그 결과 우리는 「배교자, 혹은 혼미한 정신」이라는 작품을 얻게 된 것이다.

2. 인물들 및 종교적 측면

중복을 피하기 위하여 우리는 여기서 두 가지 측면을 동시에 분석하기로 하겠다.

1) 어린아이는 내륙지방에서 '거친 아버지'와 '잔혹한 어머니' 사이에 태어났다. 어린아이에게는 그다지 행복한 가족 상황이 못 된다. 게다가 마시프상트랄은 프랑스와 유럽의 심장부이면서도 '신교'의 고장이다. 기이하게도 천주교 나라, 천주교 대륙의 '중심지'는[4] 천주교의 고장이 아니다. 바로 이와 같은 가족적 · 종교적 상황 속에서 마을의 '신부'가 등장한다. 거친 아버지와 잔혹한 어머니와는 반대로 신부는 '매일같이' 그 어린아이를 돌봐준다. '마을 속을 지나갈 때면 벽을 쓸 듯이 바싹 붙어서 걸어다녀야 하는 이 신교의 고장'에서 이 신부의 종교적인 입장은 어린아이 못지않게 불편하다. 신교 가정의 어린아이를 천주교의 신학생으로 만드는 중계자가 바로 이 신부다. 이리하여 우리의 주인공은 수동적인 방식으로 첫번째 '배교' 행위를 하게 된다.(p. 1577)

2) '신교의 고장에서 모집해온' 신학생이고 보면 그는 신학교 안에서 성공의 표상이다. 그러나 그는 여전히 고향의 아버지와 어머니에게서 물려받은 유산을 그대로 지닌 채 있다. 신 포도주를 많이 마신 아버지의 아들은 '충치'가 많다. 그는 이 약점을 의식하고 있어서 자기를 낳아준 아버지를 증오한다. 이때부터 '당신에게는 쓸 만한 구석이 있어'라고 말하는 원장의 격려 정도로 만족하지 못한 그는 큰 야심을 품는다. '신 포도주'라는 약점을 '좋은 구석' 정도가 아니라 어떤 예외적인 '모범'에까지 탈바꿈시키기 위하여 그는 가치를 전도하고자 한다. 이 점에서 그는 원

---

4) 카뮈의 작품에 대한 가장 탁월한 비평가 중의 한 사람인 로제 키이요는 이 고장 클레르몽 페랑의 시장이다. 그곳은 특히 『파리 스와르』지를 따라 카뮈가 피난을 갔던 도시이다. 그가 그곳에 도착했을 때 『이방인』은 아직 하나의 원고에 지나지 않았다. 카뮈의 머릿속에서 이 고장의 이미지는 당시 전 유럽을 휩쓸던 전쟁의 이미지와 떼어놓을 수 없는 곳이었으리라.(『전집』 II, p. 1459 참조)

장 자신을 능가하고자 하는 것이다. 다른 한편 그는 이 수치의 근원인 자기의 아버지를 살해하고 싶은 심정이지만 그럴 필요가 없다. '왜냐하면 그는 신 포도주 때문에 위장에 구멍이 뚫려 이미 오래 전에 죽었기 때문이다.' 몸을 낳아준 아버지가 원장이라는 종교적 아버지로 대치되었고 또 낳아준 아버지는 저절로 죽었으니 이제 새로 얻은 '아버지'를 어떻게 하면 죽일 수(능가할 수) 있을까? 바로 여기서 새로운 상상의 어머니와 새로운 상징적 아버지가 그의 갈 길을 지시해주게 된다. 그 새로운 어머니란 신학생들이 그르노블의 태양 아래 '검은 옷을 입은 채 열을 지어' 걸어가다가 마주치게 된 '가벼운 옷차림의 처녀들'의 이미지이다. 자유롭고 젊고 가볍고 웃음짓는 이 처녀들이 어렴풋하게나마 남쪽으로 가는 길을 암시하고 있는 것은 아니었을까. 그러나 이 처녀들은 뜻밖에도 우리들의 주인공 마음속에 금욕적인 반응을 불러일으킨다('여자들이 나를 때리고 내 얼굴에 침을 뱉었다오.'). 그런데 실제에 있어서 그 여자들은 그저 웃기만 할 뿐이다. 그것은 광신적 순교자 혹은 마조히스트라고 할 수 있는 이 인물의 욕망에 대해서는 이중의 고문이다.[5] 상징적인 '어머니'라고 할 수 있는 이 여자들의 스쳐 지나가는 '웃음'이라는 불안정한 이미지에다가 어떤 늙은 신부 한 사람이 자기의 모험적인 '이야기'를 통하여 언어적인 실체를 부여한다. 이 인물은 특별히 주목을 끈다.

그 이야기를 나에게 처음으로 한 사람은 수도원에서 피정을 하고 있는 반쯤 눈이 먼 늙은 신부였는데, 아니 처음 이야기해준 사람이 아니라 그이가 유일한 사람이었지…… 자기가 알기로는 그런 것을 보고 돌아와 이야기를 할 수 있는 유일한 사람이었다지. 그는 처음으로 동정적인 유목민들을 만났다는 거야. 재수가 좋았지. 그런데 나는 그 후 불 같은 소금과 하늘과 물신의 집과 노예들이 나오는 그의 이야기에 대해서 몽상을 했지…….

---

5) 프리드리히 니체, 『선과 악을 초월하여』, p. 106 : '기독교는 에로스를 독살하려 했지만 에로스는 죽지 않고 타락만 했다.' 그러나 이 같은 아포리즘이 지닌 폭력적 의미를 그대로 받아들일 것이 아니라 동시에 우리는 그 속에서 어떤 해학적인 유동적 의미를 감안해야 할 것이다.

그 신부는 늙었기 때문에 '무력하고' 동시에 '격동이 많은 과거를 가진' 인물이다. 이것은 '반쯤 눈이 먼' 그의 신체적 불구와 지혜와 종교적 가치('피정')와 일치한다. 소금의 도시로 모험적인 선교여행을 했던 사람들 중에서 단 하나 살아남은 사람의 이야기를 그에게 전해줄 수 있었던 유일한 인물인 이 신부는 어떤 신화적인 모습을 갖추고 있는 것이 아닐까? '그의 이야기'는 어떤 면에서 오이디푸스의 운명을 예언하는 신화를 연상시키지 않는가. 비록 반쯤밖에 눈이 멀지 않았지만 이 신부는 또한 콜로노스의 오이디푸스를 닮은 데가 있지 않는가? 하여간 우리들의 주인공이 이제부터 밟아갈 길은 그 신부의 이야기 속에서 묘사된 바로 그 길이 될 것이다. 단편소설 속에는 소금의 도시로 들어가려고 기도한 세 사람의 인물이 등장한다. 그 첫째 인물은 신부의 이야기 속에서 유일하게 살아남은 사람인 '영웅'이고, 두번째 인물은 배교자이고, 세번째는 도시의 입구에서 배교자의 손에 살해당하게 될 부속 사제이다. 이처럼 지리적으로는 '처녀들'에 의하여, 종교적으로는 늙은 신부(상징적 아버지)에 의하여 유도되어 그는 천주교의 대륙을 떠나게 된다. 이것이 그의 수동적인 동시에 능동적인 두번째의 배교 행위이다.

3) 그가 몽상하여 마지않았던 '이야기'의 순서에 따르건대 처음 등장하는 요소는 '불 같은 소금과 하늘'이다. 따라서 알제는 소금의 불과 하늘의 불을 손가락질해주는 이정표인 셈이다. 그러나 아직 이곳의 풍토는 이 조급한 인물에게 너무나도 부드러운 것이다. 이야기 속에 등장하는 두번째 요소인 '물신의 집'이 알제의 신학교에 와 있는 그의 마음을 벌써부터 사로잡기 시작한다.

아니, 언제나 기다리기만 하다니 아! 안 될 일이야. 특별한 준비와 시험을 위해서라면 좋지. 시험은 알제에서 거치는 것이고 나를 목적지에 더 가깝게 해주는 것이니까. 그러나 그 밖의 것에 대해서는 나는 나의 이 단단한 머리를 내저었고 똑같은 말만 되풀이했다.

—『적지와 왕국』 p. 1579

여기서 우리는 알제가 이교도의 대륙으로 천주교를 전파하는 임무를 띤 신부들을 교육하는 중심지라는 것을 알 수 있다. 천주교가 새삼스럽게 포교사업을 벌이지 않아도 될 이 도시에 너무 오랫동안 머문다는 것은 기독교적인 대륙의 '한가운데'에서 태어난 이 인물을 더이상 참지 못하게 만든다. 순서대로의 과정을 뛰어넘어서 직접 목적에 도달하는 것이 그의 성격에 더 맞는 일이다.

그가 소심하고 조심성 있는 그의 스승들을 능가할 수 있도록 해주는 것은 변칙적인 방법밖에 없다.

알제에서 수도원을 도망쳐나올 때 나는 그 야만인들을 다르게 상상했었다. 내 몽상 속에서 사실과 일치하는 것이 단 한 가지 있었다면 그것은 그들이 악질이라는 사실이었다. 나는 회계과의 금고를 털었고 신부복을 벗어버렸다…….

—『적지와 왕국』, p. 1580

자기가 찾아가고 있는 '그 야만인들' 못지않게 그 자신 역시 악랄해지기 위해서 그는 사제직을 버렸고 도둑질을 한 것이다. 도둑질로 돈을 수중에 넣고 더이상 필요하지 않은 신부복을 벗어버리는 것이야말로 그의 운명이 점지하는 빈틈없는 논리를 따르는 일이다. 바로 이때 그는 그르노블의 여름 햇빛 아래서까지도 입고 있었던 '검은 옷'을 벗어던진다. 사막으로 가기 위해서 그 역시 그르노블의 처녀들처럼 '가벼운 옷'을 입는 것은 아닐까? 하여간 이처럼 정규 과정을 건너뛴 이 선교사는 선교사의 '옷'을 입지 않고 있다. 이것이 그의 세번째의 배교 행위이다.

4) 알제에 있는 신학교의 문에서부터 '경계선'에 이르기까지의 사막은 문자 그대로 하나의 길에 지나지 않는다. 이 도정을 생략할 수 있는 방도는 없다. 그는 사하라 횡단 차량의 숱한 승객들 중의 한 사람에 불과하다. 그러나 차가 종점에 이르자 그는 계속하여 나아가고자 한다. 그가 다

른 승객들과 다른 점은 바로 이것이다. 자기 스승들의 충고에도 불구하고 끝내 떠나기 위하여 도적질을 하고 제복을 벗어던졌듯이 그는 운전사의 충고에도 불구하고 자기의 길을 계속해서 간다.

> ……나는 아틀라스와 높은 고원들과 사막을 지나갔다. 사하라 횡단 교통의 운전사는 이렇게 나를 비웃었다. "거기로 가지 말어", 그 역시 그런 말을 하다니 모두들 도대체 왜 그러는지 모르겠다…….
>
> ─『적지와 왕국』, p. 1580

모든 사람의 충고에도 불구하고 끝내 자기 생각만을 믿는 것은 광신자의 으뜸가는 증상이 아니겠는가? 그러나 이 증상은 지금 당장으로서는 모험가나 정복자, 요컨대 '영웅'의 증상을 연상시킨다. 그러나 비록 영웅이라 할지라도 길이 없는 곳으로, 이 원초적인 사막 속으로 여행을 계속하려면 '안내인이 한 사람 필요했다.'(『적지와 왕국』, p. 1580) 그런데 이같은 모험에 없어서는 안 될 안내인 역시 도둑이라는 사실이 판명된다. 그의 악랄함은 벌써부터 우리의 주인공을 기다리고 있는 최후의 시련을 예고하면서 그 시련의 좋은 견본을 제공한다.

> 그 안내인놈이 내게서 도둑질을 해간 돈, 그 돈을 순진한, 언제나 순진하기만 한 나는 그놈에게 보여주었었던 것이다. 그러나 그놈은 나를 두들겨패고 난 뒤에 바로 여기 이 오솔길 위에다가 나를 버리고 갔다 : '개 같은 놈, 이게 길이다. 나는 떳떳한 사람이라구. 자, 그럼 저곳으로 가봐라. 따끔한 맛을 보게 될 테니', 과연 나는 따끔한 맛을 보았다. 오, 그렇고 말고…….
>
> ─『적지와 왕국』, p. 1580

그 '순진한' 사람은 도둑질한 돈을 돈이 더이상 필요 없는 바로 그곳에서 도둑맞았다. 이제 그는 사막의 변경에 있는 소금의 도시 앞에 당도한 것이다. 그러나 그는 여기서 고독하고 무일푼이 되어, 제삼자의 소개를 받기는커녕 일종의 틈입자 같은 처지가 되어 소금의 도시로 들어가는 것이 그의 운명이다.[6] 이 '선교사'가 흑인 감시병들에게 백인 죄수로 취급당하게 되는 것은 그가 훔쳤던, 그리고 도둑맞은 돈 때문이다. 흑인 감시병들은 '광장의 한가운데'의 햇빛 속으로 그를 데려간다. 흑인의 땅과 백인 고장 사이의 경계선을 넘는 행위는 이 틈입자의 네번째 배교 행위이다. 그의 여행은 그가 '소금의 도시'의 광장으로 끌려감으로써 끝나는 것은 아니다. 왜냐하면 늙은 신부가 들려준 '이야기', 혹은 배교자의 '몽상'을 구성하는 세번째와 네번째 요소는 '물신의 집'과 '그 노예들'이기 때문이다. 그러나 우리는 일단 소금의 도시 전체를 지금까지 해온 여행의 종착점으로 마감하는 데 그치겠다. 그러나 정작 그가 기독교의 신을 영원히 버리게 되는 곳은 이 도시의 안이라는 사실을 기억해두고 그에 대한 자세한 분석은 다음 장으로 미루기로 한다.

이상이 개종을 거듭하며 배교자가 겪어온 종교적 모험의 도정이다. 신교도에서 천주교도로, 기독교에서 이교도로, 순치된 이교도에서 걷잡을 수 없이 치열한 이교도로, '사랑'의 종교에서 증오의 종교로, 그는 최후까지 만성적인 배교 행위를 거듭한다. 매번의 돌연변이와 전도와 변칙 행위가 있을 때마다 하나의 중계자적인 인물이 그를 하나의 도정에서 다른 하나의 도정으로 옮겨가도록 간접적으로 유도하고 있다. 그러나 이 중계자적 인물들은 어떤 이미지나 이야기를 통해서 그 같은 변화를 암시해주는 데 그치는 반면, 실질적으로 그리고 의도적으로 결단을 내리는 것은 바로 그 자신이다. 매번 따라야 할 길의 인도자를 만나게 된다는 것은 만날 욕구가 있었기 때문이다. 사실은 그 자신이 능동적으로 어떤 욕구를 실천했다기보다는 그의 마음속에 숨어 있는 어떤 보이지 않는 힘이 그를 떠밀고 있다고 하는 것이 옳겠지만 그 힘의 추진력을 아무런 저항 없이 받아들인다는 것, 오직 반동적인 힘에만 의존하여 자신의 정령을

---

6) 카뮈의 작품 속에서 돈을 지니고 있는 여행자는 항상 불운하다. 『오해』에 나오는 장 역시 배교자 못지않게 '순진'하다. 돈은 반짝이는 금속이지만 무거워서 운동을 방해한다. 『행복한 죽음』의 자그뢰즈는 그 좋은 예이다. 그는 돈이 많지만 반토막짜리의 불구자이다.

구현한다는 것은 결국 배교자로 하여금 자기 운명의 '노예'가 되게 한다. 그의 오만은 맹목이며 니힐리즘일 뿐이다.

3. 언어적 측면

이 예외적인 인물을 통하여 살펴볼 수 있는 언어적 면에서의 변화는 심리언어학자나 사회언어학자의 관심사가 될 만한 것이다. 그러나 우리는 여기서 문학 텍스트의 차원에서 분명하게 인지되는 것만을 지적하고 그것을 상상적 · 종교적 차원과 결부시켜보는 정도에 그치려고 한다.

1) 프랑스 중부에서 태어난 이 인물의 모국어는 그의 '혼미한 정신'을 그대로 옮겨놓는 텍스트가 그러하듯이 프랑스어이다. 우리는 그의 모국어 습득이 정상적인 방법으로 이루어졌는지 어떤지에 대해서 아는 바가 없다. 그러나 우리는 적어도 가난하고 교육에 부적합한 환경('돼지기름으로 끓인 국'과 교육 능력이 없는 부모 — 알코올 중독자인 아버지와 '잔혹한' 어머니) 속에서 태어난 이 어린아이의 언어 습득은 그다지 쉽지는 않았으리라고 상상할 수 있다. 글을 쓰고 읽는 것을 그는 신부 덕분에 배우게 된다. 이를테면 언어의 습득은 이렇게 하여 종교의 습득과 병행된 셈이다. 신의 이미지는 그가 쓴 최초의 말과 그가 처음으로 읽은 문장들 속에 스며들어 있었다.

신부는 그에게 모국어를 읽는 방법을 가르쳐주는 것으로 그치지 않고 '그의 단단한 머릿속에 라틴어 지식을 집어넣어주었다.'(『적지와 왕국』, p. 1578) 이와 같이 하여 신부는 일종의 '부국어(langue paternelle)'를 가르쳐주었다고 할 수 있다. 라틴어의 습득을 통해서 어린아이는 언어적 원점으로 거슬러올라간다. 라틴어는 신교도이고 대륙에서 태어난 이 어린아이를 언어 및 지리적인 그의 조상들, 즉 라틴 사람들 그리고 한걸음 더 나아가 기독교적인 신의 탄생에로, 또다른 한편으로는 지중해로 인도해간다.

그와 동향인인 조젭 그랑은 지중해 건너편 대륙에 배교자보다 먼저 정착한 사람이지만 그 역시 마찬가지의 언어적 소양을 가지고 있다.

> ……우리 고향에서 흔히 하는 말처럼 : '오늘 할 일을 절대로 내일로 미루어서는 안 됩니다……' 몽테리마르 출신인 그랑이 자기 고장의 속담을 들먹이고 나서는 '꿈 같은 시절'이니 '꿈 같은 빛'이니 하는 다른 어디서도 못 들어본 진부한 표현들을 덧붙이는 습관이 있다는 것을 리유는 눈여겨본 적이 있었다.
>
> —『페스트』, p. 1250[7]

> 그러자 그랑은 자기가 라틴어를 다시 복습해보려고 한다고 그에게 설명했다. 고등학교를 졸업한 이후 많이 잊어버린 것이었다. '그래요, 프랑스어 단어의 의미를 보다 더 잘 알기 위해서는 그것이 도움이 된다는 말을 들었거든요.' 그래서 그는 칠판에다가 라틴어 단어들을 적곤 했다. 그는 어미변화와 활용형식에 따라 변하는 단어들을 분필로 다시 베꼈고 절대로 변하지 않는 단어들은 붉은 분필로 옮겨 적었다.
>
> —『페스트』, pp. 1240~1241[8]

언어적 각 단계마다 직접화법이나 자유간접화법(카뮈의 문장 속에 매우 빈번한)으로 그가 옮겨 적은 단어들이나 문장들을 인용하고, 인물이

---

7) 『이방인』의 마송 역시 그와 유사한 언어적 습관을 가지고 있다 —'그는 자기가 하는 모든 말 앞에다가 '아니 그 정도가 아니에요'라는 표현을 덧붙이는 습관이 있다. 따지고 보면 그 표현이 자기가 한 말의 의미에 아무런 보탬이 되지 않을 때조차도 그랬다.'(『이방인』, p. 1160) 그 역시 그의 체격이 상기시키듯이 마시프상트랄 출신은 아닐까? 그러나 그 같은 말버릇은 출신지역과는 아무런 관계가 없는 현상이라고 할 수 있다. 오랑과 알제 출신이며 정확한 말의 선택에 항상 유의하는 카뮈 자신은 심지어 문장의 의미에 아무런 도움이 되지 않을 때조차도 예를 들어서 'de loin en loin' 'dans un sens' 같은 표현을 거의 습관적으로 사용하곤 하지 않는가?

8) 그의 이웃인 코타르 역시 자살을 기도하면서 '붉은색 분필'을 사용한다.(『페스트』, p. 1229) 카뮈의 상상력 속에서는 그것이 햇빛을 향한 것일 때는 향일성 식물의 꽃들이나 핏빛처럼 긍정적인 의미를 가지며 그 색깔이 검은색과 나란히 놓일 때는 모든 재판관들의 제복처럼 부정적인 의미를 갖는다.

직접 발언했거나 또 '혼미한 정신'의 담화 속에 옮겨져서 편입된 내용들을 지적해보기로 하자. 이 같은 지적은 하나의 언어적 단계에서 다른 단계로 옮겨간 것을 표시하기 위해서 반드시 필요한 일이다.

다음은 마시프상트랄 사람들이 직접 발언한 내용이다.

① 마을의 신부 : '이 꼬마는 영리하단 말이야. 그렇지만 노새처럼 옹고집이야.'(『적지와 왕국』, p. 1578)

② 아버지 : '암소 대가리 같은 놈'(『적지와 왕국』, p. 1578)

이상의 말들은 그러므로 혀가 잘려나간 '혼미한 정신'의 배교자가 자기의 담화 속에서 변형시키지 않은 채 그대로 옮겨놓은 내용이다. 이 단편소설 전체에 걸쳐서 그가 고향에서 배운 라틴어의 잔재는 전혀 옮겨적힌 바 없다는 사실 또한 지적해두자.

2) 신학교에서도 여전히 의사소통은 프랑스말로 이루어진 듯하다. 우선 그의 스승들이 되풀이하여 들려준 설교의 형태가 그러하다.

선교활동, 그들의 입에 발린 것은 이 말뿐이었다. 야만인들에게 가서 이렇게 말해줄 것 : '이분이 바로 나의 주님이시다. 이분은 절대로 때리지도 않고 살인하는 법도 없다. (……) 나를 때려보라. 그러면 그 증거를 보게 될 것이다.'

―『적지와 왕국』, p. 1578

그 다음으로는 격려의 말이 그러하다. '아니 천만에, 당신에게는 좋은 구석이 있어요!'(『적지와 왕국』, p. 1578)

분명히 발음되고 반복되고 또 강조된(감탄부호) 이 담화들은 그가 지나치며 만났던 그르노블 처녀들의 '웃음', 즉 정확하게 분절되지 않는 따라서 해석을 거쳐 파악해야 할 그 소리나 이미지와는 대립적인 것이다. 이 인간의 참다운 본질이 드러나는 것은 바로 해석의 차원(영상적·청각적·시각적 이미지에서 약호화된 언어적 메시지로의 이동)에서이다.

……그러나 정말 그들의 웃음은 나를 갈기갈기 찢는 듯 이빨이 나고 가시가 돋친 그런 것이었다. 공격과 아픔은 감미롭기도 했지!

—『적지와 왕국』, p. 1578

이 같은 웃음에 대한 반응은 클라망스의 반응과 같은 것이다. 그러나 클라망스의 반응이 수동적 ─'나는 어리둥절했었어요. 숨을 쉬기가 어려웠어요.' ─혹은 수세적 ─'나는 어깨를 으쓱하면서 창문을 닫았지요' (『전락』, p. 1493) ─인 것이라면, 배교자의 그것은 공격적인 힘으로서의 웃음을 받아들이는 태도에 있어서는 보다 능동적이고 고통을 즐기는 점에 있어서는 피학적이다. 클라망스의 경우 웃음의 '폭발'은 자아분열의 시초로, 따라서 통일된 상태에서 해체, 혹은 희박한 상태로의 운동에 지나지 않는다. 그 웃음이 강을 따라서 흘러내려간다는 것은 그렇게 설명될 수 있다. 한편 배교자의 경우에는 그와 반대이다. 아직은 그 모습을 제대로 갖추지 못한 채 막연한 상태로 남아 있던 감정이 '웃음'을 만남으로써 집중의 대상을 찾게 된다. 이리하여 그 막연한 감정은 피학욕구라는 통일된 힘이 되어 하나의 초점을 향해 송두리째 쏟아부어질 수 있다. 자아를 하나의 초점으로 통일하려는 이 같은 노력은 알맞는 대상을 만난 것이다. 하나의 표시에 대한 피학적 해석은 가학적 해석과 그다지 거리가 멀지 않다. 왜냐하면 그 두 가지가 다 공격성에 의하여 자아를 하나의 초점에 집중시킨다는 공통된 기능을 가지고 있기 때문이다. 다만 공격성의 대상이 다를 뿐이다. 피학적인 힘의 경우는 자아가 그 대상이고, 가학적인 힘의 경우에는 타자 혹은 다른 오브제가 그 대상이다. 요컨대 지식층 부르주아인 클라망스가 한편으로 그것이 '선량하고 자연스러우며 거의 우정 어린 웃음이었다'고 인정하고 다른 한편으로는 무슨 까닭에서인지는 모르나 마음속 깊이 어떤 불편한 기분을 느끼면서 그 같은 자아분열을 수동적으로 당하는 것이라면, 세계는 단 하나의 신을 중심으로 조직되어 있다고 믿으며, 어린 시절부터 자기의 부모와 고향과 개신교에 대하여 원한을 품고 있는 이 신학교 학생은 자아분열을 당하는 것이 아니라 반대로 이 통일적인 핵심, 혹은 복합적인 공격 중심에 점점 더 치열하게 매달린다. 한쪽은 시니컬하고 수다스러운 허무주의자로 변하는가 하면 이 인물은 광신적이고 그 역시 수다스러우나 결국 따지고 보면 혀가 잘린 '혼미한 정신'의 수다쟁이로 변한다.

그러나 웃음은 언어학적 기호가 아니다. 그 속에 포함된 내용은 아직 너무나도 불분명하며 애매하다. 바로 이 같은 애매한 이미지에다가 늙은 신부가 언어의 분명한 힘을 부여하게 되는 것이다. 즉 이미지는 말로 변하고 길에서 만났던 처녀들의 몸짓과 그 의미가 분명하지 않은 그들의 웃음은 늙은 신부의 이야기 속에 나오는 '영웅'의 행동으로 혹은 질서 있는 언어적 담화로 변한다. 윤곽이 뚜렷하지 못한 삶 속에서 직접적으로 체험한 이미지는 이와 같이 하여 체계화된 언어로 고착되는 것이다. 이와 같이 해서 타가사(Taghasa)라는 '쇠붙이 같은 이름'이 여러 해 동안 그의 머릿속에서 두드리는 듯한 소리를 내는 것이다. 대상을 찾지 못한 하나의 힘에 불과했던 막연한 욕망이 이미지로 옮겨가고 분명하지 못하던 이미지가 구체적인 이야기로 변하는 과정이 바로 이 인물에 있어서의 언어적 고착 현상인 것이다.

3) 늙은 신부의 이야기가 배교자로 하여금 자기의 욕망을 언어적 차원에서 고착시킬 수 있도록 해주기는 하지만 그 이야기는 하나의 '허구'에 지나지 않는다. 왜냐하면 그에게 이야기를 해준 늙은 신부는 유일하고 마지막인, 따라서 매우 희귀한 이야기꾼이기는 하지만 그는 자기가 직접 겪지 않은 이야기의 나레이터에 불과하기 때문이다. 배교자 자신은 이야기의 실제 주인공을 접촉할 수도 없고 볼 수도 없다. 이것이 바로 실체를 원하는 배교자에게는 아쉬운 점이다. 그 허구를 현실로 탈바꿈시킬 수 있는 유일한 수단이 있다면 그것은 자기자신이 몸소 이야기 속에 그려진 모험 속으로 뛰어드는 일이다. 그것은 또한 이야기 속의 주인공을 능가할 수 있는 유일한 기회일 것이다. 주인공은 유일하게 살아서 돌아온 사람이지만 결국 야만인들을 기독교로 개종시키기는커녕 오히려 그들에게 쫓겨나온 실패자이다.

이야기 속의 모험을 몸소 체험하고 허구적인 주인공을 능가함으로써 자기 스스로 살아 있는 이야기가 되는 것, 그것이 바로 그의 야망이다.

그의 알제 체재에 관계된 텍스트 속에서, 그에게 기다리라고 충고하고 그의 행동을 지체시키는 스승들의 말 내용은 그르노블의 경우처럼 직접화법으로 되어 있지 않다.

신학교에서 그분들은 나의 용기를 꺾어놓기 위해서 나에게 설교했다. 그곳은 선교사업을 갈 데가 못 되며 나는 아직 미숙하며 그러니 준비를 더 해야 하고 나 자신에 대해서 더 알아야 하고 또 스스로를 시험해보아야 하며 그런 다음에야 두고 볼 일이라고 말하는 것이었다!
—『적지와 왕국』, p. 1579

Ils m'ont fait des discours au Séminaire pour me décourager, et qu'il fallait……[que]ce n'était pas un pays de mission, [que] je n'é tais pas mûr, [que] je devais préparer, [qu']il fallait savoir qui j'é tais, et encore [qu']il falliait m'éprouver, [qu'] on verrait ensuite.

오직 '혼미한 정신 상태'의 나레이터만이 의식적으로 'que'나 혹은 다른 요소들을 생략한 채 이와 같은 자유간접화법을 사용할 수 있을 것이다. 그리고 그는 이 자유간접화법을 통하여 자기 스승들의 '설교'를 평가절하한 것이다.

그 설교는 이미 그가 들은 '이야기'와 그 이야기를 능가하고 싶어하는 그 욕구에 의하여 완전히 무가치해진 것이나 마찬가지다.

나레이터(배교자)가 이 대목에서 자유간접화법을 사용한 것은 자기 스승들의 설교내용을 충실하게 전달하면서도 그 본래의 표현방식인 직접화법을 기피함으로써 스승들의 충고에 대한 일종의 거부반응을 암시적으로 표현하기 위함이었다.

4) 알제에 머무는 동안의 '특수한 준비'라는 것이 사하라 횡단 교통의 운전사와 그가 후일 서로 의사교환을 할 수 있도록 원주민 언어를 습득하는 일까지도 포함하는지 어떤지는 알기 어렵다.

하여간 운전사가 프랑스말을 할 줄 알든가 아니면 알제의 신학교 학생이 운전사가 쓰는 언어를 배웠든가 둘 중의 하나여야 논리적이 된다.

실제로 이 작품의 담화 속에서는 운전사의 말이나 그 몇 행 뒤에 소개된 안내자의 욕설은 프랑스말의 직접화법으로 인용되어 있다.

운전사와 안내인의 말을 이처럼 직접 인용했다는 것은 어떤 중요성을 지닐 수 있다. 여기서 인용된 말은 원주민의 말로 표현된 것을 나중에 '혼미한 정신'이 프랑스말로 옮겨놓은 것일까? 그렇지 않으면 그 말들을 들었을 때의 강렬한 인상이 배교자의 머릿속에 그대로 고스란히 남아 있었던 것일까?

첫번째 가정은 이 단편소설 속에서 확인될 수 없는 것인 반면 두번째의 가정은 보다 더 사실과 가까울 가능성이 있다.

5) 일단 '경계선'을 넘어선 후에 이 선교사는 소금의 도시 주민들과 언어를 통한 의사교환은 전혀 하지 못한 것 같다.

그러다가 어느 날 그는 자기 나라 말을 듣게 되지만 그것이 프랑스말이라는 것을 알아차리기까지 한참의 시간이 걸릴 정도가 된다.(『적지와 왕국』, p. 1588)

이상으로 우리는 이 작품의 나레이터, 즉 배교자가 어떠한 언어적 표현에 유의했는가를 살펴보았다. 그러나 그가 소금의 도시 안으로 들어간 이후의 사건들에 관해서는 다음 장에서 분석하기로 하자.

4. 이미지의 측면

'경계선'을 넘어 소금의 도시로 들어간 이후의 이야기를 분석하기 전에 우선 알제에서 이 경계선에 이르기까지의 도정을 이미지의 측면에서 살펴보자. 그르노블에서 알제의 신학교로 오기까지에는 지중해라는 바다가 가로놓여 있다. 그러나 '혼미한 정신'의 나레이터는 이 바다여행을 손쉽게 생략해버렸다. 마치 그의 상상 속에서 강력한 힘을 발휘하고 있는 태양열이 지중해 바닷물을 쉽사리 증발시키기라도 해버린 것 같다. 해변의 도시 알제에 머무는 동안 이 광신적인 신학생의 머릿속에서는 단

한번도 바다의 이미지가 스쳐간 흔적이 없다. 그에게 있어서 신학교의 문은 오직 저 불타는 사막을 향해서만 열려 있는 듯하다. 심지어 말[言 語]조차도 클라망스의 경우처럼 입에서 '흘러나오는' 것이 아니라 돌덩 어리나 소금 덩어리처럼 '혓바닥 위에 굴러다닌다.'(『적지와 왕국』, p. 1579) 카뮈의 모든 작품에 걸쳐서 가장 큰 몫을 차지하는 지역인 알제가 이 신학생의 머릿속에는 한갓 통과지점에 지나지 않는다. 카뮈의 작품 속에서 알제는 두 사람의 도둑, 즉 강도 살인범인 메르소(『행복한 죽 음』)와 배교자의 서로 상반된 길이 갈라지는 분기점이다. 메르소는 알제 에서 자그뢰즈를 살해한 후 그에게서 훔친 돈을 가지고 암울한 중부 유 럽을 우회하여 다시 알제로 돌아오고 마침내 '왕국' 중의 왕국인 티파사 에서 삶을 끝마친다. 중부 유럽에서 태어난 배교자는 남으로 내려와 알 제에서 돈을 훔쳐가지고 사막을 건너 타가사(소금의 도시)로 간다.

마시프상트랄의 '고원'에서 태어난 이 인물은 이제 아틀라스와 사막을 지나 또 하나의 드높은 '고원' 저 너머의 소금의 도시로 가려고 한다. 이 곳의 태양은 마시프상트랄 고원의 눈을 녹이던 태양과는 비교가 안 될 정도로 공격적이다. 사막의 광대무변한 모습은 대양을 연상시키지만 그 질료는 광물성이다. '수백 킬로미터에 이르는 동안 모래의 파도들은 머 리를 풀어헤치고 바람에 불려 앞으로 밀리고 뒤로 밀리고 했다.'(p. 1580) 여기는 자닌느(「간부」)의 몽상 속에서처럼 '부드러운 모래'의 사 막이며 배교자의 여행도 아직까지는 상상의 '항해'라고 할 수 있다. 그 러나 돌연히 정지된 격렬한 파도로 이루어진 슈누아의 암석과도 같은 풍 경이 이내 그 모습을 나타낸다. '다시금 온통 시커멓고 뾰족한 봉우리, 쇠붙이처럼 날이 선 봉우리의 산'이다.(p. 1580) 움직이는 모래에서 '컴 컴한' 돌산으로, 돌과 바위에서 거대한 칼처럼 날이 선 쇠붙이 형상으로 질료는 단단해지고 공격적인 성격을 띠어간다. '잘라낼 듯 날이 선 모서 리'의 바위는 곧 빛을 받아 반사한다.『이방인』의 저 비극적인 모래밭이 보다 더 거대한 규모로, 더 치열한 강도로 발전한 것이다. 사하라 횡단 교통의 운전사는 이 공격성의 의미를 예감한 듯 '저곳엔 가지 마시오'라 고 경고한다.(p. 1580)

'과거가 없는 도시들을 위한 안내서'(『여름』)의 나레이터 역시 이와 비슷한 경고를 발한 적이 있다.

> 때때로, 파리에서, 내가 존경하는 사람들이 내게 알제리에 대하여 물을 때면 나는 '그곳엔 가지 마시오' 하고 소리치고 싶어진다…… 흑백으로 변할 정도로 강렬한 그곳의 빛은 숨막히게 만드는 그 무엇을 지니고 있다.
>
> —『여름』, p. 847

배교자가 사막으로 들어설 때보다 십오 년 전인 어느 여름날 이 '사막' 속에서 뫼르소는 '모래'와 '칼날'과 그 칼날에 반사되는 '햇빛'으로 인해서 살인을 했고 결국 자신도 목숨을 잃었었다.

모래·바위·'쇠붙이'로 이루어진 사막의 초입을 지나 이제부터는 참다운 사막이다. '파도'와 같은 모래의 유체성 운동은 끝나고 이제는 오직 돌들뿐인 요지부동의 광대무변한 공간이다. '끝도 없이 펼쳐진 갈색의 돌바다가 열기로 인하여 고함치는 듯하고 수천 수만 개의 삐죽삐죽 일어선 불의 거울이 되어 불탄다.' '시커먼 암산(岩山) 봉우리'들이 '갈색'의 돌로 변한다. 갈색은 불의 세계다. 어둠침침하던 돌의 세계는 '거울'의 세계, 즉 보다 예리하고 보다 공격적인 유리의 세계로 변하면서 '소금'의 왕국을 예고한다. 공격성은 청각('고함치는'), 시각('거울'), 촉각('불' '불타는') 등 다양한 감각기관을 통해서 실감된다.

마침내 지금까지의 동적인 공간은 '경계선'을 중심으로 단일한 두 개의 지역으로 단순화된다. 그 한쪽은 '흑인들의 땅'이요 다른 한쪽은 '백인들의 고장'이다. 그러나 이 경계선은 단순히 지리적인 경계선만이 아니다. 흑백의 두 지역은 사실상 동일한 이미지의 안과 밖에 지나지 않는다. 하얀 소금의 도시 속에 사는 주민은 흑인들이다. 영혼이 가장 '검은' 이 여행자(배교자)는 흑인도시 속에서 '백인' 틈입자로 체포되어 '도시 중심', 즉 소금의 중심으로 끌려간다. 그러면 이제 오직 '혼미한 정신' 상태의 취한 듯하고 치열한 상상력만이 우리에게 전달해줄 수 있는 '소금의 도시'는 어떤 이미지인가를 살펴보자.

　이곳의 그늘은 기분 좋다. 도대체 어떻게들 소금의 도시에서, 하얀 열기로 가득 찬 저 분지에 처박혀서 살 수 있을까? 그냥 곡괭이로 찍어내고 투박하게 대강 다듬은 직선의 벽돌, 곡괭이로 찍은 자국들은 날이 선 비늘처럼 삐죽삐죽 솟아 있고, 바람이 곧은 벽과 테라스를 휩쓸고 갈 때를 제외하고는 누런 모래 때문에 여기저기가 누르스름해진 벽마다, 그 퍼런 껍질까지도 싹 닦여진 하늘 아래 모든 것이 섬광 같은 흰빛으로 광채를 발한다. 마치 어느 옛날 저 사람들이 다 같이 덤벼들어 소금산을 깨부수어가지고 우선은 편편하게 깎아내린 다음 그 소금 덩어리에 바로 대고 길들을 파고 집의 내부와 창문을 파낸 것처럼, 아니면, 마치, 그래 그쪽이 낫겠어, 저 사람들이, 아무도 살 수 없을 그곳에서, 일생의 삼십 일 동안, 자기들은 살 수 있다는 것을 증명해 보이기에 적당할 만큼만 펄펄 끓는 물의 호스를 가지고 자기네들의 하얗고 뜨거운 지옥을 파놓은 것처럼, 서로 한데 붙어 있는 테라스들 위로 요지부동의 화재가 타닥타닥 불꽃을 튀기고 있는 여러 날 동안, 나는 눈이 부시다 못해 눈이 멀어가고 있었다. 대낮의 열기 때문에 사람과 사람이 일체 몸을 서로 댈 엄두도 못 내고 사람과 사람 사이에는 눈에 보이지 않는 불꽃 쇠스랑들과 끓는 수정 송곳들이 치솟는가 하면 예고도 없이 찾아드는 밤의 추위는 그들을 하나씩 하나씩 암염(岩鹽)의 조개껍질 속에 꼼짝도 하지 못한 채 들어앉아, 물기 없는 빙군(氷群)에 서식하는 어둠의 주민이 되게 만들고 자기들의 입방형 얼음집 속에서 돌연 오들오들 떠는 흑인 에스키모로 변모시키는 그런 곳이다. 그렇다. 흑인들이다. 왜냐하면 그들은 검고 긴 천으로 된 옷을 입고 있으니까. 그리고 손톱에까지 잔뜩 낀 소금, 극지에서와 같은 밤의 잠 속에서도 씁쓸하게 되씹는 소금, 곡괭이로 우묵하게 쪼아 파놓은 단 하나밖에 없는 우물에 괸 음료수 속에도 녹아 있는 소금은 때때로 그들의 검은 옷 위에다가 마치 비 온 후에 달팽이가 기어간 자국과도 흡사한 자취를 남겨놓곤 한다.

─『적지와 왕국』, p. 158[1]

이 소금의 도시를 그려 보인 이 인용문 속에는 카뮈의 전 작품들을 관류하고 있는 모든 이미지들, 모든 요소들, 모든 운동들이 숨차고 광란하는 듯한 리듬으로 단 하나의 문단 속에 쌓이고 응축되고 경화(硬化)되어 문장 자체가 소금 덩어리에서 깎아 만든 조각처럼 집약적인 모습을 보여 주고 있다. 단어와 이미지와 동력은 여러 구성요소들간의 부드러운 조화나 문장의 유연한 흐름에 의해서가 아니라 강렬한 충격에 의하여 한덩어리로 뭉쳐진 듯한 느낌을 준다. '곡괭이로 찍어낸', 혹은 '끓는 물의 호스로 끓어낸' 듯한 이 이미지들 속에는 서로 상극적인 힘들과 반대되는 감각들과 상충하는 요소들이 서로 마주쳐서 충격을 거듭하면서 견딜 수 없는 갈등의 지점에서 합쳐지고 있다.

① 4원소
    a. (땅) : 모래, 산, 곡괭이, 수정, 암염, 소금
    b. (불) : 하얀 열기, 화재, 뜨거운, 끓는, 불꽃
    c. (공기) : 바람
    d. (물) : 비, 음료수, 샘, 끓는 물, 빙군, 얼음집
② 빛과 그늘, 백과 흑
    a. 하얀 열기, 광채를 발하다, 섬광 같은 흰빛, 하얀 테라스, 하얀 지옥
    b. 그늘, 밤, 어둠의, 흑인 에스키모, 검은 천, 어두운
    c. 눈부신, 눈이 먼, 눈에 보이지 않는 불꽃, 극지 같은 밤의 잠
③ 색채 : 흰색, 노란색, 푸른색, 검은색
④ 뜨거움과 차가움
    a. 열기, 화재, 뜨거운, 끓는, 불꽃
    b. 추운, 빙군, 에스키모, 떨다, 얼음집
    c. a=b. 예고도 없이, 갑자기
⑤ 단단함과 유연함, 마른 것과 젖은 것
    a. 곧은 벽, 찍어(깎아)내다, 곡괭이, 다듬다, 곡괭이 자국, 비늘,

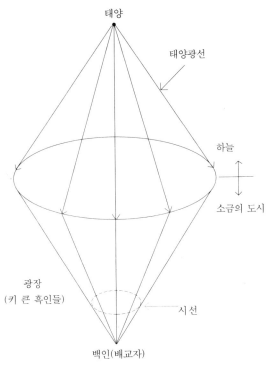

태양

태양광선

하늘

하늘
(푸르고
단단한 렌즈)

소금의 도시

광장
(키 큰 흑인들)

시선

백인(배교자)

모래, 껍질, 소금, 덩어리, 끊어내다. 쇠스랑, 수정, 조개껍질, 빙
군, 메마른, 입방형의 얼음집, 손톱, 암염

b. 물, 비, 마시다, 샘, 음료수, 끓는

⑥ 운동, 힘

a. 격렬한, 빠른, 날카로운, 깎아내다. 다듬다, 삐죽삐죽, 솟다, 눈부
시게 하다, 광채를 발하다, 불꽃 튀기는 소리를 내다, 공격하다
(깨부수다), 편편하게 하다, 끊다, 불태우다, 끓이다, 쇠스랑, 예
고도 없이, 꼼짝 못하게 하다, 떨다, 갑자기, 자욱하게 밀려들다,
번쩍거리다

b. 완만한, 부드러운, 수동적인 운동이나 힘 : (남은, 씻겨진, 눈먼,
편편하게 고른, 끊은, 고정된), 다시 씹다, 잠, 마시다, 자국, 자
취, 달팽이, 비

마시프상트랄의 눈더미(congère)에서부터 소금(이 도시 전체를 지배
하는 단일한 질료)에 이르기까지 변용에 변용을 거듭해온 풍경은 마침내

이미지 그 자체의 생명, 즉 역동성 그 자체가 위협당할 정도로 숨막히는 경지에 도달해가고 있다.

이것은 마치 역동적 상상력이 너무나 엄청난 충격에 의하여 문득 부동의 죽은 '사물(chose)'로 고착되어버릴 것 같은 상황이다.

'비 온 뒤에 달팽이가 기어간 자국 같은' 자취 속에 이미지 자체가 생명을 멈추어버리는 것은 아닐까?

5. 소금의 세례

배교자가 소금의 도시 안으로 들어와서부터(p. 1582) 그의 감방에서 탈출하기까지(p. 1589)의 이야기는 공간·매개 인물·종교·언어·이미지 등 다섯 가지의 측면에서 서로 구별되는 여러 개의 단위들로 나누어 분석될 수 있다. 공간적인 측면은 앞서의 분석에서 본 지리적 측면에서처럼 가장 분명하고 다른 네 가지 측면은 공간축을 중심으로 변화를 보인다.

1) 우선 '광장의 한가운데'에서 일종의 말없는 재판이 벌어진다. 도시의 수비병들은 이 백인 틈입자를 주민들이 둘러싸고 있는 한가운데로 데리고 온다. 이 선교사가 서 있는 중심(한가운데)은 모든 것의 중심이다. 이 지점은 크게는 사막의 한가운데요 도시의 한가운데요 광장의 한가운데다. 더군다나 키 큰 흑인들과 수비병들이 에워싼 한가운데이기도 하다. 그의 공간적 위치는 가장 낮다. 즉 다른 주민들은 모두 서 있는 반면 그는 무릎을 꿇고 앉아 있다. 광장에서부터 '차츰차츰 동심원을 그리는 테라스들이 단단하고 푸른 하늘의 뚜껑을 향하여 점점 높아져가고 하늘은 이 분지의 가장자리로 내려앉아 있었다'고 묘사된 것으로 보아(p. 1582) 이 광장은 분지형(盆地形)인 도시의 한가운데일 뿐만 아니라 그 가장 낮은 지점임을 알 수 있다. 소금으로 된 분지의 중심에 위치한 광장은 분지를 덮고 있는 '단단하고 푸른 뚜껑'인 하늘의 한가운데 떠올라 있는 태양과 대칭되는 위치라고 할 수 있다.('대낮의 해는 중심에 와 있었다.' p.

1582) 따라서 우주적인 차원에서 공간적인 상황은 다음과 같은 물리적 (광학적) 체계로 요약될 수 있다.

지금 이 기묘한 공간 속에서 이루어지고 있는 것은 소금의 도시에 입문하는 일종의 의식이다. 모든 것은 침묵 속에서 진행되고—언어를 통한 일체의 의사소통이 배제되고—오직 단단한 소금의 벽들에 반사된 햇빛만이 백인(배교자) 틈입자라는 초점에 집약되고 있다. 소금의 이미지는 아직까지 이처럼 시각적인 차원에서만 다루어지고 있지만 곧 우리가 도표에서 그려 보인 바와 같은 광학적 체계를 통하여 촉각적인 공격성을 띠면서 불지짐 같은 열과 눈을 멀게 하는 힘을 행사하게 된다.

2) 광장에서 이 같은 시각적 입문의식이 끝나면 사건의 두번째 단위는 밀폐되고 빛이 들어오지 않는 공간인 '물신의 집'으로 옮겨간다. 태양과 소금의 '눈을 멀게 하는' 세례로 인하여 우주적인 빛이 꺼지고 '다른 방보다도 약간 높은 곳에 위치하며 소금 울타리에 둘러싸였으나 창문은 하나도 없이, 반짝거리는 어둠으로 가득 찬'(p. 1583) 암실이 등장한다. 배교자의 감옥은 이리하여 뫼르소의 감옥이 '도시의 높은 곳'에 있었듯이 보다 '높은' 장소에 위치하게 된다.

빛이 제거되는 것과 동시에 감각적인 측면에서는 당연히 시각 대신에 촉각이 더 중요한 기능을 발휘한다. '등불'이 없는 어두운 방 속에 갇힌 자는 눈먼 여행자처럼 '벽을 따라 더듬더듬' 걸어가다가 마침내 방의 안쪽에 있는 작은 문의 '걸쇠를 손가락 끝으로 알아차린다.' 손의 촉각을 통해서 그는 첫째번 감방에 두번째 감방이 붙어 있다는 것을 알아차리지만 그리로 통하는 문은 잠겨 있다.

사막에서 소금의 도시로, 그 다음에는 광장에서 물신의 집으로 이동하는 것과 동시에 인간은 동물의 상태로 전락한다. 이와 더불어 '경계선'까지 데려다준 안내인의 욕설—언어를 통한 의사교환—은 소금의 도시 주민들의 침묵—언어소통의 부재—으로 대치되었지만 아직까지 이 같은 침묵은 의사교환의 완전한 소멸을 의미하는 것은 아니었다. 왜냐하면 언어를 통한 의사교환을 아직은 말없는 시선이 대신해주었기 때문이다. 반면 일단 감방에 갇힌 우리의 주인공은 순전히 자기자신과만 대면한 상태이며 그때부터 동물의 상태로 타락한 상황에 직면하게 된다.

그들은 찝찔한 물 한 공기와 곡식 낱알들을 마치 닭 모이 주듯이 내 앞으로 던졌고 나는 그것들을 긁어모았다.

그들은 내게 여남은 번 한 줌씩의 곡식 낱알들을 던져주었고 나는 내 배설물들을 위해서 구멍을 파서 그 위에 덮었지만 아무 소용이 없었다.

                                              —『적지와 왕국』, p. 1583

햇빛을 반사함으로써 배교자로 하여금 '눈물을 흘리게 했던'(p. 1582) 소금이 이번에는 '찝찔한' 물과 단단한 낱알의 상태로 그의 체내로 들어 간다. 소금은 인간의 몸을 통과한다. 동시에 인간도 소금 속을 통과한다. 다시 말해서 물신의 집 안에서 제1의 감방으로부터 제2의 감방으로 옮아 간다.

3) a. '안쪽에 붙은 작은 문'을 통과할 때 역시 또 하나의 의식이 동반 된다. 마을 쪽으로부터 흑인들이 제1감방으로 들어온다. 그 중 한 사람이 죄수를 '광물 같은 눈으로' 쏘아보면서 그의 '아랫입술'을 비틀어놓은 다음 그를 '방 한가운데' 버려둔다. 이것은 시각에서 촉각으로, 언어에서 언어기관에 대한 가해('입술을 비튼다')로의 이동을 앞서와 마찬가지로 반복한 것이지만 그 강도가 훨씬 더 격렬하다. 그러나 이 같은 반복은 하 나의 시작에 지나지 않는다.

b. 마을 쪽으로 난 문(문 ①)을 통해서 '견딜 수 없는' 광선과 더불어 '무당'이 들어오고 그 뒤에는 '악사들'과 '여자들'이 따라 들어온다. 앞 서 보았던 실제 인물들의 둥근 눈(인간적인 눈)과는 대조적으로 가면을 쓴 무당의 눈은 그 형태에 있어서 더 공격적이다. 즉 가면에는 눈이 보이 도록 '두 개의 네모난 구멍이 뚫려' 있는 것이다.(p. 1583) 마치 앞서의 '광물 같은 눈'이 형태적으로 구현되어 더욱 추상적인 공격성으로 나타 난 인상을 준다. 무당은 언어 이전의 두 가지 원시적인 힘인 리듬과 섹스 를 주재하는 임무를 띠고 있는 것으로 여겨진다. 제2의 문 앞에서 춤(리 듬＋섹스)을 추고 난 후 무당은 옆방으로 난 제2의 문('내 뒤의 작은

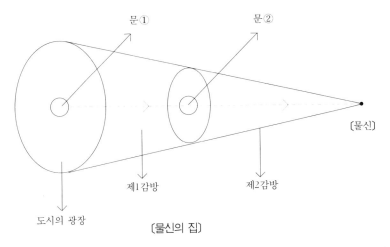

문'〕을 연다. 제2의 감방 저 안쪽에 물신이 보인다. 소금 도시의 광장에서 제1감방으로, 다시 제2감방으로 이동하여 마침내 물신에게 이르는 과정을 공간적인 측면에서 도식화하면 위와 같은 수평적 원추형을 그려볼 수 있다. 세계는 이와 같이 물신이라는 하나의 초점에 집약된다. 마시프 상트랄에서 출발하여 중심과 중심을 거쳐, 개종에서 개종을 거쳐 최후의 초점(중심)은 바로 이 물신이다.

c. 그러면 물신은 어떤 것이며 무엇을 환기하는 것일까?

나는 물신을, 그의 두 개의 도끼 머리를, 뱀처럼 뒤틀린 그의 쇠붙이 코를 보았다.

—『적지와 왕국』, p. 1584

물신에 대한 묘사는 이처럼 지극히 간략하다. 그 상징적 형상을 정확히 상상하기에는 충분하지 못한 불확실한 묘사다. 그러나 「배교자」라는 이 단편의 제목과 이 작품이 씌어진 것으로 추정되는 시기(『작가수첩』을 참조하면 1952년 2월 이후에 씌어진 작품임을 알 수 있다—로제 키이요의 노트, 『전집』 I, p. 2035) 및 『반항적 인간』과 특히 「헬렌의 유적」(『여름』)의 몇몇 대목들은 이 물신의 정체를 밝히는 데 상당한 도움을 줄 수 있을 것으로 믿어진다.

우선 「배교자」라는 제목은 우리가 지금까지 상세하게 주목해온 주인 공의 종교적 이력을 명백하게 강조하고 있다. 이 인물은 기독교(신교, 천주교)에서 출발하여 마침내 물신에게로 옮겨왔다. 이 사실을 산문 「헬렌의 유적」과 대비한다면 흥미 있는 해명에 접근할 수 있게 된다.

이 모든 것을 망각하고서…… 우리는 위대함의 흉내나 내는 권력에 더욱 마음을 쏟았다. 비길 데 없을 만큼 저속한 영혼의 소치로 우리들 교과서의 저자들이 우리들로 하여금 존경하도록 가르친 바 있는 알렉산더 대왕을, 그리고는 로마의 정복자들을 우리는 더 좋아하게 된 것이다. 이번에는 우리들 자신이 정복했고 한계를 이동시켰고 하늘과 땅을 지배했다. 우리의 이성은 진공 상태를 만들어놓은 것이다. 마침내 우리는 우리 혼자서 사막 위에다가 우리의 제국을 건설한다. 그렇기 때문에 오늘날 우리는 그리스인의 후손입네 하고 단언하는 것은 부끄러운 일인 것이다. 아니, 그것이 아니라면 우리는 그리스인의 배교자적 후손(fils réné gat)이다. 역사를 신(Dieu)의 옥좌에 앉힘으로써 우리는 신정론을 향해 나아가고 있다. 우리는 이제 그리스인들이 야만인(Barbares)이라고 불렀던, 그리스인들이 살라미스 바다에서 죽음으로 몰아넣었던 그 사람들과도 같은 모습이다…… '오직 현대 도시만이 인간정신이 저 스스로에 대하여 인식할 수 있는 터전을 제공한다'고 감히 헤겔은 썼던 것이다. 도스토예프스키 이래 유럽 문학 속에서는 자연풍경은 찾아볼래야 찾아볼 길이 없다. 역사는 역사 이전부터 존재했던 자연우주도 역사를 초월하는 미도 설명해주지 못한다. 그래서 역사는 자연과 미를 무시하기로 한 것이다…… 세계에 대한 명상과 관조를 영혼의 비극으로 대치시키기 시작한 것은 기독교였다. 그러나 적어도 기독교는 어떤 정신적 본질에 비추어 생각했고 그것을 통해서 불변하는 그 무엇을 유지했다. 오래 전부터 우리들의 철학자들은 오로지 인간의 본성이라는 개념을 상황이라는 개념으로 대치시키고 고대의 조화 개념을 우연히 무질서한 충동이나 이성의 가차없는 움직임으로 대치시키는 데 모든 노력을 바쳐왔다.

좀 장황한 인용이 되었지만, 1948년에 씌어진 이 글은 단편소설 「배교자」를 해명하는 데 매우 귀중한 빛을 던져주고 있다. 우선 카뮈가 그의 여러 에세이들에서 반복하여 강조하는 지중해적 사상(그리스 사상)과 독일적 사상(기독교)의 대립이 이 작품 속에 강력히 투영되어 있다. 이런 의미에서 배교자가 원천적인 '기독교'에서 출발하여 '물신'에 이르는 배교의 과정은 유럽이 헬레니즘에서 기독교를 거쳐 오늘날의 역사중심적 · 반인간적 이데올로기로 발전해온 도정을 요약하고 있다는 것이 카뮈의 생각인 듯하다. '역사를 신의 옥좌에 앉힘으로써 우리는 신정론을 향해 나아가고 있다'는 단언은 소설 「배교자」의 드라마 전체를 요약한다고 볼 수 있다.

나무 한 그루, 풀 한 포기 없이 단일한 질료인 소금만을 깎아 만든 불모의 도시는 바로 헤겔의 도시요 오늘날 유럽이 지향하는 정신적 불모의 세계다. 이 도시를 지배하는 것은 '야만인'이요, 이성 · 역사 · 권력 · 정복욕, 영혼의 비극, 우연의 무질서한 충동, 그리고 '상황'…… 즉 물신이다. 바꾸어 말해서 물신은 앞에 열거한 현대의 반그리스적 이데올로기를 통틀어 상징하고 있다는 뜻이다.

그러나 한발 더 나아가보자. 이 작품이 씌어진 시기가 1952년 직후라면 그때는 바로 『현대』지를 무대로 저 유명한 사르트르―카뮈 논쟁의 시기라는 것을 알 수 있다. 이 무렵은 물론 한국전쟁으로 폭발한 스탈린주의와 관련되어 있다. 앞서 인용한 『여름』 속의 헤겔의 역사주의에 대한 언급은 물론 이 같은 세계정세와 무관하지 않을 것이다. 그리고 더군다나 '인간의 본성이라는 개념을 상황이라는 개념으로 대치시키는' 데 광분하고 있는 철학자들에 대한 비판은 헬레니즘적 세계관에 바탕을 둔 카뮈와 실존주의자 사르트르를 대립시키고 있는 것이 분명하다.

그렇다면 이제 1948년, 즉 히틀러의 파시즘이 사상 최대의 참극을 초래한 직후에 씌어진 『여름』의 한 대목과 스탈린주의가 또 하나의 세계적 위기를 예고하는 1952년경에 씌어진 이 단편소설을 염두에 두고 '물신'의 형상을 잠시 생각해보자. 이같은 문맥 속에서 이해한다면 현대 유럽의 정신적 드라마를 거의 한몸에 요약하는 이 주인공의 기독교의 십자가(✝)에서 출발하여 마침내 접하게 되는 '두 개의 도끼 머리' 형상을 한 상징체 물신은 십자가의 또다른 변형인 다른 두 가지의 현대사적 상징체들을 연상시킨다. 십자가의 두 끝을 두드려 굽혀서 일종의 '도끼 머리'로 만들면 곧 20세기 역사를 휩쓰는 물신 '낫과 망치'가 되지 않을까? 그뿐이 아니다. 그보다 앞서 카뮈의, 그리고 수많은 유럽인의 청년 시절을 어둠과 죽음 속으로 몰아넣었던 히틀러의 흑색공포는 바로 또 하나의 '도끼 머리'인 십자가(卐)의 깃발을 휘날리지 않았던가?

이 물신의 상징은 의식의 다음 단계, 즉 우상의 대(臺) 앞에서 벌어지는 일종의 야만적인 세례와 밀접한 관련을 맺고 있다.

d. ① 우선 머릿속을 불로 지지는 듯한 '쓰디쓰고 시커먼 물'을 먹인다. 이 물은 알코올일까 소금물일까? ② 다음으로 옷을 벗겨 머리와 몸에 난 털을 깎고 기름으로 씻는다. ③ 물과 소금에 적신 밧줄로 얼굴을 때린다. ④ 오직 '네모난' 눈만 보이는 무당이 매질을 할 수 있도록 죄수의 얼굴을 쳐든다. ⑤ 물신을 향하여 눈을 든다. 이 세례의 각 절차는 '세례'받는 죄수의 점차로 변하는 반응들(웃고, 머리를 돌리고, 웃음을 그치고, 자신은 물신을 찬미할 수밖에 없는 입장임을 인식하고, 마침내는 물신에게 기도를 드리려고 애쓰는 등)과 상응한다. 이때 물신 앞에서 춤을 추던 사람들은 무당·악사들·여인들만 남기고 퇴장한다.

e. 이 흑색 세례를 마치고 나면 성적인 의식이 시작된다. 이 대목은 팔마의 카페에서 춤추던 비만한 여인(「안과 겉」)이나 이구아프의 큰 오막살이에서의 신들린 춤(「자라나는 돌」)을 연상시킨다. 음악, 방의 한가운데 피워놓은 나무껍질 모닥불, 그리고 '발을 구르며' 추는 춤. 방구석에 있는 '사각형' 속으로 옮겨진 이 백인 노예는 마치 연극의 관객과도 같다. '물 한 사발과 작은 한 무더기의 낟알들'을 가지고 들어앉은 감옥 —— 이것이 바로 그 기이한 관객석이다. 이제 에로틱한 의식은 점차로 치열해져간다.

음악이 계속되는 동안 무당은 불 옆에서 여자들을 하나씩 하나씩 매질하고 그때마다 여자들은 물신의 앞에 엎드린다. 물신에 대한 신앙은 인간 속에 내재하는 치열한 본능의 발현을 통해서 이루어지는 것이다. 불과 음악과 잔혹의 세례를 거쳐 이번에는 그 모두를 하나씩 정점에 응결시키는 성의 의식.

무당은 지금까지 매질하지 않고 남겨둔 단 한 사람의 젊은 여자(여자 ①)만을 남긴 채 그 밖의 모든 여자들을 방 밖으로 내보낸다. 그는 젊은 여자의 머리채를 점점 더 억세게 거머쥐고 뒤로 자빠뜨린다. 악사들은 벽을 향하여 돌아선다. 무당은 '극한적인 상태에까지 높아가는 비명'을 내지르고 마침내 사지를 벌리고 누운 여자 역시 비명을 토한다. 이 비명 속에서 무당은 끊임없이 물신을 응시하면서 얼굴이 없는 몸뚱이로 변한 그 여자를 '황급히 소유한다.'

그래서 나도 고독을 견디다 못해, 얼떨떨해진 나도 고함을 치지 않았던가. 그렇다, 누군가 나를 벽 쪽으로 걷어차서 소금을 깨물게 만들 때까지 나도 물신을 향하여 돌연한 공포의 비명을 내질렀다.
　　　　　　　　　　　　　　　　　　　　　　　　　－『적지와 왕국』, p. 1485

비명은 이처럼 극한 상황 속에서는 전염성을 띤다. 우리는 앞서 『페스트』 속의 어린아이가 죽어갈 때 토해내던 반항의 비명에 대하여 자세한 해석을 내린 바 있다. 카뮈의 작품 속에서는 도처에서 이 같은 비명들을 만날 수 있다. 세느 강에 투신하는 여인의 비명, 이구아프의 오막살이 속에서 검은 다이애나가 내지르는 비명, 오랑의 권투 링으로 모여드는 군중의 함성, 팔마의 카페를 가득 메우는 관중의 함성 ——이 모든 비명과 함성이 절정에 달하며 하나의 질료, 단단하고 결정된 질료를 산출해낸다. 이 비명이 만들어낸 이미지가 돌이며 쇠붙이이며 유리이며 소금이다. 그러나 여기는 소금의 왕국, 오직 소금만의 왕국이다. 인물의 권력의지, 격렬한 욕망, 사정없이 퍼붓는 햇빛, 증오, 유일한 하나의 신을 정점으로 세계와 가치를 집약하려는 광신적 의지, 백열화한 본능 ——이 모든 것이 이 격렬한 비명을 통하여 소금의 이미지를 구체화시킨다.

그러나 팔마의 여행자도, 이구아프의 다라스트도, 오랑의 리유나 타루도 비명을 동반한 참혹의 스펙터클 앞에서 따라서 비명을 토하지는 않았다. 오직 '배교자'만이 눈앞의 비극, 눈앞의 악에 휩쓸려든다. 그는 돌연한 공포의 비명을 토해낸다. 이와 같은 동화작용을 통해서 그는 다음 장면에서 자신이 배우로 변한다. '소금을 깨문다'는 것은 지금까지 '찝찔하고' '씁쓸하고' '시커먼' 물의 상태로 접한 소금이 마침내 단단한 광물질로 변하여 단단한 이빨과 만난다는 신호가 된다. 고함과 배교자의 결정적인 개종은 소금의 광물화를 동반한다.

4) 이 의식적 스펙터클을 거치자 지금까지 여자의 육체를 한번도 경험하지 못했던 이 신학생에게는 여기서 목격한 장면은 '에로틱한' 고정관념이 되어 그의 영혼 속에 달라붙는다. '그러나 소금벽에 얼굴을 붙인 채, 벽 위에 어른거리는 동물적인 그림자들에 압도되어 나는 그 기나긴 비명 소리에 귀를 기울였다. 내 목구멍은 메말라 있었고 섹스가 없는 뜨거운 욕구가 내 이마와 배를 죄었다. 날들은 또다른 날들로 이어졌고 나는 그 하루하루를 거의 구별하기 어려웠다. 마치 시간이 저 불타는 듯한 열기 속에 액화(液化)되어버린 것만 같았다.'(p. 1585)

오직 '섹스가 없는 욕구'의 상상력만이 꾸며놓을 수 있을 이 에로틱한 장면 —메마름, 열기, 그리고 마침내 시간의 액화—속에서 다음의 장면이 벌어진다.

제2의 문이 열려져 있는 상태의 물신의 집 안으로 이번에는 '가면을 쓰지 않은' 무당이 들어오고, 그 뒤에는 문신을 한 새로운 또 한 여자(여자 ②)가 따라 들어온다.

물신의 가면과도 같은 형상의 문신을 새긴 그 얼굴에는 오직 우상의 불쾌한 어리둥절함만이 나타나 있었다. 무당이 감방의 문을 열었을 때 오직 신의 발 아래 주저앉은 그의 가늘고 밋밋한 육체만이 살아 있었다.

이제 물신은 문신을 새긴 여자 속에서 살아 있는 우상으로 변용한 셈이다. '물신은 그 요지부동의 몸뚱이 저 위로 나를 내려다보았다'고 나레이터는 말한다. 무당이 밖으로 나가자 이제 그는 여자 우상과 단둘이 남게 되었다. ① 그는 여자에게 다가간다. ② 두 사람은 시선을 교환한다. '그의 두 눈만이 나를 응시하면서 커졌다.' ③ 그들은 '발'을 서로 마주 댄다. ④ 여자가 무릎을 벌리고 두 다리를 배 위로 당기며 눕는다.

그러나 곧, 라! 무당이 나를 망보고 있었는지 그들은 모두 다 방 안으로 들어와서 나를 여자에게서 떼어내가지고는 죄의 부분을 끔찍하게 때렸다. 죄라니! 무슨 죄, 나는 웃는다…… 강철 같은 손이 내 턱을 꽉 움켜쥐고 다른 한 손이 내 입을 열더니 피가 나도록 혀를 잡아당겼다. 짐승처럼 비명을 내지른 것은 나였던가, 끊어내는 서늘한 애무, 그렇지 마침내 서늘한 애무가 내 혀 위로 지나갔지. 정신을 차려보니 나는 벽에 몸을 꽉 붙이고 딱딱하게 굳은 피로 뒤덮인 채, 이상한 냄새가 나는 마른 풀잎으로 재갈이 물려가지고 어둠 속에 혼자 남아 있는 것이었지. 이제는 입에서 피가 나지 않았지만 입 안은 아무것도 없이 텅 비어 있었지. 그 텅 빈 입 안에는 오직 살아 있는 것이라곤 고문하는 듯한 아픔뿐이었지.

　　　　　　　　　　　　　　　　　　　　　　—『적지와 왕국』, p. 1587

앞서의 장면에서 본 '섹스 없는 욕구'가 실질적인 성행위로 실현되려는 바로 그 찰나에 돌연한 외부의 개입이 욕구의 차원을 변화시켜놓은 것이다. 가상적인 성기의 절단('섹스 없는 욕구')은 여기서 언어기관의 실질적인 절단으로('텅 빈 입') 변한 것이다.

이제 변신은 완전히 이루어졌다. 인간을 동물과 구별하는 유일한 특징인 언어기관이 드디어 제거되어버렸다. 나와 세계 사이에 가로놓여 있는 인식의 거리감이 소멸되고 사고는 중지되었다. 「혼미한 정신」은 이렇게 하여 탄생한다. 기독교의 선교사는 습관적인 개종을 거듭한 끝에, 이 의식적인 손상행위를 통해서 마침내 결정적인 변신을 맞는다. 그는 이제 인간이 아니라 순수한 '증오' 그 자체다. 그는 처음으로 다른 사람의 인도를 받지 않고 혼자 제2의 문을 지나 물신의 방으로 들어가서 문을 닫는다.

나는 내편 사람들을 증오했다. 물신이 거기에 있었고 나는 내가 들어가 있는 구멍 깊숙이에서 기도 이상의 것을 했다. 나는 물신을 믿었고 내가 그때까지 믿었던 모든 것을 부정했다.

가치의 완전한 전도는 여러 이미지들의 결정적인 변혁에 의하여 뒷받침한다. 자연의 운동, 부드러움, 둥글둥글한 모습, 그리고 유체성은 소금과 악과 증오의 움직임도 없고 순수한 결정체로 굳어진다.

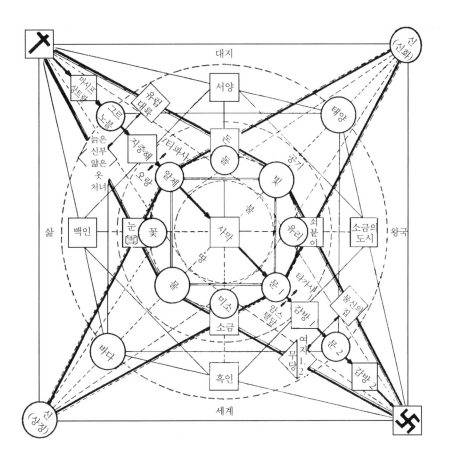

이것이 바로 '소금산을 깎아서 조각한 불모의 도시'이며, '곧은 모서리'이며 '네모난 방' '뻣뻣한 인간들'이며 '틈 하나 없는 악의', 그리고 마침내 '모가 나고 무겁고 단단한 진실' '가차없는 진실' '이 세계의 유일한 신'이다.(pp. 1578~1588)

이 '모가 난' 공격성의 형태들을 바탕으로 우리는 지금까지 오랫동안 다섯 가지 측면(공간·인물·종교·언어·이미지)에서 진행시켜온 분석을 종합하여 다음과 같은 다차원적인 '소금'의 도식을 그려볼 수 있다. 우리는 이 복잡한 도식을 통해서 「배교자, 혹은 혼미한 정신」이라는 제목이 붙은 이 난해한 단편소설뿐만 아니라 카뮈 작품 전체 체계를 하나의 유기적인 상징구조로 요약할 수 있다고 믿는다.

앞에 그려 보인 상징구조의 도식은 하나의 평면도로서가 아니라 피라미드 형상과 원추형상들이 각기 독립된 우주를 형성하면서 동시에 하나의 총체로서 결합된 투영도로서 이해되어야 한다. 예를 들어서 '마시프 상트랄'은 그르노블에 이르기 전에 지리적인 출발점으로서의 장소이면서 동시에 기독교의 신(십자가로 표시)이 지배하는 오면체 형상의 각뿔, 즉 하나의 소우주의 사각형 밑바탕을 형성한다. 이 각뿔은 사막을 중심으로 한 보다 큰 사각형을 바탕으로 기독교신의 지배를 받는 또 하나의 소우주를 형성한다. 마찬가지로 같은 중앙의 사각형은 반대극에 있는 물신의 지배를 받는 또 하나의 각뿔의 바탕을 형성하여 기독교신이 지배하는 각뿔과 대칭을 이루는 또 하나의 소우주를 형성한다. 이처럼 서로 대칭을 이루면서 닫혀진 피라미드 형상의 두 각뿔(기독교의 세계와 물신의 세계) 내부에 우리는 둥근 원을 바탕으로 하는 두 개의 원뿔을 상상해볼 수 있다. 이렇게 하여 같은 요소들로 구성된 전체들 중 하나는 모가 난 사각형이나 피라미드 형상을 이루고 다른 하나는 원형이나 원뿔형을 이루게 그려 보임으로써 서로 대립되는 두 종류의 세계, 즉 '아니마'와 '아니무스'로 해석해볼 수 있다.

아니무스의 세계가 비인간적이며 움직임이 없으며 기하학적이고 광물적인 사물과 추상의 세계, 혹은 죽음의 세계라면 아니마의 세계는 인간의 척도에 맞는 부드러움과 역동성과 상상력의 세계며 유기적인 조화,

그리고 무엇보다도 생명과 '이미지'의 세계다. 이야기의 사건적 진행을 따라가는 축(기독교의 신에서 여러 지명과 장소를 거쳐 물신에 이르는)과 직각으로 교차하는 또 하나의 축은 각종의 질료와 이미지들을 포괄하여 신화의 세계와 상징의 세계를 연결하는 여러 단위의 소우주들을 이루면서 유기적으로 조화하도록 되어 있다.

이 수직축 위에서 태양과 바다는 서로 대칭되는 위치에서 각각의 위력을 행사하며 공기·불·땅·물의 질료들이 각각 순서에 따라 대치된다.

한편 계속되는 직선으로 표시된 것은 현실의 장, 혹은 '유적'의 장이며, 점선으로 표시된 것은 상상력의 장, 혹은 '왕국'의 장이다.

이중의 선으로 표시된 부분만이 실질적으로 이 작품 속에서 '행동'이 전개된 과정을 표시한다.

제3장

소금의 세례 −「배교자, 혹은 혼미한 정신」의 분석 (2)

1. 도식과 이미지

우리가 앞장에서 도형으로 그려 보인 결정체 모양의 '소금의 기하학'은 하나의 밀폐된 체계이다. 이 말은 곧 우리가 궁극적으로 목표하는 상상력의 가동성 혹은 역동성과는 그것이 이질적인 체계라는 뜻이 된다. 왜냐하면 이같이 밀폐된 체계는 사실 이 작품의 주인공인 '배교자'가 목표하는 야망에 지나지 않으며, 다른 한편 이 조직적인 총체는 모든 지적인 영역에서 인간의 이성적 욕구가 드러내게 마련인 '향수'(이것은 카뮈자신의 표현에 따른다면 바로 '부조리'를 유발시키게 되는 한쪽 항이다)에 지나지 않기 때문이다.

그러나 우리가 이제 막 보여준 바와 같이, 배교자의 광신적 욕구뿐만 아니라 전지(全知)에 대한 인간적 향수를 다같이 하나의 동일한 결정체적 기하학 원리가 지배하고 있다는 사실을 증명한다는 것은 다만 인간정신의 기능적이고 형식적인 구조를 증명하는 것에 지나지 않는다. 이 구조 속에는 가치의 개념이나 상상력의 역동성이 발을 들여놓을 자리가 없다. 이 속에 움직임이 있다면 그것은 지극히 기계론적인 일종의 키네티즘에 불과하다.

이러한 분석의 과정은 분명 반드시 거쳐가야 할 과정이겠지만, 우리는 한 정신과 작품의 형태적인 동시에 창조적인 특성을 해명하기 위해서 반드시 그 과정을 초월하지 않으면 안 될 것이다.

그러기 위해서는 유연한 정신, 지적인 신중성, 특히 완만한 정독을 필요로 한다. 작품을 형식적인 차원에서 추상화하는 초보적 기하학을 초월하자면 속도라든가 거리라든가 차원이라는 보다 섬세한 역동적 개념 등을 바로 그 단순화된 기하학 속에 도입하지 않으면 안 된다.

우리는 지금까지 매우 초보적인 의미에서 순수과학과 인문과학에 속하는 술어들을 빌려와서 사용했다. 이 술어들은 의미가 매우 비유적인 차원에서 원용되었다는 점을 구태여 명시할 필요가 있을까?

작품 분석의 사이에 삽입된 이 같은 '이론적' 반성은 이 단편소설의 의미 해석과 나아가서는 카뮈의 모든 작품에까지 그 해석을 연장시키는 데 있어서 불필요한 것이 아니다. 이러한 반성은 우리의 분석이 매우 오랫동안 답보 상태로 보일 정도로 반복에 반복을 거듭하는 것이 분석자 자신의 고의적인 의도인 동시에 작품 자체가 지닌 특성과 결부된 것임을 지적하는 데 도움이 된다. 같은 사실이나 사물(chose)에 대한 논의를 반복하는 것은 췌언(redondance)이요 자명한 이치(truisme)의 지적에 지나지 않을 것이다. 그러나 같은 '이미지'의 분석을 반복한다는 것은 행복한 단조로움이다. 이 반복을 통해서 이미지는 그 본질적 생명을 고스란히 간직하면서도 점차로 다양하게 '성장'하는 것이다. 이야말로 사막 속의 행군이요 땅 위를 기어가는 달팽이의 방법이라 하겠다. 그러나 정열적이면서 경쾌한 작품의 언어에다가 우리들의 이 무겁고 둔탁한 언어가 지닌 단조로움을 또 한번 첨가하는 것은……? 이제 다시 무거운 발걸음을 옮겨 작품의 독서로 되돌아가다 보면 그 무게도 다소 가벼워질는지 모르겠다.

2. 구조의 해체(déconstruction)

'모가 난' 소금의, 그 밀폐된 체계 속에서 그러나 돌연 뜻밖의 사건이 일어난다. 이는 마치 무거운 돌을 산정으로 굴려 올리던 시지프에게 돌발한 '저녁의 사고'처럼 '오후가 끝나갈 무렵'(『적지와 왕국』, p. 1588)에 일어난 사고다. 다름이 아니라 이 전체주의적이고 물샐틈없는(문자 그대로) 세계 속으로 '어떤 수비대원' 한 명이 불쑥 나타난 것이 그것이다. 소금의 도시 경계선을 지키고 있어야 할 이 인물이 도시의 한가운데로 돌연 자리를 옮겨왔다는 사실은 벌써 심상치 않은 징조가 아니고 무엇이겠는가? '수비대원'의 뜻하지 않은 출현은 이 밀폐된(어느 의미에서 '완전한') 체계 속에 어떤 이질적인 요소가 들어올 가능성을 의미한다. 그렇게 되면 인간적 생명의 씨앗인 언어기관(인간을 궁극적으로 특징짓는 것은 로고스가 아니겠는가?)의 절단이라는 희생을 치르고서 그토록 어렵게 획득한 이 소금 구조가 그 토대로부터 해체되고 변형될 가능성이 있다. '수비대원'이란 언제나 다른 세계, 자기가 지키는 '경계선' 저쪽의 세계의 소식을 가져오는 전령이 아닌가?

혀가 잘린 이후 배교자는 차츰 말을 할 수 없는 입에 적응하기 시작했었고, 발을 묶고 있는 쇠사슬이 허용하는 한계 내에서는 그 소금의 도시 안에서도 스스로 '자유롭게' 느낄 수가 있었다. 그런데 이 수비대원의 출현과 함께 그의 신변에도 눈에 띄는 변화가 일어난다. 우선 그는 다시 물신의 집 안에 감금되었고(자유의 상실), 다음에는 그 안에서 땅바닥에 매여 있게 되었으며(낮은 곳, 수평적 체위로의 추락), 어둠 속의 수인이 되었으며(빛의 상실), 마침내는 '십자 모양으로 엇갈리게 장치한 칼의 위협'(그가 포기한 기독교적 상징의 새로운 출현) 아래 놓이게 된다. 장차 다가올 사고의 이같이 상징적인 시초는 보다 구체화된다. 우선 입 안에 혀가 없는 이 인물의 귀에 다시금 모국어의 말소리가 들림으로써 지각적 종합에 혼란이 야기된다——'내가 알아차리기에 오래 걸렸던 말소리(왜냐하면 그 목소리는 내 나라 말을 하고 있었으니까)'(p. 1588)의 내용은 이 작품의 서술 문맥 속에서 매우 혼란된 형태로 기술되어 있어서 그 의미를 파악하자면 그 문맥을 해체하여 보다 평범한 문장으로 재구성해보지 않으면 안 된다. 직접화법과 어중간한 자유간접화법이 뒤섞인 이 기이한 서술은 이 인물이 실제로 지각한 목소리의 내용을 최대한 충실하게 (그러니까 정상적 문법질서로 재구성하지 않은 채) 옮겨놓고 있다. (다음의 우리말 번역은 불가피하게 의역이 될 수밖에 없으므로 원문과 대조해볼 필요가 있다.)

주인공과 경계선에서 헤어질 때 마지막으로 들은 안내인의 욕설(마지막 들은 모국어) 이후로는 최초로,

① 그때 두 가지의 목소리가 가까이 다가왔는데, 지금도 그 소리가 내 귀에 선하지만, ② 그 중 한 목소리가 묻기를 이 집은 왜 문이 잠겨 있는가, 중위님 문을 부술까요, 다른 또 하나의 목소리가 말하기를, ③ 짤막한 한마디로 '아니', 그리고 잠시 후 덧붙여 말하기를 ④ 조약이 체결되었는데 ⑤ 부대가 도시 외곽에 진을 칠 것과 관습을 존중한다는 조건으로 이 도시측에서 이십 명의 주둔부대를 허용하기로 했다고

—『적지와 왕국』, pp. 1588~1589

① *Deux voix* se sont alors rapprochées que j'entends encore, ② *l'une* demandait pourquoi cette maison était gardée, si on devait enfoncer la porte, mon lieutenant, *l'autre* disait : ③ '*Non*', d'une voix brève, puis ajoutait, après un moment, ④ qu'un accord était conclu, ⑤ *que* la ville acceptait une garnison de vingt hommes *à condition qu*'ils campent hors de l'enceinte et *qu*'ils respectent les usages

이 대목은 담화(discours)의 여러 가지 국면에서 언어적 현상이 점진적으로 성립해가는 과정을 드러내 보여주고 있다. ① '침묵' '알 수 없는 소리' '목소리'(p. 1588) 등 분절(articulation)이 명확하지 않은 바탕 속에서 음성적 가치가 부각되기 시작함으로써 언어의 첫 징후가 출현한다.

② 언어적 커뮤니케이션의 조건으로서 사람의 목소리가 서로 구별되는 '두 가지' 주체(담화자와 수화자)로 분할된다. ③ 가장 단순한 어휘소로 구성된 단어(단음절 어휘), 즉 'Non(아니)'이 처음 등장한다——이때의 이 부정어는 극 『오해』의 막이 내리기 직전 늙은 하인이 내뱉은 처음이자 마지막인 대답을 상기시킨다. ④ 마침내 일상적으로 사용하는 문법적 약호(간접화법)와 '일치하는(en accord)' 첫째번 구문이 구성된다—— '조약이 체결되었는데(qu'un accord était conclu).' ④ 보다 복잡한 구문, 즉 두 문장의 조건절을 이끄는 종속절이 만들어진다——'부대가 도시 외곽에 진을 칠 것과 관습을 존중한다는 조건으로 이 도시측에서 이십명의 주둔부대(une garnison de vingt hommes à condition qu'ils campent hors de l'enceinte et qu'ils respectent les usages)'를 허용한다는 것은 바로 '이십 명의 부대'를 목적어로 취하는 동사 '허용하다(acceptait)'를 밖에 제외시킨다는 조건에서 볼 때 '이십 개의 단어로 구성된 아주 온전한 문장의 주둔부대'를 허용하는 결과를 가져온다.

온전한 구문이 성립되기까지 언어 현상이 구체화되고 두 가지 목소리의 구분이 이루어지고 나면 이어서 이야기의 정상적인 서술이 뒤따른다 : '병사는 웃었다.'(p. 1589) 확실한 발화자가 명시되지 않은 채였던 '목소리'는 '병사'라는 주체를 얻음으로써 의미론적인 차원에 도달한다. 단어는 비로소 '병사' '웃음' 등의 현실에 직접적으로 연결된다. 앞서 나온 '중위님'의 경우 배교자에게는 다만 눈에 보이지 않는 '목소리' 속에 포함된 하나의 음성적 요소에 그칠 뿐 확인할 수 있는 현실을 지시하지 못하는 말이었는 데 비하여 지금의 '병사'는 배교자 자신도 확인할 수 있는 하나의 현실을 지시하며 나아가서는 인간적인 '웃음'까지 웃을 수 있는, 살아 있는 인물로 지각된다. 그리고 이 웃음에 대한 서술은 느닷없이 다른 실제 대화내용에 곧바로 이어진다.

① 병사는 웃었고 그들은 엄지손가락을 갖다대지만 장교는 알지 못하는 일이었고 하여간 처음으로 그들은 어린아이들을 돌볼 수 있도록 누군가를 받아들이게 된 것이었는데 그 사람은 신부일 것이었으며 그 다음에

야 영토문제를 거론하게 될 예정이었다. ② 저쪽 사람이 말하기를 병사들이 거기 와 있지 않으면 그들이 신부의 바로 거기를 잘라버릴 것이라는 것이었다. '아! 아냐, 하고 장교가 대답했다. 심지어 베포르 신부님은 주둔부대보다 먼저 도착할 예정인걸, 그이는 이틀 후면 여기로 올 거야.' ③ 나는 더이상 아무 말도 듣지 못했다.

—『적지와 왕국』, p. 1589

① Le soldat a ri, ils mettent les pouces, mais l'officier ne savait pas, pour la première fois en tout cas ils acceptaient de recevoir quelqu'un pour soigner les enfants et ce serait l'aumonier, après on s'occuperait du territoire. ② L'autre a dit qu'ils couperaient à l'aumonier ce qu'il pensait si les soldats n'étaient pas là : 'Oh! non, a répondu l'officier, et même le Père Beffort arrivera avant la garnison, il sera ici dans deux jours.' ③ Je n'entendait plus rien……。

① 하여간 이 서술 속에서 처음으로 '주둔부대'를 구성하는 인물이 누구인지, 그의 계급이 무엇인지가 확인되었다. 대화의 한쪽 상대방이 이처럼 '병사'라는 사실이 확인됨에 따라 즉시 대화의 다른 상대방이 '장교'라는 사실도 역시 확인된다. 이와 같이 쌍방의 존재에 의하여 언어적 상황이 확인됨에 따라 제삼의 인물은 군인이 아닌 '신부'라는 것이 확인된다. 지금까지는 구문상 불분명하던 서술문 역시 더욱 확실해진다. 한쪽 발화자가 말한 내용은 간접화법으로 표현된 데 비해서 그에 응답하는 다른 발화자(장교)의 발언내용은 최초의 단음절뿐인 'non'보다는 훨씬 긴 직접화법으로 표현되어 있다. 이 대목은 이 소설 전체에 걸쳐서 처음이자 마지막으로 인칭명사('베포르 신부님')가 등장하며, 또 마지막으로 직접화법이 사용된 경우이다. ③ '두 가지의 목소리'가 돌연 들리기 시작한 이후 '베포르 신부님'이라는 이름이 귓전에 들리는 순간 언어적 상황 밖에 위치한 우연적인 수화자로서의 배교자는 더이상 그 대화에 귀를 기울이지 않게 된다. '수비대원'이 나타나는 대목에서 시작된 하나의 담

화단위는 여기서 일단 끝난다. 이 단위는 따라서 침묵, 혹은 분절이 없는 소리 속에서 하나의 담화와 이름(어휘)과 인물을 부각시키는 조작을 포함하고 있다. 이는 마치 혀가 잘려나간 이 '혼미한 정신'의 입 속에서 하나의 추상적인 혀가 다시 돋아나는 것 같은 느낌을 준다.[1]

이상의 주석을 토대로 위에 인용한 두 대목의 텍스트를 알기 쉽게 재구성해본다면 다음과 같아진다.

> 중위 : 왜 이 집은 문이 잠겨 있을까?
> 병사 : 중위님, 문을 부술까요?
> 중위 : (짧은 한마디로) 아냐!
> (잠시 후) 조약이 체결되어서, 병사들이 도시 외곽에 진을 칠 것과 관습을 존중한다는 조건으로 이 도시측에서 이십 명의 주둔부대를 허용하기로 한 거야.
> 병사 : (웃으면서) 저 사람들이 엄지손가락을 갖다대는데요!
> 중위 : 모르겠어. 하여간 처음으로 저 사람들은 어린아이들을 돌봐줄 사람을 하나 받아들이기로 한 거야. 그 일은 신부가 맡을 거야. 그리고 난 다음에 영토문제를 처리하게 되겠지.
> 병사 : 그렇지만 만약 병사들이 여기에 와 있지 않았다가는 저 사람들이 신부의 '혀를' 잘라버릴 텐데요.
> 중위 : 오! 아냐 게다가 베포르 신부님은 부대보다 먼저 도착할 건데. 그이는 이틀 후면 여기로 와.

이렇게 하여 '경계선'이 열려버림으로써, 부대보다 먼저 베포르 신부가 이 도시 안으로 들어옴으로써, 오랫동안 언어세계 밖에서 살아온 이

---

1) 언어가 발생하는 과정은 바로 「혼미한 정신」이라는 작품의 근간을 이루는 주제인데 이것은 『이방인』의 아래와 같은 말을 비교해보면 흥미롭다 : '그러나 동시에, 여러 달 만에 처음으로, 나는 내 목소리를 분명하게 들었다. 나는 그 목소리가 벌써 여러 날 동안 내 귀에 울리고 있었던 그 목소리라는 것을 알아차렸고 그 동안 줄곧 내가 혼자서 말을 하고 있었다는 것을 깨달았다.'(p. 1181) 『이방인』의 네레이터는 아마도 뫼르소의 내면에서 혼자서 말을 하고 있는 언어, 즉 '내적 독백'의 의식주체일지도 모른다.

배교자에게 모국어가 다시 출현함으로써, 그리고 끝으로 소금이라는 안정된(정체적인) 사물(chose)의 세계에 역동적 이미지가 다시 개입함으로써 소금의 밀폐된 체계는 해체의 위협 아래 놓이게 된다.

소금의 정체적인 순응주의 속에 안주함으로써 마음의 평온(악의 정착?)을 얻었던 이 인물은 그와 같은 심각한 위험을 깨닫자 즉시 그 고유명사('베포르 신부')가 현실적인 인격으로 구현되어 이 완벽한 소금의 체계 속으로 잠입해 들어오긴 전에 그를 제거하기 위하여 떠날 준비를 한다.

3. 탈출

어젯밤, 나는 그들이 잠들기를 기다렸고, 나는 문의 자물쇠를 부수었고, 나는 발목에 묶인 밧줄만큼 평소와 똑같은 발걸음으로 밖으로 나왔고, 나는 어느 골목이 어느 골목인지 알아차릴 수가 있었고, 나는 낡은 소총을 어디 가면 꺼낼 수 있는지, 어떤 출구에 보초병이 없는지를 알았고, 그리하여 나는 한줌의 별들 주위로 밤의 어둠이 가셔가고 다른 한편 사막의 빛이 약간 더 짙어지는 그 시각에 여기에 도착했지. —p. 1589

Cette nuit, *j'ai* attendu qu'ils dorment, *j'avais coincé* la serrure de la porte, *je suis* sorti du même pas que toujours, mesuré par la corde, *je reconnaissais* les rues, *je savais* où prendre le vieux fusil, quelle sortie n'était pas gardée, et *je suis arrivé* ici à l'heure où la nuit se décolore autour d'une poignée d'étoiles tandis que le désert fonce un peu.

접속사 하나 없이 단순한 쉼표들만을 사이에 두고 단순히 병치된 이 등위절들의 구문과 이 인물이 탈출을 위해 밟아온 세심한 절차는 주목할 만하다. 각 절의 선두에 예외 없이 반복된 주어 '나(je)'는 물신의 광적인 신자가 그의 마지막 신 자체를 초월(?)해버리는 순간의 자아중심주의를 유감 없이 노출시킨다. 이 대목은 『전락』의 주인공 클라망스를 고정 관념처럼 따라다니던 '나, 나, 나……'를 연상시킨다. 탈출의 과정을 이처럼 소상하게 묘사한 이 인물이 그 과정을 묘사하는 데 있어서 시제의 혼란을 노출시키게 된 것은 아마도 그의 자기중심주의의 고정관념과 서두르는 마음 때문으로 해석된다. 과연 문의 자물쇠를 부수는 대과거는 여기서 흑인들이 잠들기를 기다리는 복합과거보다 한 시제 앞섬으로써 시간적 논리가 전도되어 있지 않은가?

하여간 배교자는 물신의 집을 탈출함으로써 지금으로서는 자기 스스로 소금의 이 밀폐된 체계를 해체시킬 위험이 있다. 그는 드디어 신부를 기다리기 위하여 '경계선' 너머로 다시 되돌아와 있다. 이 말은 곧 우리가 앞서 그려 보인 상징체계의 그림의 중심으로 되돌아왔다는 뜻이 된다. 주인공이 사막으로 되돌아오는 것과 동시에 독자는 비로소 이 소설의 서두로 되돌아오게 된다.

4. 서술하는 시간(temps de narration)과 서술된 시간(temps narré)

이 작품 속에서 서술된 주인공의 과거에 대해서는 그 줄거리를 구체적인 사건의 축에 따라서 지금까지 소상하게 설명했으므로, 이번에는 서술의 현재(le présent de narration)라는 측면에서 이 이야기가 어떻게 구성되어 있는가를 살펴보자. 나레이터는 '어느' 순간에, 자신의 '어떤' 과거 이야기를 서술하고 있는가? 서술의 현재와 서술된 과거는 이야기의 시간적인 순서를 규칙적으로 따르도록 조직되어 있는가?

그 첫번째 답은 이렇다. 이 단편소설은 '한줌의 별들 주위로 밤의 어둠이 가셔가고 다른 한편 사막의 빛이 약간 더 짙어지는 그 시각', 즉 이른 새벽으로부터 밤이 될 때까지 하루 동안 주인공이 직접 눈으로 본 것과 그의 머릿속으로 스쳐 지나간 일들을 시간적인 순서에 따라 서술한 이야기이다. 이 사실은 별로 놀라울 것이 없다. 왜냐하면 우리는 그가 광적인 만큼 향일성 충동을 지닌 인물임을 이미 알고 있기 때문이다. 이리하여 당연히 이야기의 전개는 서술하고 있는 현재의 태양이 움직여가는 운동을 따라가고 있다. 점차 열기를 더해가는 사막의 태양(이야기를 서술하고 있는 나레이터가 매 순간 전신으로 느끼고 있는 현재의 태양)은 '혼미한 정신'이 언어기관을 제거당한 나레이터이고 보면 착란에 가까운 연상을 통하여, 과거의 태양과 결부된 일련의 기억들을 환기시킨다.

이 나레이터는 햇빛과 열기의 밀도가 변하고 그와 더불어 사막의 색깔이 변함에 따라 시간의 흐름을 헤아리는, 이를테면 원시적 상태로 환원된 인간이다. 지평선 위에 신부의 모습이 나타나기를 기다리면서, 그는 다른 시공간적인 표적이 없으므로 오로지 텅 빈 사막을 바라보고 있을 뿐이다. 이야기의 서술은 '혼미한 정신'의 기나긴 내적 독백의 형태를 취하면서 이 착란 상태의 나레이터가 주체할 길 없는 이미지들로 들끓는 교란 상태의 내적 독백을 정돈된 담화의 질서로 옮겨놓으려고 하는 저 고통스러운 노력을 그대로 묘사하고 있다. '라, 라(ra, ra)' '오(o)' 따위의 단음절 비명과 우리가 앞에서 인용한 바와 같은 무질서한 구문은 바로 혼돈과 언어적 질서 사이의 비틀거림을 표현한다. '혼미한 정신' 속에 어떤 로고스를 부여하고는 그의 필사적인 노력을 통해서 우리는 이 기이한 작품을 얻게 된 것이다.

감각·동력·추억 등 여러 층의 이미지들과 겨우 분절적 질서를 획득했을까 말까 한 언어의 경계선에서 이 악몽 같은 현재와 뿌리칠 길 없는 고정관념의 과거 사이를 넘나드는 '의식의 물결'이 나타났다 자지러지곤 한다. 신체적으로 불구가 된(그것도 로고스의 수단을 상실한) 이 예외적인 인물을 통하여, 대개의 경우 '고전적'이라 말해서 무리가 없는 카뮈는 그의 전 작품 속에서 유례를 찾아볼 수 없는 15페이지의 신비스러운 이미지의 소용돌이를 창조해놓았다. 이 작품 속에서 '알제리가 지니고 있는 가장 아름답고 가장 독창적인 국면, 즉 환상성(le fantastique)'을 강조한 알제리의 평론가 알리 르케할의 지적은 당연히 인정할 만한 것이다. 그러나 이 단편이 '카뮈의 감각적인 세계의 결정적인 한 단계, 그리고 또 불행하게도 그 전개를 종결하는 단계'라는 그의 의견에는 전적으

로 찬성하기 어려워진다.[2]

왜냐하면, 이같이 광란하는 이미지를 담고 있는 이 작품이 연대기적으로 볼 때는 카뮈의 마지막 작품집 속에 포함되어 있는 것이 사실이지만 그의 상상력의 질서라는 측면에서 볼 때는 이 극한적인 이미지로부터 다시 동력적인 세계로 회귀하는 과정이 아직도 남아 있기 때문이다. 과거가 끝나는 곳에서 서술의 현재는 이제 시작할 뿐이며 따라서 과거는 현재의 질서 속에 종속되는 것이다. 다시 말해서 과거를 창조하는 것은 현재라는 뜻이 된다. 창백한 태양, 찌는 듯한 태양, 오스테르리츠의 태양, 소금의 도시 태양 등 모든 과거의 태양을 낳는 것은 배교자가 신부를 기다리고 있는 현재의 이 사막의 태양인 것이다. 그러나 그 역은 성립하지 않는다. 나레이터가 '혼미한 정신'일 경우에는 더욱 그러하다. 도대체 이 정도로 착란 상태에 빠진 나레이터이고 보면 그가 이야기하는 과거가 과연 실제로 경험된 사실들인지 아니면 착란에서 유발된 환각인지조차 확실하지 않을 정도이다.

그러면 서술의 현재를 축으로 하여 햇빛과 사막과 색채와 감각과 시간

---

2) Ali Lekehal, 『알제리 풍경의 여러 가지 국면Cahiers Algériens de Littérature compaée』 (Alger : 알리 르케할, 알제 문리과대학, 1968, No. 3, p. 17) 이 난해한 단편소설에 대하여 씌어진 최초의 논문으로서 여기서 필자는 카뮈의 여러 이미지들을 통하여 알제리 풍경들이 변모해가는 과정, 특히 이 단편소설 속에서 그 변모가 불모의 한계점에 이르는 것을 분석해 보인다. '알제리의 분위기가 머나먼 추억 속으로 가라앉아가면서 그들 그 자신의 공허와 대면시키는 것을 강하게 체험할 때의 감정. (……) 알제리와의 오랜 유대를, '영원히 끝나지 않을 것'이라는 그 유대를 간직하고자 함으로써, 그 생애를 통하여 그의 됨됨이와 그가 말하는 내용에 자양분을 공급하는 그 유일무이한 원천에 집착함으로써, 그는 실제로는 그 원천을 고갈시키고 단절을 초래하는 결과밖에 되지 않았다. 따지고 보면 '소유욕에 지배되고' 있다 해도 과언이 아닐 이 충실한 애착은 진정한 헤어짐으로 나타나고 만다. 이 헤어짐을 만들어낸 것도 그 자신이며 그로 인하여 피해를 입은 것도 그 자신이다. 자기의 젊은 시절의 세계에 대한 이 열망과 알제리의 이미지를 다시금 포착하고 그 이미지를 재구성해보려는 이 욕구에 뒤따라오는 것은 바로 그 이미지의 죽음이다.'(p. 19) 이 분석이 담고 있는 상당한 진실에도 불구하고 작가의 생애를 시간적으로 뒤따라가면서 진보나 퇴보를 규명하려 하는 모든 비평이나 마찬가지로 이 비평가도 작가와 그의 인물을 혼동하는 오류를 범하고 있다. 그렇다면 '그 이미지의 죽음'에 뒤이어 위치한 단편 「벙어리들」「손님」에서 '이미지'가 다시 소생하는 것은 어떻게 설명해야 하며 또 이 숨막히는 소금의 이미지에 이어 다시 찾은 위대한 이미지들이 분출하는 「최초의 인간」은 어떻게 설명해야 하는가?

과 공간…… 요컨대 새벽에서 밤까지 그 하루 동안에 이 인물의 의식 속에 떠오르는 수많은 이미지들의 변주를 확인해보기로 하자.

다음은(이 지루하고 단조롭고 까다로운 작업을 너그럽게 용서하라!) 이 난해한 작품의 형태적인 구조를 드러내도록 유의하면서 전략적인 지점들만을 차례로 인용해 보인 것이다. 숫자로 표시된 순서는 서술의 현재가 발전되어가는 과정을 표시한 것이며 알파벳으로 표시된 순서는 혼미한 나레이터의 정신 속에서 서술적 현재의 요소들에 의하여 환기된 과거가 현재와 병행하여 전개되는 순서를 나타내는 것이다. 현재에 속하는 요소와 과거에 속하는 요소의 결합은 두 가지 시간에 공통된 단어에 의해서, 혹은 공통된 단어가 없을 경우에는 역동적인 이미지의 활용에 의해서 성립된다. 서술적 현재의 풍경을 묘사한 인용문(숫자가 표시되어 있는) 속에서 연상이나 대조에 의하여 과거 사실을 상기시키게 만든 단어나 이미지들에는 밑줄을 그어 표시했다(다만 이미지는 단순히 단어나 단어들의 조합만이 아니므로 이미지를 촉발시킬 가능성이 있는 출발점으로 쓰인 하나 혹은 그 이상의 단어들에 밑줄을 그어 표시했다).

다음으로 과거 사실과 관련된 이미지들을 나열한 항(알파벳 순으로 표시되어 있는)에는 그 위의 인용문 중 밑줄친 말이나 이미지에 대응되는 말들을 괄호 속에 넣어 표시했다.

이상에 설명한 바와 같이 아래의 도식을 세심하게 점검해본다면 이 작품은 서술의 현재와 서술의 과거가 상호 연상작용(이미지의 역동적 작용)을 일으키면서 각기 시간적 순서에 따라 서로 교차하면서 규칙적으로 짜여 있다는 것을 알 수 있다.

끝으로 아래의 도식에서 우리는 서술의 현재와 주인공의 과거 사건들을 크게 세 가지로 분류하여 1), 2), 3) 단위로 표시했다. 그것은 나레이터가 서술하고 있는 당시의 사막의 풍경이 닫혀진 공간에서 열려진 공간으로, 그리고 다시 완전히 닫혀진 공간으로 변하는 과정을 구분해놓은 것이다. 제 1)의 사막은 우리가 앞장에서 원형화한 것처럼 결정체적 광물공간으로 밀폐되었던 세계가 외적 요소(베포르 신부)에 의하여 열려질 가능성을 내포하고 있는 공간이다. 제 2)의 공간은 그 외적 요소가 출현하여 실제로 열려진 공간이다. 끝으로 제 3)의 공간은 결정적으로 밀폐되어버리는 죽음의 공간이다. 이때 외적 요소는 제거되고 죽음과 밤의 어둠이 내린다.

5. 작품의 서술적 구조

1) 텅 빈 사막(닫혀진 시계)

① '사막 위에 해가 떠오르고 매우 추운데 잠시 후면 매우 더워질 거야.' '아냐, 아직 좀더 참아야지! 선교사가 오늘 아침에, 아니면 저녁에 도착하기로 되어 있어. 그자가 안내인과 같이 온다는 말을 들었어. 그들은 단 한 마리의 낙타를 둘이서 같이 타고 올지도 몰라. 나는 기다릴 거야. 기다리고 있다구. 다만 추위, 추위 때문에 나는 떨고 있는 거야. 아직 좀더 참아, 더러운 노예야!'   — p. 1577

Ⓐ 마시프상트랄 : 눈덩어리, 겨울, 포도주(차가운) ; 스프(뜨거운) ; 아버지와 어머니(두 사람) ; 사제(단 하나의 안내 겸 교통수단, 신교 고장의 유일한 천주교 신부) ; 돼지, 암소(동물) ; 참는다(아들)

② '나는 그 사람과 또 그의 스승들에게, 나를 속인 내 스승들에게, 더러운 유럽에게, 모두가 나를 속였거든, 좀 따져볼 게 있어.'   — p. 1578

Ⓑ 나의 수도원장(그의 스승들) ; 야만인들(나의 스승들) ; 그르노블(유럽) ; 가벼운 옷을 입은 처녀들(모두)

③ '야만적인 태양! 해는 떠오르고 사막은 변한다. 이제는 산은 시클라멘 색깔이 아니야, 오, 나의 산, 그리고 눈, 부드럽고 달콤한 눈, 아냐 이건 약간의 회색이 감도는 노란색이야. 엄청난 눈부심이 되기 전의 배

은망덕한 시간이야. 저기 지평선까지 내 앞에는 아무것도, 아직은 아무
것도 없어. 아직은 부드러운 색깔들의 원 속으로 고원이 사라지는 처끗.
내 뒤에는 타가사를 가리고 있는 모래언덕에까지 올라가는 수로. 타가사
라는 그 쇠붙이 같은 이름이 내 머리를 두드린다(여러 해 전부터).'

—p. 1579

ⓒ 늙은 신부의 이야기 : 찌는 듯한 햇빛(야만의 태양) ; 사막(사막) ;
나는 그의 이야기를 꿈에 그렸지(산과 눈에 대한 몽상) ; 소금(눈), 단단
한(부드러운) ; 하얀, 야만의 흑인 주민들(노란색·회색) ; 측은해하는
(배은망덕한) ; 허구적인 이야기(아무것도, 아무것도)

ⓓ 알제의 신학교[3]

ⓔ 사막

④ '지금 나를 강하게 후려치는(태양). 너무 강하게, 갑자기 땅바닥에
서 솟아난 뜨거운 창살로 후려치는 (……) 여기의 그늘은 기분 좋아.'

—pp. 1580~1581

ⓕ 소금의 도시

⑤ '열기가 높아질 때면 끓는 도가니, 땀이 난다. (……) 땀이 난다.'

—p. 1582

ⓖ 도시 광장에서의 침묵의 재판

⑥ '오늘 바위 뒤에 숨어서처럼, 엎드려서, 내 머리 위에서는 불이 무
거운 돌을 뚫고서 파고들고'

—p. 1582

---

3) 독서속도를 좀 앞당기기 위하여 지금부터 '서술된 과거' 항의 이미지들을 생략하고 다
만 과거사실의 요점만을 표시하겠다. '서술의 현재' 항도 표적이 될 수 있는 문단의 첫부
분과 끝부분만을 인용하며, 밑줄도 점차로 생략한다.

Ⓗ 물신의 집

Ⓘ 감방 ①에서 감방 ②로 옮겨가기 위한 무당의 의식 장면과 대응되는 서술적 현재 속의 단어나 이미지는 없다. 따라서 이 의식 장면은 외적 풍경에서부터 연상된 것이 아니라 배교자의 순전히 내적 상상에 의하여 생긴 것인지도 모른다. 정오에 태양의 위력이 절정에 달하는 현재에 그의 머릿속을 가득 채우는 것은 오히려 가장 캄캄한 감방에서 벌어지는 의식의 이미지이다.(「검은 태양」?)

⑦ '이제 해는 중천에서 조금 지나갔다. 바위 틈으로 구멍이 보인다. (……) 내 뒤에서 저들은 나를 찾고 있을 것이다. 아냐 아직은 아냐(그들이 문을 여는 것은 오후가 끝나갈 때니까).'   —p. 1585

Ⓙ 여인 ①과 여인 ②의 의식 사이

⑧ '내 바위집 위로 저 세찬 햇빛, 그리고 지금 나는(그때처럼) 불행과 욕망 때문에 눈물을 흘린다. (……) 오직 총만이 영혼을 가지고 있다.'

'아 지독히 뜨거운 도가니, 아 엄청난 분노, 라, 라, 열기와 분노에 취한 채 총을 깔고 넙죽이 엎드려서 (……) 그자가 만약 좀더 늦게 온다면 적어도 나는 사막에서 밤이 솟아올라 하늘을 가득 채우는 (……) 것을 볼 텐데 (……) 마침내 (광기가 내 혀를 앗아간) 그날을 잊을 수 있을 텐데.'   —p. 1586

Ⓚ 에로틱한 의식과 혀의 절단

⑨ '오! 이 열기가 나를 미치게 하는군, 견딜 수 없는 빛 속에서 사막이 도처에서 고함치고 있어, 그런데 그자는 그 사람은, 고통의 하나님

은…….'   —p. 1588

　ⓛ 수비대원의 돌연한 출현, 모국어의 회귀, 신부가 도착한다는 소식 등에 대응하는 말이나 이미지는 서술적 현재의 묘사 속에 없다. 왜냐하면 여기서 '과거'는 끝나고 탈출(과거)과 신부의 살해(현재)를 위한 준비가 시작되기 때문이다. 이때 서술하는 시간과 서술된 시간 사이의 거리는 정확하게 하루, 즉 이 단편소설의 서술시간이다.

　⑩ '라, 열기가 조금 덜해진다, 돌들이 이제는 진동하지 않는다. 나는 내 구멍에서 나가서 사막이 차츰 노란색·황토색, 이제 곧 보라색으로 뒤덮이는 것을 볼 수 있겠군.'   —p. 1589

　ⓜ 감옥에서 탈출

　⑪ '이제는 내가 이 바위 틈에 엎드려 있은 지 벌써 여러 날, 또 여러 날이 된 것 같은 기분이군. 빨리, 빨리, 오 그자가 빨리 좀 왔으면! 잠시 후면 그들이 나를 찾기 시작할 텐데 (……) 내 다리는 허약해졌어. 배고픔과 증오에 취해서.'   —p. 1589

　ⓝ 공간과 시간이 사막과 현재로 고정된다. 서술하는 시간과 서술된 시간이 정확하게 일치한다.

2) 열려진 공간(시계의 닫혀진 곡선이 부서진다)

　⑫ ⓞ '오, 오, 저기, 라, 라, 소로(小路)의 끝에 두 마리의 낙타의 모습이 점점 커지는군, 껑충껑충 뛰는군, 벌써 그들의 짧은 그림자까지 보여, 저 짐승들은 언제나처럼 생기 있고 꿈 같은 동작으로 달리는군. 드디어 저기 왔군 왔어!'   —pp. 1589~1590

3) 결정적으로 닫혀버린 공간 (생명의 씨앗이 제거된다)

⑬ Ⓟ '총을, 빨리, 나는 얼른 장전을 하는 거야. 오 물신이여, 저기 나의 신이여, 당신의 위력이 지탱되기를 (……) 자 이제, 라, 라, 연민에 대하여 사격, 무력과 자비에 대하여 사격, 악의 도래를 늦추는 모든 것에 대하여 사격, 두 번의 사격, 드디어 저놈들이 나자빠지는군, 떨어지는군, 낙타들은 지평선을 향해 도망치는군, 저기에는…….' —p. 1590

이상으로 우리는 텍스트의 시공간적 순서에 따라 작품을 구성하는 요소들을 거의 하나도 빼지 않고 분류 열거했다. 숫자로 표시된 항들은 태양의 운행으로 매 순간이 표시되는 '하루' 동안 서술시간의 진행을 표시한다. 알파벳 순서로 표시된 항들은 주인공의 생애에 일어난 사건 중심으로 본 과거(서술된 시간)의 진행을 서술하는 시간(temps de narration)과 관련지어 나타낸 것이다. 이 서술하는 시간과 서술된 시간의 각 항들은 공간의 세 가지 성격에 따라 분류되었다.

1) 이때 공간은 외면적으로는 요지부동의 소금으로 표시되는 결정형이며 닫혀진 공간이지만 어떤 해체의 위협을 받고 있다. 해체의 위협이란, 즉 물신의 집으로부터 사막으로의 탈출, 침묵으로부터 언어 세계 속으로의 회귀, 물신 세계와 기독교 세계의 갈등, 사회적 '이름'(베포르 신부)으로 확인할 수 있는 새로운 인물의 출현 가능성 등으로 나타난다. 2) 요지부동의 죽은 세계가 살아 움직이는 존재(두 사람, 두 마리의 낙타, 그들의 형체가 커지는 것)로 인하여 동력화한다. 3) 그 역동적이고 생명 있는 존재가 결정적으로 제거되고 공간은 마침내 생명 없는 세계로 변한다. 살인과 '모든 것'을 향하여 두 번의 사격.

6. 작가와 인물의 차이

밀폐된 공간 속으로 생명의 씨앗이 나타났다가 사라지는 이 짧은 시간은 바로 카뮈의 작품 전체가 자리하는 상상력의 장이다. 카뮈의 상상력은 그 연약한 생명의 씨앗을 거점으로 삼으면서 메마른 사막을 답사하는데 혼신의 힘을 집중시키는 것이다. 그 상상력이 그 같은 사막의 답사를 손쉽게, 빨리 해낸다는 의미는 아니다. 반대로, 이 신중하고 참을성 있는 작업을 통하여 그 사막 속에서 한 발자국 더 내딛기 위해서 카뮈에게는 무려 이십 년의 세월이 걸렸다. 그 이십 년 동안 찬란하면서도 끔찍한 '사막' 속에서 얼마나 많은 인물들이 목숨을 잃었던가? 메르소는 돌의 언덕 — 슈누아 — 위에서 저 광물적인 질식 상태를 맛보며 죽었다. 뫼르소는 알제를, 바다를, 샘물을 지척에 둔 채 사막 속에서 살인을 했고 그로 인하여 사형선고를 받았다. 칼리굴라는 깨어지는 '거울'의 사막 속에서 죽었다. 사막에 대한 광란하는 동경 끝에 마르타는 끈적거리는 강바닥이 돌로 굳어지기도 전에 목숨을 끊었다. '정의의 사람들'은 '밧줄'이라는 모진 매듭을 자의로 선택했다.

　우리는 이 많은 실패를 거쳐 배교자의 사막에 당도했다. 다른 비평가들, 특히 정신분석학자들과 더불어 우리도, 카뮈는 단 하나의 도식, 단 하나의 초보적 기하학에 따라 반복과 반복을 거듭하면서 단 하나의 작품을 썼을 뿐임을 인정한다. 카뮈가 '고전적'이라고 불렀던(니체는 '비시사적 inactuel'이라고 불렀던) 것은 아마도 그 같은 고의적인 단조로움이었을 것이다. 『안과 겉』의 서문 속에서 카뮈가 다음과 같이 말한 것은 어쩌면 단순한 겸손만은 아니었을지도 모른다. '바로 그렇기 때문에 아마도 나는 작품을 위하여 일하고 또 발표한 지 이십 년이 지난 오늘도 여전히 나의 작품은 아직 시작조차 되지 않았다는 생각을 하며 살고 있는 것이리라.'(『안과 겉』, p. 13)

　그러나 장소·인물들의 단조로움, 추상적인 면에서 사고의 반복 등에도 불구하고 간과해서는 안 될 사실이 한 가지 있다. 즉 뫼르소가 태양 때문에 살인을 하는 알제 교외의 사막으로부터 배교자가 의식적으로 신부를 살해하는 이 사막에 이르렀는데 카뮈 자신은 이십 년의 세월이 걸린데 비하여 배교자는 단 하루를 기다려서 선교사를 살해한다는 사실이 그것이다. 이 속도의 차이야말로 카뮈의 이미지와 그의 상상력의 독창성이 지닌 '가치'를 말해준다. 이 차이는 저자의 상상력과 그가 창조한 단 하나의 인물의 상상력을 혼동하지 못하도록 해준다. 카뮈의 상상력을 지배하는 이 '수줍은' 향일성, 신중한 향일성만은 바로 하나의 진보라고 할 수 있다. 카뮈의 수많은 인물들이 죽음을 당하거나 실패하는 곳에서, 카뮈 자신은 이 거듭된 실패와 실패를 통하여 빛의 힘을 얻었고 체험의 능력을 얻어 수줍은 한걸음을 더 내디딜 수 있었다.

이제 우리는 이 단편소설의 마지막 남은 두 페이지를 계속하여 해독할 수 있는 능력을 갖추게 될 것 같다. 달팽이 걸음으로 나아가는 우리의 지루하고 끝없는 독서속도를 양해하시라.

이제 배교자는 자기가 원했던 대로 돌연 어둠이 내리는 사막 한가운데 홀로 남아 있다. 우주의 중심에 단 하나 살아남아 있는 인간——마침내 그는 빈틈없는 왕국의 유일한 주인이다. 그러나 동시에 숨막히는 적지에 유배당한 단 한 사람의 주민이기도 하다.

하지만 이 우주 속에서 일체의 '하나(un)'는 생명이라는 것이 존속하는 한 '둘(deux)'로 갈라지게 마련이다. 그 생명이 비록 거의 광물에 가까울 정도로 집약된 것이라 할지라도 앞서 인용한 부분의 첫머리 부분에서 배교자는 '그들은 단 한 마리의 낙타를 둘이서 같이 타고 올지도 몰라'(p. 1577)라고 했었다. 그러나 실제로는 '두 마리의 낙타의 모습이 점점 커지며' 다가왔다. 그리고 이어서 이 두 마리의 낙타는 '짧은 그림자'로 인하여 두 배로 불어나 보였다.(p. 1590) 생명의 씨앗은 이렇게 증식되고 이미지의 씨앗은 이렇게 반향한다. 그 씨앗을 제거하기 위하여 그는 몇 번이나 불을 뿜었던가? 텍스트 속에서는 네 번의 '사격(feu)'이 있었다. 그것은 실제로 있었던 '두 번의 사격'이 상상 혹은 그의 혼미한 정신 속에서 배가된 것에 지나지 않는다. 이 설명만으로도 뫼르소가 아랍인을 향하여 처음 두 발을 발사하고 이미 움직이지 않는 그 몸에 다시 '네 번'의 사격을 한 사실에 대한 평가들의 저 끝없는 논의를 종식시키기에 충분하지 않을까?(『이방인』, p. 1166 참조)

뫼르소가 그 '짧은 네 발의 총성'으로 '불행의 문'을 두드렸다면, 피학·가학의 광기에 도취한 이 배교자는 똑같은 '네 번의 사격'으로 '검은 새들의 비상'을 불러일으킨다. 이제 '검은 새들의 비상처럼' 그의 주인들, 즉 흑인들이 달려와 그를 두드린다. 바야흐로 흑색의 '예수 수난'이 시작된다.

아! 이 아픔, 그들이 나에게 가하는 이 아픔, 그들의 분노는 흐뭇해라. 그들이 지금 내 몸뚱어리를 찢고 있는 이 전사용의 말 안장(selle), 제발 자비를, 나는 웃는다. 내 몸을 십자가에 못박는 이 매질이 나는 좋다.

　　　　　　　　　　　　　　　　　　　　　　　　　　－p. 1590

　기독교를 세운 저 사랑의 십자가 수난자와는 정반대되는 극에서 이 배교자는 예수와 동일한 도식을 차용하면서도 이 '말 안장(selle)' 위에 누워 사지를 찢김으로써 악의 종교를 세우는 듯하다. 분석의 이 단계에서 우리는 니체를, 그리고 '신은 죽었다'라는 전형적인 '극적 명제'에 대한 니체의 분석을 상기하게 된다.[4] 이 단편소설을 이와 같은 방식으로 분석하다 보면 우리는 자연히 매우 먼 철학의 영역에까지 이끌려들게 된다. 선명하게 헤아리기가 너무나도 어려운 각종의 현대적 이데올로기들을 통하여 우리가 현재 겪고 있는 어려운 구조에까지 우리는 이 소설의 메아리를 추적해나갈 수도 있다. 그러나 소설과 이데올로기 사이의 지극히 변화무쌍한(그리하여 길을 잘못 접어들기 쉬운) 중도의 길——즉 이미지와 상상력의 길을 가는 일만에 있어서도 우리는 너무나 지체하고 있다.

　이제 막 인용한 대목에 즉시 이어지는 생략부호(p. 1591, 제3행) 이후의 마지막 단원으로 넘어가기 전에 좀더 상세히 살펴볼 필요가 있는 두 가지의 이미지가 있다. 그 중 하나는 '검은 새들의 비상'(p. 1590)이다. 이 대목은 애매하다. 전후의 문맥으로 보아 '검은 새들'은 실제로 새들

---

4) G. Deleuse, 『니체와 철학 *Nietzsche et la philosophie*』(Paris : P. U. F., 1970), pp. 175~189 참조, 특히 「신은 죽었다」라는 제목의 장.

일 수도 있고 또 도망친 그를 찾아서 달려온 흑인들의 무리일 수도 있다. 이 대목 좀 앞서서 신부가 죽은 후 '낙타들은 지평선을 향하여 곧바로 도 망쳤다'(p. 1590)고 한 것으로 보아 이제 이 사막의 공간은 배교자 자신 만을 남겨놓고 완전히 닫혀져버린 죽음의 공간임을 알 수 있다. 그러나 이 닫혀진 '지평선' 위에서 '검은 새떼들의 분출하는 온천수가 까딱도 하 지 않는 하늘로 이제 막 솟아오른다(un geyser d'oiseaux noirs vient de s'élever dans le ciel inaltéré)'라고 한 대목을 주목할 필요가 있다. 뜨겁 고 검은 물(geyser)은 이처럼 분출하여 그 단단하던 하늘을 '쓸쓸한' 밤 의 어둠으로 용해시키는 것이 아닐까? 과연 카뮈의 모든 작품의 끝에는 늘 이처럼 쓸쓸한 밤이 찾아온다. 다만 이 밤이 주는 '느낌'이 작품에 따 라 달라진다. 배교자에게 있어서 이 '검은 새' 검은 '온천수'는 그를 찾 아와서 말 안장 위에다 못박힌 신으로 둔갑시키는 저 공격적인 '흑인 주 민들'과 결부되어 있다. 나중에 이 '검은 새들'은 「자라나는 돌」에 가서 검은 다이애나의 '상처받은 새'로 변신하게 될 것이다.[5]

이 '검은 새들'의 마지막 공격은(여기에 '온천수geyser의 분출'이라는 비유가 결부되어 상당히 에로틱한 의미까지 내포되는데) 우리가 다음으 로 주목하고자 하는 '말 안장(selle)'의 형벌의식의 이미지로 인도한다. selle(말 안장, 혹은 변기)과 sel(소금)의 동음이의 관계는 우연일까? 이 리하여 사드를 연상시키는 사도마조히즘의 소설의 끝에서 'Selle의 세 례'가 최후의 'Sel의 세례'를 예비하는 것은 아닐까? 하여간 이 부분의 문맥만으로 볼 때 '전사의' 말 안장(혹은 변기)은 소금의 공격을 역동 화하면서 또 검은 물의 분출에 곧바로 이어지는가 하면, 이 오물로 뒤 덮인 종말의 에로틱하고 어두운 이미지를 완성해주고 있다. 이 이미지 를 정신분석학자라면 아마도 '항문기(stade anal)'로 분류하여 해석할

---

5) 우리는 앞에서 「자라나는 돌」을 분석하면서 '상처받은 새'의 이미지를 설명한 바 있다. '검은 새'의 이미지에 대해서는 또 『결혼』(p. 70)을 참조할 것 : '나는 초록빛 지평선 위로 한 다발의 검은 새들이 날아오르는 것을 본다. 갑자기 태양이 비워두고 간 하늘 속에서 무엇 인가가 긴장을 푼다.' 이것을 「배교자」와 비교해보면 알제와 타가사, 표와 리의 거리를 헤 아릴 수 있다. 이 새들은 도처에서 하늘을 검게 물들인다. 그러고 나면 밤은 물이 된다. 오직 별들과 달만이 그 검은 물을 정화력을 지닌 유체로 변신시키게 될 것이다.

지도 모른다.[6] 그러나 이 말 안장(변기) 위에서의 전투적인 이미지는 탈
진의 역할을 담당하는 것에 지나지 않는다. (배교자는 여기서 『이방인』
의 뫼르소나 칼리굴라처럼 '오늘, 드디어 오늘 모든 것이 소진되었다con-
sommé'라고 말한다.) 소금(sel)이 말 안장(변기) 위에서 소진되고 나면
이제 남는 것은 최후의 침묵…… 이제 처음으로 이 혼미한 정신의 '수다
스러운 입'은 말을 그친다.

7. 소금의 정화작용

이 같은 침묵(실제로 텍스트 속에서는 이 침묵이 말없음표가 길게 연장
된 여백으로 표시되어 있다) 앞에서 우리는 감옥을 방문한 고해신부에게
분노의 함성을 토하고 난 직후의 뫼르소를 상기하지 않을 수 없다. 『이
방인』의 그 대목을 「배교자」의 마지막 문단과 대조해보자.

'고해신부'가 떠나자 나는 마음의 안정을 되찾았다. 나는 기진해서 내
작은 침상 위에 몸을 던졌다. 나는 잠이 들었던 모양으로 내가 깨어났을
때는 얼굴 위에 별들이 떠 있었다. 들판의 소리들이 나에게까지 올라왔
다. 밤과 대지와 소금의 냄새가 내 이마를 서늘하게 해주었다.
—『이방인』, p. 1209

이것은 배교자의 사막 위로 내리는 것과 똑같은 밤이 아닌가? 여기에
서는 고해신부가 물러갔고 저기서는 죽었다(살해당했다). 여기에서는

---

6) Alain Costes는 그의 비평서 속에서 '시지프의 역사'에 대하여 기발하고 유머러스한
분석을 한다. 그는 시지프의 작업이 태양기(Cycle Solaire) 내부의 '사디스틱한 항문기 및
나르시스적 항문기라는 두 가지 경향'이라고 진단하면서도, 「배교자」를 명쾌하게 분석한
장(A. Lekehal 이후 그는 처음으로 이 단편에 대하여 흥미 있는 해석을 제공했다)에서는 이상
하게도 'selle'의 이미지에 대하여 아무런 언급이 없다. 아마도 이 '병리학적' 인물은 '정
상적'인 인물인 시지프에게 선수를 빼앗겼을 만큼 구태여 분석을 필요로 하지 않았던 것
일까?(위의 *Albert Camus ou la parole manquante* 참조)

'나의 작은 침상' 위에서, 저기서는 '말 안장' 위에서 주인공은 다 같이 기진해 있다. 여기에서는 한가로운 들판의 소리, 저기서는 먼 곳에서 달려오는 흑인 병사들의 소리, 그리고 끝으로 다 같이 '소금'…… 저기서는 그 소금이 '냄새'의 상태로 찾아와 이마를 서늘하게 식혀주고 여기에서는 목마르게 한다. 같은 사물, 같은 요소도 이처럼 정반대의 상징적인 효과를 가져올 수 있다.

이 세계의 정다운 무심을 맞아들이는 '반그리스도' 뫼르소와는 반대로 이 신학교 출신 배교자는 다시 한번 최후의 배교를 감행한다! '아! 내가 또다시 잘못 생각했는지도 몰라! 지난날 그리도 정다웠던 인간들, 유일한 구원, 오, 고독이여 나를 버리지 말아다오!'(p. 1591) 수많은 신과 신을 거쳐 환각적 순례의 길을 더듬어온 끝에 이 배교자는 마침내 인간에게 되돌아오는 것일까? 그러나 그는 곧 무당에게 구원을 청한다. '그래, 나를 도와줘, 그렇지 손을 내밀어줘, 내밀어……' —이것이 혀 없는 이 인물의 마지막 내적 절규다. 여기서 '혼미한 정신'의 담화(discours)는 끝난다. 이 작품은 이렇게 그 처음에 열어놓은 따옴표(')에서부터 지금 막 인용한 이 마지막 말 다음에 닫혀지는 따옴표(') 사이에 배치된 기나긴 내적 독백과 이 작품의 마지막 1행(따옴표 밖에 위치한)이라는 두 단위로 나누어져 있음을 이제서야 우리는 확인할 수 있다. 이 구조는 무엇을 의미하는 것일까?

한줌의 소금이 수다스러운 노예의 입을 틀어막는다.

—p. 1591

이것이 따옴표 밖에 위치한 이 소설의 마지막 1행이다. 이로써 우리는 일단 혼미한 정신의 배교자가 갈구하여 마지않는 권력의지의 상징으로서의 '소금'과 이 마지막 행의 '한줌의 소금'은 서로 다른 것임을 알 수 있다. 모든 것을 정화하는 상상의 힘을 지니고 있는 것은 바로 이 마지막의 '한줌의 소금'이다. 진정한 세례의 위력을 발휘하는 것은 바로 이 한줌의 '소금'이다. 알랭 코스트는 한줌의 소금으로 수다스런 배교자의 입을 틀어막은 것은 무당이라고 해석했다.[7] 그러나 고문하는 역할을 담당했던 소금의 도시 안쪽 인물인 무당의 가치와 총체적인 정화와 세례의 힘을 지닌 '한줌의 소금'의 가치는 분명히 다른 것이므로 우리는 알랭 코스트의 해석을 받아들이기 어렵다. 오히려 이 양자가 대표하는 가치는 서로 상반된 것이라 할 수 있다. 이 문제를 더욱 폭 넓게 조명하기 위해서는 이미지의 성격이 여기서처럼 '병리학적'인 것이 아니라 보다 행복한 쪽인 다른 작품들 속에서 소금 이미지의 변모 과정을 더듬어볼 필요가 있을 것 같다. '적지'로부터 '왕국'으로 되돌아가는 그 길을 밟아가다 보면 우리는 자연히 '소금'으로부터 '빛'으로, 소금의 '모가 난' 세계로부터 과실의 '둥근' 세계로 인도될 것이다. 우리의 기나긴 이 여행은 둥글게 잘 익은 과실, 그러나 저녁이 오면 떨어져 썩을 과실에 이르러 끝날 것이니까.

---

7) A. Costes, 위의 책, p. 197 : '끝으로 병사들에게 정복당한 무당은 「수다스러운 노예의 입」에 소금을 가득 털어넣는다'고 그는 해석한다. 단편의 문맥상으로 보면 충분히 설득력이 있는 이 해석은 소설의 시작에서 열린 따옴표가 이 마지막 1행 바로 앞에 와서 닫힌다는 사실을 고려하지 않았다는 허점을 내포하고 있다. 따옴표는 소설의 마지막 한 줄과 따옴표 속의 독백을 전혀 다른 두 개의 서술차원으로 분리시키고 있다.

제 6 부

삶·어느 하루의 몽상

인생이라는 꿈속에서, 죽음의 땅 위에서 그 사나이는 진리를 발견했다가 다시
잃고, 전쟁과 아우성과 정의와 사랑의 광란과 그리고 또 고통을 거쳐서, 죽음
마저 행복스러운 침묵이 되는 이 평온한 고향으로 돌아오고 있는 것이다.

—카뮈, 『안과 겉』

제1장
예술이라는 우회

 '쇠붙이 같은 이름'이라는 타가사는 어디서 생긴 이름일까? 이 질문에 대한 해답을 찾다보면 이 소금의 도시로부터 인간적인 사막으로 돌아가는 길과 만나게 될 것이다. 과연 우리는 이제 카뮈의 상상력의 모험이 도달한 저 한계점인 '소금'으로부터 다시 인간이 개척하고 인간이 몸담아 사는 사막을 거쳐 저 찬란한 출발점인 빛을 향하여 '돌아가려고' 하는 것이다. 이것이 바로 '예술의 우회'다. 이 길 위에서 '소금'은 무게를 벗고 빛으로 탈바꿈하게 된다.
 시적 산문 『여름』을 펼쳐보면 카뮈 자신이 우리들의 질문에 대하여 은밀한 대답을 마련해놓은 듯한 세 가지 대목을 발견할 수 있다. 우리는 거기서 서로 다른 범주의 두 가지 중요한 지적을 찾아내야 한다. 그 한 가지는 타가사라는 지명의 '의미'이며 다른 한 가지는 바로 그 개념적·상징적·언어적 테두리를 초월하여 그 의미를 파열시키는 상상의 '힘'이다. 참다운 이미지는 그 '의미'와 '힘' 사이에서 일체의 비인간적인 무게를 벗어버리고 진동하게 된다.

카뮈는 1953년, 다시 말해서 「배교자」라는 단편소설을 집필하던 시기에 산문 「티파사에 돌아오다」에서 다음과 같은 의미심장한 말을 했다.[1]

> 여기서 티파사라는 부드러운 이름에 그보다 더 소리가 요란하고 더 잔혹한 다른 이름들을 대립시켜보기란 너무나도 손쉬운 일일 것이다. 오늘날의 인간들에게는, 나 자신이 이미 양쪽 방향으로 다 훑어가본 일이 있기에 너무나도 낯익은 내면의 길이 하나 있으니 그것이 바로 정신의 악덕들로부터 범죄의 수도들에 이르는 길이다.
>
> ─『여름』, p. 874

그리고 두 줄 뒤에는

> 나는 바로 돌들 가운데서 외치지 않았던가? 나 역시 잊어버리려고 애쓴다. 나는 우리들의 저 쇠붙이와 불로 된 도시들 속을 걷고 있다. 나는 어둠을 향하여 씩씩하게 웃음을 던지며 폭풍을 향하여 고함친다. 나는 항상 일편단심 변치 않으리라.
>
> ─『여름』, p. 876

그리고 끝으로 「헬렌의 유적」에는 다음과 같은 말이 있다.

> 그렇지 않다면 우리는 그들의 배교차적 후손들이다. 역사를 신의 왕좌에 앉힘으로써 우리는 신정론을 향해 나아가고 있다. 우리는 이제 그리스인들이 야만인이라고 불렀던, 그리스인들이 살라미스 바다에서 죽음으로 몰아넣었던 그 사람들과 같은 모습이다. 우리가 얼마나 달라졌는지를 알고 싶다면 우리들 철학자들 중 플라톤의 참다운 적인 그 사람에

---

1) 로제 키이요는 '그런데 1952년에서부터 발표되기까지 그 단편소설은 보충되었고, 부분적으로 의미가 수정되었다고 추정할 수 있다'고 지적했다.(『전집』 I, p. 2036)

게 물어보아야 한다. '오직 현대 대도시만이 인간정신이 제 스스로에 대하여 인식할 수 있는 터전을 제공한다'고 감히 헤겔은 썼던 것이다.

—『여름』, p. 854

이 세 가지 문단을 비교해본 후에 이제 또 설명을 붙일 필요가 있을까? 다만 저자 자신의 이 세 가지 지적은 다시 한번 우리가 앞서 그려 보인 도식('소금의 기하학')과 그 광범위한 적응을 충분히 합리화해준다는 사실만을 다시 한번 짚고 넘어가겠다.

그러므로 '소금'의 도시 타가사는 이제 카뮈의 상상력이 모험을 감행하여 찾아들어갔던 사막의 한계점이라는 사실이 분명해졌다. 이리하여 이 한계점은 현대인의 운명을 공유함으로써 동시에 그와 대칭적으로 반대극에 위치하는 또 하나의 긍정적인 한계점이 바로 티파사라는 사실 역시 드러내 보인다. 산문집 마지막 수필의 「티파사에 돌아오다」라는 제목은 바로 이 같은 의미를 지닌 것이다.

카뮈 자신이 행복을 찾아 떠났던 그 기나긴 우회의 길, 우리들 독자가 카뮈의 이미지들을 찾아 떠났던 그 기나긴 분석의 길, 그 끝에 우리는 다같이 '인간'에게로, '출발점'으로, 자유로운 '삶'으로 돌아오는 길목으로 접어들게 되었다. 우리는 이미 앞에서 여러 차례에 걸쳐 그 '귀로'가 단순한 '퇴행'이나 뒷걸음질치는 '반복'이 아니라 '예술이라는 우회'라고 강조한 바 있다. 우리가 그려 보이고자 하는 바는 동일한 지도, 동일한 지리공간 위에 그려진 질적 진화이다.

그렇다면 그 질적 진화를 작품 속에서 어떻게 측정할 것인가? 이 질문에 대해서는 이미 상당량 대답을 한 것으로 생각된다. 타가사에서 티파사에 이르는 길은 오랑, 카딕스, 카빌리의 고원, 그리고 알제를 지나게 되어 있다. 단편집『적지와 왕국』속에 포함되어 있는 단편들은 바로 그와 같은 순서로 배열되어 있다. 그 책은 우선 '간부'의 자닌느와 더불어 낯선 사막 속을 '항행'하고 뒤이어 '배교자'의 소금의 도시에 이른다. 이것이 출발이다. 그 다음에는 티파사로 돌아가는 귀로다. 혀가 잘려나간 배교자는 '소금의 세례'를 거침으로써 알제리의 보잘것없는 서민들, 즉 침묵의 값을 헤아릴 줄 아는 통 제조공들로 변신한다. 파업이 계속되는 동안, 다시 말해서 대개의 경우 옥신각신 말이 가장 많아지는 그 사건 동안 파업 노동자들은 집단의 이해관계와 한 죄 없는 어린 생명에 대한 존중이라는 딜레마 속에서 거의 말을 하지 못한다. 이것이 바로 단편 「말 없는 사람들」의 문제성이다. 그 다음에 독자는 교사 다뤼가 사는 사막으로 되돌아오게 된다. 다뤼는 사람이 살지 않는 사막 속으로 감히 모험을 감행할 용기를 내지 못하는 아랍인 살인자 때문에 두 민족(아랍과 프랑스) 사이에서 갈등을 겪는다. 이것이 전체 여섯 편으로 구성된 단편집의 네번째 작품이다.[2]

여기서부터 '귀로'는 상당히 우회하여 알제리 지역을 크게 벗어나는 장소들 —「요나」의 예술가들이 거주하는 파리(?)와 「자라나는 돌」의 브라질 —을 포함하게 된다. 『적지와 왕국』이 인도하는 이 길은 엄밀하게 말해서 티파사에 이르지 못한 채 브라질에서 끝난다. 아마도 이 행복한 회귀가 완료되자면 『최초의 인간 Le Premier Homme』을 기다려야만 했을 것이다. 그러나 작가 자신의 생애가 항상 불확실한 의미의 알레고리라는 듯 카뮈는 문득 그의 상상력의 질서 밖으로 튕겨져 나가서 우리들을 티파사가 아닌 루르마렘의 무덤 앞으로 인도해놓은 것이다. 루르마렘과 티파사 사이에는 지중해가 가로놓여 있다. 한쪽은 그의 몸이 태어난 나라요 다른 한쪽은 그의 언어가 태어난 고장이다. 카뮈가 사망한 후 지중해는 그 두 나라를 갈라놓은 국경이 되어버렸다. 그러나 그 두 가

---

2) 카뮈의 책들이 그 공간적 구성에 있어서 항상 놀라울 만큼 대칭을 이루고 있다는 점은 주목할 만하다. 우리는 앞에서 『이방인』과 『전락』이 매우 치밀한 구성을 보이고 있음을 밝힌 바 있다. 『페스트』의 경우 역시 그렇다는 것을 나중에 보게 될 것이다. 『적지와 왕국』의 경우 비교적 길이가 짧은 처음 네 편의 단편소설들이 책의 반을 차지하고 마지막의 비교적 긴 작품이 다른 반을 점하고 있다. 단편 「손님」의 마지막 행 —'그가 그토록이나 사랑했던 이 고장에서 그는 혼자가 되었다' —은 전체 127페이지의 단편집 속에서 64페이지를 끝맺어주고 있다. 이 같은 도식에 비추어볼 때 우리는 『전락』이 원래의 의도대로 단편소설로 완성되었다면 이 단편집의 어디에 편입되었겠는가를 짐작할 수도 있다. 즉 『전락』은 분명히 비교적 긴 마지막 두 편 사이 어딘가에 위치했으리라. '물'의 이미지가 지닌 수력학적 역동성에 따라 「요나」의 바로 앞이나 뒤에 『전락』이 놓일 경우 「손님」은 전체 일곱 편으로 구성된 소설집의 중심을 이루었을 것이다.

지 풍경 속에서도 '따지고 보면 여전히 태양이 우리들의 뼈를 따뜻하게 덥혀주고 있는 것이다.'(『안과 겉』, p. 22) 그 덧없는 삶에도, 그 돌연한 죽음에도 다 같이 그 무심한 태양, 정열적이면서도 수줍은 그의 언어가 매혹적으로 노래하는 그 감미로운 태양……

1. 귀로

작가의 돌연한 사망으로 인하여 창조행위가 중단되고, 소설 『최초의 인간』은 미완으로 남은 채 아직도 그 초고가 출판되지 않은 상태이긴 하지만(그 후 1994년에 이 책은 미완 상태로 출간되었다—졸역 『최초의 인간』, 열린책들, 1995 참조), 우리는 이미 발표된 다른 작품들 속에 포함되어 있는 여러 가지 표시들을 따라서 그 귀로의 걸음을 계속할 수 있다. 작품 속의 상상력을 이제는 출발의 방향이 아니라 회귀의 방향에 맞춰놓고 해석하기 위해서는 그 표시들의 의미를 서로 연결시키고 확대시키지 않으면 안 된다.

실제에 있어서는 매우 암시적으로 은폐되어 있는 그 '표시'들은 특히 『이방인』『결혼』『여름』 등에서 찾아볼 수 있다. 이 세 작품에 대한 면밀한 검토를 통해서 우리는 참다운 빛을 향하여, 그리고 카뮈의 인간이 정열적으로, 또 슬기롭게 살고자 하는 중도적 공간을 향하여 돌아가게 된다.

저 고전적인 소설 『이방인』에 대해서는 그 속에 나타난 소금의 이미지만을 분석하면서 그것이 「배교자」의 소금 이미지와 어떻게 다른가를 알아보겠다. 산문 『결혼』은 반복을 무릅쓰고라도 그 책 전체의 구조 및 이미지들의 체계를 분석할 것이다. 끝으로 『여름』은 『최초의 인간』이 소설적인 언어로 완성하고자 했던 항일성 숙명을 서정적인 언어로 예고하는 유일한 자료로서 다루게 될 것이다.

배교자와는 달리 뫼르소는 소금을 후각적 요소로 지각한다. 그러나 '소금 냄새'는 『이방인』 속에서 그 냄새의 출처, 즉 소금이 실제로 존재하는 '다른 곳'을 손가락질하는 역할을 담당한다. 마치 「배교자」의 경우, 스프 속에 녹아 있음으로써, 혹은 신 포도주 속에 부재함으로써, 소금이 감각을 통해 제 모습을 드러내거나 감추는 것과 같다. 냄새건 맛이건 소금은 우선 감각적인 '결핍'으로 나타나고, 또 그렇기 때문에 그 냄새나 맛의 물질적인 출처를 찾아 나서게 만든다. 배교자가 '단번에 떠나서 햇빛을 받으며 맑은 물과 함께 살기 시작하고' 싶어하는 것은 바로 소금의 출처에 대한 강력한 욕구를 표현하는 것이다.

뫼르소의 경우도 마찬가지다. 그러나 그는 배교자에 비해서 이미 태양과 맑은 바닷물에 훨씬 가까이 있다. 그래서 뫼르소의 경우 떠나고 싶은 욕구는 훨씬 덜 치열하다. 왜냐하면 태양이 작열하는 바닷가로 나가는 것은 알제에 사는 그에게 있어서 예외적인 기획은 아니기 때문이다. 다만 선박회사의 고용원인 그에게는 마음대로 바닷가에 나가 즐길 여가가 많지 않을 뿐이다. 그러기 위해서는 주말이나 휴가를 이용해야 한다. 그런데 그는 예외적으로 '이틀간의 휴가'를 얻게 된 것이다. 그러나 살아 있는 바다(mer)로 갈 휴가가 아니라 죽은 어머니(mère)에게로 가야 할 휴가다. 그렇지만 이제 어머니를 땅에 묻으려고 하는 이 인물에게 바람 ―그 자유스러운 여행자!―은 바다의 '냄새'를 실어다준다.

> 바다와 마랑고 사이에 있는 언덕들 위로, 하늘에는 붉은빛이 가득히 퍼지고 있었다. 언덕 위로 부는 바람은 소금 냄새를 여기까지 실어오고 있었다. 아름다운 하루가 시작되려는 것이다. 나는 오랫동안 야외에 나가본 일이 없었으므로, 어머니만 없다면 산책하기에 얼마나 즐거울까 하는 생각이 들었다.
>
> ―『이방인』, p. 1131

장례식 이튿날 알제로 돌아온 뫼르소는 휴가가 하루 더 연장되었다는 것을 알아차린다. 왜냐하면 그날은 토요일이었으므로 주말의 이틀이 또다시 남게 되기 때문이다. 이제는 과연 어머니도 '없고'(땅속에 묻었으니까) 오직 자유로운 이틀의 주말만이 남았다. 또 이번에는 알제와 바다 사이를 가로막는 '언덕' 같은 것도 없다. 사정이 이와 같으니 '산책' 정도가 아니라 바닷물 속에 몸을 던지는 '즐거움'을 즉각 선택한다는 것은 너무나도 자연스러운 일이다. '항구의 수영장'으로 가는 전차만 타면 되는 일이었다.(『이방인』, p. 1136) 바다에는 많은 젊은이들이 있었는데 특히 그는 소금기 있는 '물' 속에서 마리 카르도나를 만났다. 그는 여자와 함께 부표 위로 올라간다. 다시 말해서 태양과 바다가 우주의 조화로운 한 쌍처럼 서로 만나는 지점으로 올라간다. 물론 이 두 젊은 남녀도 거기서 우주적 질서에 따라 조화로운 한 쌍을 이루어 태양이 바다 '위에' 있듯이 남자가 여자 '위에' 몸을 눕힌다.

> 왜 그런지 그저 좋았고, 나는 장난을 치는 체하고 머리를 뒤로 젖혀 그 여자의 배 위에 올려놓았다. 그 여자가 아무 말도 하지 않기에 나는 그대로 그렇게 하고 있었다.
>
> —『이방인』, p. 1137

맑은 물과 섞이고 태양과 '균형'을 이루고 있는 소금은 인간의 '즐거움'의 한 요소이다. 소금물 속에 '몸을 담그는' 즐거움은 사랑의 즐거움으로 인도한다. 그러나 첫째번 즐거움이 만족되고 나자 두번째 즐거움이 최종적 결과를 획득하기도 전에 뫼르소는 제삼의 즐거움을, 만족시킬 수 없는 즐거움을 예견하는 듯하다. 즉 모성적인 물, 즉 젖이 그것이다. 마치 우연히 그렇게 된 것처럼 뫼르소가 마리와 처음으로 접한 신체적 접촉 부분은 여자의 '젖가슴'이다. ① '나는 그 여자가 부표 위로 올라가도록 도와주었는데 그 순간 그의 젖가슴을 스치게 되었다.' ② 머리를 마리의 '배' 위에 얹고, 그 여자의 '허리'를 손으로 감싸 껴안아본 다음 그는 여자를 영화관으로 데리고 가서 '그의 젖가슴'을 애무한다.(p. 1137) 그러나 마리는 어머니가 아니라 처녀다.

마리와 하룻밤을 지낸 다음 뫼르소가 이튿날 아침 잠이 깨었을 때 여자는 이미 가고 없다는 것을 깨닫는다.

그래서 나는 자리 속에서 몸을 뒤치며 마리가 베개에 남긴 머리털의 소금기 냄새를 더듬으면서 열시까지 자버렸다.

—『이방인』, p. 1137

다시 한번 소금은 잡기 어려운 이미지, 즉 냄새의 모습으로 은폐된다. 그가 찾으면 찾을수록 소금은 더욱 잡기 어려운 대상으로 변한다. '냄새'가 자극만 해놓은 이 욕망을 어떻게 만족시킬 것인가? 바다에 가서 실질적인 질료로서의 소금과 직접 접촉하게 되기를 기다리는 동안 그 어렴풋한 '냄새'를 대신해줄 수 있는 것은 시각적인 이미지이다.

조금 뒤에 나는 할 일도 없고 해서 옛날 신문을 한 장 들고 있었다. 크뤼센 표 소금 광고를 오려서 재미있는 기사들을 모아두는 스크랩에다가 풀로 붙였다. 나는 또 손을 씻고 나중에는 발코니에 나가 앉았다.

—『이방인』, p. 1138

덧없는 냄새 대신에 종위 위에 '찍힌', 그리고 고유명사——'크뤼센'——로 명명된, 또 '오려내어' 공책 위에 '풀로 붙인' 소금, 이것이 바로 소금을 소유하려는 욕망의 구체적인 표현이요 절차다. 그러나 그 소금의 그림은 한갓 속이 빈 이미지에 지나지 않을 뿐 실질적인 만족을 주지는 못한다. 왜냐하면 뫼르소의 욕망은 눈으로 보고 이해하고 접촉하는 것 이전에 '몽상'하는 주체이기 때문이다. 그렇다면 소금 냄새를, 다시 말해서 바다의 냄새를 보다 더 잘 맡는 방법은 발코니로 나가 앉는 것밖에는 없다. 하루가 끝나가는 시간에 '어머니'가 습관처럼 나가 앉아서 '싸늘하고 찝찔한 쇠난간' 위에 입을 갖다대곤 하던 곳이 바로 그 발코니다. (『이방인』, p. 26) 그 일요일날 아들은 바로 그 어머니, 이제는 땅속에 묻힌 어머니의 몸짓을 반복하게 된다.

2. 소금에서 샘물로

> 나는 의자를 돌려서 담뱃가게 주인처럼 놓았다. 그것이 더 편리하게 생각되었던 까닭이다. 나는 담배를 두 대 피우고 나서, 방 안으로 들어가 초콜릿을 한 조각 가지고 창 앞으로 돌아와 먹었다.
>
> — 『이방인』, p. 1138

생각과 감각과 욕망의 기이한 연상에 지배되어 하게 되는 매우 놀라운 동작들의 연속이다. 뫼르소는 자기가 하는 첫번째 동작, 즉 의자를 돌려 놓은 동작의 깊은 동기를 알지 못하고 있다. 그 의자는 바로 어머니의 발코니 난간처럼 '찝찔한 쇠붙이' 의자가 아닐까? 하여간 그는 자기가 담뱃가게 주인의 동작을 모방하고 있다는 것을 알고 있다. 그러나 실제에 있어서 그가 보고 있는 것은 가게 주인이 아니라 그의 '담배'다. 담배를 피운다는 것은 바로 바다 냄새를 들이마시는 기회가 아니겠는가? 담배를 피우는 입의 요구는 더욱 까다로워진다. 이번에는 무엇인가를 씹고 싶은 것이다. 소금이 없으니 초콜릿 속에 녹아 있는 사탕을? 그러나 소금에 대한 욕구를 충족시키기 위한 이 모든 무의식적인 시도들에도 불구하고 그날 하루가 저물어갈 때 그는 결국 '아무것도 변한 것은 없다'는 것을 확인하게 된다.(p. 1140)

만족되지도 않고 만족될 수도 없는 뫼르소는 그 다음 주말의 첫날, 즉 토요일을 이용하여 다시 바닷가로 간다. 이번에는 마리와 동반한다. '미지근한' 바닷물 속에서 마리는 어머니를 잃은 그의 연인이 찾고 있는 듯한 모성적인 물을 제공할 수가 없다. 그 대신 여자는 그에게 '짠물'을 입 안에 담았다가 해를 향하여 내뿜는 '놀이'를 가르쳐준다! '소금의 쓴맛'으로 뫼르소의 입 안이 얼얼해지자 마리는 그의 '입을'─젖가슴이 아니라─애인의 입에 갖다대고 입 안을 식혀준다. '그녀의 혀가 내 입술을 서늘하게 해주었고 우리는 한동안 파도 속에서 뒹굴었다'고 뫼르소는 말한다.(p. 1148)

해수욕을 하고 난 후 마리와 함께 보내는 두번째 밤은 다시 한번 행복의 밤이다. 우주적인 '물'이 육체 위를 흘러 지나가며 애무한다.

창문을 열린 채 두었는데 여름밤이 우리의 볕에 그을린 몸 위로 흘러 치나가는 것을 느끼는 것은 기분이 좋았다.

—pp. 1148~1149

창문을 '열어놓은' 그 방 안으로 맑고 부드럽게 흘러드는 밤의 물 속에는 아마도 소금 냄새가 녹아 있었으리라. 그러나 그 행복은 쉬 지나간다. 이내 낮이 온다. 뫼르소는 자기가 마리를 사랑하지 않는 것 같다고 고백한다. 여자는 '쓸쓸해진다.' 그러나 머지않아 레이몽의 방에서 다투는 소리가 난다. 이 소리는 마리와의 재결합이라는 유일한 가능성을 조각내버린다. 살라바노와 레이몽이라는 두 이웃 사람들이 육화하는 이별의 이미지는 뫼르소와 마리의 이별을 예고하는 것이다. 하여간 그 사건 직후에 알게 된 레이몽은 뫼르소를 바닷가의 마송의 별장으로 초대하게 된다.

세번째로 해수욕을 가는 날은 앞서 두번과는 달리 일요일이다. 그 태양의 날에 뫼르소, 마리, 레이몽 세 사람은 더 먼 곳으로 간다. 마랑고의 바람이 언덕을 넘어 뫼르소에게 소금 냄새를 실어왔듯이 이번에는 '바다를 굽어보며 모래밭 쪽으로 경사진 언덕들을 넘어가야만 했다.'(p. 1159) 다시 말해서 뫼르소는 소금이 있는 곳을 찾아서 바람과 반대방향의 길을 거슬러가는 것이다. 그날 처음이자 마지막으로 뫼르소는 마리와 하루 종일을 함께 보낸다. 아마도 처음으로 그는 자기가 마리와 결혼하게 된다는 생각을 한다.(p. 1160) 그러나 그는 마리와 함께 밤을 지내지는 못할 것이다.

그는 이제까지 자기가 경험한 바닷물과의 접촉을 모두 다 다시 한번 해본다. 그는 마리가 하는 대로 바닷물 속에 몸을 던지기도 하고 짠물을 입 안에 머금어보기도 한다. 그러나 이번에는 그 바닷물이 더 희박한 공기의 상태로 변한다. 즉 지난번보다는 덜 쓰고 덜 얼얼한 것이 된다——

'난바다에서 우리는 다이빙을 했는데 하늘 쪽으로 향해진 내 얼굴 위로 마지막 남은 물의 장막들이 햇빛을 받아 흩어지면서 입 속으로 흘러들었다.'(p. 1160) 그리고 그는 마리의 몸 위에 실재하는 소금 냄새를 맡게 된다 — '잠시 후, 마리가 모래밭으로 왔다. 나는 그녀가 걸어오는 모습을 보려고 돌아누웠다. 그 여자도 짠물로 온통 몸이 끈적거렸고 머리채를 뒤로 늘어뜨리고 있었다. 마리와 나는 옆구리를 맞대고 누웠는데, 그녀의 체온과 뜨거운 햇볕 때문에 나는 조금 잠이 들었다.'(p. 1161)

즐거운 아침나절에 이어서 포도주와 담배가 곁들인 식사.(p. 1161) 세 사람의 산책과 격투. 마송에게 얻어맞은 아랍인이 물 속에 엎어진다.(p. 1162) '한시 반'에 두 사람의 두번째 산책 — 우리가 이미 「배교자」를 통해서 익히 알고 있는 광물적 이미지들, '조각조각 깨어진 햇빛' '모래' '권총'의 쇠붙이, 그 위로 미끄러지는 햇빛…… 그러나 이 요지부동의 광물성은 그 속에 개입되는 살아 있는 움직임으로 인하여 역동화될 가능성이 남아 있다. 그것이 바로 샘물과 피리 소리다. '해변의 맨 끝에서 우리는 모래 속으로 흘러드는 작은 샘물을 만나게 되었다.'(p. 1163) '다른 한쪽의 아랍인은 갈대로 만든 조그만 피리를 끊임없이 반복하여 불고 있었다.' '거기에는 다만 햇볕과 침묵이 있을 뿐, 그리고 졸졸 흐르는 샘물소리와 피리의 세 가지 음향이 들릴 뿐이었다.'(p. 1164) — '침묵과 무더운 햇볕 가운데, 여전히 물과 피리의 나직한 소리가 들렸다.'(p. 1164) 이같이 나직하지만 집요한 '소리'와 '움직임' 덕분에 두번째의 산책은 별 사고 없이 끝난다. '갑자기 아랍 사람들이 뒷걸음질을 하며 바위 뒤로 물 흐르듯이 사라져버린' 것이었다.

차례로 주어진 것이란 미지근하지만 얼얼하고 쓰디쓴 바닷물과 머리를 무겁게 하는 포도주와, 그리고 이번에는 오직 견디기 어려운 '여자들의 눈물'뿐, 모성적인 물을 마실 수 없어 만족하지 못한 뫼르소는 드디어 아까 보았던 샘(Source, 원천)으로 가는 길을 택하지 않을 수 없다. 이제 그를 이끄는 운명의 힘은 원천의 인력(引力)인 듯하다. 그것은 동시에 칼을 들고 있는 아랍인과 '바위'와 '살인'을 향한 길이기도 하다. 지리적으로 매우 짧지만 상상력의 차원에서 보면 끝이 없을 만큼 길고 밀도 짙은 그 길은 광물성과 공격적 도취와 열화(熱火)의 세계다. 현실의 묘사와 돌연히 무수하게 쏟아져나오는 메타포들은 이 공간의 운명적인 성격을 웅변으로 말해준다. '바위' '눈앞이 캄캄한 도취감' '분출하는 빛' '모래' '먼지' '칼' '조개껍질' '사금파리' '권총' '빛나는 금속' '진동하는 모래밭' '단검' '강철' '번쩍이는 칼날' '태양의 심벌즈' '번쩍이는 칼끝' '방아쇠' '총신'…….(pp. 1165~1166)

우리는 뫼르소 혼자서의 세번째 산책 대목을 두 가지의 단위로 구분해볼 수 있다. ① 별장에서 샘까지. ② 그가 앞으로 떼어놓은 '단 한 발자국'에서 아랍인을 향하여 쏜 '네 발의 총성'까지. 첫번째 단위에서는 감금의 상황이 준비된다. 그러나 아직 그 감금은 우수적인 이미지의 차원이다. 위에서는 태양과 열과 빛이 우리의 주인공을 무겁게 짓누르며 압박한다. 아래쪽에서는 '빛의 단검' 하나하나가 하얀 조개껍질이나 유리 조각에 반사하여 솟아오른다. 뒤에는 '끓는 금속의 대양'이요 주위에는 진동하는 모래밭, 그리고 앞에는 마치 '웃고 있는 듯한' 아랍인…… 아랍인 뒤에 서늘한 샘물이 있다. 앞으로 한걸음 내딛는다는 것은 뫼르소로 볼 때는 이를테면 유일하게 '열려 있는' 방향으로 나아간다는 것을 의미한다. 우주의 공격적인 힘에 떠밀린 이 인물은 샘물 쪽으로 나아가는 수밖에 없다. 태양과 광물의 공격과 서늘한 '물'의 팽팽한 긴장 속에서 이 인물은 운명적으로 물을 선택하게 마련이다.

감금의 상황이 우주적인 드라마에서 인간적인 갈등으로 바뀌는 것은 두번째 단위에서이다. 여기서 아랍인은 뫼르소를 향하여 칼을 꺼내 겨누는 것이다. 물을 향하여 나아가려는 뫼르소의 욕망 앞에서 돌연 아랍인은 적으로, 장애물로 변한 것이다. 카뮈가 즐겨 인용하는 그리스 비극으로 말하자면 이 아랍인은 샘물을 지키는 문지기의 역할을 띠고 있는 듯하다. 정신분석학자라면 쉽사리 이 상황을 오이디푸스의 도식에 의해서 해석할 것이다. 어머니(샘물―원천)를 찾아가는 이 인물 앞에 칼을 들고 가로막는 이 아랍인 사내는, 그리고 저 공격적인 태양은 '아버지'가 아니고 무엇이겠는가? 뫼르소의 앞쪽은 이제 유일하게 '열려 있는' 방향이기는커녕 유일하게 노골적으로 적의를 드러내는 공격적 방향이다.

그러자 이번에는 아랍 사람이, 몸을 일으키지는 않으면서, 단도를 뽑아서 태양에 비춰 나에게로 겨누었다. 빛이 강철 위에 반사하자, 번쩍거리는 길쭉한 칼날이 나의 이마에 와서 쑤시는 것만 같았다. 그와 동시에 눈썹에 맺혔던 땀이 한꺼번에 눈꺼풀 위로 흘러내려 미치근하고 두터운 막으로 덮여버렸다. 이 눈물과 소금의 장막에 가리워서 나의 눈은 앞이 보이지 않았다. 다만 이마 위에서 울리는 태양의 심벌즈 소리와, 단도로부터 여전히 내 앞으로 닥쳐오는 눈부신 빛의 칼날을 느낄 수 있을 뿐이었다. 그 모든 뜨거운 검은 나의 속눈썹을 썰고 어지러운 눈을 파헤치는 것이었다. 모든 것이 고요한 것은 바로 그때였다. 바다는 두텁고 뜨거운 바람을 실어왔다. 하늘이 활짝 열리며 불비가 쏟는 듯하였다.

—『이방인』, p. 1166

지금까지 점차로 공격성을 더해가며 예비된 모든 이미지들이 촉각적인 통로로 강력한 힘을 행사한다. 빛은 금속으로 검으로 변하고 상상은 생리작용(땀)으로 구체화된다. 이것이 바로 상상력의 질료가 지닌 치열한 성질이다. 일단 시각적인 기능이 마비되자 갖가지 이미지들이 환각으로 변하여 공격한다. 정상적인 인간이라면 서로 다른 지각기관을 통해 전달된 여러 가지 감각들을 종합하고 정리하겠지만 이런 극한상황 속의 뫼르소에겐 그럴 여유도 능력도 없다. 시각과 촉각은 곧 동일화된다. 모든 감각들이 한데 섞여서 저 집요한 물의 문지기 아랍인이라는 핵에 와서 단 하나의 공격성으로 결정되는 것이다. 아랍인은 바로 시각적 · 촉각적 공격성을 집결시킨 '칼' 그 자체다. 마침내 모든 감각, 모든 공격성이 더욱 본질적인 상상의 중심, 즉 '소금'으로 구현된다. 저 수다스러운 배교자의 입을 틀어막은 것이 최후의 '소금'이었듯이 여기서 뫼르소의 눈을 가려버린 것은 '소금의 장막'이다. 카뮈의 오이디푸스는 소금으로 눈이 멀어버린 것이다. 이것이 뫼르소의 숙명이다.

3. 카뮈의 소설미학

이제 막 우리가 분석한 두 대목은 배교자가 물신의 노예로 변신해가는 네 단계와 그리 거리가 멀지 않다. 여기서도 마찬가지로 이미지들이 변전하고 마찬가지로 공격적 '칼날'을 지닌 소금이 등장하는 것이다. 단 하나 다른 점이 있다면, 뫼르소는 세계에 대하여 적당한 거리를 유지하면서 동시에 그 세계와, 즉각적인 접촉을 할 수 있는 유일한 감각기관인 '시각'을 공격받는 데 비하여 배교자는 언어적 통로에 의하여 세계를 추상화하려는 강력한 욕구의 소유자로서 그 언어에 필수적인 기관인 혀가 공격받는다는 점이다.

그러나 『이방인』의 제1부 마지막 살인 장면 속에 등장하는 이미지들의 중요성을 다시 한번 강조한다는 것은 좀 새삼스러운 일이다. 이 작품이 나온 이래 이미 W. M. 프로흑의 텍스트 분석에서부터 B. T. 피치의 이 소설 전체에 대한 지극히 세밀한 분석에 이르기까지 이미 수많은 비평가들이 이 대목을 주목한 바 있다.[3] 그러나 이 기회에 텍스트 그 자체

---

3) W. M. Frohock, 「카뮈, 이미지, 영향, 그리고 감수성」, Yale French Studies 제2권 (1949. 가을), pp. 91∼99 참조. 『이방인』의 제1부 마지막에 나타나는 문체상의 놀라운 변화를 설명하고자 할 때 그 점은 곧 기억날 것이고 매우 유용해진다. 소설의 처음 83페이지에 걸친 여러 장에서 카뮈는 모두 합쳐서 열다섯 개의 메타포를 사용했다. 그런데 마지막 불과 네 페이지, 즉 뫼르소가 별장의 계단 앞에서 돌아서면서부터 그가 쏜 권총의 총소리가 '마치 불행의 문을 두드리는 네 번의 날카로운 노크 소리'처럼 울리기까지, 그는 최소한 스물다섯 개의 메타포를 사용하고 있다. 그리고 뫼르소가 아랍인을 살해함으로써 자신의 운명을 결정짓는 네 페이지가 바로 문제이고 보면 문체상의 변화가 가지는 중요성은 매우 의도적이라고 볼 수 있다. 그 네 페이지를 다 인용하기는 힘들지만 그 속에 동원된 메타포들은 다음과 같은 순서로 되어 있다. ① 햇빛으로 찌르릉찌르릉 울리는 머릿속(p. 1164), ② 하늘에서 내리는 눈을 멀게 하는 비(p. 1164), ③ 바다가 숨을 헐떡였다(P. 1165), ④ 내 이마가 햇빛을 받아 팽창되었다, ⑤ 그 모든 열기가 내 위로 짓눌렀다, ⑥ 열기가 나의 전진을 저지했다, ⑦ 내 얼굴에 끼치는 그 거대하고 뜨거운 숨결, ⑧ 모래에서 분출하는 빛의 칼날, ⑨ 눈을 멀게 하는 후광으로 둘러싸인 바위의 작고 컴컴한 덩어리, ⑩ 그의 모습이 불꽃 같은 대기 속에서 내 눈앞에 춤을 추고 있었다. ⑪ 대낮은…… 닻을 내리고 있었다, ⑫ 끓는 쇠붙이의 태양, ⑬ 태양으로 진동하는 모래밭, ⑭ 모래밭이 내 뒤에서 떠밀고 있었다. ⑮ 강철 위로 튀기는 빛, ⑯ 빛나는 긴 단검처럼, ⑰ 땀이 뜨듯하고 빽빽한 장막으로 눈을 가렸다, ⑱ 눈물과 소금의 장막, ⑲ 태양의 심벌즈, ⑳ 칼에서

를 분석만 하는 것이 아니라 이 텍스트를 카뮈의 다른 글 한 대목과 비교해봄으로써 카뮈의 일반적인 소설미학을 헤아려보는 것은 의미 있으리라고 믿어진다. 카뮈는 『행복한 골짜기』라는 제목이 붙은 쥘 루아의 소설에 대하여 이야기하면서 그 함축성 있고 힘찬 스타일을 높이 평가했다. 그는 '오랫동안 우리 문학의 힘은 바로 수줍음이었다'고 지적했다.(『전집』 II, p. 1483)[4]

끝으로 스타일에 대해서 한마디. 그것은 동시에 투쟁의 스타일이기도 하다. 그것은 샘물로부터 저절로 흘러나오는 스타일이 아니라 애써 얻은 스타일이다. 문장은 일반적으로 길고 담화는 힘이 주어져 있다. 이미지는 정확하고 자상하며 잠시 느슨해졌다가는 말의 밀도 속에 압축되어 마침내 힘과 살이 되어 쏟아져나온다. 그처럼 대단한 긴장은 이따금 스타일을 난해하거나 찰지게 만들게 마련이다. 그러나 쥘 루아의 가장 큰 성공과 자기가 말하는 바를 눈으로 직접 보는 듯하게 하는 그 놀라운 능력을 설명해주는 것은 바로 그와 같은 노력이다. 날개를 서로 맞대고 천천히 어둠 속으로 떠나가서 어둠과 구름의 길 저 끝에서 전쟁의 거대한 불꽃들을 폭발시키는 폭격기들처럼 편대를 짜고 한데 모인 어휘들과 문장들이 요란한 공격을 퍼부은 끝에 이미지 역시 아름답고 끔찍한 모습으로 폭발하여 우리는 그 무시무시한 천지개벽 같은 폭발의 진동을 느끼게 된다. 가령 비행편대가 사명을 마치고 돌아오다가 돌연 어둠 속에

분출한 빛나는 날, ㉑ 바다가 빽빽하고 뜨거운 숨결을 쏟아놓았다, ㉒ 하늘이 갈라지며 불비가 내렸다, ㉓ 신의 미끄러운 배, ㉔ 나는 땅과 태양을 떨쳐버렸다, ㉕ 내가 불행의 문을 두드린 네 번의 짧은 노크…….

4) 여기서 수줍음(la pudeur)이란 말은 니체적인 의미에서 이해해야 마땅하다. 니체는 행동을 지연시키는 반동과 반동을 활성화시키는 행동 사이의 정상적인 관계를 표현하는 행동적 힘을 수줍음이라고 설명했다. 그러므로 여기서 말하는 수줍음이란 소심함을 뜻하는 것이 아니다. 바로 이 같은 의미에서 니체는 바그너에 있어서 수줍음의 결핍을 비판한 것이다. '바그너를 통해서 현대는 수줍음을 잊어버렸다'고 그는 「바그너의 경우」(p. 38)에서 지적한 바 있다. 카뮈는 『반항적 인간』(p. 674)에서 '가벼운 서투름'이라는 말로 그 수줍음을 표현했다. 이미지가 상징적 도식에서 벗어나자면 바로 그 '수줍음'의 특성을 유지하고 있어야 한다.

서 조명탄들에 에워싸이고 적기들에게 기관총 사격을 받아 그 커다란 폭격기들이 한 대 한 대 불꽃에 휩싸이는 장면이 그러하다. '바람에 불려 옆으로 눕는 무거운 휘발유 불꽃들의 소용돌이와 더불어 새로운 불들이 일어났다. 폭격기들은 약간 옆으로 뒹굴더니 날개 쪽의 탱크 쪽으로 불이 붙은 채 한동안 떠 있다가 별들처럼 폭발했다.'

— 『전집』 II, pp. 1485~1486

이 글 속에서 우리는 '어휘'들과 '문장'에서 시작되어 역동적인 움직임들을 지나 '무시무시한 천지개벽 같은 폭발의 진동'에서 끝나는 길고 힘찬 한 대목을 읽을 수 있다. 분석적인 담화와 주관적이고 능동적인 담화가 이 경우 동일한 차원에서 뒤섞이고 있는데 그 양자 사이의 계속성은 동일한 구문으로 표현되고 있다. 상상력의 역동성이 지닌 질적 차이점을 드러내 보이는 것은 형식적 분류도, 개념적 분석도 아니다. 왜냐하면 모든 합리적 분석은 상상의 동력이 지닌 그 역동성을 부동의 제 범주 속에 가두어놓게 되기 때문이다. 반대로 위에 인용한 것과 같은 분석은 비록 부분적인 분석이긴 하지만 그 담화 자체가 지닌 정열과 힘을 통해서 힘의 조직과 힘이 유도되는 방향을 잡아낼 수 있게 된다. 이 같은 비평이야말로 『이방인』의 제1부 마지막을 장식하는 그 강렬한 텍스트에서 볼 수 있는 이미지의 힘과 그 힘의 경제를 포착할 뿐만 아니라 현동화할 수 있는 얼마 안 되는 비평이라고 여겨진다. 그렇게 볼 때 쥘 루아의 소설을 분석하는 비평가 카뮈는 바로 자기자신의 소설이 지닌 비결을 은밀히 드러내 보이고 있는 것이라고 생각된다.

4. 소금의 정화

그러면 이제 다시 소금의 이미지로 되돌아와보자. '눈물과 소금의 장막' 이후 『이방인』의 제2부 전체에 걸쳐 소금의 이미지는 단 한번도 다시 나타나지 않는다. 감옥의 벽은 '장막'보다도 실제로 훨씬 강력한 방

책인 것이다. 상상력의 산물이 아니라 사물세계의 방벽인 그 벽의 존재는 상상력을 가동시키지 못한다. 감옥에 갇힌 우리의 주인공은 더이상 몽상하지 않는다. 감옥과 바다를, 다시 말해서 감옥과 소금을 갈라놓는 거리는 이제 그에게 있어서 더이상 지난날처럼 상상력의 장이 되지 못한다. 물론 감금생활의 초기에 그가 지녔던 '자유로운 사람의 생각'이 없지는 않다.

가령 바닷가로 가서 물 속으로 뛰어들고 싶은 욕망이 솟곤 하였다. 발 밑의 풀에 부딪치는 첫 물결 소리, 물 속에 몸을 잠그는 촉감, 그리하여 느끼는 해방감, 그러한 것들을 상상할 때 갑자기 나는 감옥의 담벼락이 그 얼마나 답답하게 나를 둘러싸고 있는가를 느끼는 것이었다.
―『이방인』, p. 1178

그러나 그런 생각은 곧 '수감자의 생각'으로 대치된다. 객관적 현실이 이미지의 미래를 차단하는 것이다.

소금의 이미지가 다시 출현하게 되는 것은 뫼르소의 생애가 끝나가는 순간, 즉 처형의 새벽이 오기 전날 저녁이다. 이제 독자들은 그 유명한 구절을 너무나도 잘 기억할 것이다.

밤과 대지와 소금 냄새가 내 관자놀이를 서늘하게 식혀주었다.
―『이방인』, p. 1209

이 '소금'은 눈을 멀게 하는 장막도 아니고 부재나 결핍도 아니고 쓰디쓴 맛이나 얼얼한 느낌도 아니다. 그렇다고 허구적이고 움직이지 않는 사진도 아니다. 그와는 반대로 이것은 처음으로 충만감이요 정화하는 힘이요 서늘함이요 유연한 운동이요 삶의 '통일'로서의 소금이다. 이것이 바로 후회할 줄 모르는 인간이 받을 수 있는 참다운 '소금의 세례'다. 처음으로(그리고 마지막으로) 소금은 그 날카로운 칼날을 거둔 채 부드러워지고 하나의 유체성 이미지로 탈바꿈한다.

'목마름'을 달래기 위하여 모든 카뮈의 인물들이 한 발자국 다가가는 '샘', 혹은 '원천'이란 바로 이것인지도 모른다.

죽음의 문턱에 이르러서야 비로소 뫼르소는 이 소금의 샘과 만나는 것이다.

카뮈의 여러 가지 작품들은 흔히 그 끝에 가서 소금이나 혹은 소금의 상상적인 등가물들에 의해 정화로 마무리되곤 하는 것을 볼 수 있다.

『이방인』의 마지막과 「배교자」의 마지막에서 만나게 되는 '소금' 이외에도 우리는 두 가지 예를 더 지적할 수 있다.

이 예들을 통해서 우리는 소금이 각 탐구의 '끝'에 가서야 비로소, 충만하게 '소진된' 삶의 최종적 보상으로써, 허용해주는 '세례'의 가치를 헤아릴 수 있다.

희곡 『계엄령』의 끝에서 나다가 바다에 몸을 던지자 어부는 페스트의 비인간적 힘과 나다의 허무에 대한 인간성의 승리를 다음과 같이 노래한다.

> 그는 쓰러졌다. 분노한 물결이 그를 후려치면서 그 갈기로 그를 휘감아 몸을 죈다. 저 거짓말쟁이 입은 소금으로 가득 차서 마침내 조용해진다. 보라 성난 바다는 아네모네 꽃빛깔일세. 바다의 분노는 우리의 분노라네. 바다는 모든 바닷사람들의 단결을, 고독했던 사람들의 단결을 외친다. 오, 파도여, 오, 바다여, 분노하여 일어선 사람들의 고향이여, 여기 결코 물러날 줄 모르는 그대의 백성들이 모였노라. 쓰디쓴 물 속에서 자라난 저 거대한 물살이 그대들의 끔찍한 도시들을 앗아가리라.
>
> —『계엄령』, p. 300

그 '거대한 물살'은 여전히 바다 깊숙이에 잠겨 있다. 그러나 『여름』 속의 산문 「수수께끼」의 마지막을 보면 풍경은 사막 깊숙한 곳으로 옮겨져서 물기라고는 찾아볼 수 없는 햇빛 속에 노출된다.

그렇다, 저 모든 소리…… 평화란 침묵 속에서 사랑하고 창조하는 것
인데도! 그러나 인내할 줄 알아야 한다. 조금만 더 지나면 태양이 입을
봉해버릴 테니.

—『여름』, p. 866

　그 공기 같은 햇빛의 소금이 곧「배교자」속에서는 광물질의 '한줌의
소금'으로 탈바꿈하게 된다. 시간이 흘러감에 따라 '소음'을 지우기는
점점 더 어렵고 '침묵'을 창조하기는 점점 더 힘들어진다.『이방인』의
마지막 문단을 장식하는 저 '들판의 소리들'(p. 1209)에서 시작하여 오
랑의 하늘을 휩쓰는 페스트의 저 집요하고 어렴풋한 '휘파람' 같은 소리,
나다와 클라망스의 저 현기증나는 말의 홍수, 칼리굴라의 절규, 마르타의
쇠붙이같이 날카로운 말, '정의의 사람들'의 스테판에게서 볼 수 있는
저 증오에 찬 고함 소리를 거쳐, 혀가 잘려나간 뒤에까지도 '흔들리는 자
갈 소리같이'(p. 1577) 그칠 줄 모르고 말하는 '혼미한 정신'에 이르기
까지, 그렇다. 저 모든 소리…… 이 소리와 말의 홍수 속에서 그 어려운
침묵을 회복하기 위하여 카뮈는 이십여 년 동안이나 단단하면서도 부드
럽고 정열에 찬 것이면서도 수줍고 두터우면서도 빛나며, 존재인 동시에
부재인 참다운 언어를 찾아 헤맨 것이다. 이것이 결국은 '멸망을 찾아가
는' 탐색의 도정임을 알면서도…… 삶이 한계점에 이르면 죽음의 저 결
정적이며 끔찍한 침묵이 오직 인간의 언어를 통해서만 '구축'할 수 있는
저 마지막 예술의 침묵도 흡수해버리고 만다.
　이것이 바로 매 순간 위협을 당하고 있는 '당당한 행복'의 심장부이다.

제2장
대낮과 황혼의 시학

    소설이건 단편이건, 혹은 짧은 서정적 수상이건, 비극이건, 알베르 카뮈의 작품이 끝나는 시각은 항상 황혼녘이라는 사실을 주목한 사람은 아직까지 아무도 없었던 것 같다. '영혼이 없는' 그의 주인공들, '메마른 가슴'을 지닌 그의 향일성 인물들에게까지도 소금이 정화력을 발휘하게 되는 것은 바로 그 미묘한 시각이다.

    이 시각이 찾아오면 처음으로 카뮈의 인물들은 종교적 구원과 그리도 흡사한 '해방'을 반항도 회한도 없이 맞아들인다. 그러나 그 어느 인물의 경우에도 처음이자 마지막인 이 해방의 시간은 이 세상에서 저 초월적인 하늘나라로 가는 수직적 이동의 시간은 아니다. 그것은 다만 한 삶의 '완성인 동시에 소진(consommation)'일 뿐이다. 사형집행의 전날 저녁에 신부가 찾아와서 '당신은 그럼 아무 희망도 없이, 죽으면 완전히 무가 되어버린다는 생각을 가지고 살고 있습니까?'라고 말했을 때 뫼르소는 주저하지도 않고 그렇다고 대답했다. 이처럼 인간 운명을 수용한다는 관점에서 볼 때 카뮈의 인물들처럼 니체적인 인간은 드물다. 저 '당당한 행복', 즉 삶의 한가운데로 문득 '사고'가 닥쳐드는 시각에 카뮈적 인간은 겟세마네의 예수 쪽보다는, 자기자신에 대하여 참으로 명철한 의식을 되찾은 콜로노스의 오이디푸스 쪽에 더 가깝다.

오이디푸스는 마침내 자기자신의 위험과 싸워서 숭고한 승리를 거둔다. 그의 딸 안티고네(「허영」의 고르곤과는 의미심장하게도 정반대의 의미를 띤 순결한 처녀)의 손에 이끌려 콜로노스에 이른 오이디푸스는 자기 마음속에서 변태적인 신화적 아버지, 즉 부정적 정신을 '죽이고' 나서 순결한 모습을 띤 어머니 —신경증적인 죄의식과 진부한 야망으로부터 해방된— 와 '결혼'하는 것이다.[1]

카뮈의 세계 속에서 최후의 막이 내릴 때의 황혼은 바로 이러한 각도에서 이해하는 것이 마땅하다. 황혼은 정오에서 심야로 가는 길의 중간 지점이다. 대낮에서 한밤에로의 이동은 장차 밤과 낮의 우주적인 결혼에 의하여 새로운 새벽을 잉태하게 될 것이다. 단 하나 참다운 '빛'의 시간인 새벽을 말이다. 흔히들 가장 빛나는 시각으로 믿고 있는 '정오'는 상상력의 차원이나 진정한 감각의 차원에서 보면 빛의 시간이 아닌 것이다. 왜냐하면 태양이 그 정점에 이르는 정오는 동시에 '검은 태양'의 비극적 순간이기도 하기 때문이다. 대지가 캄캄하고 요동 없는 돌로 탈바꿈하는 것은 바로 그 정오의 순간이다. 정오의 수수께끼란 그런 것이다.

1. 정오와 심야, 혹은 '검은 태양'

카뮈의 빛 밝은 세계의 심장부에는 가장 많은 빛이 검은 태양과 단단

---

1) Paul Diel, 『그리스 신화의 상징성 Le Symbolisme dans la mythologie grecque』, p. 162.

한 돌을 낳게 되는 캄캄하고 단단한 중심이 있다. 그의 작품 속에서 수없이 많이 발견할 수 있는 검은 태양의 이미지들을 구체적으로 제시해보기 전에 우선 그런 이미지들이 위치하는 시적 차원이 어떤 것인가를 검토해 보기로 하자. 카뮈는 그 스스로 자기의 '형제'라고 말한 바 있는 시인 르네 샤르와 그의 시에 대하여 그리 흔하지 않은 찬탄을 표시한 바 있다. 프랑시스 퐁주, 로트레아몽, 니체, 장 그르니에, 쥘 루아, 스탕달, 프루스트 등에 대하여 말할 때도 그러했지만 카뮈는 다른 시인이나 작가에 대하여 말함으로써 보다 마음 편하게 자기자신을 드러내 보인다. '살아 있는 가장 위대한 시인'이라고 여겨지는 르네 샤르는 '소크라테스 이전 그리스의 비극적 낙관주의'를 부르짖는다고 카뮈는 지적한다. 산문가 카뮈가 이 시인을 '형제'로 느끼는 것은 그 같은 기질상의 공통점, 시적인 혈연관계 때문이라고 볼 수 있다. '엠페도클레스에서 니체에 이르기까지 하나의 비밀이 정상에서 정상으로 전달되어왔는데 이 전통의 오랜 단절이 있은 후에 르네 샤르가 이 어렵고 희귀한 전통을 다시 잇고 있는 것이다'라고 카뮈는 지적했다.(『전집』 II, p. 1163) 그러면 어떤 면에서 이 위대한 시인이 시적 정상을 꿰뚫고 지나가는 그 힘찬 전통 속에 위치하는가를 살펴보자.

해묵은 것이면서 동시에 새로운 이 시는 세련됨과 단순성을 한데 결합시킨다. 이 시는 한결같은 충동으로 대낮과 밤을 동시에 떠받들고 있다. 샤르가 태어난 고장의 저 엄청난 빛 속에서는 태양이 때로는 어두컴컴해진다는 것을 우리는 알고 있다. 들판이 열기로 인하여 기진맥진해지는 오후 두시가 되면 검은 바람이 그 들판을 뒤덮는다. 그와 마찬가지로 샤르의 시가 어두컴컴해지는 것은 이미지의 광란하는 듯한 압축과 빛의 응결 때문이다. 오직, 추상적 투명함은 우리들에게 아무것도 요구하지 않는다는 이유 때문에 우리는 흔히 추상적인 투명함을 요구하게 되지만 이미지의 광란하는 압축과 빛의 응결은 그런 것과는 거리가 멀다. 그러나 그와 동시에 햇빛이 작열하는 들판과 마찬가지로 그 검은 점은 그 주위에 광대한 빛의 벌판을 고화시킨다. 그 속에서는 얼굴들이 적나라한 모습으로 드러난다. 예를 들건대 「분쇄된 시」의 한가운데에는 그 주위에 뜨거운 이미지들의 물결이 지칠 줄 모르고 소용돌이치는 어떤 신비스러운 중심점이 있다.

　　　　　　　　　　　　　　　　　　　　　　　－『전집』II, p. 1164

　이처럼 숨차고 정열적인 의미들이 응축된 불과 네 페이지의 평문보다 더욱 훌륭한 르네 샤르의 시에 대한 비평들은 물론 다른 곳에서도 찾아볼 수 있을 것이다. 그러나 카뮈 자신의 '검은 태양'의 이미지를 이보다 더 적절하게 이해시켜주는 비평은 흔하지 않을 것이다. 우리가 카뮈의 작품 속의 여기저기에서 만나는 개별적인 이미지들을 보다 더 잘 헤아리기 위해서는, 먼저 그 이미지들을 바로 이같이 중추적인 시적 차원 속에 위치시켜보아야 한다. 르네 샤르의 경우와 꼭 마찬가지로, 카뮈가 태어나서 젊은 날을 보냈던 저 엄청난 빛의 세계 속에서 우리는 때때로 태양이 어두컴컴해지는 것을 목격할 수가 있다. 가령 저 찬란한 티파사의 풍경 속에서 우리는 뜻밖에도 극도로 강렬해진 빛의 세계를 칠흑으로 돌변시키는 순간과 접하게 된다.

　　어떤 시간에, 들판은 햇빛으로 인하여 캄캄해진다.

　　　　　　　　　　　　　　　　　　　　　　　－『결혼』, p. 55

　이 시간이야말로 극대치의 빛과 극대치의 어둠이 하나가 되는 시간이 아닐까? 발레리의 '올바른 자 정오(midi le juste)'도 이 같은 니체적 비극성에는 이르지 못한다.
　토스카나의 거장 화가들이 그들의 저 장려한 풍경 한가운데로 솟구쳐 오르게 했다는 검은 불꽃의 시간은 바로 이 같은 정오가 아니었을까? (『결혼』, p. 80)
　'디오니소스의 무당들'이 '검은 피로 상징되는' 성스러운 신비와 혼연일체가 되는 시각 또한 정오가 아니었을까?(『결혼』, p. 82) 피렌체의 고독한 여행자 카뮈 자신 또한 대지에 마음을 맡기고 '그 축제의 어두컴컴한 불꽃'을 태울 줄 알게 되었다면 그것은 분명 '눈물과 햇빛이 뒤섞인 하늘' 속에서였다는 것을 우리는 알 수 있다.(『결혼』, p. 88)

『이방인』 속에서 영안실의 저 견디기 어려운 불빛은 자연의 햇빛도 아니고 대낮의 빛도 아닌 전기 불빛에 불과하다. 그러나 그 빛의 강렬함은 벌써부터 다음날 대낮의 비극적 어둠을 예고해주고 있다. 장례식날 주체할 길 없이 쏟아지는 그 햇빛의 세계는 가장 어두운 죽음의 핵을 내포한 세계이다. 푸르고 '하얀' 하늘, 마부의 가죽모자마저 '굳어져'버린 듯한 땅 위의 '검은 진창'…… 이것이 바로 장례식날 '햇빛으로 인하여 숨막힐 듯 빛나기만 하는 언제나 변함없는 들판'의 모습이다.(『이방인』, p. 1134) 상상력의 차원에서 뫼르소와는 형제간이라 할 수 있는 메르소는 알제로 돌아가는 배의 갑판 위에 누워서 '이제(그는) 검은 신의 죄 없고 무시무시한 사랑을 위하여 사는 존재이며 이제부터는 그 신을 섬기게 되리라'는 것을 알게 된다.(『행복한 죽음』, p. 124) 그의 삶 가운데서 최상의 것이 최하의 것 주위에 '결정(結晶)'되는 것은 바로 이 검은 빛 속에서이다. '검은 신'의 진리가 얼마나 끔찍한 것인가는 이미 소금의 도시에서 우리도 충분히 이해한 바 있다. 배교자와는 일맥상통하는 데가 있는 마르타는 '태양이 영혼까지도 먹어버리는 곳' '태양이 문제들을 죽여버리는 곳'인 정오의 나라로 가고자 그렇게도 열망했었다.(『오해』, p. 120) 『칼리굴라』의 저 장엄한 제3막 '심벌즈' 소리와 더불어—마치 『이방인』의 클라이맥스에서처럼—막이 열리면 '기괴한 비너스', 검은 비너스의 옷차림을 하고 칼리굴라 황제가 등장한다. 그리고 '칼리굴라=비너스' 앞에 엎드린 신하들의 음산한 찬미가 시작된다—'파도 속에서 태어나 소금과 거품으로 번질거리고 쓴맛이 나는 여인' '비길 데 없는 진실의 정상' '대상이 없는 그대의 정열'(이는 배교자의 '섹스 없는 욕망'을 연상시킨다) 그리고 끝으로 이 '검은 여신'의 정부인 케소니아가 소리 높여 외친다.

그토록이나 공허하고 그토록이나 불타는 듯하며 비인간적이면서도 그토록이나 이 세상에 속하시는 그대여, 그대 동등의 술로 우리를 취하게 해주시고 그대의 검고 더러운 마음으로 우리를 포만하게 해주소서.

—『칼리굴라』, p. 64

이 '검고 더러운 마음'은 『계엄령』의 페스트에게로 이어진다. 페스트가 디에고의 두려움 없는 반항 앞에서 뒷걸음질을 치자 합창대는 여름과 '검은 태양'의 종언을 알린다.

아! 이것이 첫 후퇴로다. 주리가 틀리면서 하늘이 진정되고 공기가 통한다. 페스트의 검은 태양으로 인하여 증발하고 말았던 샘물 소리가 되살아난다. 여름이 물러간다.

—『계엄령』, p. 280

한편, 지중해의 반대편 기슭인 오랑의 바닷가에서는 젊은이들이 그 음산한 시간 속으로 몰려든다.

모래언덕 위로 햇빛이 쏟아지는 날에는 견디기 어려웠다. 오후 두시가 되면 불타는 듯한 모래밭 위로 백 미터만 걸어도 취한 듯한 상태가 되어버린다. 잠시 후면 쓰러질 것만 같다. 그 태양은 살인을 저지르고 말 것이다.

—『작가수첩』 I, p. 232

'자유분방하기가 그의 천재 못지않았다'는 화가 갈리에로는 자기가 『이방인』의 주인공 뫼르소의 모델이었다고 증언한 바 있다. 그러나 문학 작품 속에 나오는 인물의 '모델'에 관한 논의는 그렇게 단순한 것이 아니다. 그러나 위에서 인용한 『작가수첩』의 증언은 적어도 이미지의 차원에서 볼 때, 『이방인』이 씌어진 곳은 실제로 알제가 아니라 오랑이었다는 사실을 충분히 입증해준다. 검은 태양의 음산한 이미지를 완결시켜주는 그 폭력적이고 치열한 살인 장면이 구상되기에 알맞은 장소는 부드러운 것이 옳을 것 같다.[2] 그러나 검은 태양의 정오는, '쓰러질 것만 같은', 다시 말해서 해가 짙은 '붉은색'으로 달아오르는 오후 두시와는 다르다. 정오는 저 불가능하고 위태로운 균형의 시간이요 진실이 희고도 검은 신화적 '꿈'의 시간이다. 정오는 알제리의 시간이다. 정오는 그리스의 시간이며 시적 순간이며 형이상학적 순간이다.[3] 알제리의 정오란 어떤 것이었던가?

너무나도 광채가 나서 검으며 동시에 흰 이 빛의 계시는 처음에는 어딘가 숨막히는 데가 있다고 느껴진다.

—『여름』, p. 847

그러면 형이상학적이고 '부조리'하며 수수께끼 같은 순간의 국면을 보자.

---

2) *Historia*, No. 210(Paris, 1972. 1. 12), p. 534. 알제의 화가 소뵈르 갈리에로는 자유분방하기가 그의 천재 못지않고 뛰어난 색채적 재질을 지닌 인물이었는데 그는 자기의 친구 카뮈가 쓴 소설『이방인』의 모델이 되었다. 갈리에로 자신의 말을 들어보면 이렇다. 그 무렵에 그는 알제에서 떠돌아다니며 그림도 못 그리고 자기의 문제들도 해결하지 못한 채 견디기 어려운 궁핍한 시기를 지내고 있었다. 마침내 그는 당시 카뮈가 살고 있던 오랑으로 갔다. '그가 나를 저버리지는 않으리라는 것을 알고 있었다.' 카뮈의 너그러움과 친절은 그가 기대한 것 이상이었다. 여러 달 동안 화가는 작가의 집에 머물렀다. 카뮈는 그의 친구를 격려했고 작업하도록 밀어주었으며 자신이 오랑에서 갈리에로의 전시회를 주선해주기도 했다. 전시회는 어찌나 큰 성공을 거두었는지 갈리에로는 거의 부자라고 할 만한 상태에 이르렀다. 카뮈와 헤어지면서 그는 카뮈에게 사례를 하고자 했지만 어림도 없는 일이었다. 태연하게 웃으면서 사양하는 카뮈에게 갈리에로는 마침내 이렇게 말했다. '넌 내게 엄청난 빚을 지게 만들어가지고 보내는 거라구, 알겠어!' '무슨 말을. 너한테 신세를 진 것은 내 쪽인걸.' '도대체 신세는 무슨 신세를?' '나는 그 동안 너의 사는 모습을 보았고 너를 관찰했지. 넌 책 한 권을 쓸 소재를 제공해준 거야…….' 이 책이『이방인』이었다. 갈리에로는 카뮈보다 삼년 후에 사망했다. 백혈병에 걸린 그는 1962년 알제리로 돌아온 후 얼마 안 되어 목숨을 거둔 것이다. 뫼르소가 죽은 지 이십 년 후 그의 모델도 죽었다.
3) 바슐라르,「시적 순간과 형이상학적 순간」,『꿈꿀 권리 *Le Droit de Rêver*』(Paris : P. U. F., 1970), pp. 224~232 : 시가 그 특유한 역동성을 획득하는 것은 정지된 한순간의 수직적 시간 속에서이다.

그러나 그것은 달리 말해볼 수도 있다. 내게는 언제나 진리의 빛으로 여겨져왔던 이 희고 검은 빛 앞에서 나는 다만 그 부조리에 대하여 내 생각을 단순하게 설명하고 싶다. 나는 부조리에 대하여는 너무나 잘 알고 있으므로 다른 사람들이 그것을 무지막지하게 설명하는 것을 견딜 수가 없다.

─『여름』 p. 861

바다와 태양의 가장 가까이에서 만나게 되는 시적 순간으로서의 정오는 어떤 것인가?

정오에 귀를 멀게 할 것만 같은 햇빛 아래서 바다는 기진한 듯 거의 뒤치지도 않는다. 바다가 다시 가라앉으면 그 위에는 침묵이 휘파람 소리를 낸다. 한 시간 동안 이처럼 익히고 나면, 백열 상태에까지 이른 거대한 철판 같은 창백한 물이 지글지글 끓는다. 물은 끓고 김을 내다가 이윽고 불이 붙어버린다. 잠시 후면 바다가 몸을 뒤치어 지금은 파도와 암흑 속에 잠긴 젖은 얼굴을 태양 쪽으로 돌릴 것이다.

─『여름』, p. 881

끝으로 신화적 순간으로서의 정오.

구베르느망 광장에 깃들이는 정오의 침묵도 있다. 광장가에 서 있는 나무 그늘에서는 아랍인들이 오렌지꽃 향기를 섞은 싸늘한 레몬주스를 오 전씩에 팔고 있다. '서늘해요, 서늘해요' 하는 소리가 인적 없는 광장으로 퍼져나간다. 그 외치는 소리가 잠잠해지고 나면 햇빛 아래로 다시 침묵이 깃들인다. 장사꾼의 주스 항아리 속에서는 얼음이 뒤집히며 내는 가느다란 소리가 들린다. 그러면 낮잠의 침묵이 내린다.

─『결혼』, p. 70

거기에 져버리는 사람들은 한동안 욕구불만을 전혀 느끼지 않는 것 같아 보인다. 그것은 유리디스의 암흑이요 이시스의 잠이다.
—『여름』, p. 830

누가 카뮈보다, 누가 오르페보다 이 순간적이면서도 절대적인 암흑, 햇빛의 한가운데 돌연 자리잡게 되는 어둠을 더 잘 알겠는가? 오르페의 모험이란 이 검으면서도 흰빛을 통해서 죽음을 이기고자 하는 예술가의 모험이라고 한다면 카뮈의 모험은 정오의 이같이 아슬아슬한 균형을 통해서 '우리들의 허무주의 중에서도 가장 어두운' 허무주의를 극복하려는 모험이라 하겠다. 이것이 바로 태양의 미학이다. 또 그 미학의 회고도 검은 심장부는 다름아닌 정오의 미학이다.(『여름』, p. 865)[4]

　살아 있는 인간들에게 죽음의 의미가 계시되는 듯하면서도 감추어지는 이 기묘한 시간에 태양은 위대하면서도 단순하고, 비극적이면서도 올바르고, 요지부동이면서도 치열하다. 이를테면 그 속 깊은 의미를 끝내 다 알 수 없는 수수께끼의 시간인 정오는 바로 아이스킬로스의 시간이다.

　아이스킬로스는 흔히 우리를 절망시킨다. 그러나 그는 빛을 발하며 우리를 따뜻하게 해준다. 그의 세계의 중심에서 우리가 찾을 수 있는 것은 빈약한 무의미가 아니라 수수께끼, 다시 말해서 너무나 밝아서 눈이 부시기 때문에 우리가 제대로 뜻을 알지 못하게 되는 어떤 의미인 것이다.
—『여름』, p. 865

이것은 또한 멜빌의 시간이기도 하다.

　그의 기막힌 책들은 그 의미가 자명하면서도 동시에 신비스러워서 여

---

4) '빛의 신'이요 '빛나는 자'인 아폴로의 시간은 이와 같은 것이리라. 니체, 『비극의 탄생』(Paris : Gallimard), coll. Idées, o. 210, pp. 65~166 참조 : 소포클레스의 작중인물의 이런 빛나는 출현과 그들 역할의 아폴로적 특징은 자연의 무시무시한 바닥을 깊숙이 들여다보고 난 시선의 필연적인 반사작용들이다. 그것은 이를테면, 무시무시한 어둠에 상처입은 시선을 치유해주는 빛나는 반점들과도 같은 것이다. '그리스적인 잔잔함'이라는 심각하고 중요한 개념은 바로 이런 의미에서만 이해할 수 있는 것이다.

러 가지 다른 방식으로 읽을 수 있으며, 가득한 태양처럼 난해하지만 깊은 물처럼 투명한 그런 예외적인 책들에 속하는 것이다.

―『전집』 I, p. 1899

'태양도 죽음도 정면으로 똑바로 쳐다보아지지는 않는 법이다'라고 라 로슈푸코는 말했다. 정오의 태양을 정면으로 빤히 바라보려고 하다가 카 뮈의 인간은 자신도 모르는 사이에 죽음을 예비하게 된다. 자신도 모르 는 사이에 죽음을 예비한다? 그보다는 오히려 생의 현재를 가득히 다 살 기 위하여 그는 '의식적인 죽음을 창조한다'고 말하는 것이 더 적절할 것이다.

이리하여 어떤 주인공들은 오후 두시에 회한도 없이 죽는다. 또 어떤 인물들은 그 시각에 죽음의 끔찍한 진실이 자기의 것임을 깨닫는다. 비 시간적이고 '하나'인 '정오'가 처음으로 분열되어진 시간, 오후 두시에 죽음은 '인간적 드라마'로 변한다.

오후 두시의 햇빛 아래 반쯤 잠이 들어 있었는데 어떤 끔찍한 소리에 잠이 깨었다. 나는 해가 바다 깊숙이에 잠겨 있는 것을 보았다. 저 일렁 거리는 하늘 속에서는 파도가 지배하고 있었다. 돌연 바다가 불이 붙어 타올랐고 태양은 내 목구멍 속으로 싸늘하고 긴 줄을 그으면서 흘러들 어갔다. 내 주위에서는 뱃사람들이 웃고 울고 있었다. 그들은 서로 사랑 하면서도 서로를 용서하지 못했다. 그날, 나는 세계의 본질을 깨달았다. 나는 세계의 선은 해로운 것인 동시에 세계의 대죄는 구원이라는 것을 인정하기로 결심했다. 바로 그날 나는 이 세상에는 두 가지의 진실이 있 는데 그 중 한 가지는 절대로 발설해서는 안 된다는 것을 깨달았다.

―『여름』, p. 883

시간이 기울어지면서 두 개로 쪼개어지기 시작한다…… 둘…… 넷…… 여섯…… 그리고 곧 저녁이 찾아온다.

2. 저녁의 밀물

대낮의 맹렬한 햇빛 다음에는 돌연 기이한 진정의 시간이 찾아온다. 세계는 문득 '숙연해'진다. 카뮈의 저녁시간이 지닌 특징은 이 예고도 없는 돌연한 도래이다. 이 세계 속에서 해는 뜰 때 못지않게 질 때도 돌연히 지기 때문이다. '황혼의 신속함'은 오랑이라는 도시에 고유한 '풍토적 과도함'을 특징지어주고 있다.(『페스트』, p. 1218) 이 고장에서 낮은 길지 않다. 그래서 이곳 사람들은 빨리, 많이, 살기 위하여 돌진한다. 카뮈 상상력을 가득 채우는 예외적인 에네르기는 햇빛 비치는 낮시간의 덧없음과 마지막까지 아낌없이 살고자 하는 저 주체할 길 없는 정열 사이의 관계에서 생겨나는 동력이다. 카뮈의 상상력이 지니는 '속도'는 바로 여기서 오는 것이다.

그러나 일단 찾아온 그 자체의 특성은 '완만함'에 있다. 대낮의 저 돌진하는 정열은 저녁시간의 관조나 평정과 강한 대조를 나타낸다. 저녁이 찾아오면 카뮈의 인간은 홀린 듯, 혹은 몸서리치며, 그러나 후회 없이, '잃어버린 낙원'을 물끄러미 바라본다. 발코니에 나앉은 뫼르소가 그렇고, 「긍정과 부정 사이에서」의 어머니가 그러하고 카페의 홀 깊숙한 곳에 외롭게 앉아 있는 사내(『안과 겉』, p. 23)가 그러하다. 그리고 비쌍스로 찾아간 여행자가 그러하다.

어느새 첫번째 별, 그리고 맞은편 언덕 위에 세 개의 불빛, 아무런 예고도 없이 돌연 내리는 어둠, 수런거리는 소리, 내 등뒤의 나무 숲속에 이는 바람, 대낮은 내게 그 부드러움을 남긴 채 사라져버렸다.
                                                                    ―『안과 겉』, p. 38

인간의 세계는 입을 다물고 이 우주를 가득 채운 침묵이 말을 한다. 이 침묵이 광대한 공간을, 우주적 차원을 창조한다. 카뮈가 찾아간 이비사의 저녁이 그렇다.

저녁은 초록빛으로 변해갔다. 언덕들 중에서도 가장 큰 언덕 위에서 마지막 미풍이 어떤 풍차의 날개를 돌리고 있다. 그 무슨 자연의 조화인지 세계가 목소리를 낮추었다. 그리하여 남은 것은 이제 하늘과 그에게까지 들려 올라오는 노래하는 듯한 말소리들뿐, 그러나 그 말소리는 마치 매우 먼 곳에서만 들려오는 것같이 느껴졌다. 황혼의 이 짧은 한순간 속에는 단지 한 사람뿐만 아니라 한 민족 전체가 다 감지할 수 있는 덧없고 우수에 찬 그 무엇이 지배하고 있었다.

—『안과 겉』, p. 45

모든 것의 규모가 커지면서 세세한 부분들은 지워지고 큰 획들만이 남는 풍경이다. 단일한 초록색에 단 하나의 '큰' 언덕, 그리고 풍차의 거대한 날개들, 의미의 자세한 부분부분들은 지워진 채 그저 한줄기의 노래처럼 들릴 뿐인 말, 각 개인들 사이의 경계가 없어지고 통일된 집단이 되어 세계를 감지하는 민족…… 이 모두가 저녁 풍경 특유의 '거대하고 단순한' 획들이다. 이 풍경 속에서는 일련의 변화무쌍한 초록색의 감도들이 시간의 흐름과 차례로 일치되면서 '황혼의 짧은 한순간'의 명암을 그려 보인다.

그러나 황혼의 이 순간은 서로 상반되는 두 가지의 안과 겉과 같은 값을 지닐 수가 있다. 어떤 사람들에게 황혼은 상상의 미래요 깊이를 헤아릴 수 없는 신비이다. 그것은 말로 형언할 수 없는 거대한 의미의 보고다. 저녁은 맹렬하던 대낮에다가 새로운 차원과 보다 더 깊은 의미를 부여한다. 낮의 아니무스는 아니마의 너그러운 둥지 속으로 든다. '모가 나고' 번쩍거리고 뾰족하던 모서리가 둥글어진다. 낮에는 쏜살같이 달리던 시간이, 밤이 되면 물처럼 부드럽게, 노래처럼 유연하게 흐른다. 사람들의 걸음걸이는 완만해지고 목소리는 낮아지고 공기는 진동하지도 소용돌이치지도 않게 된다. 바야흐로 감미로운 미풍이 불고 여인들은 나직이 미소짓는다. 우주의 물질감은 무게를 덜고 공기의 요소들에게 자리를 양보한다.

처녁이 되어 마리가 나를 찾아왔다. (······) 그리고 나서 우리는 걸어서 대로들을 거쳐 도시를 가로질러 갔다. 여자들이 아름다웠다. 나는 마리에게 그걸 눈여겨보았느냐고 물어보았다. 그 여자는 그렇다면서 내 기분을 이해한다고 말했다.

—『이방인』, pp. 1154~1155

저녁이 되면 질투마저도 진정된다. 인간들은 설명 없이도 서로를 이해한다. 그들은 서로 증오하지 않고도 사랑할 수 있게 된다. 다시 말해서 그토록 치열하지는 않게 그저 고즈넉이 사랑할 수 있게 된다.

'거리에 지나가는 여자들이 아름답기' 때문에 기분이 좋다고 파트리스 메르소가 그의 여자친구들에게 말할 때(『행복한 죽음』, p. 139) 그는 일 주일 전에 알게 되었던 뤼시엔느 레이날 생각을 하고 있었다.(『행복한 죽음』, p. 143) '세계 앞의 집'의 세 처녀들이 낮의 여자들이라고 한다면 뤼시엔느는 고요한 밤의 여인이라고 할 수 있다. '어떤 조화가 그 여자를 대지와 맺어주면서 그가 움직이고 있는 주변의 세계를 정돈해주고 있었다'고 메르소는 말한다.(『행복한 죽음』, p. 143) 마침내 이 한 쌍의 남녀 사이에는 '친근하고도 감동적인 기적'이 생겨나는데 그것을 만들어내는 것은 바로 저녁의 조화다.

어제, 저녁식사 후에 그는 여자와 함께 부두를 거닐었다. 어느 한순간, 그들은 걸음을 멈추고 대로의 난간에 몸을 기댔는데 그때 뤼시엔느가 메르소의 가슴속으로 미끌어지듯 몸을 기울였다. 어둠 속에서 그는 손가락 끝에 싸늘하고 앞으로 튀어나온 광대뼈와 따뜻해진 입술을 느낄 수 있었다. 입술 사이로 손가락이 파묻혀들어갔다. 그때 그의 마음속에서는 어떤 무심하면서도 뜨거운 고함 소리 같은 것이 솟아올랐다. 쏟아질 듯 별이 가득한 밤과 항구로부터 그의 얼굴에까지 불어오는 뜨겁고 깊은 바람을 받으며 인간들의 불빛이 자욱한, 그 하늘을 뒤집어놓는 것 같은 도시를 바라보고 있는 그에게는, 저 따뜻한 샘물에 대한 목마름과 이 살아 있는 두 입술 위에서 마치 그녀의 입 속에 갇혀 있는 어떤 침묵처럼 비인간적이며 잠들어 있는 이 세계의 모든 의미를 포착해보고 싶은 걷잡을 수 없는 욕구가 솟구쳐올랐다.

　　　　　　　　　　　　　　　　　　　　 ─『행복한 죽음』, pp. 144~145

그러나 이 두 젊은 연인들이 아직, 혹은 벌써, 저녁의 부드러움을 맞아들이기에는 그들의 욕망이 너무나도 강렬하다는 것을 우리는 느낄 수 있다. 광대뼈는 너무 돌출해 있고 하늘에는 별들이 너무나 가득하며 쏟아질 듯한 욕구는 너무나도 걷잡을 길이 없다. 정열이 불타오른 나머지 속에서 '고함 소리'가 터져나오려고 한다. 아마도 그런 까닭에 메르소는 뤼시엔느에 대하여 공감하면서도 '어떤 알 수 없는 피로'를 느끼고서 '세계 앞의 집'을 떠나기로 한 것인지도 모른다. 그는 뤼시엔느와 함께 살자고 하면서도 그녀에게는 '일을 하지 말고 알제에 살다가 그가 여자를 필요로 할 때 자기에게로 찾아와달라'고 청한다.(『행복한 죽음』, p. 154) 그는 슈누아 언덕의 집을 완전히 정돈해놓고 난 뒤에야 비로소 '어느 정도 마음이 가라앉고', 그가 그토록 갈망했던 무심의 상태에 도달한다.

저녁이었다. 그는 아래층 방에 앉아 있었다. 창문 저 너머에서는 두 개의 세계가 두 그루의 소나무 사이에서 공간을 서로 독차지하려는 듯 다투고 있었다. 거의 투명한 한쪽 세계에는 별들이 무수히 돋아나고 있었다. 또다른 세계, 보다 단단하고 보다 어두운 세계에서는 어렴풋하게 요동치는 물소리가 거기에 바다가 있음을 알려주고 있었다.

　　　　　　　　　　　　　　　　　　　　 ─『행복한 죽음』, p. 159

이것은 세계의 말없고 신비스러운 분할의 묘사다. 다시 한번 우리는 여기서 저녁의 말없는 공간이 보여주는 거대하고 단순한 풍경을 목격한다. 풍경은 알아차리지 못하는 사이에 거대한 규모로 확대된다. 이 풍경화의 틀은 '두 그루의 소나무'라는 생물로 되어 있다. 위에 있는 존재들인 별빛 밝은 하늘과 아래 있는 존재들인 파도치는 바다는 시시각각 공간적 관계를 조금씩 변화시킨다. 풍경화의 틀도 자라고 풍경화도 살아 움직인다. 그러나 모든 것은 가장 원초적인 상태로 단순화되어 있고 모든 것이 우주에서처럼 광대하다. 카뮈의 작품 속에서 고즈넉하고 조화 있는 이런 행복이 아름답게 부각된 저녁의 이미지는 여러 군데에서 만날 수 있다.

그러나 형언하기 어려운 이런 행복의 보고와는 반대로 저녁은 어떤 사람들에게 있어서는(혹은 같은 사람들에게 있어서조차도 경우에 따라서는) 비탄과 슬픔과 돌이킬 수 없는 이별의 시간이 되곤 한다. 지금까지 우리가 살펴본 저녁은 신비를 향하여 열린 미래였다. 그 신비를 바라보는 인간은 『안과 겉』의 어린아이처럼 경이로운 느낌에 잠긴다. '여름밤, 별들이 불꽃처럼 튀는 신비! (……) 두 눈을 들고 그 아이는 맑은 어둠에 그냥 입을 대고 마신다.'(『안과 겉』, pp. 24~25)

그러나 이제 우리가 살펴볼 저녁은 그와 반대로 '쾅 닫혀버리는 문'과도 같다. 그 문 앞에서는 상상력이 움직임을 멈추고 투쟁의 근육은 이완되며 메마른 가슴은 맥이 놓인다. 이런 저녁은 미래가 아니고 우수에 찬 추억일 뿐이다. 그것은 시지프의 산꼭대기에서 사고가 발생하는 시간이다. 그것은 감옥의 벽이 점점 죄어드는 시간이다. '상상력이 부족하다'는 뫼르소 역시 이런 시간에는 추억의 슬픔에 사로잡혀버린다. '아니다. 출구는 없다. 아무도 감옥에서의 저녁이 어떤가를 상상하지는 못한다'고 그는 말한다.(『이방인』, p. 1181)[5]

_____

5) 여기에 인용한 『이방인』 제2부 제3장 끝부분에는 매우 시사적인 '저녁'의 이미지가 더할 길 없는 절망의 빛을 띠고 나타난다. '그날 간수가 가버린 뒤에 나는 쇠로 만든 밥그릇에 비친 나의 얼굴을 들여다보았다. 내 모습은 아무리 마주 보고 웃으려 해도 무뚝뚝한 채로 있는 듯했다. 날이 저물어가고 있었다. 나에게 있어서는, 이야기하고 싶지 않은 시각, 무어라고 형언할 수 없는 때였다. 형무소 아래층의 여기저기로부터 저녁의 소리가 침묵의 행렬을 지어올라오는 그러한 때였다. 나는 천장으로 뚫린 창문으로 다가서서, 마지막 빛 속에 나의 자태를 들여다보았다'. 환한 대낮은 이미 아니고 캄캄한 밤은 아직 아닌 마지막 빛의 시간 ─ 추억과 상상력이 가장 걷잡을 수 없이 움직이는 이 시간을 프랑스 사람들은 '개와 늑대의 사이(entre chien et loup)'라고 부른다. 저녁의 감동은 바로 그 '사이'에서 오는 역동적 감동이다.

심문이 끝나고, 재판소로부터 나와 차를 타러 가면서, 나는 매우 짧은 동안 여름 저녁의 냄새와 빛깔을 느꼈다. 어두컴컴한 호송차 속에서 나는 내가 좋아하던 어떤 도회지의 거리며, 이따금 만족감을 느끼기도 했던 어떤 시각의 귀에 익은 소리들을, 마치 나 자신의 피로한 마음속으로부터 찾아내듯 하나씩 다시 들을 수 있었다. 이미 누그러진 공중을 뚫고 들려오는 신문장수의 외치는 소리, 공원의 마지막 새소리, 샌드위치 장수의 부르짖음, 높은 시가지의 길목에서 울리는 전차의 기적 소리, 그리고 항구 위로 밤이 내리려는 무렵, 하늘에 반항하는 어렴풋한 소리 ── 그러한 모든 것이 나에게는 소경이 더듬어가는 길과 같은 것을 이루어 가는 것이었다. 그 길은 형무소에 들어오기 전에 내가 잘 알고 있던 그런 길이었다. 그렇다. 그것은, 벌써 오랜 옛날이지만, 내가 스스로 만족감을 느끼곤 했던 그런 시간이었다. 그때 나를 기다리고 있었던 것은 언제나 가볍고 꿈도 없는 수면이었다. 그러나 이제는 무엇인가 달라진 것이 있었다. 왜냐하면, 내일에 대한 기다림과 함께 내가 다시 들어선 곳은 나의 감방이었으니까 말이다. 마치 여름 하늘 속에 그려진 낯익은 길이 죄 없는 수면으로 이끌어갈 수도 있고, 감옥으로 이끌려갈 수도 있다는 듯이.

― 『이방인』, p. 1192

소설의 마지막 페이지를 제외한다면 이 대목이야말로 이 햇빛으로 가득 찬 고전적 작품 전체 속에서도 가장 감미롭고 서정적인, 그래서 더욱 절망적인 한 페이지일 것이다.

장 폴 사르트르가 『이방인』을 평하면서 카뮈가 '시에 빠지고', 그리하여 '자신의 원칙에서 벗어나게 되었다'고 지적한 대목은 바로 이런 대목들일 것이다.[6] 그러나 '원칙'을 좋아하는 이 비평가도 몇 페이지 앞에서는 '뫼르소의 숨찬 이야기를 뒷받침하는, 아마도 카뮈 씨의 개인적인 표

---

6) 사르트르, 『상황 Situation』 I, p. 111.

현양식인 것으로 여겨지는 시적 산문'을 명백하게 알아볼 수 있다고 인정했다.[7] '시적 산문'이란 표현만으로는 '카뮈 씨의 개인적 표현양식'을 정의하기에 충분하지 못하다. 왜냐하면 그와는 다른 시적 산문들도 많이 있기 때문이다. 알랭 로브그리예가 너무나 '인간적'이라고, 다시 말해서 너무나 '인간중심적'이라고 비판한 바 있는 뫼르소의 살인 장면의 산문은 시적이기도 하지만 '숨찬 이야기'이기도 하다. 시적, 혹은 인간적인 산문 속에서도 온도가 변하고 질료가 눈에 띌 만큼 달라질 수 있다. 특히 무대가 여기서는 훤하게 트인 바닷가가 아니라 '소경이 더듬어가는 길'이 그려지고 있는 '호송차' 안이다. 그러나 살인 장면에서나 호송차 안에서나 여전히 눈앞이 가려지기는 마찬가지다. 여기서는 '호송차' 속에 갇혀서 그렇고 바닷가에서는 소금기 밴 땀방울이 흘러내려서 그렇다. 그러나 여기서는 호송차의 벽이 정오의 저 눈물과 땀의 베일처럼 두 눈에 달라붙지는 않는다. 둘 다 상상력을 가동시키기에는 알맞은 상황이다. 현실의 시각이 차단됨으로써 보이지 않는 세계로 상상력이 뻗어나갈 가능성이 더 커진 것이다. 하지만 바닷가의 환각에 걸린 듯한 공간은 뫼르소의 '육체'에 제한되어 있는 반면, 호송차의 서정적 공간은 도시 전체, 나아가서는 저녁시간의 저 광대한 세계에까지 확대된다.

뫼르소는 이 세상을 하직하는 마지막 저녁을 맞이하기 전에 두번째로 재판이 열리던 날, 다시 한번 저녁이 다가오는 것을 느꼈다고 기록하고 있다.

> 밖에서는 시간이 기울어 더위는 덜해졌었다. 한길에서 들려오는 소리들로써, 나는 저녁의 부드러움을 침착할 수 있었다.
>
> —『이방인』, p. 1198

냄새·색깔·소리…… 저녁의 풍경을 구성하는 요소는 이러한 것들이다. 뫼르소의 언제나 민감한 마음속의 눈은 그런 것을 보지 않아도 된

---

7) 위의 책, p. 106.

다. 마리의 웃음 띤 얼굴이 떠오르는 것은 이 풍경 속이다. '그러나 나는 마음이 닫혀 있음을 느끼며, 그의 미소에 답조차 할 수 없었다'고 뫼르소는 말한다.(『이방인』, p. 1198)

마음이 닫혀지는 저녁은 페스트에 휩쓸린 도시 속에서 길 잃은 여행자 랑베르에게도 찾아온다. '얼마간의 장래'를 필요로 하는 그의 사랑에 주어진 것이라고는 안으로 닫혀버린 '순간들'뿐인 듯한 포기의 시간.(『페스트』, p. 1365)

카페로, 다시 카페에서 식당으로 외롭게 떠돌아다니던 그는 마침내 저녁을 맞았다. 바로 그런 어느 저녁 리유는 그를 어느 카페 문턱에서 만났다. 신문기자는 그 안으로 들어갈까 말까 망설이고 있었다. 그는 마침내 결심을 한 듯 홀 안쪽에 가 앉았다. 그때는 상부의 지시에 의하여 카페 안에서들은 불을 켜기를 가급적 늦추며 기다리는 시각이었다. 황혼이 회색빛의 물처럼 홀 안을 채우고 서양하늘의 불그레한 빛이 유리창에 어리고 있었다. 탁자의 대리석이 이제 시작하는 어둑살 속에서 흐릿하게 번들거렸다. 아무도 없는 홀의 한가운데에서 랑베르는 마치 길 잃은 그림자같이 보였다. 리유는 이제 그의 포기의 시각이구나 하고 생각했다.

―『페스트』, pp. 1306~1307

클라망스의 경우 파리의 황혼을 상기할 때가 아마도 그가 처음으로 솔직해지는 때일 것이며 가장 솔직하게 향수에 잠기는 때일 것이다. 그의 고독은 이때 처음으로 독자에게 공감을 준다.

당신은 파리로 돌아간다구요? 파리는 먼 곳이죠. 파리는 아름다워요. 난 잊지 않고 있답니다. 아마 거의 같은 때인 것 같습니다만 파리의 황혼이 생각나는군요. 메마르고 삐걱거리듯 저녁이 연기로 푸르스레해진 지붕들 위로 내릴 때면 도시는 나직하게 으르렁거리는 소리를 내고 강물은 거슬러 흐르는 것 같은 느낌을 주지요. 그때면 나는 이 거리 저 거리를 떠돌아다녔어요. 지금 그들도 역시 이리저리 떠돌아다니고 있지요. 난 알고 있어요. 난 알고 있어요! 그들은 어떤 따분해하는 아내와 깔끔하게 생긴 집을 향해서 발걸음을 재촉하는 척하면서 떠돌아다니고 있는 거라구요…… 아! 여보세요 대도시 속에서 떠도는 고독한 존재가 어떤 것인지 아시겠어요?

—『전락』, p. 1534

이 고독과 슬픔과 마음의 이완을 싣고 오는 저녁의 밀물은 마치 '죄 없는' 폭력의 경화를 경고하는 인간성의 경종인 양, 가장 마음이 모진 테러리스트들의 가슴속으로 밀어닥치기도 한다. 『정의의 사람들』의 제3막에서는 시적 숨결이 비극적 분위기로까지 발돋움하게 되는데, 거기서 소심하고 겁 많은 브와노프는 인간성을 위하여 행동한다고 자처하는 테러리스트들의 행동방식을 그의 겁 많은 마음 그 자체를 통해서 고발한다.

그러면 아무것도 모르고 지낼 수 있어. 회의를 하고 상황을 검토하며 토론을 하고 그리고는 실천명령을 전달하고 하는 일은 쉬우니까. 물론 생명의 위험이야 있겠지만 그래도 아무것도 눈으로 직접 보지 않은 채 암중모색으로 생명을 거는 일이거든. 반면 도시 위로 저녁이 내릴 때, 따뜻한 스프와 아이들과 아내의 체온을 되찾아 걸음을 재촉하는 군중들 틈에서, 팔 끝에 무거운 폭탄을 들고 말없이 혼자 서 있다는 것, 그리하여 삼 분 후에는, 이 분 후에는, 몇 초 후에는, 자기가 어느 번쩍거리는 마차 앞으로 몸을 던지게 되리라는 것을 알고 있다는 것, 테러란 바로 그런 거야. 이제 내가 다시 시작한다면 전신에서 피가 다 새나가는 기분이 되리라는 것을 잘 알아. 그래. 나는 부끄러워. 나는 너무 높은 욕심을 냈던 거야. 나는 내게 알맞은 자리에서 일을 해야겠어. 아주 조그만 자리에서. 내게 어울리는 단 하나밖에 없는 자리에서 말야.

—『정의의 사람들』, p. 346

이처럼 저녁은 가장 맹렬한 행동 속에서도 휴전과 점검과 조정의 한순간이다. 어떤 이들에게는 목표를 더 높이기 위해서, 또 어떤 이들에게는 목표를 더 낮추기 위해서 필요한 조정의 순간이다. 이때 말과 행동은 멈추어지고 상상력이 입을 연다. 진정된 마음과 맑아진 의식이 낮의 광기를 대신한다. 산문 「아이러니」에 나오는 노인의 유일한 약점은 끝없고 끝없는 자기의 말에 다른 사람들이 귀를 기울여주기를 바란다는 점이다. 그는 말을 하고 또 말을 하고 싶어한다. 그러나 그 역시 저녁이 되면 늙고 고독하고 할말이 없는 자기의 모습과 대면한다. 그것은 수다스러운 하루와 헌 누더기 같은 추억의 일생 속에 밀려드는 저녁이다. 그의 '여편네'의 말을 빌린다면 이때가 바로 '그가 달을 가지는(il a la lune, 머리가 이상해지는)' 시각이다.(『안과 겉』, p. 20) 여기서 한 단계 더 높아지면 칼리굴라의 드라마가 시작된다. 겁 많은 테러리스트 브와노프가 자신의 과욕을 확인하는 바로 그 순간에, 전에는 그토록 인간적이었던 칼리굴라는 자기의 목표가 너무 낮았다는 것을 알아차리고서 '달'을 갖고 싶어하기 시작한다.

저녁의 겉[表]과 안[裏]은 한 작품, 한 인생, 한 드라마의 마지막 저녁에 가서 서로 만난다. 이때 한 삶은 '운명의 얼굴'을 갖게 된다. 한 개인적 삶의 끝은 휴식의 한순간, 혹은 카뮈 자신의 말을 빌린다면 인생의 '서글픈 휴전'에 지나지 않는다. 그것은 동시에 충만이며 공허다. 카뮈의 저녁 이미지를 특징짓는 '유체성(fluidité)'은 이 같은 차원에서 이해되어야 한다. 저녁이 되면 저 메마르고 광물적이며 공격적인 빛의 칼날이 거두어지고 부드러운 빛과 동시에 물의 이미지가 다시 나타난다. '물과 빛의 그 근원적 혼합'이 단 하나의 이미지 속에, 그리고 단 하나의 유체성 운동으로 구현되는 것이다.

어둠이 하늘을 뒤덮었을 때 나는 항구에까지 나가보았다. 어두운 물 속으로 나는 어떤 배의 불빛들을 오랫동안 응시했다. 그때 물과 빛의 그 근원적 혼합을 물끄러미 바라보고 있으려니까 나의 불안이 되살아나는 것이었다. 물이 빛을 일렁거리게 하는 것인지 물이 빛 속에 빠져 있는 것인지 분간하기가 어려울 정도였다. 그 두 가지 원소 사이의 갈등을 바라볼 때 다시 느껴지는 그 불안. 언제나 물과 빛, 도시와 하늘을 앞에 두고 있을 때의 그 참담한 이중의 리듬, 향수조차도 없이 폭력적이고 잔혹한 재즈.

—『젊은 시절의 글, 초기의 카뮈』, p. 209

카뮈가 '초년기의 글'을 통해서 어렴풋하게나마 감지하고 표현한 이런 잠깐 동안이지만 매우 의미심장한 비전이야말로 카뮈의 상상력의 모험이 시작하는 근원적 출발점일 것이다. 우리가 지금까지 밟아온 이 기나긴 분석의 길 역시 이 원초적 '혼합'과 '갈등'에서 시작하고 끝나는 것이라고 볼 수 있다. 하여간 우리는 물과 빛이라는 두 본질적 질료가 캄캄하고 빽빽한 돌·바위·광석·소금으로 고화되는 사막을 통과한 끝에 마침내 다시 그 원초적인 질료로 되돌아오게 되었다. '물과 빛의 그 근원적 혼합'이 보다 종합적인 화해의 값을 획득하게 된다. 왜냐하면 상상력은, 참다운 상상력은, 이 기나긴 모험의 도정을 거치는 동안 두려움과 고통을 이기는 방법을, 그리고 무엇보다도 삶의 충만함을 '상상하는' 방법을 체득하게 되기 때문이다. 뫼르소는 그 첫번째 증인이다.

잠든 여름의 그 희한한 평화가 밀물처럼 내 속으로 흘러들고 있었다. (……) 그곳, 생명들이 꺼져가는 그 양로원 근처에서도, 저녁은 서글픈 휴전[8]과 같았다. 마치 그 엄청난 분노가 나의 고통을 씻어주고, 희망을 가시어준 것처럼, 숱한 신호들과 별들이 드리워진 밤을 눈앞에 바라보며, 나는 처음으로 세계의 다정스러운 무관심에 마음을 열고 있었던 것이다.

—『이방인』, p. 1209

우수와 다정스러움은 고통이 가시어진 슬픔이다. 분석의 이 단계에서

---

8) 이 이미지는 이미 소설의 제1부에 나온 적이 있다. '이 고장에서 저녁은 서글픈 휴전과 같은 것이었으리라.'(『이방인』, p. 1133)

는 그 슬픔의 정확한 값을 이해하고 지나가는 것이 매우 중요한 일로 생각된다. 이때 슬픔이라는 감정은 선과 악의 차원을 초월하여 그 값이 해명되어야 한다. 그렇기 때문에 슬픔은 가장 진정한 의미에서 미적 차원에 속한다고 여겨진다. 심리적 동기와 그 승화 사이, 윤리와 철학 사이, 글과 의미 사이에 걸려 있는 무지개와도 같은 슬픔은 사고의 '휴전'이며, 오직 이미지만을 통해서 그 순수성, 다시 말해서 '무관심(indiffé-rence)'을 우리에게 전달시켜줄 수 있는 독자적인 차원의 것이다. 이 미묘한 인식과 표현의 단계에서 조금만 더 나아가도, 그것에 조금만 덜 미치어도 우리가 마주치게 되는 것은 슬픔의 폐기물이나 투박한 윤곽뿐이다. 밤하늘에 가득히 드리워진 신호와 별들은 언어적인 것도 현상적인 것도 아니다. 여기서의 '무관심'을 올바르게 판독하기 위해서는 이성적인 이해의 노력보다는 그저 고요한 미소를 지어보는 것이 더 효과적이다. 『이방인』의 마지막 페이지에서 우리는 '처음으로'라는 표현을 여러번 만나게 된다. 이 '처음'이야말로 이미지의 가장 기본적인 특징이요 이미지의 '출발'이 아니겠는가? 이미지는 추상적 개념과는 달리 '두번째', 혹은 '세번째' 거듭되어서 파악되는 것은 아니다. 슬픔은 결국 두 번 다시 만나지 못할 아름다운 이미지 앞에서 느끼는 우수와 경이 바로 그것이다. 이때 삶 전체가 단 한 번만의 단 하나밖에 없는 이미지, 그리고 동시에 '영원 속에 문득 고정되어버린 한순간'으로 변한다. 필연적으로 바스러져버릴 것임을 너무도 잘 알고 있는 이 '영원'이야말로 얼마나 아름다운 슬픔인가!

천천히, 고즈넉하고 숙연하게, 그러면서도 강력하게 또한 감동적으로 이 시간들이 되돌아온다—왜냐하면 때는 저녁이기에, 슬픈 시각이기에, 그리고 빛 없는 하늘에서 어렴풋한 욕망 같은 것이 깃들여 있기에. 다시 찾아낸 몸짓 하나하나가 다 나 자신의 모습을 드러내 보여준다.

—『안과 겉』, p. 22

그런데 이 절망적이고 투명한 화해의 슬픔은 무슨 색깔일까?

제3장
초록빛 저녁, 그리고 밤의 물과 빛

1. 초록색의 저녁

카뮈의 저녁은 흔히 초록빛이다. 우리는 이미 이비사의 이미지에서 그 초록빛 저녁을 만난 적이 있다. '저녁은 초록빛으로 변해가고 있었다.' (『안과 겉』, p. 45) 황혼녘 하늘의 이 기이한 색깔은 다른 지리적 환경 속에서도, 또다른 텍스트들 속에서도 거의 한결같다. 우리는 뫼르소와 함께 알제에서도 두 번 그 초록빛 하늘을 만났다.

> 사무실 안은 몹시 더웠다. 그런데 저녁에 퇴근하여 부둣가를 따라 천천히 걸어 돌아올 때는 기분이 유쾌하였다. 하늘은 초록빛이었고 마음은 즐거웠다.
>
> —『이방인』, p. 1142

누워서 하늘을 바라보며 거기에 정신이 쏠리게 하려고 애를 썼다. 하늘은 초록빛으로 변해갔다. 저녁이었다.

— 『이방인』, p. 1203

프라하의 여행자는 호텔 방에서 먼 곳에 두고 온 고향과 그곳의 하늘을 머릿속에 그려본다.

그때 나는 필사적으로 나의 도시, 지중해안, 그리고 초록빛 속에서 젊고 아름다운 여자들로 들끓는, 내가 그리도 좋아하는 부드러운 여름 저녁들을 생각했다.

— 『안과 겉』, p. 36

슈누아 언덕 위의 집안에서 외로이 병들어 누운 메르소 역시 알제의 그 하늘을 생각한다.

사이렌 소리가 들리면 공장에서 나오는 사람들의 떠들썩한 소리가 초록빛 하늘로 솟아오르는 그 알제 시 위로 내리던 저녁들을 생각했다.

— 『행복한 죽음』, p. 196

카뮈 자신도 고향땅에서 한동안 멀리 떨어져 있을 때면 '행복의 기약'과도 같은 그곳의 황혼을 머릿속에 그려본다.

도시를 굽어보는 언덕들 위에는 유향나무와 올리브나무 사이로 오솔길들이 나 있다. 그때 내 마음이 되돌아가는 곳은 바로 그쪽이다. 검은 새떼들이 초록빛 지평선 위로 날아오르는 광경이 눈에 선하다.

— 『결혼』, p. 70

해가 지고 나면 비스듬한 나무 차일을 걷는다. 그러면 홀 안은 하늘과 바다의 두 조개껍질이 맞붙어서 생긴 기이한 초록빛으로 가득 찬다.

(······) 때때로 왈츠가 연주되는데 그러면 마치 죽음기판에 붙여놓은 오려서 만든 실루엣들처럼 검은 옆모습들이 초록색 배경 위로 끈질기게 돌아가는 것이다.

—『결혼』, p. 71

　문학의 세계 속에서는 목숨을 다해가는 태양이 핏빛이나 불등걸 같은 빛으로 타오르는 황혼들을 손쉽게 만날 수 있다. 그러나 이 같은 황혼의 초록빛 하늘, 초록색 빛살, 초록색 배경은 카뮈의 세계가 아니고 다른 어디에서 또 구경할 수가 있을까? 이것은 알제리 특유의 풍토적 현상일까? 그럴지도 모른다. 그러나 이 초록색은 지리적인 의미에서 알제리의 하늘에서보다는 카뮈의 상상력 속에서 더욱 중요한 것이다. 왜냐하면 이 초록빛은 '하늘과 바다의 두 조개껍질이 맞붙어서 생긴' 것이기 때문이다.[1] 즉 카뮈의 특유한 상상력이 낳은 것이기 때문이다. 상상력이 낳은 황혼의 저 '신속함'만이, 검은 어둠의 색깔이 될 만큼 짙어지거나 아니면 백열의 상태에까지 이르도록 이글거리던 태양의 붉은빛을 순식간에 초록빛으로 바꾸어놓을 수 있는 것이다. 이 초록색은 문득 저 뜨거운 불이 둔갑한 물의 '질료적' 색깔이다. 초록이야말로 근원적 서늘함의 색깔 다시 말해서, 물의 정수, 물의 영혼인 박하의 색깔이 아닌가?
　낭만주의를 물들이는 황혼의 저 상례적인 붉은빛은 아직도 타고 있는 정념의 찌꺼기요 순정하지 못한 슬픔인 회한의 표시이다. 그러나 초록은 무심과 순수한 슬픔의 도래를 예고하는 색깔이다. 순수의 사냥꾼인 이구아프의 검은 다이애나가 '초록색 옷'을 입고 있었던 것을 우리는 기억한다.(「자라나는 돌」) 일단 도달해버린 순수는 화살 끝에 꿰인 '오색의 새'에 지나지 않는다. 순수 그 자체를 포착한다는 것은 '상처받은 새'가 되는 일이다. 오직 그 상처받은 새의 비명만이······ 초록색이 아닐까? 하늘과 바다의 단단한 푸른색과 빛의 비물질적 투명함 사이에 떠 있는 저 잠

---

1) 『칼리굴라』(p. 57) : '초록색 하늘에 명매기 우짖는 소리', 『행복한 죽음』(p. 122) ; 『계엄령』(p. 224) ; 『여름』(p. 886) : '저녁이 오면 초록색으로 물들며 물러나는 하늘 아래 그토록 고요하던 바다가 더욱 진정된다.'

시 동안의 꿈, 순수의 꿈은 초록색이 아닐까?

그것은 이를테면 물과 빛의 '순수한' 혼합 그 자체의 색깔이라고 할 수 있다. 물도 아니고 빛도 아닌 초록은 물과 공기가 동시에 지닌 유체성 (fluidité)의 정수 그 자체인 것이다. 우리가 지금까지 해온 분석 과정 가운데서나 향일성 상상력의 전체 도정 가운데서나 처음으로 물과 빛이 하나의 통일된 원소가 되는 것은 바로 이 초록빛 속에서이다. 조금만 지나쳐도 빛이 너무 많아진다. 조금만 못 미쳐도 물이 너무 많아진다. 외침이 지나치게 가득해지거나 아니면 지나친 침묵의 세계로 변해버린다. 해는 이미 언덕 뒤로 사라졌고 별은 아직 떠오르지 않았다. 이것이 바로 기이한 초록 하늘의 순간이다. 이것이 바로 유체성 배경 속에 떠오르는 기이한 우주적 풍경이다. 제밀라의 시적 순간은 바로 이러하다.

제밀라가 산들과 하늘과 침묵 가운데로 던지는 저 커다란 돌의 외침, 그것의 시를, 즉 맑은 정신, 무심, 절망이나 아름다움의 진정한 신호들을 나는 잘 알고 있다. 우리들이 벌써 떠나고 있는 이 위대함 앞에서 가슴이 죄어든다. 제밀라는 저의 하늘의 슬픈 물과 고원의 다른 쪽에서 들려오는 새소리와 언덕 비탈 위에서 들리는 돌연하고 짧은 염소떼들 소리와 더불어, 고즈넉하고 쩌르릉쩌르릉 울리는 황혼에 젖은 채, 어느 신전 정면에 새겨진 뿔 달린 신의 살아 있는 얼굴과 더불어, 우리들 등뒤에 남아 있다.

-『결혼』, p. 66

외침 소리는 낮아지면서 이 순간의 빛처럼 해맑은 음조로 변한다. 돌의 단단함이 부드럽고 가벼운 물 흐름으로 풀어진다. 맑고 자명하고 단순한 것이 반드시 단단하고 폐쇄된 것은 아니다. '초록색'의 유체성에 힘입어 광명은 음악과 무용의 유연한 움직임과 하나가 되고 이 유체성 운동 속에다가 슬픔의 시적 깊이를 창조한다. 대낮의 겉모습이 이 순간에 이르면 신비의 차원을 획득한다. 카뮈의 세계 속에서 만나는 '저녁의 하모니'는 보들레르의 경우와는 달리 초록색의 유체성을 띤다. 이 초록의 순간이 지나고 나면 물처럼 깊고, 젖빛의 월광처럼 흐르는, 혹은 별빛처럼 빛나고 단단한 밤이 온다. '사실상 아직은 날이 훤하지만 빛 속에서는 눈에 보이지 않는 어떤 기력의 쇠퇴가 하루의 끝을 예고하고 있다. 밤처럼 가벼운 바람이 일고, 돌연 파도가 없는 바다가 어떤 방향으로 흐르기 시작하면서 수평선의 한쪽 끝에서 다른 끝으로 거대한 불모의 강처럼 밀려간다. 그러면 신비가 시작된다. 밤의 제신들. 그렇지만 이것을 어떻게 옮겨 표현한단 말인가?' (『여름』, p. 208)

이 신비는 알제에서 사막에까지, 저녁에서 한밤중에까지, 인간적인 것에서 우주적인 것에까지 확대된다. 이때가 바로 브와노프, 저 겁 많고 순수한 청년 테러리스트 브와노프가 경험하는 저녁이다. 이런 유연한 저녁을 제밀라의 여행자는 잘 알고 있다. 초년기의 산문 「모르인들의 집」 속의 나레이터 역시 발코니에 나앉은 뫼르소처럼 그의 상상의 집 테라스에서 이 같은 저녁과 대면한다.(『젊은 시절의 글, 초기의 카뮈』, p. 208) 다음은 『여름』의 나레이터가 묘사하는 지중해안의 저녁이다. 저녁에서 밤으로 옮아가는 이 시간적 변용은 지중해안에서 검은 대륙의 심장부로 옮아가는 공간적 변용과 보조를 같이하고 있다.

바로 그런 까닭으로 해서 나는 저녁의 이런 시각에는 이곳에 와 있는 것을 더 좋아한다. 이 시각에는 사무실들과 집들에서 군중들이 아직은 어두컴컴한 거리로 쏟아져나온다. 이 떠들썩한 군중들은 마침내 바다를 앞에 둔 대로에까지 흘러가서는, 밤이 다가옴에 따라, 그리고 하늘의 빛과 해안의 등대들, 도시의 등불들이 차츰차츰 똑같이 분별하기 어려운 생동감 속에서 한덩어리로 되어감에 따라, 그들도 드디어 입을 다물고 조용해지기 시작한다. 한 민족 모두가 다 같이 이처럼 물가에서 마음을 가다듬고 수천 개의 고독이 군중 속에서 뿜어나온다. 이때 아프리카의 거대한 밤이, 도도한 유형이, 고독한 여행자를 기다리는 절망적 열광이 시작하는 것이다.

—『여름』, p. 850

분명 이 이미지 속에서는 유체성 요소인 빛과 하나가 되는 또 하나의 유체성 요소로서 물이 우위에 놓여 있다. 암스테르담에서는 물과 빛이 '혼동'과 '끈적거림'과 '빠져들어감'과 완만한 죽음의 요소에 지나지 않는다. 그런데 그와는 반대로 같은 두 요소를 관류하는 것은 '생동감(palpitation)'이며 또 이 두 가지 질료는 개인들을 한 위대한 민족으로 조화롭게 통합시키고 여러 갈래의 강물을 하나의 바다로 한데 모으며, 인공적이건 우주자연의 것이건, 외적인 것이건 내적인 것이건 가릴 것 없이 서로 다른 출처에서 흘러나온 빛들을 하나의 총체로('묶음다발gerbe' '송이grappe' '속선faisceau' 등은 카뮈가 이런 경우에 즐겨 쓰는 어휘들이다) 결합시키는 역할을 한다. 이 같은 일치나 통일이 그렇다고 해서 개개의 구성요소들을 위축시키는 것은 아니다. 이런 통일은 잠정적인 한 단계요 임시적인 조정일 뿐이다. 이 통일은 보다 더 강력한 반향, 최후의 폭발, 그리고 장차 도래할 수많은 파편으로서의 파열을 위한 것이다. 불꽃놀이 불꽃의 '오색 영롱한 다발들'이 『페스트』의 마지막 페이지 속에서, 오랑의 하늘 속에 터져 솟아오르는 것은 바로 그 전형적인 이미지라 하겠다.(『페스트』 p. 141)

그러면 초록색 저녁에 이어 돌연히 세계를 가득 채우는 저 아프리카의 밤은 어떤 것일까? 사실 카뮈의 세계 속에서 '밤'이 돋보이게 환기되는 경우는 지극히 드물다. 왜냐하면 향일성의 인간들에게 있어서는 모든 것이 백일하의 표면에 드러나 있기 때문이다.[2] 밤은 '꿈도 없는 잠'이 완전히 지워버리고 마는 짧은 한순간에 지나지 않는다. 카뮈의 세계 속에서 우리는 끊임없이 발하는, 질베르 뒤랑의 표현을 빌리건대 '낮의 체제(régime diurne)'와 대면하게 된다.[3] 그 체제 속에서는 모든 이미지들이 다만 깊이 없는 표면에 지나지 않으며 상징들은 의미 없는 '사물(choses)'

---

2) 『행복한 죽음』(p. 56, 61)에서 메르소가 그의 첫 애인인 마르트를 '아파랑스(apparence, 표면, 외양)'라는 별명으로 부르고 있다는 점은 유의할 만하다.

3) 질베르 뒤랑, 『상상력의 인류학적 구조 Les structures anthropologiques de l'Imaginaire』, p. 66.

과 너무나도 흡사해서 그에 대한 정신분석은 항상 과장된 해석으로 여겨질 정도이다. 실제로 우리는 카뮈의 작품 속에서 밤에 꿈을 꾸는 인물이라고는 찾아볼 수가 없으며 더군다나 그 꿈의 내용을 이야기하는 경우란 생각할 수도 없다. 카뮈의 주인공들의 건강한 육체는 항상 힘들 것도 없고 꿈도 없는, 요컨대 뫼르소처럼 '순진한' 잠을 잔다. 그들은 흔히 폐질환으로 시달릴 수는 있다. 그러나 그 병 또한 그들 자신의 표현을 빌리건대 고의적인 '낭비'인 치열한 쾌락으로 인하여 빚어진 것이다. 그러나 그들이 불면이나 악몽에 시달리는 법은 절대로 없다. 이 같은 밤의 부재는 『이방인』의 제1부에서 뫼르소가 마리와 함께 보낸 두 번의 밤의 경우 가장 웅변적으로 나타난다.

영화가 끝날 무렵 키스를 한다는 것이, 서툴게 되고 말았다. 영화관을 나와 그녀는 내 집으로 왔다.
내가 눈을 떴을 땐, 마리는 가버리고 없었다.
―『이방인』, p. 1137

이처럼 마리와 함께 집으로 돌아온 토요일 저녁과 뫼르소 혼자서 잠이 깬 일요일 사이의 밤은 다만 마침표와 행간의 여백으로 완전히 생략되고 없다.
그 다음 주말에도 뫼르소는 해수욕을 한 다음 마리와 밤을 함께 보낸다.

우리는 방 안으로 들어서자 곧 침대 속으로 뛰어들었다. 나는 창문을 열어두었었다. 여름 밤이 우리들의 검게 그을은 육체 위로 흘러 들어오는 것을 느낄 수 있어 참으로 유쾌하였다. 오늘 아침 마리가 남아 있게 되어서, 나는 점심을 같이 먹자고 말해놓고……
―『이방인』, p. 1146

이 경우에도 밤은 뫼르소의 서술 속에서 완전히 지워져버리고 없다.

혹시 꿈이나 악몽이 존재한다 하더라도 그것은 밤의 세계가 아니라 대낮의 생활 그 자체이다. 이때의 꿈은 그리스적인 의미에서의 '꿈'이다. 이런 면에서 볼 때 카뮈의 작품들은 깨어서 꾸는 꿈, 의식하는 꿈의 잠재적 표현들이라고 할 수 있다. 카뮈 스스로 자신의 작품은 하나의 고백이라고 한 것(『시지프 신화』, p. 178)은 이 같은 뜻이다.

어느 의미에서 카뮈의 밤은 낮의 계속이라기보다는 낮의 동시적인 다른 한 면이다. 비현실은 돌연 대낮의 현실 속으로 밀려든다. 카뮈의 인간은 잠자지 않을 때만 꿈을 꿀 줄 안다. 바슐라르는 밤에 꾸는 꿈과 구별하기 위하여 낮에 꾸는 꿈, 이를테면 맑은 정신으로 꾸는 꿈을 '몽상(rêverie)'이라고 부른다.[4]

이런 의미에서 볼 때 단편 「간부」의 여주인공은 카뮈의 인물들 중에서도 가장 바슐라르적인 인물이라 할 수 있다. 이 경우는 카뮈의 작품 중에서 한 인물이 황홀경에 이를 정도로 밤의 우주적인 비현실의 돌입에 몸을 맡기는 흔하지 않은 하나의 기회이다. 그러면 다른 모든 여자나 다름없는 평범한 한 여자, 다시 말해서 흔한 부르주아 여인이 '간부'로 변신하는 과정을 살펴보자.

낯선 사막 속으로의 기나긴 '항해' 끝에 자닌느는 남편과 함께 오아시스에 도착한다. 낯설음. 막연히 느껴지는 고독감. 오후에 방문한 성벽 꼭대기의 테라스. 빛 밝은 대기와 그 진동, 그리고 사막의 '음악'. '빛의 수정의 맑게 울리는 물결'. 하늘의 '광채 나며 짧은 한줄기 가락'(『적지와 왕국』, p. 1567) 음악의 유체성은 저녁의 '물'로 변하고 '빛의 물결'은 침묵 속에 굳어진다. 그러나 '빛이 움직이기 시작하면서', 한편으로는

---

4) 바슐라르, 『몽상의 시학』(파리 : P. U. F.), pp. 5, 9, 10, 20, 124~129, 136, 137. '시인은 자신의 몽상을 글로 쓰는 일을 통어하기 위하여 꿈을 꾸고 있다는 의식을 상당히 분명하게 간직한다. 몽상을 가지고 작품을 만들고, 자신의 몽상 속에서 작자가 된다는 것은 얼마나 대단한 존재의 승격인가! '그 모든 아름다운 것들이 내 몽상 속에 나타났을 때 나는 그 자리에 있었던 것이다.'(p. 137)

바슐라르보다는 덜 낙관적인 뫼르소는 이렇게 말한다. '나는 예기치 않고 있다가 당하는 것을 한번도 좋아해본 적이 없다. 내게 무슨 일이 일어날 때 나는 그 현장에 있고 싶다. 그래서 마침내 나는 낮 동안에만 약간 잠을 자고 밤에는 줄곧 빛이 하늘 쪽으로 난 창문 위에 떠오를 때를 참고 기다리게 되었다.'(『이방인』, p. 1203)

'회색빛 파도'가 동쪽에서 형성되면서 금방이라도 거대한 광야 위로 서서히 밀려들 태세이다. 이 우주적인 무대 위에 유목민의 천막 모습들이 나타난다. 그 유목민들은 사막의 광대함과 고독을 더욱 돋보이게 하면서 이 우주적 스펙터클의 '인간적 의미'를 드러내준다. 유목민의 떠돌이 기질이 근본적으로 붙박이인 이 여인의 정신 속에 자신도 아직 분명히 알지 못할 어렴풋한 욕망을 일깨운다. 그러나 벌써 상상의 변화가 일어나기 시작하니, 그것은 바로 흔히들 '감동(attendrissement)'이라고 부르는 마음의 액화 현상이다.

> 수정의 모습에서부터 빛은 액체로 변해갔다. 그와 동시에, 오직 우연 때문에 이곳까지 오게 된 한 여자의 마음속에서는 오랜 세월과 습관과 권태가 묶어놓았던 하나의 매듭이 천천히 풀렸다. 여자는 유목민의 천막들을 바라보았다.
>
> —『적지와 왕국』, p. 1568

우리는 여기에서 다시 한번, 사람은 눈으로 보기에 앞서 먼저 몽상한다라는 법칙의 또다른 증거를 목격한다. 과연 자닌느는 유목민의 떠돌이 근성에 '부름을 받은' 것이 아니라 그와 반대로 '풀려지는 매듭'이 유목민들을 '바라보게 만든' 것이다. 그러기 위해서는 무엇보다 먼저 빛의 '액화 현상'이 앞서야 했다. 그렇다면 빛이 액화하는 곳은 다름이 아니라 이 여자의 마음속, 다시 말해서 그의 질료적 상상력 속이다. 왜냐하면 빛 속에서 '수정'을 알아보려면 마음속에 '매듭'을 지니고 있어야만 했으니까 말이다. 빛이 물로 변하는 것을 포착하려면 마음속에 물이 괴는 것을 느낄 수 있지 않으면 안 되는 것이다.

도시의 성벽 꼭대기로 올라가기 전인 낮 동안에 그 여자는 이미 호텔의 방 안에서 물소리에 귀를 기울인 바 있었다. 그 여자는 깨어 있는 상태로 꿈을 꾸었다.

> 사실 그 여자는 꿈을 꾸고 있었다. 마르셀의 떠들썩한 목소리와 더불

어 거기에서 올라오는 시끄러운 소리에는 거의 귀가 먹은 듯했고, 반대로 총안으로 들려오는 강물 소리, 야자나무 숲에 바람이 불어서 일어나는, 지금 그녀에게는 바로 지척에서 들리는 듯한 강물 소리를 더 또록또록하게 의식했다. 그러자 바람이 두 배나 더 거세어지는 듯했고 부드러운 물소리는 몰아치는 파도 소리로 변했다. 그 여자는 벽 뒤 저쪽에, 꼿꼿하고 휘청휘청 휘어지는 야자나무들의 바다가 폭풍 속에서 거품을 일으키고 있는 광경을 상상해보았다. 어느 하나도 그녀가 기대했던 것과 비슷한 것은 없었지만 이 눈에 보이지 않는 파도는 지친 그의 두 눈을 서늘하게 해주었다. (……) 그 여자는 꼿꼿하면서도 휘청휘청 휘어지는 야자나무들과 옛날에 처녀였던 자신을 꿈속에 그려보았다.

—『적지와 왕국』, p. 1563

상상력에 귀를 부여하기 위해서는 지각기능으로서의 귀를 쉬게 해야 한다. 자닌느의 경우가 바로 그렇다. 그러나 먼저 그 여자의 귀는 어떤 것에 대하여 그 기능을 정지하는가를 볼 필요가 있다. 여기에서는 상상의 '강물 소리'에 남편의 목소리가 지워진다. 사막의 한가운데에서 물은 이와 같이 점진적으로 돌아온다. 처음에는 어렴풋한 '강물 소리'로, 다음에는 윙윙거리는 파도 소리(le sifflememt des vagues) 그리고 마침내는 '폭풍'. 상상력의 세계에 속하는 '꿈꾸다' '상상하다'라는 동사가 세 번씩이나 등장한다. 그러나 이런 어휘는 서술이나 분석적인 세계에도 사용되는 것이다. 사막 속으로 물이 그처럼 풍부하게 되살아나게 만드는 것이 무엇인가는 다른 데에서 찾아보아야 마땅하다.

바람과 야자나무는 현실에 속하는 두 가지 요소이지만 여기에서는 알아차릴 사이도 없이 상상력의 영역으로 옮겨간다. 도처에서 바람은 현실과 상상의 세계를 이어주는 통로에서 민첩하고 강력한 안내역을 맡고 있다. 『이방인』에서 우리는 소금의 이미지와 더불어 그 같은 역할을 하는 바람을 만난 바 있다. 제밀라에서 바람은 돌들 가운데서 '폭포'와 '외침'과 '밀물'을 만들어내었다.(『결혼』, p. 66) 『페스트』와 『계엄령』에서 하늘을 휩쓸면서 저주의 '아득한 휘파람 소리'를 내는 것 또한 바람이었다.

발도, 몸도 없는 바람은 눈에 보이지 않는다. 바람은 귀에 들리고 피부에 느껴지고 상상력으로 포착된다. 바람은 '순수한' 운동 그 자체이다. 다른 물체들의 움직임을 보고 우리는 바람의 움직임을 느낀다. 가볍고 눈에 보이지 않는 공기의 수레인 바람은 빛과 은밀한 공통성을 지니고 있다. 이 두 가지 요소에 있어서 우리들의 감각을 자극하는 것은, 아니 우리의 상상력을 자극하는 것은 어떤 존재라기보다는 어떤 아름다운 '부재'다. 빛의 덕분에 찬란한 세계의 모습이 우리의 시각에 나타날 때 정작 빛 그 자체는 포착할 수 없는 그 무엇이 되어 모습을 감춘다. 흔히들 '투명함'이라고 부르는 극단적인 빛의 부재야말로 사실의 빛의 최선의 존재 방식이기도 하다.

'가만히 엎드린 채 보이지도 않고 알 수도 없는 모습으로 기다리고 있던 자연 위에 빛이 와서 노크를 한다. 그러면 자연은 그런 그 모습을 드러내고 그 외관을 갖춘다.

빛은 오랫동안 이 근본적인 역할을 완전히 저자세 속에서 수행해왔다. 겸허하게 할 일을 다하고도 너무나 습관이 된 나머지 존재조차 까맣게 잊혀진 하인처럼, 빛은 심부름만 꾸벅꾸벅 하는 것이 고작이었다. 빛은 인간에게 사물을 지각할 수 있게 해주었지만 인간은 그의 생각을 하지 않았다. 필요불가결하지만 존재가 잊혀진 노예인 빛이 거기에 있다는 것조차 인간은 알지 못하는 듯했다.'[5] 미술비평가 르네 위그는 그의 아름다운 책 『예술과 영혼』 속에서 이렇게 말했다.

그러나 바람을 빛과 혼동해서는 안 된다. 빛의 역동성은 그 고요함이나 혹은 그 광폭함으로 인해서 부동을 연상시키지만 바람은 어느 때도 부동과 동일시될 수는 없다. 움직이지 않는 빛의 수직적인 힘에 인간적인 차원을, 수평적인 역동성을 부여하는 것은 바람이다. 빛을 그 부동성

5) 르네 위그, 『예술과 영혼 *L'Art et L'Ame*』(파리 : Flammarion, 1960), pp. 77~78 ; 필자 졸역(열화당, 1980), p. 113.

으로부터 해방시키는 것도, 그리고 응고력 강한 광물성으로부터 빛을 해방시키는 것도 바람이다. 바람에 힘입어 빛은 우리들의 피부에 호소하기 시작한다. 빛이 침묵을 '말하게' 만드는 것이라면, 바람은 침묵에 역동적 언어를 부여한다. 이 두 가지 요소가 같은 일을 위하여 협력할 때 우리의 감수성과 상상력은 제 세상을 만난다. 바람은 그 가벼움에 의해서 저 광물적인 빛을 공기인 동시에 물인 유체성으로 탈바꿈시킨다. 빛은 우리들의 상상력 속에서, 우리들의 육체 속에서, 바람을 '눈으로 보게' 해준다. 그러나 저 바람의 물살은……

> 속으로 파이고, 눈은 불타는 듯하고 입술은 덜덜 떨리면서, 내 피부는 이제 나의 것이 아니라고 느껴질 정도로 메말라버린다. 전에는 이 피부를 통해서 나는 세계의 글씨를 읽었었다. 세계는 내 피부를 여름의 숨결로 뜨겁게 덥히거나, 서리의 이빨로 깨물면서, 그 위에다가 애정과 분노의 신호를 써주는 것이었다. 그러나 오랫동안 바람에 씻기고, 한 시간도 넘도록 흔들리고, 그에 저항하느라고 얼떨떨해진 나는 내 육체가 그려 보이는 그림에 대한 의식을 잃어가고 있었다.
>
> —『결혼』, p. 62

그러나 자닌느가 만난 바람은 그 같은 폭력이 아니다. 그 '폭풍'은 그 여자로 하여금 자신 속에 잠들어 있던 한 존재를 깨어나게 하도록 도와준다. 그리하여 마침내 저 머나먼 야자나무 숲에서, 그 여자 자신 속에서, '부드러운 물소리'가 들리게 된다. 그 여자를 자기 자신으로 되돌아오게 만드는 것은 바람이다.

그런데 이 순순한 운동, 즉 질료적 속성도 분명하지 않은 이 운동에, 하나의 현실성과 질료성을, 하나의 몸을 부여해주는 또 하나의 상상적 행동주체가 있는데 그것은 다름아닌 야자나무다. 이 또다른 향일성 식물은 카뮈의 사막 심장부에서 자란다. 이 나무들을 만나려면 태양을 향하여 좀더 높이, 사막 속으로 좀더 깊숙이, 찾아가야 한다. 소나무 숲을 지나고, 올리브 숲을 지나, 다시 시프레나무들을 지나면…… 만약 야자나무가 없다면 오아시스란 존재할 수 있을까? 꼿꼿하면서도 휘청휘청 휘어지는 야자나무는 하늘의 태양과 땅속 깊이 잠긴 물을 이어주는 교량, 바로 그것이다. 오로지 향일성의 힘에 의존하여 태양을 향해 뻗기 때문에 '꼿꼿하며', 그 강인한 뿌리로 뻗어가서, 항상 끊일 줄 모르는 시원한 물을 땅속 깊은 곳에서 찾아내어 그 물을 마시며 자라기 때문에 '휘어지는' 나무. 사막의 인간은 아마도 이 꼿꼿한 야자나무처럼 의로울 터이며 수액 가득히 담고 휘청휘청 휘어지는 이 나무처럼 부드러운 마음을 지녔을 터이다. 자닌느가 옛날 '처녀' 시절의 꼿꼿하면서도 유연히 휠 줄 알았던 자신의 모습을 되찾기 위해서는 바로 그 참다운 역동성의 야자나무를 상상해볼 필요가 있었을 것이다.[6)]

상상 속에서 다시금 '처녀'가 된 이 여자는 어떻게 하는가? 그는 한밤중에 잠이 깬다. 추위가 그를 엄습하고 말없는 밤이 섬뜩하다. 선잠이 깬 상태로 여자는 남편의 몸 속으로 웅크리며 파고든다. 잠 속에 깊숙이 가라앉지 못한 채 '표류'하는 느낌이기 때문이다. '가장 확실한 자기의 항구'를 찾는(『적지와 왕국』, p. 1569) 작은 배처럼. 한밤중에 잠이 깬 여자의 고독은 막막한 대양이다. 마치 난파당한 사람처럼 '그 여자는 온몸을 다하여 '남편'을 소리쳐 부른다.' 돌연 자신이 지난 이십 년 동안 질질 끌고 다녔다는 사실을 깨닫게 된 '엄청난 무게에 짓눌려 숨이 막히기' 때문이다.(『적지와 왕국』, pp. 1570~1571) 이십 년 동안 그 여자는 자신도 모르게 익사해가고 있는 중이었다. 물로 인한 병을 어떻게 치유하며, 이 불모의 물에서 어떻게 구원될 것인가? 그녀가 선택한 방법은 이열치열인 듯하다. 불모의 물을 풍성한 물로 치유하는 것은 상상력의 세계에서 흔히 보는 가치전도의 방법이다.

---

6) 이 「간부」에게 있어서 야자나무의 이미지는 에로틱한 이미지의 전형이다. 그 나무가 처음 나타났을 때 ─ '두세 그루의 가늘고 길쭉한 야자나무들에 금속을 오려 만든 듯 차창에 불쑥 솟아났다가는 잠시 후에는 사라지곤 했다.'(pp. 1557~1558) 그리고 여자의 육체 속에 상상으로 실현된 마지막 모습 ─ '그는 자기의 뿌리를 되찾은 듯했고 수액이 다시금 그의 육체 속에서 솟구쳐올라 그의 몸은 더이상 떨리지 않았다.'(p. 1572)

가는 바람이 일었고 그 여자는 야자나무 숲에서 그 가벼운 물이 흐르는 소리를 들었다. 다시금 고정되어버린 하늘 아래서, 이제 사막과 밤이 한데 뒤섞이는 곳, 이제는 아무도 늙지도 죽지도 않는 곳, 저 남쪽에서 바람은 오고 있었다. 그리고 나서 바람의 물은 메말라버렸고 그 여자는 이제 자기가 과연 무슨 소리를 들기나 했는지조차 확신이 가지 않았다. 다만 들은 것이 있었다면 어떤 말없는 부름 소리뿐. 따지고 보면 그 여자는 그 부름 소리를 마음내키는 대로 그치게 할 수도 있고 다시 들리게 할 수도 있었다. 그러나 지금 당장 그 부름에 응답하지 않는다면 다시는 영원히 그 뜻을 알지 못하게 될 것이었다. 지금 당장, 그렇다. 적어도 그 점은 분명했다!

—『적지와 왕국』, p. 1571

2. 물의 에로티시즘

자닌느가 남편과 함께 잠자던 침대에서 남몰래 빠져나오는 것은 지금 당장 저 물의 말없는 부름에 응답하기 위해서이다. 그것은 그날 오후에는 상상에 지나지 않았던 것을 행동으로 실현하는 일이다. 그 상상의 물의 원천은, 낮에 빛이 액화하는 것을 목격했던 곳, 즉 저 꼭대기의 요새가 아니고 어디겠는가? 그곳으로 가는 도중에 여자는 두 번 남자들과 마주친다. 처음에는 '야경꾼'이다. 이는 밤의 원천인 물을 지키는 첫번째 수호자다. 『이방인』 속에서 샘물을 지키며 칼을 쳐들던 아랍인을 상기해 보라. 그들은 둘 다 아랍인이다. 뫼르소도 자닌느도 다 같이 그들의 언어를 이해하지 못한다.(『적지와 왕국』, p. 1571) 두번째로 대로상에서 만난 것은 '커다란 두건 달린 외투'들이다.

「간부」의 소설적 세계를 관류하는 기이한 에로티시즘은 인간적인 측면과 우주적인 측면에서 그 성격을 드러낸다. 우주적인 이미지들이 에로티시즘에 시적 진정성을 확보해주는 것이라면, 인간들 상호간의 관계는 그 이미지들에 구체적인 관심점을 부여하여 거기에서 동적인 이미지들이 고착되도록 한다.

이 소설의 처음부터 여러 남자들이 자닌느의 관심범위 안으로 들어온다. 남편 마르셀이 끊임없이 그녀의 곁에 있다는 것은 실제에 있어서는 그에 대한 그녀의 관심 부재를 확인시켜주는 역할밖에 하지 못한다. 다만 남편의 육체적인 현전(現前)이 그 윤곽을 그려 보이는 빈자리 속으로 다른 남자들, 즉 여행의 '말없는 에스코트'인 아랍인들, 프랑스 병사, 키 큰 아랍인…… 등이 등장한다. 특히 나중의 두 남자는 자닌느의 눈에 각별한 남성다움을 지니고 나타난다. 전형적으로 남성적인 신분인 병사는 '재칼처럼 볕에 그을어 반질거리는 얼굴'로 여러 가지 인상적인 외양을 갖추고 있다. '길고 메마른' 그는 특히 그의 맑은 눈으로 여자를 살펴보는 태도로 인하여 그녀로 하여금 '갑자기 얼굴을 붉히며' 남편 쪽으로 돌아가게 만든다.(p. 1559) '깡마르고 힘차게' 생긴 키 큰 아랍인은 '노랗고 유연한 장화'를 신고 두 손에는 '장갑'을 끼고 있다. 여기에서 남근 이미지를 상상하는 것은 지나친 것일까? 이 '키 큰' 아랍인은 자닌느와 마르셀 쪽으로 곧바로 걸어오면서 거기에 트렁크가 있다는 것도, 그들 두 사람이 서 있다는 것도, 보이지 않는다는 듯 걸음을 계속한다. '트렁크(La malle – le mâle '수컷'을 연상시키는)'에는 자닌느의 남편이 애지중지하는 상품들이 들어 있다. 곧바로 걸어오는 그 남성(le mâle) 앞에서 마르셀은 돌연 자기의 트렁크를 들어 뒤로 물려놓는다…… 마치 그 사내에게 자신의 자리를 양보하기라도 하려는 듯……(『적지와 왕국』, p. 1566) 자닌느는 문득 포근한 잠자리, 즉 따뜻하고 길이 든, 그러나 이제는 먼 곳에 떨어져 있는 자기집 작은 아파트 생각을 하면서, 호텔 방으로 다시 돌아가려니 온몸이 싸늘해지는 것을 느낀다. 그녀가 남편에게 요새 구경을 가자고 하게 된 것은 이와 같은 사정에서였다.

이러한 여러 '남성'들의 전체 윤곽 속에 위치시켜놓고 볼 때, 한밤중에 '정상'으로부터 자닌느에게로 불빛을 들고 내려오는 '거대한 두건 달린 외투들'은 명백하게 성적인 의미를 내포한다고 볼 수 있지 않을까? 끝에 두건이 달려 있는 이 아랍 의상은 단일한 실루엣을 이루면서 남성의 육체를 하나의 덩어리처럼 보이게 만든다. 이 밤의 사내들과 자닌느는 몸이 닿을 뻔한다. '외투들이 그 여자를 스쳤다. 뻘건 세 개의 불이 그녀의 등뒤에서 어둠 속에 불쑥 나타났다가는 곧 사라졌다.'(『적지와 왕국』, p. 1572) 인간적인 모험의 순간이 그녀의 마음속에 흥분과 자극만을 남기고 지나가버리자, 이번에는 가없는 광야 속에, 깊이를 헤아릴 길 없는 밤 속에 우주적 에로티시즘의 물결이 밀려든다.

마지막 충동이 그 여자를 자신도 모르게 테라스 위로, 내던지면서, 그 여자는 난간에 몸을 밀착시켰다. 난간은 그녀의 배를 짓누르면서 다가들었다. 그는 숨을 헐떡였고 그의 눈앞에서 모든 것이 뒤섞여 몽롱해졌다 …… 그러나 그녀가 삼키고 있는 싸늘한 공기는 곧 규칙적으로 그녀의 속으로 폭포처럼 흘러들었고 어렴풋한 온기가 그 오열 속에서 생겨나기 시작했다. 마침내 그의 두 눈은 밤의 공간들을 향하여 열렸다…….
                                            —『적지와 왕국』, p. 1572

자닌느와 더불어 인간적 차원의 에로틱한 이미지가 보다 거대한 규모의 우주적 영교의 차원으로 승격한다. 사랑의 장소는 이제 버스 안이나 오아시스의 광장이나 호텔 방이 아니라 하늘과 땅, 사막과 도시, 낮과 밤, 물과 불이 황홀경 속에서 일체가 되는 테라스 위다. 사막의 단단한 하늘은 자닌느의 몸 위에서 '일종의 무거운 선회작용'에 휘말린다. 이 선회작용의 소용돌이 속에서 광물적인 불이요 '빛나는 얼음덩어리'인 수많은 별들이 반짝인다. 욕망의 차가움과 불이 격투를 벌이고 마침내는 '광란하는 혹은 고정되어버린 삶' 황홀감 속에서 부동의 운동(cheminement immobile)…….

두려움 앞에서 목적도 없이 미친 듯 달렸던 그 수많은 세월을 보낸 후, 마침내 그 여자는 발걸음을 멈췄다. 그와 동시에 그 여자는 자신의 뿌리를 되찾는 것 같았고 수액이 그녀의 육체 속으로 다시금 솟구쳐오르면서 육체는 더이상 떨리지 않았다. 온몸을 난간에 대고 비비면서 움직이는 하늘을 향하여 전신을 내민 채 그 여자는 다시 한번 뒤흔들린 가슴마저도 진정이 되고 자신의 내부에 침묵이 깃들이기만을 기다리고 있었다. 하늘에 자욱한 마지막 별들이 사막의 지평선 위 좀더 아래로 그들의 별꽃송이들을 떨어뜨리고 나서는 움직임을 멈추었다. 그때 견딜 수 없는 감미로움과 함께 밤의 물이 자닌느를 가득 채우면서 추위를 뒤덮었고 차츰차츰 그의 존재의 어두운 중심에서 솟아올라 그의 입 속에 신음 소리가 가득 찰 때까지 끊임없는 물결로 넘쳐흘렀다. 잠시 후, 하늘 전체가 차가운 땅 위에 반듯이 누운 그녀의 몸 위로 펼쳐졌다.

—『적지와 왕국』, p. 1573

클로드 비제는 「간부」에 대해서 다음과 같이 지적한 바 있다. '객관적 현실은 여기서 비전으로 탈바꿈한다. 이 비전은 직접적인 동시에 말로 표현할 길 없는 비밀을 계시해주는 언어이며 구체적인 동시에 유추적인 언어이다. 카뮈에게 있어서 『유적』은 항상 '백색의 언어'를 통하여 표현되지만 여기에서의 언어는 그 '백색의 언어'와는 반대극에 위치한다.' 여기에서 표현된 것은 이 탁월한 비평가의 말을 빌리건대 '시적 접신의 순간'인 것이다.[7]

오랫동안 부르주아적인 도시 생활 속에 유폐되어 있었으며 타인들과의 진정한 의사소통이 불가능한 채, 자연과도 유리되어 살아온 탓으로 그 여자의 삶에 대한 사랑은 내면 깊숙한 곳에 잠들어 있었다. 그런데 문득 이 요새의 꼭대기에서 세계가 유연하고 풍성한 시적 위력을 동반한 채 밀물처럼 밀려드는 것이다. 육체 그 자체가 뿌리와 수액을 되찾는다. 클로드 비제의 말대로 '생명의 나무'[8]인 야자수가 그 줄기차고 아름다운 향일성의 힘을 통하여 그녀에게 촉발시킨 뿌리와 수액 말이다. 사회적으로 금지된 「간부」의 세계로 몸을 던진 이 여자는 신화적인 차원에서 '우라노스와 가이아' 사이의 저 한밤중의 '결혼'을 자신의 몸 속에서 구현하게 된다.[9]

---

7) 클로드 비제, 「알베르 카뮈 —『적지와 왕국』 사이의 방황」, *La Table Ronde*(Paris : 1960. 2), No. 146, p. 125.

8) 위의 책, p. 126.

9) 앞의 책, p. 126.

자닌느의 이 신화적 해방은 카뮈의 작품 여기저기에 산재하던, 같은 가치와 방향을 갖춘 모든 '밤의 물' 이미지들을 이 상상력의 중심으로 불러들인다. 『페스트』에 나오는 유명한 타루와 리유의 밤바다 수영이 그렇고(『페스트』, pp. 1426~1427) 메르소가 슈누아의 밤바다 속에서 마지막 수영을 하는 장면이 그렇다.(『행복한 죽음』, pp. 192~193)

우리가 만약 밤의 수영과 관련된 이 두 단원을 비교하면서 자세히 분석해본다면, 그 두 대목은 구체적인 글의 표현에서뿐만 아니라 이미지의 구조면에서 지극히 유사하다는 것을 알 수 있으며, 동시에 이 공통점은 자닌느의 우주적 일체감 속에 수렴될 수 있는 성질이라는 것도 확인할 수 있다. 그리고 이 같은 비교 분석을 통해서, 우리가 다음 장에서 다루게 될 '밤의 빛' 이미지, 즉 별과 달의 이미지를 본격적으로 부상시킬 수 있게 된다.

3. 밤의 수영

『페스트』와 『행복한 죽음』이 포함하고 있는 문제의 두 에피소드는 그 텍스트 전체를 인용하기에는 너무 길다. 우리는 우선 여기에 그 두 텍스트 가운데서 완벽하게 동일한 표현들을 열거한 다음에 서로 다른 대목들을 분석해보기로 하겠다. 다음은 『페스트』의 텍스트 순서에 따라(『행복한 죽음』에 비하여 『페스트』의 텍스트가 더 완성되어 있고 간결하니까) 동일한 표현들을 열거한 것이다.

① 달[月], ② 뜨뜻한 바람, ③ (바다가) 부드럽게 휘파람 소리를 내며 울린다, ④ 벨벳, ⑤ 짐승처럼 유연하고 윤기나는(바다), ⑥ (그들은) 바위 위에 자리를 잡고 앉았다, ⑦ (물·바다가) 부풀어오른다, ⑧ 손가락 밑에 바위의 마른 얼굴이 느껴진다, ⑨ 행복, ⑩ (타루·뤼시엔느의)얼굴, ⑪ 규칙적으로 헤엄치다, ⑫ 두 발로 물을 찬다, ⑬ 끓어오르는 거품, ⑭ (물이) 두 팔을 따라 흘러내려서 두 다리에 달라붙는다,

『페스트』(pp. 1426~1427)	『행복한 죽음』(pp. 190~194)
① 우윳빛 하늘이 투영되고 있었다.	· 밤은 세상 위에 덮인 우유와도 같았다.
② 그들 등뒤에는…… 뜨뜻하고 병든 숨결	· 그의 회복기의 첫날 밤
③ 포도주와 생선 냄새 가운데서…… 요드냄새와 해초 냄새가 바다를 예고했다.	· 소금 냄새와 썩은 것 냄새가 바다에서 올라왔다.
④ 바다의 저 고요한 숨소리	· 세계의 친화 관계
⑤ 수면에 기름 같은 그림자들	· 물의 한결같은 표면에 기름 같은 달빛
⑥ 밤은 끝이 없었다.	· 깊이 빠져 길을 잃다.
⑦ 이상한 행복	· 행복은 눈물에 가까웠다.
⑧ 옷을 벗다(se déshabiller)	· 옷을 벗다(se désvêtir)
⑨ 물 속에 몸을 던지다.	· 바다에 들어가다.
⑩ 미지근한 물	· 물은 따뜻했다.
⑪ 무겁게 찰랑거리는 소리(타루)	· 그는 팔을 쳐들고 물을 가르며 거대한 바다위로 은빛 물방울을 날려보냈다…… 찰랑거리는 물소리
⑫ 달과 별들이 가득 찬	· 은빛 물방울, 말없이 살아 있는 하늘
⑬ 같은 리듬으로 헤엄치다.	· 그의 움직임에 리듬을 준다.
⑭ 더 힘차게 앞으로 나아간다(타루): 동작을 빨리한다(리유)	· 박자와 힘을 느끼면서…… 더 빨리 나아갔다.
⑮ 세상으로부터 멀리, 해방된 상태로	· 밤과 세계의 한복판에 홀로
⑯ 리유가 먼저 동작을 멈췄다.	· 그는 돌연 자기의 발 아래 펼쳐진 깊이를 생각하며 동작을 멈췄다.
⑰ 그들은 천천히 되돌아왔다.	· 기막힐 정도로 힘이 빠진 그는 기슭으로 돌아왔다.
⑱ (그들이 싸늘한 물살 속으로 들어갔던) 한때를 제외하고	· 그 순간(그는 돌연 싸늘한 물살 속으로 들어갔다)
⑲ 질병이 이제 막 그들을 깜빡 잊었음을, 그리고 이제는 다시 시작해야 한다는 것을.	· 그가 돌아왔을 때 그만 병에 걸려버렸다.

⑮ 밤의 침묵과 고독 속에서 이상하게도 맑게 들리는 물소리, ⑯ 박자 거센 힘, ⑰ 싸늘한 물살 속으로 들어가다, ⑱ 바다의 저 예기치 않은 놀라움, ⑲ 옷을 입다.

다음은 사용된 어휘에 있어서 다소 차이가 있으면서도 표현이 유사한 부분을 비교한 것이다.

이제는 두 가지 텍스트 속에서 서로 다른 요소들에 대한 분석을 할 차례다. 『페스트』에서는 두 사람이 함께 수영을 하는데 비하여 『행복한 죽음』에서는 메르소 혼자서 수영을 한다. 리유와 타루는, 바다에 접근할 때 통행증이 확인해주듯이, 같은 의료반에 소속된 두 중심인물인 데 비하여, 메르소는 그 자신이 회복기의 환자다. 그러므로 겉에 나타난 이야기는 서로 다르지만 그 뒤에는 매우 유사한 구조가 깔려 있다고 볼 수 있다. 다만 이미지의 감도, 혹은 동일한 구조를 구성하는 요소들이 가변적일 뿐이다.

이리하여 이 밤수영을 하는 계절이 두 텍스트에 있어서 서로 반대된다. 『페스트』의 경우는 하늘이 겨울의 수정같이 싸늘한 빛을 예비하지만 '가을 바다가, 여러 달 동안 저장된 열기를 땅에서 받아들이는' 가을철이다.(pp. 1426~1427) 반대로 『행복한 죽음』에서는 계절이 봄이다. '봄에 그가 그처럼 예민해진 적은 한번도 없었다'고 나레이터는 말하고 있다.(p. 190) 그러니까 여기서는 여름과 그 열기를 향하여 열리는 계절이다. 두 가지 텍스트에 있어서 물의 온도 차이는 거기에서 생기는 듯하다. 메르소는 바다가 '몸처럼 따뜻하다'고 느끼는 데 비하여 리유는 '처음에는 써늘하던 물이 그가 다시 물 밖으로 나왔을 때는 미지근하게 느껴졌다'고 말한다.(『페스트』 p. 1426) 수영하는 사람들에게 '싸늘한 물살'이 주는 인상도 이렇게 하여 달라진다. 메르소는 '이를 덜덜 떨면서 동작이 고르지 않아져서' 동작을 멈춘 채 '바다의 이 예기치 않은 놀라움 때문에 얼떨떨해진다.' 이 싸늘한 느낌이 그의 전신 깊숙이 스며들면서, 신의 사랑처럼 정신이 맑으면서도 정념에 찬 격정으로 그의 몸을 활활 타오르게 한다.(pp. 193~194) 이 한기와 열기의 대조는 이 회복기의 환자에게 병을 치명적으로 재발시킨다.

반면 리유와 타루의 경우 싸늘한 물살은 보다 누그러진 영향을 끼친다. '아무 말도 하지 않은 채 그들은 바다의 이 예기치 않은 놀라움에 얻어맞은 듯 둘 다 손발을 빨리 놀렸다.'(p. 1427) 그러나 이같은 차이에도 불구하고 이 수영으로 하여, 타루는 메르소보다 나중이긴 하지만, 사망했다.

비록 계절적인 것과 관련이 없기는 하지만 두 텍스트 사이의 또다른 차이점이 하나 있는데 그것은 감각적 가치의 차이다. 메르소의 경우 여러 어휘들이 직접적으로 관능적이거나 에로틱한 의미와 관련되어 있는 반면, 독신자인 타루, 아내와 헤어져 있는 리유, 두 친구의 경우에는 그같은 느낌이 없다. 처음부터 메르소는 우유 같은 달빛에 젖은 밤 풍경을 바라보며 '자기가 애무했던 뤼시엔느의 얼굴과 그녀의 따뜻한 입술을' 생각한다. '물의 한결같은 표면 위에 기름 같은 달빛은 방황하는 기나긴 미소를 띠고 있었다. 물은 남자의 몸 밑에서 지금이라도 무너질 듯한 말랑말랑한 입처럼 따뜻하리라.'(p. 192) '손에 잘 잡히지는 않으나 현전하는 포옹.'(pp. 192~193) '연대기'의 의식적으로 간결하게 처리된 스타일이 겉으로 표현할 수 없었던 것이 여기서는 노골적으로 낭만적이고 감각적인 값을 지니며 나타나 있다. '눈물'이라든가 '입술' '입' '사지' 등 싸늘한 기운이 침투하여 뜨겁게 달아오르게 하는 '성감대'들이 두 친구의 수영 장면에는 완전히 결여되어 있다. 반면 이 두 대목의 비교 검토를 통해서 우리는 간결하게 표현되어 있는 텍스트 속에 숨겨진 값을 겉으로 드러낼 수 있다. 예를 들어서 리유와 타루가 싸늘한 물살을 만나는 순간의 '아무 말도 하지 않고' 같은 매우 빈약한 표현은 메르소의 텍스트로부터, 나레이터가 고의적으로 은폐한 의미를 받아들일 수 있지 않을까?

그는 돌연 자신의 발 밑에 펼쳐진 깊이를 생각하고는 동작을 멈추었다. 그의 몸 아래에 있는 모든 것이 어떤 알지 못할 세계의 얼굴인 양, 그를 자기자신에게로 되돌아가게 하는 그 밤의 연장인 양, 아직 답사되지 않은 어떤 삶의 물과 소금으로 된 중심인 양 그를 잡아당기는 것이었다. 어떤 유혹이 그에게 다가들었지만 그는 육체의 크나큰 기쁨 속에서 그것을 곧 물리쳐버렸다.

우리가 이미 광물의 이미지 분석을 통해서 목격했던 바와 똑같은 깊이와 죽음의 '유혹'이 이 이미지를 지배하고 있다. 그러나 이번에는 그 유혹이 물과 밤의 심연을 통해서 표현되었다. 해방, 혹은 구원이 여기에 와서, 이미지의 필연적 법칙에 따라, 그 탐구의 종착점에 이른다. 마치 자닌느의 경우처럼. 이것은 분명 '그 한쪽은 절대로 발설되어서는 안 될' 두 개의 '진실들' 중 하나일 것이다.(『여름』, p. 883) 쾌락과 고통을 초월하여 바야흐로 나타난 것은 '오, 쓰디쓴 바닥이여, 왕자의 침상이여!' '왕관은 깊은 물 저 속에 잠겨 있으니!'(『여름』, p. 884)

카뮈의 인간들이 저마다의 운명의 길을 따라 찾아 헤매는 낙원도 그 깊은 물 저 속에 있으리라…… 그러나…….

낙원이란 항상 그것을 잃어버리는 순간에야 알아볼 수 있는 것…….
—『결혼』, p. 75

제4장
달과 별의 시학

『행복한 죽음』의 텍스트와 『페스트』의 텍스트를 구별지어주는 차이점을 초월하여 밤의 물은 두 가지 텍스트를 한결같이 지배하는 이미지이다. 밤의 물이 해방과 순화의 힘을 지닐 수 있는 것은 그 물이 밀도 짙고 캄캄한 돌이나 익사자들의 심연처럼 깊은 것이 아니기 때문이다. 이 물의 유체성에는 빛이라는 요소가 첨가됨으로써 조화와 균형이 이루어지는 것이다. 이때의 밤은 물론 투명하지는 않지만 완전한 어둠도 아니다. 대낮의 빛인 햇빛이 사라지고 나면 마침내 밤의 빛이 찾아와 밤을 액화하고 정화한다. 이 밤의 빛이 곧 달과 별이다.

1. 달

태양이 위세를 떨치는 카뮈의 세계 속에서 달은 흔히 부재이거나 아니면 망각된 존재이기 쉽다. 우리가 앞서 비교해본 두 가지 텍스트는 여성적이고 낭만적인 달이 출현하는 보기 드문 순간들 중의 하나이다. 『행복한 죽음』은 아직 하나의 습작에 지나지 않는다. 따라서 갈고 닦고 손질할 곳이 많은 작품이다. 이 소설은 날것 그대로인 말의 물결이 '예술(art)'에 의한 정련을 충분히 거치지 못한 채 내면적 욕망과 충동의 걷잡을 수 없이 거센 힘에 의하여 붓끝으로 밀려나오는 초년기의 자기표현이다. 『행복한 죽음』과 『이방인』을 거치면서 어휘들은 엄격한 통제를 받게 된다. '달'이라는 어휘는 그 전형적인 예에 속한다.[1]

『행복한 죽음』은 앞에서 인용 비교한 밤바다에서의 수영 장면 이전에 이미 '젖 같은' 달빛에 감싸인 무대를 보여준 바 있다.

> 메르소는 다시 천천히 자리에 앉았고 그의 얼굴은 벌써 사그라져가고 있는 불의 더욱 붉어진 빛 속으로 들어갔다. 돌연 네모난 창문 속, 비단 커튼 뒤에서 무엇인가 어둠 속에서 열리는 것 같은 느낌이 들었다. 창문 뒤에서 긴장되어 있던 그 무엇인가가 늦추어지고 있었다. 어떤 젖 같은 빛이 안방으로 흘러들었고 메르소는 불상의 아이러니컬하고 은근한 입술과 구리조각에서 그가 그토록 좋아하는 별과 달이 뜬 밤의 친근하면서도 순간적인 얼굴을 알아볼 수 있었다. 그것은 마치 밤이 그 구름 베일을 벗어버리고서 이제는 그 고요한 광채 속에서 빛나고 있는 것만 같았다. (……) 집 앞을 지나는 발자국 소리가 들렸다. 세상 위에 흘러넘치는 젖과도 같은 그 밤 속에서 소리들은 매우 광막하고 더욱 해맑게 울리고 있었다.
>
> ─『행복한 죽음』, pp. 74~75

메르소는 바로 그 '젖' 속에 몸을 담근 채 자그뢰즈의 이상한 이야기에 귀를 기울인다. 텍스트는 달빛의 역동성을 충분히 보여주고 있다. 우선 낮의 체제에, 아니무스(animus)의 세계에 속하는 요소들이 연속적으

---

1) 그 밖에도 '눈물' '비' '안개' '축축한' 따위의 어휘들도 『이방인』에 오면 자취를 감춘다.

로 제시된다. 창문의 광물적 질료, 유리, 구리, 창문의 '네모난' 형태, '붉은' 불 따위가 그렇다. 이 같은 대낮의 요소들에 달이 작용하여 그것들을 밤의 이미지로, 유체성으로 탈바꿈시키고, 그 모난 곳들을 쓰다듬어 아니마(anima)의 둥글고 부드러운 세계를 만들어낸다. 달은 마치 우연인 것처럼 불이 사그라져가는 순간을 골라 그 모습을 나타낸다. 달은 '네모난 유리창' 속에 출현함으로써 그 둥근 모습을 더욱 확연하게 드러낸다. 불의 능동적인 힘은 유체질이 가진 수용적 힘으로 전환된다. 벌써 방 안에서는 '비단' 커튼이 나타나서 유리창의 모가 난 형태나 단단한 질료의 공격성을 누그러지게 만든다. 달빛은 가장 먼저 불상의 '구리조각'에 그 부드러운 빛을 던진다. 불상의 입술에 서려 있던 아이러니는 '젖'의 강력한 영향을 받아 사라지면서 고요한 정일감의 얼굴로 변한다. 그리스의 제우스신으로 풀이된 바 있는 자그뢰즈는 이런 면에서 볼 때 오히려 불교적인 인상까지 풍긴다.[2] 불구가 되어 움직이지 못하는 자그뢰즈의 몸은 오히려 불상을 닮은 것 같아 보인다.

그런데 메르소가 자그뢰즈의 이상한 이야기에 귀를 기울이게 됨으로써 전혀 뜻밖의 결과가 초래된다. 생명은 자그뢰즈에게서 메르소에게로 옮겨간다. 아니, 자그뢰즈는 불상의 요지부동의 삶 속으로 들어가면서 그를 살해한 메르소에게 저 격동하는 또 하나의 삶을 넘겨주는 것이다. 상징적인 아버지와 아들인 이 두 인물이 '이 세상 위로 흘러넘치는 젖' 속에서 집행하는 것은 생명의 전수라는 특수한 의식이다. 동시에 빛 밝으면서도 유기체적인 이 유체에 젖은 방은 상상력이 낳은 커다란 배[胎]이며 이미 삶을 다 살고 나서 이상한 이야기 속으로 들어가는 한 생애의 끝에서, 어떤 새로운 생명이 바로 이 뱃속에서 태어나고 있는 것이 아닐까? 만약 그러하다면 그 이튿날의 살인은 이 밤에 이루어진 의식적 계약의 한갓 실천에 지나지 않는 것이리라.

아직 그 모습을 알 수 없는 세계를 향하여 이렇게 '열린' 메르소의 삶

---

2) 『행복한 죽음』이 씌어지던 시기는 물론 동양철학에 깊이 경도됐던 스승 장 그르니에의 영향이 매우 강하게 끼쳤던 시기이기도 하다.

은 구도에 구도를 거듭하며 진행되어 수년이 지난 후 또다른 달밤에 그 종말을 고하게 된다. '이제 그는 따뜻한 바닷물 깊숙이 몸을 잠그고, 제 스스로를 되찾기 위하여 스스로를 잃어버려야 했고, 과거로부터 그의 내 면에 남은 것이 입을 다물고 행복의 심원한 노래가 태어나도록 하기 위 하여 달빛과 따뜻함 속을 헤엄쳐야만 했다.'(『행복한 죽음』, p. 192) 이 것이 바로 또 하나의 새로운 삶이 태어나도록 하기 위하여 우주적인 뱃 속으로 돌아오는 불교적 회귀의 길이다. 이것이 바로 고통인 동시에 희 열인 이중의 얼굴을 가진 삶의 해방이다. 인간적 욕망을 초월하는 그 욕 망은 끝이 시작과 만나도록 하기 위하여 죽음과 삶을 동시에 되찾는다. 여기는 정신분석학과 불교와 니체와 부조리의 인간이 잠시 서로 만나는 교차로다. 그러나 이 교차로에 이르기 전에는, 그리고 이 교차로를 지난 뒤에는, 그들 사이의 일치를 보장해줄 것이라고는 아무것도 없다. 자그뢰 즈의 봄과 메르소의 봄이 서로 겹쳐지면서 근원적 유체성 속에서 일치하 는 이 기묘한 순간. 고리는 닫혔다. 삶은 젖처럼 부드럽고 '물과 소금의 심장처럼'(『행복한 죽음』, p. 193) 깊은 달의 유연한 원형이 된다. 그러 나 벌써 죽음은 고통스럽게 다듬은 그 둥근 삶을 단숨에 삼켜버린다. 비 록 의식이 최후의 순간까지 그 삶을 비추어준다고는 하지만 분명 이것은 '이상한 행복'의 순간임에 틀림없다.

그러나 그 의식의 빛을 극도에까지 밀고 나가면서도 동시에 저 젖과 같은 달빛을 추구한다면 결국 얻게 되는 것은 그 두 가지 빛의 소멸뿐일 것이다.

칼리굴라의 그 끔찍한 경험은 바로 본질상 서로 양립할 수 없는 그 두 가지 빛의 불가능한 추구를 증언한다. '달'을 얻으려 한 나머지, '나는 달이 필요해, 혹은 행복이, 혹은 불멸이, 어쩌면 광적일지는 모르지만 이 세상의 것이 아닌 그 무엇이 필요해' 하고 칼리굴라는 외친다(『칼리굴 라』, p. 15)—그러나 의식의 빛을 통한 파괴적 폭력을 통해서 달을 얻 으려 한 나머지, 그는 유체성에서 멀어지면서 죽음의 캄캄한 어둠에 가 까워지고 만다. 사냥꾼이 얻을 수 있는 순수의 새는 오직 상처받았거나 죽은 새일 수밖에 없듯이(우리는 「자라나는 돌」에서 그것을 보았다), 칼리굴라는 오직 부재의 형식으로써밖에는 '달을 손에 쥘 수' 없는 것이다. (『칼리굴라』, p. 27, 71) 산문 「아이러니」 속에서는 늙은이의 단순한 공상에 지나지 않던 것이 ― '그는 달을 가진 것이다. 이러고 보면 할말은 다한 것이다'(『안과 겉』, p. 20) ― 칼리굴라의 경우에 와서는 조직적인 광기나 오류로 변한다. 달의 화해적인 능력을 받아들이는 대신 그는 대낮의 빛(의식) 한가운데서 밤의 빛(달)을 잡고자 한다.

그렇지만 칼리굴라는 작년에…… 달을 가져본 적이 있다는 것을 기억한다. 다만 그가 인정하지 못하는 것은 그것이 현재(영원한 것이 되기를 바라는)가 아니라 과거에 속하는 사실이라는 점이다. 달과 함께 흘러가는 시간과 한몸이 될 수 없는 칼리굴라는 이렇게 영원지속이라는 불가능한 욕망을 표현하고 있다. 달의 유체성은 그에게는 하나의 도전으로 여겨진다. 그 유체성을 갈구하면서도 동시에 그것을(본질적으로 가변적이게 마련인) 고착시키려 한다는 점에서 그의 기도는 의당 실패하게 마련이다.

이 매니큐어는 아무짝에도 쓸모없는 것이로군. 다시 달 이야기를 하자면, 그건 팔월달의 어느 아름다운 밤의 일이었지. 달은 약간 태를 부리더군. 나는 벌써 자리에 누워 있었어. 달은 처음에는 지평선 저 위에 온통 핏빛으로 떠 있었지. 그러다가 나중에는 점점 더 가볍게, 점점 더 높이 솟아오르기 시작했어. 별들이 한창 돋아나 가득한 한밤중에 달은 마치 젖빛의 호수와도 같았지. 달은 부드럽고 벌거벗은 모습으로 무더운 가운데 왔어. 방 문턱을 넘어서 자신 있는 듯 천천히 내 침상에까지 와서는 그리로 흘러들면서 그 미소와 광채로 나를 흠뻑 적셨어 ― 정말 이 매니큐어는 아무짝에도 못 쓰겠군. 그렇지만 말이지, 헬리콘, 자랑하는 것은 아니지만 나는 달을 가졌었다고 말할 수 있어.

―『칼리굴라』, p. 71

일견 달과는 아무 관계도 없어 보이는 붉은 '매니큐어'에 대한 언급이 그의 말을 시작하고 끝맺는다. 그러나 질료 상상력이 변전해가는 과정을 면밀히 살펴본다면 우리는 매니큐어의 끈적거리는 질감과 '우유 같은 달빛'의 유체성 사이에는 은밀하고 확실한 관련이 있다는 것을 알 수 있을 것이다. 칼리굴라는 질료적·역동적 상상력의 충동에 따라 매니큐어를 통해서 달의 포착하기 힘든 유체성을 고정시키고 응고시키려는 욕망을 표현하지만 그것은 무용한 노력이라는 것이 판명된다. 달의 소유는 과거의 사실일 뿐이다. 다시 말해서 '아무짝에도 못 쓰는' 소유의 경험일 뿐이다.[3] 달의 이미지는 다른 경우나 마찬가지로 여기서도 여성적·모성적 혹은 에로틱한 형상을 강하게 암시하고 있다. 칼리굴라의 그 형이상학적 욕망의 밑바탕에는 성(性)이 끊임없이 표현되고 있다. 낮으면서도 무시할 수 없는 목소리로. 죽은 누이에 대한 근친상간적 사랑이 달을 갖고자 하는 그의 욕망과는 아무 관계가 없는 듯이 보이겠지만 칼리굴라는 달의 이미지에 의하여 그의 광기의 상상적인 모티베이션을 고백하고 있는 것이나 마찬가지다. 미소와 광채로 그의 전신을 '흥건히 적시는' 그것(celle)은 달일까 죽은 누이일까?

그러나 심리적·사회적 차원에서는 그같이 금지된 욕망 앞에서 뒷걸음질을 치는 사람들도 젖빛 같은 달의 시를 받아들이는 데는 주저하지 않을 것이다. 카뮈의 이미지들은 결정적인 심리동기나 광기라는 결과 중 그 어느 한쪽에도 치우치지 않고 그 양자 사이의 긴장된 거리 속에서 해석되어야 마땅하다. 오직 '자신 있는 듯 천천히' 찾아오는 달의 완만한 움직임만이 문학적 이미지들을 해석하는 우리들의 세계에 속한다. 우리는 그 어떤 요지부동의 제한적 진리 속에 갇히고자 하는 것이 아니라 상상의 힘에 의하여 무게를 덜고 가벼워지고자 하는 한 독자에 지나지 않는다. 이미지가 스쳐 지나가고 난 뒤에도 항상 그 덧없는 미소를 어떤 구조나 체계 속에 조직하고 그 의미, 개념, 객관적인 값을 밝혀낼 시간은 충분히 있을 것이다. 아니면 반대로 향수에 찬 목소리로 '그것은 어느 팔월달의 아름다운 밤에

---

3) '우유 같은'(흰색) 달보다 앞서 나타난 '처음에는 온통 피에 물든 것 같은'(붉은색) 달은 위에 인용했던 『행복한 죽음』의 무대 속에서 '벌써 더욱 붉은빛을 띠는 불의 빛'이 '우유 같은' 달에 앞서 나타났던 것과 동일한 도식을 보여준다. 붉은색에서 우유의 흰색으로의 변화는 순화의 기능을 갖는 것으로 보인다.

있었던 일이었지······' 하고 말할 수도 있을 것이다. 그러나 그 어느 쪽도 이미지의 '지금', 이미지의 '현동성'은 아닐 것이다.

그렇지만 대낮의 빛이 밤의 몽상을 지워버리기 전에, 그 빛이 항상 철 이르게 합리적이 되어버린 우리의 이성을 강제하기 전에, 우리는 별들이 가득 실린 '지금'의 하늘을 쳐다보아야 한다. 그것은 '정신의 계율을 거 스르는 죄'에 탐닉하려 함이 아니라 반대로 우리의 '몽상'이 깨어나 있 는 의식의 빛을 받으면서 기술되는 것이 되도록 하려 함이다. 어둠 속에 홀로 깨어 있는 불빛처럼 미지 속에 에워싸인 우리의 정신은 이렇게 하 여 밤하늘 속에서 그 스스로의 이미지와 힘을, 그리고 무엇보다도 그 아 름다움을 찾아내게 될 것이다.

2. 달과 별

향일성 상상력 속에서 달은 지극히 희귀한 반면 별은 카뮈의 하늘 속 에 언제나 가득하다. 별 없는 밤은 카뮈의 밤이 아니다. 이 작가의 모든 소설이나 극작품 속에서 '달(lune)'이라는 어휘는 모두 24회의 빈도수를 나타낼 뿐이다(『행복한 죽음』: 5, 『이방인』: 0, 『페스트』: 3, 『전락』: 0, 『칼리굴라』: 16이 전부다). 반면 '별(étoile)'은 훨씬 더 많아서 『행복한 죽음』: 28, 『이방인』: 3, 『페스트』: 7, 『전락』: 1, 『적지와 왕국』: 27, 『칼리굴라』: 2, 『오해』: 0, 『계엄령』: 5, 『정의의 사람들』: 0 등 모두 73회를 기록한다. 이 간단한 통계만 보아도 우리는 달이 나타나는 곳에 는 예외없이 별이 동반되지만 그 반대의 경우는 항상 성립되지는 않는다 는 사실을 알 수 있다. 물론 이것은 기초적인 천문학 현상에 속하는 일이 라고 지적할 수도 있을 것이다. 그러나 인간적인 선택이 문제되는 창조 적 상상력의 현상은 천문학적 진실만으로 설명되지는 않는다.

천문학으로든 지리학으로든 보헤미아(『오해』)와 러시아(『정의의 사 람들』)에서는 별이 뜨지 않으며 암스테르담(『전락』)에서는 별이 전혀 보이지는 않는다는 사실을 설명할 수는 없다. 달의 출현과 별의 출현 사이의 불균형, 그리고 지역에 따라 별이 보이고 안 보이게 되는 현상을 설명해줄 수 있는 깊은 이유는 작가의 상상력이 지닌 성향 속에서 찾아보아야 마땅하다. 보헤미아와 러시아, 그리고 암스테르담은 지중해 사람 카뮈의 상상력 속에서는 유적의 지역이다. 그곳에서 별빛을 보기 어렵다는 것은 이런 의미에서 당연하다고 하겠다. 이곳에서는 암흑과 해로운 물이 빛에 우선한다. 반면 별의 출현과 달의 출현 사이의 불균형은 좀더 자세히 따져보아야 할 문제다.

카뮈의 '메마른(anhydre)' 영혼은 달을 기피하는 듯한 인상을 준다. 달이 지닌 모든 유익한 국면들이나 가치들은 달의 유일한 국면이나 가치가 아니다. '젖 같은' 달빛은 그 모성적이고 낙원 같은 가치에도 불구하고 시각을 흐리게 하는 반투명, 행동의 감속, 끈적거리는 질감 등 부정적인 값을 동시에 내포한다. 공기이며 동시에 물인 달의 유체성은 향일성 상상력이 온갖 수단을 다하여 회피하거나 극복해야 할 익사의 물로 인도한다. 카뮈의 모든 여인들이 그러하듯이 노골적으로 여성적인 이 천체는 매우 위험한 매혹을 지니고 있다.[4] 애초의 선의가 종국에 가서는 인물들을 대재난으로 몰아넣게 될지도 모른다.

『행복한 죽음』에서 달은 자그뢰즈가 들려주는 이야기에 꿈 같은 분위기의 무대를 제공하지만 그와 동시에 비록 간접적으로나마 메르소의 마

---

4) 카뮈의 작품에 등장하는 거의 모든 인물들은 미혼이거나 아내와 떨어져 살거나 아내에게 버림받은 사람들이다. 자의건 타의건 미혼인 인물들로는 뫼르소, 타루, 클라망스, 코타르, 배교자, 다뤼, 카르도나, 다라스트 등이 있다. 아내와 헤어졌거나 아내를 잃었거나 버림받은 인물로는 살라마노 영감, 리유, 랑베르, 레이몽, 그랑, 마르셀 등이 있다. 또 장은 어머니와 누이동생에게 살해되고, 카르도나는 누이동생에게 버림받았고 칼리굴라는 누이요 정부인 여자를 잃었다. 이에 덧붙여 '직업적으로 불가피하게, 혹은 운수가 사나워서 다른 사람들과 헤어진 채 밤마다 죽음과 함께 동침하는' 모든 사람들(『적지와 왕국』, p. 1570) 또한 상기할 필요가 있다. 정상적인 가정을 꾸미고 있는 인물은 지극히 드물고, 있다 해도 그들은 부차적인 인물에 지나지 않는다. 마송, 이바르, 『행복한 죽음』의 베르나르 정도가 그런 경우에 속한다. 판사들은 비교적 정상적인 가정을 갖고 있지만 오통 판사는 아내와는 멀리 수용소에 격리되었다가 사망하고 카사도 판사는 아내가 다른 남자와 정을 통한다. 장 사로치는 『행복한 죽음』에 대하여 말하면서 '사실 카뮈는 여자 인물을 맘 편하게 다룰 줄 모른다!'고 했는데 그 말은 카뮈의 모든 작품에 골고루 적용될 수 있다. 카뮈는 니체보다는 덜 시니컬한 작가이지만 그 역시 여자들에 대해서는 그다지 낙관적이 아닌 듯하다.

음속에 살인의 욕구를 불러일으키게 되어 결국 메르소는 비록 순진하다고는 하나 죄를 저지르고 만다. 메르소를 '행복한' 죽음으로 인도하는 밤의 해수욕 또한 달빛의 조명을 받고 있다.『칼리굴라』에 있어서 달의 대가는 광기, 집단살인, 그리고 칼리굴라 황제 자신의 죽음이라는 것을 우리는 잘 알고 있다.『페스트』속에서 달빛은 리유와 타루가 수영하는 밤바다를 비춘다. 그 달은 부드러움이요 모성적인 젖이지만 동시에 타루를 죽음으로 인도하는 간접적인 환경이기도 하다. 그러나 특히 달은 페스트와 어둠으로 침묵에 잠긴 도시 전체를 비추고 있을 때 노골적으로 음산한 성격을 드러낸다. 달빛에 잠긴 침묵의 오랑은 문자 그대로 거대한 공동묘지다.

> 달빛 비친 하늘 아래, (도시에는) 그 뿌연 벽들과, 나무의 시커먼 덩어리 하나 눈에 띄지 않고 산보객의 발소리나 개 짖는 소리 하나 들리는 법이 없는 직선의 가로들이 늘어서 있었다. 고요한 대도시는 그래서 한갓 거대하고 생명 없는 육면체들의 집합에 지나지 않았고 잊혀진 은인들이나 청동 속에 영원히 숨을 멈춘 옛 위인들의 말없는 동상들만이 홀로 그 덩어리들 사이에 서서 돌이나 쇳덩어리의 가짜 얼굴로 옛날에 인간이 지녔던 모습의 격하된 이미지를 상기시켜주려 하고 있었다.
> —『페스트』, p. 1357

우리는 달의 이미지를 통해서 본 밤의 오랑이 대낮의 '소금의 도시'와 그다지 거리가 멀지 않다는 느낌을 지우기 어렵다. 특히 우리 인류가 살고 있는 이 땅덩어리는 지구 전체에 걸친 어떤 '질병'에 휩쓸릴 경우 우주인들이 우리에게 전송해주는 달의 풍경과 흡사해지리라는 상상을 해보지 않을 수 없다. 쥘 베른느가 과학적 탐험의 행복한 예언자였다면 카뮈는 그 가공할 만한 악에 있어서 예언자라 할 수 있을 것이다. 그러나 이 방면의 예언자가 어찌 카뮈뿐이랴……

3. 별

결국 해로운 힘을 지닌 것으로 판명된 이 흔하지 않은 달의 이미지들에 비할 때 별은 진정한 빛이다. 우리는 별의 이미지와 더불어 향일성 상상력이 송두리째 목표로 삼아 전진해온 하나의 표적과 대면하는 셈이다. 눈[雪]에서 수정과 플로티노스의 다이아몬드에 이르기까지, 눈에서 소금에 이르기까지, 제 스스로의 이미지들을 찾아 카뮈의 명징한 정신은 응집과 고화를 거듭하며, 위험과 절망을 거쳐 머나먼 길을 지나왔다. 별의 이미지 이외에, 별들의 산만한 듯하면서도 하나의 전체 판도를 자연스럽게 갖추고 있는 성좌들의 상징 이외에, 또 어디에서 최고의 '통일성'과 더할 나위 없는 결정의 역동성을 찾아볼 수 있겠는가?

눈이 '내일의 진창'으로 녹아버리기 바로 전까지의 덧없고 연약한 시한부 결정에 지나지 않는 것이라면, 그리고 너무나 요지부동이며 심지어 인간의 움직임에 방해가 되는 거추장스러운 것이기까지 한 것이라면, 반면 별은 오랫동안 변함없고 윤곽이 확실하며 광채가 유난하면서도 후에 물이 되어 녹아버리는 법이 없이 공중에 가볍게 높이 떠 있다. 그러나 이 별은 또한 단단한 것이다. 오랑의 '첫번째 뜨는 별들'은 '선명한 지평선' 위에 나타난다.(『페스트』, p. 1249) 그 별들은 봄 하늘 속에서 '규석처럼 단단해지면서' 페스트가 끝나가는 것을 예고한다.(『페스트』, p. 1471) 눈과 별에 있어서 차가움은 공통된 성격이다. 자닌느는 밤하늘에 총총히 뜬 별들을 '빛나는 얼음덩이들'이라고 생각했다.(『적지와 왕국』, p. 1572) 타루의 죽음이 집단적 드라마의 종말을 장식하는 그 '침묵의 밤'에 '맑고 싸늘한 하늘에는 얼어붙은 별들'이 나타난다.(『페스트』, p. 1456) 그러나 별들은 또한 밤하늘의 물 속에 '표류하는 불'이기도 하다. 눈[雪]의 촉감 속에 공존하는 뜨거움과 차가움은 별들의 우주적 밀도와 규모에 이르지는 못한다.

천문학적 구조는 눈과 다이아몬드와 소금의 단순하고 정적이며 생명 없는 구조와는 반대로 조화와 역동성의 구조이다. 별은 그 자체가 결정체이며 단단하고 광채 나는 구조일 뿐만 아니라 보다 크고 동적이며 살아 있는 성좌체계에 속한다. 별들의 전체 체계는 자닌느의 '별송이들'처럼(『적지와 왕국』, p. 1573) 과일의 이미지나, 배교자의 '한 움큼의 별들'처럼(『적지와 왕국』, p. 1589) 자양분 있는 곡식 낟알로 나타나기도 한다. 사실 그 '한 움큼의 별들'은 미리부터 그 단편소설 속에서 '한 움큼의 소금'이 지닌 정화력을 예고하는 것이었다. '소금의 굴' 속에 갇힌 배교자는 '서늘한 별들과 그늘진 샘'을 가진 밤을 그리워하지 않았던가? (『적지와 왕국』, p. 1586) 정화력을 지닌 빛인 별의 가치는 그와 똑같이 형태적 구조와 밀폐되고 어두운 체계를 지닌 '소금'의 이미지 속에서 기이한 반향을 불러일으킨다. 광물로서의 소금은 빛의 유체인 별에 힘입어 해방되는 것일까?

별은 단단하고 광채 나며 조직화된 구조를 지녔지만 광물처럼 밀폐되고 숨막히는 체계가 아니다. 분명한 윤곽과 독자성과 뜨거우면서도 얼음처럼 싸늘한 불꽃을 지녔지만 별들은 밤의 물 속에서, 저 우주적인 '샘' 속에서, 생명의 운동을 표현한다. 이 이미지 속에서는 물이 불을 꺼버리지 않으며 불이 물을 메마르게 하지 않는다. 이것이 바로 거대한 차원에서 물과 불이 결합하여 이룩하는 균형의 이미지이다. 아마도 이런 까닭으로 별은 예술가 요나의 유일한 상상의 안내자일 것이다.

'화가 질베르 요나는 그의 별을 믿고 있었다'라는 문장으로 시작되는 이 단편소설은 카뮈의 작품 가운데서도 보기 드문 아이러니컬하고 해학적인 작품이다. 그러나 이 소설은 물론 미신에 관한 작품은 아니다. 우리는 이미 요나가 익사에서 모면하는 최초의 노골적으로 낙관적인 인물임을 지적한 바 있다. 수동적이고 유순하다 못해 유일하게 해학적인 인물이 될 정도인 요나는 그러나 범람하는 물에 대하여 대책을 세울 줄 알았던 최초의 인물이다.[5] '자기의 별'에 대한 믿음, 그리고 언제나 변함없이 '당신이 원하는 대로'라는 그의 믿기 잘하는 대답은 그의 수동적 태도의

---

5) 카뮈의 작품 속에는 유머러스한 인물들이 많이 등장하나 그 유머가 은폐되어 있는 듯한 인상을 준다. 뫼르소, 조젭 그랑, 요나는 그 대표적인 경우이다. 클라망스, 나다, 배교자의 경우는 이를테면 차갑고 음산하고 계산된 유머라고 할 수 있다. 유머는 낙천성에도 기인하지만 공포감을 은폐하는 한 방법이기도 하다. 앞에 지적한 두 가지의 유머가 다 삶에 대하여 어떤 '거리'를 유지하는 한 방법으로 사용되는데, 전자가 적극적이라면 후자는 자기방어적인 성격을 띤다.

특징일 뿐만 아니라 모든 예술에 요구되는 상상력의 균형과 인내심을 단적으로 말해주는 것이다. 카뮈의 그 수많은 '진지하고' 투쟁적인 인물들 가운데서, 요나는 정열에 증오의 수많은 모습을 부여하기 쉬운 치열성을 완화시켜주는 주인공이다. 카뮈는 비평가들이 그의 작품 속에 깔려 있는 유머감각에 유의하지 못했다고 지적한 바 있는데 요나는 바로 작가의 그 같은 명백한 의도에 부응하려는 것일까? 하여간 요나는 카뮈가 『안과 겉』의 서문 속 어느 한 구절에서 말하고자 했던 의미와 관련을 갖고 있다는 느낌이 짙다.

나는 나의 무질서, 어떤 본능이 지닌 난폭함, 내가 스스로 몸을 던질 수도 있는 아름답지 못한 방심을 알고 있다. 예술작품이 제대로 만들어지려면 우선 저 수수께끼 같은 영혼의 힘을 사용해야 한다. 그러나 그 힘들의 양쪽으로 둑을 쌓아 물이 불어나도록 하고 그 물줄기를 유도하는 일도 잊어서는 안 된다. 오늘까지도 나의 둑은 어쩌면 너무 높은 것인지도 모른다. 그래서 때때로 나의 태도가 뻣뻣해 보이기도 하는 모양……

—『안과 겉』, p. 12

「말없는 사람들」에 나오는 이바르와 더불어 카뮈의 작품 속에서 지극히 희귀하게 정상적인 부부관계를 유지할 수 있는 인물인 요나는 '그 뻣뻣함'을 누그러뜨림으로써 장차 나타나게 될 진정한 예술가들에게 터전을 마련하는 사명을 띠고 있는 듯하다. 그리하여 마침내 '그의 별'은 다시, 아니 영원히 빛나기 시작한다. '그것은 그 별이었다. 그는 감사에 넘친 마음으로 그 별을 알아보았다. 그는 소리 없이 쓰러지면서도 여전히 그 별을 바라보고 있었다.'(『적지와 왕국』, p. 1652)

이 아름다운 대목은 생텍쥐페리의 「어린 왕자」를 연상시킨다. 화가 요나가 어린 왕자처럼 소리 없이 쓰러진 곳에서 마침내 엔지니어 '다라스트'가 출현한다. 다라스트의 내면에서 참을성 있고 수동적이며 유머러스한 요나의 모습을 상상해보지 못한다면, 그 직후에 배열된 단편 「자라나는 돌」 속에서 다라스트가 '아직도 축축한 하늘 속에서 헤엄치고 있는 기진맥진한 별들'을 바라볼 때 '젊은데도 불구하고 온통 주름살 진 그의 얼굴 위에 환하게 피어나는 미소'의 의미를 충분하게 이해하기 어려울 것이다.(『적지와 왕국』, p. 1658) 우리가 앞에서 이미 장황하게 분석한 바 있는 이 별들의 값은 여기서 충분한 위력, 즉 '수직적인 힘'을 부여받게 된다. 다라스트가 단편소설의 마지막에서 오막살이의 한가운데 갖다 놓은 것은 어쩌면 바로 그 별인지도 모른다. 돌이란 하늘에서 우리의 땅덩어리로 떨어진 어떤 별의 파편에 지나지 않는 것이니까. 자닌느가 그 사실을 확인해준다.

> 그 여자의 앞에서는 별들이 하나씩 하나씩 떨어지더니 나중에는 사막의 돌들 가운데서 꺼져갔다. 그럴 때마다 자닌느는 밤을 향하여 조금씩 더 그의 몸을 열었다.
>
> ─『적지와 왕국』, p. 1572

이 별─돌들은 장차 그 여자의 뱃속에서 자라나서 솟아오를 것이다. 이것은 바로 인간적이며 식물인 동시에 광물인 우주적 향일성 생명 그 자체이다. 이 이미지의 시적이며 우주론적인 가치를 겉으로 드러내기 위하여 말라르메의 묘석(pierre tombale) 시학을 상기할 필요가 있을까?[6]

분석을 다른 작가와의 비교연구에까지 연장하지 않더라도 우리는 카뮈 자신의 작품 내부에서 이 이미지를 설명하기에 충분할 만큼 많은 텍스트들을 찾아낼 수 있다. 하늘의 세계와 땅의 세계를 연결하는 묘석의 이미지에 이르기 전에, '자라나는' 돌의 향일성 생명에 이르기 전에, 그리고 카뮈가 그의 '왕국'의 토대로 삼고자 한 그 초석의 이미지에 이르기 전에, 우리는 이미 그 위대한 상상력의 미래를 약속하는 별 이미지의 어렴풋한 태동 그 자체를 목격할 수도 있을 것이다.

---

[6] 하늘에서 별이 떨어져 이루어진 돌로 묘석을 삼는 이미지는 말라르메의 유명한 시 「에드거 포의 묘석」에 가장 아름답게 형상화되어 있다. 장 피에르 리샤르의 『말라르메의 상상세계』, p. 250 참조.

4. 하늘과 땅, 위와 아래

카뮈의 밤세계 속에서 우리는 하늘과 땅의 위치가 전도되고 천상계와 지상계가 서로 교환되는 장면을 몇 번이나 만나게 되는 것인가! 위에 대한 의식과 아래에 대한 의식은 공통된 빛을 통해서 서로서로 그들의 가치와 이미지와 기호를 바꾸어 가진다. 아니 그뿐이 아니다. 때로는 위와 아래, 하늘과 땅, 안과 밖의 공간적인 구별이 없어져버린다. 사실 그 같은 구별은 대낮의 공간과 대낮의 의식에 속하는 것이기 때문이다. 별이 총총한 카뮈의 밤 속에서 세계는 각자가 마음 푸근해지는 단 하나의 커다란 집이다. 그 집 속에서는 모든 진정한 상상력은 제 집에 온 기분이 된다. 하늘은 의식의 불빛이 빛나는 가벼운 땅이며 땅은 별빛이 불을 밝힌 집들이 가득 찬, 뒤집혀진 하늘이다.

그러나 항상 의심이 많아서 쉽게 믿기를 주저하는 우리의 이성에 무리한 충격을 주지는 말자. 이 기이한 상상력의 현상에 버릇되기 위해서 우선 가장 얌전하고 가장 사실주의적인 이미지에서부터 시작해보기로 하자. 육체의 의사이며 「연대기」의 저자인 저 현실주의자 리유는 그의 친구 타루와 수영을 하는데……

리유는 등을 돌리고 물위에 누워서 달과 별들이 가득한 뒤집혀진 하늘과 얼굴을 마주하고 가만히 떠 있었다.

—『페스트』, p. 1427

이 '뒤집혀진 하늘'은 지극히 상투적인 비유라고 볼 수도 있고, 보는 사람이 수평으로 누워 있기 때문에 생긴 시각적인 착각이라고 설명할 수도 있을 것이다. 이런 합리주의적 설명을 보충하기 위하여 사르트르나 메를로 퐁티의 지각의 현상학을,[7] 혹은 실험심리학이나 나아가서는 생물

---

7) M. Merleau-Ponty, 『지각의 현상학 Phénoménologie de la perception』(Paris : Gallimard), pp. 115~232 참조.

학을 원용할 수도 있을 것이다. '의사' 리유의 차원에 머물고자 한다면 물론 그렇다. 그러나 그 오랑의 의사는 과학의 산물이 아니라 문학적 상상력의 산물임을 잊어서는 안 된다. 이 '뒤집혀진 하늘'은 카뮈의 상상력 속에서는 그 나름의 독자적인 '이력'을 가지고 있다. 훨씬 더 과거로 거슬러올라가서, 『행복한 죽음』의 메르소가 마침내 긴 여정의 끝에 알제로 되돌아가면서 배의 '갑판 위에 누워 있는' 모습을 보자.

> 바다 위에 돌연 더 서늘하게 내리는 저녁과, 빛이 초록빛으로 다해가다가 다시 노랗게 태어나는 하늘 속에서 천천히 단단해져가는 첫번째 별 앞에서, 그의 전신에 스며드는 그 이상한 평화에 잠긴 채, 그는 그 소용돌이와 폭풍이 지난 후, 그의 마음속에 잠겨 있던 어둠침침하고 못 된 것이 퇴적되면서 이제 남은 것은 선(善)과 결단으로 되돌아온 어떤 영혼의 맑고 투명한 물이라는 것을 느낄 수 있었다. 이제 만사가 분명하게 보였다.
>
> —『행복한 죽음』, pp. 122~123

지금은 아직 밤이 아니라 저녁이다. 메르소는 비록 갑판 위에, 다시 말해서 바다의 수면보다 약간 높은 곳에 '누워' 있기는 했지만 하늘은 아직 '뒤집혀지지' 않았다. 대낮의 의식이 여전히 남아 있는 것이다. 그는 아직 상상하는 쪽보다는 두 눈으로 보고 있는 쪽이다. 하늘과 땅이 상상력을 통하여 하나로 통일되려면 '영혼의 맑고 투명한 물'의 파도가 일기를 기다려야 한다.

그러면 『이방인』의 마지막을 보자. 고해신부가 가버리자 뫼르소는 침대에 몸을 던졌다. 그도 메르소처럼 수평으로 '눕는다.'

> 나는 잠이 들었던 모양이다. 왜냐하면, 눈을 뜨자 내 얼굴 위에(sur) 별들이 보였기 때문이다. (……) 잠든 여름의 그 희한한 평화가 밀물처럼 내 속으로 흘러들었다.
>
> —『이방인』, p. 1209

'상상력이 없다'고 하던 그 수인은 실제로는 상상력이 풍부한 육체다. 그의 의식이 가장 또렷해지는 시각은 잠과 깨어 있음 사이의 경계선, 즉 잠이 깨는 순간이다. 얼굴 '위에(sur)'는 별을 달고 몸 '속(en)'으로는 조수가 밀려드는 그의 몸 그 자체는 이미 하나의 세계요 우주다. 이 우주적인 몸 앞에서 무엇하러 의식을 말할 것이며 상상력을 운위한단 말인가? 이미지의 이토록이나 웅변적이고 말없는 직접성을 눈앞에 두고 구태여 '뒤집혀진 하늘'이라는 비유가 필요하기나 할까? 이미지가 텍스트로 현현하는 속도가 너무나 급격해서 카뮈의 작품을 분석하는 비평가는 그 속도에 눈이 부신 나머지 이미지가 직접적·즉각적으로 압도하는 이 대목에서 사물을, 개념을, 심지어는 윤리를 보았다고 착각하기에 이르렀다. 『이방인』의 이 이미지를 참답게 읽는 독자만이 리유의 '뒤집혀진 하늘'은 상투적인 비유나 시각적인 착각이 아니라는 사실을 알 수 있다. 그것이 비유나 착각이라면 우리의 육체가 벌써 비유나 착각이나 메타포였을 것이다. 그러나……

『행복한 죽음』에서 『이방인』에 이르기까지, 거기에서 다시 『페스트』에 이르기까지, 이미지에서 이미지를 거치는 동안 '그 자체만으로써도 하나의 시를 이룰 수 있을 거대한 이미지들'[8]의 한결같은 역선이 관통하고 있다. 우리가 앞에서 소박하게 이미지들의 '이력'이라고 부른 것은 바로 이 같은 힘의 줄기를 두고 하는 말이다. 그 상상력의 줄기는 사막의 한가운데, 「간부」에 와서 메아리치게 된다. 자닌느 역시, 그러나 이번에는 뫼르소보다도 더욱 확연하게, 직접적으로 신속하게 상상하는 우주적 몸으로 탈바꿈한다.

우리는 이미 앞장에서 이 단편소설의 전략적인 이미지들(『적지와 왕국』, p. 1573)을 인용하고 분석했었다. 우선 별들이 포도송이처럼 '지평선'의 좀더 낮은 곳으로 떨어졌고 자닌느 자신은 그 '별송이'들을 받아들이는 지평선, 즉 우주적인 여체로 화신한다. '밤의 물'——뫼르소의 '밀

---

8) G. Mounin, 『시적 전달 *La Communication Póetique*』(Paris : Gallimard, 1969), p. 75.

물'처럼 ─이 자닌느의 몸 속을 가득 채우고 '넘쳐나며', 그의 존재의 알 수 없는 중심에서 '솟구쳐오른다.' 상상력이 만들어낸 별들이란 참으로 기이하기도 한 현상이다! 그 별들은 과일이며 흐르는 물살이며 수직의 분출이며 마침내는 거대한 성의 육체인 것이다.

한순간이 지나자 하늘이 송두리째 그 여자 위로, 싸늘한 땅에 몸을 뒤집은 채 누운 그 여자 위로 펼쳐져 덮였다.

─『적지와 왕국』, p. 1573

카뮈의 작품 속에는 수많은 인물들이 이처럼 수평적으로 몸을 뒤집어 눕고, 수많은 별들이 그 몸 위로, 그 몸 속으로 내려온다. 우리가 앞에서 말했던 시각적 착각에 되돌아가지 않으려면 인과관계를 전도시켜서 생각해볼 필요가 있다. 카뮈의 인물들 ─리유 · 메르소 · 뫼르소 · 자닌느─ 은 그들이 먼저 수평적으로 누웠기 때문에 '뒤집혀진 하늘'을 보게 된 것이 아니라 자신의 육체 위에, 자신의 육체 속에, 별 밝은 하늘을 받아들이기 위하여 수평으로 몸을 눕히는 것이라고 말한다면 논리적으로는 힘들지 모르나 이미지의 진실에는 더 가까워질 것이다. 「간부」의 문맥은 그 사실을 분명하게 말해주고 있는 것 같다. 자닌느는 우선 별이 쏟아져 내리는 것을 보았고 ─더 정확하게 말하자면 그것을 상상했다─ 그 다음에 땅에 몸을 눕혔다. 그 여자는 오직 자신이 꿈꾸었던 것, 상상했던 것만을 참으로 본다. 그는 사물의 힘을 따르는 것이 아니라 이미지의 힘에 순응한다. 그것이 바로 이성에게는, 대낮의 의식에게는, 매우 납득시키기 어려운 '시적 접신'이다. 평범한 부르주아 여자, 혹은 선박회사의 한 고용인이 그렇게도 직접적으로 체험한 이미지의 논리가 우리들에게 받아들여지기 위해서는 이렇게도 긴 해석과 설명이 필요했다.

이 사실은 우리의 분석이 크게 진전하지 못했음을 증명하는 것인지도 모른다. 우리는 다만 우리가 이미 알고 있던 것을 배웠을 뿐이다. 이미지의 독서가 목표하는 바는 바로 그것이다. 그러나 우리는 다시 한번 이렇게 물어보자. 왜 그 많은 카뮈의 인물들이 땅에 몸을 눕히는 것이며 왜 그 같은 자세로 별 밝은 하늘을 바라보는 것일까? 그들은 바로 우리가 곧고, 수직 상승적이며, 똑바로 서서 여행하기를 즐기는 향일성 특징을 지녔다고 누누이 강조했던 인물들이 아닌가? 그런데 기이하게도 최상의 향일성 인물들은 몸을 눕히고 감미로운 황홀경을 맞아들일 줄도 아는 것이다. 때는 밤이기 때문이다. 휴식과 '우수에 찬 휴전'과 침묵과 몽상의 시간. 투쟁과 의지와 부정은 저만큼 물러났다. 저마다의 이미지를 위하여 알맞은 시간을 선택할 줄 안다는 것은 이미지의 중력법칙을 헤아릴 줄 앎이다. 아틀라스는 정오를 선택함으로써 시지프의 무거운 바위를 한 송이 노란 수선화처럼 손끝으로 가볍게 들어올릴 수 있었다. 마찬가지로 여기 이 인물들도 밤의 시간이 되면 이 세상의 참다운 재화를 넉넉히 받아들일 줄 안다. 그렇지 않다면 '차가운 땅' 한복판에서 그들이 어떻게 '왕국'을 찾아낼 수 있겠는가? 오직 배교자만이 하늘로 올라가 흙을 찾으려 할 것이다.

어떤 시간이 되면 하늘 그 자체가 땅으로 내려온다는 것을 그는 알지 못한다. 그때는 다만 '세계의 다정스러운 무관심'에 가슴을 활짝 열어놓기만 하면 되는 것이다. 땅 위에 눕는다는 것은 그러므로 수용과 휴식과 사랑의 자세다. 그러나 그것은 동시에 죽음의 자세이기도 하다. 그러나 죽음의 결정적인 순간이 찾아오기 전까지는 아직 저 거대한 이미지들의 역선(力線)을 따라 가득히 살아야 한다. 죽음의 시간이 되면 이미지도 사라져버리고 상상력도 함께 사라진다.

이처럼 오랜 노력을 바쳐 이미지들을 해석해보았으니, 이제는 인물들이 몸을 눕히지 않고도 이 세상의 아름다움을 받아들일 수 있으며, 이 우주의 집 속을 자유롭게 돌아다닐 수 있다는 것을 우리의 이성은 용납할 수 있지 않을까?

5. 거대한 하나의 이미지

마치 그것은 돌연히 보다 신선해진 밤이슬이 그들의 이마 위에서 그들 고독의 표시들을 씻어주고, 그들을 해방시키며, 그 떨리고 덧없는 세례에 의하여 그들을 세계에로 되돌려준 것만 같았다. 밤 속에 별들이 넘치도록 가득한 그 시각, 그들의 몸짓은 말없는 하늘의 그 큰 얼굴 위에 그려진다. 파트리스는 밤을 향하여 팔을 쳐들면서 그 충동으로 별떨기들을 잡아 이끈다. 그의 팔은 밤의 물을 휘젓고, 발 아래는 알제의 시가가 보석들과 조개껍질들이 박힌 컴컴하고 빛나는 망토처럼 펼쳐져 있다.

—『행복한 죽음』, p. 148[9]

　이 참으로 거대한 이미지와 더불어 상상력의 한 왕자가 우리들에게 자유의 은총을 내린다. 이런 이미지 하나만으로도 유산된 이 처녀작 소설은 다시 (『최초의 인간』으로?) 소생할 자격을 가질 수 있다. '돌연 보다 더 신선해진 밤이슬'이야말로 그 이교도 주인공에게는 상상력의 세례가 아니겠는가? 돌연 '왕국'으로 변한 우리들의 세계로부터 세례를 받은 이 왕자는 자신이 신으로 변할 필요조차 없다. 이 덧없으나 돌연한 자유는 지극히 인간적인 것이며 끝내 죽어야 할 존재의 것이다. 전지전능한 신에게는 상상력이 없다. 그의 왕국은 '기적'이지만 인간의 상상력은 저 치유할 길 없는 '향수', 즉 왕국과 적지 사이의 '거리'에 의하여 지탱되는 것이기 때문이다.
　우리는 마침내 가장 아름다운 수영과 여행의 이미지와 대면하게 되었다. 움직이지 않는 여행. 파트리스(Patrice)—이 이름은 왕자(prince)와 그리 머지않은 음감을 지니고 있다—는 그 속에 장차 카뮈의 가장 큰 인물이 될 소질을 가능적으로 담고 있기 때문에, 이제 막 태어나고 있는 중인 이미지 공간을 보유하고 있기 때문에, 참으로 거대한 인물이다. 우리가 여기서 목격하는 것은 물·땅·공기·불이라는 4원소, 그러나 우

_____

9) 『작가수첩』의 '37년 8월'로 표시된 부분에 의하면 카뮈는 이 이미지를 당시 그가 쓰고 있던 소설의 마지막 장에 사용할 예정이었던 것 같다. '파리-마르세유, 지중해를 향해 내려간다. 그리하여 그는 물 속으로 들어가서 세상이 피부 위에 남겨놓은 꺼멓고 보기 싫은 이미지들을 씻어냈다……'(『작가수첩』 II, p. 62) 아직 불확실한 이 이미지는 두 갈래로 갈라져서 그 하나는 『결혼』의 유명한 수영 장면(p. 57)으로, 다른 하나는 밤의 사랑(『행복한 죽음』, p. 145 ; 『작가수첩』, pp. 101~102)과 여기에 인용한 수직적 수영의 이미지로 발전한다.

리들의 세계라는 단 하나의 우주적 이미지로 통일된 원소이며 그 원천에 솟아나는 질료 상상력의 원초적 활동이다. '하늘의 물'은 단번에 '위'와 '아래'를 초월해버린다. 우리는 왕자가 '컴컴하고 빛나는 망토'를 걸치고 있는 것인지 아니면 반대로 망토가 그를 싣고 가는 것인지 잘 알 수가 없다. 그 망토가 무거운 보석들로 지어진 것인지 가벼운 공기로 지어진 것인지도 알 수가 없다. 가벼우면서도 견고하고 물 흐르듯 유연하면서도 빛나고 불붙은 듯하면서도 서늘한 이 세계 자체는 벌써 어떤 거대한 생명체인 듯하다. 질료 상상력의 4원소는 카뮈의 현실주의적이며 '육체적인' 정신에 어떤 대지적 중심과 동시에 자유를 향한 방사력을 함께 부여하는 듯하다.

카뮈는 상상력의 중력법칙이나 4원소론을 바슐라르나 아리스토텔레스에게서 배운 것 같지 않다. 그 법칙들을 이 세계로부터, 다시 말해서 이 세계와의 '결혼'을 통해 배웠다. 그는 별들 속에서 '신호'를 믿었다. 돌과 물 속에서 신호를 읽었듯이 후일 책 속에서 수많은 신호를 읽었듯이.

카뮈의 인간들에게 있어 별들이 가득 찬, 혹은 '자욱이 실린(chargé)' 하늘은 얼마나 신비롭고 거대한 책이었던가! 뫼르소의 '신호와 별들이 가득 실린 하늘'(『이방인』, p. 1209)이 그렇고 '빛나는 별들이 가득 찬' 젊은 시인 시피옹의 하늘이 그렇고(『칼리굴라』, p. 57) '별빛 흘러 넘치는 밤을 따라 그 끝없는 물살' 소리가 들리는 카디스가 그렇고(『계엄령』, p. 224), 『시지프 신화』가 말하는 '풀잎과 별들의 향기'(p. 111)가 그러하며 리유를 짓누르는 '하늘과 별들의 무게'(『페스트』, p. 1418)가 그렇다. 요나의 별은 어두운 안개로부터 '새로이 씻겨져' 나와가지고 반짝거리고 싶어한다.(『적지와 왕국』, p. 1647) 다라스트는 구원을 청하듯 안개 속으로 '남극 하늘에 흔하지 않은 별들'을 물끄러미 바라본다.(『적지와 왕국』 p. 1676)

이렇게 별을 읽는 사람들의 눈에는, 글로 씌어진 책이란 그들이 이미 세계와의 직접적 포옹에서 체험한 이미지들의 재확인에 지나지 않는다. 그러나 카뮈는 말없는 우주와 무심한 세계에 인간적인 언어를 부여하는 방법을 책에서 배웠다. 그의 스승은 이런 면에서 카프카나 도스토예프스

키 쪽보다는 멜빌과 셰익스피어였고 사상가나 이론가들보다는 시인들이었고 고전적인 소설가들이었다. 원소를 사용하여 그에게 보다 참답게 호소하는 서정성을 보여준 이들은 멜빌과 헤라클레이토스였다. 그들의 이미지는 지각을 통해서 얻어진 것들이어서 상상하는 카뮈의 육체에 더 큰 호소력을 발휘했다. 카뮈는 이렇게 하여 '질료 상상력'을 통하여 이 필사의 세계를 살고자 했다. 그의 시선은 거의 초자연적인 힘처럼 일종의 저 너머의 세계를 향하여 투사되지만 그것은 그의 육체가 알지도 못하는 초월을 위해서가 아니라 이 삶의 세계의 공간을 확대하기 위함이었고 결국은 이 세계로, 이 땅 위로 되돌아오기 위함이었다.(『전집』 II, p. 1902)

묘석의 아름다우면서도 비극적인 의미는 여기에 있다(자닌느와 다라스트의 경우). 그렇지만 같은 이 세계 안에서도 자연과 사회를 혼동해서는 안 된다. 벌써 잘 익은 과일처럼 떨어지는 별들은 이 세계와 인물들의 우주적 육체 속으로 받아들여지는 반면 사회 속으로 들어오는 별들은 '이미지'가 아니라 고착되어버린 한갓 '상징'에 지나지 않는다. 이때의 별은 '인간적' 상상력과 대립되고 자연을 거스르는 테러나 광기이다. 카뮈의 전 작품 중에서, 『계엄령』 속에서 사용되는 '사회적' 별은 유일하게 정치화되고 체계화된 별로서 지극히 부정적인 의미를 갖게 된다. 그것이 '검은 별'의 상징이다. '페스트'가 위세를 떨치면서부터 첫번째 전령은 공포체제를 예고한다. '감염된 집은 일단 대문 한가운데다가 '우리는 모두 형제다'라는 표시가 붙은 검은 별을 하나씩 달아야 한다. 그 별은 집의 대문이 다시 열릴 때까지 붙여져 있어야 하고 그렇지 않은 경우에는 법의 심판을 받는다.'(『계엄령』, pp. 222~223) 대문에 그려 붙인 기하학적인 별은 우리들의 우주적인 집 속에 빛나는 참다운 별을 가려버린다. 기하학에 강요당한 별은 이미지의 죽음이다.

거기에 비긴다면 수직으로 서서 우주의 밤 물 속을 헤엄치는 파트리스는 이미지의 자유 그 자체와도 같다. 그는 생텍쥐페리의 조종사들을 연상시킨다. 한쪽은 상상력의 영지를 갈고 다른 쪽은 조종간을 잡고 세계의 밤 공간을 항해한다. 그러나 같은 고독, 같은 사랑이 그들을 이 세계의 같은 주민으로 결합시켜주고 있다. 그들에게 별들은 표적이며 부르는 손짓이며 인간의식의 표시다. '저마다 그 암흑의 대양 속에서 한 의식의 기적을 신호하고 있었다'라고 아르헨티나의 하늘에 뜬 야간조종사는 말한다.[10] '빛나는 하늘에 뜬 기구'(『행복한 죽음』, p. 150)와 같은 곳에 타고 앉은 메르소는 그에 대답하듯 이렇게 말한다.

> 지금은 밤이 늦은 시간이다. 벌써 자정. 세계의 휴식과 사색과도 같은 이 밤의 앞머리에서는 별들이 숨죽이며 웅성거리는 소리가 다가오는 깨어남을 예고하고 있다. 별들이 넘치도록 가득한 하늘에서 어떤 떨리는 빛이 내려온다.
>
> ─『행복한 죽음』, p. 147

저마다의 집에서 별들은 제각기 말없는 사랑과 가득한 고독에 대하여 그렇게 말하고 있다. 이 암흑 속에 단 하나 불켜진 집이 서 있는 한 거기에는 항상 또 하나의 빛이 그 말없는 부름에 대답할 것이다. 그리하여 삶은 성장하고 우리들의 '신비한' 세계 속에서 아이들은 자라날 것이다. '여름 밤, 별들이 불꽃 튀기는 소리를 내고 있는 신비의 세계'(『안과 겉』, p. 24) 그러나 또한 그 별이 불을 끄고 까만 집, 닫혀진 별이 되어버리는 시간 또한 오게 마련이다. 돌연 우리의 거대한 우주의 집은 싸늘한 비행기 내부의 닫혀진 공간과도 같아져버린다. '그때 나는 나의 금속성 작은 방 안에서 죽어가고 있었다. 나는 살륙과 광기의 꿈을 꾸는 것 같았다. 공간이 없으면 천진난만한 상태도 자유도 없는 법! 숨을 쉴 수 없는 사람에게 감옥은 죽음이거나 광기다'라고 저 '야만적인 관'을 타고 가는 승객 카뮈는 말했다. '게으른 임금', 혹은 '달구지'인 비행기는 그때 아르헨티나의 대평원 위를 날고 있었다.(『여름』, pp. 884~885)

다음은 같은 아르헨티나 상공을 비행하면서 생텍쥐페리의 비행사가 그의 별을 찾아 헤매는 모습이다.

---

10) A. de Saint-Exupéry, 「서문」, 『인간의 대지 *Terre des Hommes*』(Paris : Gallimard).

이제 밤의 한가운데 깨어 있는 불침번처럼 그는 깨닫는다. 밤은 인간을 보여준다는 것을. 저 부름, 저 불빛, 저 불안이 그것이다. 어둠 속의 저 단순한 별. 그것은 외딴 어떤 집이다. 하나의 별이 꺼진다. 사랑을 위하여 어떤 집이 문을 닫는 것이다. 혹은 권태를 위하여 어떤 집 하나가 나머지 세상을 향하여 신호를 보내기를 그치는 것이다.[11]

『야간 비행』의 파비엥처럼 조종사는 아니더라도 「아이러니」의 '청년' 역시 그렇게 꺼지는 불빛, 그렇게 문을 닫는 집을 알고 있다. 그러나 공중이 아닌 땅에 발딛고 있는 그 청년은 저 시적인 조종사처럼 상상하기에는 인간의 비참을 너무나도 잘 알고 있다. 그는 '저것은 어떤 집이 사랑을 위하여 문을 닫는다'고 말하지 않는다. 침묵 속에 홀로 버려진 병든 '노파'의 집에서는 창문이 사랑이나 단순한 권태를 위하여 닫히는 것이 아니라 그보다 더 비참하게 '커다랗고 깊은 검은 구멍'으로 변해버린다. 그 검은 구멍에다가 사람들은 마지막 '희망', 즉 이름 모를 죽음을 거는 것이다.(『안과 겉』, p. 16)

다른 사람들은 벌써 길거리에 나가 있었다. 끈질긴 회한이 청년을 괴롭혔다. 그는 불 켜진 창문을 향하여 눈길을 던졌다. 고요한 집 안에 나 있는 커다랗고 죽은 눈, 그 눈이 감겼다. 병든 노파의 딸이 청년에게 말했다. '엄마는 혼자 있을 때는 언제나 불을 꺼요. 캄캄함 속에 혼자 있는 것을 좋아하거든요.'

—『안과 겉』, p. 17

감겨지는 그 '커다란 눈'을 보면서 영화구경을 가는 일 이외에 무슨 일을 할 수 있겠는가? 가능하다면 아름다운 처녀 마리 카르도나와 함께 마음을 괴롭히는 그 '끈질긴 회한'을 겉으로 나타내지 않고 그냥 바닷가

---

11) A. de Saint-Exupéry, 『야간 비행 *Vol de Nuit*』(Paris : Gallimard) 포켓판, p. 25.

로 수영을 갔던 뫼르소는 그러나 결국 사형을 당하고 말았다. 꺼져버리는 별, 닫혀버리는 창문, 까맣게 변해버리는 집을 바라보면서 우리는 무엇을 하면 좋을까? ……그러나 어두운 밤을 넘어서면 머지않아 우리들의 뜻과는 관계없이 새벽빛이 우리의 잠 속으로 찾아온다는 것은 확실한 일이다. 또다른 새벽. 그러나 그것은 또다른 이야기다.

제5장
첫새벽의 상상력

두 눈은 해보다 더 먼저 뜬다
—폴 엘뤼아르, 『고통의 수도』

하늘과 땅이 합쳐서 감미로운 이슬방울을 내리게 하니
—노자, 『도덕경』 32절

오직 장 그르니에만이 이렇게 말할 줄 알았다. '새벽의 시인이 있다면 그는 바로 카뮈다. 최초의 날…… 그리고 또한 최초의 인간(이것은 미완성인 채로 남은 그의 소설의 제목이기도 하다). 시간적으로 첫째인 것은 또한 그 뛰어남에 있어서도 첫째다. 왜? 삶을 사랑하는 사람에게 있어서 모든 시작은 아름답기 때문이다(그렇다고 해서, 작품이 반드시 삶과 혼동돼야 하는 것은 아니므로 작품은 완성된 것이어야 비로소 아름답다고 생각지 말아야 할 까닭은 없다). 그리고 가능태는 아직 숙명으로 변하지 않았기 때문이다. 그리고…… 그러나 이렇게도 많은 이유들이 과연 필요할까?'[1]

그러나 그 '새벽의 시인'의 목소리는 너무나도 은밀하고 수줍은 것이어서 우리는 아우성치는 듯한 태양이나 암흑의 침묵 저 뒤로 그 목소리

---

1) 장 그르니에, 『알베르 카뮈 회고 *Albert Camus*』(갈리마르, 1968), p. 92.

를 잊어버리고 있었다. 그 목소리가 우리의 귀에 들리기 위해서는 우리들 저마다가 어둠 속에 잠긴 채 새벽을 기다리는 경험을 해볼 필요가 있었다. 밤의 저 끝에 찾아오는 새벽을 고통스럽게 기다려본 사람에게는 오랑 지방의 새벽은 얼마나 놀랍고 경이에 찬 것인가?

그러나 이것은 말로 설명해서 같이 느껴볼 수 있는 것이 아니다. 그것은 스스로 체험해보아야 안다. 그토록 대단한 고독과 위대함은 그런 장소들에 어떤 잊지 못할 얼굴을 부여하게 마련이다. 따뜻한 신새벽 속에서 아직은 시커멓고 씁쓸한 첫째번 파도들이 지나가고 나면 그렇게도 지탱하기에 무거운 밤의 물을 가르며 새로운 한 존재가 나타난다.

―『여름』, p. 829

우리는 카뮈의 인간이 이 세상에 태어나기 위하여 선택하는 어떤 천혜(天惠)의 장소를 알고 있다. 티파사가 그렇고, 오랑이 그렇고, 알제가 그렇고, 피렌체가 그렇다. 태양이 신선한 빛을 던지며 떠오르는 곳이면 어디서나 카뮈의 존재는 항상 제 고향을, 제 최초의 거소(居所)를 발견한다. 마찬가지로 그가 이 세상에 처음 출현하기 위하여 선택하는 시간 또한 따로 있다. 그것이 바로 새벽이며 아침이다. 새벽의 시인은 이렇게 외친다. '오랑의 해변에서는 모든 여름 아침이 이 세상의 첫 아침같이 보인다.' 마치 모든 황혼은 항상 마지막 황혼같이 보이듯이.(『여름』, p. 829) '바닷가에 서서 하늘의 눈부신 미소에 공모의 미소를 던지고 있는'(『결혼』, p. 60) 카뮈의 최초의 인간, 최초의 존재를 만날 수 있는 곳과 시간은 바로 그런 곳이요, 그런 때이다.

그러나 '최초의 인간'이라는 이미지의 가치를 헤아리기 위해서 현실적인 시간이나 현실적인 장소를 너무 중요시하지는 않도록 주의해야 한다. 우리는 이 같은 사실주의의 편협성에 말려들지 말고 이미지의 진원으로 더 멀리 더 신속하게 달려가보아야 한다. 아침은 매번의 탄생 때마다 다시 시작된다. 그러나 그 탄생은 선적으로 지속되는 시간축 위에서, 그리고 지리적 공간 속에서 일어나고 있는 사건이 아니다. 왜냐하면 '모든'

아침은 세상의 첫째번 아침처럼 보이기 때문이다. 왜냐하면 이 풍경, 이 장소는 '항상' 순결하고 때묻지 않은 풍경이요 장소이기 때문이다. 이만하면 최초의 인간이란 어떤 특정된 장소, 특정된 시간에 속하는 존재가 아니라 하나의 특수한 '가치'라는 것을 알 수 있을 것이다. 무죄·신선함·새로움…… 그리고 영원함, 이것이 최초의 인간이 지닌 가치의 내용이다. 그러나 이때 영원이란 허물어져버릴 우리의 육체가 감지할 수 있는 영원, 길모퉁이에서 문득, 우연히 마주치는 영원이다. 포착하기 어렵고 눈에 보이지도 않지만 상상력으로 충만한 우리의 육체가 돌연 깨닫는 것 —그것이 바로 '첫째번'이 갖는 영원성이다.

그러나 결국 무엇인가를 제외시키기를 강요하는 것은 어느 것도 참되지 못한 것이다. 따로 분리된 아름다움이란 결국 찡그린 모습을 보이게 마련이며 고독한 정의는 결국 억압에 이르고 만다. 다른 것을 제외시키고 봉사하고자 하는 자는 그 누구에게도, 심지어 자기자신에게도 봉사하지 못하고 결국은 이중으로 불의에 봉사하게 된다. 마침내 너무나도 뻣뻣해진 나머지 그 어느 것에도 경이로움을 느끼지 못하고 모두가 다 아는 것이어서 시들하게만 여겨지며 그저 같은 것을 반복하여 다시 시작하느라고 인생을 다 보내게 되는 날이 온다. 이야말로 유적(流謫)의 시간, 메마른 삶과 죽은 영혼의 시간이다. 다시 살기 위해서는 은총이나 망아(忘我), 혹은 하나의 고향이 필요하다. 어느 날 아침, 길모퉁이를 돌아가다가 감미로운 이슬 한방울이 가슴 위에 떨어졌다 가는 증발해버린다. 그러나 그 신선함은 여전히 남게 되는데 가슴이 요구하는 것은 항상 바로 그것이다. 나는 다시 떠나지 않으면 안 되었다.
　　　　　　　　　　　　　　　　　　　　　　　　　　　—『여름』, p. 871

다시 떠난다는 것은 그러니까 감미로운 아침 이슬의 부름을 받을 줄 안다는 것을 뜻한다. 존재는 마치 최초인 듯이 다시 한번 존재의 출발점에 서게 된다. 그 첫째번 존재 속에서는 아직 그 어느 것도 제외되지 않았고 그 어느 것도 따로 분리되지 않았다. 그것은 아름답기 때문에 '하나'이다. 그것은 투명하기 때문에 아름답다. 그것은 가능태이기 때문에 투명하다. 그렇지 않다면 그것의 순수함과 신선함에는 아무런 의미도 없을 것이다. 이것은 논리일까? 이것은 설명일까? 지금 우리에게 필요한 것은 그런 것이 아니다. 우리는 다만 '가슴 위에 떨어졌다 가는 증발해버린 감미로운 이슬'이라는 단순하고도 엄청난 이미지가 은총처럼 우리들에게 주는 정수를 맛보기 위하여 한마디의 단순한 말 앞에서 잠시 지체하고 있을 뿐이다. 우리는 이미 그러한 정수를 『행복한 죽음』의 텍스트 속에서 만난 적이 있었다.(『행복한 죽음』, p. 148) 그러나 너무나 눈이 부신 나머지 그것을 습관적으로 그 '세례'의 비유 속에 분류하고서는 너무나 빨리 지나쳐버렸었다. 우리는 '이슬'을 수사학의 항목으로 분류하는 대신에 그 이미지의 질료를, 그 이미지가 출현하고 사라지는 속도의 아름다움을 보다 섬세하게 포착하였어야 옳을 것이다.

대개의 경우 카뮈에 관한 비평들은 이런 '단순하고 엄청난' 이미지들을 수사적인 면의 카뮈에 속하는 메타포로 간주하고서 그냥 지나쳐버려왔다. 그 까닭은 다시 한번 더 카뮈의 이미지가 우리 눈앞에 나타났다가 사라지는 극단한 속도에 기인한다. 이미지 자체가 그 속도를 '말하기' 때문에(우리가 한국어를 '말하고' 프랑스 사람들이 프랑스말을 '말하'듯이) 여기서 말하는 속도는 더욱 근원적인 중요성을 갖는다. 감미로운 아침 이슬은 그것이 가슴 위에 떨어지자마자 꿈처럼 사라져버린다. 이슬이 우리의 가슴으로 찾아왔다 사라지는 그 속도가 아니었더라면 그것은 그렇게 감미롭지 않을 것이다. 모든 이미지들의 생명이 그러하듯이 이슬의 숙명은 그 덧없는 순간적 아름다움을 포함한다. 가슴이 그것을 요구하는 것은 그것의 덧없음 때문이다. 신선함은 바로 그 '순간성(덧없음)' 속에 담겨 있다. 그때의 '가슴'은 다름아닌 우리의 상상력이다. 그것은 오직 꿈의 의지에 의하여 이미 사라져버린 것을 우리의 마음속에 싱싱하게 '현재화'하는 특이한 힘이다. 과거에 속하는 것을 현재로 바꾸어놓는 것은 추억의 기능이 아니라 상상력의 기능이다. 아무리 강력한 추억이라 할지라도 추억 속에는 언제나 과거의 그늘이 깃들여 있다. 그러나 상상력이 만드는 그 싱싱한 이미지 속에는 오직 현재만이, 현실 속의 현재보다도 더욱 빛나는 현재만이 가득 실려 있다. 추억의 사진은 항상 노랗게 바래져 있지만 상상력의 이슬은 항상 이제 막 떨어지는 이슬이다. 그리하여 이슬은 사라지지만 그 신선함은 남는다. 그 신선함의 현재, 그것이 바로 우리의 썩어 없어질 육체가 포착하는 영원이다.

그렇다면 그토록 기이하고 그토록 쉬 사라지면서도 가슴에 그토록 선연하게 느껴지는 그 감미로운 이슬은 무엇일까? 그것은 물일까? 그것이 만약 물이라면 물 중에서도 가장 투명하며 가장 가벼운 물이다. 그 물은 떨어지자마자 증발하면서 질료가 달라진다. 그것은 가스일까? 만약 그것이 가스라면 가스 중에서도 가장 구체적으로 만져볼 수 있는 가스일 것이다. 이슬은 아직 비물질적인 상태로 변모하지 않은 상태인 것이다. 이슬은 아직 물이다. 물 중에서도 가장 공기적이며 가장 반짝이는 물이다. 이것이 상상력의 기초물리학이다. 합리적 정신에 속하는 것이 아니라 상상할 줄 아는 육체에 속하는 물리학이다. 지금 우리가 대면하고 있는 세계는 '무엇인가를 배우고자 하거나 교육받고자 하거나 더 훌륭하게 되기를 원하는 사람에게는 아무것도 줄 것이 없는' 세계(『결혼』, p. 67), 그러나 눈뜨고 '보고자' 하고 경이에 찬 눈으로 꿈꾸고자 하는 사람에겐 모든 것이 주어져 있는 세계다. 여기에서는 아침의 빛이 투명한 이슬을 불러 그 덧없이 쉬 사라지는 씨앗과 한몸이 된다. 물과 빛이라는 그토록 서로 다른 두 가지 질료를 한꺼번에 구체적으로 꿈꿀 수 있도록 하는 데 있어서 빛나는 아침 이슬보다 더 훌륭한 이미지는 없을 것이다. 흐르는 물과 비물질적인 빛 사이에 떠 있는 것이 이슬이다. 이슬의 감미로움과 더불어 바야흐로 우리는 단번에 세계의 첫째번 아침과 대면한다. 이 영원, 이 무죄에 이르기 위해서는 그저 두 눈을 떠보기만 하면 된다. 다시 말해서 전라의 가슴을 준비하기만 하면 된다.

카뮈의 세계 속으로 들어간다는 것은 그러니까 어떤 시선의 '출발점'에 가서 선다는 것이다. 모든 것의 열쇠는 여기에 있다. 눈이 열린다. 빛이 두드린다. 그러면 단번에 온 우주가 솟아오른다. 이것이 바로 카뮈적 존재가 최초로 출현하는 방식이다. 카뮈의 경우 눈을 뜬다는 것은 복잡한 준비 과정을 거쳐서 완만하게 세계가 제 모습을 드러내는 것을 의미하지 않는다. 카뮈의 세계 속에서 존재와 우주의 출현은 하나의 분출과도 같고 섬광과도 같다. 그것은 시선의 분출이요 섬광이다. 그것은 빛의 분출이요 섬광이다. 시선과 빛과 세계는 하나씩 하나씩 차례로 나타나는 것이 아니라 '동시에' 나타난다. 그것도 얼마나 신속하게 나타나는 것인가? 카뮈의 존재는 탄생이 신속하듯이 그 완성과 사라짐 역시 신속하다. 이 생존——탄생·성숙·소멸——의 세계는 시선의 세계이다. 삶은 시선의 섬광이다. 아무런 준비도 없이, 아무런 예고도 없이, 돌연, 모든 것이 주어진다. 삶이 마련된다. 눈을 뜨고 '바라보기만' 하면 된다. 이미 순간적으로 송두리째 현전하는 이 삶을 탐욕스럽게 소모하기만 하면 된다. 그러나 돌연 생명의 불은 예고도 없이 꺼져버린다. 하늘이 '기우뚱' 한다. 이번에도 마찬가지로 아무런 준비도 아무런 예고도 없다. 모든 것이 소진된 것이다. 순식간에 눈이 감겨버린다. 아무런 과거도 아무런 미래도 없다. 추억도 희망도 없다. 죽음은 이렇게 하여 돌연 '쾅 닫혀버리는 문' 이다. 모든 것이 갑자기 현재 속에서 동시적으로 타버린 것이다.

카뮈의 작품을 읽으면서 이 신속함, 이 돌연히 솟아올랐다가 사그라져 버리는 불꽃을 보지 못한 사람은 아무것도 보지 못했고 아무것도 읽지 못했다. 그 불꽃이 꺼진 다음에 늦게 도착한 사람들이 항상, 기다리지 않고 그냥 모두를 다 가져버리는 시선의 '승리'를 눈여겨보았어야 할 자리에서, 카뮈의 윤리를, 의미를 길고 지루하게 말한다.

아침의 태양 아래, 하나의 거대한 행복이 공간 속에서 평형을 이룬다. 신화를 필요로 하는 사람들은 가엾기도 한 사람들이다. 여기서는 제신들이 날들의 질주 속에서 침대나 표적으로 쓰인다. 나는 묘사하고 말한다. '여기에 빨간 것이, 푸른 것이, 초록빛 나는 것이 있다. 이것은 바다고 산이고 꽃들이다.' 내가 유향나무 열매를 코밑에 문지르고 싶다는 것을 말하기 위하여 디오니소스를 이야기할 필요가 어디에 있겠는가? 나도 나중에는 아무런 구속감 없이 생각하게 될 이 해묵은 찬가는 과연 데메테르에게 바쳐진 것일까? '이 사물들을 본 땅 위의 살아 있는 자들은 행복하도다.' 본다는 것, 이 땅 위에서 본다는 것, 이 교훈을 어찌 잊으랴? 엘뤼시스의 비의에 대해서는 그저 바라보기만 해도 충분하다.

－『결혼』, p. 57

　이 같은 글을 쓴 사람은 천지를 창조한 하나님과는 반대극에 위치한다. 「창세기」를 읽어보면 하나님은 일을 하는 데 얼마나 느리고 합리적인가? 그의 천지창조는 월급 노동자의 작업처럼 일 주일에 걸쳐 진행된다. 그의 시간표는 어쩌나 산문적인지 그의 전능함이 잘 믿어지지 않을 정도이다. 거기에 비긴다면 짧은 일생밖에 부여받지 못한 우리의 창조자는 얼마나 신속하고 시적인가? 하늘·땅·바다. 그리고 바다, 요컨대 '세계'를 모두 다 보기 위해서는 그저 이른 아침의 한순간, 혹은 가득하고 신속한 하루면, 향일성의 하루면 족하다. 여기에서 눈은 가장 능동적이고 가장 크고 가장 즉각적인 기관이다. 그것이 육체의 일부분이 아니라 반대로 육체가 눈의 일부분이다. 눈은 그 자체로 충분하며 어떤 종합·해석, 혹은 완만한 소유의 절차를 필요로 하지 않는다. 그 눈은 투명할 뿐만 아니라 행복하기까지 하다. 왜냐하면 모든 것이 그리도 쉽게, 그리도 신속하게 그 속으로 안겨드는 것이어서 신비나 신화는 즉각적인 투명함을 갖게 되기 때문이다. 눈과 눈이 보는 대상 사이에는 아무런 깊이도 거리도 없다. 그것이 보는 것을 말하고 쓰는 행위는 보는 행위의 이후에 오는 것이 아니다. 카뮈의 첫번째 시선이 시간적으로나 공간적으로나 거의 아무런 간극도 매개체도 없이 다른 행위들과 연결되는 속도는 극한적인 것이라 할 수 있다. 겉보기에 '요지부동'이거나 '무심'하거나 혹은 '부조리'한 균형 속에서 카뮈적 존재의 예외적인 속도를 느끼게 하는 것은 바로 그것이다. 부동 속의 움직임, 혹은 '부동의 여행'.

　'나는 말하고 묘사한다. '여기에 빨간 것이, 푸른 것이, 초록빛 나는 것이 있다. 이것은 바다고 산이고 꽃들이다'라고 티파사의 나레이터는 쓰고 있었다. 아직 창조자의 태내에 있는 한 인물, 즉 『작가수첩』 속에 있는 인물은 또 이렇게 쓰고 있다. '나는 센다. 나는 말한다. 하나, 바다, 둘, 하늘(아! 멋지기도 해라!), 셋, 여자들, 넷, 꽃들(아! 흐뭇해라!)', (『작가수첩』 I, p. 86) 겉보기에는 매우 산문적일 뿐 전혀 시적인 것 같지 않아 보이는 의사 리유의 태도나 연대기의 나레이터의 태도 역시 그 즉각적인 면이나 속도면에서 볼 때 매우 시적이라고 볼 수 있다.

발견하고 보고 묘사하고 기록하고 마침내 선고를 내리는 것이 그의 임무였다.

—『페스트』, p. 1373

다만 의사의 하는 일은 병에 대하여 방어적인 데 비하여 시인은 그 필사의 세계 속에서 심지어 불행까지도 명명할 수 있는 요행스러운 언어를 찾아내는 법이다.

티파사의 나레이터가 드러내 보이는 이 단순한 언어 속에서 우리는 어떤 시적인 불연속성을 발견한다. 위에 인용한 예문들의 경우, 그 본질에 있어서 선조적일 수밖에 없는 문장 속에서 속도감은 지속적인 시간으로부터의 어떤 절대적인 단절을 실현하고 있다. 이것은 지속하는 시간 속에서 연속적으로 이어지는 문장의 '선'(혹은 '행')이라기보다는 매번 새로운 세계의 분출하는 듯한 나타남이다. 'S∼와(et=접속사)'라든가 '두 점(deux points=:)'이라든가 '여기에 있다(voici)' 등의 단어나 부호는 이 문장 속에서 선적인 시간의 계속성과의 저 불가능한 단절의 시도로서 도입된 것 같다. 여기에서 '나는 말한다'는 '나는 본다'의 다음에 오는 것이 아니다. '나는 묘사한다'는 '나는 말한다'의 다음에 오는 것이 아니다. '∼와'는 '그 다음에'나 '그에 이어서'가 아니다. 그것은 문장의 불가피한 선조성 속에 어떤 총체적 행위가 갖게 되는 등질성이요 동시성을 의미하고 있다. 이 문장이 보여주는 가속적인 속도를 파악해야 한다. 이 문장은 마치 심지어 단음절 접속사——'∼와(et)'——가 불가피하게 이끌어 들이게 될 시간 지속성과 시간적 무게마저도 털어버리기라도 하려는 듯 도약한다. 우선은 '두 점(:)'으로 표시된 침묵(여기서는 직접화법)을 통해서 도약하고 뒤따라오는 다른 말들을 현동화하는 데 가장 강력한 힘을 발휘할 수 있고 가장 신속한 '여기에 있다(voici)'를 통해서 비약한다. 한 걸음 더 나아가서 마치 이 단어가 지닌 현동력조차도 문장의 리듬을 감속시킨다는 듯(음절의 길이 때문에), 문장은 '바다' '산' '꽃들' 따위의 독립 단절되고 즉각적인 관사로 점묘(點描)된다. 말은 천지창조의 순간처럼, 랭보의 시적 순간처럼 사물들을 즉각적으로 존재하게 만든다. 말은 묘사하지 않는다. 말은 그 자체로 존재의 실체가 된다. 말은 설명하는 것이 아니라 현존으로 군림한다. 우리가 볼 때, 이처럼 가속화한 리듬은 말 속에서 말하고 있는 존재의 반향 그 자체인 듯하다. 그 존재란 다름이 아니라 말하는 눈, 말을 하는 순간, 말을 함으로써 세계를 존재하게 하고 스스로를 존재하게 하는 시선이다. 이 전라의 언어 — 'voici qui est rouge, qui est bleu, qui est vert' — 는 손에 붓을 든 작가의 언어가 아니라 단번에 보고 존재하게 하는 눈의 언어이며 보고 말하기를 동시에 하는 사람의 언어이다. '행복'은 다름이 아니라 존재하고 보고 말하는 행위 사이의 즉각적인 일치다. 탄탈로스의 물처럼 손아귀에 잡힐 듯 빠져나가는 저 덧없고 '감미로운 이슬' 속에 나타나는 것은 바로 그 투명한 천국, 순식간의 천국이다. 그러나 우리는 필연적으로 바스러져버릴 우리의 가슴 위에서…… 잠시 그 이슬을 보고 느꼈을 뿐이다. 카뮈적 존재를 이 세계 속에 현현하게 하는 첫째번 시선의 즉각성·속도, 그리고 손쉬운 행복은 프루스트적 존재의 출현방식과 비교해보면 더욱 확실하게 이해될 수 있을 것이다. 『잃어버린 시간을 찾아서』의 첫 몇 페이지에 등장하는 익히 잘 알려진 한 대목은 그 같은 비교에 더할 수 없이 좋은 기회를 제공한다.

하여간 여전히, 내가 그처럼 잠이 깨어 있을 때는, 내 정신은 아무런 성공도 거두지 못한 채 내가 어디에 와 있는지를 알아내려고 조바심을 하는 판이었고 사물이며 고장이며 세월들이 모두가 내 주위의 어둠 속에서 빙빙 돌아가고 있는 것이었다. 꿈틀거려보기에는 너무나도 둔한 상태인 내 몸은 제가 느끼는 피로의 형태에 따라 사지의 위치를 가늠해보려고 애를 씀으로써 거기에 따라 벽의 방향, 가구들이 놓여 있는 자리를 분별하고 제가 와 있는 집을 재구성하여 그 이름을 밝혀내려 하는 것이었다.[2]

---

2) 마르셀 프루스트, 『잃어버린 시간을 찾아서』 제1권(플레이야드판), p. 6.

이 어슴푸레한 세계 속에서는 육체가 느리게, 세계보다도 더 느리게 깨어난다. 육체는 아직 알 수 없고 불확실한 채인 기억들이 소용돌이치는 의식의 어두운 심연으로부터 어렵게 어렵게 빠져나오려고 몸부림을 친다. 이 경우 존재는 우선 주위를 헤아리고 제 스스로를 찾으려는 일부터 시작한다. 즉각적으로 존재하고 택하는 것이 아니라 찾아 헤매는 일이 시작인 것이다. 마치 몸이 잠겨 있는 그 빽빽한 어둠이 몸 자체의 일부인 것만 같다. 이때의 '나'는 아직 이름도 없고 현전성도 없는 채 몸부림치지만 저의 감옥에서 빠져나오지를 못하고 있다. 그는 자기가 어디에 있는지 어느 때에 있는지를 알지 못한다. 그는 자기가 누구인지조차 알지 못한다. 왜냐하면 그는 아직 '있지' 않기 때문이다.

이것은 가령 〈아틀라스라는 이름의 수인〉이라는 제목이 붙은 미켈란젤로의 조각을 연상시킨다. 자연 그대로의 돌덩어리 속에 갇힌 채 몸의 아주 일부분만이 겨우 그 형체를 드러내놓고 있는 아틀라스는 그의 두 발과 팔과 손이 아직도 파묻혀 있는 그 대리석의 감옥에서 빠져나오려고 애쓰는 모습을 보여주고 있다. 그 조각이 대리석의 덩어리로부터 형태를 갖춘 모습으로 옮아오는 진행형, 매우 완만하고 고통스러운 진행형을 보여주고 있듯이 프루스트의 존재는 아직도 태어나고 있는 중이다. 항상 태어나고 있는 중이다. 이 끝도 없는 작업에 비긴다면 산비탈로 바위를 굴려 올리는 시지프의 역사는 오히려 날렵하다는 느낌을 준다. 왜냐하면 그의 반복되는 작업은 단조로운 가운데서나마 어떤 진전이기 때문이다. 바위는 '그의 것(sa chose)'일지 모른다. 그러나 그는 그 바위의 주인이지 수인은 아니다. 그리고 또 정오라는 저 가벼움의 시간, 균형의 시간을 선택했을 때의 '행복한' 시지프를 우리는 알고 있지 않은가? 이처럼, 자신의 육체, 낯선 공간에 하나의 표적을 찾아주려고 몸부림치는 프루스트의 반대극에서 카뮈는 벌써 매 순간순간 투명한 빛 속에서 그 표적을 즉각적으로 '본다.' 카뮈는 항상 제 세상 속에서 존재한다. 그는 다만 아주 단순한, 그러나 깜짝 놀랄 만큼 빠른 동작, 즉 눈을 뜨는 행위만으로 이 세계 속에 순식간에 태어나고 또다시 태어난다. 그러므로 카뮈는 프루스트보다는 당당하고 신속한 시인들 곁에서 더욱 친화력을 느낄 것이다. 가령 아폴리네르 같은 시인……

    승리는 무엇보다도
    멀리, 잘 보는 것이리
    모두를 다 보는 것이리
    가까이에서
    그리하여 모두가 새로운 이름을 갖도록

　　　　　　　　　　　　　　　　　　　　－기욤 아폴리네르, 「승리」

    La Victoire avant tout sera
    De bien voir au loin
    De tout voir
    De près
    Et que tout ait un nom nouveau

그리고 특히 카뮈는 그의 '형제'라는 르네 샤르의 곁에 자리잡는다면 훨씬 더 편안하고 친숙하게 느낄 것이다. 조르주 풀레는 그의 아름답고 섬세한(그리고 속도 있는!) 책 『출발점』을 쓰면서 알베르 카뮈를 잊어버렸다. 그 책 속에는 휘트먼, 베르나노스, 샤르, 쉬페르비엘, 엘뤼아르, 페르스, 웅가레티, 사르트르가, 이른바 '출발점'이라는 중추적인 한순간 속에 모아져 있다.

　　요컨대 외계와 직접적·감각적 접촉을 재개하는 자, 문학을 그 떨리는 내면성의 기관으로 삼는 자는 생존의 다른 모든 그 이전 순간과 장소들과 혼동할 수 없는, 특혜받은 한 장소와 순간 속에 단번에 위치하는 자이다.[3]

---

3) 조르주 풀레, 『출발점 *Le point de départ*』, p. 8.

이것이 바로 풀레가 '출발점'이라고 이름 붙인 내용이다. 그것이 또한 이들 작가, 시인들의 새로움이요 공통점이다. 풀레는 20세기 초반 이래 문학의 공통적 특징으로서 그 '출발점'을 설정했다. 이리하여, 풀레에 따르건대, 이들 작가들은 '문학이 잃을 뻔했던 것, 즉 원심의 감정, 진정한 새로움, 새로운 출발의 감정을 문학 속에 회복시켰다.'[4]

그렇다면 카뮈가 자리해야 할 곳 역시 이 절대적인 '원점', 어느 의미에서 '현상학적'이라고 해도 좋을 '출발'에 위치한 이 작가들 곁이 아니겠는가? 만약 풀레의 텍스트 전체를, 특히 르네 샤르에 관하여 쓴 대목을 읽어보고 그것을 우리가 지금까지 강조한 카뮈의 특징과 비교해본다면 그 친화력을 보다 잘 이해할 수 있을 것이다. 우리는 다만 르네 샤르에 대하여 쓴 그 책의 첫 대목만을 여기에 인용하고 그 비교는 독자에게 맡기도록 하겠다.

여기에서도 역시 사건은 지속하는 시간의 구불구불한 흐름 속에서 지체하지 않는다. 사건은 도약하고 달리며 성급하게 완성되고 싶어한다. 사건은 어디로부터 오는 것일까? 그것의 원점은 존재하는가? 우리는 알지 못한다. 그것은 바로 앞에 무엇이 있었느냐 하는 점은 별로 중요하지 않다. 그것을 어떤 과거와 연결시켜주는 고리라고는 전혀 없다. 그것은 불쑥 나타나자 망각 속으로 떨어져버린다. 그것이 일어나도록 하기 위하여 시간은 벌거숭이가 되고 모든 것이 싹 쓸려 없어진다. 추억도 회한도 없고 인과의 사슬도 역사도 없다. 그 어느 것의 연장도 아닌 그 무엇이 돌연 도래한다. 갑자기, 아무런 준비도 없이 현재가 의식에 현전한다.[5]

그러면 르네 샤르의 경우에 대하여 쓴 이 비평을 카뮈와 관련시켜서 읽을 수 있도록 해줄 수 있는 몇 대목을 카뮈의 작품 속에서 인용해보자.

나는 해가 하늘로 떠오르는 속도에 깜짝 놀랐다.

—『이방인』, p. 1133

---

4) 앞의 책, p. 23.
5) 위의 책, p. 92 그리고 pp. 92~108 참조.

더 젊은 사람들의 욕망은 치열하고 순식간의 것이다.

―『페스트』, p. 1218

남자들과 여자들은 흔히 사랑의 행위라고 부르는 것 속에서 신속하게 서로서로를 소유하거나 아니면 둘이서의 기나긴 습관 속으로 접어든다.

―『페스트』, p. 1218

그러나 오랑에서의 기후의 과도함, 거기에서 다투는 사업의 중요성, 풍경의 무의미함, 황혼의 신속함, 쾌락의 질 등 모두가 건강을 요구한다.(『페스트』, p. 1218)

알제는 주는 것으로, 그러나 흐드러지게 주는 것으로 만족한다. 그 도시는 송두리채 눈에 다 주어지며 우리는 그것을 즐기는 순간부터 그것을 안다. 그 도시가 제공하는 쾌락에는 약이 없으며 그의 기쁨은 희망이 없다.

―『전락』, p. 67

그의 행복은 돌연하고 가차없는 것이었다. 마찬가지로 삶도 그러했다. 그렇다면 모두가 주어졌다가 다시 다 거두어져 가버리게 되어 있는 고장에 그가 태어난 것이 이해가 된다. 그 풍요와 그 넘치도록 가득함 속에서 삶은 돌연하고 까다롭고 너그러운 거대한 정념의 곡선을 긋는다. 삶은 건설할 것이 아니라 불태울 것이다.

―『결혼』, p. 72[6]

---

6) 조르주 풀레가 르네 샤르를 설명하듯 사르트르는 『이방인』을 이렇게 설명한다. '문장은 분명하고 이음새가 없이 그 자체로써 닫혀 있다. 문장은 마치 데카르트의 순간이 그 뒤에 이어지는 순간과 격리되듯이 어떤 무에 의하여 다음 문장과 단절되어 있다. 각 문장과 뒤의 문장 사이에서 세계는 무화되었다가 다시 탄생한다. 말은 그것이 솟아오르는 즉시 무로부터의 창조이다. 『이방인』의 한 문장은 하나의 섬이다. 그리하여 우리는 문장에서 문장으로, 무에서 무로 폭포처럼 떨어진다.'(『상황』, I, p. 109)

동시성 ── '왜냐하면 동시에 모두 다를 할 수 있다는 것이 바로 존재함이다. 예술에 있어서는 모든 것이 동시에 오거나 아니면 아무것도 오지 않는다. 불꽃이 없으면 불도 없다.'(『안과 겉』, p. 12) ── 불꽃 같은 분출, 절규 그리고 침묵, 이런 것이 그러니까 카뮈적 존재의 특징이다. 카뮈의 비평은 무엇보다 먼저 말없는 불꽃의 정점에서 분출하는 존재의 저 극단한 속도를 포착해야 한다. 그의 저 극단한 속도를 포착해야 한다. 그러나 그 절규와 침묵을 포착하고 들을 수 있는 곳이란 그 절규가 반향하며 곧장 솟아오르는 그의 작품 이외에 또 무엇이 있겠는가?

그 속도를 읽기 위해서는 카뮈만큼 빠른 상상력을, 말의 시간적 지속성 속에서 지체하지 않는 채 존재의 분화구 속으로 직접 달려가는 상상력을 지녀야 할 것이다. 우리의 선적이고 조심스러우며 완만한 사고는, 존재와 말이 일치하고 절규와 침묵이 서로 만나며 질주와 부동이 같은 극에서 접하는 그 원초적인 출발 순간에 닿기에는 항상 너무 늦게서야 도착한다. 절규가 이미 분출하고 불꽃이 이미 타오른 다음 우리는 항상 너무 늦게 그 메아리나 재를 잡아볼 따름이다. 존재가 현전했던 그 자리에서 우리는 그림자를 찾는다. 우리들의 무력에 절망할 것인가? 이 점은 우리에게 작품 앞에서의 겸손을 가르쳐준다. 솔직하게, 그러나 또한 즐겁게 겸손하기를 가르쳐준다. 솔직한 찬미는 우리들 정신의 무게를 가볍게 해주니까.

그러나 독서의 순간마다 우리들 내면 속에서 일깨워야 할 상상력의 속도는 실제 독서에 있어서의 기이한 역설을 동반한다. 바슐라르는 이 역설을 '독서의 역량'이라고 불렀다. '우리는 그저 독자에, 애독자에 지나지 않는다. 우리는 책들을 '한 줄 한 줄', 이야기의 추진력에(즉 책의 분명하게 의식적인 부분에) 힘껏 저항하면서 완만하게 읽으면서 여러 시간을, 여러 날을 소모한다. 새로운 이미지 속에, 무의식적인 원형들을 새롭게 하는 이미지들 속에 들어앉아 지내고 있는지를 확신하기 위하여.'[7] 속

---

7) 가스통 바슐라르, 『대지와 의지의 몽상』, p. 6.

도와 동시에 완만함을 요구하는 순진함이란 이런 것이다. 이 근본적인 순진함이 없이는 하나하나의 이미지 앞에서의 경이에 이르지 못할 것이며 말과 이미지를 통하여 절규하고 있는 존재의 참다운 현실성을 포착하지 못할 것이다. 카뮈는 이 같은 역설을 보다 더 가벼운 어조로 말하고 있다. '내가 분명히 말하려 한 것은 다만, 내가 이 책(『안과 겉』)을 쓴 이후 많이 걸어왔지만 나는 별로 발전하지는 못했다는 사실이다. 흔히 나는 앞으로 나아가고 있는 줄 알았는데 나는 뒤로 물러서고 있었다. 그러나 결국 나의 오류, 나의 무지는 항상 내가 『안과 겉』과 더불어 처음 열기 시작했던 그 옛길 위로 나를 돌아오게 만들었다. 그 후에 내가 한 모든 것 속에는 길의 자취가 보이는 것이어서 가령 알제의 어떤 날 아침이면 나는 여전히 옛날과 똑같은 가벼운 도취감을 느끼며 그 길 위를 걷고 있는 것이다.'(『안과 겉』, p. 12 서문) 그는 또 프랑시스 퐁주에게 보내는 편지에서 보다 더 가벼운, 즉 유머러스한 어조로 이렇게 말한다. '당신은 물론 시지프가 게으르다고 주장하시겠지요. 그러나 어때요. 세상을 흔들어놓는 사람들은 게으른 사람들이랍니다. 다른 사람들은 시간이 없거든요.'(『전집』 II, p. 1668)

우리들 역시 저 꼼꼼하고 두껍고 무거운 '전집' 대신에 표지에 티파사의 풍경이 찍혀 있는 '포켓'판으로 『결혼』과 『여름』이 한데 실린 저 자그마한 책을 몇 번이나 천천히 읽고 또 읽었던가? 그 중에서 『여름』만 두고 말해보더라도 그 가벼운 책을 손에 들고 얼마나 경이에 찬 상상의 여행을, 가장 천천히, 그러면서도 가장 빨리 하곤 했던가! 오랑에서 알제의 콩쉴 계곡에 이르기까지, 그리스에서 과거가 없는 도시까지, 트로이에서 뤼베롱까지, 티파사에서 '더 가까이의 바다'까지 지리적인 여행. 고대 그리스에서 서구 기독교 역사를 지나 현대의 알제리 시대까지에 걸친 역사적 여행. 그리고 신화적 여행. 사실 『여름』 속에 실린 산문들의 제목은 미노토르에서 아리안에 이르기까지, 프로메테우스에서 율리시즈에 이르기까지, 헬렌에서 네메시스에 이르기까지의 신화적 길을 손가락질하고 있다. 그것은 또한 헤라클레이토스에서 소크라테스, 플라톤에서 스토아 학파, 플로티노스에서 기독교도, 아이스킬로스에서 소포클레스, 석가모니에서 예수, 샤토브리앙에서 나폴레옹, 도스토예프스키에서 톨스토이, 헤겔에서 니체에 이르는 길고 먼 정신적·문화적 여행이다. 이 모든 길들은 항상 티파사와 바닷가로 되돌아온다. 그 모든 정신들 혹은 그 모든 구도는 우리를 그리스라는 머나먼 현재, 낡았으되 신선한 섬으로 인도하고, 마침내는 빛에 도취한 저 무명의 젊은 육체들 곁으로 이르게 한다. 거기서 세계는 매일, 매 순간 시작하고 다시 시작한다. 가슴 위에 감미로운 이슬을 받으며 최초의 인간은 티파사로 돌아가는 길 위에 선다.

어느 날 저녁 과연 비가 문득 그쳤다. 나는 다시 하룻밤을 기다렸다. 물기 있는 아침이 순결한 바다 위에 눈부시게 솟아올랐다. 물에 씻기고 또 씻기어 마침내 그 연속적인 세탁으로 인해 가장 가늘고 가장 선명한 올실이 드러나도록 된 눈[眼]처럼 신선한 하늘에서 진동하는 빛이 내려와 집 하나하나, 나무 하나하나에 감지할 수 있는 윤곽선과 경이에 찬 새로움을 부여하는 것이었다. 세계의 첫 아침에도 대지는 그와 같은 빛 속에 솟아올랐었을 것이다. 나는 다시 티파사 가는 길로 접어들었다.

—『여름』, p. 872

이와 같은 시적 이미지를 앞에 놓고 우리는 과연 수사학적인 설명으로 만족해야 할까? 단순과거 시제로 된 세 개의 동사(s'arrêta, attendis, se leva)가 문장에 속도를 부여하고 비의 돌연한 그침, 기다림의 밤이 쉬 지나가는 모습, 아침의 갑작스럽고 빛나는 도래라는 현실을 보여준다고 설명하는 정도로 과연 충분할까? 그런 설명은 아직도 시의 '현동적'인 경이를 부동화의 논리에 희생시키는 지식의 느낌을 지우지 못하는 것 같다. 그보다는 그저 단순한 비유에 지나지 않는 듯 보이는 '눈처럼 신선한 아침'을 주목할 필요가 있다. 우리를 바라보는 것은 이 세계의 크고 맑은 눈인 아침의 투명한 빛이다. 하늘이 우주의 거대하고 해맑은 눈이라면 '감미로운 이슬'은 경이에 찬 물이 우주의 빛을 바라보는 또 하나의 미시적인 우주의 눈이 아닐까? 경쾌하게 씻어지고 신선하게 말해진 그 짤막한 한마디 말 앞에서 우리는 돌연 놀라움과 함께 우리 자신을 바라보게 된다. 밤으로의 긴 여행이 끝나면서 산문 「아이러니」의 '죽은 커다란 눈'은 문득 이 신선한 하늘 속에서 투명하게 열린다. 여기서는 모든 것이 빛이요 새로움이다. 거대하면서도 동시에 이슬방울처럼 작은 이 눈과 더불어 우리는, '측정하고', 위치를 헤아리며, 작은가 큰가? 안인가 밖인가? 위인가 아래인가?라고 끊임없이 질문하는 저 편협한 이성의 영역을 멀리 벗어나버린다. 왜냐하면 하늘과 땅의 결혼에 힘입어 이 세상이 송두리째 저 감미로운 이슬방울 속에 담겨버리기 때문이다. 다시 한번, 마치 이 세상에서 처음인 듯한 존재가 물을 가르며 솟아오른다. 이 생명의 씨앗 속에서 눈이 열리고 어느새 거대한 세계, 우리들의 거대한 집이 눈앞에 나타난다. 빛은 이 세계의 현존(être)이다. 이 세계의 행복한 현존(bien-être)이다. 떠나고 싶은 욕망만으로 그것은 '밖'이 된다. 원천으로 회귀하고 싶은 마음만으로 그것은 '안'이 된다. 작은 것은 큰 것 속에 있고 큰 것은 작은 것 속에 있다. 위가 아래와 그 가치를 교환하고 싶어할 때 향일성 생명의 곧고 유연한 몸은 중심공간(espace-centre)이 된다.

슈누아로부터 먼 닭 우는 소리가 홀로 대낮의 저 연약한 영광을 찬미하고 있었다. 눈길이 닿을 수 있는 한 멀리 폐허 쪽에는 오직 낡은 돌들, 압생트, 나무들, 그리고 완벽한 언덕들만이 수정 같은 공기의 투명함 속에 보일 뿐이었다. 마치 아침이 고정되고 태양이 수치로 헤아릴 수 없는 한순간 동안 정지한 것만 같았다. 그 빛과 그 침묵 속으로 여러 해 동안의 분노와 밤이 천천히 용해되어갔다. 나는 오래 전부터 멈추어 있던 내 심장이 다시 부드럽게 뛰기 시작하듯이 거의 잊혀져 있던 어떤 소리를 내 속에서 듣고 있었다. 이제 깨어난 나는 침묵을 구성하고 있는 저 헤아리기 어려운 소리들을 하나하나 알아들을 수가 있었다. (……) 나는 그 소리를 들으면서 내 속에서 솟구쳐오르는 행복한 물살 소리에 또한 귀를 기울였다. 나는 마침내 적어도 한순간 동안은 항구로 되돌아온 느낌이었고 그 순간은 이제 다시는 끝나지 않을 것 같은 생각이 들었다.

하늘의 빛과 땅의 물이 결혼하여 탄생한 이 이슬, 그리고 투명한 눈의 이미지와 함께 카뮈는 '항구'로, 티파사로 되돌아왔고 우리의 기나긴 분석과 독서의 도정 또한 출발점으로 되돌아왔다. 작열하는 살인적 정오에서부터 초록색 저녁, 그리고 캄캄하고 숨막히는 심야를 거쳐 항일성의 하루는 다시 아침을 맞았다. 그 신선하고 투명한 눈의 빛을, 알제의 오랜 빗줄기에 씻기고 또 씻긴 하늘을 이제 우리는 다시 찾았다. 우리의 기나긴 환상여행은 다시 행복한 원점으로 돌아왔다.

결론

이 이미지들은 세계를 지워버린다. 이 이미지들에는 과거가 없다. 그것은 그 어떤 옛 경험으로부터 온 것이 아니다. 그때 우리는 이 이미지들이 형이상학을 초월하는 것임을 확신하게 된다. 그것은 고독의 교훈을 준다. 한순간 우리는 그것을 그것 자체로 파악하지 않으면 안 된다. 그 이미지들을 돌연한 출현의 상태 속에서 파악하게 될 때 우리는 자신이 오직 그것만을 생각하고 있음을, 우리 자신이 그 표현의 실존 속에 송두리째 들어앉아 있음을 알게 된다. 이런 표현들의 최면을 거는 듯한 힘에 자신을 맡기고 있노라면 마침내 우리는 껍질 속에 동그랗게 몸을 오그리고 들어앉아 있는 호두알처럼 자신이 둥근 삶 속에 송두리째 들어앉아 있음을 알게 된다.

—바슐라르, 『공간의 시학』

제1장
'결론' 혹은 '결혼'

우리는 이제 카뮈의 이미지들을 해석하는 일의 막바지에 이르렀다. 카뮈와 더불어 상상력의 도정을 따라온 우리의 오랜 여행도 끝나간다. 우리가 단순한 한마디 말, 단순한 한 문장 앞에 발걸음을 멈추고 이미지의 깊이와 힘을 헤아리기 위하여 아직 명상하고 있을 때 우리들의 작가는 벌써 저만큼 앞서가고 있었다. 우리가 '물' '돌' '빛'의 이미지를 판독하기 위하여 아직 지식과 이론의 세계로 우회하고 있을 때 카뮈는 벌써 말 없이, 심각하고 고독한 표정으로, 그러나 가벼운 가슴, 해학이 번뜩이는 눈초리로 그냥 앞으로만 나아가고 있었다. 이 둔탁한 걸음으로 우리는 마침내 최초의 출발점으로, 저 빛나고 행복한 티파사의 아침으로 돌아왔다.

우리들의 길고 지루한 여러 페이지의 이 무거움을 어이할까? 그 무거움을 조금이라도 덜어보기 위하여 이제 카뮈의 모든 작품들 가운데서도 가장 가볍고 가장 아름다운 작품(적어도 우리의 판단으로는 그렇다)『결혼』을 다시 읽어보는 것도 좋을 듯하다. 항상 너무 무겁고 너무 심각한

이 논문의 '결론'의 자리에 『결혼』을 놓아보는 것은 아름다움이 지닌 본질적 '가벼움'을 위해서이다. 그리고 또한 우리들의 기나긴 여행이 '예술을 통한 우회'가 되도록 하기 위하여 출발점으로 돌아가는 것, 우리들의 최초의 독서를 최후의 독서와 한데 이어서 환상의 독서공간을 만드는 것, 그것이 바로 애초에 우리가 스스로 약속한 내용이었다. 만약 우리가 티파사라는 똑같은 지도 속에서, 『결혼』의 마찬가지 페이지들 속에서, 지금까지의 모든 성과들에 힘입어 어떤 새로운 얼굴을 드러내 보일수 있게 된다면 우리의 이 작업이 완전히 무의미하지는 않게 될 수 있을 것이다. 작가가 초년기에 쓴 이 가벼운 페이지들 속에서 카뮈의 '전 작품'을 다 읽어내고자 한다는 것은 지나친 욕심일까? 하여간 둥근 고리를 서로 맞물리게 하고, 빛나는 '작품'을 우리들의 진흙으로 빚어진 언어로 감쌈으로써 카뮈의 '잠재적 작품'이라는 침묵이며 동시에 절규인 어떤 빈 공간을, 어떤 빛을 참으로 돋보이게 한다는 것, 이것이 적어도 우리가 꿈꾸어온 야망임에 틀림없다.

1. 대지의 축제 ─ 연출가의 통찰력

잠시 후에는 또다른 것들, 사람들, 그리고 그들이 사들이는 무덤들. 그러나 지금은 시간의 천에서 이 순간을 도려내도록 허락해다오. 다른 사람들은 책갈피 속에 꽃잎을 끼워두고서 그 속에 사랑이 그들을 스쳐갔던 어느 산책을 가두어놓는다. 나 또한 산책을 한다. 그러나 나를 쓰다듬는 것은 어떤 신이다.

─『안과 겉』, p. 48

텍스트를 읽기 전에 우선 카뮈 특유의 '상상의 연출'에 관련된 이야기를 예비적으로 다루어보아야겠다. 왜냐하면 『결혼』의 텍스트를 이제 마지막으로 읽을 때 우리는 그것을 어떤 상상의 '극작품'으로 간주하게 될 것이기 때문이다. 아니 거꾸로, 『결혼』, 특히 그 산문집의 첫번째 글과 마지막 글, 즉 「티파사의 결혼」과 「사막」을 읽음으로써 우리는 무대에 대한 카뮈의 끊임없는 정열이 어떤 차원의 것인가를 헤아려볼 수 있기 때문이다.

'자세히 살펴보면 알베르 카뮈의 극은 부정할 수 없는 실패다. 이런 지적은 새로운 발견이랄 것도 못 된다'라고 크로지에는 말했다.[1] 사실 피에르 드 브와데프르는 카뮈의 가장 오래 남을 작품의 목록을 작성해본다면 '극작품의 거의 전부를 제외해버릴 필요가 있다'고 말하기를 주저하지 않았다.[2] 카뮈의 전체 작품에 대하여 씌어진 글들 가운데서 가장 감동적인 책을 낸 바 있는 모르방 르베스크 역시 그 '실패'라는 점에 대하여 의견을 같이한다.

그러나 모르방 르베스크의 비평은 카뮈의 무대에 대한 애착이 어떤 차원에 속하는 것인가를 해명함으로써 그 실패의 깊은 이유를 찾으려 했다는 점에서 특히 주목할 만하다. 그는 이렇게 말한다. '그 실패는 그 개인의 탓이라기보다는 우리들 시대의 극적 차원이라는 풀 길 없는 문제 앞에서 한 세대 전체가 겪는 실패로 보인다.' 왜냐하면 그 비평가에 따르건대, 카뮈의 극은 그 실패 자체를 통해서 우리 시대의 근본적인 국면을 드러내 보이기 때문이다. 이 시대는 한편으로 '위나니미스트' 극예술(art dramatique unanimiste)을 거부하는 시대다. '제신들이 죽었기 때문에 군중들에게는 통일성이 결여되어 있다'고 이 비평가는 지적한다. 그러므로 이 군중은 다른 한편, 그리스의 비극에서부터 엘리자베스 조(朝) 세기에 이르기까지, '황금의 세기'에서 니체의 『비극의 탄생』에 이르기까지 인간의 정신 속에 메아리쳤던 위대한 비극 전통에 일생 동안 마음이 사로잡혀 있었던 한 극작가의 야심을 수용할 태세를 갖추지 못하고 있었다. 절망적인 노력을 다 바쳐 비극의 고귀한 교훈을 실천하고, 이상을 상실한 시대, 분열된 사회, 불연속적인 문화를 살아가는 군중들의 심층의식 속에 깊숙이 진동하게 될 엄청난 극적 절규를 토하고, 신과 제신의 부재

---

1) R. 게 크로지에, 『실패의 이면들 Les Envers d'un Echec』, p. 5.
2) 피에르 드 브와데프르, 「카뮈와 그의 운명」, 『카뮈』(아셰트, 천재와 현실 총서), p. 275.

를 긍정하면서도 여전히 위대한 비극을 꿈꾼다는 것, 이야말로 미리부터 실패하도록 운명지어진 모험이 아니겠는가? '비극적'인 것으로 판명된 것은 카뮈의 극작품 그 자체가 아니라 그의 모험이요 '영웅적이며 은밀한' 그의 탐구라고 할 수 있다.[3]

그러므로 드레퓌스 사건의 시대에 와서 오이디푸스를 소생시키려 한다는 것은 너무나도 순진한 일이 된다. 진정한 비극은 법정에서, 보도매체 속에서 상연되고 있으며 소포클레스의 주인공은 한 배우의 상반신상 같은 효과를 제공할 뿐이다.'[4] 그러나 카뮈가 그 점을 의식하지 못하고 있었던 것은 아니었다. 설사 그러하다 할지라도, 극장 안에서 '파리 장안의 모든 유명인사들로 이루어진 관객들은 이제 곧 사라져버릴 것이며', 우리의 육안에 보이는 이 세계는 존재하지 않게 되며, 오직 무대 위에서 절규하는 저 거대한 인물들만이 보다 더 강한 현실로 받아들여지는 작가이고 보면 어찌하겠는가? 삶이란 이제 창조해야 할 대상이며, 이 세계를 사랑하려면 그 세계는 무대 위에 구현해야 할 대상이라는 확신을 가지고 있다면 어찌하겠는가? '고독은 사회가 갈라놓은 사람들을 한덩어리로 뭉쳐준다'고 굳게 믿는다면?(『안과 겉』, p. 10)

비록 무대 위에서 메아리치는 극을 만들어내지는 못한다 하더라도 적어도 저마다의 고독 속에 하나의 비극을 창조해보는 것은 가능하지 않을까? 무대에 올리려는 것이 목적이 아닌 말 속에, 책 속에, 은밀한 비극을 숨겨서 창조해보는 것은 가능하지 않을까? 저마다의 고독, 저마다의 상상력 ——이야말로 눈에 보이지는 않지만 우주처럼 거대하고 세계처럼 가능성을 지닌 잠재적 극장이 아닌가? 이리하여 우리는 이제 카뮈의 진정한 극적 차원을, 전혀 기대하지 않았던 곳에서 보다 확실하게 찾아낼 수 있다는 것을 짐작할 수 있다. 표면보다 더 극적인 카뮈 연극의 표면을 우리는 이미 앞에서 분석한 바 있다.[5]

---

3) 모르방 르베스크, 「무대에 대한 정열 La Passion Pour la scène」, 『카뮈』(아셰트, 천재와 현실 총서), pp. 162~182.
4) 위의 책, p. 163.
5) 앞의 책, p. 169 참조. 우리는 카뮈 덕분에 독일 점령 시대와 레지스탕스의 유일한 비

『결혼』을 보다 면밀히 읽어보노라면 우리는 다시 한번 그리고 보다 근원적인 차원에서, 그 사실을 확인할 수 있게 될 것이다.

왜냐하면 그 속에서 우리가 만나게 되는 것은 보다 자연스럽게 우주적인 하나의 극장, 즉 대지, 다시 말해서 우리들의 '왕국' 바로 그것이기 때문이다.

2. 시선의 궤적

충분한 독서, 면밀한 해석을 다한 독자의 눈에는 「티파사의 결혼」은 무엇보다도 분명하게 규정된 공간, 확실하게 결정된 시간, 부정할 수 없을 만큼 확연한 목적을 지닌 하나의 스펙터클이며 완벽하게 조직된 축제로 보인다. 이 스펙터클의 장소는 티파사이며 시간은 봄날의 하루 동안이며 목적은 한 남자와 여자의 결혼이다. 그러나 스펙터클이 진행되어감에 따라, 현실적인 지도 속에 설정된 장소, 어느 하루의 아침부터 저녁까지라는 시간, '우리들' '나' '어떤 여자'로 지칭되던 인물들이 무명으로

극작품 하나를 얻게 되었다. 그것은 그 같은 역사적 사건들과 거리를 유지하면서 그 사건들을 우화의 경지에까지 끌어올리고 그 암울한 시대를 시간적·공간적으로 이동시킴으로써 역사를 조명하고 모든 세대의 인류들이 알아볼 수 있는 사건으로 탈바꿈한 유일한 예술작품이다. 그것은 바로 『페스트』라는 이름의 총체적 스펙터클이다. 사람들은 눈여겨보았던가? 거대한 5장으로 구분한 것까지 비극작품 그대로다―마치 고전비극의 전통적 5막처럼 구분된 『페스트』의 표지에는 '소설'이라는 말이 표시되어 있지 않다. 그것은 하나의 극적 연대기, 한 권의 책 속에 담아놓은 극이기 때문이다. 극으로서 빠진 것은 하나도 없다. 무대장치가 설정된 곳(오랑), 인물들 머리 위로 오르는 막, 닫혀버린 문들의 숙명(페스트에 휩쓸린 도시는 마치 세 번의 징 소리가 울린 후의 극장 안처럼 폐쇄된다), 합창단의 역할을 대신하는 나레이터, 전형적이라 할 만큼 극적인 행동의 점진적 고조, 그리고 무대 뒤에서 울리는 비장한 음향효과처럼 배우들의 머리 위 하늘을 후려치는 전염병의 도리깨질 소리에 이르기까지 모든 극적 요소들이 갖추어져 있다. 그렇다면 실제 극에서는 실패하고 이 극적인 소설에서는 성공을 거두었을까? (……) 오늘날 비극의 유일한 관객은 흩어진 독자다. 무대 위에서 쏟아지는 불빛을 받으면 제우스신은 너무나도 현실적이며 신빙성이 없어진다. 반면 책의 페이지 속에서 나타나 암시적인 언어로 변장하게 되면 제우스신도 여전히 우리들에게 호소력을 갖게 되는 것이다.

변모하고 그 독립성과 개성, 경계를 상실하여, 단 하나의 이미지를 형성하고 그 이미지를 통하여, 이 스펙터클의 진행자 혹은 연출자라는 하나의 시선에 힘입어 우주적인 차원에까지 승격하는 뜻밖의 어떤 스펙터클로 확대되는 것을 우리는 목격하게 된다.

출발점에서 종결점까지, 아침부터 저녁까지, 탄생에서부터 죽음까지이 스펙터클의 진전을 따라가본다는 것은 동시에 여러 가지 기능, 다가적(多價的)인 의미를 내포한 어떤 시선의 변신 과정을 추적하는 것이 된다. 개체적이고 육적인 시선에서 집단적이고 무명이며 심지어는 추상적이기까지 한 통찰력 있는 비전에까지 승격하는 변신 과정이 바로 그것이다. 이 시선은 '시각을 수송하는' 기능으로부터 어둠을 뚫어보는 오르페의 기능에 이른다. 마침내 그 시선은 그 자체의 비전을 창조하는 주체가된다. 그런데 그 시선의 변신과 그 비전의 근원적 변화가 특별히 우리의관심의 대상이 되는 것은 그 시선이 또다른 하나의 시선과 운명을 같이하기 때문이다. 또 하나의 시선이란 바로 빛이요 태양이다. 우리가 지도속에서 그 궤적을 따라가보려고 하는 시선은 이를테면 구체적인 몸과 풍경 속에 육화된 빛의 그림자와도 같은 것이다. 우리를 도취시키는 이 스펙터클, 열광적인 동시에 치명적인 이 대연극 속에 결혼이 문제된다면그것은 바로 인간의 시선과 우주적 시선의 결혼이며 그 결혼은 나의 몸과 세계의 몸 사이의 경계를 허물어버리고 사랑 혹은 과실이라는 하나의총체적인 이미지 속에 총체적인 화합을 창조하게 된다.

3. 하강곡선

그러면 가장 먼저 작품이 지시하는 여정이 하루라는 시간의 곡선 속에그려 보이는 지형적인 형상을 추출해내도록 노력해보자. 이때 우리는 그리스 극장의 건축적 형태를 상기할 필요가 있다.

아침은 시선이 언덕의 꼭대기로부터 그 장소 전체를 부감하려고 애쓰는 것과 동시에 풍경 속에 '들어 사는(habiter)' 태양과 더불어 시작된다. 그러나 시선이 세계를 향하여 열리는 출발점을 점찍어두려고 할 때 우리는 벌써 어떤 장애에 부딪친다. 눈을 뜨자마자 어느새 빛이 물질화되고 응고되어 눈에 달라붙으면서 눈앞을 캄캄하게 만들기 때문이다. '두 눈은 눈썹 가에 떨리고 있는 빛과 색의 방울들 이외의 다른 것을 포착하려고 애써보지만 아무 소용이 없다.'(『결혼』, p. 55) 첫번째 시선이 위치하는 시점을 확실히 알아보기 위해서는 그 눈이 태양의 폭력적인 힘을 이겨낼 때까지 기다리지 않으면 안 된다. '풍경 깊숙이에서' 첫번째 물체가 나타날 때에야 비로소 우리는 시선의 움직임을 이해할 수 있게 된다. '……나는 슈누아의 검은 덩어리를 볼 수가 있다. 그것은 마을 주위의 야산들 속에 뿌리를 박고 나서, 굳세고 무거운 리듬으로 몸을 꿈틀하더니 바닷속으로 가서 웅크려 엎드린다.'(『결혼』, p. 55) 이처럼 동물화된 슈누아의 움직임은 그것에 생명을 불어넣는 시선을 표시하고 반영해준다.[6]

언덕의 꼭대기로부터 바다로, 시선은 밑으로 내려간다. 그리고 사람 또한 그 시선과 함께 아래로 내려간다. 비탈길을 따라 내려가는 이 같은 하강운동은 바다에 몸을 던져 뛰어들고 '모래 위에 몸을 던지는(la chute dans le sable)' 행동으로 종결된다.(『결혼』, p. 59) 그러나 여기에서 우리는 우리의 합리적인(좀 지나치게) 지리적 분석에 저항하는 표현의 애매함을 지적해두지 않을 수 없다. 하강운동(la chute)의 가치는 바로 공간적 하강이 종결되어 그 반대운동, 즉 상승으로 전환되는 대목에서야 비로소 지적되어 있다는 사실이 바로 그 점이다. 이에 대해서는 나중에 그 까닭을 설명하겠다.

하여간 인물이 바다에 몸을 담갔다가 바닷가의 모래밭으로 나오게 됨으로써 이번에는 반대방향의 운동이 시작된다. 하루가 저물어갈 무렵, 시선이 지금까지 잠겨 있었던 풍경과의 거리감을 회복할 때 여행은 끝난

---

6) 우리는 시선(눈)이 저 혼자만 존재하지는 않는다는 것을 알 수 있다. 시선은 그것의 대상이 원초적 공간 속에 자리잡는 순간에 비로소 존재하기 시작한다. 시선은 바로 슈누아의 움직임과 일체가 됨으로써 공간 속에 '뿌리를 내리고' '납죽이 엎드리고' 닻을 내리는 것이다. 세계가 현상학적으로 탄생하는 방식은 이와 같다.

다. 이리하여 시선은 다시 한번, 최초에서처럼, 꼭대기로부터 공간을 굽어보게 된다. '적어도 지금은 모래 위로 끊임없이 부서지는 파도가 공간 전체를 거슬러 내게까지 밀려오고 있었다. 그 공간 속에서는 황금빛 꽃가루가 춤추고 있었다.'(『결혼』, p. 60) 이것으로 짧은 여행, 스펙터클, 하룻날, 그리고 향일성 숙명이 끝맺어진다.

이제까지 우리가 드러내 보인 여정은 하강과 상승으로 이루어진 오목한 반원을 그린다. 이것은 바로 시선의 움직임에 의하여 자연 속에 구축된 그리스 비극의 무대를 연상시키는 것이 아닐까? 그리고 또 아침부터 정오까지 상승하고 정오에서 저녁까지 하강하는 태양의 운동이 하늘 속에 그려 보이는 또 하나의 반원은 바로 이 거대한 극장의 자연스럽고 우주적인 천장을 만들어주는 것이 아닐까? 위의 하늘과 아래의 바다를 이어주며 그 둥근 원의 공간을 도취감과 긴장감으로 가득 메우는 햇빛의 스펙터클—이것이 바로 '결혼'이 아닐까?

태양의 운동과 인간의 움직임은 완벽한 대칭을 이루면서(사실 너무나 완벽한 대칭을 이루고 있어서 지나치게 계산된 느낌이 들 정도이다), 동일한 리듬에 따라 서로 상관관계를 맺고 있다. 이 두 가지 움직임은 마치 서로 보조를 일치시키려는 듯 수직적인 교신들(땅과 하늘 사이에)을 동반한다. '……우리는 빛이 하늘에서 내려오는 것을, 주름살 하나 없는 바다를, 그리고 빛나는 치열의 미소를 바라본다.'(『결혼』, p. 55) '그들의 정수가 열기를 받아 발효하고 땅에서 하늘로, 세계의 온누리에, 흐드러진 알코올 기운이 솟아오르면서 하늘을 비틀거리게 한다.'(『결혼』, p. 56) 이것이 하늘과 땅 사이의 수직적인 대화요 교신이다. 하늘이 말을 걸면 땅이 대답한다. 열기와 도취의 수작(酬酌), 바로 그것이다.

그런데 텍스트를 더 면밀히 검토해본다면, 우리는 하강과 상승의 여러 단계들이 명확하게 표시되어 있다는 점, 그리고 한 단계에서 다른 단계로의 이행은 시선의 변신, 더 정확하게 말해서 스펙터클의 창조에 있어서 시선이 담당하는 역할과 보조를 같이하고 있다는 사실을 알게 될 것이다.

우선 하강을 보자. 축제 속으로 접어드는 마을로 나레이터가 '도착'하면서부터 모든 움직임은 '하강'을 표시하고 있다. 빈틈없는 인간들(즉 축제에 초대된 사람들 — '우리들')은 버스에서 '내린다.' 버스의 '황금 싹 bouton d'or(미나리아재비)' 빛깔이며 쇠고기 장사의 '붉은색' 자동차, 그리고 '주민들을 부르는 그들의 트럼펫 소리'는 결혼의 축제를 예고한다. 등대 앞으로 지나가는 길은 곧 들판 속으로 '빠져들어가고', 두툼한 식물들은 '벌써부터'(두 번씩이나 반복되는 이 부사는 시선 — 욕망·사랑 — 으로 인하여 활기를 찾은 자연과 인간의 움직임을 강하게 암시하고 있음을 유의하라) 첫번째 바위들 쪽을 향하여 '내리뻗고' 있다. '폐허'와 바다가 가까워옴이 예고된다. 여기에서 시선이 담당하는 역할이 정확하게 표시됨으로써 하강의 첫째번 단계가 매듭지어진다. '폐허의 왕국 속으로 들어가기 전에 우리는 마지막으로 관객이 된다.'(『결혼』, p. 66) 여기까지는 시선의 주체가 비록 스펙터클의 진행 역을 맡고 있기는 하지만 아직은 국외에 머물고 있는 '관객'으로서 초대된 것에 지나지 않는다. 왜냐하면 그는 아직 햇빛이 내리는 것을 '바라보는' 존재로서 위치하고 있기 때문이다. 아직은 그와 스펙터클 사이에 어떤 '거리'가 존재하고 있으며 시선의 주체는 아직 '서서' 바라보기 때문이다. 태양은 그의 얼굴 '한쪽만'을 비춰주고 있다(이 표현은 태양의 위치와 시선의 위치를 동시에 표현한다).

두번째 단계는 인간이 폐허를 향하여 내딛는 '몇 걸음'과 더불어 시작된다. 이 몇 걸음은 대담하고 분수에 넘친 걸음이다. '여기에서 나는 질서라든가 절도 같은 것은 다른 사람들에게 맡기겠다'(『결혼』, p. 56)고 나레이터는 말한다. 우리는 뫼르소가 무절제하게 내디딘 '앞으로의 단 한걸음'이 그를 '불행의 문' 앞으로 인도했던 것을 기억한다. 이것은 장차 그를 죽음으로 데려다놓게 되었다.(『이방인』, p. 1166)

그런데 여기에서는 그 '몇 걸음'에 의해서 개체는 그의 개체성의 경계선을 넘어서서 세계와 더 가까이 다가가게 되며 한편 세계는 '목이 꽉 메이도록' 그에게 압생트의 '너그러운 알코올'을 선사한다. 모든 참다운 축제가 다 그러하듯 '결혼'의 축제 역시 '하늘을 비틀리게 하는' 우주적 알코올에 의한 도취로 시작된다.

이 같은 인간과 대자연의 도취감을 앞에 두고서, 어찌 인간과 자연의 내밀한 깊이로부터, '개체화 원칙을 위반'할 때 솟구쳐오르는 저 감미로운 황홀을, 니체의 디오니소스적인 '도취감'을 상기하지 않을 수 있겠는가? '모든 원시적인 인간들과 민족들이 그들의 찬가 속에서 노래하는 저 마취제의 흡수효과 때문이건, 혹은 대자연을 송두리째 욕망으로 뒤흔들어놓은 봄의 강렬한 다가옴 때문이건, 우리는 그러한 디오니소스적 감동들이 깨어나는 것을 보게 된다. 그 감동들은 정체가 뚜렷해짐에 따라 주체로 하여금 자아에 대한 일체의 의식을 상실하게 만든다.'[7] 여기에서 니체의 정력에 찬 영향은 부정할 수 없는 듯하다. 그러나 바로 개체적인 형태의 모든 교양이 '폐허'로 변하고 자연이 송두리째 문명의 속박으로부터 해방되는 이 시점에서 문화적인 원천이나 영향관계를 찾으려 한다는 것은 오히려 이 도취감을 해치는 일일지도 모른다. '그럴진대 내가 유향나무 열매를 코밑에 으깨어 문지르고 싶어한다는 것을 말하기 위하여 디오니소스 이야기를 꺼낼 필요가 어디에 있겠는가?'(『결혼』, p. 57)라고 카뮈 자신이 지적하고 있다.

하여간 니체의 디오니소스와 마찬가지로 카뮈의 인간도 봄이 다가옴을 느끼면서 '외관'의 한계를 넘어섬으로써 도취를 통하여, 시선으로서의, 관객으로서의 개체화하는 역할을 뛰어넘으려 한다. 여기에서 그가 뛰어넘은 것은 빛의 신이요 조각가인 아폴로의 시선이다. 시선은 이리하여 그의 으뜸가는 기능, 즉 대상을 멀리서, 밖에서부터 고정시킨다는 기능을 포기하고서 감각의 총체적 기능 속에 편입되어버린다. 시선은 '으깨고' '애무하고' '귀 기울여 듣고' '숨쉬고' 완성된다. 이제 시선은 안으로부터 세계를 관조하는 한덩어리의 몸이다.

세번째 단계로 옮아가기 전에 두번째 단계를 점하고 있는 '폐허'를 주목해보자. 무엇 때문에 폐허일까? 무엇의 폐허일까? 문자 그대로라면 이것은 한 문명, 인간적 건축물, '인간에 의해서 윤이 나게 다듬어진 것', 즉 가옥, 사원, 광장, 다듬은 돌덩어리, 바실리카 회당, 돌기둥, 벽……

---

7) 프리드리히 니체, 『비극의 탄생』, p. 25.

따위의 폐허다. 폐허란 그러니까 '서서' 있던 모든 것의 '쓰러짐(chute)'이요 자연의 저 '심원한 힘'을 따르게 마련인 모든 것의 추락이요 붕괴다. 그러므로 여기에서 밑으로 떨어지고 무너지는 것은 조각가 아폴로의 작업이라는 사실을, 그와 함께 일상의 인간, 객관적으로 거리를 유지하며 합리적이며 또 '바람 속에 버티고 서 있던' 관객인 시선이 무너진다는 사실을 우리는 알 수 있다. 이제 제 스스로의 폐허 속에 '파묻힌' 것은 바로 그 시선이다. 이렇게 하여 두번째의 하강이 끝맺어진다.

4. 물과 포옹

그렇다면 '무너지는 사물의 중심(le centre des choses qui tombent)'이 하강의 종착점일까? 그렇지 않다. 왜냐하면 '바로 여기에서 나는 내가 결코 세계에 충분할 만큼 가까이 다가가지 못하리라는 것을 알기' 때문이다. 그는 아직도 '거리를 둔 채 바라보려는' 욕망을 완전히 버리지 못한 것이다. 그의 개체로서의 몸이 지닌 한계가 완전히 파괴되지 못한 것이다. 세계의 표면을 으깨어 문지르고 애무하고자 한다는 것은 아직도 세계와 자아를 갈라놓고 있는 경계선을 의식하고 있음이다. 또 폐허는 아직도 어느 정도의 형체를 간직하고 동쪽 언덕 위의 바실리카 회당은 아직도 벽돌을 간직하고 있으며 사원들의 돌기둥들은 아직도 쓰러지지 않고 서 있다. 세계를 손으로 만져보는 것으로는 아직 충분한 것이 못 된다. 한걸음 더 나아가서 세계를 껴안아야 하고 그 껴안음을 통해서 '내 몸 속에 그들의 향기가 스며들도록' 만들어야 한다.(『결혼』, p. 58) 내 살 속에 세계의 정기가 박혀 들어오게 해야 한다. 나 스스로가 세계 그 자체가 되어야 한다.

벌거벗은 몸이 되어, 아직 대지의 정수로 온통 향기가 밴 채 바닷속으로 몸을 던져 잠기고 땀을 바다에 씻고, 그토록 오래 전부터 대지와 바다가 입술과 입술을 맞댄 채 헐떡거리면서 갈구하고 있는 저 포옹을 내

살갗 위에서 한데 묶어주어야 한다. 물 속에 들어간다는 것은 곧 저 휘어잡는 듯한 감각, 싸늘하고 **빽빽한** 어떤 끈끈이가 솟구쳐오르는 느낌 바로 그것이며, 그 다음에는 귓전이 윙윙거리는 가운데 콧물이 나고 입 안이 씁쓸해짐을 느끼며 깊이 잠겨듦이다. 수영 ─ 햇볕을 받아 황금빛으로 그을리기 위하여 물기가 번질거리는 두 팔이 바다 밖으로 솟구쳤다가 모든 근육이 뒤틀리면서 다시 물을 친다. 내 몸 위로 달려가듯 흐르는 물, 내 두 다리로 소용돌이치듯 물살을 소유하는 이 느낌 ─ 지평의 부재.

─『결혼』, p. 57

바로 이와 같은 방식으로 '옷을 벗고' '잠겨들어가는' 행위를 통하여 나의 몸과 세계의 몸 사이에는 총체적인 접촉, 아니 돌연한 일체화가 구현된다. 우리는 이제 알 수 있다. 뫼르소, 메르소, 리유, 타루…… 등 카뮈의 모든 중요한 인물들은 그것을 알고 있다. 폐허가 문명의 형체를 떠나듯, 시선이 고착화와 거리화의 기능을 버리듯, 인간은 마지막으로 그의 옷을 벗어던진다. 벌거벗은 몸이 물 속으로 뛰어든다. 물 속으로 뛰어든다는 것은 정수 속으로 스며들어감이다. 형상이 사라지고 질료가 나타난다.

물은 두 가지 방향으로 형성 변모하는 질료다. 하나의 힘은 응고의 방향으로 나아가고 다른 하나의 힘은 증발의 방향으로 나아간다. 물은 단단한 질료와 희박한 질료의 한가운데 위치한다. 그것은 하나의 몸이 다른 몸 속으로 흘러들게 허용해주는 유일한 질료이다. 물 덕분에 몸은 제 스스로의 밖으로 나아가고 체계적 운동에 의하여 다른 것 속으로 침투할 수 있다. 또한 몸이 공기의 비물질성으로 증발, 무산되지 않은 채 살로 된 우리의 몸에 그 통일성으로써 감지되게 해주는 것 또한 물이다.

물은 단단한 질료와 농도감각을, 그리고 응고의 의지를 함께하지만 돌이나 금속처럼 형태 속에 정지되지도 않는다. 형태란 벽이요 경계선이요 거리요 구별이다. 물은 유체요 액체인 것이다. 자유와 유동성과 침투성에 있어서 물은 공기와 빛과 같다. 그러나 물은 감지 가능한 질료성을 잃지 않는다. 그렇기 때문에 물은 '포옹'이 '싸늘하고 **빽빽한** 끈끈이의 솟구침'처럼 질료적으로 강력한 것이 되게 만들어준다. '끈끈이'는 거의 고체에 가깝지만 여전히 유체성을 지니고 있는 물이다. 여기에서 끈끈이는 기관적인 물의 분출이 얼마나 거센가를 질료적으로 느끼게 하며 감각적 유체의 '휘어잡는 듯한' 솟구침을 치열하게 표현한다. 벌거벗음·빠져듦·수영이라는 세 가지 행위는 이리하여 지금까지 제시되고, 대립적·대칭적으로 마주 놓였던 모든 요소들의 통일과 일체화를 완결한다.

여기는 욕망·사랑·정념이 다차원적이며 동시적인 충동들의 집중을 통하여 물질화되는 힘의 중심점이다. 육체적인 것에서부터 우주적인 것에 이르기까지 공간적인 것에서부터 추상적인 것에 이르기까지 자연적인 것에서 인간적인 것에 이르기까지 모든 충동과 힘이 하나의 중심점으로 모인다.

수평적으로 보면 대지와 바다가 서로 닿으면서, 두 개의 개체로서 '키스 소리를 내며' 단순히 '빨기만' 하는 것이 아니라 서로의 속으로 침투한다.(『결혼』, p. 55) 수직적으로 보면 가장 깊은 바다와 가장 높은 태양이 '뒤틀리듯이' 서로 맺어지면서 우주적인 포옹을 한다.

이와 같은 사랑의 황홀경 속에서 기하학적, 혹은 시각적 공간성의 조망이나 지평은 전도되면서 전혀 다른 공간, 즉 감각적 공간에 자리를 양보한다. '물 속에 들어간다는 것'은 차례로 솟구침이며 빠짐이다. 마찬가지로 바닷물 속에서 헤엄친다는 것은 휘어잡음이며 솟아오름이다. 반대로 물 속으로부터 기슭으로 나온다는 것(다시 말해서 공간적으로 볼 때 낮은 곳에서 높은 곳으로 올라온다는 것)은 '모래 위로 떨어짐(La chute dans le sable)'이요 '살과 뼈의 무거움' 속으로 되돌아옴이다.

5. 상승곡선

여기에서 하강의 제3단계가 종결됨과 동시에, 우리가 지금 따라가고 있는 지리공간 속에서 볼 때 상승의 첫째번 단계가 시작된다.

물기가 피부 위로 '미끄러지면서' 마른다. 처음으로 단단한 요소——

'모래' '소금가루'——가 다시 나타난다. '내 팔에 던지는 시선', 다시 말해서 시선의 거리화 기능이 다시 나타나기 시작한다.

의식, 즉 '어려운 처세술을 배우려는' 걱정 또한 뒤따라 나타난다.

상승의 두번째 단계는 카페에서의 머무름이다. '정오가 되기 조금 전, 우리는 폐허를 거쳐서 항구의 가장자리에 자리한 어느 작은 카페로 돌아온다.'(『결혼』, p. 58) '정오가 되기 조금 전'이라고 정확하게 표시된 시간에 대하여 잠시 주목해보자.

봄의 인간인 티파사의 나레이터는 '오후'의 태양에 노출된 채 한걸음을 내디뎠던 저 무절제한 '이방인'보다 더 슬기롭다.

'그늘이 가득한 홀 안의 서늘함' 속에서(p. 58) 나레이터 역시 뫼르소와 꼭 마찬가지로, '머릿속에 태양의 심벌즈가 쩌르릉쩌르릉 울리는 것'을 느낀다.(『결혼』, p. 58 ; 『이방인』, p. 1164, 1166) 그러나 포도주밖에 마신 것이 없었던 뫼르소와는 달리 그는 '초록빛의 싸늘한 박하수를 큰 잔으로 한 잔' 마신다.

뫼르소에게는 금지되어 있었던 '서늘한 샘물'(『이방인』, p. 1165)이 그에게는 이토록 손쉽게, 이토록 아낌없이 허용된 것이다.

항상 알맞은 시간을 선택한 자에게는 이처럼 운명이 미소짓는다.

반대로 뫼르소의 경우에는 '눈썹 속에 몰려 있던 땀이 한꺼번에 눈꺼풀 위로 흘러내려서'(『이방인』, p. 1166) 눈앞이 보이지 않게 되었지만 카페 속의 인물은 '깜빡거리는 속눈썹 사이로 열기로 백열하는 하늘의 알록달록한 눈부심을 포착하려고 애를 쓴다.' 이때 그의 얼굴은 땀에 젖어 있지만 몸은 그것을 감싸고 보호해주는 가벼운 천 속에서 서늘해져 있다.

잠시 전만 해도 수영(포옹)으로 인하여 '지평'을 상실했던 시선과 거리화의 기능은 이리하여 다른 감각들 속에서 다시 나타난다. 과일즙이 턱으로 흘러내리고 복숭아의 과육을 이빨로 깨문 채, 솟구치는 피의 커다란 고동 소리를 귓전으로 들으면서 그는 '두 눈을 크게 뜨고 바라본다.' '바다 위에는 정오의 침묵' 그는 자기가 눈으로 보는 것을 그대로 믿는다.

보는 것과 믿는 것은 마찬가지로 살아 있음 그 자체다. 여기에서 상승의 두번째 단계가 완료된다.

'저녁 무렵, 나는 국도변의 보다 정돈되어 정원으로 꾸며진 공원 한쪽으로 돌아온다.'(『결혼』, p. 59) 이렇게 하여 여행의 하루가 완성된다.

이것이 자연(=세계) 속으로의 하강과 상승이다. 이것이 사랑, 혹은 결혼이다. 비록 시선이 거리화, 혹은 외화의 기능을 되찾기는 하지만 그것은 아침의 출발점에서 볼 수 있었던 기능과 동일한 것은 아니다.

이때의 시선이 수행하는 기능은 총체화의 기능이다. 세계의 주체성이 시선에 의하여 획득된 것이다. 눈이 바라보는 대상은 이미 분산된 여러 요소들도 아니요, 단단하고 평면적인 표면도 아니다. 그것은 형태적인 동시에 질료인 우주의 총체요 통일된 덩어리다. 그러나 야생의 초목들, 폐허의 돌들, 바다…… 등의 자연은 그것을 바라보는 자와는 떨어진 곳에 남아 있다. 풍경 속에는 '공원' '정원' '국도'와 같이 자연공간을 합리적으로 구획하여 만든 문화적 질서가 없지 않다.

그러나 향기와 태양의 소용돌이로부터 '밖으로 나올' 때의 눈은 세계로부터 지각한 요소들을 이성에 의하여 정돈하는 기능을 가진 것이 아니다. 이때의 시선은 오히려 어떤 조화된 조망 속에서 우주를 관조하는 흡족하고 말없는 '고요한 의식'이라고 할 수 있다.

시선은 바라보이는 대상 밖에 위치하여 대상의 위치를 헤아리고 그것을 고정시키려 하지 않는다. 시선은 세계를 안으로부터, 뒤로부터 바라본다. 세계가 우리에게 새롭게 보이자면 그것이 한동안 잊혀져야 한다.

이렇게 하여 우리들의 왕국인 대지는, 내 눈에 보이지는 않지만 나의 등뒤에 있는 것을 느낄 수 있는 로즈마리의 향기로 변한다.

적어도 지금은 모래 위에 끊임없이 부서지는 파도가 하나의 공간을 거쳐서 내게까지 밀려오고 있다. 그 공간 속에서 황금빛 꽃가루가 춤을 추고 있었다.

—『결혼』, p. 60

세계는 눈으로 볼 때는 텅 빈 공간이었겠지만('꽃가루가 날리는') 상상력을 지닌 우리의 육체에게는 유체적이며 향기로운 충만 그것이다. 왜냐하면 세계는 사물들이나 존재들 속에 있는 것도 아니며, 보잘것없는 현실 가운데서 그것을 포착하려 하는 시선 속에 있는 것도 아니기 때문이다.

참다운 세계는 대상과 시선의 사이에, 그 양자가 저 사랑의 씨앗, 즉 '황금빛 꽃가루' 속에서 하나로 합해지는 공간 속에 존재하는 것이다. 이것이 바로 매일같이 인간의 바스러지게 마련인 의식과 세계의 영원하고 새로운 빛이 찬란하면서 동시에 비극적인 혼례를 올리는 '세계라는 무대'다.

> 배우들이 자신의 역을 잘 완수했다고, 즉 가장 정확한 의미에서, 자신의 몸짓과 그들이 역을 한 이상적인 인물들의 몸짓을 일치시켰다고 의식할 때 그 배우들이 맛보는 어떤 감정이 있다. 이를테면 미리부터 예정된 어떤 의도 속으로 정확하게 들어가서 그것을 단번에 생명감 넘치게 살려놓고 자기자신의 심장을 통해서 고동치게 했다고 느낄 때 맛보는 감정 말이다. 내가 느낄 수 있었던 것은 바로 그것, 즉 나는 내 역을 잘 해내었다는 감정이었다.
>
> —『결혼』, p. 60

대지, 혹은 세계, 요컨대 이 '왕국'은 이때, 미리부터 지어져 있는 그러나 아직은 비어 있고 가능태로 남아 있는 하나의 인물이 된다. 바로 우리들 자신이 우리의 심장으로, 우리들 현재의 삶을 통하여 그 인물에 생명을 부여하지 않으면 안 된다. 세계는 단순히 구경의 대상이 아니라 우리 자신이 연극적인 의미에서 육화(해석=interpréter)해야 할 희곡 속의 어떤 인물이다.

제2장
세계여 둥글게 둥글게 익어라

말의 몽상가에게는 둥글다라는 말 속은
얼마나 고요하게 느껴지는가!
그는 입과 입술과 숨결을
얼마나 고요하게 둥글게 만들며 말하는가!
—바슐라르, 『공간의 시학』, p. 213

1. 제밀라

　제밀라에로의 여행에서는 티파사에서와 같은 감미로움이나 도취감을 느끼기 어렵다. 식물도 여자도 바다도 황금빛 꽃가루도 없다. 여기에 군림하고 있는 것은 오로지 돌들과 그 돌들의 외침, 치열한 바람, 그리고 거의 광물적이라고 할 수 있는 새들뿐이다. 그리고 죽음의 침묵, 무심하고 모질고 메마른 가슴을 지닌 이 자연의 세력권 속에서는 죽음의 운명을 타고난 인간들의 영광이나 덧없는 정복자들의 문명에 속하는 것이면 무엇이나 부정된다. 이것이 바로 어쩌면 우리들 '왕국'의 이면일지도 모르고 '세계의 두근거리는 심장부'(『결혼』, p. 61)일지도 모른다. 비관론적인 비전임을 뜻하는 것일까? 그럴지도 모른다. 그러나 세계의 이 같은 비인간적인 심장부는 삶에의 정열을 강화하고 삶의 모습을 더 명확하게 드러내 보여주기 위하여 여기에 있는 것이다. 그것은 너무나 쉽사리 뜨거워지는 우리의 가슴을 부정한다. 이 '불모의 찬란함'은 그 부정을 통하여, 통속적이고 치명적인 시와는 너무나도 다른 참다운 아름다움을 우리에게 가르쳐준다. 돌들의 외침과 '상처받은 새들'(『결혼』, p. 63)은 우리에게 우리의 일상적 언어의 수런거림이 얼마나 커다란 환상인가를 말해주고 있다.

여기에서 문제는 '텅 비어 있는' 혹은 '잠재적인' 세계에 우리들 자신의 가슴의 고동을 투사하고 자연을 '인간화'하는 데 있는 것이 아니다. 그것은 우리의 허물어져버릴 '영혼'을 통해서 저 영원한 세계를 인간적인 모습으로 변형시켜버린다는 것을 의미하기 때문이다. 물론 세계에 의미를 부여한다는 것은 중요한 일이다. 그러나 무엇보다 먼저 돌들의 저 날카로운 외침에 귀를 기울여볼 필요가 있다. 이 세계의 뜨겁고 벌거벗은 가슴은 우리들이 우리 자신의 가슴을 '단련하여 가질 것(forger)'을 요구한다. 이것이 바로 우리가 이르러야 할 저 어려운 '벌거벗음(nudité)'이다.

바람은 나를 에워싸고 있는 뜨거운 벌거벗음의 이미지를 본떠서 내 모습을 다듬어주고 있었다. 그리고 바람의 저 순간적인 포옹은 숱한 돌들 중의 한 개 돌멩이로서의 나에게 여름 하늘 속의 어떤 돌기둥이나 한 그루 올리브나무의 고독을 부여하는 것이었다. (……) 곧 이 세상 사방으로 흩어지고 망각에 빠져 나 자신에게도 잊혀진 채 나는 그 바람이 되고 그 바람 속에서 저 돌기둥들, 저 아치, 아직도 열기가 남아 있는 저 포석들, 그리고 황량한 도시를 둘러싼 저 산들이 된다. 단 한번도 나 자신으로부터의 거리감과 동시에 이 세계 속에 굳건히 발딛고 있는 나의 실존을 이토록 깊이 느껴본 일은 없었다.
                                                              —『결혼』, p. 62

세계를 인식하는 최상의 방식은 밖에서 세계를 관찰하기 위하여 그것으로부터 멀어지는 것이 아니라 세계 속으로 들어가고 침투하여 그 세계와 한몸이 되어 스스로 세계 그 자체로 변하는 일이다. 이렇게 할 때 비로소 '세상의 온 사방에 흩어질' 수 있게 된다.

　개체성으로부터 벗어나고, 자신을 망각한 채 무명의 상태가 되고 세계의 의식 그 자체로 변하는 일이라면 그것은 합리주의적 정신이 받아들이기를 거부하는 하나의 방식일 터이다. 이는 맹목이며 자기 포기라고 할지도 모른다. 그러나 이성이 그 능력을 상실하는 곳에서 때로는 우리의 총명한 육체가 어떤 '현실'을 보다 직접적이고 즉각적인 방식으로 느끼게 되기도 한다. 즉 이때 나는 동시에 '그 바람이 되며 그 바람 속에 있게' 된다. 합리적인 관점에서 볼 때 명백한 이 모순은 어떻게 설명하면 좋을까? 어떻게 하여 자기 스스로에게서 떨어져나와 있으면서도 세계 속에 굳건히 '있는' 것이 가능한 것일까? 한걸음 더 나아가서, 어떻게 하여 '자기자신이 태어나고 있는 것을 볼 수' 있는 것일까?(『안과 겉』, p. 49) 그렇지만 이때야말로 육체가 영혼보다도 더 또록또록하고 더 상상력이 풍부해지는 참다운 카뮈적 '몽상'의 순간이 아닌가? 부재인 동시에 존재인 의식은 이때 기이하게도 가장 투명해지는 동시에 가장 큰 '무게'를 갖게 되는 것 같다. '내가 나 자신에게 도달하도록 애쓰는 곳은 이 빛의 가장 깊숙한 곳이다. 그리고 세계의 비밀을 열어 보이는 이 미묘한 맛을 이해하고 음미해보려고 할 때 내가 우주의 깊숙한 곳에서 발견하게 되는 것은 바로 나 자신이다. 나 자신, 다시 말해서 나를 이 무대장치로부터 해방시켜주는 이 극단한 감동 말이다.'(『안과 겉』, p. 48) ─ '남들이 나에게 제안하는 모든 것은 인간에게서 그 자신의 삶의 무게를 덜어내버리려고 애쓴다. 그런데 제밀라의 하늘 속에서 커다란 새들이 무겁게 나는 것을 바라보면서 내가 요구하여 얻게 되는 것은 바로 삶의 그 어떤 무게인 것이다.'(『결혼』, p. 63)

　자신을 되찾고 자신의 모습을 다듬고 단련하는 것이, 그러니까 제밀라 여행의 의미라고 할 수 있다. 티파사에 있어서와 마찬가지로 여기에서도 여행의 지리적인 궤적과 형상은 동일하다. 즉 끝과 끝이 맞물리는 환상으로서 우묵하게 파인 반원과 그 위를 덮는 반원이 서로 합쳐진다. 여기에서 끝없는 하늘 아래 '모든 것이 제밀라를 사방으로 한계지어주는 협곡으로 인도한다' 함은 바로 그 광물질의 골짜기 형상을 의미한다.(p. 61) '그 어느 곳으로도 통하지 않으며 다른 어느 곳으로도 열려 있지 않은'(p. 61) 이곳은 '갔다가 되돌아올 수 있을 뿐인' 곳이다. 그러니까 그 자체 속으로 닫혀 있다는 말이다. 죽음의 고장이요 폐쇄된 공간인 이곳은 벌써 그 풍경과 더불어 죽음과 비시간성의 이미지와 일치한다. 내게 있어서 죽음은 '닫혀진 문'이다, 라고 그 여행자는 말한다. '마음의 진보란 무엇을 의미하는가?'라고 그는 자문한다. 여행자의 움직임은 바로 이 같은 도형의 지형 속에 그려진다.

저녁 무렵, 우리는 마을로 인도하는 비탈들을 기어올랐다. 그리고 왔던 길을 되돌아와서 설명하는 말에 귀를 기울인다. (……) 저물어가는 저녁, 개선문 주위로 하얗게 날고 있는 비둘기떼들 속에 보이는 그 해골만 남은 도시는 하늘 위에 정복의 표시를 새기는 것은 아니었으니까 말이다. 세계는 언제나 결국은 인간의 역사를 이기고 만다.

—『결혼』, p. 65

2. 알제 ─ 여름

티파사와 제밀라를 거치고 나서 우리는 한여름 알제 속으로 인도된다. 여기는 현재 속에 몰두한 '영혼' 없는 젊음과 육체의 왕국이다. 도처에서 말하고 있는 것은, 아니 외치고 있는 것은 무엇보다도 '육체'다. 도시 그 자체가 육체적 이미지를 통해서 소개된다. '그러나 알제는, 그곳과 더불어 바다 쪽으로 열려 있는 도시들처럼 몇몇 특혜받은 곳들은, 마치 어떤 입처럼, 혹은 어떤 상처처럼 하늘 속으로 열린다.'(『결혼』, p. 67) 욕망에 이글거리며 외치고 마시고 다른 입술에 바쳐지는 입. 도시의 중심이나 바닷가나 할 것 없이 도처에 육체의 축제다. '육체들 곁에서, 육체로 이처럼 살다보면 육체도 그것 특유의 뉘앙스와 삶을, 좀 터무니없는 표현이 될지는 모르나, 어떤 심리학을 지니고 있다는 것을 알게 된다'.(『결혼』, p. 69)

산문 「알제의 여름」 한복판에 배치되어 있는 하나의 장면은 특히 주목할 필요가 있다. 이 장면은 이를테면 사진술에서 말하는 일종의 '네거티브'와 같은 것으로서 우리는 이것을 현상하여 우리의 상상력의 인화지에 인화함으로써만 참으로 그 이미지의 위력을 판독할 수 있을 것이다. 이것이 만약 사진이나 영화라면 이는 분명 이 세계의 우주적 이미지의 사진이며 영화라고 할 수 있다. 이 장면을 달리 해석하거나 분석하는 일은 부질없는 일인지도 모른다. 다만 독자는 여기에 인용하는 이 엄청난 이미지를 아주 천천히 읽으면서 그것을 상상의 스크린 위에, 꿈의 스크린 위에, 투영해보기만 하면 된다.

해가 지고 나서 사람들은 그것들을 걷어버린다. 그러면 홀 안은 하늘과 바다라는 조개껍질을 서로 마주 포개어놓음으로써 생긴 초록색의 기이한 빛으로 가득 찬다. 문에서 먼 곳에 앉아 있노라면 오로지 하늘만이 보이고 그 하늘을 배경으로 차례차례 지나가는 춤추는 사람들의 얼굴이 오려놓은 그림자처럼 보인다. 때로는 왈츠가 연주되면 초록색 배경 위로 검은 프로필들이 마치 축음기판에 오려붙이곤 하는 실루엣들처럼 집요하게 돌아간다. 그 다음에는 곧 밤이 오고 밤과 더불어 불이 켜진다. 그러나 그 미묘한 순간 속에서 내가 맛보는 황홀하고 은밀한 그것을 어떻게 말해야 할지 알 수가 없다. 적어도 나는 저녁나절 줄곧 춤을 추었던 키크고 멋진 어떤 젊은 여자는 기억할 수 있다. 그 여자는 몸에 착 달라붙는 푸른색 옷 위에 자스민꽃 목걸이를 걸고 있었는데 옷은 허리에서부터 다리까지 땀에 젖어 있었다. 그는 춤을 추면서 웃어대며 머리를 뒤로 젖히곤 했다. 그녀가 탁자들 곁으로 지나갈 때면 꽃 냄새와 살 냄새가 섞인 냄새가 뒤에 남곤 했다. 저녁이 되어 남자의 목에 찰싹 달라붙은 그의 몸매는 보이지 않게 되었지만 하늘에는 흰 자스민꽃과 검은 머리털이 교차하는 반점들이 빙빙 돌아가고 있었고 그녀가 팽창한 목을 뒤로 젖힐 때면 그의 웃음소리가 내 귀에 들렸고 그의 파트너의 프로필이 돌연 앞으로 기울어지는 것이 보였다. 천진함에 대하여 내가 지니고 있는 생각은 바로 그러한 저녁들에서 온 것이다. 난폭함으로 가득 찬 그 사람들을 그들의 욕망이 소용돌이치던 하늘과 떼어놓고 생각해서는 안 된다는 것을 나는 배웠다.

─『결혼』, p. 71

그렇다. 여기에서 장면을 바라보고 꿈꾸는 것은 나레이터의 정신이 아니라 열광적으로 깨어 있는 육체다. 그 육체의 눈에 비로소 '프로필'과 '실루엣'과 '반점들'과 소용돌이치는 그림자들이 초록색 하늘을 배경으로 포착될 수 있다. 이는 마치 하늘의 스크린 위에다가 거대한 필름의 '네거티브'를 투영하는 듯하고 우리는 가급적 '창문에서 먼 곳'에 앉아서 그 이미지를 황홀하게 바라다보고 있는 듯하다. 그러나 스크린 그 자체의 색과 광도도 시시각각 변한다. '하늘과 바다라는 조개껍질을 마주 포개어 만든' 이곳은 얼마나 기이한 영화관이며 얼마나 신기한 극장인가. 무대 위에는 '세계의 아름다운 얼굴'이, 그러나 '옆모습'으로 나타나고 있다. '그때까지 그는 세계의 아름다운 얼굴을 정면으로 보아왔다'고 「제밀라의 바람」의 나레이터는 말한다. '그때부터 그는 그의 프로필을 바라보기 위하여 한걸음 옆으로 물러서야 한다.'(『결혼』, p. 63) 우리는 바라보는 관객인 동시에 배우다.

그러나 상상력을 갖춘 육체가 이미지를 '바라보기'만 하는 것일까? 그렇다면 이 이미지는 하나의 비유에 지나지 않을 것이다. 관객이 그 속에서 그만큼의 황홀감과 비밀을 맛보자면 스펙터클 자체에 참여해야 한다. '장면'은 이리하여 후각·촉각·청각·동력성 등 모든 감각적 가치로서 전달된다. 삶과 세계를 투영한 단 하나의 감동적인 이미지 속에는 얼마나 많은 짝들이 한데 결합하고 있는가? 춤을 추고 있는 두 파트너는 물론이요 그들을 통한 남자와 여자, 꽃과 살, 낮과 밤, 하늘과 바다, 빛과 어둠, 배경과 형상, 우주와 인간…… 그리고 스펙터클과 관객.

일상생활의 한가운데서 세계는 마침내 그의 참다운 얼굴을 우리에게 드러내 보인다. 우리의 거대한 왕국은 한계가 분명하고 한덩어리로 합쳐 '포개어진 조개껍질'처럼 둥근 모습을 드러낸다. 항행하는 우리의 별인 이 조개껍질은, 단단하고 가득 찬 우리의 세계는 계절과 더불어 하나의 과일처럼 굵어지고 무르익을 것이다.

　　이것이 적어도 알제리 여름의 매운 교훈이다. 그러나 어느새 계절이 전율하고 여름이 기울어진다. 그토록 대단한 난폭함과 긴장이 지난 후 구월달의 첫째번 비는 마치 며칠 사이에 이 고장에 부드러움이 섞여든 듯, 해방된 대지의 첫번째 눈물과도 같다. 그러나 같은 무렵에 캐롭나무들은 알제리 전역에 사람의 냄새가 깃들이게 한다. 저녁에, 혹은 비 온 뒤에, 대지는 송두리째 쌉쌀한 아망드 향내가 나는 정액에 온통 배가 젖은 채, 여름 내내 태양에 바쳤던 몸을 쉰다.

―『결혼』, p. 76

　　이것은 『오해』 속에서 장이 '제2의 봄'이라고 불렀던 가을이다.(『오해』, p. 149) 휴식과 사랑의 몽상에 잠긴 대지. 유체적이고 액체성인 요소가 메마르고 뻣뻣하던 대지의 뱃속에 흘러든다. 사랑의 물이 여름의 모진 가슴속으로 스며들어 용해시킨다. 매듭이 느슨하게 풀려지고 다시금 살은 즙으로 가득 찬다. 이제 머지않아 향일성 한 해의 수확기가 '사막'의 한가운데로 찾아든다.

3. 피렌체의 가을

　　산문집의 마지막 글인 「사막」 속에 오면 독자는 바다와 가까운 고장 이탈리아로 인도된다. 고독한 여행자는 지중해의 해안을 따라 모나코에서 제노바와 피사를 거쳐 피렌체에 이르기까지 길을 이어간다. 이 지리적 여정은 '디오니소스'의 시대에서 현재에 이르기까지의 시간적·상상적인 길로 뒷받침되어 있다. 그러나 이것은 어떤 역사적인 명소를 현학적으로 묘사하려는 목적에서 씌어진 글은 아니다. 여기에서는 피렌체의 아침나절에 만나게 되는 '가벼운 옷 속에 자유로운 젖가슴을 가진 여자들'이 그토록 생생하게 체험된 현재시간 속에서, '저 영원한 현재' 속에 고정된 그림 속의 인물들과 나란히 나타나고 있다.

이 여행이 끝나갈 무렵, 나레이터는 피렌체의 보볼리 공원 꼭대기로 올라간다. 그곳으로부터 그의 시선은 광대한 공간 속에 펼쳐진 저 예외적인 풍경을 굽어본다. '여기서 말해야 할 것은, 인간이 대지와 아름다움의 축제 속으로 들어가는 모습'이다(『결혼』, p. 86)라고 나레이터는 외친다. 다시 한번 인간은 그의 신이요 '인물'인 세계 앞에서 마치 옛날의 신입 신도가 그의 마지막 베일을 벗어던지듯 '그의 개성이라는 잔돈'을 버린 채 자연 속으로 몰입된다. 그러나 티파사와 피렌체 사이에는 한 가지 차이가 있다. 즉 티파사에서 벌거벗고 바닷속으로 뛰어드는 행위는 물 속으로의 '하강'이었고 티파사에서 인간이 '대지의 축제 속으로 들어가는' 시간은 하루의 중심인 한낮이었고 계절은 봄이었다.(『결혼』, p. 57) 반면 피렌체의 경우 나레이터는 몬테올리베토와 도시의 꼭대기가 먼 지평선에까지 바라다보이는 테라스로 '상승'한다. 또 시간은 황혼녘이며 가을이다. 그리고 여기에서 벌거벗는 것은 단순히 현상적인 육체만이 아니라 동시에 시선이기도 하다. 여기에서 시선은 '베일'을 벗고서 우주의 호흡을 품어 안으면서 그것과 한덩어리가 된다. 인간은 이를테면 내면적으로 전라가 되는 것이다.

그러나 여기에서도 여전히 세계라는 무대 위에서 전개되는 하나의 '스펙터클'임에는 변함이 없다. 그런데 단 하나밖에 없는 관객은 '축제'가 무르익어감에 따라 자신도 알아차리지 못하는 사이에 이 스펙터클의 단 하나뿐인, 그러나 부재하는 배우가 된다. 이 기이한 스펙터클은 마침내 유일한 관객의 존재를 부정해버리기에 이른 것이다. 하나뿐인 관객이 '지워져버리고(annihile)', 단 한 사람의 배우가 부재하게 될 때 이 이상한 극장 안에는 누가 남게 되는 것인가? 도대체 범상한 의미에서 흔히들 '무대'라고 부르는 것조차도 이제는 존재하지 않게 된다. 왜냐하면 극장의 홀 자체가 파열하여 없어져버렸으니까 말이다. 우리는 이리하여 무대의 테두리도 없고 인간적인 배우도 없고 갈채하는 관객도 없이, 투명하고 이름 없고 비개체적인 하나의 눈, 즉 '하늘의 첫째번 미소'가 물끄러미 바라보고 있는 하나의 거대한 무대장치와 대면하게 된다. 이것이 바로 카뮈가 '인간이 없는 자연'이라고 부르는 엄청난 스펙터클이다.

우리는 앞에서 이미 보볼리 공원 정상에서 바라다보이는 자연의 거대한 연극의 장면을, 그 시프레나무, 연기같이 피어오르는 올리브나무들, 떠올랐다 가라앉는 산들, 열렸다 닫히는 구름의 장막들, 석양빛의 조명, 돌의 테마를 중심으로 한 변주곡, 그리고 '대지 전체의 노래'를 장황하게 인용하고 분석한 바 있다. 거기에는 스펙터클을 구성하는 모든 요소들이 빠짐없이 포함되어 있었다. 그 피렌체는 고대 그리스를 방불케 한다. '너무나도 순수한 풍경들은 영혼을 메마르게 하며 그 아름다움은 우리를 견딜 수 없게 한다'(『결혼』, p. 85)고 나레이터는 말한다. 이 자연의 극장은 그리스의 원형극장을 닮은 데가 있다. 즉 관객들과 합창단의 자리들은 '세계만한 척도로 된 어떤 둔주곡의 돌과 공기의 테마'가 메아리치는 무대의 중심을 경사를 이루며 에워싸면서 하나의 거대한 둥근 벽을 이룬다. 이때 고대 그리스의 원형경기장과도 같은 이 건축적 형태는 어떤 건축가에 의하여 고안된 것이 아니라 고독한 여행자가 움직여간 궤적에 의하여 이루어진 것이다. 이 우주적 차원의 극장 형태는 그가 피렌체에서 하루 동안에 거쳐간 여로 그 자체이다.

우선 아침나절, 여행자는 피에졸레의 언덕 비탈로 올라간다('나는 피에졸레에 있는 어떤 프란체스코 수도원에 들렀었다'). 거기에서는 피렌체의 온 시가가 수도승의 작은 방 창문을 통하여 내다보인다. 세상의 풍요로움을 맞아들이기 위해서는 벌거벗은 눈을 지녀야 한다. 이것이 바로 이 여행자가 참으로 능동적인 관객이 됨으로써(작은 탁자 위에 자신의 해골을 남기고 간 저 수도승들처럼) 얻게 된 교훈이다. '그 수도승들의 헐벗음은 보다 큰 삶(또 하나의 삶이 아니라)을 위해서이다'라고 나레이터는 말한다.(『결혼』, p. 84) 그리고 나서는 골짜기의 도시(피렌체)로 향해 나레이터는 다시 내려온다. '나는 그의 모든 시프레나무들과 함께 몸을 맡기는 도시를 향하여 쏟아져내리는 산비탈을 따라 피렌체로 되돌아왔다.'(『결혼』, p. 84) 티파사에서 나레이터가 정오가 되기 조금 전에 바닷물 속으로 뛰어들었듯이 여행자는 한낮에 도시로 돌아온다. 이때 태양은 하늘 가장 높은 곳에 떠올라 있고 인간은 골짜기의 가장 깊숙한 곳에 와 있게 된다. 마침내 저녁이 되면 나레이터는 피에졸레 언덕과는 정반대편에 있는 보볼리 공원 테라스 위로 올라간다. 아침·정오·저녁이라는 하루 중의 세 시점과 일치하는 세 개의 지리적 지점, 즉 피에졸레, 피렌체, 보볼리는 '지구'를 형상화하는 '마주 붙여놓은 조개껍질'의 극장공간을 극화(極化)해준다. 고독한 여행자의 여정은 우리들 세계의 둥근 모습을 재현해 보인다.

가뮈가 그려 보인 이 잠재적인 스펙터클을 니체가 『비극의 탄생』 속에서 제공한 설명에 비추어서 판독해보는 것도 의미 있는 일일 것이다.

> 그리스 극장의 형태는 산들로 둘러싸인 고독한 한 골짜기를 그곳으로 불러들인다. 무대의 건축구조는 마치 바커스신의 산 속에서 방황하는 여제관들이 높은 곳에서 바라보는 빛나는 구름의 성과도 같이 보인다. 그 찬란한 무대장치 같은 것 한가운데서 디오니소스의 영상이 그들에게 드러나 보이게 된다.[1]

산들에 둘러싸인 피렌체는 하나의 고독한 골짜기다. 이 스펙터클, 혹은 '대지의 노래'에 '막'으로 사용되는 구름들은 빛나는 성을 이룬다. 여행자의 비개인적인 것이 된 시선은 산 속에 방황하는 바커스 여제관들의 시선이다. 관객=배우=합창단의 그 시선은 우주적 음악과 일체가 됨으로써 왕국의 '비전'을 창조한다. 단 하나밖에 없는 관객으로부터 니체적인 '합창단'을 거쳐 창조자에로 승격되는 과정을 통하여 인간과 세계의 통일은 변신과 변신을 거듭하며 실현된다. 카뮈의 텍스트와 니체의 텍스트를 대조함으로써 우리는 '인간이 없는' 이 거대한 무대장치 속에 깃들여 있는 대자연의 생명감을 보다 더 잘 파악하게 된다. 카뮈의 인간은 얼마나 큰 충만감과 동시에 헐벗음으로, 원초적 생명에 대한 얼마나 절실한 향수로 저 도취감에 사로잡힌 군중에 둘러싸이며 그들과 한덩어리가 되는가! 자아를 추구하는 여행자인 동시에 관객인 그는 땅 위의 도처에서

---

1) 프리드리히 니체, 『비극의 탄생』, p. 60.

살아 있는 집단적 스펙터클과 만나며 그 속에 참여한다.

'합창단은 그가 견자(voyant)라는 점에서, 무대의 통찰력 있는 세계 (monde visionnaire)를 바라보는 자라는 점에서 이상적인 관객이다'라고 니체는 말한다.[2] 여행자는 우선 자기가 무대의 유일한 관객으로 변신한 것을 알아차린다. 그는 세계의 변화해가는 조망을 높은 곳으로부터 관조하기 때문이다. 그 특수한 공간적 위치 —비탈진 산— 로 인하여 그는 합창단의 군중 속에 편입·흡수되는 것을 알 수 있다. 점차로 그의 시선과 바라 보여지는 대상(세계, 혹은 타자) 사이의 거리가 소멸해감에 따라 그의 인격의 개체성은 사라진다. 바로 여기에서 시선의 참다운 역할은 '통찰력'의 차원에까지 높이 승격된다. 왜냐하면 현실주의적인 카뮈의 인간이 자신도 모르는 사이에 그의 육체와 영혼을 통하여 '원초적인 극적 현상', 즉 '변신'의 현상을 실천에 옮기게 되기 때문이다.[3]

'변신'이라는 현상은 두 가지 운동으로 이루어진다. 즉 자기자신의 밖으로 나가고 다음에는 타자의 몸 속으로 들어가는 것이 그것이다. 이것이 통일이다. 이 점에 대해서 여행자 카뮈와 철학자 니체는 똑같은 목소리로 말한다. '이 현상은 드라마의 진화의 기원이다. 여기에서는 스스로 자신의 이미지들과 혼연일체가 되는 것이 아니라, 화가들처럼 이미지들을 자신의 밖에서 감지하고 바라보는 고대 음유시인들의 경우와는 다른 일이 일어난다. 여기에서 개체는 자신의 밖에 있는 어떤 자연 속으로 빠져들어감으로써 자기자신을 포기하게 된다'라고 니체는 말한다.[4] 니체의 열광적인 독자지만 철학자라기보다는 오히려 견자나 시인에 가까운 카뮈는 보다 더 간결하고 보다 덜 분석적인 방식으로 말한다. '풍경은 심원한

---

2) 위의 책, p. 59.

3) 앞의 책, p. 61 : '격정적 서사시를 노래하는 코러스는 오랜 세월에 걸친 과거와 사회적 입장을 망각한 채 변신한 인물들의 코러스이다. 그들은 그들 신의 영원한 종이며 사회적인 일체의 세력권 밖에 살고 있다. 고대 그리스 사람들의 코러스적 서정시의 또다른 형태들은 개인적이고 아폴로적인 노래하는 사람을 가장 높은 위력에까지 이끌어올려줄 뿐이다. 격정적 서정시 속에서 우리에게 제시되는 것은 무의식적 배우들의 집단이다. 그들은 서로서로를 변신한 존재들로 간주한다.'

4) 앞의 책, p. 61.

의미에서 나를 나의 밖으로 몰아낸다.'(『결혼』, p. 87) '인간은 그의 신 앞에서 그의 개성이라는 잔돈을 버린다.'(『결혼』, p. 86) 비개체적이 된 그는 '노래'에 ─화가의 경우처럼 시각적인 이미지가 아니라─실려가는 자신을 발견한다. 그 노래는 다름아닌 바로 자신이 창조한 것이다. 그는 세계와의 신속하고 전반적인 포옹을 통해서 '그 순간'의 비전, 즉 덧없으나 심오한 비전과 동화되어버린다. '나는 도망치듯 멀어져가는 저 모든 산들을, 그리고 그와 함께 대지 전체의 노래를 껴안는 것이었다.' 이렇게 하여 마지막 변신이 완료된다.

거리를 뛰어넘는 사랑의 위력을 갖춘 저 통찰력 있는 시선 덕택으로 관객은 자기자신의 비전, 자기자신의 이미지와 한덩어리가 되어 유일한 배우로서 스펙터클의 중심에 위치한다. 그러나 그는 무명의 부재다. 왜냐하면 여기에서 관객을 최종적으로 스펙터클 그 자체로 변신하게 만드는 것은 바로 그 바라보는 행위, 즉 관객으로서의 개체가 자신의 한계를 벗어나게 함으로써 관객과 스펙터클 사이의 거리를 제거하는 관조 행위이기 때문이다. 이제 우리는 피렌체의 그 고독한 여행자는 단순한 관광객이 아니라 창조자이며, 그가 움직여간 여정은 단지 호기심 나는 장소들을 거쳐가는 과정이 아니라 우주적인 무대장치를, 어떤 초인간적인 스펙터클을, 한 '인물'을 창조하는 행위이며, 끝으로 그의 시선은 단순한 대상과 그 대상의 거리를 확인하는 어떤 신체기관의 기능이 아니라 풍경에 생명을 불어넣고 그 구성요소들이 저마다의 의미를 갖게 하며 그 요소들이 하나의 통일체를 이루어 춤추고 노래하고 살게 하는 생명적이고 창조적인 에너지라는 사실을 알게 된다. 이리하여 총체적 노래라는 하나의 인격이 탄생한다.

그렇다면 왜 그저 눈으로 구경할 수 있는 스펙터클이 아니라 '노래'이며 '둔주곡'이라 했을까? 여기에서도 현상을 보다 더 잘 분석해 보이는 쪽은 철학자다. '주체가 예술가인 한, 그는 이미 그의 개인적인 욕구에서 해방되어 일종의 영매(médium)가 되었으며, 그 영매 덕분에 참으로 존재하는 주체는 표면 현상 속에서 그의 소생을 기리는 축제를 올린다.'[5]

---

5) 앞의 책, pp. 45~46.

이 표면적 현상, 즉 시각적 이미지를 역동적으로 만드는 것은 이 세계의 거의 유기체적이고 생명적이며 원초적인 운동이다. '그러나 민중의 노래는 우리에게 무엇보다도 세계의 음악적 거울로 보이며, 저 스스로와 평행을 이루는 어떤 꿈의 형상을 찾고 있는 원초적 멜로디로 보인다. 그 꿈의 형상을 멜로디는 시로 표현한다. 그러므로 멜로디는 원초적이며 보편적인 사실이다.'[6] 자연풍경 속에 이 원초적인 멜로디가 출현함으로써 거기에서 진실의 꾸밈없는 표현이 노출된다. 문명화된 인간들의 눈에 익숙해진 이른바 현실이라는 것의 거짓에 찬 장신구들을 모두 벗어버린 원초적 진실 말이다. 이 벌거벗은 진실이야말로 사물의 영원한 본질이다. 고정된 채 움직이지 않는 진실이 아니라 '음악적'으로 변화 생성하면서 조화를 찾아내는 동적 본질 말이다. 피렌체라는 문명의 심장부에서 나타나는 세계의 이 기이한 노래, 진정한 자연의 이 기이한 진실. 가장 고결한 의미에서의 원시적 자연은 여기에서 다시 한번 인간적 역사를 정복하고 마는 것 같다.

이 움직임은 모든 예술의 움직임이기도 하다. 예술가는 자기의 뜻에 따라 세계를 다시 만든다. 자연의 심포니는 늘임표를 알지 못한다. 세계는 한순간도 조용히 있는 때가 없다. 자연의 침묵마저도 우리가 알 수 없는 진동에 따라 영원히 똑같은 음정으로 반복하고 있다. 우리의 귀에 들리는 음정도 우리에게 소리를 내기는 해도 화음이 생기는 일은 드물고 멜로디를 이루는 일이란 단 한번도 없다. 그러나 음악은 그 자체로서는 형태를 갖지 못한 소리에 형태를 부여한다. 그 형식 속에서 마침내 음정들의 특별한 배열에 의하여 자연의 무질서로부터 정신과 마음에 만족을 주는 통일성이 이끌어내진다.

―『반항적 인간』, p. 659

그러나 이 스펙터클은 그것이 우리에게 느낄 수 있게 해주는 위대함이

---

6) 위의 책, p. 47.

제아무리 엄청난 것이라 할지라도 끝과 한계가 있는 법이다. 그 끝과 한계 너머로는 통찰력 있는 시선도 도달하지 못한다. 인간의 눈이 최대한으로 사랑과 변신의 위력을 행사하는 순간은 동시에 우주적 노래의 '톤'이 가장 낮아져서 마침내는 멀어져가는 산들과 더불어 점차로 소멸해버리는 순간이기도 하다. 저녁이 피렌체의 들판 위로 무대의 마지막 막처럼 내리는 것이다. 바야흐로 '모든 것이 이미 정복되어 버린' 것이다. (『결혼』, p. 87) 그와 동시에 이 순간, 모든 깃이 소진되어(consommé)버린다. 최후의 막 위로 커튼이 떨어지고 세계의 무대 위로 밤이 떨어지면 우리들의 왕국의 한계가 분명해지며 이 세계의 윤곽이 저 비극적인 통일성으로 부각된다. 카뮈의 인간은 이렇게 그의 찬란하면서도 처절한 '인물'을 창조했고 그의 역을 다했다. 그 인물 속에서 그는 자신의 모습을 찾아낸 것이다. 그 인물이란 바로 이 땅, 이 세계, 이 왕국, 이 적지이다. '세계는 아름답다. 이 세계 밖에서는 구원이란 없다'고 그는 외친다. (『결혼』, p. 88) 우주의 죽음인 밤은 삶을 에워싸면서 삶의 가치를 배가하고 삶에의 정열을 고무한다. 이 거역할 수 없는 종말 덕분에 우리의 삶은 이 허허로운 우주의 심장부에 매달려 있는 '둥글고 잘 익은 과일'의 형상을 띤다. '그러나 적어도 인식 속에서는 그들을 마침내 그들 자신과 화해시켜줄 이 비전은 죽음이라는 덧없는 그 순간에야 비로소 나타날 수 있는 것이다. 모든 것이 거기서 완성·완료된다. 단 한 번 이 세상에 존재하기 위해서는 이제 다시는 이 세상에 존재하지 않게 되어야 한다.' (『반항적 인간』, p. 664)

4. 둥근 형상의 세계와 삶 — 과일의 이미지

그대가 사과라고 부르는 것을 감히 말해보라.
맛 속에서 일어서는 어떤 감미로움과 더불어
광명에, 각성에, 투명함에 도달하기 위하여
태양과 동시에 이 땅덩어리를 의미하는 이승의 사물이 되기 위하여
우선 단단하게 압축되는 이 감미로움을.

여행자의 시선은 이처럼 대지의 비전을 창조하고 체험한 다음 그 자신이 그의 창조물 속으로 들어가버린다. 이때의 비전은 특수한 형상은 갖춘다. 그 형상은 바로 '둥근 모양(rondeur)'이다. 왜냐하면 이 스펙터클은, 즉 이 작품은 하루 동안에 만들어진 것이기 때문이다. 그것은 어둠 속에서 빛이 솟아오르는 것과 동시에 태어나서 저녁이 내리는 것과 동시에 다시 닫힌다. 인간의 정열에 찬 시선에 의하여 이와 같이 체험된 하루는 새벽에서 저녁으로 흘러가는 선적 시간의 흐름이 아니라 시작이 끝과 맞물리는 둥근 형상을 지닌 상상력의 공간이다. 이 공간 속에서는 종말이 기원과 서로 만난다. 이 같은 비전을 보다 생생하게 전달하고자 할 때 장 지오노의 아름다운 글을 인용해보는 것은 적절한 일일 것이다. 사실 지오노의 비전은 『결혼』을 쓰고 있던 당시 젊은 카뮈에게 상당한 영향을 끼쳤던 것으로 짐작된다.

날들은 밤의 어떤 혼탁한 시각에 시작하고 끝난다. 날들은 화살·길·인간의 경주처럼 목표들을 향하여 가고 있는 것들의 형상, 즉 기다란 형상을 갖추고 있는 것이 아니다. 그것들은 둥근 형상을 갖추고 있다. 태양·세계·신처럼 영원하고 정적인 것들의 형상 말이다. 문명은 우리가 무엇인가를 향하여 어떤 먼 목적을 향하여 가고 있다고 설득시키고자 했다. 우리는 우리의 유일한 목적은 바로 사는 것임을, 그리고 사는 것이라면 우리가 매일같이 언제나 하고 있는 일이라는 사실을, 또 우리가 살기만 하면 하루의 매 순간마다 우리는 참다운 목표에 도달하고 있다는 것을 잊어버렸다. (……) 바로 그런 사람들이 날들은 길다고 말한다. 그렇지 않다. 날들은 둥글다. 우리가 그 무엇을 향해서 가는 것도 아니다. 왜냐하면 우리는 모든 것을 향해서 가고 있기 때문이다. 그리고 우리가 느낄 채비가 되어 있는 우리의 모든 감각들을 갖추는 순간 모든 것에 도달된다. 날들은 과일이며 우리의 역할은 그 과일들을 먹고, 우리 자신의 본

성에 따라 부드럽게나 혹은 치열하게, 과일을 맛보며 그 과일들이 지닌 모든 것을 얻어내는 일이다.[7]

마치 이 아름다운 지오노의 글은 카뮈가 보여준 대지의 '스펙터클'을 한마디로 우리의 영혼 속에 들여앉히기 위해서 씌어진 것만 같다. 여행자의 여정이 시간 속에서, 공간 속에서, 티파사에서, 피렌체에서 그려 보인 하루의 둥근 형상은 싸늘하게 금을 그은 기하학적 형상이 아니다. 바스러지고 썩어버릴 것임을 알면서도 하나의 진실을 찾아 떠도는 한 존재의 생명의 숨결, 변화 생성하는 조망을 껴안으면서 관조하는 어떤 시선, 집단적이면서 원초적인 어떤 멜로디…… 이러한 것이 바로 우리들의 세계라는 저 과일의 살을 구성하는 요소들이다. '날들은 과일이다'라고 지오노는 말한다. 날과 과일의 이 등식은 과연 하나의 인위적인 비유에 지나지 않는 것일까? 그렇지 않다. 그 속에서 우리는 비유보다도 더 필연적인 역선(力線), 즉 향일성 생명의 질서를 판독해낼 줄 알아야 한다.

우리는 이미 산문집 『결혼』을 관류하고 있는 계절적 리듬을 유의한 바 있다. 티파사의 봄에서 시작하여 알제의 여름을 지나 피렌체의 저 유연한 가을에 이르기까지 이미지는 태어나고 성장하고 단단해지며 익어서 파열한다. 마치 한 그루의 나무에 잎과 꽃이 피어 열매가 맺히고 익어 떨어지듯이…… 우선 티파사에서 봄의 꽃봉오리와 꽃들.

내 머리 위에는 한 그루 석류나무가 봄의 모든 희망을 가득 담고 있는 거머쥔 주먹들처럼, 꼭 닫히고 이랑이 진 꽃봉오리들을 늘어뜨리고 있었다.

　　　　　　　　　　　　　　　　　　　　　　　－『결혼』, p. 59

---

7) 장 지오노, 『날들의 둥근 형상 Rondeur des Jours』(Paris : Gallimard), 'Poche', 1943, p. 7. 장 그르니에, 『섬 Les Iles』 p. 91 참조 : '목표라면 나는 어떤 순간 그것에 도달한다. 그리고 또 그것에 도달할 수 있을 것으로 여겨진다(항상 헛되게 마련된 희망이지만). 나의 목표는 시간적인 것에 달려 있는 것이 아니다.'

꽃봉오리와 희망을 가득 담은 '거머쥔 주먹'의 둥근 형상과 상응관계를 보이며 드넓은 공간 전체에 걸쳐 정상으로부터 바라보이는 황혼녘 풍경의 총체적인 둥근 형상은 주목할 만하다. '나는 해가 기욺에 따라 둥글어지는 들판을 물끄러미 바라보았다(Je regardais la campagne s'arrondir avec le jour)'라고 「티파사의 결혼」에서 나레이터는 말한 바 있다. 삶에의 강한 결단처럼 굳게 거머쥔 주먹은 꽃의 '봉오리'와 마찬가지로 그 안에 아직은 잠재적인 상태로 '둥근' 우주 전체를, 봄의 희망을 송두리째 담고 있다.

그러나 벌써 상상력은 잠재적인 우주 속으로 내달아, 그 속에 열매를 맺고자 한다. '바다, 들판, 침묵, 이 천지의 향기, 나는 향기 어린 생명으로 내 몸을 가득 채우고, 달고 강렬한 그 즙이 내 입술을 따라 흘러내리는 느낌을 주체하지 못한 채, 세계라는 벌써 황금빛으로 물든 과일을 깨무는 것이었다.'(『결혼』, pp. 59~60) 얼마나 뜨거운 삶에의 정열이며 속도인가. 그러나 아직은 꽃봉오리가 열리고 나무에 잎이 피어 열매를 맺고 여름의 태양에 그 열매들을 단단하고 충만하게 익히기를 기다리지 않으면 안 된다. 하여간 우리는 여기서 이미 카뮈적 인간의 본성이 어떤 성질의 것인지를 짐작할 수 있다. 그는 천천히 과일을 맛보는 것이 아니라 탐욕스럽게, 치열하게 깨물고자 하는 유형의 인간이다. 이제 계절은 바야흐로 난폭한 여름을 향하여 열리고 있다. 아직은 감미롭기만 한 티파사의 봄은 어느새 제밀라의 광물적이고 반드럽게 닳은 풍경을, '알제의 여름'을, 그 여름의 '내일을 모르는' 젊음을 예고하고 있다. 이리하여 나무에는 꽃이 핀다. 춤추는 젊은 여자를 장식하는 저 하얀 자스민꽃은 바로 향일성 하루 속에 만개한 젊음의 모습이다. 그리고 그 꽃에 맺힌 과일은 돌의 단단하고 벌거벗은 심장인 양 여물고 견고해진다. 사나운 바람에 씻겨서 '물살에 닳아 반드러워진 조약돌'처럼……

그리하여 마침내 보볼리 공원의 저 높은 테라스에 오르면 한 해는 그 막바지에 이르고, 여행자는 그 길의 종점에 이르고, 과일은 익었다.

보볼리 공원에서는 내 손이 닿을 만한 곳에 엄청나게 굵은 황금빛 감들이 열려 있었다. 터진 과육에서는 빽빽한 단물이 흘러나왔다. 이 가벼

운 산 언덕에서 즙 많은 이 과일들에 이르기까지, 나를 세계와 일치시켜
주는 이 은밀한 우정에서 내 손 위에 달린 저 오렌지빛 과육을 향하여
나를 떠미는 허기에 이르기까지, 나는 어떤 사람들을 금욕에서 쾌락으
로, 헐벗음에서 관능의 풍요로 인도해주는 그 흔들림을 파악하게 되는
것이었다.

-『결혼』, p. 88

이 이미지는 예외적일 만큼 구체적이며 육적이다. 감히 '황금빛' 나는
것은 그것이 이 세계의 모든 부를 받아들여가지고 익었기 때문이며, 그
관능적인 살 속에 태양의 빛과 열을 물질화하여 변신시켰기 때문이다.
그것이 '엄청나게 굵은' 것은 그 속에 엄청난 지구의 둥근 형상과 가득
찬 하루, 남김없이 소진한 일생의 관능을 모두 다 담고 있기 때문이다.
세계는 우리의 현실주의적이고 빈약한 시각으로는 한눈에 표착할 수 없
는 거대한 총체다. 바로 그 엄청나게 큰 세계가 잘 익은 채 달려 있는 한
개의 과일 속에서는 이렇게도 쉽게 '손에 닿을 듯한 거리에' 아름답고
통일된 한덩어리로 변신해 있는 것이다. 이 과일을 손으로 거머잡으려면
그저 삶에의 치열한 정열로, 맑고 투시력을 지닌 상상력으로, 이 세계를
한바퀴 돌기만 하면 된다.

바로 이처럼 엄청나게 큰 이미지 속에서 서로 상극적인 요소들과 반대
되는 힘들이 돌연 하나로 합쳐진다. 똑같은 활력과 똑같은 정열이 그 상
반된 힘과 요소들을 한데 이어준다. 한편으로는 메마름, 헐벗음, 금욕적
인 삶이, 다른 한편으로는 관능, 부, 풍성함, 삶에 대한 욕구가 뜨거운 한
점에서 통일되어 상상력의 중심이 된다. 거기에서 태어나는 것이 감, 혹
은 과일의 이미지이다. 그 과일은 황금빛으로 결정과 집중의 힘을 표현
한다. 익어서 터짐으로써 이 과일은 어떤 새로운 삶의 원천과 씨앗을 암
시한다. 하나는 구심적이고 다른 하나는 원심적인 이 두 개의 힘은 바로
삶과 죽음의 운동이다. 우리들 삶의 과일은 바로 이 두 개의 힘이 치열하
게 만나는 중심점에서 열린다.

대상의 밖에서 바라보는 국외자적인 시선으로서라면 성숙한 세계는

하나의 과일이다. 그러나 육체의 총체적인 감각기능 속에 편입되면 객관적 시선은 육화된다. 이리하여 시선은 그 나름의 허기와 목마름을 느끼게 되어 '손'처럼 과일에 다가간다. 눈은 보는 것에 만족하지 않고 만지고 애무하고 맛보고자 한다. 여기에서 우리는 안과 밖, 표와 리의 기하학적 구별이 어떤 현상학에 의하여 초월되는 시적 차원 속으로 받들여놓고 있다. 이때의 현상학이라 함은 물론 사물이 이미지의 출발점으로 현현하는 순간에 우리를 참여시켜주는 저 특유한 힘을 두고 하는 말이다. 이 순간이야말로 사물들이 서로서로 사이에 거리를 유지하기 시작하는 이를테면 공간의 탄생점이라고 할 수 있다.

과일이 일단 익어서 그 둥근 형상이 완성되면 그것은 어느새 파열하여 '빽빽한 즙'을 흘린다. 벌써 형상이 생명의 운동에 자리를 물려주는 순간이다. 기하학은 완성되는 즉시 파열하고 안과 밖, 인간과 세계, 손과 과일, 쾌락과 배고픔, 주체와 객체를 이어주는 힘이 나타난다. 과일이라는 이미지로 상상하도록 주어진 '둥근 형상'은 폐쇄된 공간인 동시에 벌써 파열되어 열린 공간이다. 그것은 형상을 초월하고 형상의 심저에 깔린 제 형태의 변화 생성 그 자체이다. 그것은 형태인 동시에 형상인 그것 속에 안과 밖의 덧없는 경계를 편입시킨다. 시선이(존재 혹은 세계가), 황금빛 감이며 동시에 둥근 대지인 일종의 구형 속에 담겨 있음을 지각할 때, 그것은 또한 그 과일을 향하여 다가오는 손 그 자체이기도 하다는 것을 알게 된다. 어쩌면 우리의 상상적이며 진정한 세계는 과일 속에 있는 것도 아니고 그 과일로 뻗어가는 손 속에 있는 것도 아니리라. 우리의 진정한 왕국은 바로 그 양자 사이의 거리, 손과 과일 사이의 한계공간, 즉 허기(배고픔) 그 자체일 것이다. 배고픔이 과일을 창조한다. 목마름이 그 빽빽한 즙을 만들어낸다. 산만한 현실을 하나의 비어 있는, 그러나 빛나는 중심 ─이것을 카뮈는 '사막'이라고 부르지만─으로 통일함으로써 우리의 상상력을 자극하는 것은 다름아닌 결핍, 부재, 혹은 향수다.

여기에서 내가 시도하는 것은 어떤 사막의 지리학이라는 것을 알 수 있다. 그러나 이 기이한 사막은 목마름을 기만하지 않고 그 속에서 살

수 있는 사람들에게만 느껴진다. 그때, 그때서야 비로소 사막은 행복의
신선한 물로 가득 차게 된다.

―『결혼』, p. 88

가을날 보볼리 공원 위에서는 세계라는 과일이 터질 듯이 무르익고 머
리 위로 늘어진 그 과일을 향하여 뻗어가는 손은 배고픔에서 포만으로
가는 길을 가리켜준다. 이제 과일은 태양처럼 떨어질 것이고 손은 그 과
일을 받기 위하여 위로 치솟는다. 여기에서 축제와 이미지와 대지와 세
계가 끝난다. 여기에서 우리들의 연구도 탐구도 독서도 끝난다. 그리고
커다란 침묵.

내일, 오직 내일에야 들판은 아침 속에서 둥글어질 것이다.

―『결혼』, p. 82

부록

알베르 카뮈의 작품 및 주석

작 품 제 목	구상 및 집필시기	출 판
결혼 *Noces*	1936~1937	1938
계엄령 *L'Etat de Siège*	1948	1948
독일 친구에게 보내는 편지 *Lettres à un ami allemand*	1942~1944	1945
반항적 인간 *L'Homme Révolté*	1941~1951	1951
스웨덴 연설 *Discours de Suède*	1957	1958
시사평론 I *Actuelles* I	1944~1948	1950
시사평론 II *Actuelles* II	1948~1953	1953
시지프 신화 *Le Mythe de Sisyphe*	1940~1941	1943
안과 겉 *L'Envers et l'Endroit*	1935~1936	1937,54,58
알제리 연대기 *Chroniques Algériennes*	1939~1958	1958
여름 *L'Eté*	1939~1953	1954
오해 *Le Malentendu*	1942	1945
이방인 *L'Etranger*	1935~1940	1942
작가수첩 I *Carnets* I	1935~1942	1962
작가수첩 II *Carnets* II	1942~1951	1964
적지와 왕국 *L'Exil et le Royaume*	1952~1957	1957
전락 *La Chute*	1951~1956	1956
전집 I *Bibliothèque de La Pléiade* I		1962
전집 II *Bibliothèque de La Pléiade* II		1963
정의의 사람들 *Les Justes*	1948~1949	1950
젊은 시절의 글, 초기의 카뮈 *Ecrits de Jeunesse d'Albert Camus, Le Premier Camus*	1932~1934	1973
최초의 인간 *Le Premier Homme*	1951~1960	1994
칼리굴라 *Caligula*	1938	1945
페스트 *La Peste*	1941~1947	1947
행복한 죽음 *La Mort Heureuse*	1936~1938	1971
로제 키이요의 주석 *Commentaire de Roger Quilliot dans l'édition de La Pléiade*		

작품 색인

인명 색인

참고 문헌

이 책에서 인용했거나 참조한 연구성과들 중 카뮈에 관한 것만을 여기에
열거한다. 완전한 서지를 작성하자면 특히 다음과 같은 자료들을 참고할 필
요가 있다.

T. Fitch(Brian) et GAY-CROSIER(Raymond), 'Recensement et re-
cension des articles' et 'Comptes rendus', *Albert Camus* 1~9(Paris
: Lettres Modernes, Minard).

BOLLINGER(Renate), *Albert Camus, Ein Bibliographie üder Literat-
ur ber ihn und sein Werk*(Köln : Greven Verlag, 1957).

CREPIN(Simone), *Albert Camus, Essai de Bibliographie*(Bruxelles :
Commission Belge de Bibliographie, 1960).

T. FITCH(Brian) et C. HOY(Peter), 'Essai de Bibliographie des
Etudes en langue française consacrées à Albert Camus', *Calepins
de Bibliographie* n°1, *Albert Camus* 1(2)(Deuxième livraison),
(1937~1967)(Paris : Lettres Modernes, Minard), 1969.

ROEMING(Rebert F.), *Camus, A Bibliography*(Milwaukee and Lon-
don : The University of Wisconsin Press, Madison, 1998).
※ 지금까지 나온 문헌목록 중에서 가장 방대하고 자세한 자료임. 마이
크로필름 상태로 구입 가능.

I. 카뮈 자신이 쓴 글들의 서지를 위해서는 다음 자료를 참조할 것.

1) QUILLIOT(Roger), 'Bibliographie', *Essai d'Albert Camus*(Paris :
Gallimard, 1965), Bibliothèque de la 'Pléiade'(PL. II), pp. 1931~
1960.(이 서지는 1963년에서 1965년까지 출판되거나 발표된 카뮈의

글들만을 포함한다)

2) 위의 서지에 포함되지 않았으나 후에 출판된 유고로는 다음의 책들이
있다.

> *La Mort Heureuse*(Paris : Gallimard, 1971), Introduction et notes
> de Jean SAROCCHI, p. 213.

> *Ecrits de Jeunesse d'Albert Camus* in *Le Premier Camus*(Paris :
> Gallimard, 1973), par Paul VIALLANEIX.

> *Journaux de voyage*, texte établi, présent et annoté par Roger Quil-
> liot(Paris : Gallimard, 1978), p. 148.

> *Albert Camus, Album*, édité par Roger Grenier(Paris : Gallimard,
> coll. Pléiade, 1982).

> *Le Premier Homme*(Paris : Gallimard, 1994).

3) 미발표 텍스트로는 다음을 참고할 것.

> 'Carnets biographiques, Textes Inédits' in *Albert Camus* 2(Langue
> et Langage)(Paris : Lettres Modernes, Minard, sous la direction
> de B. T. FITCH, 1969), pp. 227~228.

> 'Carnets bibliographique, Textes Inédits', *Albert Camus* 3 sur *La
> Chute*(Paris : Lettres Modernes, Minard, sous la direction de B.
> T. FITCH, 1970), pp. 271~275.

II. 카뮈에 관한 연구

1) 알베르 카뮈에 대해서만 씌어진 비평서 및 문헌

> ADJADJI(Lucien), *Albert Camus, Pages Méditerranéennes*(Paris :
> Didier, 1968), p. 80.

> ALLUIN(Bernard), *Albert Camus* 5(Paris : Lettres Modernes,
> 1991).

> ANGLARD(Véronique), *La Peste, Albert Camus*(Paris : Hatier,

1996).

BAGOT(Françoise), *Albert Camus, L'Etranger*, Etudes Littéraires (Paris : P.U.F., 1992).

BAREA(Monique), *Albert Camus*(1913~1960)(Edisud, 1981).

BARRIER(Etienne), *Albert Camus, littérature et philosophie*(Age d'homme, 1977).

BARRIER(M. G), *L'Art du Récit dans L'Etranger d'Albert Camus*[Paris : A. G. Nizet, 1966, 1981(rééd.)], p. 109. (avec 'Inventaire' lexicologique comparatif de la Première Partie de *L'Etranger* et de Noce à Tipasa.)

BARTFELD(Fernande), *Albert Camus ou le Mythe et le mime* (Paris : Lettres Modernes, 1983).

_____ , *L'effet tragique*(Paris-Genève : Champion-Slatkine, 1988).

_____ , *Albert Camus, voygeur et conférencier*(Paris : Lettres Modernes, 1996).

BAZIN(Jean de), *Index du Vocabulaire de L'Etranger d'Albert Camus*(Paris : Librairie Nizet, place de la Sorbonne, 1969), p. 28(21×27, dactylographie).

BONNIER(Henry), *Albert Camus ou la Force d'être*, Préface d'Emmanuel Roblès(Lyon-Paris : Vitte, 1959), p. 160(Coll. 'Singuliers et Mal connus').

BREE(Germaine), *Camus*(New Brunswick : N. J. Rutgers University Press, 1959).

_____ , *Camus : A collection of Critical Essays*(Englwood Cliffs : N. J. Prentice Hall, 1962).

BRISVILLE(Jean-Claude), *Camus, Paris, Gallimard, Pour une Bibliothèque idéale*(1959), p. 221[avec 'Dialogues' 'Entretien sur la révolte'(1952) avec Peter Berger et 'Réponses à Jean-Claude Brisville'(1959)].

_____ , *Camus*(Paris : Gallimard, 1970).

CASTEX(Pierre-Georges), *Albert Camus et L'Etranger*(Paris : Librairie José Corti, 1965), p. 124.

CHAMPIGNY(Robert), *Sur un héros païen*(Paris : Gallimard, 1959).

CHANDRA(Sharad), *Albert Camus et l'Inde*(Balland, 1995).

CHAVANES(François), *Albert Camus : 'Il faut vivre maintenant'* (Paris : Cerf, 1990).

CIELENS(Isabelle), *Trois fonctions de l'exil dans les oeuvres de fiction d'Albert Camus*(Uppsala universitet, 1985).

CLAYRON(Alain J.), 'Archives Albert Camus' n° 2, *Etapes d'un itinéraire spirituel, Albert Camus de 1937 à 1944*(Paris : Lettres Modernes, 1971), p. 85.

COHN(Lionel), *La Nature de l'homme dans l'oeuvre d'Albert Camus et dans la pensée de Teilhard*(Age d'homme, 1977).

CONTROY(Peter), CRYLE(Peter) et GASSEN(JEAN), *Albert Camus 8*(Paris : Lettres Modernes, 1973).

COOMBS(Ilona), *Camus, Homme de théâtre*(Paris : A. G. Nizet, 1968).

COSTES(Alain), *Albert Camus ou La Parole Manquante*, Etude psychanalytique, Coll. 'Science de l'Homme'(Paris : Payot, 1973).

CRUICKSHANK(John), *Albert Camus and the Literature of Revolt*(London : Oxford University Press, 1968), p. 249.

CRYLE(Peter), *Bilan critique : L'exil et le royaume d'Albert Camus*(Paris : Lettres Modernes, 1973).

EISENZWEIG(Uri), *Les jeux de l'écriture dans l'Etranger de Camus*(Paris : Lettres Modernes, 1983).

ERKOREKA(Yon), *Albert Camus*(Médiaspaul, 1987).

FEUTRY(Alain), *Camus lecteur d'aveline, l'Etranger contre le pris-*

onnier(Paris : Lambda Barre, 1986).

FITCH(Brian T.) et HOY(Peter C.), *Albert Camus*(Lettres Modernes, 1972).

FITCH(Brian T.), *Narrateur et Narration dans 'L'Etranger' d'Albert Camus*, Analyse d'un fait littérature, deuxième édition revue et augmentée, Archives n° 34(Paris : Lettres Modernes, 1968), p. 83.

_____ , *L'Etranger d'Albert Camus*(Larousse, Université, 1972), p. 175.

_____ , *Albert Camus* 6(Paris : Lettres Modernes, Minard, 1973).

_____ , *Albert Camus* 8(*Camus romancier : La Peste*)(Paris : Lettres Modernes, Minard, 1977).

_____ , *Albert Camus* 9(Paris : Lettres Modernes, 1980).

_____ , *Albert Camus* 10(Nouvelles approches)(Paris : Lettres Moderns, 1982).

_____ , *Albert Camus* 11(Camus et la religion)(Paris : Lettres Moderns, 1982).

GADOUREK(Carina), *Les Innocents et les Coupables : Essai d'exégèse de l'Oeuvre d'Albert Camus*(La Haye : Mouton, 1963), p. 246.

GASSIN(Jean), *L'Univers symbolique d'Albert Camus*(Paris : Librairie Minard, 1981).

_____ , *Albert Camus* 16(Paris : Lettres Modernes, 1996).

GAY-CROSIER(Raymond), *Les Envers d'un Echec : Etude sur le Théâtre d'Albert Camus*, Bibliothèque des Lettres Modernes n° 10(Paris : Lettres Modernes, Minard, 1967), p. 296.

_____ , *Albert Camus* 7(Paris : Lettres Modernes, 1975).

_____ , *Les Envers d'un échec*(Paris : Minard, 1983).

_____ , *Albert Camus, oeuvre fermée, oeuvre ouverte?*(Paris,

Gallimard, 1985).

_____ , *Albert Camus* 13(Etudes comparatives)(Paris : Lettres Modernes, Minard, 1989).

_____ , *Albert Camus* 14(Paris : Lettres Modernes, 1991).

_____ , *Albert Camus* 16(L'Etranger, cinquante ans après) (1995).

GILL(Brian), *Le Rôle de la Ville dans l'Oeuvre romanesque d'Albert Camus*(Canada : Université de Manitoba, 1967), mémoire pour M. A., dactylograghié, p. 63.

GRENIER(Jean), *Albert Camus, Souvenirs*(Paris : Gallimard, 1968), p. 190.

GRENIER(Roger), *Albert Camus, Soleil et ombre*(Paris : Gallimard, 1991).

GROS(Bernard), *Camus, L'Homme Révolté*, coll. Profil d'une oeuvre 56(Paris : Hatier, 1977).

HERMER(Joseph), *Albert Camus et le Christianisme*(Beauchesne, 1976).

_____ , *A la rencontre d'Albert Camus*(Beauchesne, 1990).

HOY(Peter C.), *Camus in English*(Paris : Lettres Modernes, 1971).

HUGHES(Edward J.), *La Peste*(University of Glasgow French and German publications, 1988).

JOHNSON(Patricia J.), *Camus et Robbe-Grillet*(Paris : Librairie A. G. Nizet, 1972).

KOESTLER(Arthur), *Réflexions sur la peine capitale*(Pocket, 1986).

LEBESQUE(Morvan), *Camus par lui-même*, Coll. Ecrivains de Toujours(Paris : Seuil, 1963), p. 188.

LEMAITRE(Maurice), *Albert Camus*, Centre de créativité(1980).

LENZINI(Jos), Albert Camus(Milan, 1996).

LEVI-VALENSI(Jacqueline), *La Peste d'Albert Camus*(Paris : Gallimard, 1991).

_____, *Albert Camus & Le théâtre*(Paris : IMEC Editions, 1992).

_____, *La Chute d'Albert Camus*(Paris : Gallimard, 1996).

LOTTMAN(Herbert R.), *Albert Camus, biographie*(Paris : Seuil, 1978).

LUPPE(Robert de), *Albert Camus*, Coll. Classique du XXème siè-cle, n° 1(Paris : Edition Universitaire, 1952), p. 122 ; (1963), p. 125.

MAILHOT(L), *Albert Camus ou L'Imagination du Désert*(Les Presses de l'Université de Montréal, 1973).

MAILLARD(Michel), *Caligula, Albert Camus*(Paris : Nathan, 1994).

MATTHEWS(John Herbert), *Albert Camus devant la critique anglo-saxonne*(Paris : Lettres Modernes, 1961).

MINO(Hiroshi), *Le Silence dans l'oeuvre d'Albert Camus*(Paris : José Corti, 1987).

MOUGENOT(Michel), *L'Etranger d'Albert Camus*(Bertrand-Lac-oste, 1988).

NGUYEN-VAN-HUY(Pierre), *La Métaphysique du Bonheur chez Albert Camus*(Neuchâtel, Editions de La Baconnière, 1964 /1968), p. 239.

NICOLAS(André), *Albert Camus ou Le Vrai Prométhée*, Coll. Philosophes de tous les Temps n° 28(Paris : Seghers, 1966), p. 190.

O'BRIEN(Conor Cruise), *Camus*, 'Fontana Modern Masters' Editor Frank Kermode(Fontana, 1970), p. 139.

ONIMUS(Jean), *Camus*, Desclée de Brouwer, Coll. Les Ecrivains devant Dieu(Paris : 1955), p. 139.

PAPAMALAMIS(Dimitris), *Albert Camus et la Pensée Grecque* (Nancy : Saint-Nicolas-du-Port, 1965), Coll. Universit de Nancy, Publications du Centre Européen Universitaire, Collection des Mémoires.

PAVEAU(Marie-Anne), *La Peste, Albert Camus*, Bertrand-Lacoste(1996).

PINGAUD(Bernard), *L'Etranger d'Albert Camus*(Paris : Gallimard, 1992).

QUEMADA(B.), *Index des Mots, Camus L'Exil et le Royaume*, Besançon, Fac. des Lettres et Sciences Humaines, dactylographié en deux volumes.

QUILLIOT(Roger), *La Mer et les Prisons : Essai sur Albert Camus*(Paris : Gallimard, 1956/1970), édition revue et corrigée.

REICHELBERG(Ruth), *Albert Camus : Une approche du sacré* (Paris : A. G. Nizet, 1983).

REUTER(Yves), *Texte/idéologie dans la chute de Camus*(Paris : Lettres Modernes, 1980).

REY(Pierre-Louis), *Camus, La Chute*, Coll. Profil d'une oeuvre 1(Paris : Hatier, 1970).

_____, *Camus, L'Etranger*(1981).

SAROCCHI(Jean), *Camus*, Coll. SUP, Philosophes(Paris : P. U. F., 1968), 74 pages de critique et 50 pages d'extraits de L'oeuvre.

_____, *Le dernier Camus ou le premier homme*(Paris : Librairie A. G. Nizet, 1995).

SIMON(Pierre-Henri), *Présence de Camus*, Coll. La Lettre et l'Esprit(Paris : A. G. Nizet, 1995), p. 177.

SAUVAGE(Pierre), *L'Etranger, Albert Camus*(Paris, Nathan, 1994).

SMETS(Paul F.), *Un Testament ambigu*(P. F. Smets, 1988).

_____, *Albert Camus*(Bruxelles : J. Goemaere, 1985).

_____, *Le Pari européen dans les essais d'Albert Camus*(Bruylant, 1991).

THIEBERGER(Richard), *Albert Camus devant la critique germanique*(Paris : Lettres Modernes, 1963).

TODD(Olivier), *Albert Camus, une vie*(Paris : Gallimard, 1996).

TREIL(Claude), *L'Indifférence dans l'Oeuvre de Camus*(Canada : Sherbrook, Ed. Cosmos), p. 174.

VERTONE(Teodosio), *Camus dans la mouvance de la tradition libertaire*(Atelier de création libertaire, 1985).

_____, *Ecrits de jeunesse d'Albert Camus*(Paris : Gallimard, 1973).

WADDINGTON(Madeleine), *Albert Camus*(Paris : Hachette Education, 1995).

_____, *Caligula*(Paris : Gallimard, 1984).

_____, *La Mort heureuse*(Paris : Gallimard, 1971).

_____, *A Albert Camus, ses amis du Livre*(Paris : Gallimard, 1962).

2) 카뮈에 관한 연구 논문집
- *Configuration critique d'Albert Camus 1, L'Etranger l'étranger : Camus devant la critique anglo-saxonne*(Paris : Lettres Modernes, Minard, 1961), p. 192.
- *A Albert Camus, Ses Amis du Livre*(Paris : Gallimard, 1962).
- *Camus, Coll. Génies et Réalités*(Paris : Hachette, 1964), p. 286.
- *Configuration Critique d'Albert Camus II, Albert Camus devant la critique germanique*(Paris : Lettres Modernes, Minard, 1964), p. 208.
- *Albert Camus 1, Autour de L'Etranger*(Paris : Lettres Modernes, 1968), sous la direction de Brian T. Fitch, p. 237.

- Albert Camus 2, Langue et Language(Paris : Lettres Modernes, 1969), sous la direction de Brian T. Fitch, p. 251.
- *Albert Camus 3, sur La Chute*(Paris : Lettres Modernes, Minard, 1970), sous la direction de Brian T. Fitch, p. 309.
- *Un Camus* 1970, Sherbrooke, Faculté des Arts de Sherbrooke [Coolque organisé sous les auspices des Départements des Langues et Littérature romane de l'Université de Floride(Gaineville) les 29 et 30 janvier 1970].
- *Les Critiques de notre Temps et Camus*(Paris : Garnier Frères, 1970), p. 190.
- *Albert Camus et les libertaires*, Fédération anarchiste Groupe Fresnes-Antony(1984).
- *Histoires d'un livre, L'Etranger d'Albert Camus*, Exposition Centre national des lettres à Paris, IMEC Edition(1990).
- *Les trois guerres d'Albert Camus*, Colloque international sur Albert Camus(1995, Poitiers)(Paris : Ed. du Pont-Neuf, 1996).

3) 신문 및 잡지의 특집호
- *Esprit*(janv., 1950).
- *Le Figaro Littéraire*(26 oct., 1957).
- *La Parisienne*(nov.~déc., 1957).
- *Livres de France*(déc., 1957).
- *Le Figaro Littéraire*(9 janv., 1960).
- *La nouvelle revue Française*(mars, 1960).
- *La Revue du Caire*(mai, 190).
- *Preuves*(avril, 1960).
- *Revue de la Société d'Histoire du Théâtre* IV(1960).
- *La Table Ronde*(fév., 1960).
- *Simoun*(juillet, 1960).
- *Yale French Studies*(printemps, 1960).

- *Historia magazine* : *La Guerre d'Algérie-Camus* : *Histoire d'une passion*(janv., 1972).

- *Magazine Littéraire, Camus* n° 67/68(sept., 1972).

4) 카뮈에 관한 논문

ABBOU(André), 'Le Temps de la Métamorphose', *Les Nouvelles Littéraires*(15 avril, 1971), p. 3.

AMIOT(Anne-Marie), 'La Chute ou de la Prison au Labyrinthe', *Annales de la Fac. des Lettres et Sciences Humaines de Nice*, première Année n° 2(1967), pp. 121~130.

BARTHES(Roland), 'L'Etranger roman solaire', *Club* n° 12(Bulletin du Meilleur Livre), pp. 35~37.

BEAUVOIR(Simone de), *La Force des Choses*. Coll. Folio I~II (Paris : Gallimard).

BEGUIN(Alber), 'Albert Camus, la Révolte et le Bonheur', Esprit(avril, 1952), pp. 736~746.

BESPALOFF(Rachel), 'Le Monde du Condamné à Mort', *Esprit*(janv., 1950), Les Carrefours de Camus, pp. 1~26.

BLANCHET(André), 'Homme révolté d'Albert Camus', *La Littérature et le Spirituel*(Paris : Aubier, 1959), pp. 235~249.

BLANCHOT(Maurice), 'Le Roman de L'Etranger' / 'Le Mythe de Sisyphe', *Faux Pas*(Paris : Gallimard, 1943), p. 364, cf. pp. 256~261 ; 70~76.

————, 'Réflexions sur l'Enfer', *La Nouvelle N. R. F.*, n° 16 (avril, 1954), pp. 677~686.

————, 'Albert Camus', *N. R. F.* n° 87, 'Hommage à Albert Camus'(mars, 1960), pp. 403~404.

————, 'Le Détour vers la Simplicité', *N. R. F.*, n° 89(mai, 1960), pp. 925~937.

BLIN(Georges), 'Albert Camus ou le Sens de l'Absurde', *Fontaine* n° 30(févr., 1943), pp. 553~561.

BOISDEFFRE(Pierre de), 'Les Paysages d'Albert Camus', *La Revue des Deux Mondes* I(sept., 1963), pp. 81~91.

──────── , 'Albert Camus et son Destin', *Camus*, Coll. Génies et Réalités(Paris : Hachette, 1964), pp. 265~278.

BOYER(Frédéric), 'Envoyé spécial en Kabylie', *Historia Magazine* n° 17(1972), pp. 526~534.

BRISVILLE(J. Cl.), 'Le Sourire et la Voix', *N. R. F.* n° 87, Hommage à Albert Camus(mars, 1960), pp. 422~424.

CHAR(R.), 'Naissance et Jour levant d'une Amitié', *Le Nouvel Obsevateur* n° 1~7(déc., 1965).

DADOUN(R.), 'Albert Camus le Méditerranéen, Le Rêve de Lumière et le complexe du clos-obscur', *Simoun* n° 3(juin., 1952), pp. 42~47.

DOUBROVSKY(S.), 'La Morale d'Albert Camus', *Preuves* n° 116(oct., 1960), pp. 39~49.

──────── , 'Camus et l'Amérique', *N. R. F.* n° 89(fév., 1961), pp. 292~296.

──────── , 'Critique et objectivité', *Pourquoi la Nouvelle Critique*(Paris : Mercure de France, 1966), XX, p. 262, cf. pp. 201, 218~219.

FALK(Eugéne), *Types of thematic Structure : The Nature and Function of Motif in Gide, Camus and Sartre*(The University of Chicago Press, 1967), p. 180, cf. pp. 52~116.

FIESHI, 'L'Etranger, par Albert Camus', *N. R. F.* n° 343(sept., 1942), pp. 368~370.

FITCH(Brain T.), 'Etranger à moi-même et à ce monde', *Le Sentiment d'étranger chez Malraux, Sartre, Camus et Simone de Beauvoir*(Paris : Lettres Modernes, 1964), p. 232, Coll. Bibliothèque des Lettres Modernes, cf. pp. 173~219.

_____ , 'Aesthetic distance and inner space in the Novels of Camus', Modern Fiction Studies, vol. 10, n° 3, Albert Camus special number(automn, 1964), cf. pp. 279~292.

_____ , 'Clamence en chute libre : la cohérence imaginaire de La Chute', Camus 1970(Fac. des Arts de l'Université de Sherooke, 1970), cf. pp. 48~76.

FROHOCK(W. M.), 'Camus, Image, Influence and Sensibility', Yale French Studies II(1949), pp. 91~99, pp. 93 sq.

GALEY(Mathieu), 'Camus sans légende', Express n° 1031, 12~18(avril, 1971), pp. 107~109.

GANDON(Yves), 'Camus ou le Style révolté', Le Démon du Style[Paris : Plon(nouvelle édition), 1960], p. 279, cf. pp. 233~235.

GASCAR(Pierre), 'Le dernier visage de Camus', Camus, Coll. Génies et Réalités(Paris : Hachette, 1964), pp. 247~263.

GEORGIN(Réne), 'L'Inflation du Style'(Paris : Les Editions Sociales Françaises, 1963), p. 199, cf. pp. 188~189.

GRENIER(Jean), 'Une Oeuvre, un Homme', Cahiers du Sud n° 253(1943), pp. 224~228.

_____ , 'Il me serait imposseble', N. R. F. n° 87, 'Hommage à Albert Camus'(mars, 1960), p. 409.

_____ , 'Préface', Albert Camus, Théâtre, Récits, Nouvelles (Paris : Gallimard, 1962), p. 2082, Pléiade, pp. ix~xxii.

GROBE(Edwin P), 'Camus and the Parable of the perfect Sentence', Symposium vol. XXIV n° 3(Fall, 1970).

GUIRAUD(Pierre), Essai de Stylistique, Coll. 'Initiation à la Linguistique' série B(Paris : Klincksiek, 1969), p. 283, cf. pp. 148~149.

HUDON(Louis), 'The Stranger and the Critics', Yale French Studies XXV, p. 61.

JEANSON(Francis), 'Albert Camus ou l'Ame révoltée', *Les Temps Modernes* n° 79(mars, 1952), pp. 2070~2090.

─────── , 'Pour tout vous dire', *Les Temps Modernes* n° 82(août, 1952), pp. 354~383.

JOHN(S.), 'Image and Symbol in the Work or Albert Camus', *Orbis Litterarum* n° 13(1953), pp. 163~168.

JOTTERAND(Franck), 'Entretien avec Albert Camus', *La Gaztte de Lausanne*(28 mars, 1954).

─────── , 'Sur le Théâtre d'Albert Camus', *N.R.F.* n° 87, 'Hommage à Albert Camus'(mars, 1960), pp. 509~514.

KANTERS(Robert), 'Moralistes et Prophètes', *Des Ecrivains et des Hommes*(Paris : René Julliard, 1952), p. 317, cf. pp. 174~198.

KYRIA(Albert), 'Albert Camus : maître à penser ou 'boy-scout'?', *Cahier des Saisons* n° 45(printemps, 1966), pp. 593~595.

LACROIX(Antoine), 'Les Médecins dans l'oeuvre d'Albert Camus et plus particulièrement dans La Peste', *Histoire de la Médecine*(nov., 1966), pp. 2~11.

LEBESQUE(Morvan), 'La Passion sur la Scène', *Camus*, Coll. Génies et Réaités(Paris : Hachette, 1964), pp. 157~182.

LEVI-VALENSI(Jacqueline), 'De la Confidence autobiographique à l'Oeuvre romanesque', *les Nouvelles Littéraires*(15 avril, 1971), p. 3.

LOCKE(F. W.), 'The Metamorphose of Jean-Baptiste Clamence', *Symposium* XXI n° 4(winter), pp. 306~315.

LECOLLIER(Paul), 'Sur La Peste d'Albert Camus', *Les Cahiers Rationalistes*(janv., 1967), pp. 21~45.

LEKEHAL(Ali), 'Aspects du paysage algérien : Etude du fantastique dans Le Renégat ou un Esprit Confus, nouvelle d'Albert

Camus tirée de L'Exil et Royaume', *Cahiers Algériens de Litté rature Comparée*, Alber, Fac. des Lettres et Sciences Humaines d'Alger(1963), troisième année, n° 3, pp. 15~32.

LUPPE(Robert de), 'La Souce unique d'Albert Camus', *La Table Ronde* n° 146, 'Albert Camus'(févr., 1960), pp. 30~40.

MAGNY(Cl. Ed.), 'La littérature française depuis 1940 II', *La France Libre* n° 52 t. 9(févr., 1945), pp. 292~304.

MANNONI(O.), *Clefs pour l'Imaginaire ou l'Autre Scène*, Coll. Le Champ freudien(Paris : Seuil, 1969), cf. pp. 108~109.

MATORE(Georges), *L'Espace Humain : L'Expression de l'Espace dans la Vie, la Pensée et l'Art contemporains*(Paris : La Colombe, 1962), p. 299, Coll. Sciences et Techniques Humaines cf. pp. 220~221, 229, 235.

MAURIAC(François), 'A Albert Camus', Lettres Ouvertes(Monaco : Ed. du Rocher, 1952), p. 133, cf. pp. 33~49.

MERTON(Thoma), 'Camus : Journals of Plague Years', *Sewanée Review* LXXV, n° 4(Autumn) pp. 717~730.

MOELLER(Charles), 'Albert Camus ou l'Honnêteté désespérée', *Littérature du XXème siècle et Christianisme* I : *Silence de Dieu*(Tournai-Paris : Casterman, 1954), p. 418, cf. pp. 25~90.

MONFERIER(Jacques), 'L'Impossible Dialogue ; Remarques sur le Thème de la Lucidité chez Bernanos et Camus', *Revue des Sciences Humaines*, fasc. 119, t. XXX(juill.~sept.). pp. 403~414.

MOREAU(Pierre), 'Aspects romantiques', *La Table Ronde* n° 146, 'Albert Camus'(févr., 1960), pp. 41~46.

MOUNIER(Emmanuel), 'Albert Camus ou l'Appel des Humiliés', *Malraux, Camus, Sartre, Bernanos : l'Espoir des Désespérés*, Coll. Points, n° 3(Paris : Seuil, 1953), p. 187, cf. pp. 65~110.

NADEAU(Maurice), 'A. Camus et la Tentation de Sainteté',
  Littérature présente(Paris : Correa, 1952), p. 350, cf. pp.
  211~216.

―――――― , 'Albert Camus Romancier', *Le Roman Français dep-
  uis la Guerre*, Coll. Idées, n° 34(Paris : Gallimard, 1963), p.
  252, cf. pp. 101~109.

NIEL(André), 'Camus et le drame du Moi', *Revue de la Médit-
  erranée* n° 82, t. 17(nov.~déc., 1957), pp. 603~622.

ONIMUS(Jean), 'La Chute d'Albert Camus', *Civitas* n° 9
  (1957), pp. 411~417.

―――――― , 'D'Ubu à Caligula, ou la Tragédie de l'Intelligence',
  Etudes(juin, 1958), pp. 325~338.

―――――― , 'Camus, la Femme adultère et le Ciel étoilé', *Cahier-
  s Universitaires Catholiques* n° 10(juill., 1960), pp. 561~570.

PARAIN(Brice), 'Un héros de notre Temps', *N.R.F.* n° 87,
  'Hommage à Albert Camus'(mars, 1960), pp. 405~408.

PINCHON-RIVIERE(Arminda A. de) et BARANGER(Willy),
  'Répression du Deuil et Intensification des Mécanismes et des
  Angoisses schizo-paranoïdes(note sur L'Etranger de Camus)',
  Revue Française de Psychanalyse XXIII(mai~juin, 1959), pp.
  409~420.

PICON(Gaëtan), 'Albert Camus', *Panorama de la Nouvelle Litté-
  rature Française*, Coll, 'Le Point du Jour', Nouvelle éd. ref-
  ondue(paris : Gallimard, 1960), p. 678, cf. pp. 115~121.

―――――― , 'Camus', *L'Usage de la Lecture*(Paris : Mercure de
  France, 1960), p. 265, cf. 79~88.

―――――― , 'Sur Albert Camus', *L'Usage de la Lettre* II, *De Bal-
  zac au Nouveau Roman*(Paris : Mercure de France, 1961), p.
  298, cf. pp. 163~174.

PIELTAIN(Paul), 'Sur l'Image du Soleil Noir', *Cahiers d'Analyse textuelle* n° 5(1963), pp. 88~94.

PINGAUD(Bernard), 'Le Malentendu', *L'Arc* n° 10(printemps, 1960).

─────── , 'La voix de Camus', *La Quinzaine Littéraire* 16~30 (avril, 1971), pp. 12~14.

PONGE(Francis), 'Réflexions en lisant L'Essai sur l'Absurde', *Le Parti Pris des Choses*, Coll. Poésie(Paris : Gallimard, 1942/ 1948), pp. 181~185.

QUILLIOT(Roger), 'La querelle est politique', *La Nef* n° 12 (déc., 1957), p. 96.

─────── , 'L'Algérie de Camus', *La Revue Socialiste* n° 120 (juill.~déc., 1958), pp. 121~131.

─────── , 'Un monde ambigu', *Preuves* n° 110(avril, 1960), pp. 28~38.

─────── , 'Les jeunes soviétiques peuvent enfin parler de Camus', *Le Figaro Littéraire* 14~20(nov., 1963).

SARRAUTE(Nathalie), *L'Ere du soup on, Essai sur le roman*, Coll. *Idées* n° 42(Paris : Gallimard), p. 186.

SARTRE(Jean-Paul), 'Explication de L'Etranger', *Cahiers du Sud* n° 253(1943), pp. 189~206 ; *Situation*(Gallimard, 1947), pp. 99~121.

─────── , 'Réponse à Albert Camus', *Les Temps Modernes* n° 82(août, 1952), pp. 334~353, *Situation* IV(Gallimard, 1964), pp. 90~125.

─────── , 'Albert Camus', *France-Observateur*(7 janv., 1960), *Situation* IV(Gallimard, 1964), pp. 126~129.

SENART(Philippe), 'Camus et le juste milieu', *La Table Ronde* n° 174~175(juill.~aout, 1962), pp. 112~115.

SIGAUX(Gilbert), 'Sérénité d'un instant, A. Camus : L'Exil et le Royaume', *Preuves* n° 77(juill., 1957), pp. 72~73.

SIMON(Pierre-Henri), 'Camus ou l'Invention de la Justice', *L'Homme en Procès*(Neuchatel : La Baconnière, 1950), p. 156, cf. pp. 93~124.

_____ , 'Albert Camus renverse une idole', *l'Esprit et l'Histoire* (Paris : Armand Colin, 1954), p. 241 ; Payot, Coll. Petite Bibliothèque Payot, pp. 151~173.

_____ , 'Albert Camus ct la Justice', *Théâtre et Destin*(Paris : Armand Colin, 1959).

_____ , 'Albert Camus, du Nihilisme à l'Humanisme', *Histoire de la Littérature Française au XX émesiècle*, t. 2(Paris : Armand Collin, 1967), p. 222 ; Coll. U2 n° 19, cf. 161~164.

_____ , 'Albert Camus et l'Homme', *Témoins de l'Homme* (Paris : Payot, 1967), p. 230, Coll. Petite Bibliothèque Payot n° 96, p. 230, cf. pp. 204~225.

_____ , 'Un Roman inédit de Camus', *Le Monde*(9 avril, 1971), p. 13.

SODERGARD(Osten), 'Un Aspect de la Prose de Camus : le rythme ternaire', *Studia Neophilologica* n° I, t. XXXI(1959), pp. 128~148.

STAROBINSKI(Jean), 'Tout mon Royaume est de ce monde', *N. R. F.* n° 87, 'Hommage à Albert Camus'(mars, 1960), pp. 476~479.

ROBBE-GRILLET(Alain), 'Nature, Humanisme, Tragédie', *Pour un Nouveau Roman, Coll. Idées* n° 45(Paris : Gallimard), cf. pp. 55~84.

ROBLES(Emmanuel), 'La marque du Soleil et de la Misère', *Camus*(Paris : Hachette, 1964), Coll. Génies et Réalités, pp. 57~75.

ROUSSEAUX(André), 'A. Camus et la Philosophie du Bonheur', *Littérature du Vingtième Siècle*, t. III(Paris : Albin Michel,

1949, p. 257), pp. 73~105.

—————— , 'A. Camus : De la Résistance à la Révolte', *Littérat-ure du Vingtième Siècle*, t. IV(Paris : Albin Michel, 1953), p. 264, cf. pp. 196~203.

—————— , 'Albert Camus, Prix Nobel', *Littérature du Vingtième Siècle*, t. VI(Paris : Albin Michel, 1958), p. 296, cf. pp. 194~202.

ROY(Jules), 'Un Africain', *Le Monde*(6 janv., 1960).

TANS(J. A. G.), 'La Poétique de l'Eau et de la Lumière dans l'Oeuvre d'Albert Camus', *Style et Littérature*(avec P. Guiraud, P. Zumthon, A. Zumthon, A. Kibédi)(La Haye : Van Goor Zonen, 1962), p. 95, cf. pp. 75~95.

TRAHAN(Elizabeth), 'Clamence and Dostoïevski : an Approach to La Chute', *Comparative Literature* vol. XVII, n° 4(Fall, 1966), pp. 337~350.

TREIL(Claude), 'L'Ironie de Camus, Procédés psychologiques : trois aspects', *La Revue de l'université Laval* n° 9, t. XVI(mars, 1962), pp. 855~860.

—————— , 'Religion de l'Indifférence chez Camus', *La Revue de l'Université Laval* n° 99, t. XX(mai, 1966), pp. 808~815.

ULLMANN(Stephen), 'The Two Styles of Camus', *The Image in the Modern French Novel*(Cambrige, 1960), p. 239.

—————— , *Style in the French Novel*(Oxford, Basil, Blackwell, 1964).

VIGEE(Claude), 'Albert Camus : l'Errance entre l'Exil et le Roy-aume', *La Table Ronde* n° 146(févr., 1960), pp. 120~126.

—————— , 'La Nostalgie du sacré chez Albert Camus', *N. R. F.* n° 87, 'Hommage à Albert Camus'(mars, 1960), pp. 527~536.

ZERAFFA(Michel), 'Aspects structuraux de l'Absurde dans la Littérature contemporaine', *Journal de Psychologie Normale et*

Pathologie n° 4, t. LXI(oct.~déc., 1964), pp. 437~456.

5) 한국어판

  ① 일반 참고 문헌

- 로베르 드 루페, 『카뮈의 사상과 문학』, 김붕구 역(서울 : 신양 사, 1958), p. 84
- 김화영, 『카뮈』(서울 : 문학과지성사, 1978), p. 203(작가 연보 는 이 책을 참조할 것)
- 모르방 르베스크, 『카뮈, 태양과 역사』(나남출판, 1997).

  ② 석사학위 논문

- 김상용, 「부조리 연구」(한국외국어대학교, 1966).
- 홍경표, 「카뮈의 작품에 나타난 행복의 인식」(이화여자대학교, 1968).
- 박홍련, 「카뮈에 있어서 부조리와 반항에 관한 몇 가지 고찰」(이 화여자대학교, 1972).
- 이진성, 「카뮈와 사르트르의 '부조리' 비교연구」(서울대학교, 1972).
- 이귀임, 「알베르 카뮈에 있어서의 반항의 원리」(경북대학교, 1974).
- 김미경, 「카뮈의 희곡작품에 나타난 부조리의 전개」(이화여자대 학교, 1975).
- 정대철, 「카뮈의 작품을 통해 본 죽음과 행복」(서울대학교, 1976).
- 이명숙, 「시간부사의 위치 및 동사의 시제와의 관계──카뮈의 작 품을 중심으로」(효성여자대학교, 1977).
- 권영옥, 「『전락』에 나타난 주인공의 언어유희」(서울대학교, 1977).
- 한소영, 「카뮈 작품에 나타난 행복의 의미」(한국외국어대학교, 1980).

- 황을문, 「알베르 카뮈의 부조리 사상」(성균관대학교, 1980).
- 김현자, 「카뮈의 근원적 긍정의 세계」(한국외국어대학교, 1981).
- 박옥희, 「『이방인 *L'Etranger*』과 『전락 *La Chute*』에서의 인칭과 동사 문제」(성균관대학교, 1984).
- 이인철, 「말로의 『희망』과 카뮈의 『페스트』에 나타난 우정의 의미 L'Amitié dans L'Espoir de Malaux et la Peste de Camus」(리용 II 대학, 1987).
- 홍상희, 「알베르 카뮈에 나타난 광물적 상상력 L'Imagination Minérale chez Albert Camus」(파리 8 대학, 1982).
- 김문덕, 「알베르 카뮈의 『이방인』에 나타난 부조리와 자유의 연구 L'Absurde et la Recherche de la Liberté dans l'Etranger d'Albert Camus」(Université de Pau et des Pays de l'Adour, 1992).

③ 박사학위 논문
- 홍상희, 「알베르 카뮈 작품 속의 여인의 이미지 L'Image de la Femme dans les oeuvres d'Albert Camus」(파리 4 대학, 1985).
- 김진식, 「알베르 카뮈와 통일성의 미학」(서울대학교, 1994).
- 박옥희, 「카뮈 작품에 나타난 불교적 사고」(성균관대학교, 1995).

④ 일반 논문
- 김진식, 「알베르 카뮈와 책」(울산대학교 인문론총, 1993).
- 홍상희, 「「간부」의 공간묘사 분석」(경성대학교 논문집 제14집, 1993).
- ____ , 「알베르 카뮈의 예술론 연구 : 이슬과 돌」(불어불문학연구 제28집, 1993).
- ____ , 「알베르 카뮈의 『적지와 왕국』 연구」(불어불문학연구 제29집, 1994).
- 최태규, 「알베르 카뮈의 '반항'의 현대적 의미 연구」(창원대학교 인문론총 제2호, 1995).

⑤ 기타 연구논문은 한국불문학회,『불어불문학연구』제16집(1981)과 제
　17집(1982)에 실린 부록 '목록'편을 참고할 것.

문학 상상력의 연구
ⓒ 김화영 1998

1판 1쇄 │ 1998년 4월 30일
1판 2쇄 │ 2014년 1월 6일

지은이 김화영
펴낸이 강병선

펴낸곳 (주)문학동네
출판등록 1993년 10월 22일 제406-2003-000045호
주소 413-120 경기도 파주시 회동길 210
전자우편 editor@munhak.com | 대표전화 031)955-8888 | 팩스 031)955-8855
문의전화 031)955-8889(마케팅) 031)955-8864(편집)
문학동네카페 http://cafe.naver.com/mhdn

ISBN   978-89-8281-107-4
        978-89-85712-93-4(세트)

www.munhak.com